N1E
BŁA

ANDREAS PFLÜGER

NIEBLA

Traducción de
Laura Manero Jiménez

Título original: *Endgültig*
Primera edición: octubre de 2016

© Suhrkamp Verlag Berlin, 2015
Todos los derechos reservados y controlados a través de Suhrkamp Verlag Berlin
© 2016, de la presente edición en castellano para todo el mundo:
Penguin Random House Grupo Editorial, S.A.U.
Travessera de Gràcia, 47-49. 08021 Barcelona
© 2016, Laura Manero Jiménez, por la traducción

Printed in Spain – Impreso en España

ISBN: 978-84-9129-013-1
Depósito legal: B-17305-2016

Compuesto en Arca Edinet, S. L.
Impreso en Liberdúplex, Sant Llorenç d'Hortons (Barcelona)

SL 9 0 1 3 1

Penguin
Random House
Grupo Editorial

Para Anne. Siempre

Si al final aún me queda tiempo,
no quiero preguntarme
por qué debo morir,
sino saber
por qué he vivido.

La Sagrada Familia

Nada la tranquiliza tanto como limpiar su arma. Cualquier otro tendría que comprobar la recámara para asegurarse de que está vacía. Ella no. Ella conoce al gramo el peso del cargador que se desliza en su mano. Sabe que no hay ningún cartucho en el cañón de la Browning High-Power igual que sabe que tiene los ojos verdes. Y a veces negros.

En cuatro segundos ha presionado la palanca de desmontaje, ha desatrancado la corredera y la ha extraído; el muelle y el cañón han salido como la seda. Trabajo belga de calidad.

Cuántas veces lo ha agradecido.

La primera vez que mató fue con veintidós años, cuando un traficante de drogas quiso quitarle la vida y no tuvo en cuenta que para eso hacen falta dos.

Un año después, en la entrega del dinero de un rescate, estaba preparada para el momento en que abrirían la bolsa con los recortes de periódico, pero no para el revólver de dos pulgadas que llevaba el secuestrador del niño en una funda sujeta a la pantorrilla. Los meses siguientes solo pudo dormir con la luz encendida.

Y esa no fue la última.

Se acordará toda la vida de cada una de ellas.

En Moscú se encontró con un asesino a sueldo que quería darle recuerdos de parte de Ilia Ivánovich Nikulin. El hombre jugó al ratón y al gato con ella en el aparcamiento subterráneo del hotel Aralsk, hasta que el gato fue ella, y él, el ratón al que ella hizo gimotear. El disparo que le descerrajó en el abdomen no le importó, pero todavía hoy siente la mirada que le clavó la joven empleada del hotel a quien una bala perdida de su Browning le dio en el corazón; todavía ve los ojos de esa chica cuya mano sostuvo hasta el final.

Pincela cuidadosamente el cañón y el seguro con aceite para armas sobre el lavamanos del lujoso cuarto de baño y recuerda que solo en una ocasión dejó de limpiar su pistola.

Nápoles. La callejuela junto a la basílica de Santa Chiara donde los esperaba el capo del clan Mazzarella, con quien habían negociado la compra simulada de diez millones de euros en billetes falsos. Cuando un «puttana» escupido de mala manera le desveló que los habían descubierto, lo rápido que pudiera correr ya no tuvo ninguna importancia.

Apretó el gatillo, pero la bala no salió.

El día anterior, Niko y ella habían tenido que regresar a Berlín en avión para unas pocas horas. El secretario del Interior exigía que le informaran en persona sobre el curso de la operación; un hombre tortuga que jamás entendería la diferencia entre un apunte de acta y un Magnum calibre .357. Ella se desfogó en la galería de tiro después de la reunión —trescientos cincuenta cartuchos—, y tuvo que ir a toda prisa al aeropuerto para regresar a Nápoles y llegar a tiempo a su cita con el capo. La Browning se le encasquilló a causa de la condensación, los gases de combustión y los restos de pólvora.

Una lección que aprendió de por vida.

Al encontrarse con el cañón de una Luger en lo alto de la nariz, le extrañó constatar que no sentía miedo. En lo único que pensó fue en que el hueco que tenía el capo entre los dientes y que le enseñaba como un lobo sería lo último que vería antes de morir.

Sin embargo, el hombre cayó a sus pies sin emitir un solo sonido.

Niko.

Un tiro en la cabeza con su Colt, desde cien metros.

Algo así no se aprende.

Frota todas las piezas del arma con un cepillo de dientes infantil. Tiene cuidado de no dejarse ninguna ranura; contempla satisfecha cómo el aceite se vuelve de un negro profundo. Solo entonces está bien. Introduce el cepillo de dientes en el cañón y lo limpia por dentro. Es consciente de lo mucho que le gusta notar en sus manos el acero, que es indestructible y a la vez suave y cálido.

Así le sucede desde que su padre la llevó por primera vez con él a la vieja cantera, cuando tenía doce años. Él le enseñó todo lo que un policía puede transmitirle a su hija sobre cómo se dispara.

Le regaló su primera arma por su decimoctavo cumpleaños. Una Starfire de nueve milímetros, usada pero bien conservada, que pesaba solo cuatrocientos gramos y se ajustaba a su mano. Le encantaba esa pistola, una pequeña belleza.

Ahora restriega el acero y lo olfatea.

Le gusta ese olor. Almendrado. Dulce. Puro.

Cuatro segundos para volver a montar la Browning.

El chasquido intenso que hace la corredera al encajar es el mejor betabloqueador del mundo.

Pero no hoy.

Jenny Aaron sale al dormitorio de la suite. Niko Kvist está tumbado en la cama, estudiando el dosier por tercera vez. A Aaron no le hace falta. Su memoria es un software de alto rendimiento; solo necesitó cinco minutos para grabarlo todo.

En febrero de 1912, Marc Chagall pintó en París *Los soñadores:* dos amantes estrechamente abrazados sobre una cuerda floja a una altura vertiginosa entre las torres de Notre Dame. Le gustó tanto el cuadro que decidió quedárselo. Poco antes del estallido de la Primera Guerra Mundial, cuando regresó a su ciudad natal en Rusia, se lo regaló a Bella, su musa y más adelante esposa.

A principios de la década de 1920, la pareja se lo llevó consigo a Berlín, donde, colgado en su dormitorio, Bella lo contemplaba extasiada. Hasta que un día Chagall le confesó que había tenido una aventura, y Bella le vendió *Los soñadores* a un galerista judío para castigar a su marido.

Cuatro años después de su ascenso al poder, los nazis ordenaron confiscar todas las obras de Chagall que llegaran a sus manos y, junto a otras, las expusieron al escarnio en la Casa del Arte de Múnich por considerarlas «degeneradas». Los cuadros debían malvenderse en Lucerna al finalizar la exposición, pero el vigilante nocturno del museo, que estaba solo desde la temprana muerte de su mujer, se había enamorado de *Los soñadores* y había pasado muchas horas contemplándolo. No era un hombre valiente. Aun así, la idea de no volver a ver ese cuadro le resultó tan insoportable que lo hizo desaparecer antes del traslado y consiguió engañar a todo el mundo. Hasta el final de la guerra lo tuvo escondido en su desván. Después lo colgó en el salón, frente a uno de esos muebles de comedor de estilo barroco de andar por casa.

Cuando murió, a una edad avanzada, sus hijos hicieron tasar el cuadro. Evidentemente no podían quedarse con *Los soñadores,* que por derecho pertenecía a la adinerada nieta del galerista que se lo había comprado a Bella Chagall. La mujer sabía lo que había significado ese cuadro para su abuelo y quiso honrar su memoria, por lo que acabó cediéndolo a la Galería Nacional de Berlín en préstamo permanente.

De allí lo robaron. Lo cortaron del marco en pleno día. A sangre fría. Con precisión. Sin dejar rastro.

Dos años: nada.

A principios de noviembre, Niko recibió el chivatazo de un informador: un tipo llamado Egger tenía el Chagall. Niko tardó tres semanas en establecer contacto con él en Brujas.

Su tapadera: un banquero de inversión, loco por el arte.

Egger quería tres millones de libras esterlinas. En Barcelona.

Por eso están aquí. Dos agentes encubiertos con una bolsa llena de dinero.

La tapadera de Aaron: la experta que debe examinar el cuadro.

Niko se levanta. La rodea con un brazo y le acaricia la mejilla con cariño. Huele bien. Hace un año que están juntos. En el Departamento nadie debe saberlo; si no, les prohibirían trabajar en equipo. Se les dan bien los secretos, pero tienen muy poco tiempo para ellos dos. Este año Niko ha estado tres veces en misiones que no le permitían regresar a Berlín. Aaron, dos. Varsovia y Helsinki. En sus catorce días de vacaciones en Marrakech apenas salieron del pequeño *riad* de Yamaa el Fna. Fueron dos soñadores en el sofocante calor de los días y en el frío de las noches. El gélido viento del Atlas se colaba por las callejuelas, pero a ellos les era tan indiferente como la comida y la bebida.

Después de Nápoles, Barcelona es su segunda misión conjunta. Aunque la otra vez, en Nápoles, todavía se rondaban el uno al otro como dos gatos que deben compartir un cuenco de leche. Ahora Aaron ya lo sabe: acostarse en vacaciones o antes de una operación con el hombre al que ama no supone ninguna diferencia. ¿Por qué está tan tensa? No lo entiende. Barcelona es rutina, se ha encargado de misiones más complicadas. Y aun así, anoche no consiguió dormir. La invadió un temblor extraño mientras Niko, a su lado, respiraba como un niño.

En su soledad, buscó el número que se escondía tras ese estremecimiento.

A cada número del uno al diez le ha asignado una sensación. El uno representa el deseo; el dos significa gratitud; el cuatro es el control perfecto; el cinco habla de desprecio; el seis, de compasión; el siete, no poder esperar algo; el ocho implica orgullo; el nueve es ser casi feliz. El diez es la adrenalina.

En el número tres intenta no pensar nunca.

Ha llegado el momento.

Deja la Browning en la caja fuerte de la habitación junto al Colt de Niko. Adonde van no pueden llevar ningún arma.

La puerta del ascensor se cierra. Tres plantas hacia abajo. Aaron deja caer todo su peso a un lado y luego al otro, estira el cuello, une los omóplatos, los mueve en círculo, hace girar los brazos, extiende los dedos de los pies dentro de las bailarinas, se relaja para conseguir tensión corporal.

Sin ser consciente de ello, se toca la cicatriz de la clavícula izquierda. No es la única que tiene, pero sí la principal.

—Conozco un restaurante genial en el parque Güell. ¿Qué te parece si nos quedamos un día más y mañana nos damos un homenaje? —propone Niko.

—En otra ocasión. —Ni loca se quedaría aquí más tiempo.

En el vestíbulo hay un niño sentado al lado de su madre. Tiene un rostro antiguo, ojos como piedras en las que se seca la sal marina. Está leyendo un cómic. *Daredevil, el vengador ciego.* Aaron siente los ojos del chico en la espalda. Se vuelve para mirarlo. La madre se ha levantado y quiere arrastrarlo hacia el ascensor, pero él no se mueve, sigue sentado, mirando a Aaron fijamente.

El compañero de la unidad especial de los Mossos d'Esquadra que finge ser su chófer les abre la puerta del Daimler. Jordi. Los otros dos, Rubén y Josué, hacen de guardaespaldas y los siguen en un segundo coche.

Esos chicos son su seguro de vida.

Jordi conduce deprisa. Moles rectangulares de hormigón armado de los años setenta plantificadas en las calles. A Aaron le gusta todo lo que es geométrico.

Barcelona respira las últimas luces. El cielo camina sobre las brasas encendidas de unas nubes de carbón.

Un diez alto. La adrenalina se estrella contra los ventrículos de su corazón. La conoce de cuatro tipos. La adrenalina de justo antes del contacto: ¿me espera un apretón de manos o una bala? La adrenalina de saber que la muerte está cerca. La adrenalina de cuando te hieren. La adrenalina de cuando te das cuenta del error.

Porque siempre hay un error.

—Mira —dice Niko.

Ella sabe que verá la Sagrada Familia, el templo de la locura de Gaudí, triunfo de la fe, ruina del catolicismo, monumento a la mayor victoria y al fracaso más terrible, sobrecogedora, espléndida pero al mismo tiempo perturbadoramente carente de toda clase de orden, desmesurada, terrorífica.

Vuelve la cabeza y mira por la ventanilla.

Pero allí no hay nada. En absoluto.

La catedral ha sido tragada por un agujero negro, un abismo por el que la luz se precipita, que se expande como el universo y succiona a Jordi, a Niko y a Aaron como si fueran asteroides al borde de una galaxia.

Presa del pánico, intenta alcanzar a Niko, pero su mano ha quedado segada de su cuerpo y no le obedece.

Aaron cierra los ojos y vuelve a abrirlos.

Están en el cruce de la calle Mallorca. Las farolas centellean. Un grupo de taxistas ríe en una parada. Unos amantes se encuentran delante de un cine. Un perro tira de su correa. Un niño llora.

—Dime un número del uno al diez —susurra Aaron.

La mirada de Niko es de asombro, burlona.

—Por favor.

—El tres.

Ellos son tres y esperan ya delante del almacén del puerto. Un Audi negro. Aaron enseguida se fija en que lo han optimizado.

Egger es grande, delgado, ágil a pesar de los cuarenta y cinco años que le calcula. Zapato clásico de cordones. Lleva un traje cortado a medida, el nudo de la corbata es afilado. Del ojal le sobresale una camelia blanca. La mano que le tiende lleva hecha la manicura; es fría, lisa. Desprende la serenidad de un hombre que lee a Dostoievski en su idioma original, pero tiene los músculos del cuello trabajados y están tensos como cables de acero, incluso al inclinar la cabeza ligeramente y decirle a Aaron con una voz suave y sonora:

—Por usted habría esperado todavía dos minutos más.

Es arrogante. Tal vez porque pocas veces se encuentra con personas cuya inteligencia pueda medirse con la suya. Aaron no duda que el hombre sabe lo valioso que es el cuadro. Seguro que no conoce solo el valor de mercado. No, también su valor real, la verdad, clarividencia y profundidad que permitieron a Chagall pintar *Los soñadores* en un solo día, la fuerza que también ella sintió al contemplar una reproducción.

Qué bello debe de ser el original…

De repente se pregunta por qué no se lo queda Egger, por qué quiere deshacerse de él a cambio de calderilla.

No parece tener intención de presentarles a la mujer ni al hombre unos diez años más joven que lo acompañan. La mujer es atractiva y segura de sí misma. Muestra un notable sentido del equilibrio al pasearse alrededor del coche con unos tacones de aguja de doce centímetros. Si llevara en la mano un vaso de agua lleno hasta el borde, no derramaría ni una sola gota.

Los ojos del joven son como fichas de plástico negro, planos y sin vida. De no ser por la colilla que le cuelga perezosa en la comisura de la boca, podría pensarse que no tiene labios. La nariz se la rompieron y le hicieron una chapuza al arreglársela. En el dorso de la mano derecha se le ve una mancha, de nacimiento.

Sin embargo, el parecido con Egger no puede pasarse por alto.

«Hermanos. Qué raro».

Ambos llevan fundas de pistola; eso Egger no puede ocultarlo ni con su traje cruzado de Savile Row. Aaron se apuesta lo que sea a que Ojos de Ficha está muy orgulloso de su Glock 33. A Egger seguro que no le hace falta algo así. No es de los que fanfarronea con el armamento. Además, tiene estilo; un arma con empuñadura de plástico no encajaría con él. Más bien una Remington 1911, o una Beretta Target.

Las fundas están vacías, también de eso se da cuenta Aaron a primera vista.

«Una medida para generar confianza».

—¿Dónde está el cuadro? —pregunta Niko.

—¿Dónde está el dinero?

Niko le hace una señal con la cabeza a Jordi, y este abre la gran bolsa que hay en el asiento del copiloto del Daimler. En Berlín se sopesó la idea de utilizar billetes falsos, pero dado que la detención no se produciría hasta que tuvieran el cuadro en su poder y era probable que no acudieran con él al lugar del intercambio, habían decidido llevar billetes usados reales.

La mirada de Egger se desliza sobre ellos con tanta displicencia que casi raya en la burla. Eleva el pómulo un milímetro; una especie de sonrisa.

—Solo usted, las mujeres y yo. Sus hombres se quedan aquí con él. —El hermano—. Considérelo como una prenda.

Niko se lo piensa un momento.

—De acuerdo.

Siguen a Egger y a la mujer al almacén.

Y Aaron lo sabe: «Este ha sido el primer error».

Ella quería ir armada, llevar una funda bajo los pantalones anchos, pero la decisión la tomaba Niko, que era quien conocía a Egger. «Ni siquiera se fiaría de una chica tan guapa como tú, nos cacheará a los dos», había dicho.

«No lo ha hecho. ¿Por qué?».

Vuelve la mirada hacia atrás por encima del hombro. Los catalanes niegan con la cabeza cuando Ojos de Ficha les ofrece un paquete de cigarrillos. Los chicos son buenos, de eso Aaron ya se convenció en un entrenamiento de tiro. Al terminar, Rubén los invitó a todos a cenar en su casa. Niños que saltaban por encima de los muebles, risas, comida casera, un licor de Andorra que les hizo llorar.

Después ella salió a fumar a la terraza. Los árboles negociaban con la brisa y, a través del follaje, las ventanas destellaban como en un calendario de Adviento. ¿Qué sorpresa guardaría para Aaron el 3 de diciembre? Música de fiesta, bueno… Pero ella estaba muy lejos de allí. Jordi se le acercó y le gorroneó un cigarrillo. Fumaron como dos personas conscientes de que no en todas las ventanitas se encuentra una chocolatina.

«Hace demasiado que estoy en esto. Ya no duermo. En enero me darán un despacho», había dicho Jordi.

La puerta del almacén se cierra detrás de Aaron. Un cargamento de café. Los olores son tan intensos que por un momento la dejan sin aire. Diente de león, azúcar caramelizado, tabaco de pipa húmedo, madera recién cortada.

Sobre un saco de café, un estuche. El cuadro.

—¿Puedo? —pregunta Aaron.

La mujer le alcanza el estuche.

Tiene un oído extraordinario. Una vez, en la galería de tiro, a Pavlik se le cayeron al suelo varios cartuchos del mostrador de armas.

Aaron lo supo sin mirar: cinco.

Ahora, al oír fuera tres ruidos secos y amortiguados, sabe que en el estuche no hay ningún cuadro.

Que Jordi nunca empezará su trabajo de despacho.

Como por arte de magia, el hombre que se hace llamar Egger tiene una Remington en la mano. Aaron se lanza sobre los sacos, siente la corriente de aire de las balas, rueda hacia un lado, se levanta en el mismo movimiento, ve que Niko se derrumba, corre en zigzag hacia la nave trasera mientras unas tenazas ardientes le muerden el brazo y ella no piensa nada más que «¡Niko! ¡Niko! ¡Niko!».

Dos puertas, una ruleta. Lo apuesta todo al rojo, abre de golpe la puerta de la derecha y se encuentra con un pasillo completamente a oscuras. Avanza a tientas, tropezando, hasta darse contra una pared. La puerta equivocada, un callejón sin salida. Aaron se esconde en un hueco. Algo caliente le corre por el brazo, pero no siente dolor. Encienden la luz. Su corazón, como si fuera una maquinaria, bombea un miedo vertiginoso por su torrente sanguíneo. Pasos ligeros. La mujer se ha quitado los tacones y va descalza.

Cinco metros todavía. Aaron ve el interruptor de la luz en la pared de enfrente. Demasiado lejos. Le da vueltas a sus ideas como si fueran una moneda, busca una alternativa.

No la hay.

Cuatro aún.

Tres.

Aaron sale del hueco a toda velocidad. La mujer dispara con la mano derecha, la bala le pasa rozando. El puño de Aaron se estrella contra el interruptor. Oscuridad. Se deja caer, dos tiros se pierden en el vacío. Su tijera de piernas atrapa a la mujer por los pies. Le clava los dedos índice y corazón rígidos en el plexo solar, y la mujer intenta tomar aire con un resuello. Aaron se da cuenta de que está doblando hacia ella el brazo del arma, así que le agarra la cabeza de medio lado, la hace girar con todas sus fuerzas y oye cómo se le parte la nuca.

Alcanza la pistola, palpa una Walther, saca el cargador. Vacío. La maquinaria de su corazón le inyecta desesperación en las venas, pero es posible que quede una bala en el cañón.

«Por favor, por favor, por favor».

Tiembla demasiado, no es capaz de discernir ningún peso y no se atreve a deslizar la corredera para comprobarlo. Haría mucho ruido.

El pulso le va demasiado deprisa. Tiene que bajar hasta sesenta o setenta pulsaciones y está a más de doscientas. En esas condiciones ni siquiera podría apretar el gatillo.

Aaron se obliga a respirar más despacio con el diafragma, amplía el volumen pulmonar, suministra oxígeno limpio a sus músculos y se concede treinta segundos para controlar el pulso. ¿Serán suficientes?

Se pone de pie en la oscuridad. Respira hondo una última vez y suelta el aire. Media inspiración, media espiración. Su mano derecha busca el interruptor.

«Ahora».

Enciende la luz. Ojos de Ficha, a cincuenta metros. El dedo de ella aprieta el gatillo. Jamás había oído un ruido tan hermoso como ese disparo. Le da en el cuello a Ojos de Ficha, que se vuelve a medias y se desploma. Sesenta pasos que resuenan. Ojos de Ficha mira al techo. No le ha tocado la arteria, pero no puede moverse. Está en shock. A su Glock 33 con silenciador le faltan tres cartuchos. Jordi, Rubén, Josué.

Regresa al almacén de un salto, se detiene, apunta con ambas manos, reduce la superficie corporal. Egger no está.

«¡Niko! ¡Niko! ¡Niko!».

Lo ve tumbado en posición fetal junto al estuche y con la camisa empapada de sangre. De entre los labios le sale una espuma rojiza. Su voz se oye tan poco como su respiración cuando duerme.

—Lárgate.

Aaron intenta levantarlo, noventa kilos de músculo, no lo consigue. Lo intenta otra vez. Lo intenta y lo intenta.

¿Dónde está Egger?

Niko la agarra de la mano. Tira de ella para acercarla hasta que tiene su oreja frente a la boca. Ella entiende las palabras, pero no las procesa.

—Tienes que irte —consigue resollar él.

Egger aparece en la nave por arte de magia, como si fuera un escenario. Aaron se abalanza hacia él. Ambos disparan al mismo tiempo. Cinco tiros que suenan como uno solo. El hombre se esfuma. Aaron no sabe si le ha dado. No. Oye cómo inserta un nuevo cargador.

La mirada de Niko. Una eternidad.

Echa a correr. La Remington martillea. Ella sujeta la Glock entre los dientes y se catapulta afuera con un doble flic-flac hacia atrás. Egger le ha dado otra vez en el brazo derecho. Pierde el equilibrio, se arrastra de espaldas, dispara por encima de su cabeza dos tiros que atraviesan la puerta y luego rueda para ponerse a cubierto.

Ve los tres cadáveres.

Aaron quiere impulsarse hacia arriba, pero ya no siente el cuerpo. Reza por que la reserva de emergencia salte y libere ese cinco por ciento extra que le queda aún a una persona cuando piensa: «Se acabó».

Dobla un meñique.

Conseguido.

Dos dedos.

Conseguido.

«¡Muévete!».

Se arrastra hacia el Daimler y cae tras el volante.

La llave se atasca.

El pesado coche se pone en marcha refunfuñando. Egger sale en tromba de la nave. Las balas destrozan el cristal de la ventanilla. Un proyectil abre un cortafuegos abrasador en la nuca de Aaron. El coche se incorpora a la circulación dando bandazos. Quinientos metros a todo gas. Vuela por la vía de acceso hacia la ronda de circunvalación. A la izquierda intuye rocas escarpadas, a la derecha ve las luces del puerto que pasan a toda velocidad, como fotones en un acelerador de partículas.

Es entonces cuando empieza a notar las heridas de bala. Su brazo derecho es como de hielo y la mano, en cambio, una bola de fuego. Le resbala sangre por la espalda.

Aaron mira por el retrovisor.

Y ve el Audi.

Pisa el acelerador a fondo y pone el vehículo a doscientos cincuenta. Aun así, Egger la alcanza. El coche de él pesa quinientos kilos menos y tiene el doble de caballos. Una furgoneta cambia de carril por delante de ella porque quiere adelantar a un camión. Aaron sale del carril de la izquierda al arcén. El espejo exterior se da contra una señal de tráfico, sale volando y desaparece girando en la oscuridad.

Egger va pegado a su parachoques. Se meten en el túnel de la plaza de Drassanes.

Doscientos sesenta.

Desesperada, cobra conciencia: «Reserva agotada».

El hombre coloca el Audi a la izquierda de Aaron sin dificultad.

Se miran.

Un instante que perdura más que el tiempo mismo.

Ante ella intuye una sombra, un coche. Su mirada se estremece sobre el carril, ya no hay arcén, no podrá esquivarlo, sabe que le queda solo un abrir y cerrar de ojos mientras levanta el arma con el brazo herido.

Tiene el dedo en el gatillo, pero Egger es más rápido.

Algo estalla en la cabeza de Aaron. Un rayo que parte el mundo por la mitad, como si fuera de papel. Lo ve todo a una cámara lenta exagerada y de un blanco cegador, como en una película grotescamente sobreexpuesta: el techo del coche, que gira hasta quedar debajo de ella; los billetes, que revolotean como hojas marchitas desde la bolsa del dinero; su rostro en el retrovisor; un paisaje amorfo, desiertos nevados, la nada eterna.

Después otra vez lo mismo, solo que a una velocidad multiplicada por mil. Un único torbellino, dolor, gritos.

Y de nuevo un rayo.

En cuestión de un nanosegundo el mundo ha desaparecido.

Aaron oye cómo el acero es devorado por el hormigón y por fin todo queda en silencio, callado, quedo. Lo último que recordará es esa peste a café, repugnante como la ceniza fría.

1

Con leche? —pregunta la azafata por segunda vez.
—Solo. —Aaron alarga la mano y siente cómo le acercan la taza.

—Dentro de treinta minutos aterrizaremos en Berlín. Lleva toda la mañana nevando. Permanezcan sentados y con el cinturón abrochado, vamos a encontrar turbulencias —informa la voz del piloto.

Ella se obliga a beberse el café.

Desde que trabaja en Wiesbaden en la sede central de la BKA, la Oficina Federal de Investigación Criminal, Aaron ha tenido varias ocasiones para viajar de servicio a Berlín. Allí, en el distrito de Treptow, la BKA cuenta con una importante delegación en la que, entre otros, tienen sede el Grupo de Seguridad, el Centro de Lucha Antiterrorista y la Sección de Operaciones Especiales. Hasta ahora, sin embargo, siempre ha podido negarse.

Creció en Renania, pero a los veintitantos Berlín se convirtió en su hogar y, a pesar de que ya hace cinco años que no vive allí, de alguna forma lo ha seguido siendo hasta ahora. Es algo que siente de una forma muy clara con cada kilómetro que la aproxima a la ciudad. La impaciencia ocupa espacio en su interior, la alegría que anticipa la llegada, un cosquilleo. Está molesta porque esta vez, las veinticuatro horas que pasará allí, lleva el miedo como equipaje para su regreso.

Cinco años ya. Aaron ni siquiera se encargó de vaciar su apartamento de Schöneberg; su padre lo hizo por ella.

En Berlín no dejó más que a un puñado de personas a quienes echa de menos. La vida que llevaba apenas le permitía tener amigos. En realidad solo estaban Pavlik y su mujer, Sandra. Cuando entró en el Departamento sin nombre a los veinticinco años, él enseguida se hizo cargo de ella.

La única mujer entre cuarenta hombres.

Por Pavlik se enteró de que todos, daba igual cuánto tiempo llevaran dedicándose a aquello, conocían noches en las que les llegaba el temblor.

Para Aaron eso supuso un gran alivio: tener quien la abrazara, pero también poder consolar ella a otros.

Sin embargo, en los años que han pasado desde lo de Barcelona ya no ha tenido más relación con Pavlik. Los primeros meses se llamaron por teléfono. Pavlik intentaba hacer como si en España no hubiese ocurrido nada grave; se refugiaba en el desenfado porque era la única forma en que sabía gestionarlo. Aaron no encontraba palabras para intentar expresar lo que había significado para ella; aún seguía sin tenerlas. En algún momento ya solo se oyeron respirar el uno al otro a través del auricular y, al final, dejaron de llamarse.

«¿Reconoceré su voz?».

—Empezamos ahora el vuelo de aproximación a Berlín-Schönefeld. Por favor, recojan la mesita y pongan el respaldo en posición vertical.

—¡Estupendo!

Cuando el vecino de asiento de Aaron le lanza furioso la taza de café, ella comprende que debe de habérsela dejado medio llena sobre la mesita y acaba de volcarla en los pantalones del hombre.

—¿Está usted ciega? —grita, furioso.

—Sí.

La azafata de tierra acompaña a Aaron a la terminal.

—¿Seguro que vendrán a buscarla a Llegadas? —pregunta, y la deja sola.

Por cómo espera allí de pie, con la mirada tranquila y la maletita a su lado, podría ser una mujer de treinta y tantos normal y corriente, alta, atractiva. Tampoco deja entrever de ninguna manera que está temblando por dentro porque sabe quién irá a recogerla. Muy al principio se ponía una venda de lunares, pero ocurría que estaba ensimismada y sin ningún propósito concreto en una acera, o en unos grandes almacenes, y de repente un voluntario demasiado solícito la agarraba del brazo sin decirle nada y tiraba de ella porque pensaba que quería cruzar la calle o subir por la escalera mecánica. Si ella protestaba, podía ocurrir que ese alguien, agobiado a más no poder, la soltara en cualquier lugar para desaparecer ipso facto. Y entonces ella ya no sabía dónde estaba.

Aaron da un golpecito en su reloj de pulsera. La voz robótica informa: «Seis de enero. Miércoles. Ocho horas, catorce minutos, diecisiete segundos».

«A lo mejor se han confundido de vuelo. ¿Y entonces? ¿Un taxi?».

El horror. Hay que colocarse donde podría estar el primer taxi, oír cómo se cargan maletas y se dan direcciones, siguiente coche, golpe de puerta, el taxi que arranca, y ella que se queda ahí plantada como una testigo de Jehová. Hacer una señal con la mano resultaría ridículo. Con algo de suerte, en algún momento un taxista gruñe: «Oiga, ¿por qué no sube?».

De repente Aaron sabe que Niko lleva todo el rato ahí y la está mirando.

«Heridas de bala en el bazo y un pulmón, sin orificio de salida. Pérdida de dos litros de sangre».

«Sobrevivió».

Por fin le toca el hombro.

—Hola.

La abraza como si se hubieran despedido ayer mismo.

Aaron percibe un olor a tintura de yodo. Se ha cortado al afeitarse. Ella no quiere, pero su mano izquierda sí, y se cuela bajo la cazadora de piel de él y roza la empuñadura del arma. Una Makárov Single Action.

Niko carga con la maleta y la guía hacia la salida. Antes, Aaron llevaba casi siempre zapato plano. Desde que está ciega, los tacos de acero de sus tacones altos son su sónar. Sobre pavimentos duros, como el de allí, pero solo en lugares silenciosos, en salas cerradas. En la terminal hay demasiado ruido. Aaron va a la deriva por una catedral de sonidos, murmullos, gritos, el parloteo de muchas voces, carros de equipajes que traquetean, móviles que suenan, alboroto de niños, un aviso ruidoso por megafonía en mal inglés, otro en alemán que se solapa con el primero y se pelea con él. Tiene que aferrarse al brazo de Niko.

Fuera, el frío se le abalanza a la cara. Los copos de nieve danzan sobre su piel. El paso ligero y desenfadado de Niko no puede engañarla, porque una vez ella fue un depredador igual que él.

Aaron hace chasquear los dedos varias veces con fuerza. Sabe que Niko se pregunta por qué, pero no se lo explica. Se está orientando. Cada cosa refleja la resonancia de una forma distinta, tiene una onda propia. Aun así, el telón de fondo sonoro es un problema, desde luego. Cuando pasa mucho tiempo recorriendo la ciudad, por la noche tiene dolor de cabeza y se siente como si le hubieran dado una paliza.

—Cuidado, una papelera —advierte él.

Ella lo sabe desde hace rato. También porque ha olido una peladura de plátano podrida y una hamburguesa pasada.

Aún mejor sería chascar la lengua, el sistema de ecolocalización con el que Aaron genera los sonidos junto a su oído, de manera que no acaban desviados ni dispersados por el suelo. Los ecos modelan su mundo, lo iluminan como un estroboscopio. A entre cinco y doscientos metros, puede distinguir el tamaño y la densidad de los objetos y obtener de ellos una imagen muy pixelada.

Como un murciélago o un delfín.

Al principio ni ella misma se lo creía. En la clínica de rehabilitación había una mujer que estaba ciega desde hacía tiempo y que iba todos los días para apoyar a los pacientes en esas primeras semanas de desesperación. Un día salió a pasear con Aaron por el parque de la clínica. Se quedó quieta, hizo chascar la lengua y dijo: «A la derecha hay seis árboles. Muy altos y frondosos. Hayas, castaños o robles. A la izquierda, dos, pero más pequeños, puede que plátanos». Aaron pensó que la mujer se estaba quedando con ella, pero un médico que pasaba por allí lo corroboró sin extrañarse en absoluto. «Solo que no son plátanos, sino abedules jóvenes».

La mujer volvió a chascar la lengua y tocó a Aaron. «Allí al fondo hay un edificio. Calculo que a unos cien metros. Y unos veinte metros por delante de nosotras tenemos un coche aparcado».

También acertó.

Aaron lo supo: «Tengo que aprender a hacer eso».

Los que no son ciegos de nacimiento rara vez consiguen llegar a dominar esta técnica, pero ella entrenó como una posesa, que es la manera en que lo hace todo.

Su primer éxito fue un callejón que había entre dos edificios de la clínica. Primero lo reconoció por la corriente de aire y luego llegó a oírlo también. Sus chasquidos rebotaron desde los muros de los edificios y zumbaron de un lado a otro al regresar hacia ella, y entonces el sonido estalló una segunda vez.

Aaron exploró el callejón y se topó con el contenedor que había localizado allí. ¡Ja!

Pero en presencia de Niko se sentiría ridícula usando el sónar de clics. ¿Acaso quiere que la tome por Flipper?

Se detiene.

—Deja que me fume antes un pitillo.

Seguro que Niko no sospecha lo mucho que ha tardado en conseguir que la llama acierte en el cigarrillo con tanta naturalidad y a la vez ofrecer una imagen relajada.

—¿Qué tal te va en la BKA? —pregunta él.

—Bien. ¿Y a ti?

—Mucho papeleo.

«Claro. Por eso llevas una Makárov en la cadera. Existe un buen argumento para esa joya: la resistencia del gatillo es prácticamente nula».

Él no le quita los ojos de encima. Ella vuelve la cabeza en dirección contraria.

—Voy a por el coche —anuncia Niko.

—Vale.

Cuando está segura de que él ya no puede oírla, Aaron suelta un fuerte clic con los labios abiertos en forma de «o». Localiza una farola. ¿O dos? A la izquierda, una columna enorme. ¿Publicidad? ¿Ventilación? A la derecha hay un autobús con el motor en marcha, una clase de colegio alborotando, retazos de palabras en una lengua escandinava.

Lo que Niko llama «ver» tampoco es más que un eco, pero de luz. Por eso él ve la farola, la columna, el autobús, a los alumnos.

De modo que Aaron ya está en Berlín. ¿Cómo lo sabe? ¿Porque el piloto ha dicho: «Empezamos el vuelo de aproximación a Schönefeld»? ¿Porque alguien desde un coche que pasaba ha renegado con acento inconfundible: «Que te den por saco, hay que joderse con los aparcamientos…»? Wiesbaden son los pasillos silenciosos de la BKA, en los que al principio pensaba: «¿Estoy yo sola?». Salsa verde de Fráncfort en la cantina, risas infantiles en el parque de juegos de detrás de su casa, el traqueteo del funicular de Neroberg. De las ciudades a las que viaja le quedan las texturas de las manos que ha estrechado, las especias de la comida, la llamada de un muecín, el sonido diferente de las sirenas de la policía, una ráfaga de aire en una plaza gigantesca. Eso son para ella Londres, El Cairo, París. ¿Y Berlín? Un pelaje cálido que respira y se acurruca contra ella, un grito en plena noche, pero a veces también el haber sido casi feliz.

Quiere recordar el rostro de Niko. No lo consigue.

Él la toma del brazo. De pronto vuelve a estar ahí.

La circunvalación hacia el norte. Aaron se concentra en el sonido que hace el limpiaparabrisas al apartar la nieve. Intenta sincronizar los latidos de su corazón con ese intervalo constante, monótono.

«Te estoy agradecida por muchas cosas, pero sobre todo por el hecho de que en Barcelona nunca estuvieras tú solo junto a mi cama. No habría soportado el silencio entre nosotros. Jamás me dirigiste una sola palabra de reproche, pero yo siempre me avergonzaré, hasta lo más hondo, hasta mi última hora».

Ningún miembro del Departamento había dejado nunca a un compañero herido atrás.

Solo ella.

Y no hubo más que una persona con quien fue capaz de hablarlo.

Su padre había sido lo más importante desde que tenía memoria. «¿No les pasa lo mismo a todas las niñas?». Con el tiempo se convirtió en su maestro, luego en su consejero, en su confidente. Pasaron muchos años viéndose solo en contadas ocasiones. Con eso les bastaba. Eran muchas las cosas que los unían, pero sobre todo el hecho de saber cuánto dura una fracción de segundo.

Jörg Aaron. Piedra angular del grupo antiterrorista GSG 9. Día 18 de octubre de 1977, las 23.45, barracones del aeropuerto de Mogadiscio. El canciller Schmidt ha dado el OK para el asalto del Boeing 737 *Landshut*. El coronel Wegener se planta ante la tropa y pregunta: «¿Quién entra primero?».

Diez hombres dan un paso al frente.

Jörg Aaron da uno más.

Él es quien irrumpe por la salida de emergencia del ala derecha y abate a los dos primeros terroristas.

Quince años en primera línea. Después, comandante del GSG 9. Un hombre que se tutea con Isaac Rabin. Gran Cruz Federal al Mérito. Una leyenda.

Ella percibía las miradas en todas las instalaciones policiales: «O sea que esa es la hija de Jörg Aaron».

En el hospital, él fue el primero que le sostuvo la mano. Que la alimentó, la bañó y la estrechó entre sus brazos cuando lloraba. Él se ocupó de que la ventana de la tercera planta no volviera a abrirse.

—Eché a correr. Abandoné a Niko a su suerte.

—Tuviste miedo, es normal.

—¿Cómo voy a vivir con esto?

—No lo pienses más.

—Dímelo.

—Aprenderás a levantarte y acostarte otra vez. A comer, a beber, a respirar. Habrá muchos días, días buenos, en los que se te olvidará. Pero nunca te librarás de ello.

—¿Cómo tengo los ojos? —le preguntó a su padre, porque sabía que él le diría la verdad sin miramientos.

—Perfectos y preciosos.

La mejor frase de todos los tiempos.

Una semana después estaba en condiciones de prestar declaración. Dos agentes de Asuntos Internos se sentaron junto a su cama en Barcelona. Eran como todos ante los que había tenido que rendir cuentas a lo largo de esos años, contables en cuyos protocolos no existe la adrenalina, el miedo a morir ni el dolor.

Su padre insistió en estar presente. No se atrevieron a prohibírselo.

Era Jörg Aaron.

Le leyeron la declaración de Niko: «Había recibido una bala en el bazo y otra en el pulmón. Jenny no podía moverme. Se encontraba bajo fuego. Tomó la decisión correcta».

—Señora Aaron, ¿ratifica usted esa descripción?

La pregunta no era complicada y ella quería contestarla. Solo que no sabía cómo.

—¿Señora Aaron?

—Sí.

Cuántas veces le ha dado vueltas a ese «sí». En algún momento se convenció a sí misma de que pudo significar: «Sí, ¿podrían repetirme la pregunta, por favor?», en lugar de: «Sí, así fue». Pero su «sí» quedó en el expediente como afirmación.

—Se enfrentaron a tres adversarios. Usted ya había neutralizado a dos. ¿Es correcto?

—Sí. —Eso le habían dicho.

—Consiguió hacerse con un arma de fuego.

—Sí.

—Señora Aaron, pertenece usted al Departamento. La entrenaron en tiro de combate y en cuatro técnicas de lucha cuerpo a cuerpo, tiene una resistencia al estrés extraordinaria y se ha distinguido en situaciones extremas. ¿No pudo eliminar al tercer hombre?

Habría tenido que decir la verdad: que no lo recuerda. Sabe que vuelve a mirar hacia Jordi, Rubén y Josué antes de que la puerta de la nave se cierre. Lo siguiente que ve es que está tirada frente al almacén sin poder moverse. Que dobla un meñique. Que de algún modo consigue llegar al coche. Que el cristal de la ventanilla revienta. Que va a toda velocidad por la ronda y junto a ella, donde debería estar Niko, solo está el dinero.

Que ve el Audi por el espejo retrovisor y lo sabe: «Se acabó».

Una mirada, un disparo, se acabó.

—Desde el almacén hasta el túnel debió de tardar unos cuatro minutos, según nuestros cálculos. ¿Es correcto?

La voz de su padre fue como una uña sobre una pizarra.

—¿Cree usted que mi hija se detuvo a consultar un cronómetro?

—Se trata de lo siguiente, señora Aaron: habría tenido que solicitar la intervención del comando móvil y una ambulancia, en el coche a más tardar. ¿Por qué no lo hizo?

Cuatro minutos.

Pasaron a toda velocidad, como si fueran segundos. Y duraron siglos.

—¿Señora Aaron?

Su padre salió de nuevo en su defensa.

—Voy a decirles algo, payasos. Ninguno de ustedes ha conducido a doscientos por hora gravemente herido por una autopista cargada de tráfico con un asesino pisándole los talones. Por experiencia propia puedo asegurarles una cosa: en ese momento es difícil llamar por teléfono.

Le pidieron a Aaron que firmara.

Los hombres se marcharon. La mano de su padre se posó sobre la suya. Ella pudo sentir cómo le latía la sangre. Ninguno dijo nada.

Su padre la quería.

Le faltaba todavía medio año para jubilarse y dejó el servicio, que lo era todo para él. Pero no representaba ni la mitad de lo que representaba su hija. Le buscó una clínica de rehabilitación en Siegburg, cerca de Sankt Augustin, donde residía. Todas las mañanas le leía el periódico antes de trabajar con ella, y no le daba tregua cuando fracasaba en las cosas más sencillas. Practicó con su hija cómo salir a comprar, cómo reconocer por el peso del tenedor si había levantado un trozo de carne o una patata, la ayudó a aprender de nuevo a maquillarse. Constantemente la animaba: «¡Otra vez! ¡Otra vez! ¡Otra vez!».

Cuántas veces les advirtió su entrenador de movilidad: «Esperan demasiado, la perfección solo la alcanzan los ciegos de nacimiento».

Su padre siempre respondía: «¡Mi hija podrá!».

También le daba la lata con el manejo del odiado bastón, por desgracia con escaso éxito. Hasta la fecha, Aaron sigue dominándolo solo a medias, porque su resistencia a que la identifiquen como ciega de manera automática es demasiado grande.

Él hincó los codos para estudiar braille con ella y fue el conejillo de Indias a quien Aaron sirvió el primer bistec que, llena de ilusión, cocinó sin ayuda. Por entonces todavía no sabía diferenciar la sal de la pimienta, que la sal suena al agitarla y la pimienta no. Cuando su padre, tosiendo, graznó un «¡Muy rico!», los dos se echaron a reír como locos.

Pero, por encima de todo, él le enseñó lo más difícil: a recibir ayuda, a aceptar que durante toda su vida dependería de los demás y que no debía percibirlo como una carga, sino como una necesidad.

El día en que por primera vez se atrevió a salir sola de la clínica de rehabilitación tenía un único objetivo: él. Se había pasado la mitad de la noche anticipando con alegría el momento en que su padre abriría la puerta y ella le sorprendería. Aaron sabía que lo encontraría en casa porque esperaba la visita de un amigo. Qué orgullosa estaba cuando se subió al autobús correcto y, después de bajar, se orientó gracias a las directrices aprendidas, guiándose como en la infancia, por olores y sonidos, hasta que finalmente lo supo: «Estoy en casa».

Palpó la puerta del jardín, oyó murmullos. Le pidieron que se hiciera a un lado. Unos hombres pasaron cerca cargados con algo. La voz ronca del amigo de su padre llegó hasta ella: «Soy yo, Butz».

Jörg Aaron se había desplomado después de la frase: «Este whisky me lo regaló el ministro del Interior cuando me retiré». Ella jamás se sobrepondrá al hecho de no haber podido despedirse de su padre y haberle dicho que sin él estaría muerta.

El tráfico se mueve con más lentitud, se acercan al nudo de la Torre de Radio. Por la respiración de Niko, Aaron nota que la mira una y otra vez. Ella dirige los ojos hacia los de él; él vuelve la cara. Acelerar, frenar, acelerar.

—Siento lo de tu padre.

Aaron solo hace un gesto con la cabeza.

Niko sirvió a las órdenes de Jörg Aaron. No había tenido que solicitar el puesto, él lo había seleccionado entre mil candidatos. Hasta que llegó un día en que lo invitó a marcharse, y se guardó para sí el porqué. Nadie había decepcionado a su padre tanto como Niko; eso era lo que intuía Aaron cuando su nombre salía a colación. Que ellos dos se hicieran pareja fue un duro golpe para Jörg Aaron. Una vez le preguntó qué había sucedido entre ambos, y su padre solo contestó: «Es un barco que va buscando su iceberg».

Unas palpitaciones ponen fin al recuerdo. Niko ha parado el limpiaparabrisas y sale de la circunvalación de la ciudad.

—La Cuarta ha hecho que te preparen una copia del expediente en braille.

Que no le servirá de nada. Aaron maldice porque el viernes pasado se quemó las yemas de los dedos en un fogón y no podrá usarlas hasta dentro de una semana por lo menos.

—Conoces los hechos. Explícamelo todo.

Reinhold Boenisch, cincuenta y ocho años de edad, cadena perpetua por asesinato cuádruple, encarcelado desde hace dieciséis años. Anteayer, una psicóloga de prisiones entró en su celda poco antes de terminar la jornada porque él la había invitado a una taza de té.

Boenisch la mató y desde entonces no ha pronunciado palabra.

Salvo una frase: «Solo hablaré con la señora Aaron».

2

En la compuerta del centro penitenciario de Tegel, Niko tiene que entregar el arma. Controles más que exhaustivos a pesar de sus identificaciones. Comprueban los papeles. Cuchicheos en algún lugar.

Diez cosas que a Aaron no le gusta oír:
el tintineo de unas llaves pesadas
alguien desafinando al cantar
cuchicheos
«¿Es usted ciega?»
la tiza contra una pizarra
vehículos de motor a toda velocidad
agua que se derrama al hervir
«Solo estoy haciendo mi trabajo»
la canción del verano
mentiras

—¿Y qué es esto de aquí?

Aaron sabe que el funcionario que se ocupa de su bolso se refiere al bastón telescópico, que para el ojo lego no es reconocible como tal.

—¿A usted qué le parece?

El hombre se aleja hacia atrás.

—Una porra. Se queda aquí —decide un compañero suyo.

Ella extiende la mano.

—¿Me permite?

Despliega el bastón con un golpe rápido y recibe un «Perdón» mascullado.

Cuando pasan, tras ellos y a un volumen tan bajo que sin duda no ha sido perceptible para Niko, se oye: «¿No te recuerda a alguien?».

Una funcionaria de prisiones los acompaña al Servicio de Psicología. Como analista de casos y especialista en interrogatorios, en la BKA Aaron está integrada en grandes investigaciones complejas, crimen organizado, terrorismo, donde las víctimas solo son cantidades abstractas, sombras de personas. Aquí es diferente. Quiere saber quién era la mujer asesinada para entender qué vida le han arrebatado.

El viento levanta la nieve ante ellos. Aaron siente los copos en las muñecas, huéspedes mojados y con prisa que no quieren quedarse. Ya ha estado aquí muchas otras veces, así que visualiza la amplia explanada de aspecto abandonado, sabe que ahora todos los reclusos están trabajando o encerrados en sus celdas. El Servicio de Psicología está alojado en el edificio escuela, detrás, junto al campo de deportes. Sus pensamientos se trasladan al pasado, oye gritos de hombres furiosos. «¡Eh, tía, enróllate!», «¡Demasiado sosa para hacerse una paja!».

Esta vez no se cuelga del brazo de Niko, sino que deja que la guíe como le han enseñado: pulgar e índice en el codo de él, medio paso por detrás, su cadera tras la del guía, sin tocarse. Su entrenador de movilidad estaría entusiasmado.

Sin embargo, solo lo hace para no volver a notar la pistolera bajo la cazadora de Niko y sentirse igual que un alcohólico en dique seco ante una tienda de licores.

—¿Cuántos años tenía la señora Breuer?

La compañera de trabajo de la víctima ha llorado mucho. Tiene la voz ronca, mate, vacía.

—Treinta y uno. Su cumpleaños fue en diciembre. Nos invitó al cine a todos.

—¿Cuánto hacía que trabajaba en el centro penitenciario?

—Tres años. Estudiamos juntas. Al terminar yo entré aquí enseguida, porque era algo seguro. Melly quería abrir su propia consulta, pero no le fue bien. Mientras tanto tenía que trabajar también de camarera, y no sacaba nada. Cuando quedó una plaza libre, la convencí para que se presentase.

Están a punto de brotarle las lágrimas, pero se le han atascado en la garganta.

—¿Le gustaba el trabajo?

—Aquí todo la deprimía, lo llevaba cada vez peor. Yo le dije: «Estas cosas pasan, te acostumbrarás». —Las lágrimas suben un tramo más, pero no le llegan a los ojos.

—¿Tenía familia?

—Una hermana en Noruega, que vendrá hoy. Sus padres están muertos, los dos.

—¿Estaba casada?

—No. Estuvo un tiempo sola porque había vivido un par de malas experiencias, pero desde hacía poco tenía novio. Un chico larguirucho, atractivo. Melly estaba colada por él. Cuando entraba por las mañanas se iluminaba hasta el color de las paredes.

—¿Qué aspecto tenía?

No hay respuesta.

—¿Tiene una fotografía para darle a mi compañero?

La mujer hace un esfuerzo.

—Era alta, como de metro ochenta, tenía el pelo negro y rizado, pecas y un cutis de porcelana. Melly era guapa, algo fuera de serie. A pesar de su melena oscura resultaba bastante fría, pero en realidad no lo era en absoluto.

Aaron empieza a sentir vértigo.

—Usted se parece mucho a ella.

—¿Cada cuánto venía Boenisch aquí? —Busca apoyo en los hechos.

—Todas las semanas. Apenas abría la boca. A ella le extrañaba que siguiera viniendo.

—¿Se sentía intranquila cuando tenía que verlo?

—No, para nada. Se alegró de verdad de que la invitara a tomar un… —Se queda sin voz.

Aaron le concede un momento.

—Me dijo: «Oye, hasta es posible que empiece a soltarse».

—Me gustaría repasar las actas de la terapia.

—Se las prepararé. ¿Media hora?

—Está bien.

La mujer estrecha la mano de Aaron.

—Gracias.

—¿Por qué?

—Los de la Brigada de Homicidios no han preguntado por Melly. Ni siquiera han estado aquí.

Sus tacones generan una imagen granulosa del camino pavimentado del que acaban de limpiar la nieve a pala y que conduce al Pabellón 6. Aaron hace chasquear los dedos y distingue incluso la valla que rodea el edificio; aunque no conociera el lugar podría diferenciarla de un muro.

Cuatro o cinco metros hasta la entrada. Cuando están llegando al umbral se detiene un instante antes que Niko, lo cual sin duda lo descoloca.

Dentro percibe un olor familiar.

Sudor, desinfectante, rancho malo.

Diez olores que a Aaron no le gustan:
los hospitales
el pescado
el perfume Femme de Rochas
la *raclette*
el café
el aire del túnel del metro
las cárceles
los crisantemos
el humo de tabaco
el miedo

Una construcción nueva. Los dejan en manos de un funcionario que los conduce a la segunda planta. Una fregona golpea el suelo de linóleo. Salvo los aislados y los que trabajan preparando la comida, limpiando y ocupándose de la colada, por las mañanas aquí no hay reclusos.

—¿Cómo se ha comportado Boenisch? —le pregunta al funcionario.

—Sin llamar la atención. Dentro de un par de semanas se habría despedido del internamiento de seguridad. Se iba al palacio de ahí enfrente, chic a matar. Veinte metros cuadrados, cocina, baño alicatado, jardín grande. Cualquier día les ponen hasta servicio de habitaciones.

Otro olor.

—Aquí fuman porros —dice ella.

—Y esnifan coca, se pinchan, se emborrachan. Dígame cómo se corta todo eso y lo haremos cagando leches.

De repente Aaron siente una mirada a su espalda y se vuelve involuntariamente. Siempre el mismo reflejo estúpido.

—Es aquí —anuncia el hombre, y Aaron oye que rompe el precinto policial con una llave de su manojo—. Ya se apañan ustedes. —Y al salir masculla—: En Vietnam comen pies.

Sus pasos se alejan como los de un hombre que está contando los días que le faltan para la jubilación.

—Primero quiero entrar yo sola.

Da un paso en la celda y cierra la puerta. El olor es tan tenue que tarda un minuto en percibirlo. Té. Se arrodilla y palpa el linóleo. Delante del catre hay una mancha pegajosa; un reguero seco que se pierde ahí debajo.

Aaron se yergue. Sabe cómo es una celda. Diez metros cuadrados, catre, lavamanos, retrete, armario, televisor. Aun así, chasca la lengua, a muy poco volumen para no desatar un caos de ecos en ese espacio tan pequeño. Sus labios forman una «e», producen un suave restallido con final agudo. El sonido le rebota amortiguado desde la pared de la izquierda. Vuelve a chascar la lengua. A media altura, por encima del catre; se arrodilla sobre el colchón y palpa un estante. Sus dedos se deslizan por los lomos mugrientos y estropeados de ediciones de bolsillo. El penúltimo libro está forrado, la cubierta no tiene arañazos. Olfatea el papel. Un matiz a madera, como recién impreso. Cuando quiere dejar el libro otra vez en su sitio se da cuenta de que las páginas del centro se separan solas.

Allí dentro hay un DVD o un CD.

Abre la puerta.

—¿Qué clase de libros tiene?

Niko repasa el estante.

—*Contigo a mi lado, Tu aliento en mi alma, La alegría de mi vida, Verano rojo cereza.* ¿Quieres que siga o ya te han entrado náuseas?

Aaron le tiende el libro que ha sacado.

—¿Y este?

—*Porque han nacido para besar.* Otro folletín.

—Léeme el texto de contracubierta, por favor.

—«El detective y psicólogo negro Alex Cross se enfrenta a una misión casi imposible de resolver». —Niko se detiene—. «En el campus de una universidad de Carolina del Norte, un psicópata secuestra y viola a jóvenes atractivas». —Su respiración se acelera un punto—. Va de un asesino en serie.

—Ábrelo. ¿Qué hay dentro? —pregunta Aaron.

—Un DVD. *Mr. Brooks.*

—¿Conoces la película?

—No.

—Yo sí. También va de un asesino en serie. Mr. Brooks no sabe que el fotógrafo Smith lo observa mientras comete sus crímenes. Smith, sin embargo, no acude a la policía. En lugar de eso, chantajea a Mr. Brooks para que le deje acompañarlo en sus expediciones nocturnas.

Niko controla el ritmo de su respiración.

—¿Hay un reproductor de DVD aquí dentro?

—Sí.

—¿Las paredes están decoradas? ¿Fotos, pósters, postales?

El silencio de Niko es tan profundo que se podría lanzar una piedra dentro y no volver a saber de ella jamás.

Cuando se hace insoportable, contesta:

—Solo un dibujo.

—¿De qué?

Su renovado silencio la empuja contra una pared que se ha construido ella misma. Pasa una eternidad hasta que vuelve a oír la voz de él:

—Es de un artículo de periódico, de un dibujante de tribunales. De aquel entonces, en el juicio. Se te ve a ti, sentada en el estrado de los testigos.

La pared, erigida durante esos dieciséis años, se desmorona. Aaron se ve lanzada a una silla en el tribunal regional de Moabit, en Berlín. Intenta erguirse contra el respaldo mientras responde a las preguntas del defensor de Boenisch. Su estrategia va dirigida a demostrar una disminución de las facultades mentales; con ello pretende conseguir que envíen a su cliente al psiquiátrico. Boenisch mira fijamente a Aaron todo el rato. Una mosca se pasea por su antebrazo y él ni se inmuta. La mirada de ella huye hacia el dibujante de la sala. El lápiz araña el papel de su bloc.

—¿Jenny? —Niko la devuelve al presente.

—Has dicho que asfixió a la mujer con una bolsa. ¿Qué clase de bolsa era?

—¿A qué te refieres?

—¿Transparente o impresa?

Él desliza un dedo por su tableta.

—No se menciona.

—Llama a TC.

Niko hace una llamada a Técnica Criminalística.

—De C&A. Con publicidad impresa.

—¿Estaba ella autorizada a entrar en la celda sin supervisión? —pregunta Aaron.

—Por supuesto. Tenía llave de todos los pabellones.

—¿La vieron abajo al entrar?

—Un momento. —Vuelve a deslizar el dedo—. En la sala de guardia había dos celadores. Ella los saludó, estaba de buen humor. A ninguno le llamó la atención que no volviera a salir.

—¿Qué hora era?

—Las tres y media. Acababan de empezar las horas libres. Ya sabes lo que pasa aquí entonces. Esto es un gallinero, los celadores se estresan.

—¿Tan temprano acababa ella la jornada?

—Y quería pasearse para sacar unas horas extras.

—De modo que Boenisch debió de asesinarla entre las tres y media y las cuatro menos cuarto. ¿Y después?

—Se quedó en su celda, nadie se interesó por él. A las nueve y media vinieron a cerrarle. Uno del turno de noche miró un momento en la celda, pero no vio nada que le llamara la atención. Debió de esconder el cadáver debajo del catre.

Aaron entra en su sala interior. Ahora está en el lugar más solitario del mundo. Ahí dentro es adonde se retira cuando quiere verlo todo desde una gran distancia para poder mirar con claridad. Oye su propia voz desde muy lejos:

—¿Eso fue todo hasta por la mañana?

—No exactamente. Por la noche, a la una y media, hubo un incidente. Boenisch accionó la llamada de socorro de la celda. Un guardián fue a ver. Boenisch se quejaba de fuertes dolores de cabeza y le dieron una aspirina.

«Seguro que le supuso una satisfacción enorme. Saber lo que había debajo de su catre mientras se ocupaban de él y le hacían caso».

—A las seis pasaron revista. Entonces lo encontraron tumbado junto a ella, bien acurrucado.

—¿Cuántas tazas de té se habían utilizado?

Niko desliza el dedo por la tableta.

—Dos.

—¿Leche, azúcar?

Ningún deslizamiento. Esa pregunta no la haría nadie más que ella.

—¿Por qué es importante?

—¿La violó?

—No.

—¿Qué heridas tenía?

—Fractura de laringe.

—¿Signos de pelea?

—¿Puedes apartarte un poco?

Ella lo hace.

—Restregones negros en la pared. Delante del catre.

—¿A qué altura?

—Más o menos a medio metro.

Aaron sale de su sala interior.

—¿Tú qué piensas?

—Que Boenisch le destrozó la laringe para que no pudiera gritar y luego le puso la bolsa en la cabeza. Ella se defendió y dejó marcas con los zapatos.

—¿Por qué no la echaron en falta en la compuerta? Tendría que haber fichado a la salida.

—Estaban celebrando la despedida de un compañero.

«Por eso el control tan lamentable».

—Pues les va a caer una buena.

Baja con Niko a la sala de guardia. Tostadas quemadas, un café que se amarga desde hace horas en la cafetera.

—Me gustaría hablar con los dos funcionarios que anteayer vieron entrar a la señora Breuer.

—Schilling ha llamado diciendo que está enfermo.

—¿Y el otro?

—En un curso de formación.

Aaron le lee el pensamiento: «Tú lo que quieres es cargarnos el muerto».

El funcionario que los ha acompañado a la celda huele a humo de tabaco y a miradas impacientes al reloj.

—¿Han descubierto algo nuevo?

—¿Desde cuándo tiene Boenisch un reproductor de DVD en la celda?

—Yo qué sé. Echaría una solicitud. Ya le digo: aquí, a todo lujo.

—¿Estaba diferente estos últimos días?

—Yo no me acuesto con él.

Niko se dirige al hombre con aspereza:

—¿Acaso le hace gracia que se pasara toda la noche tumbado junto a un cadáver?

—Hace ya mucho que nada de lo de aquí dentro me hace gracia.

—¿Con qué reclusos tenía más contacto? —pregunta ella.

—Con Bukowski.

Niko habría hecho la misma pregunta si el caso hubiera sido suyo, pero al Departamento solo le han pedido ayuda administrativa.

«Seguro que los de la Cuarta Brigada de Homicidios no quieren pasearse por ahí con una ciega. "Una vez fue de los vuestros. ¿Hacéis vosotros de niñera?"».

—¿Puede ser más preciso? —reprende Niko al funcionario—. ¿Por qué está aquí, desde cuándo, dónde trabaja?

—Atraco a mano armada. Cuatro años. En el taller de coches.

—Llévenos allí.

Una puerta de acero pesada, sobre ruedas. Los chirridos de una radial. Una soldadora que realiza una unión por puntos, chas-chas-chas, olor a bengalas quemadas. Aaron protege del viento la llama de su mechero. Desde la estación de metro de Holzhauser llega un aviso volando sobre los muros: «¡Atención, cierre de puertas!».

Van a buscar a Bukowski.

—Qué hay. ¿No tendría otro de esos? —El hervor viscoso de su voz resulta una advertencia impagable para dejar de fumar.

Un gran cuerpo de resonancia. Aaron intuye músculos, tatuajes, un cuello de toro. Le tiende a Bukowski el paquete, le da fuego, huele la pasta desengrasante para manos.

«Me juego lo que sea a que no te has dado cuenta de que soy ciega».

—¿Hasta qué punto conoce a Reinhold Boenisch? —pregunta Niko.

—Por encima.

—No digas chorradas, que te pasas el día entero con él. —El funcionario de prisiones fuma también.

—Él buscaba a alguien que lo acogiera y yo no quise ser mala gente, ¿vale?

—Ya, ya, eres un buen hombre.

—Lo que yo le diga.

—¿Ha notado últimamente algo en Boenisch que le llamara la atención? —pregunta Aaron—. ¿Se ha mostrado más reservado, estaba inquieto por algo?

—Siempre lo está. Dice que dentro de su cabeza hay una fiesta.

—¿Sabía usted que iba a ver a la psicóloga?

—Allí vamos todos. ¿Le ha echado un ojo? Está buenísima. Lo siento. No tendría que decir eso delante de usted, ¿no?

Aaron sabe que, si el hombre no tuviera orejas, ahora mismo la sonrisa le llegaría hasta la coronilla. Apaga su cigarrillo con el pie. Practicó una semana entera.

—Señor Bukowski, alguien como usted no se hace colega de alguien como Boenisch. Él es un gigante, pero no puede defenderse. Aquí los asesinos de mujeres están muy abajo en la jerarquía. Necesita a un matón que lo proteja, y ese es usted. A cambio, le entrega parte de su sueldo. ¿Hasta aquí estamos de acuerdo?

Bukowski se arranca una flema.

—Su relación comercial es un modelo descatalogado, porque van a trasladar a Boenisch sí o sí —dice Niko. Su voz es segura, amable. Aaron conoce ese tono, es el mismo con el que en el primer contacto en Nápoles afirmó con toda tranquilidad: «Diez millones no suponen ningún problema».

—¿Y qué?

—Tele por las noches, todo el rato que quiera.

Bukowski se lo piensa.

—¿Tiene una novia ahí fuera? —pregunta Aaron.

—¿Por qué?

—Una hora con ella, sin interrupciones. —Siente su ansia de volver a fumar.

—¿Me pasa otro pitillo?

Aaron le cede a Bukowski el último que le queda. Visualiza cómo el hombre lo hace rodar entre el pulgar y el índice, de aquí para allá, y exhala un aro con picardía.

—El domingo me estuvo comiendo el tarro. Que si podía partirle unas cuantas costillas. Pensé que se estaba quedando conmigo, pero lo decía en serio. Le di un par de veces. Está como una puta cabra.

3

El pasillo es interminable y ella nota que sus pasos se vuelven cada vez más lentos. Niko se detiene ante una puerta.

—No tienes por qué hacer esto.

—Sí.

En la sala de visitas oye enseguida el escarbar nervioso de unas chancletas de piscina.

—No armes tanto escándalo —masculla un funcionario.

Aaron alarga la mano. En los saludos siempre es la más rápida, para no tener que buscar la mano del otro. A Boenisch, sin embargo, jamás lo tocaría de no ser imprescindible; la sola idea de hacerlo le provoca náuseas. Pero quiere leerle la mano.

Él la toma con sus dos garras de carnicero esposadas. Están húmedas y tiemblan, delatan la alegría con que la esperaba.

«¿Qué aspecto tendrá, después de dieciséis años?».

En su voz se percibe ese tono subyacente de súplica que ella conoce bien y que no ha olvidado.

—Siento muchísimo que se haya quedado ciega. Lo siento de verdad.

«Venga, te regalo una erección».

—Quiero hablar con el señor Boenisch a solas.

—Esa posibilidad no existe —replica Niko.

Aaron se aparta con él unos pasos. Sus tacones le hacen saber que todavía queda un metro de aire hasta la pared.

—Espósalo al tubo de la calefacción —susurra.

—Olvídalo.

—No dirá una palabra si tú estás presente.

Niko roza la mano de Aaron sin querer, se lo piensa, accede.

El ruido de una silla que se arrastra, metal contra metal, pasos, una puerta que se cierra.

La bala le entró por la izquierda de la región occipital y atravesó los dos hemisferios del córtex cerebral, pero el nervio óptico resultó ileso. Aaron posee una mirada muy clara. Se orienta por respiraciones y voces, y ha aprendido a dirigir los ojos diez grados por encima de la posición de la boca de su interlocutor para que este tenga la impresión de que lo está mirando.

Solo durante los interrogatorios no lo hace. El vidente le cuenta al invidente cosas que no le confiaría a nadie más. Porque el que tiene delante no se da cuenta de si uno se pone rojo, si se retuerce las manos, si mira al vacío, si no encuentra las palabras. O eso le parece. Es como en un confesionario. El vidente se cree seguro tras el cortinaje negro que lo separa del ciego, y en eso el ciego es él.

Aaron mira más allá de Boenisch; el hombre tiene que sentirse superior a ella. Deja el móvil en la mesa y empieza a grabar. La respiración de él vuela. Se muere de impaciencia por que le haga la primera pregunta.

—¿Está contento con la comida de aquí?

Boenisch lanza un bufido amargo. Está decepcionado, muy decepcionado de que no haya sido una primera frase perfecta.

Justo por eso era la más adecuada.

—Sí.

—Trabaja usted en la lavandería. ¿Se lleva bien con sus compañeros?

—Me llevo. —Está a punto de echarse a llorar, porque ella lo ha estropeado todo.

—¿Le tratan bien?

Boenisch suelta un gemido.

—¿Qué ocurre?

—Que un celador me pegó. Tengo las costillas llenas de moratones. ¿Quiere tocármelas?

—Eso habrá que denunciarlo. Lo haremos después.

Aaron prosigue estoicamente unos minutos más: cada cuánto tiempo lo visita su tía, si prefiere ver la televisión solo o en la sala comunitaria, a qué hora apaga la luz por las noches, qué tal es la recepción de su radio transistor, la calidad de su colchón. Temas, todos ellos, por los que siente un ardiente interés.

«La novela solo era el envoltorio. Lo importante es la película».

Boenisch está a punto de perder los estribos.

—¿Le gustó *Mr. Brooks*? —pregunta ella.

¡Por fin!

Él toma aire con alegría y Aaron se siente transportada a aquel agosto caluroso de dieciséis años atrás, cuando durante sus estudios en la Academia de Policía pasó seis meses de prácticas en Berlín, en la Cuarta Brigada de Homicidios, y la asignaron a una comisión especial que acababa de formarse.

Dos abogadas de un bufete de Charlottenburg con más de cien socios habían desaparecido sin dejar rastro en un intervalo de una semana. Ambas habían trabajado hasta tarde; el portero de noche del edificio de oficinas fue el último en verlas con vida. Naturalmente se consideró la posibilidad de que las desapariciones estuvieran relacionadas con algún caso del bufete, pero estaba especializado en derecho fiscal puro y duro y, además, las dos mujeres nunca habían trabajado en el mismo caso.

En su vida privada no parecían tratarse.

No había petición de rescate. Ni la más mínima pista.

A Aaron le encargaron el contacto con los familiares, que cada día estaban más desesperados. No se lo tuvo en cuenta a sus compañeros; era horrible tener que repetir siempre las mismas frases como un loro: «No pierdan la esperanza. Hacemos todo lo que está en nuestra mano. Si lo desean, podemos ofrecerles ayuda psicológica, por supuesto».

Los rostros de los maridos y de los hijos pronto empezaron a no dejarla descansar. Los expedientes crecieron hasta ocupar dos metros de estantería. También fueron interrogadas un centenar de personas del entorno de las mujeres. Parientes, amigos, compañeros, vecinos, personal y clientes de un gimnasio. Incluso se sopesó la posibilidad de que ambas mantuvieran una relación lésbica secreta y hubieran huido juntas.

Aaron se lo leyó todo y se aprendió de memoria hasta la última frase.

Al portero de noche lo habían interrogado tres veces:

«—¿De modo que la señora Marx bajó en el ascensor sobre las veintitrés horas directamente al aparcamiento subterráneo?

»—Sí. Como a las once o así. Yo iba a subir para hacer la ronda y me la encontré en el ascensor cuando se abrió la puerta. "Baje tranquila, señora, que yo tengo tiempo", le dije».

En la siguiente ocasión:

«—Sé que eran las once en punto porque miré el reloj: pensé que debía de tener algo importante de verdad si se había quedado en el despacho hasta tan tarde. Se había equivocado al apretar el botón y acabó encontrándose conmigo en el vestíbulo. Le di las buenas noches. Ella no me dijo nada».

Y después:

«—Debían de ser entre menos cinco e y cinco. Ella quería subir otra vez un momento porque se había dejado algo. Seguro que documentos. Se la veía como muy nerviosa.

» —¿Qué quiere decir con eso?

» —Pues… rara. Demasiado seca».

Los interrogatorios los efectuaron agentes diferentes y no quedaron archivados en la misma carpeta, por eso a nadie le habían llamado la atención esas contradicciones. ¿A qué hora exactamente había ocurrido? ¿Había hablado la mujer con él o no? ¿Se había equivocado de planta o se detuvo el ascensor en el vestíbulo porque el portero lo había llamado? ¿La mujer bajaba o subía? En caso de que fuera esto último: ¿cómo es que no había subido él con ella, si pretendía hacer su ronda? ¿Se había quedado quizá dormido el portero y no tenía ni idea de cuándo había abandonado el edificio la mujer? Pero ¿por qué habría tenido que enredarse entonces con todas esas contradicciones? Habría bastado con afirmar que ya estaba recorriendo el edificio y que no tenía la menor idea de cuándo se había marchado ella a casa.

Reinhold Boenisch era ese portero de noche.

Boenisch quiere inclinarse. Aaron oye que las esposas dan un tirón en el tubo de la calefacción. Se obliga a hacer algo bueno por él y desliza la silla medio metro hacia delante.

El hombre respira agradecido.

—Me avergüenzo de haber visto esa película. No tendría que haberlo hecho. Me alteró demasiado. —Le tiembla la voz—. ¿Usted la conoce?

—Sí.

La respiración de él es de puro éxtasis.

—¿Desde cuándo la tiene… y de dónde la ha sacado?

—Desde no hace mucho. Me la recomendó alguien —responde el hombre con evasivas.

Una frase importante, ella escucha el eco de su significado.

—¿Quién?

—Una persona.

—¿Una persona a quien le cae bien?

—No sé.

«Seguro que no fue Bukowski. La idea de escoger como funda para *Mr. Brooks* un *psicothriller* con un título hortera para que no llamara la atención entre los demás libros de Boenisch y pudiera pasar la censura es demasiado inteligente para él».

—No habría tenido que ver esa película.

De nuevo un ruido de las esposas. Aaron le concede a Boenisch diez centímetros más.

—Me alegro de que aquella vez viniera usted. Me alegro mucho. Usted me salvó. Fue mi… —Se echa a llorar, no puede seguir hablando, golpetea con las chancletas arriba y abajo y no consigue pronunciar las palabras que se le han atascado en la garganta.

A Aaron le cuesta tal esfuerzo extender la mano y acariciarle el hombro que le da un calambre en el brazo. Él mueve el hombro hacia ella con avidez.

—Mi ángel. Gracias por haber llamado a mi puerta.

Ayer, Aaron estaba en París por una investigación conjunta de la BKA y la unidad de élite de la policía francesa RAID. Cuando, entre dos reuniones, reconoció la voz de Niko en su buzón de voz por primera vez desde hacía cinco años, un nudo le cerró la garganta. Las horas siguientes tuvo que encargarse de un agente durmiente de Al Qaeda detenido en Wuppertal a quien le habían encontrado planos para cometer varios atentados en Francia. De algún modo siguió funcionando. Después salió, se fumó un cigarrillo y percibió el zumbido de la respiración de aquel enorme edificio. «No lo haré. Nadie puede obligarme a hacerlo». Sin embargo, de repente le vinieron a la cabeza los entrenamientos de atletismo en el colegio, cuando en el salto con pértiga no acertó a caer en la colchoneta y se rompió el codo. Tras su recuperación, fue al campo de deportes. Sabía que toda la vida le tendría miedo a ese condenado listón si no volvía a saltarlo por lo menos una vez. Después, todo fue bien.

Así que Aaron llamó a Wiesbaden y pidió a su secretaria que le notificara a su departamento su compromiso para el día siguiente y le reservara el primer vuelo de la mañana desde Orly. A continuación consultó un servicio meteorológico en internet para ver qué tiempo había hecho en Berlín el 3 de agosto de dieciséis años atrás. Por eso sabe que al final sí había llovido aquella tarde.

Boenisch vivía en la antigua casa de sus padres, en el distrito de Spandau, arriba, en el bosque. Seguro que los árboles de su terreno estaban empapados. Debía de oler a tierra, a hojas y a polvo.

Pero de eso no se acuerda.

Solo de que llamó a la puerta del jardín cuando ya estaba oscuro.

Boenisch tardó en abrir. Pero si ya lo había explicado todo…, dijo. Claro, siempre que pudiera serle de ayuda. La invitó a entrar y se disculpó profusamente por no haber acudido más deprisa a la puerta, pero es que estaba viendo la televisión y siempre tenía que poner el volumen muy alto porque no oía demasiado bien. Solo le quedaba un tímpano, el otro se le había reventado cuando era pequeño en una de las palizas que le daba su padre con el cinturón.

De repente se puso a temblar, y a Aaron le dio lástima. El gato de Boenisch se encorvó contra la pierna de ella, pero no ronroneó. Tenía un ojo rodeado de negro y el otro de blanco, y la cola, rota.

—Perdón, no se lo he preguntado: ¿le apetece beber algo?

—Un vaso de agua estaría muy bien.

Él entró en la cocina. El gato maulló. Aaron no se fijó en él y puso la mano sobre el televisor.

Frío.

Cuando quiso darse cuenta de que Boenisch estaba de nuevo en la puerta de la cocina ya era demasiado tarde.

—No me queda con gas. ¿Le va bien del grifo?

Tenía la frente empapada en sudor.

Aaron respondió a toda prisa que se le había olvidado que tenía una cita importante y, aunque resultara muy tonto, debía irse ya. Su conversación no era urgente, podían hablar en cualquier otro momento.

Boenisch pareció entristecerse.

—Qué pena.

Al pasar junto a él, el hombre la atrapó como a un ratón. Tenía una fuerza increíble. Lanzó a Aaron contra el suelo de piedra, se arrodilló sobre ella, le quitó el móvil y el reloj, la levantó y la arrastró hacia la puerta del sótano, la bajó por la escalera oscura y la encerró allí dentro.

Aaron ha olvidado gran parte de todo eso, pero no aquel hedor. Enseguida tuvo que vomitar. No sabe cuándo consiguió respirar otra vez. La clavícula izquierda le ardía. Notaba que se le había salido el hueso y tenía todo ese lado entumecido.

Avanzó a tientas y entre arcadas. Encontró algo peludo, un animal, un perro, rígido, como disecado. Por un instante tuvo la esperanza de que ese fuese el origen del hedor, pero un segundo después tocó el primer cadáver, la piel flácida y repugnantemente blanda de unas piernas desnudas.

Aaron gritó y gritó hasta que su cuerpo ya no fue más que un dolor terrible que al mismo tiempo había dejado de sentir. Cien años estuvo allí tirada, gimoteando, intentando salir en sueños de ese infierno y correr a los brazos de su padre, pero no lo conseguía.

No lo consiguió.

De vez en cuando pasaba un avión susurrando por encima de la casa. En algún lugar allí arriba existía el mundo. Había personas. Estaba el cine donde esa tarde quería haber ido a ver *American Beauty*.

Pasaron otros cien años más hasta que la puerta del sótano se abrió. Boenisch llegó a través de las tinieblas y le iluminó la cara con una linterna para que no le viera la suya.

—¿Qué voy a hacer con usted? —dijo entre sollozos.

Ella quería suplicarle por su vida, pero no conseguía articular palabra.

Boenisch volvió a dejarla encerrada.

Aaron sabía que no saldría nunca de ese calabozo si no encontraba la forma de apagar la centrifugadora que no hacía más que lanzarle el corazón contra las costillas.

Por encima, Boenisch puso un disco. Roy Orbison: «Pretty Woman». Sonaba crujiendo sin parar.

«Papá, ¿qué debo hacer?».

«¿Dónde estás? Debes trabajar con lo que tienes».

Aaron pensó que no lo conseguiría, pero empezó a palpar a tientas.

Pretty Woman, walking down the street.
Pretty Woman, the kind I like to meet.

El segundo cadáver. Un corte abierto en el cuello, un tejido con tacto como de bizcocho reseco.

Adelante. Adelante. Y entonces la inundó un sentimiento de felicidad. Un clavo. Largo y oxidado. Aaron lo encerró en su puño, regresó a rastras, se orientó gracias al primer cadáver y al perro, encontró la escalera, se quitó los zapatos, subió a hurtadillas.

Pretty Woman, won't you pardon me?
Pretty Woman, I couldn't help but see.

Por fin se arrodilló delante de la puerta.

«Papá, no veo nada».

«No tienes que ver, tienes que saber».

«El clavo es demasiado grande, no conseguiré abrir la puerta».

«No es el miedo lo que te paraliza. El miedo es bueno, te mantiene despierta. ¡Pero tienes que controlar la respiración de una puta vez! ¡O es que no te he enseñado cómo se hace!».

Se levantó la camiseta temblando, colocó la mano sobre el hueco del ombligo, inspiró hondo contra ella y se concentró en que durante la espiración el vientre se curvara hacia la columna vertebral.

El redoble de tambor de su corazón se hizo más suave.

La alegría que sintió fue indescriptible.

Aaron palpó la mampostería. Encontró una ranura entre dos piedras y metió el clavo en ella. Lo pisó con el pie descalzo y lo dobló sin hacer caso del dolor.

«¡Por favor, no te rompas! ¡Por favor, no te rompas! ¡Por favor, no te rompas!».

No lo hizo.

Metió el clavo en la cerradura y maniobró con él hasta que la abrió.

Volvió a hincar el clavo en la pared para enderezarlo de nuevo.

«¡Por favor, no te rompas! ¡Por favor, no te rompas! ¡Por favor, no te rompas!».

Aguantó.

Un resquicio minúsculo le bastó para ver a Boenisch. Caminaba dando zancadas de aquí para allá, vuelto de espaldas a ella; con cada paso, un sollozo. El gato estaba sentado en el sofá y la miraba.

Era su única oportunidad. Aaron abrió la puerta completamente y tensó los músculos.

En ese momento Boenisch apagó la música.

El pulso de ella subió a más de doscientos.

Boenisch alcanzó el teléfono.

Demasiada adrenalina. Estaba paralizada.

Después de marcar cuatro cifras, el hombre quiso volverse con el aparato en la mano. El gato saltó por delante de él para subirse al alféizar y tiró al suelo una maceta con un bufido. En ese segundo que él se distrajo, Aaron logró controlar la adrenalina y se sirvió de sus últimas fuerzas para dar cinco pasos que el suelo de piedra absorbió. Le hundió el clavo en el cuello a Boenisch y apretó todo lo que pudo. El hombre emitió un ruido sordo, como de gárgaras. Sus manos volaron como dos mayales queriendo asir el vacío. Ella extrajo el clavo y saltó hacia atrás. La sangre le salpicó en la cara. Boenisch cayó sin hacer ruido. En la camisa llevaba una mancha de salsa y sus ojos la miraban implorantes. Aaron sintió un deseo descabellado de dejar que se desangrara como un cerdo en el matadero.

Se sentó en el sofá a contemplar cómo moría.

El gato no se interesó por él. Fue dando pasitos hacia Aaron y saltó a su regazo. Ronroneó. Tenía el ojo blanco cerrado y parecía que estuviera guiñando con el negro. Aaron le acarició el lomo flaco.

De repente vio a su padre sentado junto a ella igual que el día en que pasó la prueba de acceso en la Academia de Policía, en un banco junto al césped después de dar un largo paseo.

«¿Dónde? ¿En el bosque? ¿En el parque? ¿Junto al Rin? ¿Estaba nerviosa? ¿Me demostró él lo orgulloso que se sentía? ¿Y mi madre? ¿Fingió que se alegraba por mí?».

Recordó las palabras de él: «Antes de despegar hacia Mogadiscio le oculté algo a Wegener; si no, no me habrían permitido participar en la operación. Jürgen Schumann, el comandante del *Landshut*, había sido antes piloto de caza y estuvo destinado en la base aérea de Büchel en la misma época en que yo servía en la brigada aerotransportada. Un tipo genial, me sacaba diez años y me acogió, se ocupó de mí y me ayudó mucho en una ocasión en que tuve un problema con un superior. En Mogadiscio, lo primero que oí al aterrizar fue: "¡Esos cerdos se han cargado al piloto!". No debería haber continuado; en este trabajo no se funciona sin distancia emocional. Pero cerré la boca. Eliminamos a tres terroristas, yo a dos de ellos, y solo sobrevivió Suhaila Andrawes. Había quedado tirada delante del lavabo del morro, gravemente herida, algo apartada. Los demás estaban sacando a los rehenes. Podría haberlo hecho: una bala entre ceja y ceja. Fin. Lo pensé, pero solo por un segundo. Cuando sacaron a Andrawes de allí, les hizo el signo de la victoria a las cámaras. A pesar de eso, fue lo correcto. No lo olvides nunca».

Aaron pidió refuerzos y una ambulancia, y estuvo acariciando al gato hasta que llegaron. Le dijeron que había pasado ocho horas en aquel sótano. Si le hubieran dicho que habían sido dos días o tres semanas, también se lo habría creído.

La sirena pone fin a la hora de la comida en Tegel.

—¿Qué es lo que más le gusta de *Mr. Brooks?* —le pregunta a Boenisch.

Él no contesta.

—Puede decírmelo con toda tranquilidad, los dos sabemos guardar un secreto.

Crece el ruido de un avión. El aparato está justo por encima de ellos en vuelo de aproximación al aeropuerto de Tegel. El rugido de las turbinas se traga la respuesta de Boenisch.

—No lo he oído.

—El protagonista —repite el hombre.

—¿Mr. Brooks, el ciudadano respetable que noche tras noche sale por ahí a matar a personas al azar y al que nunca atrapan?

—Él no es el protagonista.

—Ah, ¿no?

—¡Ya sabe quién es el protagonista!

—¿Quién es según usted?

—¡Smith!

—¿El hombre que chantajea a Mr. Brooks para que le deje acompañarlo en sus asesinatos? ¿Un tipo que no sería capaz de matar él solo a nadie? ¿Cómo encaja eso con usted? ¿Desde cuándo quiere limitarse a mirar?

—¡Smith habría podido hacerlo! Mr. Brooks va con él al cementerio para que Smith le pegue un tiro. ¡Y aprieta el gatillo! ¡Lo aprieta!

—Mr. Brooks había inutilizado el percutor.

—¡Pero eso Smith no lo sabe! ¡Él aprieta el gatillo!

—¿Y qué? Sí sabe desde hace tiempo que Mr. Brooks no piensa dejar que lo maten tan fácilmente. Para Mr. Brooks no es más que un juego. Smith es un cobarde lamentable.

Boenisch brama de ira.

—¡¿Niko?! —llama Aaron.

Niko entra.

—El señor Boenisch y yo vamos a tomarnos un descanso.

—¡No, yo no necesito ningún descanso!

Sí lo necesita, piensa ella mientras sale con Niko. Boenisch tiene que volver a cargarse de tensión.

Sentir la misma ansia por verla que al principio.

Aaron inspira hondo delante del Pabellón 6. Desearía no haberle dado a Bukowski su último cigarrillo.

—¿Vas tú a buscar las actas de la terapia al Servicio de Psicología? Yo te espero aquí.

Siente que Niko se aleja. No oye sus pasos, aunque deberían crujir sobre la nieve.

Diez cosas que a Aaron le gusta oír:
Janis Joplin
los barboteos de un niño
el mar cuando baja la marea
un lápiz sobre el papel
la lluvia contra un tejado de chapa metálica
las Harleys
los gorriones en primavera
el chasquido de su mechero Dupont
las páginas de un libro cuando se hojea
ronroneos

Sin darse cuenta vuelve la cara en dirección a Jungfernheide, el bosque que hay por allí cerca. Aaron se encuentra muy lejos de las calles, siente el musgo mullido bajo los zapatos y ramas que le acarician la nuca, percibe los susurros de los pajarillos e intenta recordar cuándo estuvo allí por última vez.

En aquella ocasión, cuando la sacaron de la casa de Boenisch preguntó por el gato. Desde el hospital condujo directamente a Spandau y habló con los vecinos del hombre. Colgó carteles con su número de teléfono en las farolas y los árboles del barrio. Nadie había visto al animal. Nunca llamó nadie.

Meses después, sin embargo, despertó un día en su apartamento y algo le pellizcaba el dedo gordo del pie.

Marlowe.

Un gato negro, gordo y satisfecho que de la noche a la mañana había entrado en su vida como si supiera que tenía que reemplazar a alguien.

Aaron no logra comprender cómo apareció de repente. Lo que más le gusta imaginar es que regresó con ella sobre el techo del coche un día que fue a comprar lenguas de gato a una chocolatería.

No sabe cuántos años tenía el animal, pero sí que enseguida se sintieron unidos. El gato no dejó duda alguna de que había sido él quien la había escogido. Cuando Aaron se iba a la cama, él se acomodaba en el hueco que formaba su brazo doblado y le ronroneaba mientras dormía porque sabía que sus sueños la asustaban. Todas las mañanas, puntual a la hora de despertarse, le mordisqueaba el dedo gordo del pie, y no se acercaba a su cuenco de pienso hasta que también ella desayunaba. La acariciaba cuando lo necesitaba y la dejaba tranquila cuando tenía que concentrarse en alguna idea. Se entretenía con cosas de gatos y era muy serio y el mejor amigo de Aaron.

«Menos mal que eso todavía puedo recordarlo».

Lo que nunca supo era cómo pasaba Marlowe sus días, pero, cuando ella bajaba del coche, siempre lo encontraba hecho un ovillo en la ventana, esperándola, y Aaron nunca tenía la sensación de que se hubiera sentido solo. Entonces se sentaba con él en el sofá y jugaban a un juego que consistía en cerrar los ojos y adivinar parpadeando quién era el primero en volver a mirar.

Más adelante, después de entrar en el Departamento, Aaron empezó a pasar muchas veladas en casa de Sandra y Pavlik, y Marlowe siempre sabía con antelación cuándo iban a verlos. Le gustaban ellos dos y sus hijos, aguardaba con ganas junto a la puerta, la acompañaba con toda naturalidad, se entretenía en el perchero e incluso fingía para los gemelos que se interesaba por una pelota o un coche de juguete, porque veía que con ello se ponían contentos.

«Pero Niko no le caía bien. ¿Estaría celoso?»

Aaron tenía que ausentarse a menudo, a veces durante semanas, y entonces lo llevaba a casa de una señora mayor que estaba sola y se alegraba de que Marlowe le hiciese compañía.

Cuando regresaba, el animal saltaba a sus brazos, le daba unos golpecitos a modo de saludo y no se lo tenía en cuenta, porque sabía que debía de haber motivos poderosos para que hubieran estado separados.

Una mañana Aaron se quedó dormida porque Marlowe no la despertó. El animal estaba muy débil y su respiración era tenue. Muerta de miedo, lo llevó al veterinario. Era un tumor. No viviría mucho más, pero todavía no sufría dolor alguno, le dijeron.

Al día siguiente debía viajar al extranjero por una operación, pero decidió tomarse las vacaciones de ese año. Su jefe estaba enfermo y el suplente se mostró intransigente, pero Aaron le aseguró que, si no, dimitiría. Le concedieron sus vacaciones. Pasó muchas horas meciendo a Marlowe en sus brazos y diciéndole lo mucho que significaba para ella. Sabía que el animal la entendía y sentía lo mismo. Una mañana, al despertar, el gato estaba en el hueco de su brazo; se había quedado dormido para siempre, en paz, mientras vigilaba los sueños de ella como solía hacer. Lo enterró debajo de un abedul en el bosque de Jungfernheide y fue muchas veces a su tumba para hablar con él, hasta que voló a Barcelona.

¿Podría pedirle a Niko que la acompañara allí más tarde? No, Niko no lo entendería.

Ha regresado tan silenciosamente como se ha marchado. Aaron se sobresalta al oírle decir:

—Ya tengo las actas.

Dos minutos después vuelve a estar sentada frente a Boenisch. Percibe la impaciencia del hombre, pero antes que nada debe regresar a esa noche en que lo dejó vivir, cuando su casa quedó tomada por agentes de la policía.

4

P or qué querría alguien como Boenisch llamar por
teléfono teniendo dos cadáveres de mujeres desangradas
en el sótano, además de otra víctima, herida e indefensa, con la
que poder disfrutar aún?

¿Y a quién?

Las cuatro cifras marcadas correspondían al prefijo de
Kassel. Allí había un número al que ya había llamado varias veces antes. Pertenecía a un tal Helmut Runge. A primera hora de
la mañana, varios agentes fueron a sacarlo de la cama. Runge era
comercial de baldosas, cincuenta y dos años, casado, con una hija de trece y un hijo a punto de sacarse la selectividad. Una vida
tan interesante como el polvo acumulado encima de un armario.
Dijo que había conocido a Boenisch hacía varios años en un bar
de Spandau, una vez que había ido a Berlín por una campaña de
ventas. Habían vuelto a verse en alguna que otra ocasión para ir
al cine, a los billares, también para emborracharse. Boenisch era
un pobre diablo, según él, y no tenía con quién hablar. A veces
lo llamaba y lo ponía de los nervios, pero dos mujeres muertas...
Runge solía tomarse una copita de licor alrededor de las seis.

Lo más destacado que salió a la luz en el registro de su casa fue una colección de huevos Kinder Sorpresa en la sala de

68

juegos. Para los días en que desaparecieron las mujeres, Runge tenía coartada: el primero había asistido a un seminario de comerciales en Bielefeld; el segundo estuvo hasta pasada la medianoche en una fiesta de cumpleaños en Peine. Treinta testigos, su mujer entre ellos.

Con eso todos se convencieron: Boenisch era un lobo solitario.

Aaron no se apartaba del otro lado del falso espejo de la sala de interrogatorios para observarle hora tras hora. Los ojos de Boenisch parecían un grifo. No dejaba de darse cabezazos contra la mesa. «¡Fui yo! ¡Fui yo! ¡Fui yo!».

Le enseñaron varias fotografías de mujeres desaparecidas, casos sin resolver de los últimos años. Boenisch confesó los asesinatos de dos chicas que hacían *footing* y condujo a los agentes al lugar del bosque de Spandau donde estaban enterrados sus cadáveres descuartizados. No había duda alguna de su autoría.

Sin embargo, a Aaron la escudilla con restos de comida enmohecidos del sótano de Boenisch no la dejaba descansar. Las mujeres no habían sido asesinadas justo después de sus secuestros, así que durante los días siguientes Helmut Runge pudo acercarse a Berlín sin ningún problema. Esos días había estado de campaña en Sajonia-Anhalt: «Encargan baldosas como enfermos mentales». No había más que ciento veinte kilómetros de distancia.

Nadie quería oír eso. La habían herido, estaba traumatizada, tenía que recuperarse, olvidar. Llevaría el hombro vendado durante seis semanas, y durante todo ese tiempo la eximían de sus prácticas.

Su padre fue a visitarla a Berlín y le hizo las preguntas adecuadas: ¿Estaba rayado el disco? ¿Cuántos peldaños tenía la escalera? ¿Qué clase de clavo era el que encontró?

Con él por fin pudo llorar.

«¿Es eso lo único que deseo? ¿He llorado de verdad alguna vez antes de despertar en Barcelona?».

Pero su padre también le dijo: «Tienes que olvidarlo».

Jamás.

En la página web de la empresa de Runge, Aaron encontró un informe sobre un seminario de comerciales. Runge había conseguido los segundos mejores resultados de ventas de la Dirección Regional Norte. Sostenía en alto un trofeo. Aaron aumentó la fotografía. Tenía las uñas amarillas, descuidadas, casi como garras. ¿Por qué no se daba cuenta nadie más? Ella no hacía más que recordar cómo la había deslumbrado Boenisch con la linterna y le había dicho entre sollozos: «¿Qué voy a hacer con usted?».

¿Por qué quiso llamar precisamente a Runge?

«Tenía que hablar con alguien de cualquier cosa, distraerme para no matar demasiado deprisa a la que tenía en el sótano».

Aaron buscó una tonelada de bibliografía especializada. Las primeras frases que leyó eran de Charles Manson: «Si alguna vez ha existido un demonio sobre la faz de la Tierra, ese soy yo. Se adueña de mi cabeza siempre que quiere».

El mal es un parámetro moral, no un algoritmo. Aun así, todos los asesinos en serie, a excepción de los francotiradores, presentan analogías que son tan válidas como axiomas matemáticos.

El «carnicero» adapta sus asesinatos a la situación, improvisa, actúa al azar y con espontaneidad.

Por el contrario, Boenisch: «Durante mucho tiempo pensé: ¿Quién? Y justo entonces la señora Marx me regaló unos bombones porque le llevé el coche al túnel de lavado. Entonces lo supe: ¡Esta! Y Lamprecht siempre fue una engreída. "¡Deprisa, deprisa!". Con ella siempre había que ir con la lengua fuera. Esa me apetecía de verdad».

El carnicero es incapaz de experimentar sentimientos por otras personas, solo las ve como objetos. Cambiar de sitio una silla significa lo mismo que torturar, matar, descuartizar, tirar a la basura los trozos del cadáver llegado el momento.

¿Encajaba eso con Boenisch?

En el bufete todos habían declarado que nunca se olvidaba del cumpleaños de nadie, que sonreía a todo el mundo, que guardaba aspirinas y tiritas en un cajón para casos de emergencia, que visitaba a quien estuviera en el hospital. Los vecinos lo conocían como un hombre solícito. En Halloween, a los niños les encantaba llamar a su puerta porque su actuación cuando fingía asustarse era de Óscar, y era él quien daba las mejores golosinas con diferencia. Cuando regresaba a casa después del turno de noche en pleno invierno, limpiaba a pala la nieve de toda la calle y echaba sal en la acera.

El segundo tipo es el «planificador», una especie mucho más rara. Ese hombre simpático que cae bien a todo el mundo. Tiene un trabajo fijo, una vida ordenada.

Como Boenisch.

El planificador escoge el lugar de los hechos. Todo tiene que ser perfecto; un sitio tranquilo, seguro, en el que pueda relajarse para disfrutar de cada instante.

Como el sótano de Boenisch.

Nunca cambia de esquema. La menor modificación lo destrozaría todo.

En ambas ocasiones sucedió mucho después de la hora de cierre, en ambas ocasiones durmieron a las mujeres con cloroformo en el aparcamiento subterráneo, y no les cortaron el cuello hasta después de esa fase de engorde en que la anticipación ceba la fantasía hasta dejarla henchida como un *foie* de oca.

A ninguna de las dos las violaron, o en todo caso no las penetraron. Con las chicas del *footing* dijo haberlo hecho exactamente igual. Cloroformo, sótano, espera, cuello, putrefacción.

Pero ¿había sacado Boenisch fotografías de los cadáveres? No. ¿Había conservado arriba algún fetiche, una pieza de ropa o una joya con la que poder jugar en cualquier momento? No. ¿Había rondado por las casas de las familias para conseguir un atisbo de su dolor y ponerse más cachondo todavía?

«De camino al trabajo solía pasar por casa de Lamprecht; después empecé a dar un rodeo».

Demasiados noes.

Boenisch tenía fantasías homicidas, sin lugar a dudas, obsesiones necrófilas. No obstante, Aaron creía que solo quería matar…, pero que no era capaz de hacerlo. Había buscado a esas mujeres con premeditación y las había encerrado en su sótano; trabajaban en su bufete, lo cual hacía que los preliminares fuesen arriesgados, más excitantes aún. Pero las había matado otro, alguien con quien se había producido una especie de simbiosis, como un pez limpiador y una morena. Boenisch había estado presente y había podido quedarse con los cadáveres.

El sótano era su paraíso.

Incluso de su detención extrajo una sensación de placer. Confesar le satisfacía, le parecía maravilloso que lo consideraran un criminal y que vieran en él al que tanto le habría gustado ser. Un chute extra habría sido la compasión. Lo intentó todo, pero nadie se la concedió.

Solo Aaron, ahora.

—Sé que esto es muy duro para usted. ¿Ha sido el descanso lo bastante largo, o prefiere que esperemos un poco más?

—No, está bien así —responde él ansioso. Aaron oye cómo retuerce las manos esposadas—. ¿Cómo de ciega se ha quedado? ¿Del todo?

—¿Por qué Melanie Breuer?

—Me recordaba a alguien.

«Ahora esperas que te pregunte: "¿A quién?". Cómo te gustaría explicármelo… Te encantaría».

—¿Qué sentía cuando iba a verla?

La respiración de Boenisch raspa en su faringe a causa de la decepción.

—¿Lo visualizaba todo mentalmente durante las horas de terapia?

—Todo el rato notaba esa presión en la cabeza. Ella tendría que haberse dado cuenta, que para eso era la especialista.

—¿Qué ocurrió cuando entró en su celda?

—Se puso a mirar mis libros. Pero ese no. Ese lo guardé.

—¿Y después?

—Nos tomamos un té. Muy juntos, porque aquí apenas hay sitio. Ella no llevaba ningún perfume, pero olía bien. Tal como lo había imaginado. Se acercó a mi brazo. A mí me ardían las manos.

—¿Le gustó a ella el té que le preparó? ¿Con azúcar o sin?

Aaron sabe que a Boenisch no le gusta el azúcar. Le falta una molécula de albúmina; una anomalía, una nota marginal en su expediente médico.

—Sin.

Quiere provocarlo.

—Me he informado, la señora Breuer solo tomaba el té con azúcar. ¿Por qué me miente?

Él tira de las esposas con tal fuerza que ella aparta la silla medio metro hacia atrás.

—Al final parece que el descanso no ha sido lo bastante largo.

—¡No, por favor! —suplica él—. ¡Lo siento!

Pretty Woman, won't you pardon me?

En la cuarta semana de su excedencia de las prácticas tenía la clavícula lo bastante recuperada como para viajar a Kassel. Los dos asesinatos estaban aún frescos; Helmut Runge debía de encontrarse todavía en la fase de enfriamiento. No era probable que cayera una nueva víctima demasiado pronto, pero tal vez cometiera algún error que condujera a Aaron al escondite donde guardaba sus fetiches.

Se preparó para tener que seguirlo con su Escarabajo desvencijado durante uno de sus viajes comerciales. No fue necesario. Runge estaba de vacaciones y las estaba disfrutando con los suyos en el huerto familiar. Aaron se buscó una habitación en una pensión donde la gruesa dueña no hacía más que mirarla con curiosidad cada vez que salía de la casa con la cámara de fotos. En Kassel no hay turistas.

—Que yo sepa, todavía no es delito mirar —gruñó la mujer un día que Aaron le sostuvo la mirada.

Runge construía una casita de madera para pájaros, cocinaba filetes de cuello de cerdo a la parrilla con los dueños de otras parcelas, montaba en piragua con su hijo, se llevaba a su mujer y sus hijos al parque de atracciones Heidepark, en Soltau, se tumbaba en la hamaca, solucionaba crucigramas, leía a Konsalik.

«¿Cómo era la casita para pájaros? ¿De qué color la pintó? ¿Era una piragua, o más bien un bote neumático? ¿Qué sucedía en mi interior mientras me pasaba horas y horas tumbada en ese claro del bosque, observando a Runge con el teleobjetivo? ¿Estaba furiosa porque se comportaba con total normalidad? ¿Esperaba haberme equivocado?».

La llamó su madre. En su voz percibió preocupación, y eso que no sabía nada del sótano de Boenisch. Su padre opinaba que era mejor así. Aaron se había inventado un accidente deportivo, algo tonto que pronto se curaría.

—¿No quieres venir a casa con nosotros? —le preguntó su madre—. Aquí todavía tienes amigos y seguro que se alegrarán.

—Ay, mamá, es que tengo mucho que estudiar para la escuela. Además, dentro de dos semanas vuelvo a empezar con las prácticas.

Y mientras tanto no le quitaba el ojo de encima a Runge.

—Cuídate, cariño —dijo su madre con voz triste.

—Claro.

Enfocó mejor el visor. Runge le había pedido a su mujer que le pusiera protección solar en la espalda. Ella se había pasado un poco con la cantidad y tuvo que saltar hacia atrás porque él, enfadado, intentó golpearla.

Una mañana se encontró con la gruesa dueña de la pensión sentada tras el mostrador, llorando. Primero Aaron quiso hacer como si no se hubiera dado cuenta, pensó que a la mujer no le parecería bien que una desconocida se inmiscuyera en su vida, pero, ya en la puerta, oyó un fuerte sollozo.

—¿Le ocurre algo? —preguntó.

Se tomaron un café. La mujer estaba contenta de poder hablar con alguien. Su hija había dejado los estudios, Geografía y Física, y eso que había demanda de profesores en esos campos. La culpa la tenía su exmarido, explicó la dueña. Era propietario de un bar en Hannover y había convencido a su hija para que empezara a trabajar con él como gerente, porque allí podía ganar mucho más. La chica siempre había sido la niñita de papá; si él hubiera tenido una heladería en Groenlandia, también hasta allí lo habría seguido.

Aaron se dio cuenta de que le sentaba muy bien escuchar a alguien. Ese era sin duda uno de los motivos por los que había decidido hacerse policía: para escuchar y comprender los destinos de la gente, ya que solo así se puede obrar con justicia. Por entonces todavía no sospechaba que acabaría convirtiéndose en otra clase de policía muy diferente, ni que seguiría a su padre sobre ese hielo fino bajo el cual se ven los rostros de los muertos a cada paso.

Sintió que participaba del dolor de la mujer, que no sabía cómo debía actuar; veía que su hija iba directa a la desgracia, igual que ella misma al casarse con aquel hombre. Ya no podía recordar qué era lo que había visto una vez en él.

—Las desgracias nunca vienen solas —dijo sacudiendo la cabeza con un suspiro.

Mientras Aaron se esforzaba por encontrar palabras adecuadas y le aconsejaba que lo discutieran los tres juntos, no pudo evitar pensar en su propia madre. Seguro que hablaba de una forma muy similar con sus amigas y les decía lo abatida que se sentía porque Jenny, demasiado joven para comprender lo que significaba eso para su madre, quería hacerse policía por culpa de su padre. Y ella, que no tenía a nadie más que a su hija y a su marido, a partir de entonces tendría que sentir miedo por los dos.

La gruesa dueña le asió la mano con gratitud.

—Me ha ayudado usted mucho.

La mujer se había quitado un peso de encima y a Aaron le había caído uno sobre los hombros.

«Es como si hubiera sucedido ayer. Incluso recuerdo que tenía una carrera en la media de la pierna derecha».

Un día antes de tener que retomar las prácticas, la hija de Runge se cayó de la bici en un camino lleno de piedras. Volvió cojeando y llorando al huerto familiar con toda la rodilla ensangrentada. Su madre se echó las manos a la cabeza y entró para ocuparse de las heridas; Runge ni siquiera se levantó de la hamaca. Dejó su libro a un lado y se quedó medio dormido.

Aaron llamó a la Brigada de Homicidios y preguntó si podía quedarse una semana más. Desde luego, podía tomarse todo el tiempo del mundo.

Los siguientes dos días, nada. Pero en los dos que siguieron Runge hizo algo extraño. Condujo hasta la estación de Kassel y se sentó en el vestíbulo durante horas. Sin periódico, sin ningún libro, sin nadie a quien ir a buscar. Estuvo absorto en sí mismo y sin moverse, como una salamandra sobre una piedra caliente.

El segundo día, Aaron esperó a que el hombre saliera de la estación y se tropezó con él llevando un plano de la ciudad desplegado.

—Disculpe, ¿podría ayudarme? Estoy buscando el Museo de los Hermanos Grimm.

Él no la conocía, no la había visto nunca. Sus ojos eran dos guijarros manchados de alquitrán; su voz, fina e insustancial. Su garra amarillenta se deslizó sobre el plano.

—Estamos justo aquí. Siga recto, en el cruce vaya a la derecha, luego la segunda a la izquierda y entonces se lo encontrará de frente.

—Muy amable, gracias. Es que me he perdido. Es lo que pasa cuando no tienes a nadie para que te acompañe a los sitios.

«Tú eres el lobo malo. Pero, créeme, yo no soy Caperucita».

Si Runge se hubiese ofrecido entonces a enseñarle un poco la ciudad, tal vez a dar una vuelta por el parque de Wilhelmshöhe, un pequeño trayecto que merecía la pena porque desde allí se tenían unas vistas espléndidas, ella se habría subido al coche con él y, en cuanto el hombre hubiera desvelado lo que era, le habría disparado sin dudarlo ni un segundo con la Starfire que llevaba en el bolso. Pero Runge, con su sonrisa de comercial, solo le deseó que pasara un buen día.

Aaron regresó a la Brigada de Homicidios. Que ella, una veinteañera en prácticas, fuese la única que había encontrado contradicciones en las declaraciones de Boenisch le hizo ganarse un respeto, aunque también hubo quien negó con la cabeza porque había cometido la irresponsabilidad de ir sola a Spandau. Una compañera con más experiencia vio lo destrozada que estaba y, cuando se acercó a ella, Aaron estuvo a punto de confesárselo todo.

Pero no lo hizo.

Una semana antes de Navidad le dieron vacaciones y decidió seguir a Runge a la zona de Bremen. El hombre realizaba sus visitas, bromeaba con los clientes, por las noches veía la televisión en su hotel barato, apagaba la luz temprano, todos los mediodías se comía un bocadillo de pescado —siempre apartaba la ccbolla—, compraba regalos de Navidad para sus seres queridos. Aaron preguntó en todas las tiendas: un collar de perlas, novecientos ochenta marcos alemanes; una entrada para un concierto de los Backstreet Boys para su hija, cuarenta y un marcos alemanes; una cartera para su hijo, que iba a entrar como aprendiz en un banco, según le había explicado un campechano Runge al vendedor, ciento diecinueve marcos alemanes.

La tercera noche fue a un restaurante de la localidad de Delmenhorst, pero no bajó del coche. Se quedó allí sentado, mirando el escaparate iluminado con el rótulo del nombre, «Zum krummen Eck», adherido en el cristal. Aaron aparcó al otro lado de la calle y vio a la camarera que bromeaba con los clientes.

Comprobó el cargador de la Starfire.

Runge esperó hasta la hora de cierre del restaurante. La camarera salió a la acera. Era una de esas mujeres a quienes los sueños de una vida que nunca han conseguido llevar se les ven como si fueran una gruesa capa de maquillaje. Se subió al coche de Runge. Se besaron, parecían conocerse bien. Él le entregó un cofrecillo muy bien envuelto. Ella se abrazó a su cuello y se acurrucó contra él, y él le puso el collar de perlas.

Aaron se quedó de piedra. Siguió a Runge y a la mujer a una casa en un barrio desfavorecido. Cuando corrieron las cortinas y apagaron la luz de la primera planta, el corazón le palpitaba igual que en el sótano de Boenisch. ¿Qué debía hacer? ¿Avisar a la camarera? ¿Y luego? Seguro que no la creería y se lo contaría todo a Runge. Estaba claro que no se encontraba en peligro inminente; si no, él no le habría comprado ese collar tan caro. ¿Le haría un regalo así a una posible víctima? Runge debía de conocer a la mujer desde hacía tiempo, matarla no habría encajado en su esquema. Con la mente ocupada en esos pensamientos que rebotaban entre sí como las bolas de un péndulo de Newton, a Aaron se le hizo de día.

Con las primeras luces del alba se llevó un sobresalto.

No se había dado cuenta de que había aparcado en una plaza para minusválidos. Dos policías aburridos dieron unos golpes en su ventanilla y le pidieron su tarjeta de discapacitada. Aaron, aturdida, les preguntó si no tenían nada mejor que hacer. Dicho eso, tuvo que bajar del coche y dejar que le soltaran un buen sermón.

Al otro lado de la calle se abrió la puerta. La camarera se despidió de Runge en albornoz. Todavía llevaba el collar puesto. Cuando el hombre caminó hacia su coche, vio a Aaron con los dos agentes. Se detuvo, la reconoció.

Runge no mostró ninguna emoción, pero al subirse al coche se le cayó la llave al suelo.

Aaron pasó la Nochebuena con sus padres. Abrieron los regalos y después su madre se fue a preparar la cena, sola, porque su hija era una auténtica negada para la cocina.

—Ven, vamos a dar una vuelta —murmuró su padre.

La calle desierta, los primeros petardos anticipándose al fin de año. Una noche silenciosa, fría, inquieta. Aaron sabía que su padre le había leído el pensamiento y se desahogó contándoselo todo. El perfil del criminal, su «excedencia» de las prácticas, el momento en que Runge se había quedado tan tranquilo tumbado en su hamaca. La amante de Delmenhorst. Solo se guardó para sí lo del Museo de los Hermanos Grimm y la Starfire cargada en su bolso.

—O sea que tiene una historia con la camarera. Esas cosas pasan.

—¿Y su reacción ante la herida de su hija?

—Puede que no fuera su día.

—La niña sangraba mucho.

—Tal vez la cría lo tiene frito.

—Apenas está con su mujer.

—Conozco a un par así de la Sexta de Homicidios. Buena gente.

Ella se detuvo, furiosa.

—También podemos cantar villancicos.

Su padre la rodeó con un brazo tranquilizador y siguieron caminando.

—Cuando eras pequeña, en la casa de ahí enfrente vivía un matrimonio; él era electricista titulado, seguro que ya no te acuerdas de ellos. Una vez vinieron a comer. Se habían peleado; me pasé la comida rellenándole a él el vaso de licor. Después las mujeres salieron a cotorrear al jardín, sobre ropa seguramente, y él aprovechó para desahogarse conmigo. Tenían un caniche.

«¿De qué me está hablando?».

—El hombre se puso a contar entre bufidos: «Un chucho horrible. Todas las mañanas había una mancha amarilla en la moqueta de mi sala de trabajo. Mi mujer se fue dos semanas a un balneario y yo aproveché para abandonar al animalejo en el bosque. Este viernes ella volvió a casa y yo le dije que el animal se había escapado. Perdió los nervios y empezó a colgar carteles por todas partes. Ayer ese bicho asqueroso consiguió regresar, aunque no del todo. Lo había atropellado un camión a la vuelta de la esquina. Desde entonces mi mujer no me dirige la palabra. Esta mañana hemos descubierto que la mancha de mi sala de trabajo la causa un tubo de la calefacción defectuoso. Pero qué capullo soy...».

Aaron se detuvo de nuevo.

—El pensamiento más lógico suele ser el correcto: que Runge es inofensivo. Tienes que cerrarles la puerta para siempre a Boenisch y a él. Si no lo consigues, te destrozarás.

Ella sabía que su padre tenía razón.

El juicio contra Boenisch se celebró en febrero. En él quedó constatada la especial gravedad de sus crímenes y lo condenaron a cadena perpetua con internamiento de seguridad añadido. Durante el pronunciamiento de la sentencia, al hombre le sobrevino un llanto convulsivo.

Dieciséis años después vuelve a llorar. Aaron oye cómo suelta los mismos lagrimones ávidos que entonces.

—¿Por qué asfixió a la mujer con la bolsa? Habría podido estrangularla, ¿no habría sido eso más excitante?

—Quería saber si me apetecía cambiar de trabajo —dice él mientras se sorbe los mocos en un hipo entre sollozos—. No dejaba de hablar y de hablar y de hablar. Yo la callé. Es tan bonito cuando están calladas… Igual que en un planeador, donde solo se oye el viento.

—La bolsa no era transparente, y eso que a usted le encanta ver el miedo en los rostros de las mujeres. ¿De qué le sirve una agonía si no puede llegar a apreciarla?

Él reflexiona. Detesta esa pregunta. Se atraganta con sus lágrimas como si fueran un trozo de carne.

—Solo tenía esa bolsa.

—En la sección de lavandería hay un montón de bolsas transparentes.

Él intenta sonar más atormentado aún para así conseguir tal vez que se olvide de esa maldita bolsa.

—Sentí asco de mí mismo.

«Cuando Melly entraba por las mañanas se iluminaba hasta el color de las paredes».

Aaron guarda el móvil y se pone de pie.

—No, no es verdad. Es usted un cobarde que hace que alguien como Bukowski le parta las costillas para poder lloriquear y recibir compasión, alguien a quien se le pone dura cuando creen que es un asesino. Usted no es Mr. Brooks. Usted es Smith. Un tío que se caga en los pantalones. Y ahora sí que hemos terminado.

—¡Te voy a matar, guarra! ¡Acabaré contigo! ¡Te arrancaré esos ojos de ciega! ¡Ramera! —ruge Boenisch como un animal.

Aaron tiene miedo de que el tubo de la calefacción salte de su anclaje. La puerta se abre de golpe. Niko se la lleva fuera de allí.

—¡Tendría que haberte apuñalado y haberme bebido tu sangre!

Al final se oye la voz del funcionario:

—¡Eso cuéntaselo a tu peluquero!

Aaron está impaciente por lavarse las manos.

La nieve cruje bajo sus zapatos como si fuera crocante. Niko no le hace ninguna pregunta, aunque se le daría bien. A Aaron también se le dan bien las preguntas.

En su primera vida eran de otra clase. Cómo se establece un contacto. Qué tapadera se elige. Qué efectivos se necesitan. Qué armas.

Las respuestas siempre les ayudaban a concentrarse en los hechos. La mejor posición. El segundo perfecto. La mentira más segura. Aaron querría que también ahora existieran respuestas así.

—Buenos días. —El hombre junto al que pasan no es un recluso. Aaron percibe un matiz a sudor limpio y protección solar. De solárium.

Diez olores que a Aaron le gustan:
las calles recién asfaltadas
las patatas hechas en las brasas de una hoguera
la grasa para cuero
un bosque después de la lluvia
el té de menta de Marrakech
su propia piel
las salchichas al curry
las virutas de madera
L'Eau d'Issey de Miyake
las castañas asadas

La administración de la cárcel se encuentra en la Sección II. Aaron siente cómo se yergue ante ella ese monstruo guillermino en forma de estrella, la «Araña» en la que Döblin encerró a su Biberkopf en *Berlín Alexanderplatz*, esa presencia intimidante. Ladrillo rojo, marcas de proyectiles de la guerra, varias plantas de pasillos de celdas en el interior; a la altura de la primera planta, la malla metálica que debe evitar los suicidios.

Al director Hans-Peter Maske no lo conoce.

—Señora Aaron, señor Kvist, tomen asiento. —Se esfuerza por hablar en un tono rutinario, pero ella percibe la tensión que hay en su voz.

Niko la guía a la mesa de reuniones y ella palpa el respaldo del sillón.

—¿Quieren beber algo?

—No, gracias.

Maske se sirve un café. Aaron percibe un olor resinoso, amargo. Crisantemos. Cuando vuelve la cabeza hacia la izquierda, el olor se intensifica.

«El escritorio».

—¿Hay algo que celebrar?

—Un ascenso. En marzo me haré cargo de la dirección del Departamento de Prisiones del Senado de Berlín.

—Enhorabuena.

—Gracias.

No le gusta su voz. Hay algo en ella que está mal, como una sonrisa durante un insulto, o unos labios engreídos que ocultan unos dientes estropeados.

El hombre abre un tarrito individual de crema de leche.

—Evidentemente, todos estamos muy afectados. Ha sido horrible.

—Seguro que usted ya se ha hecho una composición de lugar —dice Aaron.

Las fuertes resonancias que se abren paso entre las palabras de Maske le transmiten de pronto un eco agresivo:

—Tampoco es que haga falta hacer un doctorado para deducirlo.

—¿Y bien?

—Trasladarán a Boenisch a aislamiento psiquiátrico. Que es donde, en mi humilde opinión, debería haber estado desde hace dieciséis años.

Aaron se da cuenta de que Maske no se ha dirigido a ella al responder, sino a Niko. Es algo que le sucede en muchas conversaciones. Hay personas que no la miran porque ella no las ve. Con otras, es por distracción. También las hay que, como sospechan que ella lo nota, lo hacen adrede para herirla.

—Reinhold Boenisch tenía en su poder una novela sobre un asesino en serie y una película de la misma temática. Doy por hecho que ninguna de las dos procede de los fondos de su biblioteca. ¿Cómo pudo pasar algo así por el control de correo? ¿No le llamó la atención a ningún celador?

—¿Sería mucho pedir que evitara esa denominación para nuestros funcionarios de prisiones? Resulta discriminatorio.

—¿Sería mucho pedir que me mirara cuando habla conmigo?

El hombre tose en la taza y sorbe un poco de café. Ella se imagina que, cuando está solo, limpia el borde a lametones.

—Investigaremos la entrega del correo.

Un roce de tela áspera. Vaqueros. Niko, junto a Aaron, ha cruzado las piernas.

—Señor Maske, ¿no pensaban todos que Boenisch jamás saldría de aquí? —pregunta—. A nadie le importaba lo que veía o leía, ¿no?

—Me resulta imposible decirles lo que piensan seiscientos cincuenta y cinco funcionarios.

—Los cuales tienen un reglamento que cumplir. En otras administraciones, por ejemplo en Hacienda, eso son naderías. Pero aquí no. No sé yo qué le parecerá eso al Departamento de Prisiones.

Aaron reprime una sonrisa. Para Niko, los tipos como Maske son igual que un capote rojo. No debería seguir provocándolo.

—Sirviéndose de polémicas no llegará a ninguna parte conmigo.

—¿De verdad? No es esa la impresión que me ha dado.

Maske deja la taza con estrépito.

—Vaya, se ha manchado usted. —Niko se permite regodearse.

—¿Podría ser que, algo después de que comenzaran las horas libres, otro hombre entrara también en la celda y luego saliera de ella sin llamar la atención de nadie? —La pregunta de Aaron es retórica.

Todos los reclusos esperan impacientes el momento en que se abre la unidad. Hacen negocios, van directos a los bancos de pesas o al patio, corren un poco, se desahogan, se mezclan con los funcionarios en medio de la confusión. Nadie se fija en qué hacen los demás.

La voz de Maske suena un poco más aguda.

—Un momento. ¿Está insinuando que hay un segundo criminal?

—No. Estoy diciendo que Boenisch no es el criminal.

—Por favor. Eso sí que es absurdo.

—¿Por qué?

—¿Tiene algún testigo?

Aaron ya se ha hartado.

—Señor Maske, cuando llega a su casa por la noche y las calles están secas, pero al día siguiente mira por la ventana y ve una gruesa capa de nieve, entonces sabe que ha nevado. ¿Necesita testigos para eso?

—En el momento en cuestión había sesenta reclusos en esa planta. Tal vez debería interrogarlos usted a todos —replica el hombre.

Maske conoce las reglas de reparto de poder entre los reclusos, desde luego. No importa quién haya asesinado a Melanie Breuer; es un hombre al que hay que temer. En caso de que hubiera algún testigo, tendrá la boca cerrada.

Aaron se levanta.

—Quiero una lista de todos los presos del Pabellón 6. Motivos de condena, conducta de grupo, dictámenes psicológicos. Para mañana, si es tan amable.

La voz de Maske sube de tono al estrecharse su pecho.

—¿Posee la señora Aaron una orden de investigación?

Niko también se levanta.

—No, pero yo mismo hablaré con los compañeros de la Cuarta de Homicidios, que trabajan en el caso. Ellos se pondrán en contacto con usted.

—¿Es que creen que porque son del Departamento pueden permitírselo todo?

Aaron se detiene en la puerta.

—Me pregunto si la película y la novela tuvieron que pasar siquiera por el control. Boenisch pudo obtenerlas perfectamente a través de un funcionario, así que también querría disponer de los nombres de todos los que trataban con él. O mejor aún: de sus expedientes personales.

Qué bonito sería poder verle la cara a Maske en este momento. Aunque igual de bonito es imaginarse la tarde que le espera.

Aaron baja la escalera palpando con cuidado los peldaños, porque están resbaladizos a causa de los restos de nieve. Salen al sol frío. Ella quiere visualizar un cielo azul, pero ya no sabe cómo es el azul.

Con veintiún años terminó los estudios siendo la mejor de su promoción y recibió catorce ofertas de destino. Se decidió por la LKA de Berlín, la Oficina Regional de Investigación Criminal. Allí enseguida supieron reconocer sus aptitudes excepcionales. Solo cuatro años después, Aaron intentaba salvar la vida en Moscú frente al asesino a sueldo de Nikulin.

Ese mismo invierno, Helmut Runge tuvo un grave accidente de tráfico. Lo reanimaron, pero murió en el hospital. En su maletero encontraron el cadáver de una mujer de Wolfsburg que estaba desaparecida desde hacía dos semanas. Runge llevaba consigo una llave de la consigna número tres de la estación de Kassel. Dentro encontraron una maleta con todos sus fetiches.

Joyas. Bragas. Pelo. Uñas de los dedos de los pies. Dientes.

El collar de perlas, su regalo de Navidad para la camarera de Delmenhorst, también estaba entre ellos; la había matado el día que la mujer cumplía cuarenta años. En total habían sido trece asesinatos: el primero, diez años antes; el último, tres después de que Boenisch fuese condenado. También las chicas que hacían *footing* y hasta cuyos cadáveres descuartizados y enterrados había guiado este a la policía habían sido víctimas de Runge. Sin embargo, no se encontraron fetiches que pertenecieran a las mujeres del sótano de Boenisch.

Se sospechaba que los dos hombres se habían conocido a través de internet, que por entonces todavía era un espacio sin ley en el que uno actuaba sin ninguna clase de vigilancia. Pruebas de ello no tenían ninguna, y Boenisch insistió en que a esas mujeres las había matado él solo.

5

El trayecto por la autopista de circunvalación transcurre sin una mirada de Niko o, en todo caso, ninguna que sus sentidos sean lo bastante finos para captar. Y todavía sin una sola pregunta.

«Gracias».

El cuartel general está en Budapester Strasse, en pleno City West de Berlín. El Departamento no pertenece a la LKA ni a la BKA, no se encuentra en ningún organigrama.

Nadie puede solicitar un puesto allí. Ellos llaman a los elegidos.

El teléfono de Aaron sonó después del arresto de Ilia Nikulin. Ella enseguida se dio cuenta de que el hombre que la había citado para una entrevista en el Ministerio Federal del Interior conocía toda su carrera profesional desde la Academia de Policía. Todas sus investigaciones, valoraciones, distinciones.

—La queremos con nosotros —dijo el que sería su jefe.

—¿Quiénes son «nosotros»?

—Nosotros vamos donde la movilización de otras fuerzas no conseguiría su objetivo.

Protecciones de testigos que no se le encomiendan ni a la BKA.

Liberaciones de rehenes en las que un grupo especial de operaciones, con su uniforme completo, resultaría demasiado llamativo y demasiado lento. En las que el cuerpo es el arma.

Entrega de rescates en secuestros.

Investigaciones encubiertas de altísimo riesgo.

Operaciones secretas para la Europol.

Lucha antiterrorista mediante infiltraciones.

Trabajos de precisión.

—Le dejaremos un tiempo para que se lo piense, por supuesto.

No lo necesitó.

Poco hay de todo aquello que Aaron eche de menos. A los compañeros, claro, el vínculo que los unía, aunque en realidad solo era tan estrecho porque no tenían a nadie más que pudiera comprenderlos. Estaban allí para ayudarse unos a otros. Tres años después, cuando se incorporó una segunda mujer, Aaron pasó mucho tiempo con ella, quiso ayudarla a entrar en algo para lo que nadie puede prepararte. Habló con ella largo y tendido cuando mató a su primera víctima, y supo que no había palabras para hacerlo más llevadero.

«Ella se fue hundiendo cada vez más. Tú te acostumbraste».

La compañera solo aguantó un año y luego pidió el traslado.

Aaron no echa de menos la adrenalina. Las armas, bueno. Aunque es un consuelo saber que ya nunca tendrá que quitarle la vida a otra persona.

«Solo a una más. O él o tú».

Niko sale de la circunvalación por Kaiserdamm. Ella lo sabe porque empiezan a subir ligeramente. En realidad es un rodeo. Aun así, cuando Aaron iba a buscar a alguna visita al aeropuerto de Tegel, siempre tomaba esa ruta por las vistas.

No sucedía muy a menudo. Una vez al año su madre. ¿De qué iba a hablar con ella si había tantas cosas que eran tabú? Se tenían cariño, pero en una hora ya se lo habían contado todo.

Al cabo de un par de días se separaban siempre con alivio. Sin embargo, Aaron se quedaba con un sentimiento de pena en el aeropuerto.

Alguna que otra vez iban a verla las dos amigas que conservaba del colegio. Ellas creían que trabajaba en el Departamento de Robos. Nunca se hartaba de oír las viejas historias. En *El arpa de hierba,* de Capote, hay dos frases que hablan de Aaron: «Yo tenía once años y de pronto cumplí dieciséis. Méritos no hice ninguno, pero fueron los años más maravillosos».

A la que más se alegraba de ver era a Mary-Sue, la hija de su misma edad de la familia con la que Aaron había vivido medio año en Arizona, en la ciudad de Cayenne, la única en cien kilómetros a la redonda. Allí solo existía un color, pero incontables nombres para él: rojo cangrejo, rojo contrabajo, rojo pelota de básquet, rojo nariz de payaso, rojo lancha neumática, rojo coral, rojo lengua. Un rojo polvoriento, sucio, centelleante, mágico.

Estaban incluso el rojo labios interiores y el rojo labios exteriores, y eso, para una pueblerina de diecisiete años de Renania, fue todo un shock. Aaron no puede evitar sonreír cuando lo recuerda.

«El azul se ha ido, pero el rojo sigue ahí».

En Cayenne se enamoró perdidamente por primera vez; del *quarterback* del equipo del instituto, por supuesto. ¿Se daban el lote en el coche, detrás del cobertizo del *drugstore* de *mister* Payne? ¿O en el cuarto de él, cuando sus padres no estaban? ¿O en el desierto, donde se perdían con la *pickup* de su padre? En algún lugar. ¿Se acostó con él? ¿Fue el primero? ¿O lo había sido Tim, el de la clase de paralelas de Sankt Augustin? ¿Se parecían en algo los dos chicos? Seguro que sí. A Aaron siempre le gustaron los que no alardean aunque podrían permitírselo. Los que tienen cierto descaro y, aun así, son educados, no les dan demasiada importancia a sus músculos y leen a Max Frisch.

Con Mary-Sue de Cayenne también recorrió Kaiserdamm en dirección al centro, lo cual fue divertido sobre todo la primera vez que su amiga fue a visitarla. ¡Caray! La «Germania» de Speer, pero también la arteria más bonita de todo Berlín. Una amplia vista sobre el Tiergarten hasta la Torre de la Televisión y, a medio camino, la Columna de la Victoria con su «dorada Else» en lo alto, que sin duda hoy reluce al gélido sol.

«Con qué claridad sigo viendo eso…».

—¿Un recorrido turístico? —le comenta a Niko.

—El cielo está completamente cubierto.

«Por esa mentira también te doy las gracias».

El libro de Frisch preferido de Aaron es *Digamos que me llamo Gantenbein*. Siempre lo ha sido. Un hombre afirma ser ciego porque cree que de otra forma no podrá soportar su vida. Siendo ciego no tiene que juzgar a nadie, ni siquiera a sí mismo, y eso representa una liberación. Así deja a cada cual sus secretos, pues eran estos los que lo torturaban, la imposibilidad de mirar hacia otro lado. Así puede ser feliz.

De Aaron, por el contrario, se espera que vea lo que permanece oculto para los videntes, que intuya la verdad como solo ella es capaz de hacer. De ella quieren que juzgue. Para Aaron no hay liberación, sino una prisión solitaria. Aun así, hay una cosa que comparte con Gantenbein: los que tienen algo que ocultar la temen en cuanto se dan cuenta de que no está ni mucho menos ciega.

Puede que también en su caso se cumplan en algún momento las últimas palabras de Gantenbein. Aaron intenta recordar cuándo fue la última vez que se sintió así: «Me gusta la vida».

Un aparcamiento subterráneo, gasóleo, goma de neumáticos. El edificio tiene veinte plantas, pero solo cuatro están ocupadas por el Departamento. Las demás se las reparten agencias inmobiliarias, bufetes, despachos. Ninguno de sus trabajadores sospecha lo que se esconde en esas cuatro plantas. Subiendo desde el aparcamiento subterráneo, que está exclusivamente a disposición del Departamento, se accede a ellas por un ascensor de uso restringido. En el cartel indicador del vestíbulo dice «Instituto de Análisis Social». Si se quiere subir al Departamento desde allí, hay que introducir un código numérico junto a una puerta de acero para llegar al ascensor.

Se detienen en la segunda planta.

—Adelántate tú, por favor —dice ella—. Enseguida te sigo.

Sin preguntas. Aaron sube dos plantas más. Suelos de moqueta, los tacones no le sirven para nada. Hace chasquear los dedos, pero el sonido es demasiado difuso. Va golpeteando las puertas con el bastón, encuentra la que busca y la abre un resquicio.

Todas las salas de entrenamiento huelen igual.

Ambición. Rabia. Frustración. Humildad.

Esta huele también a algo más: a su recuerdo del sótano de Boenisch. «El miedo es bueno, te mantiene despierta». Empezó a aprender kárate a los dieciocho, pero solo después de lo de Boenisch se aplicó de verdad.

Un olor más: obsesión. Su absoluta voluntad de eliminar a todo contrincante, de poder controlar cualquier situación.

Aaron oye rápidas instrucciones: «¡Chinkuchi!», tensión articular. «¡Kaishu!», mano abierta. «¡Haishu!», mano cerrada. «¡Yaze neko!», atacar y esquivar. «¡Chikara!», valor.

Por las estrictas correcciones del maestro, comprende que es una kata de preparación para el segundo dan. Aaron posee el cinturón negro de *gōjū-ryū,* el más efectivo de los cuatro estilos japoneses. Ha alcanzado el quinto dan. Cada vez que se quiere pasar al siguiente nivel se tardan tantos años como elevado es el dan; para llegar al noveno, debería tener la edad de su padre. El décimo no lo posee nadie, ya que querría decir que no se puede progresar más.

O como decía su padre: «Si alguien llega al décimo dan, es porque está espiritualmente muerto o es un completo imbécil».

La mayoría de los karatecas olímpicos tienen el tercer dan. Ella pasó la prueba del quinto hace un año, ciega.

«No tienes que ver, tienes que saber».

Entrena en Wiesbaden cuatro veces a la semana, en el parque de Neroberg; a ninguno de los chicos de la BKA le gusta luchar con ella. Lo cierto es que, de todos los sentidos, la vista es el que más domina el pensamiento, pero su córtex cerebral, esa revolucionada máquina de procesamiento, se ha orientado hacia nuevas funciones y le ha proporcionado a Aaron una actualización de su capacidad perceptiva. Temperatura corporal, respiración, corrientes de aire, vibración del suelo, instinto.

Parámetros certeros.

El mayor problema fue la pérdida de la percepción de su propio cuerpo. Ni siquiera un vidente puede aguantar mucho más de diez segundos a la pata coja con los ojos cerrados, porque le falta un punto de referencia. Por eso muchos ciegos se mueven con inseguridad, porque no saben que entrenar el equilibrio es algo que merece la pena. Tras incontables horas, Aaron se dio cuenta de que su estabilidad, que antes había considerado perfecta, se encontraba de pronto en un nuevo nivel.

Era capaz de bailar de puntillas sobre un solo pie.

Puñetazo al plexo solar. Bloqueo. *Spagat.* Giro completo de caderas. Patada de media luna inversa. Posición cruzada. Canto exterior de la mano. Golpe doble. La grulla. Canto interior de la mano. El tigre.

El bushidō dice: «Todo está escrito y tiene su razón de ser. El guerrero que interioriza eso está liberado. Incluso del deseo de vivir a cualquier precio».

También anteayer por la noche se machacó en Neroberg. A las diez fue a tomarse una cerveza al vestuario de hombres. Ella se ducha en casa, y a los chicos no les ve nada. A esas horas Boenisch estaba acurrucado junto al cadáver y era feliz.

Alguien la mira. Aaron siente que es Niko antes de que él la acerque hacia sí. Quiere resistirse, pero también mentirse a sí misma, aunque solo sea durante un abrazo.

No puede ser.

Aaron rompió la séptima virtud del bushidō: *Chū*. Deber y lealtad.

Ahora es un samurái ciego, ha recibido su castigo.

Se aparta de Niko.

—Vamos abajo.

En la segunda planta se ve asaltada por ruidos. Teléfonos, una infinidad de pasos, el molinillo de una máquina de café, una aspiradora. Percibe salas que puede cartografiar, la clara definición de todos los sonidos: el crujir del parqué viejo, el chirrido de una puerta en una corriente de aire, el temblor del agua en un vaso, el tranquilo palpitar de la reflexión.

Pero a Ulf Pavlik lo reconoce enseguida. No por la voz, sino por el andar. Cuando tenía cuarenta y pocos años, Pavlik perdió la pantorrilla izquierda en un accidente de moto. Con su prótesis de carbono siguió conduciendo al límite.

«¿Tendrá todavía la MV Agusta?».

Él se lo pone fácil, le da un codazo.

—Te veo bien.

Aaron sonríe mucho.

—Y yo a ti.

Dos voces que le suenan. ¿Fricke y Krupp?

—Eh, Aaron, ¿has engordado?

—Sí, en la zona de los ojos.

La risa que sigue tras un segundo de desconcierto le desvela que Niko les ha ocultado lo que sucedió en Barcelona exactamente. Nunca llegaron a leer el informe de Asuntos Internos. Para esos hombres, Aaron era una máquina y Barcelona solo *kismet,* mala suerte.

Pero ella sí lo sabe.

La sexta virtud: *Meiyo.* Honor.

Perdido.

Fricke le da unas palmaditas.

—Di que sí, ¿nos vemos esta noche?

—Tengo bastante trabajo…

—Es el cumpleaños de Pavlik.

«Mierda, lo había olvidado».

—Cumple cincuenta. Hemos juntado algo y vamos a regalarle un andador.

—Estáis locos —suelta Pavlik—. No necesito un soporte para caminar, lo que necesito es una silla de ruedas.

Aaron alarga una mano hacia él.

—Ven aquí, viejo. —Lo abraza. Tiene el músculo dorsal ancho tirante como un trampolín, el brazo y los hombros de hierro; así debe ser en un tirador de precisión, para absorber el retroceso del arma. Ni un gramo de grasa, bien entrenado. En ese momento sabe que él también ha pensado en ella a menudo, así que le susurra—: Te quiero mucho.

—Después. En la azotea —contesta él en otro susurro.

Pavlik se va con los demás, y justo entonces Aaron se da cuenta de que Niko también se ha marchado. Esa es una de las cosas que más detesta, que las personas desaparezcan de un segundo a otro, como si nunca hubieran estado ahí.

Se queda de pie, insegura, no sabe qué hacer, con el abrazo de Pavlik se ha desorientado y duda si el ascensor le queda a la derecha o a la izquierda. Busca la pared con la mano. La recorre con la palma. Encuentra piedra pulida.

El cuadro de honor de los hombres caídos.

Aaron desliza los dedos sobre el grabado, lee los nombres. Diecisiete. En cuatro de ellos se detiene durante unos latidos de su corazón; los conocía. Se les han añadido otros tres más, extraños.

Niko regresa como salido de la nada.

—Jenny, mi jefa, Inan Demirci.

—Buenos días, señora Aaron. —La voz sale de la faringe, suena un poco tensa pero muy controlada.

Aaron le tiende la mano. Los dedos de Demirci son esbeltos y fuertes.

—Encantada.

—Le propongo que vayamos a mi despacho.

Niko toma a Aaron del brazo, pero Demirci añade:

—Gracias, señor Kvist, su presencia no es necesaria.

6

En la sala hace fresco.

«También le gusta reflexionar».

Aaron conoce el despacho, que su antiguo jefe había amueblado con un estilo tan funcional que uno siempre se tomaba sus valoraciones de una forma del todo profesional y calmada.

«Tu decisión fue acertada: legítima defensa. Asuntos Internos te exculpa. La suspensión provisional ha quedado revocada».

Sabe que Demirci solo lleva un mes al frente del Departamento. Acaba de cumplir cuarenta y siete años, es muy joven para un puesto tan comprometido. Antes había dirigido la Brigada de Homicidios de Dortmund. La primera turca, y también la primera mujer que ha llegado tan lejos.

«Por eso el deje tenso. Tienes que ser mejor y más dura que cualquier otro. Y aquí, lo mismo».

La mesa de reuniones se encuentra en la ubicación de siempre, solo que para Aaron ya no está rodeada de sillas. Ahora más bien las sillas se encuentran delante de la mesa, porque se ha acostumbrado a situar los objetos siguiendo el orden en que los toca.

—¿Le apetece un café?

—Sí, gracias. Solo, sin azúcar. Pero con cucharilla, por favor.

En caso de que eso haya extrañado a Demirci, no lo deja entrever. Sirve el café de Aaron y otro para ella. Un perfume muy discreto, Aigner No. 2. «Seguro que no lleva joyas y apenas va maquillada». Aaron remueve el café y da unos golpecitos con la cucharilla en la taza. Un sonido claro, todo como antes. Casi. Vuelve a golpear, fingiendo estar distraída, y hasta ella regresa una segunda resonancia más oscura desde la pared frontal.

De pronto piensa que ahí hay alguien.

—Ya sabe que la Cuarta de Homicidios nos ha metido en esto por usted. ¿Le parece correcto que realice una grabación de nuestra conversación para los compañeros?

—Desde luego.

—Seis de enero. Caso: asesinato de Melanie Breuer, psicóloga en el centro penitenciario de Tegel. El acusado Reinhold Boenisch fue visitado por la comisaria jefe Jenny Aaron. Señora Aaron, ¿ha prestado declaración Boenisch ante usted?

—Sí.

—¿Ha realizado una confesión de los hechos?

—Sí.

—¿Cuál afirma que ha sido su móvil?

—Eso no tiene ninguna importancia. No fue él.

Un camión pasa por la calle. El zumbido de alta frecuencia de los cristales de la ventana es lo único que se oye durante cinco segundos.

—¿Qué le ha hecho llegar a esa conclusión?

—El bloqueo que sufre Boenisch de sus instintos. No es capaz de matar. Solo puede hacerlo en su imaginación.

—Ese hombre está cumpliendo cadena perpetua por asesinato cuádruple.

—Estoy convencida de que ya ha leído mi declaración en ese juicio.

«Y de que para ti todo eso no son más que chorradas».

—Señora Aaron, aquella debió de ser una situación absolutamente trágica y también traumatizante para usted, pero yo daba por sentado que, con todos estos años de distancia...

—¿Me permite que le exponga los hechos?

Una inspiración molesta.

—Por favor.

—En primer lugar: hace tres días Boenisch le pidió a otro recluso que le diera una paliza para despertar mi compasión durante el interrogatorio.

—¿Boenisch ha reconocido eso?

—No, pero sí el recluso al que pagó por ello.

—En su lugar, yo también lo habría confesado.

—Segundo: Boenisch posee una película. Trata de un asesino en serie al que nunca atrapan. En su imaginación, Boenisch toma la identidad de un personaje secundario y proyecta en él características del asesino que en la película no posee en absoluto.

—¿Conozco yo esa película?

—*Mr. Brooks.*

Demirci anota algo en una tableta.

«Sistema mecanográfico, trescientas pulsaciones por minuto, seguramente sin mirar. Perfeccionista».

—Tercero: no ha querido desvelar quién le consiguió la película.

—¿Qué prueba eso?

—Cuarto: Boenisch se moría de ganas de hablar conmigo sobre *Mr. Brooks.* Era evidente que la idea de que yo lo considerara el asesino le proporcionaba un gran placer.

—Muchos asesinos disfrutan con su confesión.

—Quinto: invitó a la víctima a su celda. Según certifica su perfil de personalidad, debió de extender la invitación ya con intenciones homicidas. Por consiguiente, debería haber estado en fase de excitación desde veinticuatro horas antes y haber explotado en el momento en que Melanie entró por la puerta. Por el contrario, Boenisch se tomó un té con ella primero.

—«Melanie». Le falta a usted distancia.

—¿Es usted de los que creen que tratamos con cosas y no con personas?

—¿Pretende aleccionarme?

—¿Y usted a mí?

Crujidos de papel rígido.

—No tuvo por qué extender esa invitación necesariamente con intenciones homicidas. Es posible que la situación lo desbordara. Tengo el informe de TC y mi impresión es que han trabajado a conciencia.

«Los de la Brigada de Homicidios no han preguntado por Melly. Ni siquiera han estado aquí».

—Sexto: la bolsa de plástico con la que parece que asfixiaron a la mujer no se corresponde con su supuesto modelo de actuación.

—Improvisó.

—Séptimo: detesta improvisar. Octavo: tiene el síndrome de Klinefelter, una función deficiente de las glándulas sexuales que le produjo un crecimiento excesivo durante la pubertad. Mide dos metros de alto y posee una fuerza física extraordinaria. Melanie ofreció mucha resistencia; Boenisch, sin embargo, la habría inmovilizado enseguida, de manera que no habría podido desplazarse ni un milímetro.

—Tengo la impresión de que quiere llegar a un punto culminante.

—Quien le consiguiera la película de *Mr. Brooks* es el verdadero asesino. Boenisch podía escoger a la víctima y estar presente. Un acuerdo beneficioso para todos.

Aaron bebe un sorbo de café.

Siente arcadas.

Bebe otro.

«¿Habrá visto alguna fotografía de Melanie Breuer? No, lo habría mencionado».

Demirci carraspea.

—Ya me habían hablado de usted, desde luego. Entró en el Departamento con veinticinco años. Más joven que ninguno antes ni después. La primera mujer. Ahora se ha convertido en la única analista de casos y especialista en interrogatorios ciega de Alemania. Hicieron una excepción en el reglamento con usted por intercesión del director de la BKA. Cuenta con mi respeto.

—Noveno: Boenisch perdió el control cuando le desmonté la imagen que había fabricado de sí mismo.

—Pérdida de control en un criminal sexual. Por mucho que se empeñe, eso no es ningún argumento.

—Décimo: sabía que yo estaba ciega. ¿Cómo?

Demirci escoge bien sus palabras:

—El señor Kvist me ha comunicado que ha realizado el interrogatorio usted sola. Por muy válida que sea…, ¿de verdad cree que es capaz de interpretar todos los aspectos de una personalidad?

«Esto ya me lo esperaba. Y con qué elegancia has esquivado el "ciega"…».

También en la BKA le dieron una oportunidad solo por su apellido. Nadie podía imaginarse que fuese a superar las pruebas. En realidad falló cuando le dieron a leer actas de interrogatorios en braille y le pidieron que identificara los puntos clave donde el sospechoso se delataba.

Aaron solicitó que le permitieran escuchar interrogatorios. Tres veces se sentó detrás del espejo de doble vista. Las tres veces acertó de lleno con su análisis y aportó la observación decisiva.

«Palpar entre las palabras».

«Completar lo oculto».

«Identificar el eco de la mentira».

Ahora, cuando en Wiesbaden se les resiste algún detenido, dicen: «Espera a que lo vea Aaron».

Se pone de pie.

—Me quedaré el tiempo que sea necesario. El señor Kvist me conseguirá el material para continuar con la investigación.

Demirci detiene la grabación.

—Tenía usted el móvil apagado, por eso la BKA no ha podido localizarla. La esperan en Wiesbaden lo antes posible.

«¿Se lo está inventando? No, es cierto. Estamos bajo presión».

Aaron señala con la barbilla hacia el lugar de la pared desde el que ha recibido esa resonancia oscura.

—¿Qué es eso de ahí?

Demirci se queda un momento sin habla.

—Una armadura otomana del siglo xv. Un regalo.

—Es bueno tener una armadura.

—¿Una metáfora?

—Una experiencia.

Aaron entra en el ascensor y aprieta el botón de la planta veinte. En la cabina percibe un olor a redondo de ternera y patatas cocidas. La puerta se abre, el viento tira de su abrigo. Pasos precavidos hasta que se topa con el antepecho de la azotea.

Sabe que está mirando en dirección oeste, hacia el sol; siente el ansia de luz, aunque solo sean fantasías. Aaron imagina el mundo hasta que se le aparece por completo de verdad, una fatamorgana tan hiperrealista como un sueño lúcido.

Ve la estación de Zoologischer Garten, cuyo acero gris se funde con una nube baja que cruza por delante del sol. Un murciélago se deja caer desde el tejado, rodea el mosaico violeta de la nueva Iglesia Memorial —que por un instante destella, hortera, y lanza un rayo de luz que atraviesa la nube—, esquiva el rayo como una flecha, busca la nube, la encuentra de nuevo por encima del centro comercial de Bikini-Haus, se precipita hacia las rocas de los babuinos del zoo y, como un sonámbulo, se mete en el agujero donde deberá aguardar un rato más, porque todavía es demasiado pronto para salir de caza. Los babuinos no le prestan la menor atención a ese huésped conocido y apuntan sus traseros colorados hacia una clase de niños que se hacen *selfies.* Aaron está absolutamente segura de que son los mismos niños que esa mañana se subían a un autocar en el aeropuerto. Aunque todavía no son más que las tres y media, en Tauentzienstrasse y en la Ku-Damm se encienden ya las lucecitas de Navidad que estarán ahí colgadas hasta principios de febrero, luciérnagas en la escarcha a las que nadie hace caso, solo una niña pequeña con unos rizos negros como de lana, que no había estado nunca en una ciudad tan grande y aprieta contra su cuerpo una bolsita de castañas asadas mientras con la otra mano, blanca y feliz, aferra la de su padre.

La noche es como un escaparate que echa el cierre de golpe. Las luces navideñas destacan chillonas en la negrura que se traga a la niña y la ciudad, y se vuelven más y más débiles, hasta que ya no son más que diminutos puntos relucientes en un radar. Después, la oscuridad es total. El dolor de cabeza devora los ojos de Aaron. Un coche que arranca en algún lugar, un motor que se cala, un concierto de bocinas, un avión.

En su casa tiene un cuadro del pintor Eşref Armağan. Aunque es ciego de nacimiento, crea paisajes de colores preciosos. Interminables puentes sobre bahías solitarias en las que danzan algunos veleros. Faros sobre acantilados que unos albatros sobrevuelan en círculos. Bodegones mágicos, fruteros con peras, frambuesas, melones jugosos a más no poder. A Armağan se le tenía por un farsante hasta que le realizaron unas pruebas en la Harvard Medical School. Lo sentaron en un búnker sin luz, observado por cámaras, y él pintó e hizo callar a todos los que dudaban de él.

Cuando midieron la actividad visual de su cerebro, comprobaron que se correspondía con la de una persona vidente.

A Aaron le encantan los cuadros de Armağan, desde siempre. Tras la muerte de su padre adquirió uno. Le costó treinta mil euros que pagó con su herencia. El galerista se sorprendió de que una ciega comprara el cuadro de un ciego, y se ofreció a describirle al menos lo que se veía en él. Pero ella no quiso. Puso las manos en el lienzo, sintió el crudo relieve de los colores bajo sus dedos, ya que Eşref Armağan había pintado ese cuadro con los suyos, y lo supo: «Es mío».

Lo tiene colgado en el dormitorio. Aaron lo contempla a menudo y ve a una mujer que camina por una cuerda tendida a una altura vertiginosa entre las torres de Notre Dame sin miedo, porque nada puede alcanzarla, ni siquiera la muerte.

Un año después de lo de Barcelona hubo que vaciar el apartamento de un Diógenes en Dresde. El hombre encendió una hoguera entre sus montañas de basura y de *Los soñadores* solo quedó un pequeño retazo carbonizado de cielo. No era el único cuadro que había robado, pero sí el único que aniquiló.

«Si yo no puedo verlo más, nadie podrá», dijo.

Pasos. Pavlik. Aaron se vuelve.

—¿Tienes un cigarrillo? No me queda ni uno.

Algo choca contra su mano derecha y cae a la nieve.

—Mierda —masculla Pavlik—. Me había apostado cincuenta billetes con Büker a que eras capaz.

Recoge del suelo el paquete de cigarrillos sin filtro, se lo pone en la mano, le da fuego, fuma con ella.

—¿Qué tal tu Agusta? —pregunta Aaron.

—Ahora tengo una Hayabusa. Verde chillón, tu color.

—¿De cuántos caballos?

—Doscientos justos.

—Menuda pasada.

El dolor de cabeza se intensifica. Aaron siente que Pavlik sopesa y descarta palabras. Lo que quiere decirle debe de ser trascendente, porque es un hombre experto en ir directo al grano. En Barcelona solo le preguntó cuándo iba a reincorporarse.

Tira la colilla de su cigarrillo.

—Bueno, ¿qué pasa?

Pavlik mira más allá de ella, respira de forma superficial.

—Hace un mes trasladaron a Sascha Holm a la prisión de Tegel.

En su vida, Aaron ha oído dos frases verdaderamente terribles.

«Soy yo, Butz». Y: «Operar no servirá de nada».

Esta es la tercera.

Sascha Holm es Ojos de Ficha, el hermano del hombre que en Barcelona se hacía llamar Egger. Más adelante, cuando su padre pensó que ya podían hablar de ello, Aaron supo que uno de los tres policías españoles, herido de muerte, había logrado enviar una señal de socorro. Rubén. Mientras ella se metía para siempre en el túnel de la plaza de Drassanes, el comando móvil irrumpió en el almacén e hizo lo que Aaron había dejado por hacer. El médico de urgencias reanimó a Niko y le salvó la vida.

También Ojos de Ficha logró sobrevivir. Su ADN pudo relacionarse con cuatro asesinatos no resueltos: un transeúnte en un atraco a un banco de Augsburgo, dos agentes de la Police Routière en un control de carreteras de la Costa Azul, y una portuguesa cuyo único crimen había consistido en querer romper con Ojos de Ficha después de un año juntos.

En Barcelona lo condenaron a cuarenta y ocho años de prisión y entró en la Modelo, una cárcel difícil.

De su hermano nunca más se supo. Solo se conoce su nombre: Ludger Holm. No hay ninguna duda de que es responsable de toda una serie de delitos, pero nadie puede citar uno solo en concreto. Ni siquiera existe registro de sus huellas dactilares. Aun así, un hombre que le ofrece un cuadro robado que nunca poseyó a un investigador encubierto y que sabe que en Barcelona va a encontrarse con cinco agentes de élite que arrastran consigo a un comando móvil debe de tener más sangre fría que ningún otro.

Aaron recuerda ese momento en el que sintió una mirada en la espalda en Tegel. ¿Era la mirada de Ojos de Ficha? ¿Se divirtió al verla allí? ¿Se alegró?

Intenta calmarse.

—¿Por qué?

—Tiene una novia por correspondencia en Berlín desde hace un año. Ella fue a verlo dos veces a Barcelona. Sascha hizo una solicitud de traslado y en Tegel estuvieron de acuerdo.

—¿Quién es esa mujer?

—Una florista. Tiene la tienda en Rudow.

—Quiero hablar con ella.

—Ya lo sé.

Autopista de circunvalación, media hora en dirección sudeste. Pavlik no es un gran conversador. Le gusta prepararlo todo bien para reflexionarlo en silencio. No forma las frases mientras habla, sino que ordena las palabras mucho antes en su mente. Ahora, en el coche, no dice nada. Espera la pregunta que a ella le da miedo hacer. En ello reside ya la respuesta, pero Aaron no puede ahorrárselo, ni a él ni a sí misma.

—¿Lo sabe Niko?

Pavlik sigue callado.

—O sea que sí.

—No quería intranquilizarte.

—Ya soy mayorcita.

—Sí. Ya el hecho de que hayas estado con Boenisch es… Habrías tenido que oír a los chicos. Todos piensan que eres la tía con más cojones que han visto en la vida.

—Pues muchas gracias.

«Ha venido conmigo a Tegel y no me ha dicho una palabra».

Su mano acaricia el cuero sintético del asiento y enseguida se reúne con la otra en su regazo.

Diez cosas que a Aaron no le gusta tocar:
manos sudadas
granos de café
cuero sintético
metal oxidado
discos de vinilo
pastilleros
nailon
su bastón
paquetes de tabaco
tiradores de ventana

A su derecha oye un tranvía. El traqueteo se interrumpe. Pavlik apaga el limpiaparabrisas. Están en un túnel.

«Innsbrucker Platz».

Ella vivió a la vuelta de la esquina. Al instalarse allí compró todo el mobiliario, pero a Wiesbaden solo se llevó un mueble: el viejo sofá de cuero gigantesco del mercadillo de segunda mano de Mauerpark, que tiene sus defectos, pero a ella le gusta tal cual es.

También al niño del apartamento de al lado le gustaba ese sofá. Sus padres discutían mucho, y entonces él saltaba por el balcón y se colaba por la ventana de Aaron. Juntos leían cómics y jugaban a Superman y Superwoman, y ella a menudo pensaba en lo bonito que sería tener un niño pequeño. Una vez no fue lo bastante cuidadosa y estaba limpiando su Browning cuando él entró de un salto en la habitación. Se quedó muy asustado. Ella le dijo que era una pistola de fogueo, pero le hizo prometer solemnemente que no le contaría nada a nadie. Ese era su mayor miedo: que apareciera alguien de su verdadera vida y pudiera hacerle daño a alguien a quien ella apreciaba.

Pavlik lleva dos minutos sin decir palabra. Aaron es capaz de diferenciar entre cien clases de silencio diferentes.

Y este lo conoce a la perfección.

—¿Qué coche es? ¿Desde cuándo?

—Un Phaeton azul. Desde Innsbrucker Platz.

Siente que Pavlik reduce gas, la maniobra estándar: conducir más despacio, obligar así al coche que va detrás a adelantar y ver si el perseguidor reduce también para mantener la distancia.

—¿Y bien?

—Ahí sigue.

—¿Quieres echarle un vistazo?

—Sí. Agárrate bien.

Un frenazo. Se le clava el cinturón. Aaron sabe que el Phaeton ha tenido que salir de su carril para evitar una colisión. Pavlik acelera a fondo y se dispone a darle caza.

—¿Has podido verle la cara?

—No. Lunas tintadas. Vamos a ver de qué es capaz.

Y demuestra por qué es el mejor conductor del Departamento. Aaron se siente impulsada hacia la izquierda, hacia la derecha, se zarandea, se aferra al asidero. Pavlik atrapa al coche.

—Impresionante.

—¿El qué?

—Se ha recorrido toda la avenida de Buschkrugallee a doscientos veinte sin rozar siquiera la línea central.

—¿Lo has perdido?

—Tenemos la matrícula.

Que no les servirá de nada. Ella lo sabe y él también.

Cuando entran en la pequeña floristería de Rudow, Aaron siente un cosquilleo en la nariz. En casa tiene muchas plantas de flores. El primer día, su asistenta preguntó con inseguridad si las elegía por el olor, o si escogía aquellas que tenían un tacto más agradable, pero ella sonrió y dijo: «No, es solo que me gustan las flores». Sobre todo las orquídeas blancas, y eso que no huelen a nada de nada.

Oye una voz. Joven, cansada. Que arrastra las palabras como si las hubiera arrancado de sus pensamientos oscuros.

—Buenos días. ¿En qué puedo ayudarles?

—¿Es usted Eva Askamp?

—¿Sí?

Aaron sabe que Pavlik le muestra su identificación.

—Querríamos hablar sobre Sascha Holm.

La voz de la mujer se bloquea.

—¿Por qué?

Seguro que ha tenido que explicarse muchas veces: ante una comisión, ante el director de Tegel, funcionarios de prisiones, amigos, su familia.

«Aun así, nuestra visita la ha descolocado».

—¿Cómo conoció a Sascha?

—A través de su anuncio en el periódico de la cárcel.

—¿Lee usted periódicos de cárceles españolas?

—Era una cárcel de aquí.

—¿Y qué había escrito? —pregunta Pavlik—. ¿Poesía lírica?

—Que le gustaría mucho tener a alguien que lo comprendiera y viera que es muy diferente.

—Conmovedor.

—¿La señora Askamp es guapa? —le susurra Aaron a Pavlik.

—Ya lo creo. —Le suena el móvil y sale fuera.

—Usted podría tener una relación normal, planes de futuro, vida amorosa —dice Aaron—. ¿Y en lugar de eso se busca a un asesino múltiple? ¿Alguien que no siente nada por los demás, salvo tal vez por su hermano, que es aún peor que él?

—Él no es así. Se han cometido muchas injusticias en su caso. —Habla despacio, como Aaron sabe que hacen los melancólicos o las personas psicológicamente inestables. En esa voz todo es pasivo, débil.

Hace dos años, cuando se incorporó a la BKA, empezó a estudiar a fondo psicología criminal. Sabe que las biografías de las mujeres que se enamoran de asesinos tienen un parecido alarmante. La madre, indefensa; el padre, brutal. De manera inconsciente buscan hombres que son exactos a él, que se aprovechan de ellas y las tratan como una basura. Hasta que ven a su príncipe azul en un criminal condenado. Está en la cárcel, de modo que se encuentran a salvo de él. Lo controlan y se evaden en su fantasía de amor. Esas mujeres están tan desesperadas por creer que al fin han encontrado la felicidad que confunden una mentira con la realidad.

Eva Askamp ha tenido que defender a ese hombre de una forma muy diferente.

—¿Qué injusticias son esas? —pregunta Aaron.

—Todas.

Ni asomo de convicción en la voz. Lo ha aprendido de memoria.

—¿Dónde creció Sascha?

Ninguna respuesta.

—¿Viven todavía sus padres?

Nada.

Pavlik vuelve a entrar.

—Se lo pondré muy fácil: ¿cómo se llama su hermano?

La mujer vuelca algo. Un jarrón. Se agacha a recoger los añicos para ganar tiempo.

Aaron percibe un nuevo olor y mueve la cabeza en esa dirección. Camelias. Se ve a sí misma dándole la mano a Holm en Barcelona. Él se inclina hacia ella, y puede oler la flor de su ojal. Cálida, algodonosa como polvos de maquillaje.

—Ahí hay una camelia —le dice a Pavlik—. ¿Es blanca?

—No tengo ni idea de qué pinta tienen las camelias.

—¿Señora Askamp?

—Blanca, sí.

—Quiero comprarla.

—Ya está vendida.

Rápidos pasos infantiles.

—Mamá, ¿cuándo nos vamos a casa?

—Enseguida.

El niño regresa enfadado a la trastienda.

—¿Estuvo usted casada? —pregunta Aaron.

—Sí.

—¿Divorciada o viuda?

—Mi marido murió hace dos años.

—¿La tienda la llevaban juntos?

—¿Y qué?

Aaron se dirige a Pavlik:

—¿Es una zona buena para el negocio?

—Creo que no. En la esquina hay un supermercado barato, contra eso no se puede competir.

—¿Problemas de dinero? —pregunta Aaron.

Oye que la mujer va a echarse a llorar.

—No sé qué le importa a usted.

Pedazos de cerámica que caen en un cubo de basura.

—Me juego lo que sea a que en su casa tiene una foto enmarcada de su marido en la mesilla de noche.

—Salgan de mi tienda. —La voz se desmorona, pierde la poca entereza que le quedaba.

Una puerta que se abre, aire de nieve. Aaron se vuelve una última vez.

—Ha cometido usted un gran error. Márchese de aquí con su hijo y no le diga a nadie dónde está.

7

Dos cigarrillos sin filtro en el coche. Una pala que lanza señales en morse al arañar la nieve: dos cortas, dos largas, dos cortas. Los pensamientos de Aaron se deslizan como por un tobogán.

Pavlik rompe el silencio:

—Ludger Holm.

—Sí. Le ha pagado a la mujer para que se haga pasar por la novia de su hermano. Para conseguir traerlo a Berlín.

—Por Boenisch.

—Evidentemente.

—¿Cómo se habrá enterado Holm de lo tuyo con Boenisch?

—En su momento salió en todos los periódicos.

—Sabes lo que significa esto —dice Pavlik con una voz que suena como unas botas pisando la sal de las aceras.

—Que es Sascha quien ha asesinado a Melanie Breuer en la celda de Boenisch. Él es el hombre que le consiguió *Mr. Brooks*.

—¿El qué?

—No importa. Boenisch era perfecto para llegar a mí.

«Solo hablaré con la señora Aaron».

—La mujer a la que mataste en Barcelona…

—Nina Deraux.

—… era la amante de Sascha.

—Y estaba embarazada de tres meses. Pero el plan ha sido de su hermano. Sascha no es lo bastante inteligente.

Unos neumáticos que derrapan en un semáforo. Ella apoya la cabeza en la de Pavlik. Siente su silencio. ¿Cómo podría haber dejado él algo al azar, no tenerlo todo pensado?

—Ahora tendrías que decir: «Te llevo al siguiente avión».

—Sí.

—Pero no quieres.

—No.

—¿A cuántos hombres habéis movilizado?

—Dos tienen vigilada la tienda. Al otro lado de la calle, primera planta. Otros dos controlan su apartamento.

—¿Cuántos llevo pegados yo?

—También dos. Te esperaban en el aeropuerto, os siguieron a Kvist y a ti hasta Tegel, y desde allí al Departamento.

—Y a nosotros aquí.

—A treinta metros a la izquierda, un Volvo.

—Por eso has salido antes a hablar por teléfono.

—Han seguido al Phaeton unos minutos, pero luego los ha dejado atrás.

—No soy ningún cebo —dice Aaron.

—¿Te supone algún problema? —pregunta Pavlik.

—No.

—Lo que pensaba.

—¿Está intervenido el teléfono de Eva Askamp?

Pavlik duda dos segundos antes de murmurar:

—No puede ser. No hay orden judicial.

Aaron contiene un momento la respiración.

«Para una orden hay que seguir la vía reglamentaria».

—Demirci no lo sabe —concluye.

—No.

—¿Por qué?

—Lo intenté, pero no pude convencerla.

Lo que significa todo eso deja a Aaron helada. Pavlik está actuando por su cuenta. Y los hombres lo siguen, como han hecho siempre. Se están jugando el trabajo para protegerla.

Le pasa un brazo por los hombros. En ese momento hay muchas cosas que los unen; también eso que no se han dicho en voz alta desde que se han reencontrado.

«Nadie te hará nada malo mientras yo esté aquí».

«Sandra y tú sois las personas más importantes para mí».

«Los dos te hemos echado mucho de menos».

—¿Niko está al corriente?

—No. Si Demirci lo descubre, me despedirá. Los chicos siempre pueden alegar que les he dicho que cumplo órdenes de la jefa. Kvist no se tragaría eso en la vida. Te llevo al hotel.

—¿Podemos ir antes a Jungfernheide? Tengo que hacer una visita.

—Aquí es —dice Pavlik.

Estar de pie junto a una tumba que no se ve, que solo se imagina, no significa nada. Aaron podría estar en el desierto de Atacama o en el mar Muerto, pensar allí en Marlowe, y no estaría ni más lejos ni más cerca de él. Tan lejos o tan cerca como de sus padres en el cementerio de Sankt Augustin. Después de un minuto de silencio ya quiere regresar al coche.

Pavlik le pasa un brazo por la cintura mientras recorren el camino arbolado.

—Cuando me fumaba uno, él me miraba con reproche, y entonces le perdía el gusto al cigarrillo —comenta Pavlik.

—Hmmm, sé lo que es eso.

—Una vez estaba hecho una mierda —recuerda—. Por aquello de los chechenos, ya sabes. Tú viniste con Marlowe a casa. Yo estaba sentado en el balancín, odiando al mundo entero, y a mí mismo al que más. Él saltó a mi regazo. No tengo ni idea de por qué, pero ya no volví a pensar en los chechenos.

—Sí, él era así.

Pavlik da un traspié y se apoya en Aaron.

—¿Qué te pasa, viejo?

—¡Hablar es muy fácil! Esto está completamente oscuro.

—Bienvenido al club.

Conducen hacia Leipziger Strasse. Pavlik le ha reservado una habitación en el hotel Jupiter, una mole de hormigón que ya era un hotel en tiempos de la República Democrática Alemana, solo que entonces se llamaba Puschkin. Después de la reunificación lo renovaron y sanearon la fachada, pero continuó siendo un monumento de fealdad socialista. El Departamento hace uso del edificio de vez en cuando para alojar durante unos días a testigos principales. Solo tiene un ascensor, por lo que resulta fácil proteger las habitaciones.

Cuando Pavlik se dispone a bajar del coche, ella lo detiene.

—¿Me dices qué aspecto tienes? —Siente que él se asusta, así que le brinda una sonrisa—. Cinco años después, quiero decir.

—Sigo midiendo un metro ochenta y cinco. Peino un par de canas más, y por detrás empiezo a ralear, lo cual no me hace ninguna gracia. El año pasado un albano me rompió la nariz, así que parezco un boxeador. Sandra insiste en que me la arregle, pero a la mierda, a un hombre feo no hay nada que pueda desfigurarlo.

De repente Aaron se acuerda de una vez que, de cachondeo, pegaron en la taquilla de Pavlik una foto de él y otra de Woody Harrelson y garabatearon encima: «Separados al nacer». Ese recuerdo le despierta un repentino sentimiento de felicidad. Sonríe.

—¿O sea que ya no tienes nada que ver con Woody?

—Claro que sí, paso por él. Lo único que no consigo son los ojos azules. Ya sabes, el color de los míos es algo entre chucho callejero y luchador en el barro.

Ambos sueltan una risa. Aaron se guarda ese recuerdo inesperado en el bolso, como si fuera un caramelo.

En el vestíbulo del hotel, Pavlik la deja en manos de dos hombres del Departamento. Aaron no los conoce, pero no es de extrañar. Solo unos pocos aguantan mucho tiempo; cuando alguien lleva tres años allí, ya se le considera veterano. Aaron estuvo seis. Seguro que también habría pedido el traslado en algún momento por estar quemada y en las últimas.

Esa mentira resulta reconfortante.

Si ha de ser sincera, nunca quiso hacer ninguna otra cosa. Igual que Pavlik. Es el mayor de todo el Departamento, hace una eternidad que está allí. ¿Durante cuánto tiempo podrá seguir manteniéndose tan en forma como es necesario para estar entre los mejores? ¿Y Sandra? Ella sabe lo que se exige de su marido, sus noches en vela no han disminuido. Una mañana lo abrazará con cariño y le susurrará: «Ya basta». Y entonces ¿qué? ¿Un trabajo de despacho? ¿Pavlik?

A los dos hombres del vestíbulo les da instrucciones sin una palabra de más. Se llaman Kleff y Rogge. Ellos preguntan lo necesario con calma y profesionalidad. Aaron no imagina las caras que acompañan a esas voces. Al principio sí lo hacía, pero le costaba mucho tiempo y demasiado esfuerzo. Además, con las personas que le presentan ahora ya no le parece importante.

Planta catorce. La acompañan a su habitación. Pavlik se ha encargado de que le den la del fondo del pasillo; es la más fácil de vigilar. Un suelo de moqueta, mullido e interminable. Ella cuenta los pasos, desearía saber ya cuántos son, dónde se bifurca el pasillo, dónde cambia de dirección. Así no tendría que ir cogida del brazo del más alto, Rogge.

Su entrenador de movilidad quería a toda costa que se desacostumbrara a contar pasos. «Imagínese una escalera con muchos peldaños que tiene que recorrer muy a menudo, por ejemplo en su lugar de trabajo. Pongamos que son setenta. Es fácil de recordar, ningún problema. Durante un tiempo la cosa va bien, se siente usted segura. De pronto un día se encuentra en la escalera y le suena el móvil. O un compañero le dice algo. O hay un pensamiento que la distrae un instante. ¿Por qué número iba? ¿El treinta y siete? ¿Dos peldaños antes del final de la escalera? ¿Seguro? Un momento después ya se ha caído. ¿No la convenzo? Pues pongamos entonces su despacho. Digamos que sabe usted que de allí al lavabo hay exactamente veinte pasos. La cosa funciona sin pegas hasta que un día se encuentra en el cuartito de la limpieza o en el lavabo de hombres».

Ni uno solo de los ciegos que conoce Aaron cuenta pasos. Solo ella. En el Departamento la habían acostumbrado a hacer varias cosas a la vez, incluso a un ritmo frenético, y a estar concentrada al ciento por ciento en cada una de ellas. Memorizar un dosier mientras se está manteniendo una conversación; analizar dos problemas y al mismo tiempo controlar la respiración; interpretar el entorno, catalogar ruidos y olores y, aun así, centrarse en el propio cuerpo.

De manera que le pidió a su entrenador que recorriera con ella un edificio que ya había cartografiado y que mientras tanto le fuera poniendo ejercicios de cálculo.

No perdió la cuenta de un solo paso.

Sí, controlar la cantidad de pasos es una suerte. Doce desde su despacho en la BKA hasta la sala de interrogatorios VIa. Diecinueve en la cantina hasta el mostrador de comidas. De la cama a su cuadro, cinco. Treinta pasos en línea recta y cincuenta y seis hacia la izquierda desde la parada de autobús de la plaza del mercado de Wiesbaden hasta el cine Caligari, donde va a ver películas que ya conoce en última sesión. Diecisiete desde el camino principal del cementerio hasta la tumba de su padre. Desde allí, seis hasta la tumba de su madre, que se separó de él porque Aaron se había hecho policía por su culpa. Pasos ligeros y pasos pesados.

Los de Kleff y Rogge son elásticos, ágiles, pero ¿hasta qué punto son buenos esos dos hombres? Aaron quiere ponerlos a prueba.

Con la mano libre busca el chasqueador que lleva siempre consigo. De forma similar a una ranita de hojalata, produce un fuerte clic y es su sónar en lugares donde los sonidos están amortiguados, por ejemplo un paisaje cubierto de nieve. Ahora, en su bolso de mano, suena como un disparo con silenciador.

Automáticamente Rogge desplaza la cadera hacia la derecha y agarra a Aaron de lado por el brazo, a la altura de la cintura, para hacerla girar ciento ochenta grados y ponerla de cara a sí antes de dejarse caer sobre ella. La «maniobra Kaperski». En el medio segundo que ha tardado en hacerlo, ella oye el susurro con el que Kleff desenfunda su arma en pleno giro, se arrodilla y la apunta.

Aaron apenas puede respirar bajo los cien kilos que tiene encima.

—Vale. Lo siento —consigue pronunciar.

Rogge la ayuda a levantarse.

—No vuelvas a hacer eso, nunca.

Kleff abre la puerta de la habitación con la tarjeta. Entran.

—Hola, Kvist.

—Hola, Kleff. Hola, Rogge.

«No parece sorprendido. Por supuesto. En Schönefeld habrá tardado como mucho cinco minutos en darse cuenta de que nos estaban siguiendo».

Los dos hombres la dejan a solas con Niko.

—¿Qué haces aquí?

—Todavía tenía tu maleta en el coche.

Se acerca a ella. Aaron no puede esquivarlo. No sabe qué muebles hay en medio si tuviera que apartarse de Niko, y no quiere tropezar delante de él como una ciega.

—He estado pensando mucho si decírtelo o no, pero tiene que ser casualidad. No hay ninguna relación entre Boenisch y Sascha Holm.

—¡Los dos en el Pabellón 6! ¿Solo casualidad? —le suelta a la cara.

—Todos los presos con condenas largas están en el 5 o en el 6.

—¡Pero no tienen una novia falsa por correspondencia! Niko la aferra.

—Jenny, te estás imaginando cosas.

—¿Qué te da derecho a tratarme como a una niña? —le grita ella tras apartarse de él.

—Piénsalo bien. Es una locura —intenta tranquilizarla Niko de nuevo.

—¡Largo de aquí, no quiero volver a verte nunca más!

Y entonces sabe que fue al revés, que fue ella quien se largó. Y que ese es su castigo, no volver a verlo nunca más.

La voz de Niko la deja a solas con el dolor que se merece.

—Si eso te lo pone más fácil…

La puerta se cierra. A Aaron le late el corazón como si no estuviera dentro de su pecho sino a metros de distancia. Un metrónomo que funciona a una velocidad cada vez mayor y que ella quiere lanzar por la ventana para hacerlo callar.

«Lo piensa desde hace cinco años».

«Que lo dejé allí tirado como una bolsa de basura».

Consigue encontrar el baño y se mete bajo el chorro helado de la ducha hasta que la piel se le queda tan entumecida que ya no siente ni el agua.

La quinta virtud: *Shin*. Verdad y sinceridad.

Decirle a Niko que lo ama.

Demasiado tarde.

Se sienta en la cama, empapada y con los dientes castañeteando. Conecta los auriculares al móvil y abre la aplicación que utiliza como diario. La voz robótica lee:

«23 de abril. ¿Qué me sucedió en el instante en que abrí los ojos en el hospital?».

Salto.

«26 de junio. ¿Con qué vestido le gustaba tanto a Niko?».

Salto.

«11 de julio. ¿Le sostuve la mano en Moscú a la mujer del hotel Aralsk? ¿Estaba fría? ¿Llegó a decir algo? ¿Tenía padres, hermanos, un marido, hijos?».

Salto.

«13 de julio. ¿Por qué me enviaron a Moscú? Me asignaron a Ilia Nikulin. Pero ¿por qué a mí? No tenía más que veinticinco años, todavía no estaba en el Departamento. ¿Por qué me confiaron a mí esa misión?».

«1 de agosto. ¿Cuál era el lugar preferido de mi gato? ¿El sofá? No, Marlowe nunca fue mío. Era él quien se ocupaba de mí. ¿Dormía en mi brazo derecho o en el izquierdo? ¿Le gustaba el paté de hígado».

Salto.

«15 de septiembre. ¿Lloró mi madre cuando se fue? ¿Y yo?».

Salto.

«8 de octubre. ¿Llovía el día en que murió mi padre? ¿Cómo olía su camisa preferida cuando hundí la cara en ella? ¿De verdad lo hice, o no fue más que un sueño?».

Salto.

«9 de octubre. Mi primer coche era de color azul».

Salto.

«3 de noviembre. ¿De qué color era mi primer coche?».

Salto.

«2 de diciembre. Una vez más, Barcelona. Las preguntas principales: ¿Cuánto tiempo estuve en el almacén? ¿Qué ocurrió en ese tiempo? ¿En qué estado se encontraba Niko? ¿Llegó a tocarme? ¿Y yo a él? ¿Hubo palabras? ¿Cuáles? ¿Por qué no intenté eliminar a Holm? ¿Por qué hui y dejé a Niko atrás? ¿Por qué no llamé al comando móvil ni pedí una ambulancia?».

Aaron pone la radio a tope, la televisión, no hace caso de los golpes de la pared, quiere colocarse, disolverse.

El cansancio la tumba como un puñetazo en toda la cara. Sus ojos echan en falta el ritmo día-noche. A algunos ciegos no les afecta, pero ella sufre un *jetlag* continuo. Al principio estaba despierta setenta horas seguidas y luego dormía durante veinte.

Anoche: ni un segundo.

Revuelve en su bolso. En un primer momento no encuentra el tubito con ese estimulante que detesta, la vence el pánico, da con él, lo pierde temblando, rastrea la moqueta a gatas, busca a tientas las pastillas, encuentra dos, quiere tragárselas, se ha quedado sin saliva.

8

Él está de pie en la oscuridad y mira al otro lado de la calle, hacia la habitación del hotel. Lleva el torso desnudo, todos los músculos tatuados, y cada tatuaje le recuerda un dolor. Un año o dos los pasó en Sofía, donde se encargó de tres o cuatro asesinatos para el clan Bozhkov que no le costaron ningún esfuerzo. El dinero resultó agradable y le bastó para unos años en las Antillas, en esa casa junto al mar que no significaba nada para él, porque nada que no lleve bajo la piel significa algo. Regresó a Europa cuando consideró que su hermano ya había pagado suficiente por sus errores. Cuando el tiempo de Aaron en el limbo se acercaba al final. A lo largo de su vida ha matado a cuarenta o cincuenta o sesenta personas, contando al hombre y a la mujer que están tirados junto a la puerta porque esta noche él quería ver a Aaron. Si ella se hubiera alojado en una habitación de otra planta, habría sido otro apartamento. Aaron ha corrido las cortinas, pero las gafas de visión nocturna detectan su huella térmica. Está sentada en la cama, ha hundido la cara en las manos y cree saber lo que es la pérdida. Ahora podría matarla, igual que podría haberla matado en cualquier otro momento. En Wiesbaden siguió hasta el último de sus pasos durante tres meses. En el cine se sentó justo a su lado en una última sesión; solo habría tenido que alargar la mano. Fue a ver *Taxi Driver*. Por supuesto. Travis Bickle regresa a casa de Vietnam, y el insomnio y la soledad martillean como un taladro el interior de su cabeza. ¿Qué habría ocurrido si Bickle nunca se hubiera encontrado con la pequeña prostituta? ¿Quizá no se habría convertido en un matadero andante? Qué romántico. Para él lo importante no era salvar a la chica. La chica era intercambiable. Solo buscaba un pretexto para matar, habría encontrado otros objetivos, pero entonces no lo habrían jaleado como a un héroe. ¿Es eso lo que fascina a Aaron, el absurdo *happy end*? No. Es el *amok*, la locura homicida. Los samuráis lo sabían: solo el que se encuentra en un estado de desesperanza y desesperación absolutas, mucho más allá de la razón, es capaz de llevar a cabo algo grande. El verdadero significado del *amok* está sepultado bajo las montañas de cadáveres de Blacksburg, Littleton, Érfurt, Utøya. En realidad se refiere a un guerrero que, con una determinación máxima, intenta darle la vuelta a una batalla perdida mediante una única acción que desafía a la muerte. Eso sería digno de un samurái, y la redención de Aaron. Eso es lo que ella anhela. Darle un sentido a su vida destrozada sacrificando para ello su persona. Seguro que se lo ha confesado a su padre en su tumba de Sankt Augustin. ¿Lo comprendería él? No es probable. Jörg Aaron siempre calculó los riesgos fríamente; era un matemático del matar. Le faltaba un motor como el sótano de Boenisch, y eso lo diferenciaba de su hija. ¿Qué le parecería que ella vaya a todos los entrenamientos como si fueran una misa de réquiem? Aaron entrena por él, por el hombre que solo habría tenido que alargar la mano. Ella lo sabe, él lo sabe. Que consiguiera huir en Barcelona fue impresionante. En el túnel él tenía ventaja; ella es zurda, y sin embargo tuvo que disparar con la derecha, el lado en el que estaba herida, por eso nunca habría podido ser tan rápida como él. Aun así, todo se decidió en un abrir y cerrar de ojos. Aaron tuvo su oportunidad, ahora ya no es rival para él. Durante cinco años se había reservado un lugar para el último tatuaje. Ahora lo palpa, sobre su corazón. Aaron lo palpará también. Él aceptará su sacrificio.

9

A eso de las ocho, Kleff y Rogge se la llevan a la galería de tiro, donde Pavlik celebra su cumpleaños. Los dos hombres solo cruzan unas pocas palabras por el camino, pero Aaron oye en ellas lo mucho que se alegran de que se haya animado a acompañarlos.

«Las noches con los chicos son lo más bonito».

—¿Cómo se lleva con Demirci? —les pregunta.

Rogge se echa a reír.

—Esa mujer es más tiesa que un cadáver de dos días. Pero, aun así, Pavlik la pica bastante.

—Hace poco se trajo una pecera pequeña y la dejó como si nada en mitad de la mesa de reuniones —interviene Kleff—. Dentro había un cangrejo de mar, un bicho gordo de verdad. Solo quería ver cómo reaccionaba Demirci. Ella acabó y no dijo ni una palabra.

—¡Pero solo con verle la cara…! —exclama Rogge—. Pavlik dice que la próxima vez plantará en la mesa un zorro disecado.

Aaron ríe con ellos. Típico de Pavlik.

Puede comprender a los hombres. Quieren saber por quién lo están arriesgando todo. El que pretenda dirigirlos tendrá que pertenecer al grupo. Igual que su antiguo jefe. El pub irlandés, barbacoas nocturnas en su casa, toda la tropa hasta arriba de alcohol. Él se acercaba a cada uno de ellos y le daba un empujoncito. «Sin ti todo esto sería mierda…», «Muy guapa la novia que te has echado, ¿qué tal os va?…», «Tómate un par de días libres…», «Aaron, tienes que comer más. Y quédate dormida alguna mañana».

Los tuteaba, y ellos a él. Antes de ponerse al frente del Departamento había sido comandante de Operaciones Especiales y, antes de eso, investigador encubierto para la BKA. No había situación que no hubiera vivido en persona. Nunca les exigía lo imposible.

Solo lo *casi* imposible.

Cuando alguno de ellos caía, el jefe iba a ver a los familiares y hablaba largo rato con ellos. No solo los acompañaba en el sentimiento, sino que estaba de luto él también. Los dejaba llorar y lloraba con ellos. En el Departamento los reunía a todos, incluso a los que estaban en alguna operación, y anunciaba que el negocio cerraba durante una semana. Que había muerto un compañero. Que todos debían parar. Y que, si el ministro exigía algo del Departamento durante esos días, ya podía ir a besarle el culo.

Él mismo obraba en consecuencia y no malgastaba más saliva al respecto.

En Barcelona estuvo dos veces sentado junto a la cama de Aaron. El primer día de todos y luego una semana después, tras haber leído el informe de Asuntos Internos. Le llevó un aguardiente que se bebieron en vasitos para lavarse los dientes y masculló que había tirado ese papelucho al cubo de la basura. Le recordaba a su padre en muchas cosas.

Para despedirse le dio un beso en la frente. «¿Sabes qué es lo que más me ha admirado siempre de ti? Que conoces la diferencia entre el bien y el mal. Eres policía, nunca has sido otra cosa y nunca serás otra cosa».

En aquel momento ella no lo pudo asimilar; más tarde, sí.

Ahora él disfruta de su jubilación en Suecia y por fin tiene tiempo para su afición, la pesca en alta mar. Cuando Aaron acababa de empezar en la BKA, recibió una carta suya. En braille. La leyó cinco veces. Inan Demirci todavía tiene mucho que aprender.

En la galería de tiro se oye música de fiesta y hay un montón de gente. El aire está cargado del mejor olor del mundo, aunque Aaron ya no lo soporta: disparos de armas recién limpiadas con Ballistol.

Aquí han bebido, han celebrado, han llorado a compañeros caídos.

Pavlik la estrecha contra sí.

—No te he traído ningún regalo —le dice ella, avergonzada.

—Claro que sí. Y en un paquete precioso. Eres mi invitada de honor. —Y murmura—: Menudo numerito has montado en el hotel.

—Ese tío me ha dejado dos costillas hechas polvo.

—Te lo tienes merecido. —Se llevan a Pavlik de su lado y él exclama—: ¡Tengo que ocuparme de esto, hasta dentro de un rato!

—Venga, siéntese aquí conmigo. —Demirci—. Ya me encargo yo —les dice a Kleff y a Rogge.

Ha pillado por sorpresa a Aaron, que no tiene ganas de charlar con ella.

La cuarta virtud del bushidō: *Rei.* Cortesía.

Demirci la lleva a una mesa en un rincón que por desgracia está tranquilo.

—¿Quiere comer algo?

—¿Qué hay?

—Ensalada de pasta y salchichas, ensalada de pasta y albóndigas, ensalada de pasta y bistec.

—Con salchichas. Y una cerveza.

Aaron oye una risa que reconocería entre un millón. Cálida, desde lo más hondo del estómago, genial. Él está muy cerca.

Maneja el tenedor con un hambre canina. A los ciegos les encanta comer, todo tiene un sabor más intenso, pero solo buenísimo o asqueroso, sin término medio. Le pide a Demirci una segunda ración. La ensalada de pasta la ha hecho Sandra; sabe a cebolla picada, a música de la radio portátil de la cocina, a vino blanco y agua con gas, a un poco de cháchara, a comprar juntas en eBay, a risas bobas.

Las salchichas se las come con los dedos.

Diez cosas que a Aaron le gusta tocar:
la nieve
piñas de abeto
botellas de cerveza helada
la tierra húmeda de un bancal
pieles cálidas
salchichas
manos pequeñas
botones de nácar
armas
su cuadro

Aparta el plato, saca un Marlboro del paquete de tabaco, abre su Dupont con un chasquido y se da cuenta de que la jefa de Pavlik acerca la silla.

—En realidad aquí está prohibido fumar —dice Demirci.

—¿Cuánto hace que lo dejó?

—¿Tan evidente es?

—Si no, habría apartado un poco la silla, no la habría acercado.

—¿Me da uno?

Cuando Demirci da la primera calada, Aaron sabe lo que siente. La felicidad pura con la que llena los pulmones, la decepción de no haberlo conseguido una vez más, el ansia de fumarse ese cigarrillo hasta el filtro.

Cada dos minutos se acerca alguien, le da unas palmaditas a Aaron, le acaricia el brazo. «Soy yo, Dobeck...», «Eh, aquí Krupp...», «Krampe...», «Nowak...», «Fricke...», «¡Me alegro de que hayas venido!», «¡Te he echado de menos!», «¡Estás estupenda!», «¡Un vestido de vértigo!».

Butz se queda un poco más. Simplemente se coloca de pie junto a ella con la mano posada en su hombro, para que sepa que está ahí. Lo que los une no necesita palabras. Antes de irse, le da un beso en la frente.

Demirci no habla con ninguno de ellos.

La tercera virtud: *Omoiyari.* Empatía.

—Se pregunta por qué la ha invitado Pavlik. Si está pensando: «Porque soy su jefa», sepa que se equivoca.

—¿Está segura de que es ciega?

—Pavlik está preocupado. Ya va siendo hora de que se acerque un poco más a los chicos. Dentro de nada alguno se sentará con nosotras porque Pavlik hace rato que ha visto que soy la única que está charlando con usted. Cuando venga, no hable del trabajo. Diga algo simpático. Algo como: «Me he apostado veinte euros a que está usted entre los cinco mejores en puntería». Y no se dirija a ellos con un «señor». El apellido basta.

—¿Por qué?

—Porque así lo hacen ellos.

Un silencio de cinco caladas.

—Una vez conocí a su padre —dice Demirci entonces.

—Ah, ¿sí?

—Soy de una ciudad pequeña, Babenhausen, seguro que no la conoce. Mi padre era un simple sastre de arreglos, ahorró hasta el último penique para darme una formación. Cuando consiguió la ciudadanía alemana, para él fue algo grande. Jürgen Schumann, el comandante del *Landshut,* vivía una calle más allá y era cliente de su sastrería. En el aniversario de su muerte mi padre siempre va a llevar flores a su tumba. «El señor Schumann fue un héroe», dice. Una vez lo acompañé. Su padre también estaba allí. En la academia escribí un trabajo sobre él. Resulta que los dos se habían encontrado muchas veces en esa tumba. Mi padre me presentó al suyo como «un viejo camarada de vuelo» de Schumann. Él no sabía quién era Jörg Aaron ni lo que había hecho en Mogadiscio. Su padre no hacía mucha propaganda de ello, y hablaba con el mío como con un amigo. Eso me impresionó mucho.

De repente Aaron se alegra de estar sentada con Demirci.

Alguien acerca una silla. Fricke.

—Bueno, ¿le está dando mucho la lata Aaron?

Por supuesto que Pavlik lo ha enviado justamente a él. Fricke es el payaso de la tropa. Algún día se reirá de su propia muerte. Durante cinco minutos Aaron oye cómo Demirci intenta estar más relajada, cómo se esfuerza de verdad y no acaba de hacerlo del todo mal.

Fricke le da un pequeño codazo.

—También tengo uno para ti: un ciego y un paralítico juegan al fútbol, y siempre gana el paralítico. ¿Por qué?

—Porque es el único que grita: «¡Gol!» —contesta ella riendo.

—Hola, Jenny.

Cuántas veces se ha preguntado en esos años cómo sería cuando volviera a encontrarse con Sandra, su única amiga… Aaron tenía miedo de que le echase en cara que no hubiera vuelto a ponerse en contacto con ella, que desapareciera sin una sola frase y solo dejara aquella nota con tres únicas palabras: «Compréndelo, por favor».

Pero ahora resulta muy sencillo.

Inclina la cabeza contra la de Sandra, recuerda las noches en casa de Pavlik y ella con sus hijos, la familiaridad que sentía, cómo jugaba al escondite con los gemelos, aunque allí no tenía ninguna necesidad de esconderse, porque estaba como en casa.

La mayoría de los hombres del Departamento están casados. Se prefiere así, se buscan aquellos que cuentan con un entorno estable; tipos que saben estar tranquilos y que son capaces de calcular un riesgo con objetividad. Aaron apenas vio nunca a sus mujeres, a ninguna la conoció de cerca. Las mantenían a distancia, no debían saber exactamente qué hacían sus maridos; tal vez ellas tampoco querían saberlo. Así era mejor para todos.

Sandra es diferente. Cuando Pavlik y ella se enamoraron, Sandra tenía diecinueve años, él veintitrés y todavía estaba con los paracaidistas. Por ella entró en la policía; Sandra no quería vivir en «paquetes de fin de semana» con un soldado. Desde el principio le dejó claro que ella lo compartiría todo con él y que, si no, más les valía dejarlo en ese mismo momento. Era la mujer adecuada para Pavlik, y Pavlik el hombre para ella. Tuvo a los gemelos con treinta años; antes su profesión como orfebre había sido demasiado importante para ella. Una vez le dijo a Aaron: «Primero hay que vivir la vida a tope». Daba igual lo que su marido se llevara a casa, ella se lo quitaba de encima y lo guardaba bajo llave.

Siempre estaban juntos.

Después del accidente de moto de Pavlik, el jefe no se planteó trasladarlo ni por un segundo. Era demasiado importante. Sandra, por el contrario, sabía que no tendría ni un minuto de tranquilidad a menos que estuviera segura de que el cuerpo le funcionaba a la perfección. Le dio medio año, después quería que luchara contra Aaron.

Lo hicieron en el jardín de su casita adosada de Lichterfelde, donde los setos son demasiado altos para que los vecinos puedan ver nada. Sandra esperó a que los gemelos se fueran un día de excursión con la clase. Le hizo prometer a Aaron que no sería indulgente con su marido. Pavlik y ella no se regalaron nada; igual que si fueran enemigos. Él seguía siendo tan rápido como siempre. Su prótesis de pantorrilla llegó a causarle dificultades a Aaron, sobre todo en las patadas, y tuvo que experimentar con dolor su capacidad de salto. Ambos eran máquinas salidas de la misma fábrica. Al final se quedaron varios minutos arrodillados el uno frente al otro sin poder hablar siquiera. A Aaron le dolía hasta el pelo. Sandra les lanzó un par de costillas crudas. Se tomaron un aguardiente y jugaron al Scrabble.

En la galería de tiro ya nada se interpone entre ellas.

—Tu ensalada de pasta es la mejor —dice Aaron, y se seca las lágrimas.

También Sandra traga saliva.

—¡Nadie se hincha a comer como tú! Oye, ¿Ulf te lo ha dicho ya?

—¿El qué?

—Tuvimos una niña. El febrero pasado.

—¡Qué dices!

—Pues sí. Una locura. Con cuarenta y cinco.

—¿Qué nombre le habéis puesto?

—Adivina.

Aaron tarda un momento en comprender. Las lágrimas vuelven a aflorarle a los ojos y le da un abrazo a Sandra, que llora igual que ella.

—¡Madre mía! —Es todo lo que consigue decir.

—¡Mujeres! —suelta Sandra.

Se ríen, lloran, lo uno no se distingue de lo otro.

Solo una vez se pelearon. Cuando Aaron le confesó que estaba saliendo con Niko. Sandra se puso furiosa, creía que estaba cometiendo un error.

¿Por qué?

Porque Niko no era bueno para ella, ¡por eso! «¡Ni siquiera es tu tipo!».

Aaron también se enfadó. Poco antes le había contado a su padre lo de Niko, y el hombre había reaccionado de forma parecida, aunque con menor intensidad. ¿Por qué creía saber todo el mundo lo que era bueno para ella y lo que no? Sandra replicó que Niko vivía la vida por el carril de adelantamiento, siempre con el acelerador pisado a fondo. ¿Cuánto tiempo podía durar eso?

Pavlik solo contaba con dos amigos en el Departamento: André y Niko. A Aaron siempre le había extrañado que Sandra no invitara nunca a Niko, que no quisiera que sus hijos lo conocieran.

No comprendió por qué hasta que un día su amiga comentó: «Cada vez que se va con Ulf a una operación, me quedo pegada al teléfono rezando por que no suene». Niko no tenía familia, no pensaba en las personas que su compañero dejaría atrás.

«Un barco que va buscando su iceberg».

«¿Y qué? —contestó Aaron—. ¿Me espera a mí alguien en casa?». Y en ese mismo instante supo que había herido a su amiga. Porque ellos eran su familia y, si algo le ocurriera, para Sandra sería tan terrible como si le hubiera tocado a uno de sus hijos o a su marido.

Aaron la abrazó, se dio cuenta de que Sandra estaba temblando, de que ella misma temblaba también, y aquella noche se marchó sin que se hubieran arreglado las cosas entre ellas. Silencio total durante dos días; Aaron estaba triste. Y entonces, una mañana junto a la máquina de café, Pavlik soltó: «Sandra pregunta si te apetece venir a cenar con Kvist. ¿A las siete?».

Aaron llevó una botella de *limoncello*, Niko incluso tuvo el detalle de comprar un ramo de flores. Charlaron sobre un montón de barbaridades y rieron mientras se preparaba una tormenta, casi como si lo de cenar juntos fuera algo que hacían desde siempre.

Los hombres jugaron después al Scalextric con los gemelos. Sandra y Aaron salieron al jardín a sentarse en el balancín tras la cálida lluvia de verano, escucharon cómo caían las gotas entre las hojas de los árboles y saborearon el *limoncello.* La hierba mojada les hacía cosquillas en los pies descalzos; no decían nada, pero se sentían unidas.

«Podríamos hacerlo más veces», comentó Sandra.

Llega el momento de disparar. Fricke se une a los demás. Demirci se inclina hacia Aaron.

—Gracias.

—Vaya a reunirse con los chicos. Ellos esperan que usted también dispare. Acabe la última y con un resultado deprimente, finja que le da mucha rabia.

Los tres cuartos de hora siguientes, Aaron y Sandra son las únicas que no están en el punto de tiro. Sandra la toma de la mano con calma y se guarda sus pensamientos para sí.

La distancia máxima de competición con pistola para un tirador experto sería de cincuenta metros. Aquí disparan a ochenta. Diez veces con la mano dominante, diez con la débil. A los de la vieja tropa los reconoce por la frecuencia. Butz: una máquina de relojería afinada al milisegundo, sobrio. Dobeck: un disparo lanzado con precipitación, otro retrasado, cada uno diferente. Fricke: nueve seguidos. Antes del último se toma el doble de tiempo. Quiere meter la bala por el agujero de la primera; un gran final. En la segunda serie se oye un murmullo que recorre la sala. Lo ha conseguido, y con la izquierda. Pavlik: relajado, controlado, un tirador de precisión.

Demirci: tensa, arrítmica. «¡La madre que lo parió!».

Carcajadas.

Niko: diez tiros tan rápidos como una máquina de coser.

«Ha ganado él, por supuesto».

Pavlik se inclina hacia Aaron.

—Ahora tú.

—¿Estás borracho? —le suelta Sandra.

—Solo uno. Tengo que recuperar mi billete de cincuenta.

Aaron se levanta.

—Está bien.

Pavlik la lleva al punto de tiro.

—La seis —dice ella en voz baja.

De repente se hace el silencio. Aaron siente las miradas. Se coloca en posición de tiro en la pista número seis, delante del mostrador de armas. Sus dedos, justo en el centro, encuentran la muesca que hizo André al golpear el mostrador con la culata de su Heckler & Koch porque la vida se le escurría entre los dedos como si fuera arena; el triste, extraordinario y perdido André, que estuvo tanto tiempo en operaciones encubiertas que ya no sabía a qué mundo pertenecía, y nadie pudo salvarlo. Tampoco Aaron.

Pavlik le pone la mano izquierda sobre la pistola.

«Mi Browning».

—La he guardado para ti —le susurra.

Nota la empuñadura cálida y suave; la ha estado esperando. Siente su peso. Un solo cartucho en el cañón. Conoce esa pistola como su propia piel. Da dos golpes rápidos con el tacón, escucha el eco, corrige su posición cinco centímetros hacia la izquierda. Está de frente al blanco, los pies separados a la anchura de los hombros, el derecho algo retrasado. Estira el brazo del arma casi por completo, dobla una pizca el codo contrario para minimizar el retroceso.

Media inspiración, media espiración.

Ochenta metros.

«No tienes que ver, tienes que saber».

Cuando su dedo se posa en el gatillo, Aaron sabe que dará en el blanco. Sin embargo, en la fracción de segundo entre ese pensamiento y el momento en que alcanza la presión de disparo, destella una luz. Se encuentra, tras media inspiración y media espiración, en mitad de un pasillo interminable en Barcelona y se pregunta si oirá un disparo o solo un clic. Tan absorta está en ese recuerdo repentino e hiperrealista que vacila. Estalla un retumbar sordo que se aleja como si estuviera al otro lado de una ventana con aislamiento acústico, hasta que la ventana se abre de golpe y ella aterriza en medio de los gritos, los silbidos y los pataleos de los hombres que la rodean. De nuevo se ve transportada a aquel pasillo. Tiene la Walther de Nina Deraux en la mano, ve a Ojos de Ficha y dispara. Ojos de Ficha se dobla, gira, deja caer la Glock. Una neblina roja sale de su boca.

«¿Y después? ¿Qué hice yo?».

Aaron siente palpitaciones, espera que las imágenes continúen y la lleven hasta el almacén donde Niko lucha por seguir con vida, pero esa puerta sigue bien cerrada.

Pavlik la toma del brazo.

—Perfecto.

«No. Un mínimo desplazamiento. Un nueve, rozando el diez».

—Cualquiera puede engañarme si quiere, pero tú no —murmura ella.

Vuelve a sonar la música. A Aaron no le llega el aire a los pulmones.

«Have a Little Faith in Me», de John Hiatt.

Niko la toma de la mano.

—Vamos.

Ella se deja arrastrar. Ese es su lugar, nunca ha pertenecido a ningún otro. Abre de una patada la puerta a su sala interior, lanza allí dentro la verdad y la cierra con llave. Baila con él.

When the road gets dark and you can no longer see, just let my love throw a spark, baby, have a little faith in me.

Aaron adora sus movimientos, sus manos, su piel, la seguridad sobre la que descansa. El padre de Niko era finlandés. De él aprendió el significado de *sisu*, una palabra que no tiene traducción y en la que se esconden muchas otras: fuerza, resistencia, decisión, valentía, espíritu combativo aun en las situaciones más desesperadas.

Alguien tenía que parar a André. Solo los de Asuntos Internos llegaron a saber lo que sucedió en Praga, donde Niko localizó y mató a su amigo.

Su declaración fue a parar a una caja fuerte. Nadie le ha preguntado nunca a Niko, no han vuelto a pronunciar el nombre de André.

En una única ocasión, estando él borracho y desesperado, susurró: «Sisu también es crueldad».

Pero él no es así.

When the tears you cry are all you can believe, just give these loving arms a try, baby, have a little faith in me.

—Desde que te fuiste estoy ciego —le susurra pegado a su pelo.

10

Vuelven en coche al hotel Jupiter. Niko sigue al vehículo de Kleff y Rogge. Aaron sabe que mantiene una distancia de solo dos metros para que ningún otro coche pueda interponerse entre ellos. No hablan. Ella se concentra en el limpiaparabrisas. Con cada parada en un semáforo oye el suave frufrú del cuello de la camisa de Niko cuando él mira hacia atrás, porque no se fía del espejo, y comprueba si los está siguiendo alguien.

La acompaña a su habitación. Entra con ella.

When your back's against the wall, just turn around and you, you will see.

Niko cierra la puerta con el tacón y quiere besarla, pero ella no puede permitirlo, porque entonces estaría perdida.

—Tengo que preguntarte algo.

La decepción lo aparta como el oleaje.

—¿Qué ocurrió exactamente en Barcelona?

—¿A qué te refieres?

—En el almacén. No recuerdo nada. —Hasta ese momento ha tenido miedo, pero debe saberlo de una vez por todas.

Niko guarda silencio.

—Dímelo, por favor.

—Ya no sentía mi cuerpo. Tú querías levantarme. No lo conseguías. Holm disparó. Nos tenía a los dos en bandeja. A ti te sangraba el brazo. Pensé que yo ya estaba acabado. Quería que me soltaras.

—¿Por qué no luché contra Holm?

—Era una máquina.

—Yo también.

Aaron no consigue dar sentido a las palabras de Niko, que tropiezan sin orden en el interior de su cabeza: «Quería vivieras que tú habría dado de lo que crees más por en el túnel estado haber en tu lugar».

El suelo se tambalea. Niko la sostiene.

La puerta de la biblioteca de su perfecta memoria siempre había estado abierta. Imágenes, momentos, pensamientos, sensaciones; cada cosa en su lugar. Aaron había pasado muchas horas allí, a veces siendo casi feliz, muchas otras sintiendo tristeza. Pero era su vida, y podía contemplarla.

Una mañana despertó y en la biblioteca se había declarado un incendio. Desde entonces tiene que ver con impotencia cómo las llamas van devorando cada vez más imágenes, todos los recuerdos de la época de antes de quedarse ciega, cada sentimiento que tuvo entonces, cada momento que fue valioso, y solo le deja los hechos, como en un acta policial. Cuándo murió su madre y cuándo su padre. En qué colegio estudió. A cuántas personas ha matado.

Pronto dejó de poder imaginar los colores, salvo el rojo, y los números se convirtieron en pura aritmética. Un revólver de dos pulgadas en una funda de pantorrilla, dos semanas en Marrakech, dos habitaciones en Schöneberg. Cuatro segundos para desmontar la Browning. Cinco años entre el sótano y el aparcamiento subterráneo de Moscú, cinco desde que abrió los ojos. Su pista, la seis. El siete significaba no poder esperar algo, pero había olvidado qué aspecto tenían los números. Intentaba dibujar un dos en el aire, un cuatro, un cinco, un seis, un siete. No lo conseguía.

Fue a ver a un neurólogo; su mayor miedo era sufrir una demencia. Él la derivó al área de memoria de una clínica. Allí pusieron a prueba su capacidad de concentración, su facultad de comprensión, su sentido de la orientación. «Miraremos un poco de todo», dijo el médico. Estudiaron su glándula tiroidea, le hicieron una resonancia del cerebro, le examinaron el líquido cerebroespinal. Perfecto. «Quizá un psicoanálisis sería lo más adecuado», fueron las palabras con que la despidieron.

¿Para hablar de qué? ¿De cobardía? ¿De vergüenza? ¿Del honor perdido?

Aaron pasó días y noches poniendo por escrito todo lo que recordaba aún y no quería perder. Llenó muchísimas páginas en braille, y todavía hoy sigue trabajando en esa crónica. Sin embargo, las entradas son cada vez menos frecuentes y más breves, y cada vez le parecen más inútiles. Porque en cuanto un recuerdo existe solo como copia, y el original de la biblioteca queda destruido, se convierte en un gran desconocido para la narración. Como si lo que pone allí no lo hubiera vivido Aaron, sino una extraña.

¿Cómo describir las flores que forma la escarcha en la ventana, una helada sobre un prado? ¿La luz de las farolas de gas en Chamissoplatz, el cielo resplandeciente de Chellah, la vista sobre el mar por la mañana? Los lugares maravillosos de su infancia y ese rincón del bosque donde le dieron su primer beso desaparecen igual que el sonido de las voces de sus padres, la melodía de la cajita de música que encontró bajo el árbol de Navidad cuando era pequeña, los rostros de las personas a quienes ha querido, su propia cara, que ahora solo existe en una única fotografía, hasta que todo quede aniquilado y quemado y no sea más que cenizas frías que el viento esparce en la nada.

Hay cosas que las llamas han perdonado por el momento. El rojo de Cayenne, el café que se tomó con la gruesa dueña de la pensión, Mary-Sue en Berlín, Superman y Superwoman con el niño de los vecinos, Marlowe, el Scrabble en Lichterfelde, el *limoncello* con Sandra en el balancín. Cada día en que aún lo recuerda es un regalo.

Pero también el sótano de Spandau está ahí, y la voz de Boenisch, las uñas de Runge. De eso se acordará toda la vida. Olvidarlo sería una bendición que no le será concedida.

Y aquel último día en Barcelona. Es como un cuadro ante el que está sentada desde hace cinco años, contemplándolo día y noche. Aaron conoce hasta el último detalle. Que en la bañera del cuarto de baño en el que limpia su pistola hay una araña escuálida a la que deja vivir; que siente un hormigueo en la cicatriz de la clavícula; que el niño del vestíbulo lleva las uñas sucias y a Jordi le salen dos hoyuelos al sonreír que a ella le gustan; que los asientos del Daimler huelen a grasa para cuero, y que durante el trayecto hacia el sur su corazón es una tormenta sobre el mar.

La Sagrada Familia.

Podría regresar una vez más al hotel y enumerarlo todo: el contenido del minibar; el Colt de Niko, que curiosamente está en la caja fuerte con el cañón mirando hacia fuera, lo cual ella corrige al dejar la Browning al lado, ya que en caso de necesidad, algo que siempre puede ocurrir, hay que encontrar primero la empuñadura y no el cañón; la carta del restaurante en el ascensor, «merluza a la marinera», veintiún euros con diez; un traqueteo antes de cada planta a causa de un defecto del cabrestante; un deje a perfume fuerte de hombre que le resulta desagradable; una minúscula mancha de óxido en el rincón del fondo a la izquierda.

Diez veces regresaría, y no bastarían.

Que el taxi tras el que se han parado en el semáforo de la calle Mallorca tiene una rascada en el maletero y lleva el número de licencia 343; que en la cara de Ojos de Ficha ve a sus muertos, que para él no significan una mierda.

Que ella, en el momento en el que sus ojos se encuentran con los de Holm en el túnel, comprende que habría tenido que decirle a Niko: «Te quiero».

Amor a última vista.

Sin embargo, al despertar en el hospital ya no sabía lo que había ocurrido en el almacén. Hasta esta noche. Hasta el flash en la galería de tiro, cuando de nuevo se ha visto de pie en ese pasillo y le ha disparado a Ojos de Ficha en el cuello.

Podría ser un principio.

Pero aún falta lo más importante.

Niko. La nave. Su huida.

El asqueroso olor a café es todo lo que le ha quedado. Esa es la razón por la que se obliga a beber café una y otra vez: para, quizás así, recordarlo de nuevo.

En el fragor del incendio, Aaron se aferra a que esos minutos que le faltan son de una importancia capital, a que debe comprender por qué actuó como lo hizo, porque saberlo puede salvarla, y las imágenes irán entonces marcha atrás a toda velocidad y será como si el fuego nunca las hubiese devorado. Cada cosa volverá a ocupar su lugar, de una vez por todas. Y Aaron estará muy arriba, en lo alto de una montaña, y verá su vida ante sí como un amplio paisaje del que conoce hasta la última piedra y todo lo que hay bajo ellas.

—Vete. —Ha luchado tanto para pronunciar esa palabra que le duele todo el cuerpo.

Niko la suelta.

—O sea que nunca he significado nada para ti.

—No.

Entre ellos siempre ha habido verdad, nunca una mentira.

Sola, apaga la luz. ¿Por qué? Oye el rumor del climatizador, el televisor de la habitación contigua, siente el inestable alféizar de la ventana bajo sus pies aquella noche en Wiesbaden, cuando un borracho le gritó desde la calle: «¡Salta de una vez!», y ella quería dejarse ir, pero la esperanza de que tal vez lograra recuperar esos minutos de Barcelona fue más fuerte que el deseo de destrozarse.

Se toma una de esas otras pastillas que también odia, para olvidar por fin.

Aaron está sentada en un avión y lleva gafas de ciego aunque no está ciega. En las filas que tiene por delante y por detrás van sentados sus muertos; no falta ni uno, ni siquiera aquellos cuya muerte no pudo evitar. Ben, su amigo del colegio, que murió ahogado al romperse el hielo sobre el que caminaba; la mujer del hotel Aralsk, la camarera de Demenhorst, el barman de Bruselas, el niño de Cork, el limpiabotas de Tánger, el taxista de Helsinki, Alina, Jordi, Rubén, Josué, Melanie Breuer, André.

La florista Eva Askamp.

Y, aunque resulte extraño, también la clase y los dos profesores del zoo. Aaron intenta comprender por qué.

Empieza a nevar. Unos copos gruesos atraviesan el avión y pronto se hacen tan densos que los rostros se diluyen en un torbellino blanco. Aaron lleva los pies descalzos. Toca los tacones de aguja de la mujer del asiento de al lado. La mujer se pulveriza convertida en nieve, se hace una bola y empieza a rodar por el pasillo central.

Alguien grita: «¡Eh, tía, enróllate!», «¡Demasiado sosa para hacerse una paja!».

El padre de Aaron se sienta a su lado. Lleva la cara pintada de negro, como en el asalto al *Landshut*.

Ella le aferra la mano.

—¿Dónde estabas?

—Con los míos.

—¿Cuántos son?

Él guarda silencio.

—¿Es que no puedes contarlos? —pregunta su hija con temor.

Los ojos de Jörg Aaron destacan en su cabeza negra.

—No me preguntes nunca por los míos y yo no te preguntaré nunca por los tuyos.

Aaron oye la voz del comandante Schumann:

—Abróchense el cinturón. Vamos a realizar una escala no planeada en Tegel y esperamos encontrar turbulencias.

El avión aterriza en el campo de deportes de la cárcel. Ya no nieva. Aaron aprieta una bolsa de castañas asadas contra su cuerpo. Avanza entre las filas de sus muertos y los de su padre, pues ahora también los ve. Son muchísimos y todos apartan la mirada. El único que no lo hace es André.

André le lanza un cómic, *Daredevil, el vengador ciego.* La mano de Aaron arde como el fuego y deja caer el tebeo.

Su padre la espera al pie de la escalerilla. Le quita las gafas oscuras.

—Ya no las necesitas —dice, y le entrega una maleta pesada.

Ella desea con todas sus fuerzas que se quede a su lado, pero él levanta la vista hacia la puerta del aparato, donde está Suhaila Andrawes haciendo la señal de la victoria.

El avión se pone en marcha. Aaron recorre el Pabellón 6 con la maleta. Tres puertas se abren para dejarla pasar. En la última compuerta deja la maleta en el suelo y la abre. Dentro están los fetiches de Runge. Se pone el collar de perlas por encima. Deja atrás la maleta y sigue; allí no hay ni un alma, salvo la propia Aaron, y Ludger Holm y Boenisch, que están en la celda y no se fijan en ella.

En la cama descansa una camelia blanca. El torso de Holm está desnudo y repleto de tatuajes. Ella cierra los ojos, no quiere verlos.

Las voces de los hombres son un cuchicheo en plena noche.

—¿Puedo escoger a la mujer?

—La que tú quieras.

—¿Y luego vendrá Aaron?

—Vendrá.

—¿También tú te encontrarás con ella?

—Ya lo creo. Podrá ver otra vez, pero deseará estar ciega.

Aaron nota la respiración de Niko, sus caderas contra las de ella. Niko abre la puerta de la habitación en la que ella se sentó frente a Boenisch. Es enorme, interminable, sin paredes. En el centro hay una pista de baile, y Niko mece a Aaron con suavidad mientras la música emana de él como un fuego ante el que ella no siente ningún miedo.

When your secret heart cannot speak so easily, come here darlin' from a whisper start.

Ve su sonrisa, el pelo pelirrojo con ese remolino tenaz, su nariz afiladísima, los ojos, que siempre están tristes y contentos a la vez. Él la estrecha con fuerza. Aaron se da cuenta de que sus pies ya no tocan el suelo. Vuela con Niko lejos de allí, ve la cárcel muy por debajo, una fortaleza que está construida con nada más que luz, ve a Boenisch y a Holm, que levantan la mirada hacia ella.

Le lee el pensamiento a Holm: «Ojo por ojo».

Se arranca el collar del cuello, las perlas caen y se convierten en copos de nieve.

Niko la suelta y Aaron se precipita al vacío. Cae hacia la luz y grita una y otra vez:

—¡Quiero volver a estar ciega!

11

Demirci llega a casa. Las tres y media, casi no vale la pena meterse en la cama. Y eso que se había propuesto estar en la fiesta el mínimo exigido por los buenos modales. Como muy tarde a las diez habría desaparecido, sin decir nada y sin que nadie se diera cuenta, seguro.

Después de la competición de puntería cambió de opinión.

Algo se había transformado.

Su distanciamiento anterior no había hablado muy bien de ella, pero después los hombres se le acercaron de otra forma. Fue como si por primera vez estuviera en la misma habitación que ellos.

Demirci comprendió a qué se refería Aaron: a que ella puede dar órdenes a sus hombres, en efecto, pero que solo ellos deciden quién es su jefe.

Pavlik.

El día que ocupó el cargo, su predecesor quiso presentárselo. «El más importante de sus agentes», le anunció. Pero Pavlik pasó de largo por el pasillo sin dignarse siquiera a mirarla. Fue una afrenta que hasta hoy mismo Demirci sigue sin entender. Al día siguiente Pavlik se mostró amable y profesional, sin explicar, no obstante, su anterior comportamiento.

«¿Por qué es el más importante?», preguntó ella.

«Ya lo verá», contestó su predecesor, solemne.

No le pareció necesario explicarle el hecho de que tuviera una pantorrilla amputada y casi cincuenta años y siguiera de servicio. Demirci estudió las evaluaciones de Pavlik. Había pasado las pruebas de resistencia sin problemas. Con un resultado medio, es cierto, pero tampoco cabía esperar que estuviese entre los tres mejores en las categorías atléticas.

Empezó a conocerlo en las reuniones preparatorias de las operaciones.

Da lo mismo la decisión que tome ella, los hombres siempre lo miran a él. Si se rasca la barbilla, se inquietan. Si asiente levemente, se relajan. Pero si se le forma una arruga desde lo alto de la nariz hasta el nacimiento del pelo, es como si se hubiera disparado una sirena de alarma.

Entonces Pavlik hace preguntas. Y, tanto si a Demirci le gustan como si no, cada una de ellas está justificada.

¿No sería mejor ir con tres coches? ¿Y si en la puerta han instalado un detonador? ¿De verdad estamos seguros de que no han desenmascarado a nuestro hombre? ¿Para qué siguen necesitando a los rehenes?

Solo cuando Pavlik se da por satisfecho, todo el mundo vuelve a respirar tranquilo. Para Demirci eso no es fácil de aceptar.

Su carrera ha sido vertiginosa y se ha ido ganando respeto por todas partes. Para ella el Departamento representa un nivel del todo diferente, por supuesto, pero no la habrían llamado si no estuviera cualificada para la labor.

¿La cuestiona Pavlik a ella? No. Solo hace preguntas.

Al principio Demirci creía que la posición de él estaba motivada por su edad; algunos compañeros podrían ser sus hijos. Sin duda es quien posee la mayor experiencia, pero solo con eso no bastaría. En un mundo donde las cualidades de un hombre se miden en fracciones de segundo, cada cual debe ratificar constantemente su estatus mediante su rendimiento.

Demirci revisó el expediente de Pavlik. Primer ciclo de Matemáticas en la Escuela Universitaria del Ejército Alemán; soldado profesional, francotirador con los paracaidistas, formado para la lucha en solitario. Después, la Academia de Policía y el Grupo Especial de Operaciones en Berlín.

En 1998 lo movilizaron como francotirador durante la toma de rehenes de la sinagoga de Fasanenstrasse. Tres hombres armados hasta los dientes de un grupo neonazi tenían en su poder al rabino y a cinco miembros de la comunidad y se habían atrincherado con ellos. Amenazaban con matar a los rehenes y suicidarse después, y exigían una confesión del canciller federal transmitida en directo por los principales noticiarios diciendo que Auschwitz nunca había existido y que el Holocausto no era más que propaganda sionista.

El equipo especial de Pavlik se encontraba en la azotea de un edificio de enfrente. Seis horas después habría sido ya momento de que los relevaran; nadie es capaz de concentrarse durante tanto tiempo. Veían a los objetivos borrosos, les resultaba muy difícil diferenciar entre secuestradores y rehenes. No tenían permiso para disparar. Oían lo que sucedía en la sala de oración mediante un micrófono láser y supieron que estaban a punto de liquidar al primer rehén. Pavlik mató a los tres nazis de un tiro en la cabeza. Ningún rehén resultó herido.

El Departamento lo llamó una semana después.

Ya lleva con ellos dieciocho años. La sinagoga y otras tres operaciones suyas han conseguido entrar en la bibliografía especializada. La última, un disparo decisivo a casi dos mil trescientos metros en una liberación de rehenes. Demirci jamás habría creído posible algo así.

Después de algún tiempo, Pavlik le pidió que hablaran. Para él era importante comentarle algo de cada uno de los hombres, presentárselos, por así decir. Le rogó que tuviera siempre en cuenta las particularidades de cada uno. Los hombres tenían diferentes puntos fuertes pero también debilidades que no se encontraban en ninguna evaluación y que había que equilibrar. Todos estaban bien entrenados, la forma física no podía ser un criterio.

Escogía palabras que resultaban extrañamente analíticas y cariñosas a la vez. La compasión le parecía igual de importante que la capacidad de decisión, y tan peligrosa como la arrogancia. Le dijo que un hombre que se distinguía por su sentido de la justicia y su empatía se complementaba bien con un compañero que reuniera terquedad y también impaciencia. Que nunca debía enviar al uno solo a una operación, porque no sería capaz de soportar la soledad, y que el otro únicamente podía trabajar en equipo, pues era entonces cuando daba lo mejor de sí.

También consideraba importante que un hombre casado cubriera a un compañero soltero, y no al revés. Todo eso debía saber su jefa.

«La compasión como punto débil y fuerte a la vez. Qué observación tan inteligente…».

Demirci le preguntó a Pavlik cuál era su debilidad. «El chocolate», respondió él. Ella se levantó para darle la mano al despedirse. Lo que ocurrió después jamás lo olvidará. Mientras Pavlik se dirigía a la puerta, ella se volvió y con la falda se llevó por delante el sacapuntas del escritorio. Era imposible que Pavlik lo hubiera visto, pero estiró la mano izquierda hacia atrás y de espaldas a la mesa tan deprisa que el ojo de Demirci no fue capaz de seguir el movimiento. Atrapó el sacapuntas, volvió a dejarlo en su sitio, hizo un leve gesto de cabeza y salió.

Con ello quedaron contestadas todas las preguntas.

En su apartamento del distrito de Mitte, Demirci saca el paquete de tabaco de un cajón cerrado con llave. Enciende un cigarrillo, se jura que será el último y sabe que se está mintiendo. Sale al balcón de la decimotercera planta. Huele a nieve recién caída. El cielo es una campana de luz bien visible por encima de la ciudad.

A las dos, todos habían abandonado la fiesta salvo Pavlik y ella. Estaban sentados en la galería de tiro, entre los restos del bufé. Él se había tomado tres o cuatro vasos de aguardiente sin parecer borracho, y entonces le preguntó si alguna vez había matado a una persona.

Al ver que ella no respondía, le contó cómo un fin de semana que tenía libre se fue a hacer kilómetros con la moto por una carretera cerca de Beelitz. En una curva se encontró una mancha de aceite y salió volando. La moto lo siguió como un proyectil y le arrancó la pantorrilla antes de cruzar la carretera directa hacia una ciclista. Pavlik todavía conservó la consciencia un momento más y vio que un hombre y una niña pequeña se arrodillaban gritando junto a la mujer.

Él sí sabía a cuántas personas había matado. Siempre había sido algo inevitable; podía vivir con ello. Sin embargo, aunque hacía ya ocho años de aquel accidente, no había pasado un solo día en el que no pensara en aquella mujer. Cuando le dieron el alta del hospital fue a ver al marido para decirle lo muchísimo que lo lamentaba.

El hombre le invitó a entrar, pero se quedó allí sentado sin decir palabra, estremecido. En la habitación contigua estaba la niña, llorando.

Pasaron así una hora. Eso no dejaba descansar a Pavlik.

Demirci mira al edificio de enfrente. En una ventana se refleja un televisor. En otra parpadea una guirnalda de Navidad. En la escalera se enciende la luz. Cada cual tiene su vida, se aferra a ella, la da por hecho. Solo unos pocos saben que no es así

Tampoco Demirci lo sabía. Hasta el día de primavera que su madre fue a visitarla a Coblenza, donde ocupaba su primer puesto como aspirante a comisaria; hasta esa noche en el restaurante de un tío suyo, donde le habló a su madre de su trabajo con las mejillas sonrosadas y la mujer se llenó de orgullo; hasta la discoteca por delante de la que pasaban para regresar a casa, cogidas del brazo, por primera vez como dos amigas; hasta el tiroteo entre los dos camellos; hasta que su madre se desplomó a su lado con el rostro convertido en una máscara sangrienta; hasta que ella disparó por la espalda al pistolero que huía; hasta el grito que la partió como un hacha por la mitad; hasta la llamada a su padre, los gimoteos de los que todavía no sabe si procedían de él o de ella; hasta el informe que le certificó que había actuado correctamente.

Solo ha matado esa única vez. Y le bastará para siempre.

Con su padre nunca ha podido hablar de ello. Él vive solo en su casa de dolor. Pero Demirci se lo contó a Pavlik. Él le hizo las preguntas adecuadas mientras bebía aguardiente: ¿Qué condiciones de visibilidad había? ¿A qué distancia se encontraba el hombre? ¿Cuántas balas disparó? ¿De pie o de rodillas? ¿Con ambas manos?

Notó cómo Pavlik se tranquilizaba al ver que compartía con él algo que no se encuentra en ningún acta, que ella también sabía qué palabras son importantes y cómo hay que pronunciarlas.

Demirci le gorroneó un sin filtro. Se quedaron varios minutos más allí sentados, con confeti en la mesa, mientras por encima de ellos unos globos temblaban en el humo del tabaco. Los dos mirando hacia la pista seis.

Aaron. Qué mujer más extraña… Cumple todo lo que Demirci ha oído y leído sobre ella. Y, aun así, es muy diferente.

Busca la palabra.

«¿Infeliz?».

No.

«Triste».

Pero no por su ceguera. Demirci no está segura de que Aaron la perciba como una discapacidad.

Sentada a la mesa con ella, estaba concentrada por completo en su conversación. Sin embargo, también controlaba lo que había alrededor. Aaron sabía en todo momento dónde estaba cada cual, y Demirci no tenía la menor idea de cómo lo conseguía. De una forma misteriosa y sin ofender a nadie, indicaba cuándo no quería que la molestaran si estaba hablando con alguien. Si, por el contrario, una tercera persona era bienvenida, bastaba con un gesto mínimo, una inclinación de la cabeza, la mano abierta, una sonrisa, y la gente se le acercaba. Su cordialidad no era fingida, todos querían cruzar al menos unas palabras con ella, o darle la mano.

Dirige todas las conversaciones y uno ni siquiera se da cuenta.

Y luego ese tiro. A ciegas, desde ochenta metros. Demirci observaba a Aaron. Algo le hizo perder su equilibrio perfecto en el momento de apretar el gatillo; si no, habría logrado un tiro de diez, de eso no hay ninguna duda.

¿Qué fue? ¿Boenisch? ¿Holm?

Demirci ha aprendido muchos refranes turcos de su padre. Ahora que el aire gélido del balcón de su apartamento la ha despejado por completo, le viene uno a la cabeza: «La vida es la escuela; el dolor, el maestro».

Sandra duerme tranquila. La niña está tumbada a su lado; se agarra un pie con la mano, mueve la boca como si estuviera mamando, refunfuña, sueña con la cara apaciblemente arrugada. Pavlik está en la puerta y se pregunta cómo puede arriesgar toda esa felicidad.

Los gemelos son chicos grandes a quienes todo les resbala. Todavía irán un mes más a la escuela en Inglaterra, ya están pensando en la prueba de acceso a la universidad. Llaman pocas veces, sus voces suenan casi como las de dos adultos. Pronto no lo necesitarán.

Eso había sido un consuelo para Pavlik hasta la noche de hace un año cuando Sandra se puso la mano en el vientre y dijo: «Adivina lo que hay aquí dentro». Saber que sus hijos habían tenido un padre cuando realmente importaba. A Sandra se lo ha ocultado. Ella no se lo perdonaría.

¿Qué consuelo supone el bebé para él? Si mañana ya no regresara a casa, su hija solo lo conocería por lo que le contara su madre, su fotografía le resultaría extraña. Sería como si su puñito no hubiera aferrado nunca los dedos de él, como si él nunca hubiera aspirado su aroma, como si sus gritos nunca lo hubieran despertado y la niña nunca lo hubiera conocido.

Va a la cocina, donde le espera un termo de café fuerte que Sandra le ha preparado porque sabía que ya no se acostaría. Del mismo modo que siempre sabe lo que quiere y lo que necesita y lo que ha hecho y lo que hará.

Sale a la terraza nevada, se bebe el café. Oye el leve rumor de un coche. Se acerca desde una distancia de aproximadamente mil metros. Es la distancia máxima a la que el suave sonido de un motor sigue siendo perceptible. Sudsudoeste. Debe de ir por Stichkanal. Podría localizar un bocinazo hasta a dos mil metros; conversaciones, a doscientos; un crujido de ramas, a noventa; pasos, a treinta. Un francotirador tiene que ser capaz de calcular eso, y forma parte hasta tal punto del propio Pavlik que ya no lo piensa, lo sabe y punto.

Igual que con luna llena poco antes del solsticio de verano sabe que el lapso de tiempo en el que hay luz para un tiro seguro es muy breve, y que con luna creciente solo puede tener un objetivo en el punto de mira sin amplificador como mucho hasta medianoche, y que una pendiente con orientación norte o sur atenúa la luz de la luna. Incluso cuando sale a pasear tarde con Sandra por el parque y está relajado y no hay nada que lo inquiete, automáticamente intenta tener la luna a su espalda, porque así ilumina el camino y deslumbra a cualquier posible enemigo.

Cualquier día libre, mientras se echa una cabezada en la hamaca, sabe que la pólvora de un cartucho quema más deprisa en verano, que la velocidad de salida se eleva y que hay que apuntar algo más arriba que con un tiempo más frío.

A los gemelos les explicó las estrellas y ellos vieron la belleza de la creación. Pavlik veía las condiciones para un disparo perfecto.

Se avergüenza de ello.

La taza de café le calienta la mano, pero el frío no le importa, está acostumbrado a él. Podría desnudarse y quedarse horas allí sin congelarse, mientras siente cómo los copos de nieve se derriten sobre su cuerpo.

Pavlik enciende un cigarrillo, lo disfruta, sabe lo poco profesional que es eso. Fumar disminuye la visión nocturna. Además, el mono de nicotina puede afectar a la concentración cuando se pasa uno horas tumbado con el fusil en posición.

Todavía sigue teniendo los ojos de un neurocirujano, pero el que alguna vez haya intentado acertarle a un dedo posado en un gatillo del tamaño de una mota de polvo sabría que es una probabilidad por mil la que decide.

¿Durante cuánto tiempo seguirá aún?

Cuando le dio a Demirci el consejo de que a un hombre soltero siempre debe cubrirlo uno casado, y no al revés, pensaba en sí mismo. A cualquier compañero que le comentara a él eso mismo, le diría: «Deja este trabajo».

Hace tiempo que recibe ofertas de la empresa privada. Asesor, jefe de seguridad, sabelotodo. El que ha estado en el Departamento tiene donde elegir. Trabajo de despacho tranquilo, de nueve a cinco, nada que no quepa entre las tapas de un expediente. El sueldo sería una locura, pero ahora también les va bien. La casa la tienen pagada, y han heredado algo. Pavlik no tiene que hacer nada por dinero.

Sandra no lo presiona.

También podría dedicarse a la formación. El Departamento dispone de un centro de entrenamiento en Beelitz, en el *land* de Brandeburgo, que recibió su nombre por un viejo molino de viento desmoronado.

«Ya lo creo que nos muelen bien allí. Y tú serías un negrero, los hombres te odiarían igual que tú y todos los demás habéis odiado y odiaréis a cualquier formador».

Salvo ella.

Se acuerda de lo joven que era cuando llegó. La primera mujer, la hija de Jörg Aaron. Era tan guapa y tan triste… Y lo siguió siendo. Todos se enamoraron al instante. Por supuesto que debía de ser buena —si no, no la habrían llamado—, pero todo el mundo se preguntaba hasta qué punto.

Él no. A él le bastó con ver su andar, su mirada, su calma, la facilidad con la que hacía cinco cosas al mismo tiempo. Incluso se servía el café sin hacer nada de ruido. Llevaba su apellido con displicencia, como quien va a una recepción con unos vaqueros agujereados.

Los demás estaban impacientes por ir con ella al Molino. No quedaron decepcionados. Es difícil destacar entre hombres como esos. Pavlik aún la recuerda bebiendo vino con cola junto a los chicos la primera noche. Uno escupió un incisivo en su vaso y preguntó: «¿Dónde has aprendido a luchar así?».

«Cuando mi madre estaba embarazada de mí veía películas de Bruce Lee», contestó ella.

Todos se echaron a reír, pero Pavlik vio el miedo agazapado en su interior.

Entonces todavía no sabía nada del sótano de Boenisch, eso no se lo confió hasta mucho después, cuando se hicieron amigos. Entonces se convirtió en su hermana pequeña y él cuidó de ella. Siempre.

Pavlik la comprendía.

Su dureza, su calma y su silencio.

Estar sentado junto a su cama en Barcelona fue como morir. Que poco después ella cortara todo contacto con él le afectó más que la muerte de su propio padre. Sandra se sentía igual. Desde entonces nunca hablaron de Aaron. Ninguno de los dos se veía capaz de soportarlo.

Sin embargo, Pavlik nunca dejó de preocuparse por ella y seguir sus pasos en secreto. Sabe que Holm es como un demonio que vive en su interior. Que Aaron no descansará hasta que esté muerto.

Dos años atrás se enteró de que la había fichado la BKA. Tiene un amigo que es investigador allí, Jan Pieper. Pavlik le pidió que se metiera de vez en cuando en el ordenador de Aaron. Pieper no hizo preguntas. Aaron había introducido en el sistema INPOL una petición para que la informaran cada vez que apareciera el nombre de Holm.

Hasta la fecha no ha sucedido.

Pero Pavlik está al tanto de ello, igual que sabe que Aaron se ha entrenado en kárate y el año pasado consiguió el quinto dan.

Hace tres semanas tuvo que ir a Tegel para realizar un interrogatorio y vio a Sascha. Holgazaneaba por allí con la mirada fría y una sonrisa también fría en los labios. Tiró al suelo una colilla fría. A su alrededor tenía a tres o cuatro presos a los que dirigía con solo mover el meñique. Se había echado el miedo de esos hombres por encima como si fuera un abrigo cálido.

Pavlik se puso a indagar nada más salir de allí y consiguió las cartas que habían intercambiado Sascha y Eva Askamp. Parecían auténticas, pero él no estaba convencido. Hasta que encontraron el cadáver de la psicóloga en la celda de Boenisch y el hombre dijo que solo hablaría con Aaron.

¿Cómo podía estar tan ciega Demirci para creer que todo eso no estaba relacionado con Aaron? Si su jefa supiera lo que está haciendo él, esa noche no habría ido a celebrar nada. Ya lo habría despedido.

«Tal vez lo que quiero es que tome esa decisión por mí».

Al despertar esa mañana aún estaba decidido a no decirle nada a Aaron. Después de su reencuentro, sin embargo, en ese feliz momento en el que ella se arrimó a él y le dijo: «Te quiero mucho», ya no lo soportó más. Tenía derecho a saberlo.

De todas formas hay una cosa que se ha guardado para sí: el nombre de Eva Askamp le suena de algo.

Solo un hombre con una memoria extraordinaria está capacitado para actuar como francotirador o tirador de precisión. Constantemente debe repasar el terreno para descubrir hasta la menor transformación. ¿Ese cigarrillo ya estaba ahí una hora antes? ¿Esa piedrecita, el pañuelo de papel, la hoja, la esquirla de vidrio? Pavlik ha entrenado esa habilidad con tanta severidad como su cuerpo.

Sabe que ha oído antes el nombre de esa mujer, o lo ha leído. En el INPOL no encuentra nada.

¿Cuándo y dónde? ¿Cuándo y dónde? Le está volviendo loco.

Casi tanto como la certeza de que ese día cuyas primeras luces no se verán aún hasta dentro de un rato le aguarda algo que lo pondrá a prueba como ninguna otra cosa lo ha hecho jamás.

No puede expresarlo con palabras, pero lo sabe.

Pavlik siente que Sandra está de pie a su espalda aunque no la ha oído llegar. Su mujer le echa una manta sobre los hombros en el preciso instante en el que se le pone la piel de gallina.

—¿Ha llegado bien al hotel? —le pregunta.

—Sí.

—¿Sola?

—Sabes que no da un paso sola.

—No me refiero a eso.

El silencio de él contiene el nombre de Niko; el susurro de Sandra, su miedo.

—Pase lo que pase, tú la protegerás.

12

Aaron despierta. Mierda. Mierda. Mierda. El mundo no es más que luz. Su mirada recorre al vuelo la infinidad blanca, cada vez más lejos, sin rumbo, millones de kilómetros que son solo un parpadeo. La luz rodea a Aaron y al mismo tiempo está en su interior, la llena por completo, irradia a través de ella como una corriente poderosa. Aaron nada en esa luz, la corriente la arrastra.

Se siente ligera como una pluma mientras se aleja de allí.

Ya le ocurrió una vez.

Hace un mes, en Wiesbaden, cuando volvía de la sesión de noche del cine. En la acera de pronto la rodearon gritos y carcajadas. Aaron sintió la energía de muchas personas, recibió un golpe, se metió sin darse cuenta en una muchedumbre de juerguistas que la arrastraron y la empujaron hacia delante. Por fin consiguió liberarse y el grupo siguió su camino entre risas.

Aaron ya no sabía dónde estaba la derecha y dónde la izquierda, se volvió y se tropezó contra un hombre. Temblando, le preguntó si sabía en qué dirección se encontraba la parada del autobús.

El hombre no respondió. La aferró un instante. O quizá horas, no lo sabe. Luego desapareció.

A la mañana siguiente, cuando Aaron abrió los ojos, había luz por todas partes. Ese resplandor, esa corriente poderosa. Se inquietó mucho y fue a un oftalmólogo con la repentina esperanza de que pudiera tratarse de una primera señal de que su visión estaba regresando, pero el hombre le dijo que veía tan poco en blanco como antes en negro. No veía nada de nada. Su cerebro únicamente producía colores. Había ciegos, explicó, cuyo mundo era gris, azul, o incluso verde o lila. En algunos ese color cambiaba con su estado de ánimo, en otros no. La causa era desconocida. Lo sentía mucho, pero la oftalmología no era una ciencia exacta.

La luz, de hecho, se debilitó con el paso de los días. La abandonó y se transformó en una cortina pálida que se abombaba frente a una ventana tras la cual se encontraba la noche eterna. Un día, al irse a la cama, tras la cortina relucieron unos rayos, y cada uno tiñó de negro un hilo de la tela. Ella lo estuvo observando hasta que se quedó dormida. Al despertar se encontró mirando de hito en hito la oscuridad, como si nunca hubiera existido la luz.

Llamó a la BKA, dijo que estaba enferma y compró un billete para el funicular de Neroberg. Durante su época en el Departamento, los viajes de servicio a Wiesbaden solo habían consistido en avión, taxi y reunión. Los compañeros de la BKA siempre comentaban que un viaje en el viejo funicular movido por fuerza hidráulica merecía la pena; las vistas desde lo alto eran incomparables, decían.

Ella nunca había encontrado el momento. Sin embargo, desde que vive en Wiesbaden, el banco que hay junto al templo griego de lo alto es su lugar preferido. Allí se sienta e imagina una vista que, en los días claros, llega hasta Fráncfort.

Aquella mañana Aaron oyó el aleteo de las palomas y las risas de los niños. Tenía frío. Hundió las manos en los bolsillos del abrigo y en el izquierdo encontró algo pequeño, duro, rasposo.

Se extrañó.

Pero de pronto supo lo que era.

Un grano de café.

El olor del hombre que la había asido en la calle, delante del cine, le invadió la nariz. Flor de camelia. Al comprender que había sido Holm, Aaron se sintió como un papel arrugado.

La había encontrado y podía matarla en cualquier momento.

Estuvo temblando un buen rato.

Solo un mes después de quedarse ciega fue a visitar a un entrenador de movilidad, pero el hombre le dijo que todavía no podía trabajar con ella. Que solo aceptaba clientes que estuvieran ciegos desde hacía por lo menos un año. Él lo llamaba el «año de luto». Para superar el shock era necesario que hubiera hecho aparición una sensación inexplicable e irrevocable; la pérdida de la visión era tan definitiva como la muerte de un ser querido.

Aaron debía tomarse primero un tiempo de duelo, después podría llamarlo otra vez.

Otros dos entrenadores la rechazaron también por motivos similares. Al cuarto lo buscó su padre. Aaron no sabe qué le dijo al hombre, pero la aceptó. La formación duraba normalmente ocho semanas; ella lo consiguió en cuatro. En las horas libres practicaba con el sentido del equilibrio, hacía yoga y tai-chí, torturaba su cuerpo, que se le había vuelto extraño. A veces lo palpaba para asegurarse de que le pertenecía a ella y no a otra persona.

La cuarta semana, su padre murió. Tampoco se tomó ese año de luto. Retomó el kárate. Al principio ella sola, porque resultaba tan ridícula que le habría dado vergüenza que alguien fuese testigo de sus torpes movimientos y sus reflejos, que ni siquiera merecían ese nombre.

Más adelante, cuando se desencadenó el incendio en la biblioteca de su memoria, Aaron se preguntó con desesperación si lo habría provocado su impaciencia. ¿Era la pérdida de los recuerdos el precio que debía pagar por haberse negado a llorar sus otras pérdidas?

«Pasará cuatro fases», le había explicado el médico del hospital. Conmoción. Negación. Depresión. Aceptación. Creía que ya había aceptado su destino, pero solo lo había imaginado. Al encontrarse frente al fuego admitió por primera vez ante sí misma que nunca había intentado comprender lo que estaba ocurriendo de verdad en su interior. No había acabado con su antigua vida. Seguía arrastrándola consigo y, en el fondo, se había convertido en una carga insoportable. Tanto que en secreto incluso anhelaba deshacerse de ese peso de una vez por todas.

Gantenbein dice que, tarde o temprano, toda persona se inventa una historia que acaba tomando por su vida.

También Aaron tuvo que inventarse una vida del todo nueva para no apagarse.

El primer paso fue el más difícil: admitir que estaba ciega y que eso significaba algo diferente a no poder ver. Entonces llevó su antigua vida a la tumba y la lloró, y se convirtió en la mujer que es ahora. También lloró por su padre.

Desde aquella mañana en Neroberg, donde las palomas aleteaban y los niños reían y ella encontró el grano de café en el bolsillo del abrigo, sabe por qué no se había concedido ese tiempo.

Sin embargo, ¿por qué quería vengarse Holm? ¿Porque ella metió a su hermano en la cárcel? ¿Después de cinco años? Aaron se devanó los sesos. En Barcelona había matado a Nina Deraux, la amante de Ojos de Ficha. Sopesó la posibilidad de que Deraux no estuviera embarazada de él, sino de Holm. No obstante, en la autopsia se realizó una prueba de ADN del feto que identificó a Ojos de Ficha como su progenitor. El odio con el que Holm la miró en el túnel se había quedado grabado a fuego para siempre en su retina. ¿Por qué la siguió hasta la ronda? ¿Por el dinero? Ni hablar. El dinero no significaba nada para él. El coche volcó, ella quedó tendida, ciega e impotente entre el amasijo de metal. Holm habría podido parar. Para él habría sido muy sencillo llevarse la bolsa y desaparecer. Eso no le interesaba.

Así se convirtió en el señor de sus sueños.

Una vez se le apareció con un corte de pelo iroqués, como Robert de Niro en *Taxi Driver,* y le dijo sonriendo: «Eres demasiado lenta».

En otra ocasión se vio a sí misma con diecisiete años junto a Ben, su mejor amigo. El estanque del bosque se había congelado. Su madre le había inculcado siempre que bajo ningún concepto pisara sobre el hielo fino, pero a ella la atraía tanto como una tableta gigantesca de chocolate con avellanas que solo tenía que desenvolver. Y Ben se hizo el valiente porque ella se hacía la valiente. Dados de la mano volaron sobre el espejo blanco; las cuchillas de sus patines dibujaron gritos de júbilo en el hielo. Hasta que Ben gritó y empezó a pesar tanto que ella tuvo que soltarle la mano. Se hundió en aquel agujero negro, emergió otra vez y estiró su mano fría hacia Aaron. Pero ella solo consiguió tocarle las puntas de los dedos. Se le resbaló y lo último que vio fueron sus lágrimas.

En el sueño comprendió que Ben vivía. Él era Holm, y quería ajustar las cuentas con ella por no haberlo salvado. Tal era la desesperación con la que Aaron se preguntaba noche y día por qué Holm la odiaba tanto.

Ese hombre ha regresado, y durante las últimas cuatro semanas ella no ha hecho más que esperar el momento en que volverá a encontrarse ante él.

«Solo él decidirá cuándo».

«¿Cómo he podido ser tan ingenua para venir a Berlín?».

«Aunque tal vez era justo lo que deseaba».

Son las seis de la mañana en el hotel Jupiter y está desentrenada. Si Pavlik hubiese lanzado el paquete de tabaco en la azotea una segunda vez, Aaron lo habría atrapado. Y si volviera a encontrarse en la pista seis...

«No seas arrogante. Tienes una discapacidad. No puedes medirte con Holm, él no te dará una segunda oportunidad. Eso si es que te concede alguna».

Se mete en el baño, mira hacia el espejo y se imagina su cara, igual que hace todas las mañanas. Siempre se ve como en la misma foto. Posa con las piernas separadas en la terraza de Sandra y Pavlik, lleva un sombrero de vaquero que es de los gemelos, saca dos revólveres de juguete de las fundas y ríe. Esa foto es el único recuerdo que tiene de su rostro. Nunca envejecerá y ha quedado congelada para siempre en ese instante en la terraza.

En todos los santuarios sintoístas hay un espejo. Al mirarse en él, uno debe reconocerse a sí mismo. Con su valentía. Con su miedo.

Con todo lo que uno es.

Aaron debe seguir su destino. El Departamento no puede protegerla, aunque fueran muchos más hombres. Cuando se encuentre cara a cara con Holm estará sola, no tendrá nada más que la luz de su interior. Aun así, esa luz le chupa la energía del cuerpo, la seduce, quiere convencerla para que se deje caer en ella. Cómo le gustaría a Aaron tomarse uno de esos estimulantes... En lugar de eso, se mete bajo la ducha, fría, caliente, fría otra vez. Mil pinchazos afilan su pensamiento. Hoy empezará por quitarse de encima a los dos hombres que han reemplazado a Kleff y a Rogge. Está convencida de que Pavlik ha elegido a los mejores, así que será un buen ejercicio.

Sabe cuál es su objetivo.

«Lo siento, la camelia ya está vendida».

Cuando sale de la ducha, deja el grifo abierto al máximo. Se lava los dientes. Desde ayer sabe dónde están los botones de la radio, pone música. Al salir del baño palpa el tornillo que hay debajo del tirador con el que la puerta se abre desde fuera. Girándolo con la ayuda de una moneda cierra el pestillo.

Se viste. Chasca la lengua a poco volumen. Recibe el eco de la puerta que conecta con la habitación contigua y que en caso necesario se puede unir a la suya para formar una suite. Seguramente está desocupada; Pavlik se habrá encargado de ello.

Saca del bolso una horquilla del pelo y abre. Aguza el oído. Si se equivocara y despertara a alguien allí, la escena resultaría bastante ridícula.

Todo sigue en silencio. No percibe ninguna respiración. Bien.

Se mete el móvil y algunos billetes en los vaqueros, se pone el abrigo y saca la biblia de hotel del cajón de la mesilla de noche. De nuevo chasca la lengua. Cuando Aaron está concentrada al máximo, es capaz de localizar objetos a partir de dos centímetros de grosor. Ubica la lámpara de pie y se acerca a tientas. Junto a ella hay una mesa de cristal.

Aferra la lámpara, coge aire con fuerza, estampa el pie metálico contra la mesa y la tira al suelo.

Al instante llaman a la puerta.

—¿Aaron? Esto…, ¿estás bien?

Ya sabe quién es: Peschel. Tiene la manía de anteponer un «esto» a la mayoría de sus frases. Peschel no hace más que comer chucherías y nunca engorda, tiene tres hijos de tres mujeres diferentes.

Es el mejor guardaespaldas del Departamento.

«Gracias, Pavlik».

—Esto…, si tú no abres, tendremos que entrar. ¿Aaron?

Coge los zapatos de tacón, se cuela en la habitación contigua con la biblia de hotel y el bastón telescópico plegado, cierra sin hacer ruido la puerta de conexión y calcula que ellos tardarán quince segundos en sospechar que ahí hay algo que no encaja. Cinco más en decidirse a actuar.

Los golpes en la puerta se hacen más fuertes.

—¡Oye, di algo!

Aaron cuenta en silencio. Veinte segundos después, la puerta salta de las bisagras. Con eso da por sentado que los dos hombres han irrumpido en su habitación, se desliza entonces al pasillo y tuerce hacia la izquierda.

Nadie la llama. Bien.

Deja caer los hombros, se mueve con ligereza, la gruesa moqueta del suelo es su mejor aliado. En una mano lleva el bastón y los zapatos; en la otra, la biblia.

«¿Qué puede ocurrir?».

«Que delante de mí haya un obstáculo. Tropiezo con él y armo jaleo. Improbable. ¿Qué podría haber aquí en medio a estas horas?».

Sabe que el pasillo tuerce tras ochenta pasos, se acerca al lugar a un trote ligero, sin apresurarse, dos pasos un metro, sin hacer ruido. Ya oye muy de lejos los golpes en la puerta del baño y les lee el pensamiento a los hombres: «Aaron se está duchando, la radio está en marcha…, por eso no se ha enterado de nada». Ven el cristal de la mesa hecho añicos, la lámpara. Pero están en la planta catorce, la fachada del hotel es lisa, la ventana está intacta, nadie ha podido colarse en la habitación sin ser visto.

Les han metido en la cabeza que en situaciones como esa apliquen la «navaja de Ockham»: en caso de que haya varias posibilidades, decídete siempre por la más sencilla.

Peschel conoce a Aaron. Se dirá: «Es una tía genial, pero cuando le da el punto siempre hay algo que acaba hecho añicos. Está sometida a mucha presión, tenía que desahogarse y la ha emprendido con la mesa».

Sería muy lamentable irrumpir de golpe en el cuarto de baño, verse ante una Aaron desnuda y tener que tartamudear una disculpa.

«Eso no los detendrá eternamente, claro. Se quedarán quietos unos treinta segundos más. Entonces alguno de los dos girará la manija hacia abajo y se dará cuenta de que está cerrada con llave. ¿Por qué habría tenido que hacerlo, estando sola? Echarán la puerta abajo».

Aaron encuentra el lugar exacto del recodo del pasillo, se mantiene a la derecha y llega al ascensor tras veinte metros más. Busca a tientas el botón y lo aprieta. Se pone los tacones.

«¿Qué puede ocurrir?».

«Primero: que el ascensor tarde siglos».

«Segundo: que no baje, sino que suba».

Madera que se hace astillas. Los dos hombres han perdido la paciencia antes de lo que esperaba y han destrozado la puerta del baño. Ahora ya están enterados. Les da diez segundos para presentarse en el ascensor.

«Maldita sea, ¿por qué no llega?».

Ahí está.

La puerta se abre y ella salta al interior de la cabina. ¿Qué botón es la planta baja? ¿El último? No. El hotel no tiene aparcamiento subterráneo, pero sí una zona de *spa* en el sótano.

Pasos a la carrera.

Aaron aprieta el segundo botón por abajo. La puerta se cierra con tanta parsimonia que los puños de Peschel llegan a estrellarse contra ella cuando el ascensor por fin empieza a bajar.

—¿A qué viene esta mierda? —oye Aaron su grito amortiguado.

Uno de ellos volverá a llamar al ascensor, el otro tomará la escalera.

Ochenta segundos como máximo.

«Muy justo. Demasiado».

El ascensor es rápido, por suerte. Aun así, el rato que tarda en llegar abajo se le hace dolorosamente largo. Ahora se decidirá todo. Si sale de la cabina pero se encuentra con que no es el vestíbulo, sino otra planta, puede olvidarse de su plan.

Se asoma por la puerta del ascensor tapando la célula fotoeléctrica. Música clásica suave, timbres de teléfonos, el repiqueteo de un teclado, una maleta de ruedas sobre mármol. Aliviada, Aaron coloca la biblia en las guías de la puerta para impedir que el ascensor vuelva a subir. Sigue el ruido de las maletas, despliega el bastón con un chasquido, lo sostiene como si fuera un bolígrafo y lo hace oscilar como en un vídeo de formación para entrenadores de movilidad.

Algo le obstaculiza el camino. Aaron extiende la mano. Cuero, un tresillo. Lo recorre con la palma, rodea la barrera, hace bailar de nuevo el bastón, tiene vía libre.

Golpea contra el canto metálico de la puerta giratoria.

Ahora viene la parte más difícil.

Tiene que esfumarse.

Y en menos de cincuenta segundos.

13

Un frío húmedo la rodea. Los gases de combustión se mezclan con el aire de nieve. La ciudad bosteza, se da media vuelta, todavía no quiere despertar. Dormita en el runrún de una máquina barredora, en el perezoso rumor de los motores diésel, en el crujir de los neumáticos, en los traqueteos de maletas que se alejan.

Todo va despacio.

Solo Aaron va deprisa.

Chasca la lengua, tarda cuatro pasos en llegar al bordillo, casi resbala, pero recupera el equilibrio y sale de la sombra sonora de los coches aparcados. A Aaron le gustan las calles con mucho tráfico. La corriente de vehículos la ayuda a orientarse. Cuando el primero se detiene y va contagiando a un coche tras otro hasta que todos quedan parados, sabe que allí hay un semáforo.

Es mejor eso que tener que cruzar una calle tranquila con el riesgo de que algún coche salga disparado de un cruce o una entrada y ella se encuentre en mitad de la calzada, impotente y rezando.

Sin embargo aquí, en Leipziger Strasse, el siguiente semáforo queda demasiado lejos. El tráfico a esta hora es irregular, las distancias entre los coches pueden ser muy diferentes entre sí. Aaron calcula que tiene un margen de entre dos y cinco segundos. No puede saberlo, así que tendría que llegar al otro lado de la calle a una velocidad endiablada.

Sabe que tarda siete pasos en llegar a la mitad de esa calle: cuatro carriles.

La segunda virtud: *Yu*. Valor.

Aprieta a correr con el bastón extendido.

«¡Miradme! ¡Por favor! ¡No soñéis despiertos!».

Ningún claxon. Por suerte ha dado con el momento perfecto. Se detiene en la mediana, en su pecho siente una troqueladora en marcha.

Se concentra para encontrar el momento idóneo y vuelve a correr. Esta vez los coches tienen que frenar, patinan, uno le golpea el bastón y casi se lo arranca de la mano. Corre rodeada de luz y se imagina que también los coches son entes luminosos.

Son solo luz, ingrávidos, y la luz no puede herirla.

La acompaña un concierto de bocinazos, pero lo consigue, ya está al otro lado.

«¡Todavía tengo por lo menos veinte segundos! ¡Me basta!».

Eufórica, encuentra con el bastón un hueco entre dos vehículos aparcados. Detrás de ellos estará a cubierto. Se imagina a los hombres saliendo del Jupiter a toda velocidad, registrando la acera y rindiéndose con un rechinar de dientes.

¡No está mal para una ciega! Solo le da pena el rapapolvo que les va a echar Pavlik.

De repente se queda atascada. Su rodilla ha encontrado un obstáculo. Lo palpa. En el preciso instante en el que Aaron comprende de qué se trata, se desata el caos.

Ha ido a parar al espacio que hay entre una cabina de camión y su remolque, y lo que ha encontrado con la rodilla es el enganche. El motor se pone en marcha, el camión arranca.

La adrenalina inunda sus venas como si se hubiera roto una presa. Aaron salta sobre la lanza, es una polizonte. Todo sucede a una velocidad descabellada, pero para ella el tiempo transcurre interminablemente despacio. Se ve obligada a soltar el bastón, que acaba bajo las ruedas. Oye cómo se destroza, oye los rugidos oscuros del motor, los crujidos metálicos bajo sus pies, el martilleo del cordaje y las lonas detrás de ella. Oye incluso el intermitente del camión, y eso es imposible.

Mientras el vehículo se incorpora al tráfico y acelera, las puntas de los pies, sobre las que se balancea, son su único contacto con el enganche, ya que los tacones de los zapatos significarían su muerte. Con las manos busca un punto de agarre y encuentra una ranura de ventilación. Clava en ella las yemas de los dedos de una mano como si hiciera escalada libre. Su otro puño martillea la chapa con la descabellada esperanza de que el conductor la oiga. El camión va cada vez más deprisa. Curva a la derecha. Aaron da un bandazo. La lanza da un bote. Aaron tiene que parar de golpear, necesita las yemas de los dedos de ambas manos.

Y se le resbalan.

Se queda un instante de pie sobre la lanza sin sujetarse a nada, como un surfista que ha pillado una ola monstruosa y la cabalga con la quilla sobre una única gota de agua. Aaron sabe que, si ahora hace algo mal, morirá. Todo se vuelve mucho más lento. El mundo casi se detiene.

Se deja caer hacia atrás y al mismo tiempo levanta la pierna derecha a toda velocidad. Coloca el pie contra la pared de delante, se sostiene con el otro sobre la lanza, aprieta la espalda contra la lona del remolque, extiende ambos brazos para aumentar su superficie corporal. El revestimiento está tirante, esa es su salvación. En esa postura supera los siguientes segundos, mientras reflexiona: «Tengo que aguantar hasta un semáforo en rojo. Allí saltaré. Pero ¿cómo sabré que es un semáforo? Si el camión se detiene un momento pero arranca otra vez enseguida, estoy muerta».

El conductor va surfeando la ola; una ola verde, en su caso.

Otra curva, esta vez a la izquierda, cerrada. La pierna derecha de Aaron queda estirada al máximo y tan lejos por encima de la otra que casi realiza un *spagat* cruzado y no puede seguir ejerciendo presión.

Aaron contempla la escena en su mente y calcula que sus probabilidades son de un cinco por ciento. Recoge la pierna derecha y se queda de pie sobre la lanza como un flamenco. Pone toda su fuerza en la pierna izquierda y se catapulta hacia delante. Si no alcanza la ranura de ventilación a la primera, será el último movimiento de su vida.

Una mano se cierra en el vacío, pero la otra encuentra la chapa. Aaron tira de sí misma con la punta del dedo corazón. Lleva la otra mano hasta allí y de alguna forma consigue sostenerse. De repente se ve lanzada contra la pared de la cabina. Los frenos chirrían.

El camión se ha detenido.

Ella piensa febrilmente si saltar o no.

«¡Sí! ¡Hazlo!».

Pero ese pensamiento y el tirón que siente cuando el conductor arranca de nuevo son una misma cosa. Solo se había detenido para dejar pasar a un peatón, un ciclista, un perro, lo que sea. Aaron, decidida ya a saltar, había relajado la tensión corporal.

Y pierde el punto de apoyo en la lanza.

Se queda colgando de la punta de solo tres dedos. Sus piernas se balancean en la nada. Buscan la lanza, no la encuentran.

«Se acabó».

En el momento en que resbala y cae, el camión frena de nuevo. Aaron choca contra el asfalto, a la derecha de la lanza. Se hace un ovillo para que el remolque no la arrolle y traslada todo su peso a la izquierda. Gira sin control bajo el chasis, no puede hacer nada más, es una piña de abeto, una hoja marchita, un copo de nieve, una mota de polvo con la que un huracán hace lo que quiere. La adrenalina explota en su interior. Aaron grita y se da contra un obstáculo.

Se ha quedado sin respiración. Lo único que llega al interior de sus pulmones es un miedo vertiginoso.

Se obliga a palpar el obstáculo.

Una rueda. Grande. Inmóvil.

Su cabeza es un ojo de aguja por el que miles de pensamientos quieren pasar a la vez. Se aprietan, se empujan, tienen una prisa absurda, todos quieren ser el primero.

Dos preguntas consiguen llegar a su consciencia:

«¿Derecha o izquierda?».

«¿Cuántos carriles?».

Se decide por la solución más probable y se arrastra a la derecha para salir de debajo del remolque. Motores en punto muerto. Toca un capó caliente, mojado, sigue avanzando a tientas a lo largo de un parachoques y tropieza con el bordillo.

Tras ella, los coches se ponen en marcha. El camión suena tan silencioso como si estuviera a cinco calles de allí. Aaron quiere chasquear los dedos, pero los tiene tan rígidos como si fueran de madera. Intenta chascar la lengua y solo produce un estallido seco. Vuelve a intentarlo tantas veces que la cabeza le va a estallar. Es como gritar contra una tormenta. De alguna forma consigue un sonido lamentablemente tenue.

Pero el eco regresa. Una casa.

Sus pies se ponen en marcha. Se da contra la pared. Los siete pasos hasta el portal no los siente como suyos. Se deja caer en el escalón. La adrenalina ya no es más que un recuerdo de esa corriente tan poderosa de hace un momento.

Da unos golpecitos temblorosos en su reloj de pulsera. La voz robótica informa con sobriedad: «Siete de enero. Jueves. Seis horas, diecisiete minutos, once segundos».

Solo hace dos minutos que ha salido del hotel.

En sus vaqueros vibra el móvil. Pavlik.

Una nueva oleada empieza a avanzar. Esta vez son lágrimas. Aaron está acuclillada ante una casa en mitad de ninguna parte y llora sin parar.

Sin embargo, no es por esos dos minutos.

El dolor tiene muchos nombres. Boenisch, Barcelona, Holm, Niko, Sandra, papá, todos los demás. Ya no quiere seguir siendo fuerte. No tiene por qué seguir siendo fuerte. No puede seguir siendo fuerte. Se queda un buen rato allí sentada, hasta que llora sin derramar más lágrimas. Está como muerta y ni siquiera consigue levantar la cabeza cuando oye una voz amable y preocupada.

—¿Se encuentra usted bien? ¿Necesita ayuda? —pregunta un hombre.

No saca fuerzas ni para contestar.

—¿Habla alemán?

De alguna forma consigue erguirse, vacilante.

—¿Podría decirme dónde estoy?

—Madre de Dios, ¿qué le ha sucedido?…

Justo entonces se da cuenta de que la caída bajo el camión y el barro por el que se ha arrastrado deben de haberle dejado marcas.

—¡Pero si está herida!

—¿Dónde?

—En las manos.

Sangre. Se ha raspado la piel. No le duele. Está entumecida. Mueve los dedos. Funcionan.

—No es nada. Por favor, es muy importante que me diga dónde estoy.

—¿No es usted de Berlín?

—¿Por qué?

—Porque está mirando directamente al Monumento a los judíos de Europa asesinados.

—Soy ciega.

—Pues no lo parece.

—Ya lo sé. ¿Podría pararme un taxi?

El vehículo recorre la circunvalación de la ciudad. Los limpia-parabrisas no están en marcha, o sea que ya no nieva. En el asiento de atrás del taxi, Aaron apoya la sien contra el cristal helado de la ventanilla. Su mano encuentra el grano de café que todavía lleva en el bolsillo del abrigo. Un único pensamiento da vueltas en un bucle infinito:

«¿Cómo voy a aguantar contra Holm si ni siquiera soy capaz de cruzar la calle?».

El móvil le vibra otra vez. La tercera llamada de Pavlik. Aaron escucha el buzón de voz. «Pero ¿en qué estabas pensando? ¿Te has vuelto loca de remate? ¿Dónde te has metido? Como no me llames ahora mismo voy a ponerte una orden de búsqueda y captura».

Su voz suena una tercera más grave. Solo lo había oído tan furioso una única vez; todavía lo recuerda.

Cuando los gemelos tenían diez años, un día no volvieron a casa del colegio y desaparecieron. Aaron se pasó horas sentada con Sandra y Pavlik mientras la policía los buscaba y sus padres enloquecían por el miedo. A las diez de la noche, los niños se presentaron en la puerta. Los dos estaban perdidamente ena-morados de una niña de su clase y se habían gastado sus ahorros en invitarla a ir a patinar a la pista de hielo y al mercadillo de Navidad para fanfarronear un poco.

A Pavlik se le escapó la mano. Los gemelos corrieron a su habitación y se encerraron dentro. Sin embargo, cuando Aaron se sentó ante su puerta y, muy seria, les explicó cómo se había enamorado ella con once años de un niño que era más dulce que las cerezas, la dejaron entrar. Habló con los dos como si fueran adultos mientras Pavlik se desahogaba en el garaje tirando herramientas y Sandra intentaba tranquilizarlo.

Les dijo a los gemelos que su padre no les había dado un bofetón porque estuviera enfadado, sino por el alivio de haberlos encontrado. Les preguntó cómo era esa niña, y los chicos se pelearon por si lo más guay que tenía era su melena desgreñada o sus pecas o su flipante capacidad de silbar con un solo dedo. Ella les aconsejó que aclararan cuanto antes quién de los dos le gustaba a ella, porque si no tendrían un buen lío. Les alborotó el pelo y les aseguró que al día siguiente el humo se habría disipado. Tal vez los próximos días sería bueno que ayudaran a su padre a recoger el garaje. Y seguro que tampoco estaría nada mal poner remedio al caos de su cuarto, que tenía a su madre desesperada.

Pavlik había salido con el coche y regresó cuando Aaron ya se estaba bebiendo una copa de vino con Sandra. Había ido a casa de la madre de la niña para disculparse en nombre de sus hijos. La mujer estaba borracha y ni se había dado cuenta de que su hija había desaparecido. Pavlik no se lo podía quitar de la cabeza. Sacó el aguardiente. Ni siquiera Sandra fue capaz de calmarlo. Después de que su marido le soltara un bufido, lo dejó a solas con Aaron.

Quiso hablar con él, pero Pavlik, furioso, le dijo que ella no podía entenderlo. Que no tenía familia. ¡Qué sabía ella! Aaron se levantó, fue a por su cazadora y dejó sobre la mesa la foto en la que todavía hoy ve su rostro. La habían hecho con el disparador automático. Aaron, Sandra, Pavlik y los gemelos, todos disfrazados de indios y vaqueros. Eran cinco. Después de eso, ambos permanecieron en silencio un buen rato. Aaron siempre llevaba esa foto encima, salvo cuando estaba en una operación encubierta.

Se marchó sin molestarse en despedirse.

A la mañana siguiente cogió el vuelo a Barcelona.

En el hospital, Pavlik no la trató con compasión; esa era su forma de llorar. Antes de salir, le puso algo en la mano. Aaron enseguida supo lo que era. Cuando él ya no estaba, apretó contra su cuerpo esa fotografía en la que desde ese momento estaría sola, como si los demás nunca hubieran aparecido en ella.

El taxista la acompaña hasta la puerta. Aaron le pide que llame al timbre de Askamp. No, no tiene por qué esperar con ella. Supone que los hombres que vigilan la casa ya están llamando a Pavlik. En caso de que nadie le abra, se quedará ahí de pie hasta que llegue él y se despache a gusto.

Sin embargo, el interfono se acciona.

Entra en el edificio. No sabe qué planta es. Pasos cautelosos hasta la escalera. Se detiene en el primer descansillo.

—¿Señora Askamp? —pregunta sin levantar mucho la voz.

No hay respuesta.

Sube una planta más. Chasca la lengua. El eco le muestra la puerta abierta de un piso.

—¿Señora Askamp?

Algo susurrante pasa frente a ella. Un gato baja saltando la escalera y maúlla.

En la cabeza de Aaron suena un murmullo que tapa los latidos de su corazón. Se quita los tacones, también el abrigo, y lo deja caer al suelo. Entra en el apartamento. Dentro huele a camelias. Tropieza. Se arrodilla y palpa un cuerpo inerte. Es pequeño. Un niño. Aaron se precipita por un pozo insondable en cuyo fondo se estrella y se encuentra sola con el pequeño. Le busca el pulso. Está vivo. Muy por encima de ella se oye una música por el altavoz de un móvil.

Pretty Woman, walking down the street.
Pretty Woman, the kind I like to meet.

Un frío gélido fluye por su cuerpo como si se lo hubieran transfundido. La puerta se cierra. Una mano la agarra, la saca del pozo igual que si fuera una muñeca y la lanza contra el suelo duro.

Aaron se arrastra por un túnel de miedo. Un rayo cegador atraviesa la luz. Estalla y se esfuma en una niebla repentina. En su pecho, las paredes del túnel se van estrechando. Ella busca su respiración mientras encuentra el tirador de un cajón y se apoya en él para erguirse. Mandos. De unos fogones. La cocina.

Separa las piernas para colocarse en posición de ataque. Flexiona las rodillas, vuelve el pie dominante hacia fuera. El puño derecho lo tiene estirado, el izquierdo junto al cuerpo. La voz de Holm llega directa del reino de los muertos.

—Qué bien que haya aceptado mi invitación.

Está justo delante de ella.

«A dos metros».

Aaron se abalanza en esa dirección. Su pie izquierdo da una patada donde intuye que se encuentra la rótula de Holm. Al mismo tiempo gira sobre su propio eje y apunta con el puño a su hueso del pubis, quiere rompérselo, acabar con su estabilidad.

Ni siquiera siente la corriente de aire cuando él salta a un lado. Aaron golpea en el vacío y el impulso de su movimiento la lanza contra el marco de la puerta. Roy Orbison quiere engatusarla:

I'll treat you right, come to me, baby, be mine tonight.

—¿Eso ha sido todo? —La voz de Holm es una ráfaga de viento sobre una tumba recién cavada.

Aaron vuela hacia él con las manos extendidas como para darle un abrazo. Las cierra de golpe, pero no encuentra su cabeza, sino que da una fuerte palmada vacía. Holm ha vuelto a cambiar de posición sin hacer ruido y ahora lo tiene a un lado.

—Un golpe muy efectivo, si encontrara su objetivo —opina él—. Para reventarme los tímpanos basta con una presión de un bar. Lo mismo que para aplastar una mosca. ¿Acaso me ha tomado por una mosca?

Aaron intenta relacionar esa voz con el hombre que en Barcelona le dijo en tono encantador: «Por usted habría esperado todavía dos minutos más». No lo consigue. Sabe que Holm habla con ella, pero es otro. No. Solo ha mudado la piel y ahora muestra lo que siempre fue: su demonio.

—¿Por qué yo? —pregunta con voz temblorosa.

Las palabras salen volando como ceniza de la boca de él:

—A pesar de que la muerte baila sobre mi tumba, no tomarás mi buen nombre para cubrirlo de oscura deshonra.

Aaron intuye que Holm sale. Todavía no ha producido un solo sonido, salvo para hablar. Ella quiere sacar el móvil de los vaqueros, pero no lo consigue enseguida, no tiene sensibilidad en los dedos.

Por fin lo logra.

Pero él ya ha regresado y le lanza el móvil a un rincón de la cocina. Algo pesado suena al golpear el suelo.

Aaron oye un ruido amortiguado y quejumbroso, como de un animal que ha acabado atrapado en un cepo.

—Esta mujer y yo existimos en mundos completamente diferentes —dice Holm—. Aunque ella grite en su mundo, yo en el mío ni siquiera la oigo.

Le hace daño a Eva Askamp, la hiere. Ella quiere gritar bajo la mordaza; suena como si trituraran cristal en un mortero.

Los pensamientos de Aaron viajan por sus sinapsis a una velocidad hipersónica. Está de espaldas a los fogones. En casi todas las cocinas hay un soporte para cuchillos. Si Eva Askamp es diestra, a la derecha.

Gira sobre sí misma, desliza la mano sobre la superficie de trabajo, arranca un cuchillo grande del bloque. Siente la corriente de aire que produce Holm al saltar. Su pierna izquierda sale volando hacia atrás hasta lograr un *spagat* vertical y le alcanza en la sien. Aaron calcula que él se tambaleará hacia la derecha y lanza el cuchillo por encima del hombro. Sabe que le ha dado. Holm gruñe con sorpresa. Aaron realiza medio flic-flac hacia atrás, une los tobillos en el aire y le inmoviliza la cabeza como con una prensa. Consigue tirarlo al suelo. Sus tobillos cruzados lo asfixian mientras le clava un golpe en los riñones con el codo derecho y le agarra la entrepierna con la mano izquierda y se la retuerce.

El puño de Holm se descarga en su pómulo. Un segundo golpe muy rápido alcanza a Aaron entre la barbilla y el labio inferior. El dolor estalla en su cabeza. Aaron tiene que soltarlo. Él vuelve a erguirse con agilidad, la levanta tirándole del pelo, la estampa contra la pared y la deja ahí tirada. Su cuerpo ha desaparecido.

Holm apaga la música. Masca la ceniza y la escupe:

—Esta cicatriz la sentiré y la tocaré mientras viva. Le doy las gracias por ella.

Tira el cuchillo al suelo.

—Contaré hasta diez. Dígame por qué la seguí en Barcelona. Si miente, mato a la mujer.

Lágrimas de desesperación acuden a los ojos de Aaron.

—Uno.

—Porque disparé a su hermano.

Y sabe que no es por eso.

—Dos.

—Porque maté a su amante.

Y sabe que no es por eso.

—Tres.

—Porque yo tenía el dinero.

Y sabe que no es por eso.

—Cuatro.

—¿Por qué yo? ¿Por qué yo?

—Cinco.

—Porque dejé solo a Niko.

—Seis.

—Fui una cobarde.

—Siete.

—Me odio por ello —gimotea.

—Ocho.

—Por favor. No le haga más daño a la mujer.

—Nueve.

—Máteme a mí —suplica—, pero no a ella.

—Le daré una última oportunidad —dice él con frialdad y un tono definitivo—. Tómese su tiempo para responder, esta mujer se lo juega todo a sus palabras. —Disfruta de cada uno de los segundos—. ¿Qué estaba pensando yo cuando nos miramos en el túnel?

—Ojo por ojo —susurra Aaron.

—Diez.

Eva Askamp ni siquiera gime. Solo hay silencio. Un silencio espantoso. Aaron vuelve a caer en el pozo. Se encuentra allí tirada con el niño y la mujer, y espera la muerte.

La ceniza cae hacia ella en la oscuridad.

—Recibe / cuando mi vida haya acabado / mi anhelante amor por ti / del humo / que asciende desde mi cuerpo en llamas.

No lo oye marchar. Solo sabe que se ha ido. Permanece en el pozo una eternidad, hasta que su corazón vuelve a latir. Alargar la mano le da un miedo horrible. La mujer está muerta y en su regazo hay una flor de camelia. Aaron tiene sangre en la mano. Tira de Eva Askamp hacia sí, le quita la mordaza de la boca, la estrecha entre sus brazos, muere una segunda, una tercera, una cuarta vez.

Pasos en el pasillo.

«Regresa».

Ella se arrastra por el suelo. Busca el cuchillo.

Lo encuentra. Lanza el cuchillo.

Oye cómo se clava en el marco y tiembla.

—Aaron, soy yo.

Pavlik.

Quiere trepar para salir del pozo. Resbala. Se aferra a la piedra y resbala, resbala, resbala. Por fin siente cómo Pavlik la levanta con suavidad. La tiene bien sujeta, y ella se apoya en su torso. Los recuerdos pasan flotando como copos de nieve. Mira el interior de una bolsa con recortes de periódico. Abre la caja de regalo con la Starfire. Posa la mano sobre el televisor de Boenisch. Besa a Niko en Yamaa el Fna. Bebe *limoncello* con Sandra. Está tumbada sobre el hielo e intenta asir la mano de Ben. Ve el Audi en el espejo retrovisor. Llora por la mujer del hotel Aralsk. Niko le compra unas castañas asadas. Ve hundirse a Ben en las profundidades. Solo copos de nieve. Que se van volando y desaparecen para siempre.

Pavlik le acaricia el pelo.

—Ya te tengo.

Ella abre los ojos. Apenas puede mover la lengua.

—¿Qué le ha pasado al niño?

—Está vivo. Inconsciente.

—¿Cómo ha entrado Holm en la casa?

—Saltando el muro del patio.

—¿Por qué no había allí ninguno de tus hombres?

Siente el temblor de Pavlik.

—Butz. Holm lo ha matado.

«Butz».

—¿Quién te ha llamado?

—Nadie. Sabía que estarías aquí.

—¿Dónde están los hombres que vigilaban frente a la casa?

No responde.

«No lo digas, por favor».

—Dos tiros en la cabeza, a poca distancia.

14

Recorre el pasillo del Departamento acompañada por Pavlik. No se oye nada, pero Aaron sabe que avanzan por una calle de hombres mudos. Tres compañeros muertos. Pavlik los movilizó sin informar a Demirci. Es ahora cuando cobra conciencia del significado de algo así. De lo que significa para él.

—Pavlik… —susurra.

Va con ella al baño, cierra la puerta. Se ha quedado sin voz.

—No ha sido culpa tuya.

Aaron se derrumba deslizándose pared abajo y Pavlik se acuclilla frente a ella.

—¿Cómo ha muerto Butz? —pregunta.

—Con la nuca partida. No había signos de pelea.

«Uno de los mejores, y ni siquiera ha visto llegar a Holm».

—Estaba de vacaciones, pero se presentó voluntario por ti. Demirci le importaba una mierda.

Aaron se ve intentando palpar la puerta del jardín de su padre. Unos hombres pasan a su lado cargados con algo.

«Soy yo, Butz», dice una voz familiar.

Cuando él todavía estaba en la BKA, salvó a uno de los hombres de Jörg Aaron en una operación poniendo su vida en peligro. A pesar de que se llevaban casi treinta años, trabaron amistad. Que Aaron sepa, su padre solo tuvo tres amigos. Los dos se comprendían, nunca corrían el riesgo de dejarse arrastrar por los sentimientos.

«Hasta lo de Amberes».

Es uno de los recuerdos que Aaron puso por escrito para no perderlos: cuando voló con Butz a Amberes para hacer una «prueba de pureza». Allí les entregaron dos ametralladoras con el número de serie limado a los hombres a quienes querían comprarles cincuenta kilos de heroína, para demostrarles que eran de fiar. Sospechaban que sus contactos trabajaban para Eyck de Fries, el mayor narcotraficante de Europa. Él era el objetivo, a él iba destinado el cebo.

Las ametralladoras eran sus billetes de entrada y el negocio de la heroína iba a realizarse en un antiguo cuartel. La noche anterior Butz estaba nervioso, Aaron nunca lo había visto así. Se pidió un *genever*, aunque normalmente no bebía. Butz creía que habían descubierto su tapadera, pero no podía demostrarlo. «Por esta única vez voy a hacer caso a mi instinto». Habían invertido mucho esfuerzo en aquel asunto. Aaron intentó convencerlo y consiguió que aceptara ir al cuartel al día siguiente, tal como estaba acordado.

Cuando se separaron en el pasillo del hotel, ella sintió que Butz la seguía con la mirada. Se volvió. «Soy gay —dijo—. Tu padre lo sabe. Nadie más. Y tú, ahora». No esperó a que ella contestara nada y se fue a su habitación.

Ella se quedó un buen rato allí de pie sin moverse. Butz, el guaperas, el gran seductor, según creían todos, aunque él no hacía ostentación de ello. Nunca lo había sentido tan cerca como en aquel pasillo. Le habría gustado poder decirle que en el Departamento no tenía por qué fingir, pero sabía que no era cierto. Aaron se avergonzó, por ella y por los demás.

En ese momento mantuvo un diálogo mudo con su padre.

«No habría creído posible que pudieras ser amigo de un homosexual».

«¿Por qué no?».

«Porque eres testosterona de la cabeza a los pies».

«Primero piensa, habla después. Y te voy a decir otra cosa: cuando Stefan abre la boca, hay que escuchar lo que dice».

Esa noche en Amberes, Aaron cayó en un duermevela sudoroso. Soñó que quería ponerse un alegre vestido veraniego, pero que al abrir el armario todos sus vestidos eran negros.

Al alba, de repente, supo por qué Butz le había hecho esa confesión: porque creía que ese día iba a morir. Quería que Aaron, en caso de salir viva del cuartel, lo recordara como el hombre que había sido y se lo hiciera saber a sus compañeros para que también ellos guardaran de él un recuerdo real.

Llamó a la puerta de Butz y vio que no había dormido. «No vamos», le dijo. Se pusieron en contacto con la Police Fédérale, que eran quienes dirigían la investigación contra Eyck de Fries, y estos enviaron a un grupo especial de operaciones al cuartel. El resultado fue un tiroteo con tres víctimas mortales, una de ellas de la policía. En la maleta no había heroína, sino un cargamento de explosivo Semtex que mató a dos agentes más. De Fries, a través de un soplón belga, se había enterado de que se había dejado engañar por dos agentes encubiertos. Aaron le debía la vida a Butz.

«Justo así debió de ser, porque así es como lo escribí. Pero se me ha ido tu cara. Tu risa. Tus ojos, que creo recordar que eran tristes. Y un día me encontraré de pie ante ti con las manos vacías».

La puerta del baño se abre.

—Ahora no —dice Pavlik.

La puerta se cierra.

—¿Le preguntas tú a su hermana si Butz estaba con alguien? —pide Aaron.

—No, estaba solo. Ya sabes, no hacía más que ligarse a mujeres, pero nunca iba en serio con ninguna.

—Era gay.

—Chorradas —resopla Pavlik.

—Butz era gay, y quería que lo supierais.

—Vale —dice Pavlik, nada más.

—¿Quiénes eran los otros dos?

—Blaschke y Clausen. No los conoces.

La puerta vuelve a abrirse. Es Peschel.

—Esto..., Demirci ha llegado ya.

Pavlik se yergue. Despacio, cansado, con pesadez.

También Aaron se pone de pie.

—Perdona que os diera esquinazo en el hotel —le dice a Peschel.

—Esto..., ellos ya estaban muertos entonces. Pavlik, que quede claro, estamos todos contigo. Ni se te ocurra pensar en echarte toda la mierda encima tú solo.

Peschel los deja a solas.

—Espera.

Pavlik abre un grifo y le lava la cara a Aaron. Salvo su madre, solo una enfermera de Barcelona lo había hecho antes. Y en ambos casos ella lo había odiado. Pero la mano de Pavlik la siente cálida, cuidadosa, cariñosa. Le seca la cara y le rodea las manos con las suyas.

—Nunca olvides lo que significas para mí.

—Voy contigo —dice ella.

—No, ni hablar.

—Ve tranquilo, pero estate seguro de que un minuto después estaré sentada a tu lado. —Aaron le pone una mano en la mejilla—. Nunca olvides lo que significas para mí.

En el vestíbulo de la oficina de Demirci la saluda una voz que le gusta mucho. Es la de Astrid Helm, la secretaria de dirección, a quien todos llaman por el diminutivo cariñoso de «Helmchen» pero a la que solo Pavlik tiene permiso para tutear. Está allí desde el principio y es el hada madrina del Departamento. Su radar siempre detecta qué le sentará bien a cada uno, ya sea una sonrisa, una tableta de chocolate o un silencio.

Diez cosas que Aaron añora:
las películas de Chaplin
jugar con cachorros de perro
las tardes de sábado en la fotogalería C/O de Berlín
poder esquivar las cacas de perro
la sonrisa de Al Pacino
conducir un Ford Mustang del 64
las flores de cerezo
a De Chirico
ir a ver orangutanes
las atenciones de Helmchen

—Jenny… Gracias a Dios. —La mujer le acaricia el brazo—. Me alegro mucho de que no le haya pasado nada.

—Gracias, Helmchen.

—Ayer estuve en Bremerhaven, por las bodas de plata de mi hermano, y no regresé hasta tarde. Si no, nos habríamos visto en el cumpleaños de Ulf. —Y añade con cierta inseguridad—: Bueno, es una forma de hablar.

—Sí, es una forma de hablar, Helmchen.

Aaron oye lo triste que está la mujer. Esos chicos son sus hijos. En veinticinco años ha asistido a muchos entierros.

—Pero, madre mía, tiene que cambiarse usted de ropa. Me ocuparé de que vayan a buscarle el equipaje al hotel. Y el abrigo se lo limpio enseguida.

—Gracias. —Se quita el abrigo.

—Enséñeme esos dedos.

—Solo son rasguños.

—Tonterías. Lo desinfectaremos con yodo. —Helmchen se vuelve hacia Pavlik—. He llamado a la hermana y al padre de Stefan Butz. Y a la exmujer de Matti Clausen. Ella tendrá que decírselo a sus hijos. La mujer de Tom Blaschke todavía no lo sabe. He pensado que tal vez querrías comunicárselo tú mismo.

—Sí.

—Me he puesto en contacto con Protección de Menores por lo del hijo de la señora Askamp.

Aaron siente que se marea, y Helmchen se apresura a decir:

—Ahora mismo le traigo un cruasán y un café bien cargado. Solo y sin azúcar, ya lo sé.

¿Qué habría hecho Aaron sin Helmchen?

La puerta de Demirci se abre.

—Señor Pavlik, por favor.

—Quiero estar presente en la conversación —dice Aaron.

Espera que Demirci se lo niegue y está a punto de soltar un contundente «Insisto», pero Demirci solo contesta:

—Desde luego.

Entran en el despacho y se sientan a la mesa de reuniones.

—¿Necesita atención médica?

—No. —Aaron yergue la espalda—. La vigilancia de la casa de la señora Askamp y mi protección personal fueron solicitadas por mí misma. Me inventé unas órdenes de la BKA para ello y asumo toda la responsabilidad.

—Olvídese de eso —masculla Pavlik—. Aaron no tenía ni idea.

—Pero ¿qué estás diciendo?

Pavlik quiere abrir la boca otra vez, pero Demirci lo interrumpe.

—Basta ya.

Unos breves golpes en la puerta. Helmchen entra, deja una bandeja y acompaña la mano de Aaron hasta la taza de café.

—El cruasán está a la derecha.

Sale y cierra la puerta sin hacer ruido.

Aaron no puede tomarse el café ahora.

—Señora Aaron, aprecio su entereza, pero, dejando de lado que la BKA no tiene competencia para darnos órdenes, puede estar segura de que, por poco tiempo que lleve yo aquí, sé muy bien cuáles son las reglas por las que se rige el Departamento.

Aaron asiente sin decir nada. Lo ha intentado.

—Señor Pavlik, anteayer mantuvimos una conversación en la que me solicitó protección personal para la señora Aaron. Lo justificó más que sobradamente. Aun así, yo dudaba de que fuera necesario y no accedí.

—Sí.

—Pero usted escogió a unos hombres y los movilizó a mis espaldas.

—Sí.

—¿Cuántos estaban a cargo de esa protección?

—Seis.

—¿Y cuántos de la vigilancia de Eva Askamp?

—Seis más.

—Porque usted valoraba la posibilidad de que Holm se pusiera en contacto con la mujer.

—Sí. Tampoco podía descartar que se encontrara en peligro después de que Aaron y yo fuéramos a verla a su tienda.

—Doce hombres. Una tercera parte de los disponibles. Sin que yo me diera cuenta.

Junto a Aaron suena un cierre.

Pavlik deja algo pesado sobre la mesa.

Su arma.

Se levanta.

—La conversación no ha terminado —dice Demirci.

Pavlik vuelve a sentarse.

Las siguientes frases son las más sorprendentes que ha escuchado Aaron desde que es policía.

—Han muerto tres hombres. Es horrible y no sé cómo voy a superar este día. Pero usted, señor Pavlik, ha hecho sin lugar a dudas lo correcto. Quisiera disculparme por no haberle prestado la debida atención. De haberlo hecho, habría movilizado a más compañeros y tal vez habríamos impedido la muerte de estos tres.

Aaron se queda sin aire.

Pavlik es un hombre silencioso, pero nunca lo había visto tan callado.

—Sepa que esos hombres actuaron bajo mis órdenes —sigue diciendo Demirci en un tono de voz que no admite protesta—. Le presentaré a mi superior los motivos y confío en que, en vista de los acontecimientos, pueda comprender mi decisión.

Durante al menos medio minuto nadie abre la boca.

Cuando se creó el Departamento, justo después de la reunificación de Alemania, un pensamiento ocupaba el centro de todo: querían un equipo de policías de élite que, a diferencia de los agentes de la BKA, pudieran operar sin impedimentos burocráticos. El organismo de Wiesbaden es un buque gigantesco y lento al que van cargando cada vez con más atribuciones. El Departamento, por el contrario, es pequeño, rápido, contundente. Está controlado por el Consejo de Ministros del Interior. Demirci debe rendir cuentas ante el ministro del Interior del *land* a quien por turno le corresponda la presidencia del consejo.

Como Aaron sabe bien, ese año se trata del senador de Interior de Berlín.

«Se va a jugar su carrera. Tres agentes muertos. El senador de Interior será objeto de mucha presión por parte de los medios. Podría venirle bien presentar a un culpable para salvar el pellejo, y en ese caso Demirci estará acabada. Esta mujer es más valiente que nadie con quien me haya topado».

—De modo que eso ya está aclarado —afirma la jefa—. Además, la prohibición de fumar en el edificio queda levantada en este mismo momento. —Se enciende un cigarrillo y les acerca el paquete por encima de la mesa.

Fuman como tres personas que lo necesitan de verdad.

—He estudiado el expediente «Chagall». —Demirci va al grano—. Me sorprende lo poco que aparece en él sobre Holm.

—Creció en Kaiserslautern —informa Pavlik—. Su padre era trabajador forestal; su madre, ama de casa. Vivían en un adosado. No tenían contacto con los vecinos. Las persianas casi siempre estaban bajadas. La mujer no cruzaba una palabra con nadie por la calle.

Demirci está igual de atónita que Aaron.

—¿Cómo sabe todo eso?

—Hablé por teléfono con un antiguo profesor de Holm. En aquella época vivía un par de casas más allá. Hoy es un anciano, pero se acuerda muy bien de Holm y de su hermano.

«Mi Pavlik».

—Dice que Holm fue el alumno más inteligente de todos los que tuvo. Sin embargo, repitió dos cursos y nunca se interesó por las clases. No tenía amigos, pero tampoco los quería. No llamaba la atención por ser violento ni cruel, pero nadie se le acercaba demasiado. Cuando cumplió los diecinueve, su padre desapareció sin dejar rastro. Encontraron su coche en el bosque. Billetero, documentación, todo estaba allí. Lo más seguro es que lo asesinaran, pero no encontraron el cadáver y las investigaciones se fueron a pique. Poco después murió también la madre. Holm se marchó con su hermano de ocho años y nunca volvieron a verlo.

—No le concederían a él la custodia, ¿verdad?

—No, y ahora viene la parte más interesante: Sascha no volvió a ir a ningún colegio, o por lo menos no con su nombre, y no hay ningún registro de Holm en el sistema de seguridad social alemán. No ha pagado impuestos, no tiene domicilio conocido ni carné de conducir ni de identidad. Sencillamente desapareció con Sascha. Hasta lo de Barcelona.

—¿Me está diciendo que Holm, con diecinueve años, se convirtió en un delincuente profesional, llevó una vida al margen de toda norma social y, mientras tanto, crio a su hermano?

—Sí. Sascha se negó a declarar después de su detención, pero en su momento, cuando se esfumó con Holm, una tía suya puso una denuncia de desaparición en la que mencionaba la mancha de nacimiento que tiene en el dorso de la mano. Todavía aparecía en el INPOL. Así es como averiguamos sus verdaderos nombres.

Aaron alcanza la taza de café. Vuelve a dejarla.

—Le he herido con el cuchillo. ¿Ha limpiado la sangre?

—No —contesta Pavlik—. La tienen los de TC.

—Con huellas dactilares o ADN tal vez podamos relacionarlo con crímenes anteriores y elaborar un perfil de movimientos.

Llaman a la puerta.

—Adelante. —Alguien abre—. Señor Kvist... Por favor.

Niko se sienta a la izquierda de Pavlik.

«Te agradezco que no te acerques a tocarme. Que no me preguntes cómo estoy ni quieras demostrarme de ninguna otra forma que te preocupas por mí. No podría soportarlo».

—Señor Kvist, usted negoció con Holm en Brujas. ¿Qué clase de hombre es?

—Seguramente entonces ya sabía que yo era un agente encubierto. A pesar de eso, cuando se vio a solas conmigo estaba del todo relajado.

—¿Cómo puntuaría su inteligencia en una escala del uno al diez?

—Once.

—¿Y su forma física?

—En aquel momento, perfecta.

—Tiene cincuenta años —dice Aaron—, pero sus reflejos siguen siendo de primera. Me golpeó apuntando al hueco entre la barbilla y el labio inferior, lo cual significa que posee conocimientos especiales de acupuntura. Tiene por lo menos el tercer dan de kárate. Pesa ciento veinte kilos tumbado. Cuida su cuerpo, pero aun así no le importa dañarlo. Es capaz de reprimir el dolor, pero, cuando quiere, le sirve para estimularse. No hace nada innecesario. Es una persona cultivada y habla varios idiomas. Es del todo insensible al sufrimiento de los demás. En su mundo solo él hace las leyes. Aprecia las cosas hermosas, pero no posee nada que no pueda dejar atrás sin pararse un segundo a pensarlo. No tiene capacidad para disfrutar, a menos que sea de su propio dolor o del de los demás. Desprecia la muerte y anhela que le llegue la hora.

Una brasa de cigarrillo arde. La aguja de un reloj de pulsera avanza.

—Dice que no hace nada innecesario. ¿Por qué ha matado a la florista? ¿Qué sacaba él con ese asesinato?

Un corazón late.

—¿Señora Aaron?

—¿Cómo lo ha hecho? —le pregunta a Pavlik.

—Tenía heridas de arma blanca en el torso, pero no eran mortales. Seguramente la ha estrangulado.

«Estrangular a alguien lleva su tiempo. Ya estaba muerta cuando ha empezado a contar».

—Quería demostrarme que él es el amo y señor. Dios. —La voz de Aaron suena extraña y lejana—. Quería que yo lo reconociera. Los tres hombres que ha matado son un mensaje para el Departamento: «No negocio con nadie». Muy pronto se pondrá en contacto con nosotros y nos comunicará cuáles son sus planes.

—¿Qué supone usted?

—Holm quiere sacar a su hermano de la cárcel.

—Para eso necesita cómplices —apunta Demirci.

Niko interviene:

—No, es un lobo solitario.

—En Barcelona se valió de la amante de Sascha —replica Aaron—. Holm puede utilizar a alguien y después deshacerse de él.

Pavlik respira desde el diafragma.

—He visto a Sascha. Solo hace un mes que lo trasladaron a Tegel y ya controla el Pabellón 6. Sonríe como quien sabe que solo está allí de paso y hasta entonces se dedica a escarbarse de entre los dientes el miedo de los demás.

Aaron todavía no ha comido nada y siente una náusea.

—Sascha le tiene miedo a su hermano, en Barcelona era evidente —dice—. Holm lo ha adiestrado como a un perro. Seguro que eso también contesta a la pregunta de por qué ha esperado cinco años.

—¿En qué sentido lo dice?

—Sascha mató a los tres policías catalanes, pero cometió un error al permitir que uno de ellos lograra enviar una llamada de socorro. Holm no tolera ningún error. Ha dejado pasar estos cinco años como castigo para su hermano.

Cae ceniza en la mesa. Alguien contiene la respiración.

—Pero sobre todo se trata de él y de mí.

—¿Por qué de ti? —pregunta Pavlik.

—No lo sé.

—Podría haberla matado antes.

—Quiere disfrutarlo. Esto no han sido más que los preliminares.

Niko todavía no ha fumado. En ese momento se enciende un cigarrillo.

—Holm ha citado un texto —dice Aaron—. Creo que es de una obra de Shakespeare. «Mi vida está consagrada al cumplimiento del deber; pero, a pesar de que la muerte baila sobre mi tumba, no tomarás mi buen nombre para cubrirlo de oscura deshonra».

—¿Qué significa? —pregunta Demirci.

—Holm utiliza esas líneas en sentido figurado. Inazō Nitobe las menciona en un pasaje central de su obra capital sobre el bushidō. Viene a expresar que no debemos esclavizar nuestra conciencia a un príncipe.

—¿Y usted tiene un príncipe?

—Holm se refiere a mi juramento del cargo.

«Mi verdadero príncipe no lo conoce».

—Te está retando a un duelo —dice Pavlik con aspereza—. ¿Es que se considera un samurái?

—No, es una alusión.

—¿A qué? —De nuevo Demirci.

Aaron no responde.

Después de matar por primera vez, Aaron se preguntó cómo podía justificarlo. La filosofía del kárate la llevó al bushidō y a leer *El camino del guerrero,* el código de los samuráis. Un libro que contiene los preceptos de unos hombres a quienes ella se sentía próxima, puesto que la muerte era su hermana, y cuyo mayor bien, no obstante, consistía en sacrificarse por su príncipe. Aaron tuvo que encontrar un sustituto para esa figura. El sentido del bushidō reside en la muerte. ¿Qué merecía que ella entregara su vida por ello?

Estuvo mucho tiempo, años, reflexionando sobre esa cuestión.

Encontró la respuesta en el aparcamiento subterráneo del hotel Aralsk de Moscú. Hoy ya no se acuerda de cómo murió la joven que recibió la bala perdida de su pistola, pero hay algo que sí sabe: que el asesino de Nikulin vivía aún y se retorcía de dolor por el tiro en el abdomen cuando ella se irguió junto a él y le metió una bala en la cabeza.

No se lo ha contado a nadie, ni siquiera a Pavlik. Y a su padre menos aún. Nadie dudó de que había actuado en legítima defensa. ¿Qué habría tenido que decir? ¿Que no quiso salvarlo? ¿Que pensó en los abogados, carísimos y buenísimos, a los que Nikulin pagaría seiscientos euros la hora para que su asesino saliera libre? ¿Que no tenía ningunas ganas de encontrarse con el siguiente matón que le enviara Nikulin si la creía débil e ingenua?

Lo hizo por miedo. Y así se lo reconoció a sí misma. Había estado bien y mal a la vez, y ella era capaz de diferenciar ambas cosas.

Aaron juró que nunca lo olvidaría. Ponerse a disposición del miedo convirtió la muerte en una amiga que la abrazaba todos los días y todas las noches, con cada respiración.

Hasta que un día ya no la suelte.

Esa amiga permaneció a su lado también después de quedar ciega. Se despierta con ella y con ella se va a dormir. Durante mucho tiempo no fue capaz de entenderlo. Su antigua vida había acabado. ¿Por qué no la dejaba en paz la muerte y la aguardaba igual que a todos los demás? Desde que encontró el grano de café en el bolsillo de su abrigo sabe por qué. Con su muerte, Aaron espera cumplir su destino; si no, nada habrá tenido sentido.

—¿Una alusión a qué? —repite Demirci.

—A mí.

Pavlik le aferra la mano bajo la mesa. A él sí le ha hablado del bushidō, pero no es el camino de Pavlik. Él no deja que la muerte lo abrace; por Sandra y por sus hijos.

El tono de voz profesional de Demirci oculta lo que piensa.

—¿Nunca había visto a Holm antes de Barcelona?

—No, que yo sepa.

Aaron duda.

«Quieren que les dé hechos, y yo no tengo hechos. Holm se comunica conmigo a través de mis miedos y mis sueños. No puedo probar nada de eso, pero tienen que saberlo».

—Hace cuatro semanas estuvo en Wiesbaden. Me tropecé con él en la calle. No dijo nada, pero sé que era él.

De repente la presión atmosférica de la sala cae en picado.

—¿Se lo comunicó a algún superior?

—No.

—¿Por qué no?

—Hasta hoy no era más que una suposición.

«¿Qué tenía? Un grano de café».

A Demirci se le hace un nudo en la garganta.

—Si las cosas materiales no significan nada para él, los tres millones que perdió por su culpa no tienen ningún papel en todo esto. ¿Qué me dice de la mujer a la que mató en Barcelona?

—Era la amante de su hermano. No es por ella.

—Tal vez quiera vengar a Sascha —opina Niko.

—No después de cinco años. —Aaron busca a tientas el cenicero—. Holm puso una canción en su móvil. «Pretty Woman», de Roy Orbison. Boenisch la escuchaba cuando estuve encerrada en su sótano. Eso no aparece en ningún expediente y tampoco se mencionó en el juicio.

—Boenisch se lo contó a Sascha —dice Niko.

—Pero ¿cómo se lo hizo saber este a su hermano? —pregunta Pavlik.

—A través de Eva Askamp.

—Hay peores posibilidades.

Demirci va a la puerta.

—Señora Helm, solicite al centro penitenciario los expedientes personales de todos los funcionarios que han estado en contacto estas últimas semanas con el recluso Sascha Holm. Deles una hora. Y que incomuniquen al preso de inmediato.

—¿Cómo lo justificamos sin una orden?

—Por seguridad pública.

Niko se fuma otro cigarrillo.

—¿Cómo es que accedieron los españoles a trasladarlo a Berlín? Asesinó a tres policías. ¿Y lo dejan marchar sin más?

—A saber —dice Pavlik—. Razones políticas, probablemente. Además, seguro que en Barcelona tenía a toda la cárcel temblando de miedo. Se habrán alegrado de librarse de él.

Demirci regresa a la puerta.

—Y, por favor, llame al Senado de Justicia. Quiero todo el papeleo relacionado con el traslado. Declaraciones, dictámenes, la correspondencia con Eva Askamp.

Comenta con Niko y con Pavlik los pasos siguientes.

Hay que interrogar a Ojos de Ficha, y lo hará Niko.

Aaron solo los oye como si hubiera un televisor encendido en alguna parte, porque una única frase domina su pensamiento: «Recibe, cuando mi vida haya acabado, mi anhelante amor por ti».

15

Ante el Monumento a los judíos de Europa asesinados, Magnus Sørensen observa cómo su compañera Lena reúne a los alumnos y les pide que suban al autocar.

«Esto está mal».

Eso se dijo hace dos semanas, cuando Lena y él eran los únicos en la sala de profesores y él solo quería darle un libro, pero de repente se besaron y él se dejó llevar sin pensarlo. Eso se dijo también un día después en la sala de material, donde al acabar la clase de gimnasia estaba ordenando unos balones medicinales que no hacía falta ordenar, y ella entró y la mano de él terminó sin saber cómo bajo su falda. Eso se decía desde entonces cada vez que le mentía a su mujer arguyendo que tenía que hacer una sustitución por vacaciones, que había reunión de profesores o que salía a hacer *footing*, y en realidad estaba pensando ya en el sudor sobre la piel de Lena.

En el coche de él, junto al bosque, donde casi esperaba que los padres de algún alumno dieran unos golpes en las lunas empañadas y le preguntaran si se había vuelto loco. En casa de Lena, si su marido se había ido a Copenhague.

Siempre, siempre, siempre.

Quiso ponerle fin en la cafetería de Skanderborg, a treinta kilómetros de Aarhus, pero en cuanto ella cruzó las piernas se acabó todo. Volvió a casa con pintalabios en el cuello de la camisa y no se dio cuenta hasta que se miró en el espejo del recibidor y vio reflejado en él a un cobarde. Su mujer lo abrazó. Le susurró, emocionada, que su hijo mayor estaba enamorado por primera vez, pero que no le dijera nada, por lo que más quisiera. Y él no la soltó, muerto de miedo de que le viera el cuello.

Y se acostó con ella y pensó en Lena.

Y permaneció después tumbado a su lado y pensó en Lena.

«Esto está mal».

Eso se dijo cuando el compañero que tenía que acompañar a Lena a Berlín en el viaje de estudios cayó con gripe y en la sala de profesores preguntaron quién iría en su lugar. Lena puso a Sørensen entre la espada y la pared frente al cuerpo docente al anunciar que él se había ofrecido y que ya estaba todo hablado. Quiso desmentirlo enseguida, pero en lugar de eso se vio asintiendo.

«Esto está mal».

Eso se dijo ayer en el aeropuerto de Schönefeld, donde Lena, mientras cargaban las maletas en el autocar y los alumnos no dejaban de alborotar, le tocó la mano y él se puso a calcular cuántas veces podrían estar juntos.

«Esto está mal».

Eso se dijo al ver a aquella hermosa mujer y al hombre, él cargado con la pequeña maleta de ella, ella del brazo de él y, aun así, extraños. La mujer fumaba un cigarrillo. El hombre la miraba todo el rato, pero ella tenía la vista perdida más allá, y entonces él se adelantó a por el coche. Tal vez la mujer había ido a Berlín a encontrarse con su amante una última vez, y él le había mentido una última vez a su mujer para ser infeliz por última vez.

Mientras Sørensen, con la rodilla de Lena junto a la suya, esperaba a que el autocar arrancara y se sentía tan triste que sabía que se echaría a llorar si alguien le preguntaba algo en ese instante, el hombre regresó con el coche.

La mujer dio dos pasos en la dirección equivocada. El hombre la tomó del brazo, le advirtió de su error y le protegió la cabeza con la mano mientras subía al vehículo.

Entonces Sørensen comprendió que era ciega.

Y le sobrevino un miedo infinito. No se quitó ese miedo de encima durante todo el día. En el Reichstag, en el Monumento del Muro de Berlín, en el zoo. Estaban junto a los monos y Lena a toda costa quería llevar a la clase al pabellón de los animales nocturnos, pero solo para poder meterle mano en un rincón oscuro y poseerlo.

A las seis, Sørensen salió a hurtadillas de la habitación de ella en la pensión y rezó por que ningún alumno lo viera. Ella le dio un beso. Olía a cama, a la tentación de volver a cerrar la puerta y abalanzarse el uno sobre el otro durante la hora que les quedaba aún antes de tener que levantarse, en lugar de estar solo y no poder respirar.

Sørensen es profesor de gimnasia y física. Cree que el mundo se sostiene gracias a lo mensurable y que eso es algo estático e inquebrantable.

Pero no deja de pensar en la mujer ciega.

Los niños ya están en el autocar. Lena le hace una señal para que suba, él se pone en marcha aunque apenas tiene valor para dar diez ridículos pasos. Cuando llega a la puerta, alguien dice en inglés detrás de él:

—¿Qué le parecería un tour guiado por la ciudad?

Sørensen se vuelve.

Aaron está en la azotea. El viento aúlla. Se está helando de frío porque en la maleta que Helmchen ha mandado recoger del hotel no tenía otro par de vaqueros, solo el fino vestido que se había llevado para la cena en París y que luego se había puesto en la fiesta de cumpleaños de Pavlik. Donde había llorado, reído, bailado. Antes de que tres hombres murieran por ella. Sus pensamientos son carámbanos que caen desde el borde del tejado y se estrellan muy por debajo, en la calle. Nadie les había ordenado que se sacrificaran por ella. A dos ni siquiera los conocía.

El ascensor sube. Pavlik se reúne con Aaron, que siente su mirada.

—No me mires como si te debiera dinero.

—Me debes la verdad. ¿Qué me ocultas?

Unas sirenas pasan aullando.

—Hoy no es día para ocultar nada —insiste él.

Aaron siente que se le saltan las lágrimas.

—Holm citó algo más. «Recibe / cuando mi vida haya acabado / mi anhelante amor por ti / del humo / que asciende desde mi cuerpo en llamas».

—¿De dónde es eso?

—Es el poema más famoso del bushidō. —Aaron se interrumpe. Las sirenas callan—. Se compuso hace siglos y describe la forma más elevada de amor para un samurái. Se alcanza cuando uno lo desvela en el momento de morir, y no antes.

El viento aleja de ella la voz de Pavlik.

—¿Cómo sabe él lo tuyo con Kvist?

—Nos vio en Barcelona.

—Hace demasiado tiempo. Y seguro que tú no mostraste tus sentimientos. En eso eres más que profesional.

—Pudo vernos también ayer por la mañana en Schönefeld. Me fumé un cigarrillo antes de subir al coche y Niko no dejó de mirarme todo el rato. Yo quise hacer como si nada, pero estaba tensa. Holm sabe interpretar a las personas.

Se abre la puerta del ascensor.

—Ese nombre me está volviendo loco.

—¿Cuál?

—Askamp. No sé de qué me suena.

—¿Ya lo habías oído antes?

—Tan seguro como que tengo diez dedos.

—¿Pavlik? —llama Niko.

—¿Qué pasa?

—Prefiero sin testigos.

Pavlik va a marcharse, pero ella lo retiene.

—Hoy no es día para ocultar nada.

Él le pasa un brazo por los hombros a Aaron y llama a Niko.

—Aquí no nos ve nadie —dice.

Ella cree por un momento que Niko va a volver a bajar, pero de pronto lo tienen junto a ellos.

—Ayer hiciste que nos siguieran a Jenny y a mí. ¿Pensabas que no me daría cuenta?

—Fueron órdenes de Demirci, no mías.

—No me mientas.

—Pregúntale a ella.

—Le he preguntado a Peschel.

—Pavlik quería protegerte —dice Aaron.

—No te metas en esto.

—Claro que me meto. Quizá deberías pensar alguna vez en cuánto hace que es tu amigo.

Pavlik aprieta más su brazo.

—Déjalo.

—¿No sería a mí a quien vigilaban? —replica Niko—. Así, entre nosotros, ya que somos amigos.

«¿De qué está hablando?».

—Yo quería ir con Aaron a Tegel, pero me pediste que te dejara hacerlo a ti —dice Pavlik.

—¿Y qué?

—Todo estaba decidido desde hace tiempo. Pregúntale a Peschel.

Pavlik comparte sus pensamientos con Aaron.

«Tiene que enterarse».

«Lo sé».

—Ten cuidado —murmura—. Podría ser que Holm te tuviera también a ti en el punto de mira.

—¿Y eso por qué?

—Me ha hecho una insinuación —responde Aaron con una evasiva.

—¿De qué tipo?

—Vaga. Es más bien una sensación. —A Pavlik le vibra el móvil—. ¿Sí? —Solo escucha. No hace preguntas.

Miles de carámbanos se estrellan en las profundidades.

La voz de Pavlik se precipita.

—Tenemos que bajar.

En la central de operaciones se apaga el rumor de voces.

—La llamada ha entrado hace seis minutos en la centralita. Señor Krampe, por favor.

Ponen la grabación.

—«Tenemos a treinta rehenes».

—«¿Quién llama?».

—«Le paso a alguien».

—«Es verdad. Treinta» —dice un hombre.

Otra vez la centralita:

—«¿Quién es usted?».

Un fuerte llanto infantil en el teléfono.

—«A la niña le da miedo que todos puedan morir. Y tiene toda la razón. Mi próxima llamada pásela directamente al Departamento».

Se corta la conversación.

La sala empieza a girar, la fuerza centrífuga lanza las voces de los demás muy lejos de Aaron.

Lleva los pies descalzos.

Y gafas de ciega.

El rostro de su padre está tiznado de negro.

«Un sueño».

El giro se detiene de forma abrupta. Los hombres y las mujeres vuelven a rodearla, hablan todos a la vez. Aaron identifica el primer pensamiento que regresa a ella a toda velocidad.

—¿Eso ha sido todo? ¿Holm no ha manifestado ninguna exigencia? —pregunta.

—No —responde Demirci.

—No es él —opina Niko—. Conozco su voz.

—Sí —replica Aaron—. Sí era él.

«Palabras como ceniza».

—¿Podría ser un farol? —pregunta Demirci.

—No. El hombre y la niña estaban muertos de miedo.

—Holm habla en plural. De manera que tiene por lo menos un cómplice.

—O es una maniobra de distracción —sugiere Niko.

—Mal enfoque —dice Aaron—. Si le creemos y contamos con treinta rehenes, necesita la ayuda de uno o más colaboradores, de otro modo no podría controlar a tantas personas. Si no le creemos, contamos con una mentira, y con eso no podemos trabajar.

—Treinta —afirma Demirci—. Nos atendremos a eso.

—Claus, ponlo otra vez —le pide Aaron a Krampe, y escucha concentrada—. Se oye un motor… Lento… Podría ser un camión… No, un autobús.

—Holm exigirá la liberación de su hermano —dice Pavlik—. Quiere impedir que descubramos demasiado pronto el lugar para así evitar un ataque. Un autobús en marcha es perfecto.

—¿Puede distinguir si se trata de un autobús de línea urbana o de un autocar de viaje? —le pregunta Demirci a Aaron.

—No.

—No es un autobús de línea. —Otra vez Pavlik—. Si no se detuviese en las paradas, la gente que está esperando llamaría a la Autoridad de Transporte de Berlín para quejarse. Enseguida identificaríamos el autobús.

—Sí, en un día normal hay unos mil autocares por la ciudad —señala Peschel—. ¿Quién iba a comprobarlos?

—Señora Aaron, ¿qué me dice del hombre que ha corroborado la afirmación de Holm? ¿Algún rastro de acento?

—Claus —pide ella.

«Es verdad. Treinta».

—No es de Berlín —constata Aaron—. Tal vez de la cuenca del Ruhr, pero tampoco estoy segura.

—Traeremos a Sascha aquí enseguida —dice Demirci.

Cuando diez personas toman aire bruscamente a la vez, el sonido que generan puede ser muy fuerte. Aaron les lee el pensamiento: «Holm todavía no ha hecho ninguna petición y Demirci ya está cediendo». Pero ella comprende enseguida que es una jugada muy inteligente. Holm llamará dentro de poco y exigirá la liberación de su hermano. Sabe que tiene que darle a Demirci por lo menos una hora; ella se está adelantando para aprovechar hasta el último segundo antes de esa llamada y, así, ganar tiempo.

—Señor Majowski, señor Büker, ustedes se encargan de ello. Escojan a otros cuatro compañeros. Esposas y grilletes, transporte blindado, dos vehículos de escolta. —Unos pasos rápidos se alejan. Demirci llama a Helmchen—. Conciérteme una cita telefónica con el fiscal general federal. Para dentro de un cuarto de hora.

—Claus, otra vez —dice Aaron.

—«Le paso a alguien».

Percibe un ruido de fondo.

—Para. Cinco segundos atrás.

«¡Ahí!».

Es muy leve, pero Aaron puede identificarlo.

—El autocar se encontraba cerca de una estación de tranvía o metro no subterránea. A doscientos o trescientos metros. Justamente pasaba un tren.

—Señora Grauder, llame a la Autoridad de Transporte de Berlín y a los ferrocarriles: ¿en qué estaciones se han detenido trenes a las nueve y diez?

—Eso podemos ahorrárnoslo —dice Aaron.

—¿Por qué?

—Porque sé dónde se encontraba el autocar.

Aaron está esperando a Bukowski frente al taller de la cárcel. Una soldadora hace chas-chas-chas. «¡Atención, cierre de puertas!», se oye por encima del muro.

—Estaba en la estación de metro de Holzhauser Strasse, pasaba justo por delante de la cárcel. Dos minutos después habrán llegado a la circunvalación de la ciudad y ya hace rato que estarán en el centro.

«Donde un autocar llama la atención tanto como una gota de agua en el océano».

—Aun así, señora Grauder. —Demirci se controla.

Vuelve a oírse un rumor de voces.

Una maleta se abre.

Una bola de nieve rueda por un avión.

A Aaron le arde la mano.

«No es eso».

«¿Quién más iba en el avión de mi sueño?».

—Señor Pavlik —dice Demirci—, prepare dos equipos especiales de operaciones para un ataque. Informe a los de Táctica y a Logística. Quiero diferentes escenarios para el asalto del autocar y la liberación de los rehenes. Señor Mertsch, que la policía haga despegar dos helicópteros y todos los drones disponibles, y que estén alerta por si algún autocar realiza una maniobra fuera de lo común.

—Se alegrarán de recibir órdenes nuestras.

—Eso no me interesa. Tenemos derecho a intervenir. ¿Es pedirle demasiado?

—También habría sido mi propuesta.

16

El autocar recorre la orilla del río Spree. Holm va delante, junto al conductor. Los niños no se mueven de sus asientos. Algunos se han dado la mano. Un chaval llora en silencio, una niña tiembla, otra reza, otro niño se muerde las uñas hasta hacerse sangre. Holm ve con desprecio cómo Bosch cuenta por segunda vez los móviles que ha reunido y los mete en una bolsa de plástico. ¿Qué puede pensar de un hombre que tiene que contar dos veces? Pero Bosch cumple su cometido.

—Pare —le ordena al conductor.

A Bosch le indica en pocas palabras que haga su trabajo. Este se baja con la pesada maleta de explosivos y la bolsa de plástico. Holm comprueba la hora.

Faltan veinte minutos para la siguiente llamada.

Su mirada recae en el profesor, cuyos ojos se deslizan deprisa por la calle aunque él les ha ordenado a todos que no miren al exterior. El hombre busca una oportunidad para hacerle una señal a alguien. Junto a él está sentada la mujer, que se aferra a su brazo.

El hombre representa un riesgo. Holm decide destrozarlo.

Ya en el Monumento a los judíos de Europa asesinados se ha dado cuenta de que son amantes. Mientras buscaba el mejor autocar entre la docena que había allí aparcados, ha visto que la profesora aprovechaba un momento en que nadie la miraba entre ese laberinto de estelas de hormigón para arrimarse a su compañero. De haber estado su hermano en su lugar, Sascha habría escogido ese autobús porque le habría divertido.

Él no. Holm se ha decidido por el parabrisas con efecto espejo. Y por los niños, naturalmente. Ha sido un cálculo objetivo; ellos aumentan la presión.

—Intercambien sus asientos —le dice a la mujer.

Ella se levanta enseguida para ocupar el lugar del hombre, de manera que él queda junto al pasillo. Fuera, Bosch lanza la bolsa de plástico a un matorral.

—¿Lo sabe su mujer? —pregunta Holm dirigiéndose al profesor.

El hombre no contesta.

—Nunca repito una pregunta.

La mirada del profesor se escapa hacia la pistola que Holm lleva en la cinturilla del pantalón.

—No —susurra.

—¿Y su marido? —le dice a la profesora.

Ella sacude la cabeza sin mirarlo.

—¿Cuánto hace?

La voz de la mujer se doblega como una brizna de hierba en la tormenta.

—Ocho semanas.

—Más alto.

—Ocho semanas.

—¿Cómo se llama?

—Lena Gaarskjær.

—¿Y usted?

—Magnus Sørensen. —No puede evitar entrechocar las rodillas.

Holm acerca la boca a su oreja.

—Se siente culpable, pero yo puedo ayudarle a acabar con eso. Mato a la mujer y le hago quedar a usted como un héroe. Así se solucionarían todos sus problemas. Incluso lo aplaudirían.

Sørensen tiene que sujetarse las rodillas de lo mucho que le tiemblan.

—Levántese.

El pánico le demuda el rostro. Se pone de pie, se tambalea.

—Diga en voz alta: «Yo, Magnus Sørensen, me acuesto con vuestra profesora Lena Gaarskjær desde hace ocho semanas».

El hombre no consigue pronunciar palabra. Holm lo encañona con la Remington en la cabeza.

—Y tampoco repito una orden.

—Yo, Magnus Sørensen, me acuesto con vuestra profesora Lena Gaarskjær desde hace ocho semanas. —Se derrumba en el asiento y entierra la cara en las manos.

Otro niño se echa a llorar.

Dos, tres.

Lena quiere tocar a Sørensen, pero él se aparta de ella.

Holm guarda la Remington. Bosch vuelve a subir. Ha metido la bolsa con los explosivos en el maletero y ha preparado el detonador. Se ponen de nuevo en marcha, pasan por delante del palacio de Charlottenburg. Turistas, vendedores de souvenirs, dos guardias urbanas junto a una grúa, una anciana que riñe a un perro.

—Perdón —oye decir Holm al conductor—. Pronto nos quedaremos sin gasolina.

Holm se acerca a él, pero se asegura de que Bosch tenga el dedo en el gatillo de su subfusil Uzi.

—Miente.

—Mire el indicador.

La luz roja de la reserva parpadea.

—He venido a sustituir a un compañero y no me ha dado tiempo a repostar.

Bosch se adelanta y habla con Holm a media voz:

—No podemos parar a repostar. Es demasiado arriesgado.

Él contempla a Bosch con una mirada tan fría como todas las tumbas que ha dejado tras de sí. Al hombre le cae una gota de sudor desde la barbilla que desaparece en su jersey de cuello alto. Holm se dirige al conductor.

—¿Dónde queda la gasolinera más próxima?

—En la curva norte del autódromo AVUS.

—Vaya allí.

Tras él, Bosch se inclina hacia un niño con la cara cubierta de lágrimas.

—No os vamos a hacer nada —le dice en voz baja.

Holm mira al niño a los ojos.

—¿Te lo crees?

Mientras el chaval de once años se lo hace en los pantalones, Holm piensa en que su infancia terminó en un rincón sucio del sótano. Tenía nueve años y nunca volvió a llorar. Siente un hormigueo en la nuca, se vuelve y ve que el conductor busca el micrófono de la radio con la mano. El hombre aparta la mano al instante, pero Holm se inclina hacia él.

—Antes de empezar nuestro tour por la ciudad habíamos acordado varias cosas. ¿Lo recuerda?

El conductor asiente con la cabeza.

—Repita lo que le he dicho.

—Si intento hacerle una señal a alguien, aunque sea con luces, matará a uno —enumera el conductor con la camisa empapada—. Si me paso una señal de tráfico o un semáforo, si conduzco muy deprisa o provoco un accidente, matará a uno. Si cojo el micrófono, matará a uno.

—Correcto. Pensaré con detenimiento quién va a ser.

El conductor se aferra al volante, Holm ve cómo le sobresalen los nudillos blancos. Saca una novela policíaca de la guantera y lee el título. *La novia muda del escocés.*

—Debería leer algo mejor. ¿Le suena un tal Thomas Carlyle? No, seguro que no. «Lo que deseamos y elogiamos no es la valentía de morir con honor, sino la valentía de vivir con coraje». ¿Y usted? ¿Quiere vivir?

El hombre ni siquiera es capaz de asentir con la cabeza.

Los dos kilómetros hasta la curva norte del AVUS transcurren sin ningún incidente más. Cuando aparece la gasolinera, Holm se vuelve hacia los profesores y los niños.

—Voy a bajar con el conductor. —Señala a Bosch con la barbilla—. Al menor intento de llamar la atención, ese disparará. Lo haremos como en el colegio. El que me haya entendido que levante la mano.

Todos levantan la mano.

El autocar se detiene junto a un surtidor. No hay nadie más repostando. Se ven varios camiones en el gran aparcamiento; los camioneros están sentados en el área de descanso que hay a cincuenta metros de allí, o durmiendo en sus catres.

—¿Conoce al empleado de la gasolinera? —pregunta Holm mientras el conductor introduce la manguera en el depósito.

—Sí.

—¿Querrá charlar un rato con usted?

—Sí.

—Entonces seguro que todo el rato ha estado pensando cómo puede hacerle llegar una señal sin llamar la atención. Le dirá que tiene que llevar a su perro al veterinario, aunque usted no tiene perro. O él se interesa por su mujer, y usted le da un nombre equivocado. Él le pregunta si ha pasado unas buenas vacaciones, y usted le habla de lo bonita que es Italia, pero él sabe que ha estado en Turquía. Hay muchas posibilidades. Todas ellas significan su muerte y la de ese hombre. Con un parpadeo de confirmación me basta.

Por el parabrisas del autocar, Bosch ve cómo Holm entra en la gasolinera con el conductor para pagar. La primera vez que se encontró frente a él, hace un mes, enseguida supo que Holm no habría dejado jamás indiferente a nadie que lo hubiera conocido. Holm lo había buscado, estaba al tanto de sus pensamientos más íntimos, y Bosch se quedó helado. Holm no se acobarda, no vacila, no duda. Le prometió ayudarle a conseguir lo que era suyo por derecho. Bosch supo que decía la verdad, pero no volverá a respirar tranquilo hasta que Holm haya desaparecido para siempre.

—Qué hay, Heinz —saluda el empleado de la gasolinera.

—Hola, Lutz. El tres.

El conductor le entrega la tarjeta de crédito de la empresa.

Tras él, Holm hojea una revista de coches y mira al conductor y al de la gasolinera por el espejo de vigilancia que cuelga en el rincón.

—¿Qué? ¿Un tour por la ciudad?

—Una clase.

—Vas todo sudado.

—Me he resfriado. Hace una semana que lo arrastro. Es un incordio.

—Si quieres un consejo, píllate una baja.

—Hmmm.

—Y tómate un aguardiente esta noche, que ayuda. —El de la gasolinera le devuelve la tarjeta de crédito y le guiña un ojo—. O que tu mujer te dé unas friegas.

—Prefiero la bañera. Gracias, que te vaya bien.

El otro lanza una mirada hacia fuera.

—Oye, tienes el parabrisas hecho un asco. —Sale de detrás del mostrador—. Te lo limpio. Ahora mismo no tengo nada que hacer.

Holm despliega los omóplatos.

—No, no… Deja, tenemos que irnos —contesta enseguida el conductor.

—Vale, pues que te mejores. —El hombre se dirige a Holm—: ¿Y usted desea algo?

—No, gracias. Solo he salido a estirar las piernas.

Cuando ya está con el conductor en la puerta, el de la gasolinera los sigue.

—Oye, ¿llevas todavía en el autobús la caja de herramientas que te presté? Mi jefe me ha preguntado por ella. Te acompaño un momento.

El conductor, horrorizado, quiere impedirlo, pero Holm ya le ha colocado al empleado el canto de la mano en el cuello, justo por debajo de la barbilla, y ha dado un golpe contra él con el puño contrario. Ha actuado tan deprisa que el conductor no comprende lo que ha sucedido y, desconcertado, ve que el hombre cae muerto.

Holm señala el cobertizo de herramientas.

—Ahí dentro.

El conductor no se mueve, solo se derrumba en el suelo. Holm arrastra el cadáver al cobertizo y cierra la puerta. Arranca del enchufe el cable de la minigrabadora donde se almacenan las imágenes de la videocámara que hay detrás del mostrador y se guarda el aparato bajo la cazadora. Levanta al conductor a la fuerza y lo arrastra de vuelta al autocar. Treinta segundos más tarde ya se han ido. Nadie se ha fijado en ellos.

El grifo gotea. Cinco o siete veces por minuto, pero nunca seis. De vez en cuando la lluvia tamborilea contra la ventana, pero hoy no. De vez en cuando un pájaro choca contra los barrotes, pero hoy no. De vez en cuando grazna una corneja, y entonces sabe que es invierno. Las estaciones del año han perdido su significado. Sabe que es invierno porque una corneja grazna y hay nieve en el patio.

En la celda de al lado tose el albanés flaco.

Arriba, el serbio camina de un lado a otro.

Abajo, el libanés llora.

Por su culpa.

En algún momento le dio una paliza y le informó de que a partir de entonces lo haría todos los días. Los que son como ese, un tipo al que enchironaron por un par de gramos de hierba, son como papeles en blanco. Uno los usa para limpiarse el culo.

Qué miserable debe de ser una existencia que solo consiste en tener miedo. Él ni siquiera se fija en esos lémures cuando les provoca dolor con un par de patadas y golpes para mitigar el suyo propio.

En Barcelona, los marroquíes fueron los primeros en creer que podían joderle, y él hizo que el cerebro de su cabecilla acabara desapareciendo por el desagüe de la ducha. Los siguientes fueron los vascos. Después de que les demostrara a los dos mejores para qué servían sus cuchillos, los demás vivieron como perros gracias a los negocios que él les dejaba. Más tarde llegaron los tunecinos, los argelinos, los franceses. Al final todos echaban a correr cuando él se limpiaba la cera de las orejas.

Sabía que solo su hermano decidiría qué día habría cumplido su castigo. Salvo su padre, él es la única persona de su mundo ante la que ha sentido y sentirá miedo.

Así fue cuando tenía ocho años y su hermano cavó la fosa en el bosque. Así fue cuando, poco después, su madre murió y su hermano se encargó de él.

Así fue en todas las palizas que recibió, en todas las miradas.

La palabra «amor» nunca se pronunció entre ellos, como tampoco el nombre de su padre ni una sola frase sobre lo que ocurrió ante esa fosa.

Aprendió a respetar a su hermano.

De su hermano aprendió a dominar a los demás.

Pero, en cuanto pudiera, lo mataría.

Solo su hermano decidiría el día.

Sabía que serían como mínimo cuatro años. Todo ese tiempo esperó hasta poner el anuncio en el periódico de la cárcel.

«Ahora entiendo cuál es mi lugar. Quiero encontrar a una persona que sepa verme como soy».

Pasaron semanas con la pregunta de si su hermano había comprendido que se arrodillaba ante él. Quizá todavía no había llegado el momento. Sin embargo, un mes después le escribió esa mujer.

«No existe el azar, solo el destino. Quiero saber más de usted».

Diez cartas tuvo que escribir, diez recibió de ella. Fue una tortura inventarse una vida que se asemejaba a la de esos lémures y que le asqueaba con cada línea que rezumaba autocompasión y lo embrutecía.

Sin embargo, eso formaba parte del castigo.

Después de medio año, la mujer fue a visitarlo a Barcelona. Se puso a temblar solo con tenerlo sentado a su lado. Era una belleza. Una de esas que normalmente van por ahí con la cabeza bien alta. Pero él tenía poder sobre ella… porque su hermano tenía poder sobre ella. Vio que la mujer sentía repugnancia cuando le puso la mano encima, y eso le excitó.

Le habría gustado demostrarle lo que se puede hacer con una nariz tan bonita.

Fue a visitarlo una segunda vez, y él disfrutó viendo cómo la torturaban las palabras que se exigían de ella y oyendo cómo se le quebraba la voz.

Fue ella quien le pasó el mensaje secreto que contenía lo necesario. Él solicitó su traslado a Berlín y tomó asiento ante la comisión con las piernas cruzadas. Se divirtió con la necedad de esos encorbatados y supo que a partir de entonces todos los pensamientos, todos los pasos, todos los días y todas las noches pasarían como un suspiro.

Fue un placer verse sentado frente al director de la prisión de Tegel y saber que ese hombre que había pensado que jamás obedecería, sino que siempre ordenaría, no era más que un dado que su hermano agitaba dentro de un bote.

Le encargó que le consiguiera la película.

Y él se la regaló a Boenisch.

Cuando vio a quién elegía, le costó dominar su impaciencia. Los días hasta que cerró la puerta de la celda y aquella mujer le perteneció fueron los mejores desde hacía muchos años. Sin embargo, si le preguntaran qué aspecto tiene Boenisch, de qué habla, cómo es su sombra, no podría decirlo. Ese tipo no es más que barro pegado a las suelas de sus zapatos.

Qué lástima, eso sí, no haber podido divertirse más con ella.

Se acaricia la cicatriz del cuello, tal como hace a menudo, y cierra los ojos, tal como hace a menudo, imaginando el mundo de Aaron. El goteo del grifo. La tos del albanés. El llanto del libanés. Eso tendría ella, y nada más. Aaron recibió el castigo que su hermano consideró justo, pero es solo el limbo que la prepara para los muchos infiernos. Él puede enumerarlos todos, y todos le gustan.

Arriba, el serbio camina de un lado a otro. Hoy le habría roto uno o dos dedos de los pies solo por pasar el rato, por oírle cojear, pero ya no habrá tiempo para eso.

La celda se abre.

Sascha sonríe.

17

A las 9.40 pasan la llamada a la central de operaciones. La voz de Holm llena toda la sala.

—¿Estamos todos?

—¿Siguen ilesos los rehenes? —pregunta Demirci.

—Solo hablaré con la señora Aaron.

Aaron espera diez segundos antes de decir nada. Tiene que alargar todo lo que pueda la conversación para que localicen el móvil.

—¿Los rehenes están vivos?

—Sí.

—Deme una prueba.

—Sabe que no voy a poner a treinta personas al teléfono. No perdamos el tiempo con tonterías. Meterán a mi hermano en un coche. Un BMW Serie 7 automático. En el maletero habrá una bolsa con cinco millones de euros en billetes usados de cincuenta y de cien. Si lo hacen todo bien, no mataré a ninguno de los rehenes.

—Para sacar a su hermano de la cárcel tendríamos que hablar con el Senado de Interior y el de Justicia. La decisión no está en nuestras manos, no puedo acceder a esa condición. Con el dinero del rescate sucede lo mismo. Necesitaríamos horas para reunir esa cantidad. Si es que lo conseguimos.

«¿Han localizado ya el móvil?». Aaron se vuelve hacia Pavlik con un interrogante en el gesto.

—Olvídalo —le susurra él.

—¿Cree que no sé que hace rato que mi hermano está de camino a Budapester Strasse?

Silencio sepulcral.

—De no ser así, habría subestimado a la señora Demirci. Señora Aaron, su táctica de negociación es un insulto. En el autocar llevamos veinticinco kilos de C4 justo al lado del depósito. Con eso bastaría para convertir por ejemplo Leipziger Platz en un cráter. ¿O qué tal Gendarmenmarkt? El detonador es muy sensible. Les doy dos horas para reunir el dinero.

Cuelga.

Aaron indica por señas que quiere unos auriculares. Vuelven a ponerle la grabación.

Un llanto muy leve. Ruido de tráfico. Los intermitentes. El autocar se detiene. Otro llanto. Susurros. El autocar sigue camino. Los susurros se interrumpen. Aaron se quita los auriculares.

—En el autocar hay por lo menos tres niños. Eso no quiere decir nada, pero es posible que se trate de una excursión escolar.

—Que toda la policía de Berlín se ponga a buscar autocares con niños —dice Demirci—. En caso de sospecha, que los sigan con un vehículo civil sin llamar la atención. También hay que ponerse en contacto con todas las empresas de autocares de Berlín y Brandeburgo. Averigüen quiénes tenían reservados vehículos para una clase hoy.

—Estamos hablando de más de doscientas empresas. Tardaremos —reflexiona Pavlik—. Tal vez sea mejor que de eso se encargue la policía, que tiene a más gente.

—Señor Pavlik, no pienso discutir ahora. Señora Aaron, por favor, acompáñeme. —Demirci toma la mano de Aaron y la posa en la curva de su codo mientras se apresura con ella al ascensor—. Normalmente le solicitaría un analista de casos a la LKA, pero usted conoce a Holm mejor que nadie. Me gustaría ser más considerada con usted, en su estado, pero no puedo permitírmelo. Lo siento.

—No es necesario.

—Señora Helm, tengo que hablar con el senador de Interior.

—Enseguida. El director de la LKA, Enderlin, ya ha llamado dos veces. Considera que los responsables son ellos, la Oficina Regional de Investigación Criminal.

—De eso me encargo yo. —Demirci entra con Aaron en su despacho y cierra la puerta—. Solo un momento. —Hace una llamada telefónica—. Señor Enderlin, debo expresarme con concisión: la Fiscalía General Federal le asigna la toma de rehenes al Departamento; lo haremos solos. Sin embargo, solicitamos de ustedes a la gente de Técnica Criminalística 6. —La brigada de explosivos—. Su equipo debe estar listo para una intervención dentro de treinta minutos, desde Logística se pondrán en contacto con ustedes. En caso de que requiriésemos más refuerzos, se lo haré saber. —Escucha y a continuación su voz adquiere un matiz crispado—. Eso lo entiendo, pero el Consejo de Ministros del Interior ya está informado. Hasta luego.

«No, todavía no lo está. Pero le da igual. ¡Vaya!».

Aaron busca a tientas el sillón que hay frente al escritorio.

—Medio metro más a la derecha —dice Demirci.

Se sienta.

—¿Hay alguna alternativa a la liberación de Sascha?

—No.

—Él podría negarse al intercambio.

—¿Por qué iba a hacer eso?

—En España lo condenaron a cuarenta y ocho años de prisión. Con su traslado a Berlín, la ejecución de la pena pasó a regirse por el derecho alemán. Eso, teniendo en cuenta la especial gravedad de su condena, significa que su liberación sería posible dentro de doce años.

—¿Esa es su oferta? ¿Por lo menos doce años más de cárcel y la vaga esperanza de recibir un indulto?

—Es un punto de partida para la negociación.

—No estamos facultados para prometer nada semejante. Algo así solo podría dictaminarlo un juez. Asesinó por lo menos a ocho personas, entre ellas a cinco policías en Francia y España. ¿Qué juez se dejaría convencer?

—Sascha no es jurista —aduce Demirci—. Mi objetivo prioritario es la liberación de los rehenes. Para mí, se trata de ganar tiempo hasta que localicemos ese autocar. Después estaremos en una situación diferente. Holm no matará a treinta personas además de a sí mismo.

—No lo haga.

—¿El qué?

—Subestimarlo.

Se oye crujir un paquete de tabaco. Aaron imagina los círculos silenciosos de los drones, aves de rapiña sin presa.

—La armadura de ahí, por la que me preguntó, era de un jenízaro —dice Demirci—. ¿Sabe quiénes eran los jenízaros?

—No.

—La guardia de corps del sultán. Los entrenaban para matar ya desde niños.

—¿Lo dice en alusión a cómo educó su hermano a Sascha?

—Aunque habían jurado lealtad al sultán, los jenízaros se levantaron contra él. Holm está llevando a Sascha a un callejón sin salida, y eso hay que dejárselo claro.

Señora Demirci, hace tres horas que está demostrando usted por qué está al frente del Departamento. Hasta ahora no ha perdido la calma ni una sola vez, pero hay un problema mayor que Sascha que le preocupa. ¿De qué se trata?

Demirci vuelve a guardar el cigarrillo en el paquete de tabaco.

—Aunque le entregáramos a su hermano a Holm, quedan los cinco millones. Dudo que me autoricen a reunir esa cantidad. ¿Piensa que eso es negociable?

—No.

—Antes ha dicho que el dinero no significa nada para él.

—Para Holm no se trata de dinero, sino de poder. También podría argumentárselo de forma práctica: él sabe que los billetes están registrados, que tiene que lavarlos y que al final le quedará como mucho la mitad. Pero eso solo son minucias. Créame, si no lo cumplimos todo, hará realidad su amenaza.

—¿Aunque muera él también?

—Eso no le asusta.

Helmchen anuncia por el intercomunicador:

—El senador de Interior para usted.

—Gracias, señora Helm. —Demirci se vuelve hacia Aaron—. ¿Me disculpa un momento, por favor?

—Si no le importa, querría oír la conversación.

—De acuerdo. —Conecta el altavoz—. Aquí Demirci.

—Svoboda.

—Señor senador, hace una hora hemos hablado acerca de Holm y de la muerte de tres de mis hombres. La situación se ha agravado. Holm tiene en su poder un autocar turístico. Amenaza con asesinar a treinta rehenes. Es probable que niños.

Svoboda tarda sorprendentemente poco en procesar esa información.

—¿Dónde se encuentra el autocar?

—Eso no lo sabemos. En algún lugar de Berlín. Lo estamos buscando con todos los medios que tenemos a nuestra disposición.

—¿Cuáles son las exigencias de Holm?

—Quiere la liberación de su hermano. —En la pausa que efectúa Demirci cabe un mundo entero—. Y cinco millones.

Svoboda resopla con fuerza por la nariz.

—Quiero que nos asigne la operación.

—Ya la tiene. El director de la LKA, Enderlin, se ha quejado de su tono. En fin, ¿no le parece que habría tenido que consultarlo antes conmigo? ¿O es que ha cambiado el funcionamiento oficial de la noche a la mañana?

«Sabe lo del secuestro desde hace rato y ha dejado sola a Demirci en esto. Menudo capullo. Justo así es como lo recuerdo».

Diez cosas que Aaron no añora:
las postales
su rostro a las siete de la mañana
las películas de Almodóvar
las petardas que se maquillan en los lavabos de los bares
pasarse la noche mirando el despertador
tener que comprobar el espejo retrovisor constantemente
que los hombres se la coman con la mirada
que unos ojos digan algo diferente a lo que dice la boca
las cartas de restaurante con fotografías
contemplar el interior de una lata de raviolis fríos

—Somos los más aptos para una liberación de rehenes —insiste Demirci—. Holm nos ha dado un plazo de dos horas. Solo pretendía impedir que la LKA nos pisara el terreno.

Él guarda cada una de esas palabras en su dosier.

—Han muerto tres de sus hombres. Dudo que el Departamento posea hoy la energía necesaria. Al margen de eso, debo apartarla de los duros ataques que son de esperar por parte de los medios, aunque solo sea por mi deber de protegerla. También ha de saber que he ordenado una investigación. El comunicado de prensa saldrá mañana a primera hora. Tendrá usted posibilidad de dar su opinión.

«Por supuesto. La protección es tu gran especialidad».

Demirci sigue tranquila.

—Holm insiste en negociar exclusivamente con nosotros. En concreto con Jenny Aaron. Eso es una ventaja. Ella conoce bien a Holm.

—Y yo conozco bien a la señora Aaron —dice Svoboda—. Cuando todavía estaba en el Departamento tuvo la suerte de que su predecesor le cubriera las espaldas; si no, el primer año habría tenido que dejar el servicio. Poseía ciertos dones, pero la paciencia y la habilidad no se contaban entre ellos. Le faltan todos los rasgos de carácter necesarios para una negociación como esta. Y, en fin…, una ciega…

Aaron lo tiene de repente ante sí: su piel flácida y pegajosa, los mofletes colgantes, los dedos huesudos y con la manicura hecha. Svoboda pasaría de largo junto a un mendigo que se estuviera muriendo sin mirarlo. En su recuerdo ese hombre ocupa la misma categoría que Boenisch y Runge.

El deseo de tomar la palabra le oprime el pecho, pero eso desenmascararía a Demirci. Un paquete de tabaco y un mechero llegan a sus manos. Aaron percibe el autocontrol de Demirci, domina su pulso, aspira la primera calada.

—La señora Aaron cuenta con mi plena confianza —replica la mujer—. Es mi asesora. Sus análisis son un gran activo. No soy capaz de imaginar a nadie mejor.

Svoboda despliega las palabras como un pavo real hace con su cola:

—A veces falta imaginación. Bueno, ¿cuál es su estrategia?

—He ordenado ir a buscar al hermano de Holm a la cárcel. Pronto lo tendremos aquí. Intentaremos convencerlo para que se rinda, aunque no tengo demasiadas esperanzas. Todo dependerá de que cumplamos las exigencias.

—Cinco millones de euros son del todo impensables.

—Señor senador, tengo que insistir: Holm está dispuesto a todo. Si nos andamos con tácticas, matará a esos rehenes.

—Medio millón es el límite.

Aaron desearía quitarle a Svoboda esa autocomplacencia suya de una paliza, el indiferente gesto de hombros con el que pone precio a la vida de un montón de personas. La puerta se abre sin hacer ruido. Helmchen le susurra algo a Demirci al oído. Aaron solo entiende: «Dos..., hace un momento». Helmchen las deja solas otra vez.

Demirci habla con voz estrangulada.

—Acabo de recibir la información de que en un apartamento de Leipziger Strasse se han encontrado los cadáveres de un matrimonio. A ambas víctimas les partieron la nuca. Justo enfrente del piso se encuentra la habitación de hotel donde se ha alojado Jenny Aaron. Debemos suponer que ha sido Holm quien ha matado a esa pareja. Anoche, con toda probabilidad.

El techo de la sala se desploma de pronto y cae sobre los hombros de Aaron. Demirci está de pie sobre los escombros, hablando por teléfono.

—Entre ayer y hoy ha asesinado a seis personas. Treinta más no significan nada para él. Necesitamos el dinero. Enseguida.

—He dicho que no —insiste Svoboda—. Se trata de una situación compleja y con una dinámica especial. ¿Se siente desbordada?

Aaron arremete contra ese peso de toneladas y le indica a Demirci por gestos que quiere hablar con Svoboda.

—Un momento —dice la mujer.

Va a abrir la puerta, espera un instante y la vuelve a cerrar.

—Señor senador, le he pedido a la señora Aaron que venga. —Una pausa artificial—. Señora Aaron, ¿ve usted viable que ajustemos las exigencias de Holm a nuestras posibilidades?

—Para Holm, la liberación de su hermano y los cinco millones de euros no son un punto de partida para la negociación —dice—. Ambas cosas son condición *sine qua non*.

—Desde luego es usted muy elocuente —opina Svoboda—. Sin embargo, tanta docilidad suscita la pregunta de por qué es precisamente usted quien debe negociar con él.

—Ha sido decisión suya.

—Tal vez porque sabe que se lo pondrá fácil.

Aaron duda solo un instante.

—Usted y yo nos conocemos. Seguro que recuerda nuestro último encuentro.

—¿Debería?

—Por supuesto. En aquel entonces era secretario del Interior. Un compañero y yo estábamos en una operación encubierta en Nápoles, y usted insistió en que pocas horas antes del encuentro decisivo con el jefe del clan Mazzarella fuésemos a Berlín en persona para presentarle un informe. Le dijimos que eso pondría en peligro la operación, pero a usted no le importó. A nuestro regreso a Nápoles intentaron matarme. Más adelante descubrimos que el clan nos había hecho seguir y que ese vuelo a Berlín nos había desenmascarado. El informe interno describió su participación en ello con todo detalle, pero fue archivado. Tal vez tuviera algo que ver que el ministro federal del Interior y usted eran amigos del partido.

—¿Cómo se atreve? Señora Demirci, quiero hablar a solas con usted.

—Igual que nunca se hizo público —añade Aaron, imperturbable— que la rama alemana del clan le había pinchado a usted el teléfono y gracias a ello habían estado excelentemente informados.

—Esta conversación ha terminado.

—No del todo. En aquel momento me tomé la libertad de copiar el informe. Usted decide si se lo paso a la prensa o si esos cinco millones de euros llegan al Departamento dentro de una hora como máximo. En billetes usados de cincuenta y de cien. Solo tiene que llamar al senador de Finanzas. Desde luego es usted muy elocuente.

Se oye un clic. Svoboda ha colgado.

Demirci le quita el paquete de tabaco de la mano y saca un cigarrillo. Aaron fuma con ella. Da un golpecito a su reloj y la voz robótica informa: «Siete de enero. Jueves. Diez horas, veinte minutos, tres segundos».

Ochenta minutos para el vencimiento del ultimátum de Holm.

—Ahora compartimos un enemigo —dice Demirci.

—¿Prefiere tener a ese capullo como amigo?

A Demirci se le pega la voz a las encías.

—¿De verdad tiene esa copia? Solo lo pregunto porque mi carrera depende de ello.

—Yo no, pero su predecesor sí. Seguro que se alegraría de enviarme un fax desde Suecia.

En ese mismo instante, Aaron se ve abandonando la terminal de Schönefeld. Unos niños arman jaleo delante de un autobús, un idioma escandinavo.

Una bola de nieve rueda dentro de un avión.

Aaron va hacia la salida con una bolsa de castañas asadas.

Los niños la siguen con miradas tristes.

—Hay que buscar un autocar con una clase de Escandinavia. No sé de qué país. El autocar debe de ser de Berlín.

—¿Cómo ha llegado a esa conclusión? —pregunta Demirci, sorprendida.

—Si se lo digo, no me tomará en serio. Dejémoslo ahí.

Demirci aprieta la tecla del intercomunicador e informa a Helmchen. De nuevo un helicóptero que sobrevuela el edificio.

—Todavía podemos concederle un minuto más a Svoboda. Si después sigue sin llamar, recogeré mi escritorio.

—Llamará. Sabe que no voy de farol.

—¿Qué le hace sentirse tan segura?

—Soy la hija de Jörg Aaron —dice por primera vez en su vida.

En el vestíbulo suena el teléfono.

—Mi predecesor, por cierto, me aconsejó lo mismo que usted.

—¿El qué?

—Que me dirigiera a los hombres solo por su apellido. Pero no puedo evitarlo.

—Eso fue ayer. Hoy me gusta su estilo.

—¿Todavía mantiene contacto con él? —pregunta Demirci.

—Hablamos por teléfono de vez en cuando.

—¿Qué tal le van las cosas por Suecia?

—Pesca peces gordos.

—Salúdelo de mi parte.

La puerta se abre. Es Helmchen.

—El dinero viene de camino.

Dos personas respiran tranquilas.

—Y Sascha ya está aquí.

18

Han entrado seis de ellos y no han dicho una palabra. Él ha visto su furia y se ha reído de sus pensamientos. Le han tapado los ojos, le han puesto esposas y grilletes, pero él ha disfrutado y no ha sentido las ataduras. Han conducido deprisa, y él sabe por qué. Lo han metido en un ascensor y lo han arrastrado por pasillos, encadenado, pero sus pasos nunca le habían parecido tan ligeros. Muchas puertas se han cerrado tras él estos cinco años. Las ha odiado todas, pero esta última ha merecido la pena.

Porque detrás está ella.

Lo sientan en una silla y le quitan la venda.

La frustración le sube como la bilis por la garganta. Quiere saltar por encima de la mesa y matar a Aaron.

Ella lo mira a los ojos.

Sascha ha imaginado mil veces cómo sería la escena, y en cada una ella siempre lo mira con ojos vacíos. El ansia de tocarse la cicatriz del cuello es tan poderosa como si llevara dos minutos bajo el agua y tuviera que respirar de una vez. Pero no quiere darles esa alegría ni al hombre que está apoyado en la pared ni a los demás, los que están tras el espejo. Se concentra en la hinchazón que ve en el pómulo de Aaron. Sascha no duda de que se lo ha hecho su hermano. Ha golpeado a Aaron, la ha humillado, y él querría haber estado presente.

Pero lo bueno, lo mejor de todo, es que ella cree que lo tiene en sus manos.

Cree que está segura.

Se reclina en el asiento, cruza los brazos con desenfado por detrás de la cabeza y dice:

—Veo algo que tú no ves.

Aaron ya estaba esperando a Ojos de Ficha en la sala de interrogatorios para que él no se excitara al ver cómo buscaba la silla a tientas. Sabe que Pavlik está con ella. En realidad dirigirá sola la conversación, lo han acordado así, pero saber que está presente la ayuda. La voz de Ojos de Ficha resuena en su interior. Es burlona, mordaz, malvada. Y aun así suena como la de un niño que se acuclilla junto al árbol de Navidad y se enfada porque no le han traído el regalo que más deseaba.

—Le he hecho venir aquí porque su hermano está en Berlín. ¿Sabe dónde se encuentra?

Él se echa a reír.

—Ciega y tonta.

—Si coopera, podríamos hablar de una reducción de condena.

—Nunca volveré a entrar en una cárcel.

—Señor Holm, parece creer usted que lo estamos liberando. Eso es ridículo.

—Ah, ¿es que solo me habéis sacado para dar un paseo?

—Ya le he dicho por qué está aquí.

—Estoy aquí porque mi hermano se te folla cuando y donde quiere. ¿Qué tienes debajo del ojo, guarra? ¿Te gustó?

—Se ha atrincherado con dos rehenes en un apartamento al lado del centro penitenciario, pero eso no representa un problema grave para nosotros.

—Guau —exclama Ojos de Ficha—. ¿Ya ha matado a todos los demás? ¿Y cómo ha metido el autobús en el apartamento?

«Mierda».

Aaron espera un momento para relajar los músculos del habla y no dejar que se le note la tensión.

—Damos por hecho que su hermano ha supervisado cómo lo trasladábamos. Queremos que se crea a salvo. Solo tenemos que ganar tiempo, y usted nos será de ayuda para lograrlo.

—Ciega, tonta y mentirosa. Dame un piti, zorra.

—Liberaremos a los rehenes y lo más probable es que matemos a su hermano. ¿Quiere morir usted también?

—¿Me amenazas con pegarme un tiro? Y en cuanto a mi hermano: se ha cargado a tres de los vuestros. Como el que se rasca los huevos.

Aaron se ve a sí misma disparándole a Ojos de Ficha al cuello. Eso la ayuda a tranquilizarse.

—Ya no está en esa cárcel española. En Alemania todavía le quedan doce años, pero después podrían liberarlo.

—Ciega, tonta, mentirosa y desesperada.

—Eso es mejor que de por vida, la verdad.

—De por vida pagarás tú, no yo. Por mí, ya puedes sumar también los quince años que me caerán por esa tía con la que me divertí. Oye, ¿puede alguien abrir la ventana? Apestas al sótano de Boenisch. Qué asco.

«Confiesa como si nada el asesinato de Melanie Breuer».

«Seguir intentándolo será perder el tiempo».

—Tengo que darte algo de parte de él. Tal vez ese poli que está ahí aburrido en la pared podría meter la mano en mi bolsillo derecho. Pero sin hurgar.

Aaron le hace una seña a Pavlik. Ojos de Ficha se pone de pie. Se oye el roce de la ropa. Vuelve a sentarse. Pavlik le deja algo en la mano y ella lo palpa sin dejar de mirar fijamente a Ojos de Ficha.

—Ah, casi se me olvida: le he prometido a ese pajillero enfermo que en algún momento le contaría cómo te he matado. Y yo siempre mantengo mis promesas.

Aaron reconoce lo que tiene en la mano.

Dieciséis años quedan pulverizados. Está haciendo las prácticas en la Cuarta de Homicidios y se encuentra en el despacho diminuto que le han asignado. Nadie sabe todavía lo del sótano de Spandau.

Aaron lee la declaración del marido de una de las abogadas desaparecidas. «Esa mañana me regaló una loción para después del afeitado. Era nuestro aniversario y a mí se me había olvidado por completo». Su mirada se dirige a Boenisch, que se ha encogido en la silla del rincón y espera para realizar su tercera declaración como testigo. Hace diez minutos que ya no mueve un solo dedo. De la punta de la nariz le cuelga una gota de sudor, como congelada. Aaron sigue leyendo. «Se fue triste a trabajar. Ahora a lo mejor no vuelvo a verla».

Se da cuenta de que Boenisch la está observando, alza la mirada.

—Disculpe, no pretendía quedarme mirándola, pero es que está muy guapa con ese vestido.

Lo dice con un tono tan amable que de repente ella siente mala conciencia por no haberle preguntado si quería beber algo.

—¿Tiene sed?

—Sí, gracias.

Aaron va al *office* y regresa con un vaso de agua. Boenisch lo vacía de un solo trago.

—Gracias.

Lo hacen pasar a la sala contigua. Ella lo sigue un momento con la mirada: un hombre gigantesco, con calcetines color carne y sandalias, que agacha la cabeza para pasar por el marco de la puerta, se vuelve hacia ella y le da las gracias por tercera vez.

Otro día, Aaron busca en el cajón de su escritorio el guardapelo que le regaló su madre. No está por ningún sitio. Se lo había quitado porque tenía el cierre roto. Ese guardapelo significa mucho para ella. Aunque su madre y ella muchas veces no saben qué decirse, es consciente de que se trata de un regalo especial, porque perteneció a su abuela.

Cuando se lo dio, el guardapelo estaba vacío. Tal vez su madre tenía la esperanza de que Aaron metiera en él una pequeña fotografía suya. Evidentemente podría habérselo regalado con una fotografía ya dentro, pero quizá le parecía más bonita la idea de que su hija lo hiciera por propia voluntad; así era ella.

Hacía poco que Aaron había empezado a interesarse por la filosofía oriental, de modo que para el guardapelo escogió los dos símbolos japoneses de la vida y la muerte.

Una tormenta oscurece la ventana, las primeras gotas gruesas golpean contra el cristal. De repente ya no está segura de haber metido el guardapelo en ese cajón. Se propone buscarlo en casa.

No llega a hacerlo. Entrada la tarde lee la tercera declaración de Boenisch, la compara con las dos anteriores y se presenta en su casa. A partir de entonces nada será como antes.

Aprieta el guardapelo en su puño. Ese recuerdo lo había perdido. Por tercera vez desde que ha regresado a Berlín, algo se salva del incendio. Aaron vuelve a saber qué aspecto tiene Pavlik. Sabe que disparó a Ojos de Ficha en el cuello. Sostiene en la mano el guardapelo que Boenisch le robó en su día, un fetiche que el hombre ha conservado con cuidado todos estos años.

De repente piensa que las llamas no han destruido ni mucho menos los recuerdos. Tal vez la biblioteca posee infinitas puertas, cada una de ellas ignífuga, y los recuerdos solo han quedado escondidos ahí detrás, esperando a que alguien las abra.

Sin embargo, esa idea queda sepultada enseguida por la certeza de que Boenisch está pensando en ella en ese instante.

Sabe lo que sostiene en la mano, y eso divierte a Ojos de Ficha. Quiere convertirla en una muñeca hinchable con la que Boenisch pueda masturbarse. Aaron hace desaparecer el guardapelo, se enciende un cigarrillo y le echa el humo a Ojos de Ficha a la cara.

Demirci y Niko están en la sala de al lado, siguiendo el interrogatorio tras el espejo de doble vista. Büker entra con Majowski. Ellos dos han sido los responsables del traslado de Sascha.

—Bueno, ¿qué pasa?

—¿Han hablado con el recluso? —pregunta Demirci.

—No. ¿Por?

—Sabe lo de los tres muertos —dice Niko—. ¿Os habéis ido de la lengua? ¿Ha escuchado mientras comentabais algo?

—¿Te crees que estamos tarados?

Demirci cruza una mirada con Niko.

—Quiero saber si alguien estuvo en su celda después de que lo aislaran.

Niko sale con Majowski y Büker.

El teléfono. Ella descuelga.

—¿Sí? … Páseme el vídeo de la sala de interrogatorios por *streaming* a mi tableta.

Demirci se lleva su iPad y se pone un auricular en el oído. Tres puertas más allá, cuando entra en la central de operaciones, ya ve a Aaron y a Sascha en la pantalla.

—Solo hay un autocar con niños escandinavos en la ciudad —informa Giulia Delmonte—. Una clase de sexto de Aarhus, Dinamarca. Veintisiete alumnos y dos profesores. Han llamado por radio al conductor, pero no ha contestado. El móvil lo tiene desconectado.

—¿Se lo han comunicado a la policía de Berlín?

—Hace un minuto. Haremos que localicen su móvil.

—Informe del tipo de vehículo, el color y la matrícula a todos los medios *online* y las radios de Berlín sin mencionar a los rehenes. Que buscamos ese autocar, con eso basta. ¿Sabemos dónde recogió a los niños?

—En el Monumento a los judíos de Europa asesinados. A las nueve menos cuarto.

—Por allí patrullan vigilantes. Que los interroguen. Y también al personal de los puestos de comida y las tiendas de souvenirs. ¿Ha habido algo que le llamara la atención a alguien entre las ocho y las nueve menos cuarto? La embajada estadounidense está enfrente y tendrá cámaras de seguridad. Póngase en contacto con ellos.

Demirci mira la tableta.

—Dudo mucho que su carrera carcelaria termine hoy. Lo había creído a usted más inteligente —dice Aaron.

Sascha se repantinga abriéndose de piernas y ríe con sarcasmo.

Demirci se vuelve hacia Majowski.

—Que los dos equipos especiales se preparen para un asalto.

—¿Significa eso que atacamos en cuanto localicen el autocar?

—No. Tendremos el vehículo de la fuga con el dinero a punto. Prepárenlo todo.

Demirci se apresura a regresar a la sala del espejo.

Pavlik deja un platito delante de Aaron. Ella apaga allí el cigarrillo. Ojos de Ficha se arranca las palabras como si fueran una flema:

—¿Cómo puede ser tan arrogante alguien tan cobarde como tú?

—¿Usted me llama cobarde? ¿Un hombre que asfixia a una mujer indefensa con una bolsa de plástico para que Boenisch se haga una paja?

—Sabes que no fue por eso. Tú estás aquí, y yo estoy aquí. Por eso lo hice, puta.

Aaron oye a Demirci por el auricular.

—Lo interrumpimos.

—Quiere volver a una celda —le dice Aaron a Pavlik.

—La cobardía puede destrozarte o puede hacerte crecer. A veces eso se decide el primer día del árbol del mes del afecto —recita entonces Ojos de Ficha.

Pavlik lo levanta de la silla.

—Se acabó —dice.

—No, espera —pide Aaron.

«El mes del afecto».

«Así llamaban a enero en la época de los samuráis».

«Hoy es jueves. El día del árbol».

«No es Ojos de Ficha quien habla conmigo».

«Es su hermano».

—Hoy hace seis años justos.

—¿De qué está hablando? —pregunta Demirci.

«Seis años. El primer jueves de enero. ¿Qué ocurrió?».

—Existe otro nombre más para el día del árbol —dice Ojos de Ficha con las palabras de su hermano.

«El día de Júpiter».

Entonces Aaron lo sabe. «La ucraniana. Pi».

Habían estado semanas alojando a dos ucranianas en una casa supuestamente segura de Fráncfort del Óder. Eran las testigos principales contra el jefe de una red de prostitución forzada. Las mujeres recibieron la protección de un equipo especial de operaciones al completo: cinco hombres. Aunque las cortinas estaban corridas, el francotirador que se encontraba apostado a cuatrocientos metros de la casa consiguió localizar a una de ellas mediante una sonda térmica. Utilizó munición para cristales blindados y la mató de un tiro en la cabeza. La testigo superviviente fue trasladada a un lugar seguro. Solo había que aguantar una noche más; al día siguiente empezaría el juicio. Los compañeros de Aaron escogieron el hotel Jupiter. Entraron ya de noche. Cinco hombres rodeaban a la ucraniana al salir de la limusina. Desde la azotea de un edificio del otro lado de la calle se perpetró un nuevo ataque.

Ralf Paretzki, al que todos llamaban «Pi», se lanzó ante la testigo. Dos balas le alcanzaron en el torso y el chaleco las frenó. La tercera le acertó en la sien. Pi perdió mucha sangre, pero sobrevivió. En la azotea encontraron tres cartuchos de bala. No pillaron al francotirador.

—Veo que te acuerdas —dice Ojos de Ficha.

«¿Fue él quien disparó? No, Holm».

—Le salvó la vida a la mujer y pagó su deuda.

El crepitar del fluorescente es el único sonido.

En la sala contigua, Demirci contiene el aliento.

—No tengo ni idea de qué me está diciendo —replica Aaron.

Pero sí lo sabe. En Fráncfort del Óder, Pi falló. Estaba a solas en la habitación con la ucraniana y al ver el punto rojo del sensor de infrarrojos en la cortina se puso a cubierto y no arrastró a la mujer al suelo como habría sido su deber. Fue un acto reflejo, ningún compañero le había reprochado nada. Solo él mismo. Todos esperaban que retiraran a Pi del equipo, pero su jefe, tras una larga conversación con él, decidió no hacerlo. Lo acertado de esa decisión lo demostró Pi delante del hotel Jupiter.

«¿Cómo sabía Holm que era el mismo hombre? No, eso es fácil. Pi solo mide un metro setenta y cinco. No había otro con su estatura».

—Fue un cobarde el día de Mercurio, pero un valiente el día de Júpiter. Su sacrificio no fue en vano.

«El día de Mercurio. El miércoles».

—¿Te suena ya la película? —pregunta Ojos de Ficha.

Aparece una imagen temblorosa: Aaron espera a Niko delante de un cine, no sabe de cuál. Él le da un beso en la mejilla, así que todavía no están juntos. Niko compra dos entradas para una película, pero ella no sabe para cuál. Busca y busca.

De repente tropieza con el recuerdo.

Sale con Niko del cine. Acaban de ver *Avatar,* se han dejado puestas las gafas 3-D y están haciendo el tonto por Alexanderplatz. Niko le compra una bolsa de castañas asadas. En sus iris relucen estrellas, ella lo besa por primera vez. Se lo lleva a casa y dejan las ventanas empañadas. Durante las tres horas en que Niko duerme, ella lo contempla como si fuera el regalo de Navidad más maravilloso de su vida. ¿Cómo ha podido desperdiciar tantos años? En realidad Niko le ha gustado desde el principio, pero una especie de orgullo estúpido ha sido el culpable de que lo haya tenido en vilo tanto tiempo.

Ella no pega ojo, a las siete prepara el desayuno. Le da un poco de miedo despertarlo, pero él la arrastra consigo de vuelta a la cama y disfrutan el uno del otro como dos personas que lo han hecho todo bien.

Llegan al Departamento por separado. Caras serias. Allí se enteran de lo que ha ocurrido esa noche en Fráncfort del Óder. Hacen entrar a la ucraniana por el pasillo. Aaron percibe el miedo de la mujer, pero el caso no es suyo, y se pasa toda la mañana sintiendo en la barriga pequeños Nikos en forma de canicas que ruedan y le hacen cosquillas.

En el *office* se encuentra con Pi, que le rehúye la mirada.

—Ya sé lo que pensáis todos, y es verdad.

Pi tiene que ir al despacho del jefe. Niko ha reservado una mesa para esa noche en un restaurante caro de Kollwitzplatz. Ella escoge el vestido negro de cachemir que tanto le gustó a él en la fiesta de cumpleaños del jefe. Está impaciente por que la desvista.

Una lluvia helada lija el parabrisas, en la radio del coche suena Peter Gabriel. Aaron pone la música bien alta y tamborilea en el volante al ritmo contundente de «Solsbury Hill». Nadie se atreve a ir a más de veinte por hora. Le vibra el móvil. Pavlik. Solo una frase. Las canicas de Niko en su barriga paran de forma fulminante. Aaron planta la luz azul en el techo y aparta a los demás coches a un lado. Su vehículo da bandazos por la calzada resbaladiza y ella lo equilibra con su cuerpo. A Aaron le gusta todo lo que se puede equilibrar, pero esta vez no, no durante esos tres kilómetros en los que se abre camino por un atasco hasta el Jupiter.

Al llegar están metiendo a Pi en una ambulancia. Él le da la mano y susurra:

—Ahora ya no tengo de qué avergonzarme.

Lo recuerda todo en cuestión de segundos. En medio de ese dolor busca el número que representa lo que ha perdido y siente miedo de ese otro que nunca ha dejado que se le acerque.

El tres.

Saber que algo es inútil y, aun así, hacerlo.

El guardapelo.

El zen dice que uno siempre debe tener a la vista los símbolos de la vida y la muerte, y que este último incluso debería pintárselo en la frente. Solo así se posee la energía necesaria para luchar hasta el final.

«Holm conoce su significado. El guardapelo no ha sido un regalo de Boenisch, sino de él».

Hasta ahora Pavlik no ha dicho una sola palabra, pero Aaron siente que no le quita los ojos de encima. Es demasiado inteligente para no darse cuenta de lo que le está ocurriendo por dentro.

—La ucraniana guardó silencio en el tribunal, y ella sabía bien por qué. Mi cliente quedó en libertad, no era más que matemática pura —le dice Holm a Aaron con la voz de Ojos de Ficha—. Sin embargo, no me gusta dejar nada a medias. Durante una temporada jugué con la idea de castigar a ese agente. Cuando salió del hospital, lo seguí. Tenía una pequeña vida con su mujer y su bebé; yo le regalé esa vida pequeña, pero solo por su coraje. De haber sido cobarde una segunda vez, lo habría matado. Tan seguro como que conoces la cantidad de pasos que hay hasta las tumbas de tu padre y tu madre.

Palabras como ceniza. Cuando Holm la dejó sola con el cadáver de Eva Askamp, en realidad le estaba diciendo: «Todavía no». Ella sabe lo que tiene que hacer. En el fondo lo sabe desde hace cinco años, y todo lo que ha esperado, sufrido y temido desde Barcelona cobra sentido en este momento.

—Ya hemos terminado.

—Nos veremos —dice Ojos de Ficha.

Pavlik se lo lleva.

Aaron da un golpecito en su reloj de pulsera: «Once horas, quince minutos, ocho segundos». Demirci entra y cierra la puerta.

—¿Tenemos el autocar? —pregunta Aaron.

—No, pero usted tenía razón. Es una clase danesa.

Aaron se levanta.

—Meta a Sascha en el coche con el dinero. Su hermano llamará dentro de veinticinco minutos y nos comunicará dónde se encuentra. Holm calculará el tiempo justo para que no tengamos ocasión de hacer preparativos. Si Sascha llega un segundo tarde, Holm matará al primer rehén.

—¿De qué estaba hablando con usted ahora mismo?

—Solo eran jueguecitos.

—Señora Aaron, cuando antes dije en mi despacho: «Ahora compartimos un enemigo», las dos pensamos lo mismo.

—Sí.

—Pensamos: «… y hemos ganado una amiga».

—Sí.

—¿Lo sigue pensando?

—Sí.

—Yo también. Hace dos horas le pregunté por qué Holm la dejó salir viva del piso de Eva Askamp. Usted me contestó: «No han sido más que los preliminares».

—Me equivocaba.

—¿Interpretamos la amistad de manera diferente?

La puerta se abre. Es Pavlik.

—Déjeme a solas con Aaron.

—Denegado —replica Demirci.

—Tengo que insistir.

—No es necesario —dice Aaron—. Ella sabe lo que quiere Holm.

—¿Cuántos pasos hay hasta las tumbas de tus padres?

—No los he contado.

—Enséñame ese guardapelo.

—¿Por qué?

—Porque te lo pido yo.

Le da el guardapelo a Pavlik y él lo abre.

—¿Qué significan estos signos?

—Verdad y sinceridad —miente ella.

—Usted sabe dónde está el autocar —dice Demirci.

—Se equivoca.

Pavlik le devuelve el guardapelo.

—Sí, lo sabes.

—Ojalá lo supiera.

—No permitiré bajo ningún concepto que se intercambie por los rehenes. —A Demirci le tiembla la voz—. Aunque Holm pretenda matar a esos niños. Usted. No. Va. ¿Nos hemos entendido?

Desde luego. Aaron recoge su abrigo del respaldo de la silla y busca la puerta a tientas. Sale junto a Pavlik y Demirci y tuerce hacia el ascensor.

—¿Adónde va?

—A la azotea. Necesito aire fresco.

—Te acompaño —salta Pavlik enseguida.

—No. Los dos equipos especiales están ya en el aparcamiento subterráneo. Usted dirige la operación —le recuerda Demirci.

—No pienso dejar sola a Aaron ni un segundo.

—No estará sola. Señor Kvist —llama Demirci—, acompañe a la señora Aaron a la azotea. Responde ante mí personalmente de su seguridad. Los espero a ambos en la central de operaciones dentro de veinte minutos como máximo.

Los minutos pasan volando. Han localizado el móvil del conductor del autocar. Lo han encontrado en la orilla del Spree, en una bolsa de plástico junto con los demás. Nowak llega con una información nueva.

—En la curva norte del AVUS han descubierto el cadáver de un empleado de gasolinera. La cinta con las grabaciones de vídeo ha desaparecido.

—¿Causa de la muerte? —pregunta Demirci.

—Todavía no está claro. Un hematoma en el cuello.

«Siete».

—¿Cuándo lo han encontrado?

—A las 9.39. El cadáver aún estaba caliente.

Un minuto antes de la segunda llamada de Holm.

—¿Alguien se ha fijado en algún autocar que parara en esa gasolinera?

—La policía está en ello.

Demirci baja al aparcamiento subterráneo. Trece hombres han formado frente a dos furgonetas Ford Transit negras. Las dos órdenes más importantes ya se las ha transmitido Pavlik: la vida de los rehenes tiene prioridad; solo él puede dar permiso para abrir fuego.

—El hombre que nos desafía —les dice Demirci— ha matado a tres de sus compañeros. Los lloraremos como merecen, pero todavía no. El que tenga un problema con ello será reemplazado. —Su mirada recorre los rostros cubiertos por pasamontañas. Trece pares de ojos que le sostienen la mirada—. Algunos de ustedes ya estaban aquí cuando Jenny Aaron pertenecía al Departamento. Puede que tengan amistad con ella o que, como mínimo, les caiga bien. Saben que Holm fue el responsable de que se quedara ciega. También eso les exijo que lo dejen a un lado. Un solo error podría desatar una catástrofe, y quien lo cometa deseará no haberme conocido jamás. Todos los demás me tendrán tras ellos, apoyándolos firme como un muro pase lo que pase. Tienen el OK.

Sascha aguarda esposado en el vehículo de la fuga; se divierte. Demirci abre la puerta del coche y habla en voz alta para que todos los hombres la oigan.

—A usted también quiero comunicarle algo. Ahora son las 11.37. Como mucho dentro de veinticuatro horas volverá a estar en la cárcel, o muerto.

Es consciente de la mirada que le dirige.

La sonrisa de Sascha se convierte en una máscara.

Arriba, cuando Demirci sale del ascensor todavía queda un minuto. Helmchen corre hacia ella.

—Los secretarios del Interior de los *länder*, el director de la BKA y el director de la policía federal han convocado una videoconferencia y le ruegan que comparezca para presentarles su postura.

—¿Desde cuándo ruegan nada? —pregunta ella mientras corre por el pasillo.

A Helmchen le cuesta seguirle el ritmo.

—¿Qué les digo?

—Que tendrán que esperar. —Demirci abre de golpe la puerta de la central de operaciones. De un solo vistazo ve que falta la persona más importante—. ¿Dónde está la señora Aaron?

Rostros desconcertados.

—Llámenla enseguida. Y al señor Kvist.

Demirci tiembla un momento por el esfuerzo que le supone no ponerse a gritar. La puerta se abre de repente. Por un instante tiene la esperanza de que sea Aaron, pero se trata de Peschel.

—Esto…, tenemos el autocar. Calle Diecisiete de Junio, delante del Instituto de Matemáticas de la Universidad Técnica. Lo ha localizado un dron.

—¿Ya está la policía *in situ*?

—No, pero van de camino. Dentro de dos minutos habrán llegado los coches patrulla. Pavlik ha salido ya. El dron debería enviarnos imágenes en cualquier momento.

Demirci mira el segundero del gran reloj de la pared.

Tres, dos, uno. Pasan la llamada de Holm.

—La escucho.

—Tenemos el dinero y a su hermano.

—¿No les he dicho que solo hablaré con la señora Aaron?

—Está al llegar.

—Tiene treinta segundos.

Delmonte le indica a Demirci que no ha logrado localizar ni a Aaron ni a Niko. En la pared de pantallas aparece la imagen vacilante que envía el dron. Está volando en círculos a unos cincuenta metros por encima del autocar. Un hombre baja de un salto. Mira hacia arriba, lleva la cara cubierta por un pasamontañas. Ven el destello de la boca del cañón cuando abre fuego con un subfusil. La imagen se corta.

—Los treinta segundos han terminado.

—La señora Aaron no está disponible.

—Voy a poner una exigencia más. —Las palabras de Holm martillean en el silencio—. Que la señora Aaron vaya con mi hermano en ese coche. Será otra rehén más para el intercambio.

Nadie respira. Todos miran a la jefa.

—De ninguna manera.

Los altavoces transmiten el rugido de un helicóptero.

—A estas alturas ya debería saber usted que en el autocar hay veintisiete alumnos y dos profesores. —Holm habla apartándose del micrófono—: Diga su nombre.

Un gemido.

—Magnus Sørensen.

—O bien me confirman ahora mismo que Jenny Aaron viene de camino aquí, o le pego un tiro a este hombre y dejo el cadáver en la calle. Después mataré a un rehén cada cinco minutos hasta que haya cambiado usted de opinión.

Demirci pronuncia la frase más difícil de su vida:

—Jamás le entregaré a la señora Aaron.

Sørensen está de rodillas ante Holm. Al volverse en el Monumento a los judíos de Europa asesinados y mirar a ese hombre a los ojos supo lo que sucedería, pero no quería morir sin haber sido valiente por lo menos una vez. Para nada. Desde que Holm le ha hecho decir delante de la clase que se acuesta con Lena, Sørensen ya se ha despedido. De su mujer. De su hija. De todos. Lamenta muchísimas cosas. Haberse casado tan joven. Que los años hayan pasado como un suspiro y que a él le faltaran fuerzas para impedirlo. No haber sido un buen padre. Pero, sobre todo, haber besado a Lena en la sala de profesores.

Cae el disparo. Su eco se estrella contra los rostros de Demirci y los demás.

—El siguiente será un niño.

—Tal vez hoy consiga salirse con la suya —dice Demirci, y en ese momento todos los de la sala le tienen miedo—, pero lo perseguiré. Y, tarde lo que tarde, lo encontraré.

—Disculpe un momento, tenemos visita.

Oyen cómo se abre la puerta del autocar. Sirenas de policía. El helicóptero. Otra vez el siseo de la puerta.

—Aquí hay alguien que quiere hablar con usted. —Holm le pasa el móvil a otra persona.

La voz de Aaron resuena por los altavoces:

—En la escala de Adén, el comandante Schumann pudo abandonar el *Landshut* para inspeccionar el tren de aterrizaje. Habría podido huir. En lugar de eso, regresó al avión. ¿Por qué cree usted que lo hizo?

Demirci cierra los ojos.

—Así se habla —dice Holm—. «El verdadero valor es vivir cuando es correcto vivir, y morir cuando es correcto morir». Para los samuráis, el valor y la clemencia eran una misma cosa; tal vez eso espera la señora Aaron. Pero yo no seré clemente con ella. Le doy diez minutos para que me entreguen a mi hermano y el dinero. —Cuelga.

Pasos. Demirci abre los ojos. Niko está ante ella. Tiene la mirada vacía y gris. Ella le quita el arma de la funda.

—Señor Kvist, queda detenido.

19

Usted. No. Va». Las palabras de Demirci se pierden en la infinidad de pasos que Aaron da hasta llegar con Niko al ascensor. Ambos se ocultan lo que piensan. La puerta se cierra y la cabina tiembla al empezar a ascender. La mano de Niko roza la suya. Aaron quiere aferrarla, pero él la aparta.

La azotea. La puerta se abre y ella se coloca en el umbral para bloquear el sensor.

—Tengo que ir.

—¿Adónde?

—Ya sabes dónde.

La nieve le cae en la cara y se derrite al instante.

Niko no dice nada y el tiempo apremia.

—Deja que me vaya.

—¿Cómo se te ocurre pensar que voy a hacer algo así?

—Si no, los matará a todos.

—Solo quiere a su hermano y el dinero. Lo tendrá.

—Me quiere a mí.

—Son imaginaciones tuyas.

—Holm le ha dictado a Sascha lo que tenía que decir. Sabe que Demirci se negará. Ha puesto la decisión sobre el destino de treinta personas en mis manos, y ahora también en las tuyas. Si no me dejas marchar, esta culpa nos destrozará a ambos.

—¿Me estás pidiendo que te ayude a sacrificarte?

—Te estoy pidiendo que salves a treinta personas.

—Lo quieres hacer por otro motivo.

—Dime que en Barcelona no fui una cobarde.

El viento responde por Niko.

—Durante mucho tiempo he intentado convencerme de que tal vez podría vivir con ello, hasta que he acabado creyéndolo. Me he convencido de que el tiempo ayudaría, de que un día lo olvidaría todo. Pero mi padre tenía razón: jamás sucederá.

La cabina traquetea, aunque ella no se ha movido.

—No podías hacer nada más por mí. Actuaste de la forma correcta.

—Me regalaste una bolsa de castañas asadas. Yo te besé. Nos amamos y, a la mañana siguiente, te pedí algo.

—No me hagas esto.

—Te hice prometer que nunca me mentirías. No te he eximido de esa promesa. Si crees que uno solo de esos niños saldrá ileso, baja otra vez conmigo ahora mismo y lo que acabamos de hablar quedará para siempre entre nosotros dos. Si no, hazte a un lado.

El viento.

El corazón de Aaron.

Sirenas de policía.

Cómo le gustaría ver a Niko una última vez.

—Es *sisu* —dice.

Aaron deja de respirar durante treinta segundos. Después busca a tientas los botones y aprieta el de la planta baja. La puerta se cierra. Todavía no está segura de que Niko la haya dejado sola. Alarga la mano, buscando. Nadie. Llama a la central de taxis y explica que es ciega y que el taxista tendrá que dirigirse a ella delante del edificio.

Aaron espera en el frío.

«Diecisiete pasos hasta la tumba de mi padre».

«Seis hasta la de mi madre».

«El diecisiete del seis».

«"Matemática pura", ha dicho Holm».

«El edificio de Matemáticas de la Universidad Técnica en la calle Diecisiete de Junio».

«A dos kilómetros. Qué cerca».

Aaron oye un helicóptero. Le queda muy poco tiempo. El taxi llega y ella le pide al conductor que se dé prisa.

—¡No pienso arriesgarme a que me pongan una multa!

Un billete de cien le hace cambiar de opinión. El hombre le saca partido al gasóleo.

Cada palabra que le ha dicho a Niko ha sido sincera. Igual que es sincero su tercer motivo para ir: Holm tiene poder sobre el fuego que arde en su interior.

«Y poder para apagarlo».

Es el amo y señor de esos minutos en el almacén de Barcelona. Solo él puede devolverle ese recuerdo. Entonces lo comprenderá todo. Por qué echó a correr. Por qué le hace Holm todo eso. Por qué ha esperado cinco años si durante todo ese tiempo no tendría más que haber alargado la mano. Él la liberará, y quizá esa liberación vaya acompañada de su propia muerte. También es sincera al reconocerse eso. Sin embargo, aunque no lo entienda todo más que en el último segundo, por lo menos en ese instante se encontrará en lo alto de una montaña desde la que verá su vida entera como un amplio paisaje del que conocerá cada piedra y hasta lo que hay debajo de ellas.

Aaron oye un leve *staccato*. «Un Uzi. Con silenciador». Seguro que el taxista no ha reconocido el ruido como disparos.

«Han abatido el dron».

—Ya estamos.

—¿Ve un autocar por alguna parte?

—Tendría que buscar.

Pasan unos segundos valiosísimos. Flap-flap-flap. Por encima de ellos vuela el helicóptero. A lo lejos se oyen ya las sirenas de la policía.

—Ahí hay uno. En el otro lado, en un aparcamiento.

—¿Qué aspecto tiene?

—Pues… de autocar. Lleva las ventanas tapadas. Con algo claro.

—Conduzca hasta allí y pare justo delante.

—No puedo cruzar así como así.

Aaron le pasa un billete de cincuenta, él pisa el acelerador a fondo y la lanza contra la puerta al cruzar como un loco al otro lado. La chapa chirría, los demás coches se quitan de en medio, las ruedas saltan por encima de un bordillo, los bajos se dan un golpe, los neumáticos giran, el taxi derrapa.

Un frenazo en seco y el taxista se guarda el billete.

—Mejor que en las películas, ¿a que sí?

Aaron oye un único disparo sin silenciador.

«Demasiado tarde, demasiado tarde».

Se apea y el taxi se aleja a toda velocidad. El helicóptero desciende un poco. Las sirenas suenan tan fuertes que ahogan el ruido del tráfico. Ella se queda inmóvil y dirige la cara hacia el cielo.

El bushidō exige recorrer el camino hasta el final, sostiene que la muerte es un alivio y lo salva a uno de la vergüenza. Como última gracia, el príncipe otorgaba el *seppuku*, el suicidio de honor.

El príncipe de ella, sin embargo, es la verdad. Solo la verdad puede condenar a Aaron a la muerte. Solo cuando sepa la verdad. Hasta entonces luchará por mantenerse con vida. Si Aaron tiene ocasión de huir, lo hará. Si puede hacerle llegar al Departamento un indicio sobre los planes de Holm, lo hará. Si tiene oportunidad de matar a Holm, lo hará.

La primera virtud: *Gi.* Rectitud.

«Aquí estoy».

«Redímeme».

«Toma mi cuerpo».

«Mi alma no la obtendrás».

Las sirenas solo están a cien metros de distancia. Algo cae a sus pies. Aaron sabe que es un cadáver. Alguien la agarra, la arrastra unos metros, le hace subir volando una escalera. La puerta del autocar se cierra con un siseo.

—Por fin —dice Holm.

20

Frente al Europacenter encuentran un atasco. Pavlik va al volante del BMW. Junto a él está Kleff; en el asiento de atrás, Rogge con Sascha. Van pegados a las dos Ford negras, cuyas sirenas no consiguen nada. Por delante de ellos se empujan los parachoques de los coches, que no pueden apartarse porque hay furgonetas de reparto bloqueando el carril bus. La sonrisa de Sascha no se despega del espejo retrovisor. El auricular derecho de Pavlik está reservado para la radio, en el izquierdo tiene la conexión telefónica con Demirci.

Un peatón se desliza entre los coches y se detiene en seco al ver las caras de Kleff y Rogge cubiertas por pasamontañas. Pavlik le indica que siga andando y el peatón sale disparado. Los pasamontañas sirven para proteger a los agentes. Sascha no debe saber qué aspecto tienen para que no pueda vengarse de ellos. Por ese mismo motivo llevaban pasamontañas también los hombres que lo trasladaron de Tegel al Departamento.

Pavlik no necesita ese camuflaje. Demirci quiso obligarle a que se pusiera la máscara antes de entrar en la sala de interrogatorios, pero él se negó y le mostró a Sascha su rostro para dejarle claro que no sobreviviría a ese día. El mensaje ha calado, sin duda. Si Sandra lo supiera, se pondría furiosa.

Demirci llama y lo saca de su ensimismamiento.

—Holm ha matado al primer rehén.

—¿Un niño? —se obliga a preguntar Pavlik.

La mirada de Kleff.

La respiración acelerada de Rogge.

—Un profesor, pero eso no es todo. —Su siguiente frase contiene algo estéril, impensable, definitivo—: Kvist la ha dejado ir.

Pavlik soportó el silencio del hombre al que su moto le había arrebatado lo más querido. Esperó con Sandra tres días el resultado de una mamografía. Ha visto morir a amigos y estuvo sentado junto a la cama de Aaron. Nada fue tan horrible como esto.

—Me he equivocado al dejarla sola con él —dice Demirci.

Pavlik mira por el espejo retrovisor.

La comisura de los labios de Sascha se estremece con malicia.

«No me conoces. Y tampoco conoces a Aaron. Ella se presentará ante ti, pero de una forma diferente a la que crees».

Llevan un minuto parados. Pavlik activa el micrófono de garganta.

—¡Por la acera! —ordena a las furgonetas.

El vehículo que va en cabeza se abre paso entre los camiones que están descargando en el carril bus; la segunda Ford lo sigue, luego Pavlik. Aceleran a lo largo de los soportales de Bikini-Haus. La gente salta para apartarse, un perro pequeño vuela atado de su correa. El parachoques delantero del BMW roza una valla publicitaria y la lanza a través de la lluvia de añicos de un escaparate. Pavlik ve a la mujer del cochecito infantil en el último momento. Pisa el pedal del freno hasta el fondo y toca el cochecito, que se tambalea un poco. Los ojos de la mujer se abren como *frisbees.* Un hombre se la lleva de allí haciendo muecas, rugiendo, enseñando los dientes; ella solo se aferra al cochecito. El convoy de tres vehículos deja atrás el atasco a toda velocidad y regresa a la calzada por Hardenbergplatz, donde ya tiene vía libre.

Pavlik sopesa si decirles a los demás que Aaron está en manos de Holm. Les supondrá una conmoción, pero los hombres deben estar preparados en caso de que Holm salga con ella del autocar; si no, se enterarán en el peor momento.

Mientras avanza a casi cien kilómetros por hora a través del cortafuegos que las sirenas de las Ford abren en el tráfico, su voz adopta un tono profesional.

—Tenemos un cambio en la situación. Han matado a un rehén. También hay un rehén nuevo. Aaron.

Rogge comprueba su Luger. Sascha sonríe.

—Comando 1, recibido.

—Comando 2, recibido.

Llegan a la monumental avenida Diecisiete de Junio, que atraviesa el Tiergarten hasta la Puerta de Brandeburgo. El tramo en el que se encuentran es el único que está edificado; la Universidad Técnica se levanta a un lado y a otro. Pavlik ve un autocar a la izquierda del aparcamiento. Tiene las ventanas tapadas con periódicos. Diez coches patrulla montan guardia mientras los agentes antidisturbios alejan a los últimos peatones. Pavlik pone en marcha su cronómetro de pulsera.

—Comando 1, conmigo. Comando 2, en posición —dice al micrófono con la voz crispada.

La primera Ford se separa del grupo. Cruza la calle y se detiene a treinta metros del autocar. Pavlik adelanta a la segunda y, seguido por ella, llega a una travesía lateral que transcurre en paralelo a la avenida.

—Comando 2 a central.

—Central a la escucha.

—Póngame con el mando policial. —Se oye un crepitar cuando se establece la conexión—. Ese helicóptero tiene que

desaparecer. Que se alejen todos los vehículos. Cierren Diecisiete de Junio de inmediato, desde Ernst Reuter hasta la Puerta
de Charlottenburg. Evacúen la universidad por la salida trasera.
Si veinticinco kilos de C4 hacen explosión, no quiero ver por
aquí cerca a nadie más que a mi gente.

«Y tampoco a ti».

Pavlik se detiene en una entrada de vehículos que hay junto al edificio de la década de 1960 que alberga la Facultad de In-
geniería Mecánica y Sistemas de Transporte. Salta del coche. De
un solo vistazo constata que el helicóptero da media vuelta. Los
coches patrulla se alejan juntos para bloquear uno de los principales ejes de circulación de Berlín. El otro equipo toma posición
en el aparcamiento. Utilizan los vehículos para cubrirse. Pavlik
sabe que en la parte de la Ford que mira hacia él se abre una es-
cotilla, y que Fricke está ajustando en ella el arma de precisión
que se maneja con un *joystick* desde el interior.

Se toma su tiempo para volverse una vez más hacia el
asiento trasero del BMW. Sascha le sostiene la mirada. Es entonces cuando Pavlik se coloca el pasamontañas con una lentitud provocadora.

Corre hacia los hombres de su equipo, ata una larga cinta
de plástico a la rama de un árbol y coloca un sensor en el tronco. Se carga su mochila. Todos ellos llevan a cuestas una tonelada cuando irrumpen en el edificio.

Una sirena aúlla, por los altavoces piden que todo el mundo se dirija inmediatamente a las salidas traseras. Los hombres
tienen que abrirse paso entre un pelotón de estudiantes y empleados que bajan corriendo.

Pavlik va a la cabeza y sube a la primera planta a una velocidad que a los demás les cuesta un mundo seguir. A él, el cin-
cuentón, le cuesta más esfuerzo del que ellos pueden imaginar.

En cada escalón se encuentra con Aaron. Se la lleva a su
casa por primera vez y, en cuanto Sandra y ella se sonríen, sabe

que las dos serán amigas de por vida. Se la presenta a los gemelos y a partir de entonces ellos quieren que vaya a verlos todas las tardes. En París tiene el alambre del vasco al cuello, pero ella mata al hombre con una patilla de sus gafas de sol. Está sentado con ella y con Marlowe en el sofá, jugando a mirarse sin reír. Está en Barcelona con ella en el hospital, se queda toda la noche despierto y con miedo a cerrar los ojos.

Pavlik abre la puerta de un aula vacía. Dos hombres despliegan los postes telescópicos entre los que extienden una lona negra como fondo para que los cinco francotiradores no sean visibles desde la posición de Holm. Otro instala una videocámara cuyas imágenes se enviarán a la central de operaciones del Departamento. Hay una segunda cámara en el techo de la Ford.

Concentrarse en realizar toda esa rutina ayuda a Pavlik a recobrar el aliento. Cortan círculos de cuarenta centímetros de diámetro en los cristales de las ventanas. Él abre la maleta de las armas y saca su fusil. A Pavlik le gusta moverse, y por eso hace tiempo que, hasta una distancia de trescientos metros, trabaja con el máuser, que está algo viejo pero es ligero. Le gusta el tacto familiar de la caja del fusil contra su barbilla; el arma y él son uno. «Me juego lo que sea a que le has puesto un nombre —le dijo una vez Aaron para meterse con él—. ¿Jacqueline? ¿Lucy? ¿Mandy?».

Lo del nombre es cierto, pero se lo guarda para él.

Cuando ya tiene encajada la mira telescópica, cubre el objetivo con una protección para que ningún reflejo lo delate. Extiende sobre el cañón la cinta que desvía el calor producido durante un disparo para impedir la deformación del efecto «espejismo», esas estrías que se originarían delante de la mira telescópica en cuanto la luz quedara afectada por el cambio en la densidad del aire. Por último enrosca el silenciador, que solo amortigua el ruido de la detonación, pero no el estallido supersónico del proyectil. Para eliminar también este, Pavlik ha ordenado usar munición subsónica del calibre .308, aunque la detesta. Con ella saben que las balas pueden entrar en barrena y son extremadamente sensibles al viento lateral, y que la trayectoria presentará una velocidad algo menor. Aun así, puede ser muy provechoso que el enemigo no oiga el disparo.

Recuerda el primer día de su entrenamiento en el Molino. «Aquí no decimos "enemigo", sino "adversario" —le gritó el instructor—. Métaselo en la cabeza».

«Ah, ¿como en los deportes? —replicó el—. ¿Y cómo se llama entonces el que sobrevive? ¿"Campeón"?». En aquel momento pensó que su carrera en el Departamento sería muy corta. Pavlik se echó a dormir y, cuando despertó, habían pasado dieciocho años.

Ve que Wolter mete un cartucho Magnum .300 en la recámara de su arma. Wolter es el único que alcanza una velocidad de mach 1 con munición de núcleo de acero. Si es necesario, tendrá que disparar contra el vehículo de la fuga. Para que la bala no se desvíe a causa de la nube gaseosa que origina, necesita potencia.

Pavlik, por el contrario, ya se está concentrando en el momento en el que Holm baje del autobús con Aaron. No quiere darle ni una sola oportunidad de poner a prueba sus reflejos.

La cinta de plástico que ondea atada a la rama del árbol les indica la dirección del viento: noreste. Sus móviles reciben información del sensor del tronco sobre la presión atmosférica, la humedad ambiental y la temperatura. Deben tomar en consideración todos esos factores.

Un grado bajo cero. O sea que tendrán que apuntar ligeramente más bajo.

Los setenta y cinco metros no suponen ningún problema. Otras veces ha trabajado con distancias treinta veces mayores.

Los periódicos en las lunas sí suponen un problema.

El viento racheado supone un problema.

La nieve supone un problema.

Los treinta rehenes suponen un problema.

La bomba supone un problema.

Treinta horas sin dormir suponen un problema.

Aaron supone un problema.

Un hombre como Holm es la suma de todos esos problemas.

Pavlik coloca su arma en el soporte quince segundos antes que los demás, ajusta la altura y despliega el bastón con asiento. Por último dirige una mirada al cronómetro. Cuatro minutos desde que ha visto el autocar por primera vez.

El ojo derecho, el dominante, es para el visor. Ese ojo mata. También el otro lo tiene bien abierto. Con él controla la periferia para que nada lo sorprenda.

Así puede aguantar horas, sin pestañear. Solo existen el objetivo y él. La distancia entre el uno y el otro se desvanece. Su pulso en descanso es tan bajo que ni siquiera percibe los latidos de su corazón. Durante esos cuatro minutos, Demirci no lo ha molestado con informaciones que son irrelevantes para su trabajo, no le ha hecho ni una sola pregunta.

Él sabe apreciarlo.

En un radio de un kilómetro no se mueve ningún coche, no se ve ni un alma. La nevada es tan densa que ya se han borrado las rodadas. Todos los contornos, incluso los de los árboles, desaparecen bajo una piel blanca.

El cadáver está tirado a dos metros del autocar. No les molestaría, pero no van a dejar ahí a un muerto cubriéndose de nieve. Pavlik no tiene que dar la orden; sabe quién se encargará de ello. Hagen Kemper es motorista, igual que él. Algunos domingos se retan en el autódromo de Lausitz; su última carrera le costó a Pavlik una botella de Nardini. Kemper no presume nunca de caballos de potencia, pero siempre está en primera línea.

Ve que Kemper sale de su posición y corre agachado hacia el autocar. Lleva chaleco antibalas y casco, pero no le servirán de nada contra un disparo en la cara.

Las lunas tapadas les impiden usar un micrófono láser para escuchar lo que sucede dentro del autocar, por eso Pavlik espera que Kemper aproveche la ocasión para otra cosa muy útil.

En efecto, antes de ocuparse del cadáver, el hombre se pega al vehículo por debajo de las ventanillas y se apresura a fijar en el cristal un *lolli*, un micrófono transparente que no mide más que una moneda de dos céntimos. Todos los ruidos, por leves que sean, producen una onda sonora que hace vibrar las ventanillas. El *lolli* vuelve a reconvertir esa vibración en sonidos.

Kemper levanta el cadáver del profesor y corre con él de vuelta. Pavlik ve cómo lo deja con cuidado detrás de un coche aparcado.

—Comando 2 a Técnica —murmura.

—Técnica a la escucha.

—Activar el *lolli*.

—Activado.

Envían el sonido al móvil de Pavlik, que percibe la voz lejana de un hombre:

—«¿Qué ha hecho?».

—«Nada importante». —Holm.

—«Ha pegado algo en la ventanilla». —El cómplice de Holm. Suena inseguro, nervioso.

—«Es un dispositivo de escucha». —Aaron—. «No debería confiar en él si le oculta algo así. Están solos, y usted se ha puesto completamente en sus manos».

El alivio que siente al oírla hace volar a Pavlik como su Hayabusa cuando roza el asfalto con una rodilla en una curva muy cerrada.

—Son dos —transmite Pavlik al comando de abajo—, Aaron está bien.

—«Les ha dado información a sus compañeros, señora Aaron» —dice Holm con tranquilidad—. «Una vez más y mato a esa niña a la que consuela con tanto cariño. Por favor…, ¿quiere añadir algo?».

Holm no da muestra alguna de querer comunicarse con ellos. No tienen su número de móvil, deben dejarle la batuta a él. Quiere desgastarlos, hacer gala de su poder y demostrar que solo él establece las reglas. Pero esa vanidad es una estupidez. Holm habría hecho mejor en aprovechar esos primeros minutos de nervios, cuando la cadena de mando era inestable y el *lolli* aún no estaba pegado al cristal.

Su primer error.

«Decide en siete respiraciones», decía siempre Aaron.

Eran listos, esos samuráis. Aunque esa faceta de Aaron siempre le resultó ajena a Pavlik. Todavía recuerda la primera vez que fue al piso de ella y al instante se dio cuenta de que habría podido abandonarlo en cualquier momento sin mirar atrás. Solo habría echado de menos el viejo sofá de cuero, quizá. Igual que Pavlik el suyo.

Al principio ella no le hablaba del bushidō; protegía su secreto. Pero una noche en el Molino, estando los dos fuera, acuclillados en un hoyo lleno de lodo, a Aaron se le congelaba la saliva en la boca y le confesó que la muerte era su amiga y que siempre sentía su abrazo.

Él no podría vivir así. Pavlik se tomaba un tiempo con todos sus muertos. Con cada uno de ellos reflexionaba largo y tendido sobre por qué lo había hecho y encontraba una explicación concluyente. A él los muertos le dejaban dormir.

Salvo uno. El único sobre el que no habla.

Sin embargo, sabe que para él no hay un camino que seguir. Él no cree en la providencia ni en el destino. Si hay alguien que debe dirigir sus pasos es él mismo, y nadie más.

Tampoco el padre de Aaron lo entendía. Una vez quiso comentarlo con Pavlik. No eran amigos, pero sí sentían respeto el uno por el otro. Jörg Aaron estaba preocupado. Aquel día en el sótano de Boenisch se había despertado en su hija algo de lo que hombres como Pavlik y como él se mantenían alejados. Le dijo que era peligroso, para ella y para los demás. Tenía la sensación de que su hija se burlaba de la muerte y, desde que había elegido el bushidō, se preguntaba si no la anhelaría incluso. ¿No decían los samuráis que había que estar firmemente decidido a morir en cualquier momento? «Piensa demasiado en sí misma, y al mismo tiempo muy poco».

Un mensaje indirecto que Pavlik no transmitió.

Sí recuerda lo que le contestó a Jörg Aaron: «Si yo tuviera una oportunidad entre mil, solo querría a una persona a mi lado. Y esa es su hija».

A ella le preguntó quién era su príncipe, pero eso no se lo confesó.

El bushidō es un mundo complicado. Pavlik habría deseado saber más acerca de él; tal vez así habría entendido el mensaje de Holm igual que Aaron. «El año del afecto, el día del árbol», los símbolos del guardapelo, todas esas alusiones ocultas.

Tal vez así habría podido impedirlo.

Niko.

Lo que ha hecho es imperdonable. Puede que haya un mundo en el que una palabra así se diga por decir. En el de Pavlik, no. Ahora no puede dejar que le afecte; si no, más le valdría subirse al coche con el fusil y regresar al Departamento.

Se concentra en el autocar.

—Comando 1, situación.

—En la segunda ventanilla hay un resquicio, cinco milímetros —informa Fricke—. Dos movimientos en sentidos opuestos en un intervalo de veinte segundos. Alguien patrulla por el pasillo. Ropa negra. Tal vez un fan de Johnny Cash.

—¿Le damos un toque o qué? —pregunta Dobeck. Con lo cual quiere decir que si pueden ponerse en contacto con ellos a través de un megáfono.

—Negativo —responde Pavlik.

«Holm pensaría que hemos perdido los nervios».

El cielo se abre. Los últimos copos de nieve destellan en la luz brillante que inunda la calle y el aparcamiento. Al instante, el autocar parece mayor en el visor. La luz viene de la izquierda y «apartaría» las balas. Pavlik aumenta el factor de zoom para compensar ese efecto.

—Quiere hablar con usted —dice Demirci.

Pavlik enseguida oye a Holm:

—¿Es el jefe de la operación?

—Sí.

—¿Dónde se encuentra?

—Lo bastante cerca.

—Ha venido con dos equipos. Cinco hombres están en el aparcamiento. Seis, contando al que maneja el arma a control remoto de la Ford. Los otros cinco son los tiradores de precisión. Se han puesto a trabajar enseguida en la segunda planta del edificio que tenemos enfrente. A los cuatro minutos ya estaban en posición. Usted está con ellos. Eso es algo desacostumbrado para un jefe de operaciones. ¿Qué saca usted de su posición especial?

—Si se para a pensarlo un poco se le ocurrirá.

—¿Cuántos años tiene?

—Soy mayor de edad.

—Para las liberaciones de rehenes, el Departamento moviliza a hombres de entre treinta y cuarenta años. Si tuviera usted esa edad, me lo habría dicho sin problemas. ¿No tendríamos el placer de conocernos ya ayer? ¿En la autopista de circunvalación? Acompañó a la señora Aaron a hacer una excursión a una floristería, y yo tuve ocasión de estudiar sus capacidades. Para dominar un vehículo así se requiere mucha experiencia.

«El Phaeton».

—Por desgracia tenía las lunas tintadas, así que no pude verle la cara.

—Venga aquí y se la enseño.

—Por muy tentadora que resulte la idea, tal vez en otra ocasión. ¿Cuál ha sido su mejor tiro hasta ahora?

—En la comisura derecha de la boca, desde dos mil doscientos ochenta y cuatro metros.

—Lo admiro.

—Apuntaba a la comisura izquierda.

—Veo que también tiene sentido del humor. Me gusta. Un don del que por desgracia yo carezco.

—¿Cuál ha sido su mejor tiro?

—A dos metros, entre los ojos.

—Así lo imaginaba.

—Ahora que ya nos conocemos algo mejor, dejarán el coche con mi hermano justo delante del autocar y le quitarán las esposas. Confírmemelo.

—Sí.

—Solo por cumplir con las formalidades: ¿el depósito está lleno?

—Sí.

—Dé la orden.

—El comando 3 tiene el OK. Puerta delantera —dice, y deja que Holm lo oiga.

—Comando 3, recibido.

Pavlik ve que el BMW se pone en marcha en la calle.

—¿La bolsa del dinero lleva algún emisor?

Su primer impulso es mentirle, pero una voz interior le dice que sería un error.

—Correcto.

—Buena respuesta. Tengo un detector de escuchas, pero no quiero perder tiempo escaneando la bolsa. Diga que quiten el emisor, y que los dos hombres desaparezcan inmediatamente después.

El BMW se detiene ante el autocar.

—Comando 3: bajad, sacad el emisor de la bolsa y largaos.

El ojo no dominante de Pavlik está mirando a Kleff y a Rogge. Kleff abre el maletero y rebusca en la gran bolsa de lona. Los cinco millones pesan setenta y un kilos.

«Tomaos vuestro tiempo».

Kleff cierra el maletero y corre con Rogge hacia los demás para ponerse a cubierto.

—Ahora vamos con el explosivo —dice Holm—. Sobre la cantidad ya está informado. Activaré la bomba desde el móvil, el alcance es ilimitado. Hemos hablado de su mejor tiro. Contra dos mil doscientos ochenta y cuatro metros, los setenta y cinco que nos separan son insignificantes, eso está claro. Los dos sabemos que a esta distancia hay muchas probabilidades de conseguir un tiro letal.

—Un cien por cien.

—Exacto. Se está preparando para matarme con un disparo definitivo; un privilegio que solo le está destinado a usted. Para eso debería destruir mi cerebelo, ya que solo así evitaría que pueda seguir moviendo el dedo.

Disparando a la misma altura, las coordenadas posibles serían las siguientes: de frente, la punta de la nariz de Holm; de lado, la curva superior del pabellón auricular; desde atrás, el hueco de la base del cráneo. Como Pavlik se encuentra en la segunda planta, tiene que ajustar su objetivo en consecuencia.

—Una muerte en cuestión de dos milésimas de segundo, demasiado rápida para ninguna clase de reacción por mi parte. Aun así se nos plantea un problema, ya que la bomba se activa precisamente si suelto el botón. ¿Comprende lo que significa eso?

—Sí, que es un cabrón enfermo.

—En cuanto mis músculos se relajen, estos niños estarán acabados. Por eso le aconsejo que descarte esa opción.

«Si se pudiera solicitar una patente de inteligencia, este tipo ya se la habría agenciado».

—A pesar de las manualidades de los niños en las ventanas, usted sabe que somos dos. Antes de que salgamos del autocar con la señora Aaron, colocaré un sensor de movimiento en la puerta. Lo activaré en cuanto estemos fuera. Si después de eso alguien se moviera en el interior del autocar, la bomba también se detonaría. Los rehenes ya están al corriente. Transmítaselo a sus hombres.

—Comando 1: van a salir. No disparéis. Repito: no disparéis. Dejamos que se retiren.

—Entendido.

—Si nos sigue un helicóptero o un vehículo policial, aunque sea solo uno, nuestro acuerdo quedará anulado —dice Holm.

—Eso tengo que comunicárselo a la central.

—Desde luego.

Pavlik interrumpe la conversación. Enseguida lo pasan con la policía de Berlín.

—El vehículo de la fuga tiene vía libre. Que su gente lo deje pasar.

—Entendido.

—Comando 2 a central: que los siga un dron, pero desde la mayor altitud posible y en un ángulo muerto. Quiero las imágenes en mi tableta. —Conecta otra vez con Holm—. Ya lo he preparado.

—Bien. Entonces hemos terminado.

—Una cosa más —replica Pavlik—. Seguro que tiene ahí unos prismáticos. Mire un momento hacia mí.

Se levanta, se quita el pasamontañas de la cabeza, se acerca a la ventana y abre. Los hombres que tiene a su lado se estremecen. Pavlik no piensa ni por un momento en el silencio sepulcral de la central de operaciones, en los sobrecogidos compañeros de abajo, en el aliento que le falta a Demirci. Se queda junto a la ventana, relajado, consciente de que Holm hace un zoom sobre él a través de un resquicio en los periódicos.

—A su hermano también le he dejado verme la cara. Saque usted mismo sus conclusiones. —Vuelve a sentarse tras el fusil y pone el autocar en el punto de mira.

—Quizá volvamos a vernos algún día —dice Holm—. Sería interesante.

—No lo creo.

—¿Que fuera interesante?

—Que volvamos a vernos. Aaron está ciega, pero sigue siendo lo que es, igual que usted. Usted es un sociópata con modales, su hermano pequeño es su rata amaestrada, y esa mujer, su peor pesadilla. Los matará a los dos antes de que mañana se haga de día. Le doy mi palabra.

—Tomo nota… —una pausa teatral—…, señor Pavlik.

«Sandra».

El miedo se dispara a cincuenta bares en el corazón de Pavlik y lo hincha como si fuera una pelota.

—Sus habilidades en el arte de la conducción me provocaron curiosidad, así que ayer por la noche me tomé la libertad de seguir a la señora Aaron a su fiesta de cumpleaños. Usted y yo debemos de ser de la misma edad. Que hombres como nosotros lleguemos a cumplir los cincuenta no es algo que pueda darse por hecho; felicidades, con retraso. No llegó a casa hasta las cuatro. El taxista lo ayudó a llevar sus numerosos regalos; es usted muy querido. En la acera, el hombre resbaló detrás de usted, y usted levantó la pierna hacia atrás con bolsas pesadas en ambas manos. El taxista se agarró a su pie izquierdo; de no haber sido así lo más probable es que se hubiera roto algo. Posee el sentido del equilibrio de un bailarín de ballet, pocas veces he visto tanto arte. Si tenemos en cuenta que había bebido alcohol, ese movimiento fue todavía más digno de admiración. Lo más sorprendente, sin embargo, fue cuando se le subió la pernera izquierda del pantalón. Lleva usted una prótesis de pantorrilla. En su paso había notado una irregularidad insignificante, y erróneamente pensé en una leve distensión, nada que le supusiera un verdadero impedimento. Es difícil impresionarme. Sin duda el Departamento me ha enviado a su mejor hombre. Pero ¿está seguro de que su mujer vive aún? ¿Y su niña pequeña, con esas pegatinas tan bonitas de personajes de cuento en la ventana de su habitación?

Holm cuelga.

El arma de Pavlik de pronto es de hielo. Ya no siente el gatillo.

—Estamos llamando —le informa Demirci.

Por el visor de la mira telescópica ve que retiran un trozo de papel de periódico y pegan una cajita en la puerta del autocar.

El sensor de movimiento.

Cuando Aaron baja los peldaños a tientas, Demirci libera a Pavlik.

—Las dos están bien.

Pavlik tiene que recuperar su pulso de la órbita terrestre. Inspira hondo y espira varias veces, deja salir el aire lentísimamente y se concentra en el diafragma. Se tranquiliza, el arma vuelve a acurrucarse contra él. Detrás de Aaron aparece Holm con el segundo hombre. La puerta del autocar se cierra. De la cinturilla del pantalón de Holm sobresale una Remington por debajo de la cazadora abierta. Lleva unos guantes finos y sostiene el móvil en alto para que todos lo vean. Cruzándole el torso se le ve la correa de una funda plana. De sesenta por treinta, calcula Pavlik. Hace zoom hasta que el pulgar izquierdo de Holm llena toda la imagen. El pulgar está sobre un botón.

Pavlik vira hacia el cómplice. Uno ochenta, voluminoso, con una mochila pequeña, un Uzi con silenciador, pasamontañas. Dirige la mira hacia los ojos de *mister* Uzi. Estos se deslizan hacia él, luego registran ambos lados de la calle.

Desplaza el arma hacia Holm, que abre la puerta trasera del coche. Su hermano baja. Pavlik presta especial atención a ese encuentro, pero no hay ningún abrazo, ningún apretón de manos, ni la menor emoción. Todo lo que Holm le dedica a Sascha es un inapreciable gesto de la barbilla que, con mucha voluntad, podría interpretarse quizá como un asentimiento.

—Dame el OK y le arranco el pulgar de un tiro —murmura Fricke.

—Ni lo sueñes —replica Pavlik.

—Todavía tenemos el *lolli* en el BMW —dice Kemper.

—Nos servirá tan poco como el GPS.

Mister Uzi abre el maletero e inspecciona la bolsa del dinero. Holm no se interesa por ella.

Pavlik solo le presta atención a Aaron. Con el ojo derecho la ve gigantesca, a veinticuatro aumentos; para el izquierdo es pequeña y está muy, muy lejos. Está allí de pie, sola, callada y dueña de sí misma, con el rostro blanco como la nieve. Entonces dirige los ojos hacia él, directos al visor, y a Pavlik se le rompe el corazón.

Aaron no demuestra ningún miedo. Comparte sus pensamientos con él.

«Sé que no lo entiendes».

«No. Nunca».

«Nos veremos».

«En esta vida o en alguna otra».

«Dile a Sandra que la quiero mucho».

Holm empuja a Aaron a la parte de atrás del coche. Sascha también quiere sentarse detrás, pero se detiene porque su hermano le dice algo. Pavlik ve cómo arde la mirada de Sascha. En la antena de la Ford hay un micrófono direccional.

—¿Qué ha dicho? —pregunta.

—«No te está permitido».

Los hermanos se colocan a un metro de distancia, mirándose: Sascha como a punto de saltar, Holm relajado. Despliega los omóplatos. Sascha baja la mirada. Al rodear el coche hacia el asiento del copiloto sus pasos son torpes y rígidos.

«Tienes los músculos agarrotados porque te estás imaginando cómo le arrancas el corazón y los ojos a tu hermano».

Mister Uzi se sienta con Aaron, Holm se encarga del volante. El BMW sale despacio del aparcamiento. Tuerce por Diecisiete de Junio, acelera en dirección a la Columna de la Victoria y dibuja dos delicadas franjas blancas en la inmaculada alfombra de nieve. Pavlik abre la ventana de golpe, saca medio cuerpo fuera y sigue el coche por la mira telescópica. *Mister* Uzi se quita el pasamontañas. Pavlik tiene que contentarse con su nuca. Pelo rubio ceniza, empapado de sudor. Su mirada se adhiere al coche hasta que desaparece de su campo de visión en la rotonda de la Gran Estrella.

—Comando 2 a Técnica. ¿Emite el *lolli* del BMW?

La respuesta de Krampe no le sorprende.

—Negativo. Utiliza un inhibidor de señales, solo oímos interferencias.

Una camioneta se detiene en el aparcamiento. Los artificieros. El viento arrastra una voz de megáfono hasta Pavlik.

—Permanezcan sentados, no se muevan. Si siguen nuestras indicaciones, no les pasará nada. —Y luego lo mismo repetido en inglés.

Mientras la tableta de Pavlik se inicia, llama a Sandra.

—¿Qué ha ocurrido? —pregunta ella enseguida.

—Luego. Mete a la pequeña en el coche y vete ahora mismo a Budapester Strasse. —Corta la comunicación.

En la tableta ve las imágenes que envía el dron. El BMW se ha incorporado al tráfico y avanza por Lützowufer hacia el este.

Schöneberger Ufer.

La Galería Nacional.

Pavlik conecta con la línea de Demirci.

—Irán por el túnel del Tiergarten. Que el dron tenga vigilada la salida de Invalidenstrasse. Aunque estoy seguro de que quiere llegar a la Estación Central. Hay que informar a la policía federal, que no le pierdan la pista. Puede hacer estallar la carga explosiva en cualquier momento, basta con que sepamos qué tren toma. Páseles la descripción de todos ellos.

Demirci da instrucciones y entonces desaparece el eco de la conexión. La jefa ha desconectado el altavoz para que nadie más los oiga.

—¿Alguna vez había conocido a un hombre así? —pregunta en voz baja.

—No.

—Él piensa lo mismo. Nunca había conocido a un hombre como usted. Y yo tampoco.

21

Holm ya ha recorrido antes ese trayecto. Desde que el semáforo de la Galería Nacional se pone verde hay doce segundos hasta el túnel. Allí acelerará a ciento sesenta con una sola mano y tardará cuarenta y cuatro segundos en llegar a su objetivo, por el arcén si es necesario. Su pulgar izquierdo no se separa del móvil.

Sascha vuelve la cabeza hacia atrás.

—¿Cómo te llamas?

—Bosch.

Mira a su hermano.

—¿De qué nos servirá este?

—Soy el que nos sacará de aquí —informa Bosch sin que le pregunten.

—Suelta el móvil. Danos esa alegría —pide Sascha sin hacerle ningún caso a Bosch.

—Sí, a ti —masculla Holm—. Porque nunca has aprendido a diferenciar lo que es importante de lo que no lo es. En ocasiones me pregunto si alguna vez has llegado a aprender algo.

Percibe el odio de Sascha. Así ha sido siempre.

En su casa nunca hubo una palabra amable, una sonrisa, una noche sin miedo. Lo que sí había era el puño con el anillo de sello, los alicates de pico de loro y el cinturón con hebilla de pinchos. En los días buenos era el puño. Los ojos vacíos de su madre, la cena a las siete en punto y la escalera del sótano. Durante seis años tuvo que bajar esa escalera, contar las grietas del techo del sótano, oír la respiración de su padre.

Entonces Sascha cumplió cuatro años y Holm ya había cumplido con su deber. Arriba, contó las grietas del techo de su habitación hasta que oyó que la puerta del sótano volvía a abrirse.

Todas las noches su hermano le suplicaba: «Mátalo».

Y todas las noches él guardaba silencio.

Su padre era un trabajador forestal con músculos como raíces de árbol. Una vez se coló en su jardín un gran danés buscando desperdicios y el hombre estranguló al animal como si nada.

Pero Holm lo sabía: «Algún día».

Empezó a entrenarse en secreto. Lanzaba rocas en la cantera abandonada, se pegaba con los chicos más malos, más altos y mayores que él, que le hacían daño.

Holm aprendió de ellos. Ocultó que tenía cada vez más músculos e intentó no cruzarse en el camino de su padre hasta que no fuera lo bastante fuerte.

«Algún día».

Durante cuatro años oyó cómo se cerraba la puerta del sótano.

La semana en que cumplió los diecinueve, buscó a un chulo cerca de la estación que fuera igual de grande que su padre. Lo lanzó a un callejón y le metió el tabique nasal hasta el cerebro; no acabó con él hasta que en la cara del hombre ya no quedó ni un solo hueso. Entonces supo que estaba preparado.

Le dijo a su padre que jamás volvería a tocar a su hermano. El hombre se quitó el cinturón con la hebilla de pinchos y Holm no se resistió. Disfrutó de esos minutos.

Después de eso fue todas las tardes al bosque, al lugar donde los trabajadores forestales estaban talando árboles. Durante seis días, su padre se marchó con los demás al terminar la jornada. El séptimo se quedó algo más. Faltaba poco para Navidad y quería cortar un abeto. Holm habría podido partirle el cráneo con el hacha desde atrás, pero quería que su padre lo viera. Cuando los puños se le quedaron entumecidos, fue a por la sierra mecánica. La puso en marcha y miró a su padre a los ojos todo el rato. Lo vio gritar, pero no lo oyó. Sacó la pala del coche, se internó en la maleza para cavar la fosa y luego se lavó en el riachuelo. Volvió a casa, se sentó a la mesa a cenar y le pasó el kétchup a su hermano.

Su madre denunció la desaparición del padre al día siguiente. La policía fue a verlos y les hizo preguntas; fue una segunda vez, y luego ya nunca más. La madre lloró, pero no de pena. Por cómo miraba a Holm, él se dio cuenta de que la mujer lo sabía. Se pasó dos meses cocinándoles a su hermano y a él su comida preferida. Una mañana apareció muerta. De un ataque de apoplejía, les dijeron. En el entierro, unas personas a quienes Holm no había visto nunca le comunicaron que Sascha y él tendrían que vivir con ellos.

Mientras esos desconocidos seguían comiendo pastel, él se marchó con su hermano. Se ocupó de él todos esos años. Durante un tiempo tuvo la esperanza de que Sascha dejara de odiarlo en algún momento, pero ese día no llegará jamás. Había cavado la fosa, pero Sascha nunca le perdonaría los cuatro años previos. Más adelante eso perdió toda importancia para Holm. Del hombre que fue hace tantísimos inviernos se acuerda tan poco como de aquella nieve que un día se sacudió de la ropa.

Se esforzó por ser un buen hermano para Sascha. En su mundo, eso implicaba enseñarle a quemar el miedo igual que había hecho él con la cazadora y los pantalones salpicados de la sangre de su padre; otros tenían que pasarse la vida entera en un sótano, estuviera ese sótano en una casa o dentro de su cabeza.

Durante mucho tiempo le preocupó que Sascha no fuera un buen alumno. Ahora ya no. Le ha entregado la libertad y ha sido lo último que hará por él. Tal vez su hermano comprenda algún día que debe cerrar de una vez la puerta de ese sótano.

Aaron ha intentado calcular su posición mediante los cambios de dirección. El primer giro a la derecha ha sido fácil, solo podía ser la avenida de Hofjägerallee tomada desde la Gran Estrella, en mitad del Tiergarten. Poco después han torcido a la izquierda. Tiergartenstrasse o Lützowufer.

No está maniatada.

Aaron lo ha imaginado todo mentalmente.

Le parte la laringe a Bosch y se hace con el Uzi que acaba de esconder bajo su cazadora. Antes de que Holm u Ojos de Ficha puedan reaccionar, ya les ha disparado a ambos en el cerebro.

Dos segundos.

Es probable que ella sobreviviera al accidente.

Pero veintinueve personas morirían.

Otra vez un giro cerrado a la izquierda. Van cuesta abajo por una curva prolongada. Los neumáticos ya no hacen ruido al rodar sobre el barro, el sonido del tráfico se ha alejado hasta convertirse en un murmullo hueco. Aaron comprende que están en el túnel que pasa por debajo del distrito gubernamental.

Holm da un acelerón brutal. Aaron se ve transportada a otro túnel. Por el espejo retrovisor ve un Audi; en él va sentada la muerte, que lleva un traje a medida de Savile Row.

De repente se ve arrodillada ante Niko. Tiene la camisa roja, la boca roja, los ojos rojos, su voz es la de un moribundo: «Lárgate».

Holm frena en seco. La frente de Aaron se da contra el reposacabezas. Las puertas se abren de golpe. Todavía están en el túnel. Los coches pasan junto a ellos a toda velocidad. Holm la agarra, la acerca a su cuerpo y echa a correr con ella. Por detrás, alguien abre el maletero; el dinero. Holm abre una puerta. Una escalera. La arrastra hacia arriba. Aaron, a su lado, tropieza y se aferra a Barcelona, a la última mirada de Niko.

Otra puerta.

—Ni una palabra en falso —le advierte Holm.

El bullicio de una estación. «Atención: vía 6. El Intercity 1512 destino a Hamburgo, con salida a las 12:58 horas, tiene prevista su llegada con un retraso de doce minutos». Por encima de ella, un tren entra en la estación. Un niño pequeño grita, dos frases canturreadas guturalmente en italiano pasan a su lado. Aaron recibe un empujón, oye una disculpa mascullada que se aleja, Holm sigue tirando de ella. Una escalera mecánica que sube. Ella resbala, se rasguña el tobillo, Holm la levanta de un tirón para mantenerla a su lado. Aaron intenta encontrar los peldaños, seguirle el paso mientras él la arrastra consigo.

Se tambalea al llegar al andén. «Atención: vía 16». El traqueteo de un tranvía, todavía lejano. Aaron comprende que Holm lo ha calculado para llegar al segundo. Ya ha perdido todo sentido del tiempo. ¿Cuándo han entrado en el edificio? ¿Se han fijado en ellos los policías de la estación? ¿Y en ese caso? ¿Será su sentencia de muerte y la de veintisiete niños?

Bosch está de pie a su izquierda, carga con la pesada bolsa del dinero, está fatigado, le sisean los pulmones. En el autocar su voz sonaba temerosa, sí, pero también clara. Al subir al coche, sin embargo, cuando ha soltado un «¿De verdad nos dejan marchar?» cargado de incredulidad, se le oía amortiguada. Poco después se ha quitado algo de la cabeza.

«Un pasamontañas. En el autobús no lo llevaba, pero no quería que le vieran la cara al bajar».

En ese momento se ve a sí misma con Niko en esa estación. Está locamente enamorada, le hace cosquillas y él se las devuelve. Mira con una sonrisa hacia las cámaras de seguridad y les saca la lengua.

—Mire un momento detrás de usted —le dice a Bosch.

Percibe el movimiento del hombre al volverse. La mano de Holm se cierra sobre su bíceps como el brazalete hinchado de un tensiómetro.

—¿Cómo se puede ser tan imbécil? —increpa a Bosch.

—Perdone, ¿podrían sacarnos una foto? —les pregunta alguien en inglés.

Aaron se queda helada.

Holm, no obstante, contesta con un impecable acento de Oxford:

—Por supuesto, sonrían.

El tranvía se detiene.

—Escalón —murmura Holm.

Suben. Los empujan desde atrás. El ambiente del vagón está cargado. Aaron se topa con hombros, siente codos en las costillas. Holm se abre paso con ella, la sienta en un banco y la empuja contra la ventana. En el pasillo dejan algo pesado; la bolsa del dinero. Más al fondo hay unos jóvenes armando escándalo.

«¡Atención, cierre de puertas!».

Las puertas se cierran, el tranvía se pone en marcha con un traqueteo.

Aaron está arrodillada junto a Niko en Barcelona. Ve cómo se estremece su torso, cómo lo tortura. «Lárgate».

«Próxima parada: Bellevue», anuncian los altavoces.

Suena un móvil, una melodía cadenciosa. Una mujer reprende a una niña que lloriquea. Los jóvenes se apean entre bravuconadas.

—¡Eh, capullo, deja pasar!

Un aire frío entra en el vagón, la gente se aprieta para subir. Champú con olor a pera, perro mojado, kebab. En el tranvía de Wiesbaden a Fráncfort le ha ocurrido dos veces que un hombre ha querido hablar con ella porque, ensimismada, ha dirigido los ojos hacia él sin darse cuenta y ha dado la sensación de estar coqueteando. Eso no debe suceder ahora; podría provocar una catástrofe. Vuelve los ojos hacia la ventana. Otra parada. Pronto cruzarán Diecisiete de Junio. De no estar ciega, ahora vería el autocar.

«Próxima parada: Tiergarten».

Holm se inclina hacia ella.

—Ya conoce el procedimiento —le susurra. Habla a un volumen tan bajo que Aaron apenas entiende lo que dice—. Primero los artificieros abren la bolsa. De eso se encarga un robot. Supone un riesgo, claro está. En la bolsa podría haber un sensor que hiciera estallar el explosivo en cuanto se abriera la cremallera. Otra alternativa sería que el robot sacase la bolsa del maletero para dejarla a una distancia segura, pero entonces el riesgo sería aún mayor; un detonador bajo la bolsa es una opción muy popular entre los terroristas. Así que se decidirán por la variante de la cremallera. Las cámaras del robot muestran que se trata de un mecanismo relativamente sencillo; no me he tomado molestias innecesarias. Después optarán por separar el detonador de la carga mediante un cañón de agua.

Entran en la estación. El perro ladra. Frente a ellos se levanta alguien.

—¿Permiten, por favor?

El asiento queda ocupado otra vez al instante. Bosch. Aaron oye cómo arrastra consigo la bolsa del dinero. El corazón le palpita a ritmo de música tecno.

«¡Atención, cierre de puertas!».

—Los artificieros han tenido ya diecinueve minutos y medio, con eso debería bastarles. Cuando estemos en el puente que cruza Diecisiete de Junio soltaré el botón. Enseguida sabremos si me he equivocado.

Aaron se queda sin respiración. El tranvía se pone en marcha. Está sobre el puente. El perro aúlla. Un susurro de periódico. Una mujer comenta que ha acertado cuatro números en la lotería. Alguien se suena la nariz.

—Ha salvado usted a veintinueve personas —le susurra Holm al oído—, pero a sí misma no se salvará.

Pavlik tiene a Demirci al teléfono.

—¿Han desactivado la bomba?

—Hace tres minutos. Los niños están a salvo.

—¿Alguien ha visto a Aaron en la estación?

—No. La policía federal solo tiene a quince agentes movilizados allí a estas horas, y seis de ellos estaban ocupándose de una pelea de navajeros en la planta baja.

—¿Y las cámaras de vigilancia del aparcamiento?

—No lo han utilizado. El vehículo de la fuga está en el túnel. Han entrado en el edificio por una salida de incendios. ¿Dónde se ha metido usted?

—Ahora mismo llego. —Pavlik sale del ascensor en la tercera planta del Departamento. Ve a Nieser con Majowski y Delmonte—. ¿Dónde está ese tío?

—Escucha...

—¿Dónde?

—Sala de interrogatorios II.

La puerta se sale de las bisagras. Pavlik vuela hacia él y le clava los puños en los riñones; Niko se desploma gimiendo. Pavlik lo levanta a pulso. Dos golpes en las costillas, uno en la cara. A Niko se le rompe la nariz. No se defiende contra el redoble de puñetazos. Plexo solar, cabeza, bazo, hígado. Solo la pared impide que caiga al suelo. Los hombres llegan corriendo y apartan a Pavlik. Niko se derrumba. Pavlik logra soltarse y le da una patada en el abdomen. Son cuatro y casi no pueden impedírselo.

—¿Qué has hecho? —vocifera.

Quieren sacarlo a rastras de allí, no lo consiguen. Se debate y da bandazos hasta que oye la voz de Sandra.

—Ya lo sé, Ulf.

Pavlik se queda helado. Los hombres lo sueltan. Dos de ellos ayudan a Niko a ponerse de pie. La nariz le sangra como si fuera un grifo. Se echan sus brazos sobre los hombros y se lo llevan hacia la puerta. Sandra está en el umbral. Niko cuelga ante ella sin voluntad. El puño de Sandra le da con todas sus fuerzas en el caballete de la nariz y se lo rompe una segunda vez. Ni un solo sonido. En los ojos de él hay más pesar del que ella ha visto nunca. Sandra deja el paso libre y los hombres cierran la puerta sin hacer ruido al salir. Pavlik cae de rodillas. Su mujer se agacha ante él y lo abraza con fuerza. Los dos lloran.

—Ha sido culpa mía —susurra él.

Ella toma su cabeza con ambas manos.

—Te doy cinco minutos para lamentarte. Después te pones de pie y la sacas de ahí.

Helmchen tiene a la niña gritando en sus brazos. Ha convertido una lata de clips en un sonajero y tranquiliza con él a la pequeña Jenny, que intenta alcanzar el nuevo juguete mientras Helmchen contesta al teléfono con la mano libre.

—Helm, del Departamento… La señora Demirci está informada. Lo siento, pero no sé cuándo podrá. —Ve a Pavlik y a Sandra—. Ya le avisaré. —Cuelga.

—Quiero que lleven a Sandra y a Jenny a la casa segura de Cottbus. ¿Quién está libre?

—Nadie, pero la señora Demirci ha dicho que los Cinco se encargarán de las dos mientras sea necesario. Voy a llamarlos.

Inan Demirci disfruta de protección personal, aunque ella lo llamaría de otra manera. Pese a que el Departamento no pertenece a la BKA, su Grupo de Seguridad tradicionalmente pone a su disposición un comando de hombres a los que suelen referirse solo como «los Cinco».

Sandra le quita la niña de los brazos a Helmchen y la deja en su canastilla, donde ríe y patalea. Pavlik acerca a su mujer hacia sí.

—Me ha pedido que te diga que te quiere mucho.

Llegan nuevas lágrimas.

La voz de Pavlik es firme.

—¿Te acuerdas de cuando jugamos con ella y con los gemelos al Lejano Oeste en el jardín?

Sandra asiente con la cabeza.

—Aquel día nos retamos a un duelo con pistolas de juguete. Ella dijo: «No hay nadie más rápido que yo, forastero». Era cierto. No hay nadie más rápido. Mañana jugaremos al Scrabble con ella y la dejaremos ganar.

Helmchen cuelga el auricular.

—Los Cinco llegarán enseguida.

Pavlik le da un beso a Sandra.

—Te llamaré.

Sale corriendo, pero vuelve y levanta un momento a su hija para inhalar su aroma una vez más porque no sabe cuánto tiempo tendrá que durarle.

En la central de operaciones, una planta por encima, la mitad de la tropa rodea a Demirci. La jefa habla por teléfono con la policía de la Estación Central con el altavoz conectado.

—Han tenido que estar en el edificio a la una menos diez. Seguro que él lo ha calculado todo para llegar al andén justo antes de la salida del tren. Quiero los trenes que han salido entre las 12.50 y las 13.00. Tanto regionales como de larga distancia. Ferrocarril, tranvía y metro.

—Un momento.

Pavlik se coloca junto a Demirci. En la sala se oye un murmullo. Hablan un momento entre ellos.

—Gracias por los Cinco —le dice él en voz baja.

Demirci le aferra un instante la mano, un sorprendente gesto de calidez que a él le sienta infinitamente bien. La jefa se vuelve hacia un compañero y le hace preguntas precisas estilo telegrama que reciben sus correspondientes respuestas. Pavlik la observa con disimulo. Unas arrugas profundas se han hundido en su rostro como salidas de la nada. Por primera vez se fija en lo delgada que está. No es guapa, más bien peculiar. Sus ojos son dos grandes esquirlas azules que han saltado de un zafiro sin tallar. En su melena pelirroja se ven las primeras hebras plateadas, la nariz se le curva como el pico de un ave de rapiña. Las pequeñas arrugas que rodean sus ojos delatan que le gusta reír, aunque Pavlik nunca la ha visto hacerlo.

—El metro en dirección a la Puerta de Brandeburgo —informa el agente de la policía federal—. Tres tranvías: Westkreuz, Wartenberg, Potsdam. Cuatro trenes regionales: Eisenhüttenstadt, Dessau, Rathenow, Nauen. El Intercity Express de Hamburgo. No, ese iba con retraso. Ninguno más.

Pavlik reflexiona. Los trenes regionales no tienen sentido. Muy pocas paradas, demasiado arriesgado. El metro lo excluye. ¿Qué haría Holm en la Puerta de Brandeburgo?

—El tranvía —dicen Demirci y Pavlik a la vez.

Pasan las imágenes de videovigilancia de la estación por la pared de pantallas. Se ven los andenes desde cuatro perspectivas. Ni rastro de Aaron.

Avance rápido.

—¡Ahí están! —exclama Ines Grauder.

Tranvía de Potsdam, 12.55. El tren ya está entrando. Holm lleva a Aaron de la cadera, con la mano izquierda aprieta el móvil. Corren de la escalera mecánica al andén.

Sascha y *mister* Uzi van pegados a ellos. Pavlik se fija solo en este último, que es quien arrastra el dinero. La cazadora cerrada muestra el bulto del arma. Se ha puesto una gorra de béisbol y mantiene la cabeza gacha.

—Venga, enséñanos la cara —masculla Pavlik.

Aaron le dice algo a *mister* Uzi. El hombre se vuelve y mira directamente a la cámara.

«Buena chica».

—¡Paren! —exclama Demirci. La cara del hombre se ve a buen tamaño. De cuarenta y tantos, grueso, piel flácida, sin aliento—. Comparación biométrica inmediata con el INPOL —le ordena a Krampe.

Realizan una impresión de pantalla.

—¿Qué lleva Holm ahí? —Büker se refiere a la funda.

—¿Un arma de fuego? —pregunta Demirci.

Pavlik niega con la cabeza.

—Demasiado corta para un arma, muy plana para una metralleta, muy grande para una pistola.

La grabación prosigue. Dos turistas asiáticas se dirigen a Holm. Él se quita el guante derecho con los dientes y les hace una foto con el móvil mientras el tren se detiene.

—Señora Grauder, pida que las busquen por los medios de comunicación. Tenemos las huellas de Holm en ese móvil.

—Han salido hace veinticinco minutos —dice Pavlik—. ¿Cuánto tarda el tranvía en llegar a Potsdam?

—Cuarenta minutos —es la respuesta del agente de policía.

—Si todavía estuvieran en el tren…, ¿por dónde irían ahora?

—Dentro de un minuto entrarán en la estación de Wannsee.

—¿Tienen agentes allí?

—Ahora mismo no.

—¿Podrían enviar un dron?

—No. Están todos en el centro y solo cuentan con un alcance de quince kilómetros.

—¿Tenemos acceso a las cámaras de Wannsee?

—Sí.

—Deprisa.

—¿Dónde más se detiene el tranvía? —pregunta Demirci.

—Griebnitzsee. Babelsberg. La estación central de Potsdam.

—Que envíen a agentes de paisano de inmediato a esas paradas. En caso de establecer contacto no deben actuar, solo observar.

En el otro extremo de la línea se dan las órdenes pertinentes.

Llegan las imágenes de Wannsee. El tren ya está allí, las puertas se abren. Un hombre con un perro. Tres deportistas que descargan sus bicicletas. Dos mujeres con bolsas de la compra.

Aaron.

Holm la lleva pegada a su izquierda y va hacia la salida, deprisa pero sin apresurarse. Los siguen Sascha y *mister* Uzi.

—Cambio de cámara —dice Pavlik.

Se ve el vestíbulo de la estación. Aparecen los tres hombres con Aaron. El encargado del quiosco está recolocando los artículos de muestra. Un montón suena al caer al suelo.

Aaron se detiene y le dice algo al hombre.

En la central de operaciones la temperatura baja diez grados de golpe.

El encargado niega con la cabeza. Holm tira de Aaron. Salen del edificio y desaparecen.

—¿Hay cámaras en la plaza de delante? —pregunta Demirci.

—No.

—Envíe allí a su gente. Quiero saber qué le ha dicho a ese hombre. Busquen testigos que los hayan visto abandonar la estación. Seguirán la huida en coche. Quiero la matrícula.

—Trescientos metros más allá hay un puerto deportivo —añade Pavlik—. Compruébenlo también, por si han tomado una barca.

Demirci lo mira.

—Acuéstese un rato.

—No es necesario.

—Sí. Lo necesito descansado.

Niko está inmóvil en una silla. La cabeza le cae sobre el pecho. Demirci entra y toma asiento frente a él, que levanta la vista. Se le ha hinchado la nariz y tiene una mejilla reventada. La sangre seca le cubre la boca.

—Veo que el señor Pavlik ya le ha dicho lo imprescindible —dice Demirci con frialdad.

—Acabe de una vez con esto.

—Intento comprender lo que ha hecho, pero por mucho que me esfuerzo no lo consigo.

—Es algo entre Jenny y yo.

—¿Decidir sobre la vida de ella?

—Me suplicó que la dejara marchar.

—¡Su obligación era impedírselo, joder! —grita Demirci.

—Tiene que ver con Barcelona.

Demirci se enciende un cigarrillo. Le hacen falta cinco caladas profundas para tranquilizar su voz.

—¿Qué quiere decir con eso?

—Ella cree que allí perdió su honor. Que fue cobarde. No he podido convencerla de lo contrario.

—Conozco su declaración de entonces, y también la de Jenny Aaron. Estamos usted y yo solos, esta conversación no se está grabando. ¿Qué sucedió en realidad?

—Eso ya no importa.

—Yo decido lo que importa.

—Holm y Nina Deraux tenían armas guardadas en la nave. Fuera, su hermano abatió a los tres españoles. A mí Holm me metió dos balas. Jenny pudo esquivarlas. Mató a Deraux y le dejó a Sascha una cicatriz en el cuello. Jenny quiso sacarme de allí, pero yo pesaba demasiado, no podía ayudarla, ya veía la muerte. Ella estaba herida. Holm abrió fuego contra nosotros. Era imposible. Le dije a Jenny que se marchara. No hay ningún secreto. Ella vive con una culpa que no comprende nadie más que ella.

—Sí, yo la comprendo. Su obligación habría sido eliminar a Holm y salvarlo a usted.

—Lo dice como si lo hubiera leído en un manual.

Vuelve a sangrarle la nariz. Demirci le pasa un pañuelo de papel. Él no lo acepta. La sangre le resbala por la barbilla y gotea en la mesa.

—¿Ha visto en Barcelona la catedral de Gaudí, la Sagrada Familia? —pregunta ella.

—¿Y eso a qué viene?

—Esto es nuestra catedral. En nuestra familia hay leyes que no están escritas en ninguna parte. Algunas he tenido que aprenderlas, pero esta ya la conocía de antes, porque es sagrada: nunca se abandona a un compañero a una muerte segura.

—Yo la descargué de su obligación.

—No podía hacerlo.

—La había invadido el pánico.

—Esa mujer no sabe lo que es el pánico. De haber estado entonces yo en Asuntos Internos, habría abierto un procedimiento contra ella. Tal vez desistieron a causa de sus méritos, o por su apellido, quizá.

—Cabrona desalmada.

—Así es como pensaba aún ayer a primera hora —sigue diciendo Demirci sin inmutarse—, pero ahora he conocido a Jenny Aaron. Lo que fuera que la hizo actuar así en Barcelona debió de ser algo de gran relevancia. Algo más importante que nuestro código. ¿Qué fue?

—No lo sé.

El sol se ha ido. Vuelve a nevar.

—Eso no es todo —insiste ella.

—Ya no se acuerda de lo del almacén. Ayer me lo dijo.

Demirci mira la sangre que se seca en la formica. A Niko le palpita la carótida. Baja la voz:

—Lo único que no aparece en el informe es mi miedo, el miedo de ella y su mirada antes de que corriera para salvar la vida.

Los fluorescentes parpadean. Fuera se oyen gritos. Suena el móvil de Demirci, que se lo lleva al oído.

—¿Sí? Yo me encargo. —Se pone de pie—. Dígame qué debo hacer con usted.

Niko levanta la cabeza.

—Si lo que he hecho es un delito, es uno para el que no hay ninguna ley.

—Queda suspendido —le anuncia Demirci.

Pavlik tiene un sofá. Viejo y raído, ocupa la mitad del espacio de su despacho, que es pequeño. Hace diez años que lo encontró en la calle, tirado en la basura, y se lo llevó al trabajo. Tiene aspecto de estar lleno de polillas. Una vez Aaron lo pilló rociándolo con spray desinfectante, pero no hay lugar en el que pueda reflexionar mejor que en ese mueble roñoso. En el Departamento tiene mala fama. Cuando alguien mete la pata, Pavlik lo sienta en él. Poco después, el interfecto trota por los pasillos con la cabeza gacha y no tiene más que decir «He estado en el sofá» para que todos sepan de qué va la cosa.

Pavlik puede dormir en cualquier momento y en cualquier parte, cinco minutos o cinco horas, y solo tarda un segundo en despertar. Ha dormido bajo una granizada mientras esperaba el OK de su equipo especial de operaciones. Ha dormido de pie en el metro de camino a una colonoscopia. Durmió cuando a la pequeña le salieron los primeros dientes, despertó justo antes de su ataque de laringotraqueobronquitis y la tranquilizó frente a la ventana abierta. Ha dormido en invierno en el bosque, tapado con hojas, en un concierto de los Stones y en uno de Bach.

Esta vez, en cambio, lleva veinte minutos echado en el sofá y no hace más que mirar el techo. La puerta se abre. Demirci. Pavlik se sienta al instante.

—No hay testigos en Wannsee. Nadie ha visto nada.

Ya estaba preparado para eso, pero hay algo mucho más importante:

—¿Qué le ha dicho al hombre del quiosco?

—Literalmente: «Perdone, ¿no vive usted en Bübingweg? Pavlik se queda perplejo.

—Quería comunicarnos algo —opina Demirci—. La información debe de estar oculta en el interrogatorio de ayer.

Llaman a la puerta. Helmchen se asoma.

—Los de TC han extraído el ADN de Holm de la sangre del cuchillo, pero no encuentran nada en la base de datos. Y las huellas dactilares se han borrado.

«Pero todavía tenemos a esas dos turistas de la foto», dice la mirada que le lanza Pavlik a Demirci.

—Lo siento, no puedo retrasar más la conferencia —añade entonces Helmchen, afligida—. Tengo que darles por lo menos la hora de la conexión de vídeo.

—Dentro de quince minutos. Gracias, señora Helm.

—Para usted, a partir de ahora, Helmchen. Si quiere.

Demirci sonríe un momento.

—Con mucho gusto.

—Helmchen, ¿dónde está el interrogatorio de Boenisch? —pregunta Pavlik.

—No lo sé.

—En el móvil de ella —recuerda Demirci—. Quería repasar la grabación, pero no le ha dado tiempo.

—El móvil estaba en el autocar y ahora lo tengo en mi despacho. Enseguida te lo bajo. —Helmchen se retira sin hacer ruido.

Pavlik señala un sitio en el sofá, a su lado. Demirci mira una mancha enorme con cierta repugnancia.

—¿Eso es sangre?

—Ni idea.

—Bueno, vale. —Se sienta, pero se queda rígida en el borde.

—Holm sabe que estamos en Budapester Strasse —dice Pavlik— y conoce nuestras tácticas operativas.

—Sí. También a mí me preocupa.

—¿De dónde ha sacado esa información? Estamos completamente aislados.

—¿Un topo?

—Hace un momento he hecho un repaso de toda nuestra gente. No hay nadie de quien pueda imaginar algo así, pero tampoco quiero hacer como si nunca hubiera ocurrido algo parecido. Habría que poner a todo el mundo bajo la lupa. Sin embargo, aparte de que nos falta tiempo para eso, sospecho que la fuente de Holm se encuentra en la planta noble.

—El Consejo de Ministros del Interior…

—No tiene por qué ser un ministro. Tal vez un secretario de Estado —sugiere Pavlik—. Holm negocia con el miedo, podría haber conseguido extorsionar a alguien. También hay otras posibilidades. Acepta encargos de asesinato de la mafia. Con eso se consiguen contactos políticos. Si yo tuviera que compartir mesa con emperadores y reyes, como va a hacer usted, llevaría mucho cuidado con lo que digo en mi brindis.

Silencio.

—¿No quiere saber qué ha declarado Kvist?

—¿Para qué?

—La llama «Jenny». Los he visto bailar. ¿Cuánto tiempo estuvieron juntos?

—Un año.

—¿Mentiría él por ella?

—Haría cualquier cosa por ella.

Demirci duda. Le arde una pregunta en la punta de la lengua, pero deja que se extinga.

—¿Con qué podemos trabajar?

—Holm sabía que me encontraba a setenta y cinco metros. Es capaz de calcular distancias con precisión.

—Se ha familiarizado con el entorno.

—Sin duda, pero no le ha hecho falta una cinta métrica. «A dos metros, entre los ojos». ¿Recuerda? Eso fue ironía.

—¿Cree que es un francotirador?

—Tenemos constancia de dos ataques con fusil. Uno en Fráncfort del Óder, donde mató a una ucraniana, y otro delante del hotel Jupiter, el que ha mencionado Sascha. No era él quien hablaba, sino su hermano. Esas dos veces no fueron distancias muy grandes, pero apuesto a que Holm sabe lo que se hace. Eso es una ciencia que debe aprenderse. Por lo general con el ejército, como hice yo. ¿Dónde? No estuvo con el ejército federal. Si conseguimos sus huellas dactilares las compararé con la «lista Pavlik».

Demirci lo mira con ojos interrogantes.

—Mi archivo privado. He documentado todos los disparos de francotiradores que han dejado rastros en el lugar de los hechos. ¿Qué me dice del tercer hombre? ¿Tenemos algo de la comparación biométrica?

—No. No está en búsqueda y captura, no tiene antecedentes, ninguna entrada en el INPOL.

—Tiene que estar en algún sistema. Y otra cosa: en el coche, Sascha quería sentarse detrás con Aaron. Holm le ha dicho: «No te está permitido».

Cruzan una larga mirada.

—No le permite a su hermano vengarse de ella —murmura Demirci—. ¿Eso es buena o mala noticia?

—Mala. Quiere decir que ya ha previsto para Aaron un castigo que será peor que cualquier cosa que pudiera hacerle Sascha.

—Antes le ha dicho una cosa a Holm.

—Le he dicho muchas cosas.

—Que los matará a él y a su hermano. Le ha dado su palabra. ¿Lo decía en serio?

—Sí.

En su respuesta no resuena asomo alguno de duda. Como si Demirci le hubiera preguntado si en su despacho hay un sofá.

—¿Cuál es su valoración de la forma física de ella?

—La he abrazado. Tiene todos los músculos bien definidos. Está en su peso de lucha.

—¿De qué le sirve eso? Está ciega.

—Usted la vio en la galería de tiro. Era la pista de Aaron y en el mostrador de armas hay una muesca, justo en el centro, así que pudo orientarse. Aun así, un tiro como ese es un milagro. Pero lo extraordinario de verdad no fue eso, sino que ella sabía que había sido un disparo de nueve, no de diez. ¿Se hace usted una idea de la consciencia espacial y corporal que tiene que poseer para percibir eso a ciegas?

—No puedo ni empezar a imaginarlo. —Demirci ha vuelto mentalmente a la noche anterior. «¿Una metáfora? Una experiencia»—. Vio la armadura de mi despacho.

—¿En qué sentido lo dice?

—No sé cómo lo hizo, pero sabía que allí había algo que ella no conocía de antes.

Pavlik se enciende un cigarrillo.

—Holm no da oportunidades a sus enemigos. Sin embargo, ella consiguió herirle con el cuchillo. No debe preocuparse por su forma física.

—¿Quiere vivir, o quiere sacrificarse?

—En la estación de Wannsee nos ha dejado un mensaje. Así que quiere vivir.

—Cree que en Barcelona fue cobarde. ¿Podría haber recuperado su honor salvando a los niños?

—No. Eso los samuráis solo lo consiguen de una forma.

Los dos lo saben: solo con la muerte.

Pavlik respira con una tranquilidad que no siente.

—Una vez me dijo: «Si al final aún me queda tiempo, no quiero preguntarme por qué debo morir, sino saber por qué he vivido».

22

Fårosünd, diciembre de 2013

¿Cómo podría empezar esta carta?

«Querida Aaron» suena raro. Todos nos llamamos por el apellido, así lo hacemos desde que existimos. Tal vez para no tener tantos problemas cuando alguno tiene que irse con el barquero. A mí no me ha funcionado nunca. Y a ti tampoco. Solo a uno lo llamamos por su nombre de pila. Y de él ya no hablamos jamás.

Todavía recuerdo cuando me dieron tu expediente y me dijeron: «Échele un vistazo». Nunca había tenido en las manos una valoración como la tuya. Pero te seré sincero: te cité a la entrevista en el Ministerio más por tu nombre que por curiosidad. No quería a una mujer en la tropa. Los huevos grandes no se llevan bien con las falditas cortas. Disculpa a este viejo machito, ya sabes lo que quiero decir.

Sin duda me tomaste por un capullo engreído. A mí me bastó con verte entrar por la puerta. El resto solo fue palabrería.

Salvo lo que te dije al final. Seguro que te acuerdas.

Estuviste con nosotros seis años. Llevabas faldas más cortas aún de lo que me temía y conseguías que todos girasen la cabeza para mirarte. Salvo Pavlik, por supuesto. Pero hasta el último de ellos habría caminado sobre el fuego por ti. No hace falta que te diga por qué.

Los trajeados intentaron colgarte un muerto un par de veces. No lo sabrás, pero los chicos siempre venían a mi despacho uno tras otro y me decían: «Si Aaron tiene que irse, me voy yo con ella». Pavlik y Butz incluso dejaron alguna vez su arma sobre la mesa. La verdad es esta: si me hubieran obligado a echarte, me habría ido yo antes que tú.

¿Porque eras la mejor con la pistola? También. ¿Por tu inteligencia? También. ¿Porque eras capaz de matar con la patilla de unas gafas de sol? (Sí, Pavlik me lo contó). También. Pero en el fondo solo porque el Departamento sin ti ya no habría sido lo mismo. (Y, de hecho, no lo es).

Cuando competimos a puntería, la pista seis siempre está vacía; los chicos lo decidieron sin que ninguno tuviera que gastar saliva en ello. Así tú siempre participas.

Desde que te conozco solo me has decepcionado una vez. Pensaste que no me daría cuenta de lo tuyo con Kvist. No os dije nada. No era bueno para ti, pero era cosa tuya. No soy tu padre, aunque me habría gustado.

Seguramente él fue el único en sentirse más orgulloso de ti que yo. Muchas veces nos cruzamos por cuestiones de trabajo. Yo veía brillar sus ojos cuando le contaba algo de ti. Pero tenía miedo por su hija. Una vez me insinuó que sería mejor que te enviara a aguas menos revueltas. No pude hacerle ese favor.

Él era una leyenda. Aun así, si antes de una operación yo hubiese tenido opción de escogerlo a él en sus mejores tiempos o a ti…, me habría decidido por ti sin la menor duda.

En Barcelona no estuve con vosotros. A lo largo de mi vida he leído muchos informes. (Estoy cansado de todos ellos). Con algunos he estado de acuerdo, con otros no. Nunca hubo ninguno que dijera menos la verdad que ese. Puede que todo sucediera así. Con una excepción: que tú fueras cobarde. El que escribió eso no te conocía. Valorar una situación es algo que solo puede hacer quien se ha encontrado en ella. Ningún informe explica por qué se ha actuado de una manera y no de otra.

Tal vez haya algo más que te guardas para ti. Si es así, tendrás tus motivos. Un día que te apetezca nos vamos a pescar y me lo cuentas.

Dentro de dos años me retiro. Mi sucesión ya está organizada. Inan Demirci. Una mujer, ¡imagínate! (Bueno, tú misma nos metiste en este lío). Es muy válida, solo tiene que relajarse un poco. Me regalarán un reloj y yo me trasladaré a Suecia con mi barco. Mi casa siempre tendrá las puertas abiertas para ti.

Aquí estoy ahora, sentado en el porche. Disfrutando de un par de días libres con un viejo amigo. Él está tumbado en la hamaca, durmiendo. Lo conoces, dirige el Centro de Lucha Antiterrorista de la BKA. Ayer por la noche me dio una alegría enorme cuando me contó que vas a ser analista de casos con ellos. (Antes de que te formes una idea equivocada: yo no he movido los hilos).

Lo tienes impresionado, pero estaba claro que sería así.

¿Cómo podría explicarte lo que sentí en ese momento? Cuando mi hijo me confesó que iba a ser abuelo, fue fantástico. También despertar después de mi operación de corazón. (El año pasado, pero estoy bien). Y mi trigésimo aniversario de boda, porque me cuesta asimilar que haya sobrevivido a todo esto hasta hoy y pueda seguir amando a mi maravillosa mujer (¡quien te envía un saludo!). A esa categoría pertenece mi alegría.

No podemos cambiar la dirección del viento, pero sí colocar las velas como mejor convenga. Eso es lo que has hecho tú. Eres lo que eres. No existe una situación tan desesperada como para que tú no puedas dominarla. Siempre sacarás lo mejor de cualquier cosa. Esa es tu naturaleza.

Ahora también sé cómo habría tenido que empezar la carta. Bienvenida de nuevo, Aaron. Esas deberían haber sido las palabras.

Tu viejo Lissek

Hace cuarenta minutos que cuenta los segundos mientras reflexiona al mismo tiempo. Están en la autopista. Aaron lo nota por las vibraciones tranquilas del suelo del vehículo, el asfalto fonoabsorbente, la ausencia de paradas en semáforos y de cambios de dirección. Justo después de salir de la estación de Wannsee la han metido en el espacio de carga sin calefacción. Holm le ha indicado a Bosch que le atara las manos a la espalda con una brida. Le ha quitado el Uzi para no correr ningún riesgo.

—No se deje engañar por el hecho de que sea ciega. Si le da la menor oportunidad, le partirá la nuca como si fuera una cerilla.

«Holm lo trata de usted. Naturalmente. Él jamás confraternizaría con nadie».

La brida se le clava mucho en la piel. Después de ponerse en marcha ha chasqueado los dedos y ha percibido que se encuentra en una camioneta o un vehículo de reparto. Bosch está acuclillado en el suelo, frente a ella. Entre ambos tienen la bolsa del dinero, contra la que ella ha apoyado los pies. Los hermanos van delante, en la cabina. Aaron no sabe si hay una ventanilla o no.

Hace rato que tiene claro que Holm no quiere dejarla a solas con Ojos de Ficha. Aún oye su frase: «No te está permitido».

Cambia de postura por tercera vez sin que nadie se dé cuenta. A su derecha ya ha explorado veinte centímetros. Se desliza apenas un poco hacia la izquierda, busca algo contra lo que poder rozar la brida. Nada. Diez centímetros más.

Sus dedos solo tocan la pared de metal corrugado.

Bosch abre una botella de agua. Bebe. Vuelve a enroscar el tapón. Enciende su sexto cigarrillo. Ella oye el clic de un mechero desechable, huele el humo.

—¿Me da una calada?

El hombre no se mueve, fuma deprisa, pasa de ella. Aaron intenta recordar su voz e imaginar la talla que la acompaña. Es algo que no se le da muy bien. Ya le ha pasado que una voz le resulta atractiva y masculina y luego se entera de que el tipo en cuestión es gordo, o flaco, o desgarbado. Una voz joven puede pertenecer a una persona vieja, y al revés. Una vida, la suma de todo lo que queda impregnado en el sonido de una voz, no es solo cuestión de años.

El vocabulario de Bosch es limitado, masculla las palabras chapuceramente, las trata sin ningún cariño; el compás de sus sílabas es monótono. Al final de la frase su voz siempre sube un poco hacia arriba. Como si se sintiera tratado de forma injusta y todo el rato tuviera la sensación de tener que defenderse. Guarda en su interior una indignación que no puede dejar aflorar.

Es evidente que le tiene miedo a Holm, se considera por completo inferior a él. Pero no puede haber nadie que no tenga miedo de Holm, Aaron incluida. Bosch contesta a sus órdenes con un escueto «Sí» o un «Bien». De eso se deduce que ha pasado mucho tiempo en un sistema de órdenes y obediencia. No utiliza desodorante; Aaron huele su sudor agrio. Está acostumbrado a la compañía de hombres que no se escandalizan por eso. El ejército, supone, pero sin una graduación alta.

Está claro para qué lo quiere Holm. Bosch lo ha desvelado en el BMW, cuando Ojos de Ficha ha preguntado otra vez: «Bueno, ¿y tú de qué nos servirás?». Puede que esté familiarizado con situaciones de estrés, pero es evidente que los acontecimientos de hoy lo superan. Bosch no tiene controlados los nervios; si no, no se habría vuelto hacia la cámara en el andén.

Aaron tiene que construir una relación con ese hombre. Es lo único que se interpone entre los hermanos y ella. Que podría interponerse.

—Solo una calada —insiste. Mira más allá de él, hace como si buscara su rostro, quiere despertar su compasión, pero Bosch tampoco muestra ninguna reacción esta vez—. Son de mi marca.

Por fin el hombre se inclina hacia delante, ella siente el cigarrillo entre los labios y chupa con avidez. Chesterfield.

—¿Cuál es su nombre de pila? —le pregunta—. Yo me llamo Jenny. Jennifer, en realidad, pero nadie me ha llamado nunca así.

—Sé lo que está intentando. —Abre la cremallera de la bolsa. Cuenta el dinero. Quiere cambiar de tema.

—¿El qué?

—Convencerme.

Habla hacia abajo, tiene la mirada puesta en los billetes. Aaron aprovecha para deslizarse unos centímetros más. Toca algo y lo inspecciona con cuidado. El gancho de una correa de sujeción de carga.

—Solo quiero que nos conozcamos un poco mejor —dice, y empieza a rozar la brida contra el gancho—. Para que me escuche cuando le explique quién es Holm, ya que no parece saberlo.

—Lo que tenga él con usted a mí no me interesa. —Zanja el tema.

—Aunque cuente el dinero diez veces, no verá ni un céntimo. Holm nunca ha compartido nada con nadie. Ni siquiera con su hermano. Es capaz de matar a una persona de muchas maneras.

—Me ha avisado de que lo intentaría.

—¿Le ha dicho también que ya nos hemos encontrado esta mañana? Pregúntele.

—Cállese.

—En el apartamento de la florista que le ha mencionado antes a mi compañero. ¿Se acuerda?

Trabaja concentrada en sus ataduras, pero mantiene los brazos inmóviles. Solo mueve las manos. Bosch se enciende otro cigarrillo. Aaron oye que quiere meter el mechero en el paquete. Se le resbala la primera vez, lo consigue al segundo intento.

—Holm también ha dicho: «Esta noche estará muerta, y mi hermano y yo seremos cinco millones más ricos». De usted no ha dicho nada.

—Debe de creerse que soy bastante tonto.

—Lo que creo es que es alguien que no quiere morir, y que debería pensar bien si tiene algún papel en los planes de Holm. ¿Sabe lo que ha hecho con esa florista? La ha desollado y destripado como a un animal. A su hijo pequeño lo ha tirado desde una cuarta planta.

Bosch vuelve a abrir la cremallera.

Ahora van más despacio. Se detienen. El pulso de Aaron pisa a fondo y acelera a todo gas. Si Holm la saca maniatada del vehículo en mitad de ninguna parte estará perdida.

«No, no hemos torcido. Seguimos en la autopista».

Unas sirenas se aproximan deprisa, de la policía y de los bomberos. Resuenan al pasar junto a ellos, luego bajan de volumen hasta quedar reducidas a un susurro. Un accidente, lejos de donde están.

Aaron controla la respiración.

—¿Por qué cree que su hermano le ha preguntado de qué les sirve usted? Si me ayuda, es posible que conserve la vida.

Sigue trabajando contra el gancho de acero. Se le desgarra la piel. Le arden las muñecas.

«No hay situación que no domines».

Aaron oye que Bosch se quita la cazadora. El humo de tabaco se le acerca. Siente la respiración del hombre. Algo le toca la mejilla. Se mueve a lo largo de ella, se vuelve agrietado, sudoroso, ondulado. Aaron se aparta. Él le acaricia la otra mejilla y ella se da cuenta de que es su antebrazo.

Cicatrices. Un paisaje de dolor.

—He matado a muchos —susurra Bosch—. Me dijeron que me pagarían, y que sería justo. Una porquería es lo que fue.

Vuelve a acuclillarse delante de Aaron y cuenta el dinero. Su olor se le ha quedado metido en la nariz.

Aaron busca protección en su sala interior. La vibración del vehículo. El humo del cigarrillo. El susurro de los billetes. El recuerdo de la carta de Lissek. Las muñecas que le sangran. El gancho. Su miedo.

Eso es todo lo que tiene.

Y una pregunta: «¿Entenderá Pavlik mi mensaje?».

Helmchen le lleva el móvil de Aaron.

—Está apagado. ¿Quieres que llame a alguien de Técnica para el PIN?

—No es necesario. ¿Dónde está el conductor del autocar?

—Todavía en Keithstrasse. Los de Investigación Criminal lo están interrogando.

—Quiero hablar con él.

—Ya lo he arreglado.

Helmchen deja en el escritorio de Pavlik una cajita decorada con un lazo.

—¿No querrás hacerme una proposición? —pregunta él.

—Es tu regalo de cumpleaños. Anoche no pude ir.

Él levanta la cajita y le da vueltas.

—Hace dieciocho años, cuando te sentaste en mi vestíbulo a esperar para reunirte con Lissek el día que empezaste en el servicio, yo estaba preocupada —dice—. Una buena amiga mía estaba muy enferma. La verdad es que se me da bien ocultar esas cosas, y tú ni siquiera me conocías, pero me sonreíste y comentaste: «Por cada día de mierda vienen diez buenos». Te lo agradecí.

Pavlik lo recuerda.

—Todos se han sentado ahí el primer día —sigue diciendo la mujer—. Completamente absortos en sí mismos, dándole vueltas a lo que se esperaba de ellos, a lo fría que estaría el agua a la que iban a lanzarse, a si serían lo bastante buenos. Tú no. Tú te serenaste y tuviste tiempo para ocuparte de mis preocupaciones. Entonces pensé que tal vez serías el único que llegara a los cincuenta en el Departamento.

Pavlik toquetea el lazo, no consigue desatarlo con sus dedos grandes y al final lo arranca a lo bruto.

En la cajita hay un casquillo vacío.

—Antes de tu primer entrenamiento le pedí al conserje de la galería de tiro que me guardara el casquillo de tu primera bala. Muchas felicidades, Ulf. Y gracias por haber sido siempre un amigo, un hermano y también un padre para los demás.

Pavlik no sabe qué decir.

—Solo hubo otra ocasión en la que pensé lo mismo. Ya sabes con quién. Su casquillo está en el cajón de mi escritorio. No he sido capaz de tirarlo. —Helmchen lo mira largo rato con unos ojos que él no le había visto nunca—. Tú eres todo lo que ella tiene.

Pavlik solo asiente con la cabeza. La mujer se marcha.

Contempla el casquillo, lo hace rodar entre los dedos. Es igual que cualquiera de los otros muchos miles que ha disparado. Y, sin embargo, es valioso. Pavlik vuelve a dejarlo en la cajita con suavidad.

Aaron sigue teniendo un iPhone blanco. «Un móvil de niña», le gustaba a él burlarse. Prueba suerte con las últimas cuatro cifras de su viejo número de agente. No válido. ¿Cuándo se encontró a Marlowe? No lo sabe. ¿El día de la muerte de su padre? No válido. Solo le queda un intento antes de que el móvil se bloquee.

1905. El cumpleaños de Sandra. Aceptado.

Dos carpetas con grabaciones de voz. «Interrogatorios» y «Personal». Sus dedos se deslizan por la pantalla. Se siente miserable, pero abre la de «Personal».

«19 de junio. ¿Qué ocurrió en el bar de París?».

«20 de junio. ¿De verdad estuve con Butz en Amberes?».

«21 de junio. ¿De qué color tiene los ojos Pavlik?».

«22 de junio. ¿Cómo se llamaba el hotel de Barcelona?».

«23 de junio. ¿De pequeña fui a clases de piano?».

«24 de junio. ¿Cómo suena la risa de Sandra?».

«25 de junio. ¿Dónde aprendí ruso?».

«26 de junio. ¿Con qué vestido le gustaba tanto a Niko?».

Salta hacia delante.

«2 de diciembre. Una vez más, Barcelona. Las preguntas principales: ¿Cuánto tiempo estuve en el almacén? ¿Qué ocurrió en ese tiempo? ¿En qué estado se encontraba Niko? ¿Llegó a tocarme? ¿Y yo a él? ¿Hubo palabras? ¿Cuáles? ¿Por qué no intenté eliminar a Holm? ¿Por qué hui y dejé a Niko atrás? ¿Por qué no llamé al comando móvil ni pedí una ambulancia?».

Pavlik se pone de pie y abre la ventana. El frío le corta la cara. Los edificios se levantan contra el cielo profundo. En el fondo lo supo cuando Aaron le preguntó qué aspecto tenía delante del hotel Jupiter, pero esperaba haberse equivocado. No, se ha engañado a sí mismo.

Por eso se ha entregado Aaron a Holm: porque él conoce la verdad. Y por la verdad ella está dispuesta a morir.

Abajo, en la calle, ve rodar un tronco de árbol de Navidad destrozado. Suena el teléfono y Pavlik se sobresalta.

—Querías saber si Kvist hacía algo. Está vaciando su escritorio —oye decir a Fricke nada más descolgar.

—¿Lleva el *lolli* en su coche?

—Sí. Se ha encargado Claus. Un micro debajo del reposacabezas.

—Que dos hombres se peguen a él.

—Solo por saberlo: ¿por qué? ¿Quieres que se tomen una cerveza juntos?

—Ha estado a solas con ella. Tal vez sepa más que nosotros.

—Se va a dar cuenta. Igual que ayer.

—Ayer daba igual. Hoy no. Que se encarguen Peschel y Nieser, con dos coches. Pueden mantenerse a distancia, tenemos el GPS. Llama a la BKA y envía allí a Kleff y a Rogge. Que les entreguen dos de los «Ochos». —Los «Ochos» son una serie de vehículos de la BKA que llevan matrículas de las ocho grandes conurbaciones alemanas—. Pero que no sean de Berlín. Alguna tartana de Múnich o de la cuenca del Ruhr. Y que releven enseguida a Peschel y a Nieser.

—Un segundo. —Murmullos. Luego otra vez Fricke—: Tenemos a las turistas. Un vendedor de billetes de tours por la ciudad las ha reconocido en el zoo gracias a la descripción que se ha dado por radio. La policía federal está tomando las huellas dactilares del móvil. Si no lo han toqueteado mucho después de la fotografía, podría haber suerte.

—Comparación inmediata con el sistema de identificación de huellas dactilares. —Cierra la ventana, se sienta al escritorio y pone en marcha la grabación de Boenisch.

—«Siento muchísimo que se haya quedado ciega. Lo siento de verdad».

—«Trabaja usted en la lavandería. ¿Se lleva bien con sus compañeros?».

¿Una furgoneta de lavandería como vehículo de fuga? No, en la estación de Wannsee ella no podía saberlo todavía.

—«Un celador me pegó».

Mister Uzi: ¿un celador de Tegel? Es posible.

—«¿Qué tal es la recepción de su radio transistor?».

¿Una tienda de electrodomésticos?

—«Me avergüenzo de haber visto esa película. No tendría que haberlo hecho».

¿Una videoteca?

—«Me alegro de que aquella vez viniera usted. Me alegro mucho. Usted me salvó».

Pavlik cierra los ojos. Intenta imaginarse a la joven que se plantó delante de la casa de Spandau cuando ya estaba oscuro. La joven que quería ser policía para emular a su padre. La joven que aún no había conocido a Pavlik. Tenía veinte años, su futuro era un gran sobre sorpresa. Seguro que sus instructores no le dieron ningún bonus a causa de su apellido. Como mucho, eso los animó a apretarle las tuercas a ella más que a nadie. ¿Tenía amigos entre sus compañeros de estudios? Puede que no. Las personas como Aaron atraen a los demás y al mismo tiempo los desconciertan; hay que ser capaz de soportar su cercanía.

¿Estaba enamorada de un joven simpático, uno de esos altos y morenos que tanto le gustan? ¿Qué sueños tenía? ¿Era despreocupada? ¿Traviesa? ¿Feliz?

Cuando Aaron hizo sus prácticas en la Sexta Brigada de Homicidios, en Keithstrasse, Pavlik ya llevaba dos años en el Departamento. Solo los separaban quinientos metros. Y, aun así, un mundo entero. El trabajo de él no tenía nada que ver con el día a día en Investigación Criminal.

De cuando en cuando se pasaba por las dependencias de la Sexta porque eran los que tenían la mejor cafetería. A veces se pregunta si llegó a cruzarse con Aaron entonces. No, le habría llamado la atención. Ella llama la atención en todas partes. Al principio eso fue un problema para Lissek. Había tenido dudas respecto a si debía enviarla a operaciones encubiertas, porque le resultaba muy difícil pasar desapercibida, pero enseguida comprendió que el físico de Aaron era un plus. Nadie piensa nunca que una mujer como ella pueda ser policía.

Pavlik se enteró de lo de Boenisch cuando sucedió, desde luego. Salió en todos los periódicos, que hablaban de una «valiente candidata a policía» que le había echado el guante a un asesino en serie ella solita. No aparecieron fotografías. Le habría gustado abrazarla y consolarla ya entonces, en lugar de tener que esperar hasta mucho después.

—«Mi ángel. Gracias por haber llamado a mi puerta».

Pavlik mira hacia el sofá. Allí está Aaron sentada.

Ya hace dos años que se conocen, hace tiempo que son amigos. Ella va con Marlowe a su casa. Echan partidas de Scrabble y el Juego del Maleficio, los sábados hacen barbacoas. Si ella no hubiera estado en el bar de Clichy, los hijos de él ya no tendrían padre.

Aaron funciona como un mecanismo de relojería.

Sin embargo, ayer hizo algo que lo espantó.

Estaban entrenando en el Molino cuando llamó la LKA. Un hombre se había atrincherado en una casa con su esposa y su hijo pequeño porque la mujer quería abandonarlo. Amenazaba con matar al niño. Normalmente habría sido un caso para la policía de Brandeburgo, pero el Molino estaba a solo dos kilómetros de allí, así que solicitaron la ayuda del Departamento.

Se acercaron cinco agentes, que entraron en la casa al asalto y encontraron a la mujer y al niño maniatados pero ilesos. El hombre se había escondido en el sótano. Ninguno de ellos se había dado cuenta de que Aaron llevaba ya un buen rato ahí abajo. La luz del sótano estaba estropeada. Pavlik bajó con dos más a aquella oscuridad total. Ella estaba sentada en el suelo. Cuando la iluminó con la linterna, sus pupilas no se contrajeron. El hombre estaba inconsciente a su lado. Aunque iba desarmado, le había roto tres costillas, la mandíbula y un brazo.

Pavlik comprendió que hablar no tenía sentido. Ordenó al grupo que tuviera la boca cerrada, envió a Aaron a casa y en su informe puso que el hombre la había atacado. Lissek no hizo preguntas.

Por la noche Pavlik pasó a verla, pero ella no le abrió.

Ahora está sentada en su sofá y hace diez minutos que guarda silencio. Él se sienta a su lado. Siguen pasando los minutos. Entonces le cuenta lo de Boenisch. La voz de Aaron se desliza por los surcos blancos de un disco que ella oirá eternamente. Cuando ha terminado con Boenisch, le habla de Runge, de la camarera de Delmenhorst y de las otras dos a las que también mató. Ella podría haberlas salvado si no hubiera decidido salvarse a sí misma. Pavlik no la interrumpe. Al final se echa a llorar. Él la estrecha entre sus brazos y le dice: «Todo irá bien».

«Nunca volverá a ir bien», contesta ella.

Ya no soporta más ese recuerdo. Vuelve a poner el interrogatorio de Boenisch.

—«¿Qué es lo que más le gusta de *Mr. Brooks?*».

La respuesta de Boenisch queda tapada por el ruido de un avión.

—«No lo he oído».

—«El protagonista».

—«¿Mr. Brooks?».

—«Él no es el protagonista. … Mr. Brooks va con él al cementerio. … ¡Y aprieta el gatillo!».

¿El cementerio? No.

—«¿Por qué Melanie Breuer?».

—«Me recordaba a alguien».

—«¿Qué sentía cuando iba a verla?».

—«Todo el rato notaba esa presión en la cabeza. Ella tendría que haberse dado cuenta, que para eso era la especialista».

¿Podría estar oculto su mensaje en los apuntes de la psicóloga? Poco probable. Aaron no tuvo tiempo para estudiarlos.

—«Yo la callé. Es tan bonito cuando están calladas… Igual que en un planeador, donde solo se oye el viento»

—«La bolsa no era transparente. Y eso que a usted le encanta ver el miedo en los rostros de las mujeres».

—«Sentí asco de mí mismo».

Fin de la grabación. Eso es todo. Pavlik mira al vacío. «Aaron, ¿qué has querido decirnos?».

Aaron no ha olvidado nunca la última frase de Lissek en su primer encuentro: «Vamos a llevarla al lugar más peligroso del mundo, su propia mente».

Cuando la brida deja de ejercer resistencia contra el gancho y se parte, ella ya ha repasado el ataque diez veces.

Bosch ha vuelto a ponerse la cazadora, pero Aaron no sabe si la lleva abierta o cerrada, así que elimina el torso como objetivo. Su plexo solar y su caja torácica quedan descartados, así como el bazo, el hígado, la vesícula, los riñones. Un golpe de tres dedos en el hueco de la clavícula le impediría respirar, pero solo en caso de que la clavícula esté expuesta.

Demasiada incertidumbre. Aaron se ha decidido por el cuello.

Para ello debe tomar en consideración el peso y la forma física del hombre. En la estación se ha hecho una idea de su estatura. A la altura de sus ojos, si descuenta los seis centímetros de tacón. Bosch ha sido capaz de levantar y cargar una bolsa que pesa más de setenta kilos subiendo una escalera a paso ligero. De modo que con una estatura de metro ochenta pesa por lo menos noventa kilos, y está musculado. Aaron tiene que golpear con la máxima fuerza.

Si se equivoca y Bosch no posee los músculos del cuello de un toro, su puño lo matará.

Sobre los reflejos del hombre no sabe nada. Seguro que no son tan buenos como los de ella. Aun así, se advierte que debe ser precavida. Oye a su padre: «Nunca pienses en ganar, piensa en no perder».

Hace diez minutos que vuelven a estar en marcha.

Holm ha salido de la autopista. Van por una carretera.

Mientras Aaron estira y dobla con cuidado las muñecas a su espalda para recuperar la circulación sanguínea, ya está respirando de tal manera que su concentración se traslada al centro de gravedad de su vientre.

Su mayor preocupación es que podría haber una ventanilla entre la cabina del conductor y el espacio de carga, pero ya ha tomado la decisión. No tiene los pies atados.

—Se me han dormido las piernas.

Se quita los zapatos, se acuclilla y apoya la espalda contra la pared. A Bosch no le importa. Aaron tiene tiempo suficiente para calcular la posición de él y localizarlo con exactitud. El hombre abre la botella de agua y bebe. Después saca otro pitillo dando golpecitos en el paquete. Lo atacará cuando la primera calada honda abandone los pulmones. Justo después de exhalar es cuando una persona está más relajada, por eso también es el momento perfecto para disparar un arma.

Coloca la punta de la lengua contra las encías para evitar que la noquee si contraataca.

Aaron dobla el meñique izquierdo.

Bosch enciende el cigarrillo. Vuelve a meter el mechero en el paquete, inhala el humo, lo expulsa. Ella se lanza, le salta encima y le clava la rodilla en la entrepierna. Él gime de dolor y ella siente que algo caliente le rebota en la cara; la brasa del cigarrillo, que ha salido disparado antes de que el nudillo medio de su meñique le encontrara el meridiano yang en la aorta. A causa de la estimulación de los sensores de la arteria, el sistema circulatorio de Bosch cree que su tensión ha subido disparada como un cohete a la estratosfera. El corazón envía una señal de alarma al sistema simpático, que enseguida reduce la actividad a cero y con ello provoca un drástico descenso de la presión sanguínea. Le ha golpeado en el punto exacto. El cuerpo de Bosch queda dormido antes de que le haya dado tiempo a pestañear.

Aaron le busca el pulso. Está inconsciente.

Su triunfo dura dos inspiraciones rápidas. El vehículo da un bandazo al tomar una curva cerrada hacia la derecha. Eso la aparta de Bosch y la lanza contra la pared. Van a toda velocidad por un camino lleno de baches.

La ventanilla. Holm lo ha visto todo.

Aaron intenta llegar a la puerta. Holm vuelve a dar un volantazo y la lanza contra la otra pared. Quiere sujetarse a algo, pero solo encuentra acero liso.

Holm frena en seco. Ella oye cómo se abren las puertas del conductor y del copiloto. Tiene el hombro entumecido. Espera que Holm abra la puerta de carga, pero eso no sucede. Se arrastra hasta Bosch, le palpa la ropa, busca el paquete de tabaco con el mechero. Fuera no se oye nada. El paquete debe de estar en el suelo, por algún lado. Se obliga a permanecer tranquila y registrar a tientas hasta el último centímetro alrededor del hombre.

Ahí. Aaron abre el paquete y saca el mechero. Abre también la bolsa, temblando, y hace un hueco en el centro.

«Si consigo destruir el dinero me necesitarán para exigir más».

Prende un fajo de billetes, lo lanza al hueco, un segundo fajo, un tercero, un cuarto. Huele una voluta de humo ridículamente fina. No basta. ¡No basta! Desesperada, comprende que no lo conseguirá sin un acelerador. Se siente tan atrapada que la vencen las ganas de llorar.

Desatrancan la puerta. Ella se coloca en posición de ataque, toma aire con respiraciones largas y profundas para relajar la musculatura. Holm salta a la superficie de carga, se deja caer y se desliza hacia ella. Aaron sabe que la quiere tumbar con un barrido al pie y lo esquiva. Da una patada y su tobillo lo alcanza en la cabeza. Se arrodilla para anular a Holm con un golpe doble, pero no consigue darle ni una vez. Él le bloquea el puño y le clava un dedo en el hueco supraesternal.

Es como si un trozo de carne se le hubiera quedado atascado en la garganta. De sus pulmones sale un pitido seco. Aaron se pasa un minuto luchando por conseguir aire, está tan tensa que empieza a sangrarle la nariz. Holm la contempla todo el rato. Cuando siente que va a caer inconsciente, él la agarra y le da un fuerte golpe en el tórax.

Una inhalación. Dos. Superficiales. Apenas merecen ese nombre. Está tirada de espaldas y tiene que batallar por cada milímetro cúbico de aire.

Holm arrastra a Bosch por el espacio de carga y lo deja caer en la nieve como un saco.

Tres inhalaciones. Cuatro.

Aaron se consume por cada gota de aire.

Holm regresa y se acuclilla a su lado.

—Me habría decepcionado que no intentara nada. —La satisfacción impregna su voz.

Le acerca algo al oído y ella percibe un graznido.

—¿Qué… ha… pasado? —Es Bosch, que ha vuelto en sí.

—¿Que por qué lo está oyendo? —pregunta Holm—. Porque le he escondido un micro en la cazadora. Le ha dicho que desollé y destripé a esa mujer. Bosch podría creerse algo así, pero usted sabe que no es cierto: no soy cruel. Actúo de forma proporcionada. Usted conoce la diferencia.

Aaron se arrastra hasta la pared, el dolor la abruma.

—Que yo no haya compartido nunca nada, ni siquiera con mi hermano, es una mentira cuya esencia usted no puede comprender. He compartido con mi hermano más de lo que pueda imaginar. Pero se lo perdono. No sabe lo más mínimo de mí; yo de usted, todo.

Aaron quiere incorporarse. No lo consigue.

—¿Especula con su valor de mercado como rehén? ¿De verdad piensa que su heroicidad en Diecisiete de Junio es un cheque en blanco por su vida?

Un roce de plástico contra plástico, un tapón de rosca. Aaron huele la gasolina. Horrorizada, quiere escapar. Avanza un metro de rodillas, pero Holm le da una patada en el vientre. Las arcadas la vencen. De nuevo se queda sin aire.

—¿De qué va esto? ¿Estás loco? —grita Ojos de Ficha, que salta al espacio de carga.

Suelta un gemido quejumbroso y cae toscamente sobre ella. La ropa le huele a detergente barato de cárcel. Aaron quiere apartarle la cara, pero ya no tiene fuerzas. Ojos de Ficha no se mueve, está inconsciente, o muerto.

Holm tira de su hermano y se lo quita de encima. Lo arrastra fuera, como a Bosch, y lo lanza a la nieve.

El silencio con el que regresa se mofa de ella. Holm vacía la lata de gasolina a su lado. Aaron respira los vapores corrosivos, ya no es capaz de pensar con claridad. Desea rendirse y morir.

—Voy a devolverle su cheque en blanco.

La cabeza de una cerilla sisea sobre la superficie del raspador. El corazón de Aaron se convierte en una ráfaga sostenida de ametralladora.

Holm le prende fuego a la bolsa. Ella se aparta rodando, le arde la nuca, se arranca el abrigo del cuerpo y sofoca las llamas de su pelo.

Holm baja.

Cierra la puerta y la deja sola en ese infierno.

Aaron se arrastra por el suelo a través de un calor abrasador buscando la botella de la que bebía Bosch. Cierra los ojos, que le arden. Los pulmones se le llenan de hollín y ceniza; se atraganta, tose unas flemas amargas. Encuentra la botella al cabo de una eternidad. Se empapa el vestido con agua y lo usa para taparse la nariz y la boca. No sirve de nada. Se desliza pegada al suelo hasta la puerta, espera que allí haya alguna rendija por la que poder conseguir aire, pero no absorbe nada más que una humareda acre y apestosa. Se da cuenta de que abandona ese fardo maltratado que una vez fue su cuerpo pero que se ha vuelto inútil. La ametralladora se ha quedado sin munición, el percutor solo golpea una cámara de cartuchos vacía, cada vez más despacio, cada vez más débilmente.

Clic… Clic… Clic… Clic… Clic… Clic… Clic…

Mil chispas candentes danzan ante sus ojos y saltan hacia el cielo nocturno por encima de una hoguera consumida. Ben, a su lado, no para quieto y está tan nervioso como ella; huele a tierra, a hierba, a grasa quemada. Tienen cinco años y todavía no saben nada del agujero en el estanque blanco. El campesino vacía un gran cesto de patatas sobre las ascuas. Aaron está impaciente por sacar la primera, ya siente en la lengua ese maravilloso placer suave, ahumado y almendrado.

Su padre la levanta de la cinturilla del pantalón riendo, toma impulso y la balancea hacia delante y hacia atrás mientras ella chilla, pero él sigue haciendo como si quisiera lanzarla hacia el cielo. Las patatas son grandes y redondas y se vuelven negras y agrietadas. Aaron querría tener unas manos enormes para espachurrarlas todas y convertirlas en una única patata monstruosa que fuera toda para ella. Por fin las sacan de las brasas. Queman, queman, queman. Ben y Aaron se las van cambiando de mano mientras cuentan: «Uno, dos, digo adiós; tres, cuatro, voy al teatro; cinco, seis, ¡ya veréis!». Arrancan la piel carbonizada y se pintan la cara con los dedos negros hasta que parecen dos indios en pie de guerra.

Aaron le da un bocado a la mejor patata de su vida.

Está infinitamente agradecida de que se le permita morir así.

Despierta con la cara en la nieve. El dolor arrecia como una tempestad en su interior. Aaron quiere arrastrarse por el suelo helado y endurecido, pero sus manos no la obedecen. Ni siquiera consigue morder la nieve para librarse del sabor a gasolina quemada. Tiene que esperar a que su cuerpo vuelva a acogerla.

—¿Qué has hecho? —balbucea Ojos de Ficha.

—Conseguiremos otros cinco millones —dice Holm.

23

El conductor del autobús se echa los brazos alrededor del pecho.

—¿Podrían subir un poco más la calefacción, por favor?

Pavlik se acerca a la ventana de la sala de interrogatorios y hace como si girara el termostato. Sabe que los escalofríos de Heinz Schwenkow no tienen nada que ver con la temperatura de la sala.

—¿Dónde estoy? —quiere saber Schwenkow por tercera vez.

Pavlik vuelve a sentarse.

—Como ya le he dicho, en la policía.

—Me han hecho entrar por un aparcamiento subterráneo en una furgoneta cerrada. Como si fuera un criminal.

—Ha sido solo por su seguridad. ¿De modo que Holm no se ha dirigido a su cómplice por su nombre ni una sola vez? ¿Está seguro?

El hombre ve que no le servirá de nada quejarse más de las circunstancias.

—Sí. Prácticamente no ha hablado con él. Casi siempre señalaba hacia algún lado con la barbilla y el otro saltaba hacia allí. Holm lo trataba de usted. Era raro.

A Pavlik no le extraña. Solo que los buenos modales de Holm no son más que una burla. De estar sentado en la silla eléctrica, trataría de usted al hombre que enciende la corriente.

—Ha citado algo de un libro. De quién, no lo sé, pero la frase no se me va de la cabeza. Es como si me la hubiera aprendido de memoria. «Lo que deseamos y elogiamos no es la valentía de morir con honor, sino la valentía de vivir con coraje».

—Señor Schwenkow, piénselo bien: ¿no han hecho ninguna insinuación sobre adónde pretendían ir?

Schwenkow se encoge de hombros sin saber qué decir y se calienta las manos en la taza de café.

—Me encantaría poder ayudarles. Sobre todo por Lutz. —Le tiemblan las mejillas.

—¿El empleado de la gasolinera? —pregunta Pavlik.

Schwenkow asiente.

—Estaba separado, pero tenía dos hijos. Los quería muchísimo. La mayor ya va a la universidad. Estaba muy orgulloso, porque él solo se había sacado el graduado escolar. Una vez me enseñó una foto. Muy guapa.

Schwenkow se detiene a buscar palabras. Pavlik no lo presiona. Está bien que vaya pasando tranquilamente de una idea a la siguiente, que vaya hablando mientras Pavlik espera con paciencia que al hombre se le ocurra algo con lo que él pueda trabajar.

—Todo por culpa de sus herramientas. —A Schwenkow se le llenan los ojos de lágrimas—. Hacía siglos que quería devolverle esa caja, pero siempre se me iba de la cabeza. Habría podido llevarle la maldita caja a la gasolinera cuando Holm bajó conmigo. Estaba debajo de mi asiento y no lo pensé. Solo pensaba en mí.

Tiene los dedos amarillos. Pavlik le pasa un paquete de tabaco y él saca un cigarrillo, agradecido.

—En realidad yo hoy libraba, pero un compañero cayó enfermo y la jefa me sacó de la cama a las siete. A mi mujer no le hizo gracia. Antes, por teléfono, no paraba de llorar. En algún momento conseguiré superarlo, pero esos niños... Ellos nunca se lo quitarán de encima. Se cargó al profesor de un tiro como si nada, sin ningún motivo. Eso no es una persona, es el demonio. El otro también se cagaba de miedo con él, eso sí puedo decírselo. Obedecía a Holm sin rechistar. Estaba tan nervioso que tuvo que contar los móviles dos veces.

—¿Cómo? —interviene Pavlik.

—Lo vi por el espejo. Atrás, en el asiento del fondo.

—¿En algún otro momento le llamó la atención que no pudiera concentrarse?

—Sí, ahora que lo dice. Holm quería saber dónde estaba la gasolinera más cercana, y el otro estaba de pie a su lado. Pero un par de minutos después le preguntó a Holm dónde íbamos a repostar.

—Gracias, señor Schwenkow. Ahora vuelva con su mujer. Explíqueselo todo tal como ha sido, y tómese unas vacaciones.

—Aún tardaré en volver a casa. Los de Investigación Criminal dicen que tengo que volver a Keithstrasse. Quieren enseñarme fotos del fichero de delincuentes. Para ver si encuentro a ese tipo.

—Les haré saber que no es necesario.

En el pasillo se topa con Ines Grauder.

—Envía por correo electrónico la foto del hombre de Holm a todas las clínicas de Berlín con consultas especializadas en memoria —le pide Pavlik—. O, mejor, que la policía federal envíe a agentes.

—¿Para qué?

—Por lo visto a su cabeza le pasa algo. Tal vez esté en tratamiento.

—¿Y si no es de Berlín?

Pavlik se la queda mirando.

—¿Cuánto tiempo llevas con nosotros?

—Dos meses.

—Por eso preguntas. —La deja plantada—. Cuando te hayas encargado de eso ven a la sala de pesas —añade por encima del hombro.

En el ascensor lo está esperando Helmchen, que le pone un cuenco de sopa caliente en la mano.

—Tómate esto ahora mismo.

—No tengo hambre.

—Es caldo con albóndigas de tuétano, recién hecho.

—Helmchen…

—Si no, llamo a Sandra.

Pavlik olfatea el cuenco. Pero ¿de dónde narices ha sacado Helmchen un caldo recién hecho?

—Los demás ya están arriba —dice la mujer—. Salvo los que se han quedado de guardia en la central de operaciones. Como tú querías.

—¿Demirci sigue con su conferencia?

—Desde hace hora y media —responde Helmchen con preocupación.

—¿Has intentado escuchar algo?

—¿Por quién me tomas? —contesta ella, indignada.

Pavlik levanta una cucharada de sopa y sopla; todo forma parte del jueguecito de Helmchen.

—¿Cuánto la están presionando?

—Mucho. El hombre de Svoboda exige su dimisión.

—¿Quién está de parte de ella?

—Renania del Norte-Westfalia. Fueron quienes la propusieron para el cargo, vino aquí desde Dortmund.

—¿Y nadie más?

—Básicamente es un duelo entre Berlín y Renania del Norte-Westfalia. También le disparan desde la policía federal, porque los puenteamos. Pero Demirci deja que se quejen. Ha conseguido poner de su parte al fiscal general federal y contra él no se atreve nadie; eso ha sido inteligente. Es bastante tozuda. Igual que Lissek, y eso me gusta.

—Y no se ha ido de la lengua en cuanto a la investigación.

—Exacto... ¡Un momento! ¿Cómo sabes tú eso?

Él prueba la sopa. Está buena.

—Ay, madre —dice Helmchen.

—Que quede entre nosotros —le advierte Pavlik—. Cuando Demirci te conozca mejor, podrá estar al corriente de nuestras charlas.

—Svoboda. A ese lo creo capaz de cualquier cosa.

Pavlik se asegura de que no haya nadie cerca.

—¿Te acuerdas de las dos ucranianas de Fráncfort del Óder? —murmura mientras pesca una albóndiga.

—¿Te refieres a Pi? —pregunta ella.

—Sí. Quiero saber quién estuvo a cargo de la operación. No solo los chicos del comando. Toda la logística, el entorno.

Por supuesto que en aquel entonces hubo una investigación. El francotirador sabía lo de la casa segura y lo del Jupiter. Cuando en el Departamento sucede algo así, reaccionan igual que los masáis cuando un león mata a un pastor de vacas: le dan caza hasta capturarlo. Si no, ya nunca se está seguro. Noches en la sala de interrogatorios, seguimientos, vigilancias telefónicas, registros domiciliarios. La desconfianza impregnaba su ropa como un mal olor. Pavlik tuvo que intervenir para parar varias peleas. Fue duro. Después de semanas, los de Asuntos Internos cerraron el expediente sin resultados. Eso fue aún peor. En la casa no se oyeron risas durante mucho tiempo, hasta que en algún momento la rutina hizo las veces de ambientador. Pero Pavlik todavía tiene ese olor metido en la nariz.

—Eso está en la caja fuerte de Asuntos Internos —dice Helmchen—. Ni Demirci tiene acceso a ello.

—Estas albóndigas están deliciosas —canturrea él, y se come la última—. Solo que se esconden un poco.

—Dame dos horas.

Pavlik le planta un beso en la frente.

—Guárdate el peloteo.

—Yo, nunca. —Se bebe el resto de la sopa directamente del cuenco y se lo devuelve a Helmchen—. Cuando seamos dos jubilados, montaremos un piso compartido para viejos.

—¿Y qué haremos con Sandra y con mi marido?

—Conseguiremos que parezca un accidente. —Pavlik se mete en el ascensor y vuelve a pensar en Boenisch. En el mensaje críptico de Aaron. Pone un pie en la puerta—. ¿Helmchen?

Ella se vuelve, ya unos metros más allá.

—Tú viviste una vez en Spandau.

—Sí... ¿Y?

—¿Te quedaba cerca Bübingweg?

—¿Por qué lo preguntas?

La puerta quiere cerrarse, se da contra el pie de Pavlik, retrocede.

—Allí estaba la casa de Boenisch. ¿La conoces?

—No, es otra zona. Allí no quiere ir nadie, está en mitad del corredor de entrada del aeropuerto de Tegel.

Se cierra la puerta. Se abre la puerta.

—Sería como estar en plena pista de aterrizaje —añade Helmchen.

En ese mismo segundo, Pavlik vuelve a oír el avión cuyo ruido hace desaparecer la respuesta de Boenisch en la grabación y al final le oye susurrar: «Igual que en un planeador».

«¿Qué ha dicho Aaron? "Holm puede utilizar a alguien"».

Parece que se ha detenido el mundo para él.

—¿Ulf? —pregunta Helmchen.

—Es posible que el tercer hombre sea piloto. Que envíen también la foto a todos los aeródromos en un radio de doscientos cincuenta kilómetros. Y a la Oficina Federal de Aeronáutica Civil.

La sala de pesas de la cuarta planta es el centro social del Departamento. Allí se cuentan chismes de pasillo, se solucionan discusiones, se suda, se ríe, se maldice y se guarda silencio.

Entrenarse es para ellos como el comer o el beber. Sus cuerpos son estatuas que cincelan día a día, pero ninguno tiene una musculatura innecesaria. Eso los haría demasiado lentos, sería un estorbo en los asaltos y las peleas, y demasiado llamativo en muchas operaciones encubiertas.

«Tienes que perder masa, por lo menos diez kilos». Pavlik no sabe cuántas veces le habrá dicho esa frase a un nuevo.

Si alguien lo viera a él por la calle, pensaría que es un hombre de negocios. ¿O taxista? ¿Dueño de restaurante? ¿Artista? ¿Médico? Pavlik posee la habilidad de conseguir que los demás vean en él lo que él quiere.

Ahora, cuando entra en la sala y mira hacia el silencio de veintisiete hombres y una mujer, quiere que vean a su jefe, el hombre en cuya calma pueden apoyarse y de cuyas dudas no saben nada. Pavlik siempre tiene que sopesar muchísimas cosas y no dejar que ellos lo noten nunca.

Hasta hace unos minutos todos han estado funcionando. La dinámica de los acontecimientos les ha ayudado a no pensar en los compañeros muertos, se han concentrado en sus tareas y no se han permitido temblar.

Pavlik ha detenido esa maquinaria adrede. Sabe muy bien que la adrenalina que los mantiene en marcha se agotará en algún momento, y ese final no llega paulatinamente, sino de forma abrupta. Si el mecanismo se detiene de un segundo a otro, se precipitarán a un abismo de dolor. Pavlik es el mecánico que cuida de esa maquinaria, que la engrasa y la mima y se encarga de que no se recaliente. Por eso ahora todos tienen que parar, aunque sea durante diez minutos, para recordar a los muertos.

Se saca una cerveza sin alcohol de la nevera y se sienta en un banco de pesas.

Nadie dice nada.

En todos los rostros se ve ese vacío insondable tras el cual se oculta una puerta que no se atreven a abrir.

Pavlik bebe un trago, mete un dedo en el cuello de la botella y lo saca con un plop.

—Clausen era un tío raro —masculla—. Una vez estuve en su casa. En la sala de estar tenía una pared empapelada con fotografías. El Ártico, iglúes y osos polares. Era un espanto. Yo le dije: «Pero si no soportas el frío, hasta en agosto vas por ahí con bufanda». Y él contestó: «Por eso. Me siento aquí, calentito y a gusto, y me pongo a mirar cómo se le congela el culo al oso polar».

Alguien suelta una risa, todavía disimulada, otro sonríe.

—Es verdad —interviene Fricke—. A mí me confesó: «Espero que cuando me llegue la hora haga calor».

—Pues lo ha conseguido —cavila Pavlik—. Me apuesto a que tenía la calefacción del coche tan brutalmente alta que Blaschke tuvo que quitarse la camisa. No había nada que odiara más que el calor. Por eso me gustaba hacerle formar equipo con Clausen. Así siempre tenían algo de lo que hablar.

Empiezan a pasar botellas de cerveza. Kemper juega con una pesa.

—La ex de Clausen tenía un chucho cursi como los de las actrices de cine…

—Un chihuahua —suelta Giulia Delmonte riendo a medias—. Una rata de patas largas. Y hasta le había plantado un broche de pedrería falsa de zorrón.

Kemper asiente con la cabeza.

—Justo. La joya era más grande que el bicho entero. Clausen se negaba a sacarlo a pasear, le daba vergüenza.

—A quién no —comenta Nowak con una sonrisa.

—Pero hace dos años su ex estuvo en el hospital —sigue tirando del hilo Kemper—. Algo de mujeres...

—Por la pinta que tenía la tía..., ¡la próstata! —suelta Delmonte.

Todos rugen de risa.

—El caso es que Clausen tenía que sacar al chucho todas las mañanas y todas las noches —sigue contando Kemper—. Vivían en Kurfürstendamm, ya sabéis, donde las chicas hacen la calle. Así que allí lo tenéis, plantado mientras espera a que la bestiecilla se agache por fin, y se le para una patrulla al lado. Se apean del coche y le piden la documentación. Lo habían tomado por un chulo. Al día siguiente pidió el divorcio.

La tropa ríe a carcajadas.

—¿Sabéis cómo consiguió Blaschke su Porsche del 56? —pregunta Pavlik.

—A mí no me llevó nunca en él —comenta Fricke con sarcasmo—. ¿Lo habían utilizado para trasladar un cadáver y ya no pudieron quitarle la peste?

—Casi. Dormía en garaje, revisiones en regla, ni un rasguño. Ese proyectil había sido de un abuelo que pasaba de los noventa de largo. Al hombre le encantaba conducir, pero veía menos que un topo. Un domingo, en una carretera cerca de Kyritz an der Knatter, no respetó la prioridad de Blaschke y chocó con él. Blaschke quería llamar a la poli, pero el abuelo le suplicó que lo arreglaran entre ellos. Su nieto quería inhabilitarlo, y creía que después del accidente lo conseguiría.

Majowski se abre una botella de cerveza con el mechero.

—Déjame adivinar: adoptó a Blaschke.

—Le prestó el Porsche con la condición de que Blaschke saliera a pasear con él dos veces a la semana. Y Blaschke lo cumplió a rajatabla. Incluso le parecía divertido, y los dos se llevaban muy bien. El viejo murió hace un año. Había sido ortopeda, estaba forrado. Le dejó todo su dinero a una fundación, pero el Porsche quedó para Blaschke. Cada céntimo que le sobraba se lo gastaba en reparaciones, por eso siempre estaba pelado. Para él merecía la pena; pasaba más tiempo con la llave inglesa que con su mujer.

Pavlik ve entrar a Grauder, que elude su mirada. Siente haber sido brusco con ella antes. Su gente debería sentir respeto por él, no miedo.

—Grauder, hace poco apostaste con Clausen —le dice enseguida—. ¿De qué iba la cosa?

—De ti —contesta ella tras dudarlo un poco.

—¡Ojo al parche! —suelta Krupp—. ¡Esto se pone interesante!

—Desembucha —la anima Pavlik.

—Él decía que lloras con las pelis ñoñas.

—¿Y tenía razón? —pregunta Pavlik.

—Una vez fuiste con él al cine. Me enseñó un vídeo que grabó con el móvil. Sales llorando a moco tendido. Me costó diez euros.

Todos se echan a reír.

—¿Te contó también qué película era?

—Qué va…

—¡*Bambi!* —exclama Fricke.

—Casi casi —suspira Pavlik—. *Un pez llamado Wanda.* Cuando obligan al tipo a comerse sus pececitos me desmorono. Es que no puedo evitar pensar en el mío. Mi padre lo tiró por el retrete cuando yo tenía tres años.

Tiene las risas de su lado. Incluso Grauder ríe. La puerta se abre, Peschel y Nieser se unen a ellos.

—Echaré de menos las juergas con Butz —comparte Dobeck—. El cabrón nunca se emborrachaba. Me contó que le faltaba una enzima. Le pasa a una de cada diez mil personas. Yo mismo lo vi vaciar una botella de litro de grapa como si fuera agua. Pero tenía una parte práctica: siempre me llevaba a casa. Me ahorré una fortuna en taxis.

—Esto…, yo también —corrobora Peschel.

Nieser se rasca la cabeza.

—Y yo antes que vosotros.

—Una vez tuve que ir con él a Letonia —recuerda Büker—. La última noche estuvimos en una discoteca, nos apetecía pasar un buen rato. Dos chicas se sentaron a nuestra mesa; vaya, vaya. Estuvimos charlando unos minutos, yo ya iba bastante mal. Una dijo que podíamos pasar a ver a otra amiga suya. Aleluya, la mesa hasta se levantó por la parte de Butz. Fuera aparecieron cuatro tipos y uno me tumbó enseguida. Cuando volví en mí, los cuatro capullos estaban tirados en la calle y Butz se recolocaba la cazadora. Me miró y lo único que me dijo fue: «Mierda, las titis se han largado».

Krupp le guiña el ojo a Delmonte.

—A ti también te tenía fichada.

—Qué va… Y eso me ha parecido una verdadera mierda.

—Seguro que su entierro será divertido —añade Mertsch—. Se presentarán todas las mujeres a las que ha engatusado diciéndoles que eran las únicas.

—Calculo que entre veinte y treinta —comenta Nowak.

—Redondeando por lo bajo —opina Fricke.

—Lo dudo —interviene Pavlik.

—¿Porque ninguna tiene su dirección?

—No. Porque era gay.

De nuevo carcajadas profundas. Sin embargo, cuando ven el rostro imperturbable de Pavlik, las risas se apagan.

Fricke es el primero en recuperar la voz.

—Es un chiste, ¿verdad?

—¿Cómo quieres que te recuerde la gente un día? —replica Pavlik—. ¿Como el mayor bromista del Departamento, o como el hombre que realmente eres?

Durante un minuto todos miran al vacío. Butz está en mitad de la sala: un grandullón con el pelo negro y rizado, unos hombros en los que apoyarse, ese hoyuelo que siempre le hacía parecer despreocupado.

Aunque en cierta forma nunca lo estuvo, piensa Pavlik. Ninguno de ellos lo conocía de verdad, ni siquiera él.

—¿Qué cambia eso ahora? —pregunta—. ¿Que todos los de esta sala no nos alegrábamos de tener a Butz al lado porque con él nos sentíamos seguros? ¿Que no os salvó el culo a tres de vosotros? —Mira a Dobeck, Büker y Wolter—. ¿Que no se podía llamar a su puerta en plena noche cuando uno estaba jodido? —Fricke agacha la vista—. ¿Que no se iba directo a ver a Lissek cuando trataban a alguien de forma injusta y quería enviarlo todo a la mierda? —Majowski se sonroja—. ¿Que no era nuestro compañero?

—Me cago en la puta —masculla Fricke.

—Yo más —lo secunda Krupp.

—Pensad por un momento en lo mucho que debió de costarle guardarlo en secreto todos estos años. Y lo que dice eso de nosotros.

Un silencio embarazoso.

—Todos los días pasamos junto al panel de mármol de abajo y ya no lo vemos —dice Pavlik—, pero quizá deberíamos leer esos nombres de vez en cuando. De todos ellos, solo unos pocos nos han honrado tanto como Butz.

Algunos asienten con la cabeza, otros tragan saliva y se aferran a la cerveza con fuerza.

—¿Alguien tiene un brindis cursi?

Krupp levanta su botella.

—Por Butz, el mejor cabrón de todos.

—Por Butz, Blaschke y Clausen —responden los demás, y beben.

Pavlik se limpia la boca.

—A trabajar. Demirci está rindiendo cuentas ahora mismo por lo del seguimiento de Aaron y Askamp.

Los techos son gruesos, pero aun así se oye el teléfono que suena dos plantas por encima.

—Si alguno de vosotros cambia su versión, yo tengo un procedimiento disciplinario encima y Demirci ya puede irse a sellar el paro —prosigue Pavlik—. ¿Nos hemos entendido?

Todos asienten.

—Tenéis preguntas. Venga.

—¿Cómo fue? —quiere saber Wolter.

—Butz estaba detrás, en el muro. Holm le partió la nuca. Debió de pillarlo por sorpresa, ni siquiera pudo defenderse. A Blaschke y a Clausen les disparó por el parabrisas delantero. Justo entre las cejas.

—¿Cuestión de suerte? —inquiere Dobeck.

—No.

—¿Por qué estás tan seguro?

—Créeme: Holm podría entrar a trabajar aquí hoy mismo. Eso los impresiona.

—Hirió a Aaron luchando cuerpo a cuerpo —se limita a decir Pavlik.

A quienes la conocen les basta con eso.

—¿Y qué? —pregunta Büker por los demás—. Es ciega. Ya sé que antes debía de ser una fuera de serie, pero ahora ya no.

A su lado, Nowak levanta el meñique.

—No habría necesitado más que esto. Aunque ahora solo sea capaz de la mitad, contigo y conmigo le sobraría.

Dobeck asiente.

—Ayer no estuvisteis en la galería de tiro porque teníais el turno de noche en casa de Askamp.

—Rozó el diez —comenta Fricke con un tono muy significativo.

Büker y Majowski se toman su tiempo para asimilarlo.

—La forma en que nos dio esquinazo a Peschel y a mí en el Jupiter fue de lo mejorcito —reconoce Nieser.

—A vosotros dos podría embaucaros hasta la senil de mi abuela —exclama Mertsch.

—Que te den —gruñe Peschel.

—¿Qué tienen pensado hacer con ella? —pregunta Kemper.

—Holm quiere vengarse —contesta Pavlik.

—Entonces ya no está viva —murmura Giulia Delmonte—. Era una tía legal. Charlé un poco con ella. La primera mujer en entrar aquí. Me dio un par de buenos consejos. Que de vez en cuando me rascara la entrepierna, por ejemplo.

Tres de ellos ríen, pero Pavlik replica a Delmonte con severidad:

—Ten clara una cosa: no estará muerta hasta que yo no tenga el cadáver delante.

Delmonte se pone colorada.

—¿Cómo ha hecho eso Kvist? —pregunta Wolter—. No lo entiendo.

—Porque Aaron se lo ha pedido —dice Pavlik.

—Yo una vez le pedí a una novia que se hiciera un aumento de pechos, pero ella no quiso darme el gusto.

Se ha desinflado el ambiente. Pavlik se levanta.

—Venga, al trabajo.

Mientras todos salen, les indica a Peschel y a Nieser que se queden un momento y espera a que el último haya cerrado la puerta al salir.

—¿Qué está haciendo Kvist?

—Esto…, pasearse en el coche, por la circunvalación. Al llegar a Frohnau ha dado media vuelta y ha seguido camino. No parece tener ningún destino concreto.

—Lleva la música a todo volumen —dice Nieser—. Siempre la misma canción. «Have a Little Faith in Me». Ya no me puedo quitar esa mierda de la cabeza.

—Esto…, también sonó ayer en tu fiesta.

—Ahora están Kleff y Rogge con él. Seguro que ya se les ha pegado —comenta Nieser.

Entra Demirci. Peschel cambia de tema enseguida.

—Esto…, nosotros nos encargamos de las declaraciones de los testigos.

Pavlik asiente con la cabeza.

—Encárgate, sí. Y que Büker y Delmonte se pongan con Kvist dentro de una hora.

Los dos asumen estoicamente que Demirci está al corriente de todo.

—¿Vehículos? —pregunta Nieser.

—Dos coches de alquiler. Algo con estilo, un Daimler Clase S, tal vez, y un familiar de gama media.

Los agentes los dejan solos.

Pavlik ve el agotamiento de Demirci.

—¿Una charla agradable?

Ella le quita la botella de la mano y la vacía de golpe.

—Es sin alcohol —informa él con pesar.

—Pero tenía que echarme un trago de algo.

—¿Todavía conserva su trabajo?

—Sí. A prueba. ¿Algo nuevo sobre Kvist?

Pavlik niega con la cabeza.

—Está de paseo con el coche.

—A lo mejor se ha dado cuenta de que lo están siguiendo.

—Lo dudo. —Se la queda mirando—. ¿Novedades?

—Me lee el pensamiento demasiado deprisa. Tengo que trabajar en ello.

—Sería una verdadera lástima.

—De hecho, se nos ha abierto una vía interesante. Hace trece años, un armenio fue condenado a cadena perpetua en Colonia por asesinato. Lo encerraron en el centro penitenciario de Ossendorf. Un año después murió su padre. Al armenio se le permitió asistir al entierro en un cementerio de la ciudad, bajo vigilancia. Allí lo liquidaron. El autor de los hechos estaba apostado con un fusil en una azotea a más de mil metros de distancia. Nunca fue identificado, pero cometió dos errores. Primero: aparcó el vehículo de la fuga en zona prohibida y le pusieron una multa. Eso permitió que se diera orden de búsqueda del coche, y lo encontraron. Lo habían limpiado por dentro y por fuera con desinfectante.

—¿Y el segundo error?

—En TC de Colonia había un agente muy vivo al que se le ocurrió la idea de mirar bajo la tapa del depósito de gasolina.

—Las huellas dactilares de Holm —dice Pavlik enseguida.

—Sí. La comparación con el pulgar que ha dejado en el móvil de las turistas ha resultado coincidente. Nada más. Solo fue descuidado esa vez.

—El armenio estaba condenado por asesinato. ¿A quién mató?

—Al gerente de una cadena de salones recreativos. En Colonia sospechaban que se dedicaba a lavar dinero de la mafia, pero no pudieron demostrarlo.

—Me juego lo que sea a que me tiene reservado un gran final.

Demirci sonríe un instante.

—El padre del armenio murió exactamente un año después del día en que su hijo asesinó al gerente de los salones recreativos. En el certificado de defunción decía que la causa de la muerte había sido un paro cardíaco, no hubo autopsia.

Pavlik ordena las ideas.

—Fue Holm quien mató al padre del armenio. Sin dejar rastro.

—Exacto. La fecha era un mensaje.

—Pero solo lo hizo para que su hijo pudiera salir de la cárcel y cargárselo en el cementerio.

—Correcto.

—¿Conoce los detalles?

—No, pero seguro que los de TC de Colonia los tienen.

—¿Cómo se llamaba ese recluso?

—Artur Bedrossian.

Pavlik llama a Fricke y le pide que se ponga en contacto con los coloneses.

—Quiero condiciones meteorológicas, de visibilidad, distancia exacta, cuántos disparos, impacto, ángulo, munición… Luego te lo explico.

—Tengo otro gran final para usted —dice Demirci—. Poco antes de la muerte de su padre, Bedrossian había atacado y herido a un funcionario de prisiones en la cárcel. Se encontraba bajo arresto, la salida tendría que haberle sido denegada. Sin embargo, el director del centro en persona estableció que se le permitiera asistir al entierro. Adivine quién fue.

—No se me dan bien las adivinanzas.

—Hans-Peter Maske, que desde hace cuatro años dirige el centro penitenciario de Tegel.

Pavlik aguza los oídos, perplejo.

—¿Qué sabe de ese hombre? —pregunta Demirci.

—Me he cruzado con él alguna que otra vez. Levanta una gran ola de proa ante sí, pero en realidad solo va en un patín a pedales. Conoce a la gente adecuada y ha ido subiendo como la espuma. Por lo que he oído decir, pronto se hará cargo del Departamento de Prisiones del Senado. Entonces será todavía más importante.

—Suena como que me caería bien. —Demirci sonríe.

—No le cae bien ni a su perro.

Ella vuelve a ponerse seria.

—Hace ocho horas le he hecho saber que quiero los expedientes personales de todos los funcionarios de prisiones que han estado en contacto con Sascha este último mes. Le he dicho que era urgente, pero se está haciendo de rogar. Lo único que hemos recibido de él hasta el momento es un correo electrónico de su secretaria diciendo que el señor Maske preparará los documentos, y cito, con el debido cuidado, lo cual por desgracia le llevará un tiempo. ¿No querría usted motivarlo un poco?

—La organización de oficinas es una de mis debilidades secretas.

24

Han dejado atrás la ciudad de Oranienburg. Holm conduce por la carretera que va hacia el norte. Los pocos vehículos con los que se cruzan ya llevan las luces encendidas. Su resplandor mortecino se desliza sobre terraplenes de nieve sucia y congelada, sobre los troncos pelados de los pinos contrahechos que crecen a ambos lados muy pegados entre sí. El viento racheado sacude las copas. En la cuneta, unos cuervos aletean y picotean el cadáver de un zorro.

Sascha va sentado junto a su hermano. Desde que ha quemado el dinero no han cruzado palabra. En su interior arde tal furia que podría arrancar el cuadro de mandos.

Se ha pasado cinco años haciendo lista de las cosas que querría tener cuando saliera: dos mujeres cada día en Lisboa; un Corvette rojo; una casa con ventanas enormes; cubitos de hielo en vaso de whisky; una Glock 33; una súplica en una calle solitaria, un cargador recién vaciado, un paño suave para limpiar la sangre; un Corvette negro, uno plateado, amarillo, dorado.

Cinco millones, como si fueran papel viejo.

Su hermano siempre ha hecho cosas que para Sascha no tenían sentido. Lo conoce menos incluso que a ese otro hombre, Bosch, cuyos lloriqueos al ver la bolsa carbonizada todavía le dan náuseas.

Los secretos que su hermano lleva consigo son interminables. Sascha nunca sabía por qué tomaban un camino y no otro. Por qué se quedaban en un sitio y no en otro. Por qué su hermano se marchaba, por qué volvía. Por qué le parecía importante la muerte de un hombre y a otro le permitía seguir con vida.

Aunque su hermano no lo haya expresado jamás, Sascha sabe lo que espera de él: que le prenda fuego a esa casa que nunca abandonó. Pero él no es capaz. Lo peor que le hizo su padre fue conseguir que todavía siga bajando la escalera del sótano todos los días y se tumbe en ese colchón.

Allí sueña con meterse dentro de la cabeza de su hermano. Se arrastra a su interior como si fuera una madriguera y, en sus infinitos pasillos y recodos, busca el camino que su hermano encontró y él no, el túnel que llevó a su hermano a la libertad y a él no. Pero esa búsqueda termina siempre en el laberinto de espejos de su propia cabeza, y en todos ellos Sascha se ve tumbado en el colchón.

Querría romper a patadas esos espejos. Querría destrozarlos con los puños. Querría hacerlos añicos para clavárselos en los ojos, pero los espejos son indestructibles.

Su padre los creó así.

Y su hermano lo permitió.

Una y otra vez imaginó Sascha cómo lo mataba mientras dormía. Su hermano lo sabía y, aun así, a menudo dormía a su lado. Aun así, sus manos se posan ahora tranquilas en el volante, a pesar de que Sascha lleva en la cinturilla la Glock que él le ha dado.

La Glock y un paquete de Lucky Strike. No ha conseguido más que eso. Quiere encenderse un cigarrillo, pero le falta valor porque su hermano detesta el humo del tabaco.

Sería capaz de imponerle su voluntad hasta al mismísimo diablo.

Sascha tiene miles de motivos para odiar a su hermano. Que lo haya dejado inconsciente de un golpe delante de Aaron y lo haya tirado al barro como si fuera un animal es uno más. Ya solo por eso podría arrancar el cuadro de mandos. Y escupir en el cadáver de su hermano.

Sascha nunca había dudado de que su hermano le regalaría la venganza de Aaron. Sería el primer regalo que recibiera de él. Se ha imaginado una infinidad de veces cómo lo desenvuelve; pero su hermano se lo ha quitado.

¿Qué significa Aaron para él?

Sascha no se atreve a preguntarlo. Poco importa la respuesta, en caso de que le diera alguna; él sacaría la Glock. Y entonces estaría muerto.

Tiene que pensar en otra cosa ya mismo.

En esa puta de la celda de Boenisch. En su vestido, con esos botones hasta arriba del todo. En su laringe, que bajo sus pulgares tenía el mismo tacto que una tableta de chocolate con burbujas. En cómo se asfixiaba, en lo mucho que tardaba. En la bolsa que tuvo que ponerle entonces porque el tiempo apremiaba, en el plástico que absorbía la mujer mientras él imaginaba de quién podría tratarse.

En sus pataleos, sus aspavientos, sus gemidos.

Aun así, pocos minutos después ya habría necesitado a otra.

Cinco millones.

¿Por qué ha hecho eso su hermano? ¿Para torturarlo? ¿Porque el dinero significa algo para Sascha y absolutamente nada para él? No. Su hermano nunca actúa motivado por él.

No sabe por qué, pero le viene a la cabeza la nota que le pasó un italiano cuando llevaba una semana en la cárcel de Barcelona. La nota de su hermano.

Solo contenía una frase: «Es el comienzo de tu camino».

De repente lo sabe.

La idea es tan poderosa que, al principio, la señal eléctrica que la envía a través de sus sinapsis cerebrales es demasiado débil para hacerla llegar a su consciencia. Sin embargo, aunque con cierto retraso, se abre paso al fin: su hermano ha decidido que sus caminos se separen. Barcelona ya fue una despedida. Su hermano lo deja libre y quiere que solo se lleve consigo lo mismo que tenía cuando era un niño de ocho años. Lo que lleva encima. Eso de lo que nunca habla. Lo que guarda en el puño cerrado. Eso y la Glock y un paquete de tabaco.

Comprenderlo es como la explosión de una bomba de metralla en el interior de su cabeza. Las astillas de hueso se convierten en proyectiles que le desgarran el entendimiento.

Su hermano se irá para siempre.

Ha pasado muchas noches despierto, soñando con ello. Muchas veces ha creído saber con exactitud lo que sentiría llegado el momento, aunque sin la esperanza de que sucediera de verdad.

Pero ahora está pasando. Un sollozo sube por la garganta de Sascha, un gemido taquicárdico. Siente la mirada de su hermano y vuelve la cabeza hacia la ventanilla para que no vea lo que le ocurre por dentro, que acaba de invadirlo un miedo terrible y está temblando.

Todo se desdibuja; las sombras de los árboles en el ocaso, la nieve sucia que vuela como ceniza, los postes de la carretera, las torres eléctricas, los carteles, los cuervos.

No sabe de dónde procede el sabor salado que nota en la lengua. No lo sabe porque nunca había llorado.

De repente siente la mano de su hermano en la mejilla.

Sascha quiere apartarla; no, arrancarle el brazo entero. Pero lo único que puede hacer es temblar, gemir, llorar.

Su hermano lo acaricia con suavidad, lo toca así por primera vez, le hace saber que lo entiende.

Un bandazo sacude la camioneta, que se zarandea y casi derrapa en la cuneta. Su hermano agarra el volante con ambas manos y vuelve a enderezar el vehículo en el carril. Modera la velocidad. Avanzan a trompicones, como si arrastraran algo. A la derecha hay una pista. Se mete por ella y no se detiene hasta que han perdido de vista la carretera.

Su hermano se apea. Sascha se queda sentado y lucha contra las lágrimas como si fueran un monstruo.

Para tranquilizarse aferra la Glock.

Ase la empuñadura y no la siente.

Tras atarla de pies y manos, Holm la ha lanzado al apestoso espacio de carga sin abrigo ni zapatos. Está ahí tirada con su fino vestido sobre el gélido metal y sabe que Bosch no se dejará sorprender una segunda vez.

Aaron desearía que existiera una meditación para volverse insensible al frío. Pavlik nunca tiene frío, igual que muchos tiradores de precisión, pero no es capaz de explicarlo. Ella maldecía los inviernos en el bosque del Molino. Metida en hoyos en la nieve, en refugios hechos de madera entumecida, entre rocas que pertenecían al viento del norte. A veces sentía un frío tan intenso que tenía que vomitar. Cuando no lo soportaba más, se movía; le daba igual poner en peligro su camuflaje. Era un alivio poder hacer flexiones de brazos, sentadillas, dar pasos cortos y rápidos sin moverse del sitio. La tranquilidad le duraba un par de minutos, después el depredador volvía a tomar posesión de ella.

Una vez, para distraerla, Pavlik le hizo recordar las vacaciones en moto por Arizona y Nevada que hicieron todos juntos con Sandra y los gemelos. Tres semanas demenciales montados en Harleys y sumidos en el calor más brutal de su vida.

Ahora, temblando, maltratada, maniatada, tirada en la plataforma de la camioneta, ve las imágenes temblorosas, como en un cine antiguo.

Un gemelo en el asiento trasero de su gran E-Glide, otro con Pavlik, el equipaje que se apila en el espejo retrovisor. Lechos de río secos que son cicatrices hasta el infinito; conglomerados de piedras amarillas, verdes, rojas, violetas; bosques de cactus.

Aaron contempla el amarillo, el verde y el violeta como si nunca hubiese olvidado esos colores. Y el azul deslavazado del cielo. Y la polvorienta estela de un avión a reacción. Y el beis cremoso de su Harley.

Hace tanto calor que ellos mismos sudan a pesar del viento en contra. Beben agua de cantimploras. El poderoso motor ronronea bajo su trasero, *potatoe-potatoe-potatoe,* todo su cuerpo vibra, unas manos infantiles rodean sus caderas con firmeza, de vez en cuando aprietan y la obligan a ir más erguida.

Sandra la adelanta, va sin manos y mantiene su Sportster en equilibrio mientras ríe. Se ha atado un pañuelo pirata a la cabeza y está tan morena que la deslumbrante franja blanca de su hombro, donde se le ha resbalado el tirante, se clava en los ojos de Aaron.

Sigue ahí tirada, medio muerta sobre la plataforma de carga, y siente gratitud.

Se han sentado delante de una cafetería, se echan agua helada por la cabeza, comen unos bistecs sangrientos con frijoles. Los caballetes de las motos se hunden en el asfalto derretido, el viento silba en los cables del teléfono y juega con los zarzales plateados de la autopista; las patatas fritas están rebozadas de arena.

En Cayenne van a visitar a Mary-Sue, que no consigue contenerse: «¿Estáis locos? ¿Arizona en julio?».

Durante días siguen camino por ese horno. Van inventándose palabras para él. Calor de canelones gratinados, calor de pavimentadora, calor de explosión de depósito de petróleo, calor de supernova. Quieren llegar a Las Vegas. Hace rato que el sol se ha puesto, pero Aaron todavía lo siente pegado como si fuera engrudo. El cielo está saturado de estrellas que parecen granos de arena en la piel después de nadar. En el Bellagio se ducha con agua helada durante diez minutos.

Enseguida vuelven a castañetearle los dientes en la camioneta. No quiere acordarse del casino climatizado donde se congela. Tampoco de los cincuenta dólares que gana en una tragaperras mientras se bebe una cerveza de una jarra en la que nadan cubitos de hielo, ni del *banana split* con nubes de azúcar rosa que ha comprado para todos.

Se acuerda de la tormenta de aquella noche, y de que en el hotel se colocan todos juntos en la ventana de la habitación de Sandra y Pavlik a ver cómo va pasando el mar de luces. Los cinco se acurrucan en la cama *king size* y hacen zapping hasta que se quedan en la estación aeronaval de Lakehurst. Imaginan el ruido infernal del incendio en el que aquel inmenso dirigible se consumió como el celofán, imaginan los gritos mientras las imágenes mudas de la catástrofe desaparecen en un espejismo.

La puerta se abre de golpe. Alguien agarra a Aaron de los pies y la arrastra por la superficie de carga. La cabeza le golpea contra el parachoques al caer desde el borde. El dolor le trepana el cráneo.

Holm le corta las ataduras.

—Hay que cambiar la rueda.

Aaron va descalza y está de rodillas en la nieve. Tiene el cuerpo entumecido. Oye un rumor. Muy cerca. Un río. Ojos de Ficha le clava la enorme llave de cruz en el costado.

—Toma, zorra. No la cagues o te abro la cabeza con ella.

Aaron sujeta la llave. No puede sostenerla. Se mete los dedos bajo las axilas para calentarlos.

—Déjame a mí —dice Bosch—, será más rápido.

—Usted ya ha hecho bastante el tonto —interviene Holm.

Mientras ella espera a que la circulación le vuelva a las manos, intenta reflexionar. Le cuesta muchísimo. Tiene que luchar contra un cansancio abismal, porque su glándula suprarrenal ha liberado cantidades ingentes de adrenalina a lo largo del día y, aun así, sabe que todavía necesitará mucha más de esa preciosa sustancia para escapar de la muerte; un océano entero.

Aaron se pregunta por qué permite Holm que Ojos de Ficha la torture. Le ha dejado inequívocamente claro a su hermano que tiene prohibido vengarse, y ahora le concede esa satisfacción. ¿Es su forma de disculparse con él por haberlo dejado inconsciente antes? ¿Por haber quemado el dinero? No, Holm nunca se disculpa, ni siquiera de una forma tan retorcida.

«No soy cruel».

Es cierto. Todo lo que hace sigue una lógica. Entre los dos hermanos ha debido de ocurrir algo. Aaron lo percibe en la voz de Ojos de Ficha. Por muy llena de odio que suene, también arrastra consigo un pesar, una pérdida. Y no son los cinco millones lo que oscurece sus palabras.

Aaron no ha recuperado el aliento tras ver que Holm destruía el dinero. De ser él otro hombre, lo tomaría por loco. Sin embargo, desde el principio ha estado convencida de que no era el dinero lo que le importaba. Desprecia a las personas para quienes las posesiones significan algo. Aaron solo ha intentado quemar los billetes por pura desesperación. Holm le ha demostrado lo ridículo y tonto que ha sido eso. Seguro que él ha poseído fortunas más de una vez, y las ha tirado a la basura. Ha sido una lección para Aaron y para su hermano.

Les ha demostrado que solo puede encender un fuego quien luego soporta el humo.

Pero ha dicho: «Conseguiremos otros cinco millones».

«¿Por qué? Porque puede».

—Te doy medio minuto —sisea Ojos de Ficha—. Si para entonces no te has puesto en marcha, te parto la nariz.

Aaron se concentra en el murmullo. A su derecha. Algo nuevo se le añade, un ronroneo profundo, como un martilleo, cada vez más fuerte. Un barco. Una gabarra.

Durante sus noches en el Molino, Pavlik y ella tuvieron tiempo de aprender mucho el uno del otro. Él nunca ha llegado a dominar el kárate de verdad. Pavlik prefiere el estilo de lucha de las unidades especiales israelíes, que es igual de efectivo pero menos filosófico. Aaron le enseñó los ejercicios de respiración del *gōjū-ryū*, lo inició en los secretos de la acupuntura, le mostró técnicas de meditación.

Él la correspondió con sus conocimientos de tirador de precisión.

Aaron aprendió de Pavlik a calcular distancias. Si fuera verano, diría que el barco está a seiscientos metros de allí, pero en invierno el sonido se mueve más despacio a causa de las bajas temperaturas.

«A cuatrocientos metros».

No, tiene que tomar en consideración el viento. Le empuja el pelo a la cara, viene del río.

«Quinientos».

Para asegurarse, Aaron contiene un momento la respiración. Su oído es tan sensible que incluso su aliento introduce imprecisión.

El barco es grande, según percibe por el fuerte rumor de los motores. Tal vez un carguero. O sea que la corriente es amplia. El Havel o el Spree.

—Se ha acabado el tiempo —dice Ojos de Ficha lleno de impaciencia.

El frío la separa de su cuerpo, que se mueve sin su intervención. Las manos golpean la llave con torpeza contra la llanta. Una y otra vez.

—Qué pena das, puta ciega —se burla Ojos de Ficha.

No se da cuenta de que Aaron está usando la llave como sónar. Entre ella y el río hay árboles, altos y esbeltos. Supone que son pinos negros, las palmeras de Brandeburgo. No están muy pegados entre sí y no llegan muy lejos; Aaron puede oír la extensión que se abre tras ellos. Da por sentado que el terreno es irregular, con hoyos profundos cubiertos de nieve, baches, maleza, ramas.

Su plan es desesperado, pero tal vez sea la última oportunidad de escapar. Además, en el bolsillo de su vestido guarda un as del que Holm no sabe nada. Ahí tiene el pequeño chasqueador de hojalata con el que puso a prueba a Kleff y a Rogge en el pasillo del hotel.

«¿De verdad eso pasó solo ayer?».

Mete la llave cruciforme en la primera tuerca, se apoya encima y se agarra al techo del vehículo para mover con su peso el tornillo, que está atascado. Después de balancearse varias veces a uno y otro lado, lo consigue. Desenrosca los demás de la misma manera. El barco se acerca poco a poco.

«Trescientos metros. Pero ¿a qué distancia está la orilla?».

«El ciego no ve lo imposible». Eso dice Gantenbein.

—Interesante —comenta Holm—. La señora Aaron se toma la molestia de hacernos creer que ha llegado a su límite, y eso que este insignificante cambio de rueda le resulta tan poco desafiante que se aburre. Los ciegos que tienen tanto talento y tanta ambición como ella poseen habilidades que desafían nuestra comprensión. Andy Holzer, por ejemplo, escala las paredes más escarpadas de las Dolomitas; seguro que la señora Aaron lo conoce. O Zoltan Torey, que era capaz de desmontar un mecanismo diferencial y volver a montarlo engranaje a engranaje. No dudo de que la señora Aaron también sería capaz, si le encomendaran esas tareas.

«Sí, sabelotodo. Mañana me recorreré el Nanga Parbat sobre esquíes, pasado mañana te arreglaré el reloj y después construiré una bomba atómica».

Ojos de Ficha le lanza el gato contra el pecho. Los dedos de Aaron se deslizan por debajo de la camioneta y encuentran la hendidura. Eleva el vehículo. El suelo está congelado, el acero no se hunde ni un centímetro. Tiene que conseguir enfurecer a Ojos de Ficha tanto que la emprenda con ella:

—Abra bien las orejas cuando su hermano le da una lección privada. Aunque usted ni siquiera sabe cómo se escribe «mecanismo diferencial».

Ojos de Ficha le da en la sien. El golpe es duro, pero ella estaba preparada. Ha estirado la musculatura del cuello y ha tensado los hombros para amortiguarlo.

—¿Y cómo se escribe esto, eh? —le grita.

—Con «i»… de imbécil —replica ella.

Ojos de Ficha le da una patada en la espalda.

—¡Que cierres la boca de una vez!

Aaron cae en la nieve, inhala hasta llegar al dolor y se imagina cómo se expanden los músculos cuando este sale de ella. Vuelve a levantarse. La respiración de Ojos de Ficha le delata que lo tiene justo delante.

—Me gustaría mucho que nos viéramos sin su papá. Solo nosotros dos, todo muy romántico. Sueña con violarme, pero ¿cómo va a conseguirlo? En la cárcel seguro que siempre hacía de chica.

La furia atroz del hombre se estrella contra la cara de Aaron. Los puños martillean en ella, que se retuerce en la nieve para ofrecerle la menor superficie posible. Ojos de Ficha quiere levantarla, pero ella se resiste. Una patada le alcanza en el estómago y le envía los jugos gástricos a la garganta. Ella ansía no haberse equivocado y que Holm le imponga un límite a su hermano.

—Ya vale —oye por fin la voz tranquila de este.

Ojos de Ficha no se separa de ella. La agarra del pelo. Aaron espera otra vez su puño, tiene miedo de que la deje en coma, pero Holm lo aparta a la fuerza.

—Basta.

—¡Suéltame! —vocifera Ojos de Ficha.

—Ya te has divertido suficiente.

Aaron oye que arrastra a Ojos de Ficha y lo lanza contra la camioneta.

La fábrica de adrenalina abre las válvulas. El pulso de Aaron echa a volar por la nevada que cubre el cielo.

Se levanta de un salto y esprinta con el chasqueador en la mano. Rápidos restallidos. Dos árboles, a cinco metros de ella. Se cuela por debajo de unas ramas de pino que le dan en la cara, en la boca abierta. Corre en zigzag por el laberinto invisible y va chasqueando de segundo en segundo. Localiza el siguiente obstáculo. «No es compacto; maleza». Da un gran salto, casi se enreda en un zarzal, pero consigue abrirse paso sin perder el equilibrio. No hay disparos; Holm la quiere viva. Unas ramas se rompen tras ella. La está siguiendo. No. Son dos, los dos hermanos, uno algo a la derecha y el otro por la izquierda. Aaron calcula que les lleva como mucho diez metros de ventaja. La saliva le sabe a resina. Un eco regresa hasta ella distorsionado, no está segura de si se trata de dos árboles muy juntos o de uno solo muy grueso. Corre directa hacia ese caos de frecuencias. Su hombro choca contra un tronco. Se tambalea, mantiene el equilibrio. Ya hace rato que las medias le cuelgan hechas jirones. Sus pies descalzos se arañan contra raíces heladas, ramas, piedras que le desgarran la piel sin que ella lo note. Igual que tampoco siente ya el frío, los jugos gástricos, el viento. El barco suena con fuerza casi a su misma altura, debe de estar muy cerca de la orilla. Gritar sería inútil; a bordo, el rugido de los poderosos motores diésel se lo tragará todo. Pero tal vez la vean. No, seguro que ya está oscuro.

¿Dónde se han metido los hermanos?

Ahí. Están tan cerca que ya oye sus jadeos. Solo le quedan unos segundos. De pronto siente algo liso como un espejo bajo las plantas de los pies y el alivio la impulsa sobre el hielo como una vela henchida. Patina hacia la vía navegable. El agua le salpica en los tobillos. Su pulso regresa a ella a toda velocidad y se detiene abruptamente.

Aaron se queda muy quieta.

Salta.

«La respiración no es necesaria. La respiración no es importante para vivir. La respiración lo es *todo*». Eso le dijo su padre en Steinbruch cuando todavía era una niña. Más adelante, sus instructores utilizaron palabras similares. Uno puede descuidar su camuflaje si no hay más remedio. Puede desobedecer una orden que no tiene sentido. Puede correr un riesgo para sobrevivir. Pero nunca, jamás, debe olvidarse de la respiración.

Aaron se zambulle en el agua. No siente el frío. No siente nada de nada. La razón le dice que en una corriente moderada debería nadar hasta la otra orilla a una profundidad de un metro. La razón le dice que serán cien metros como mucho. La razón le dice que los brazos y las piernas la acercarán a su objetivo con cada impulso, aunque no sepa si tiene brazos y piernas.

No puede llevar más de quince segundos bajo el agua, pero todo su cuerpo grita ya por un poco de oxígeno. Se obliga a imaginar que respira hondo, acompaña a su respiración por la laringe hasta los bronquios, ve cómo la absorben los alveolos pulmonares, espera impaciente el intercambio de gases, sigue al oxígeno por las venas de los pulmones hasta los ventrículos del corazón, donde acelera y es catapultado a través de la aorta hasta el cerebro, que ya lo esperaba con ansia.

No sirve de nada. No cree que pueda aguantar ni un segundo más debajo del agua. Aun así, cuenta hasta diez. Es entonces cuando ordena a su cuerpo emerger y reza por que este la obedezca.

Su cabeza asciende. Abre completamente la boca en mitad de una de las olas que levanta la gabarra. Da bocanadas de aire, medio asfixiada. La siguiente ola. Un trozo de hielo le cierra la garganta. Entre inspiraciones que suenan más bien como gemidos logra identificar un primer pensamiento claro:

«Holm me sigue».

Está en algún lugar, detrás de ella. Porque jamás desistirá de su venganza. Aaron respira todo lo hondo que puede, pero el oxígeno no recorre sus venas a presión; eso solo eran imaginaciones. Sus pulmones son un fuelle vacío que tiene un agujero enorme, un recuerdo ridículo de la reserva de energía que fueron una vez.

Vuelve a sumergirse. El frío penetra en su cuerpo con retraso, pero es tan brutal que Aaron siente que nada contra una pared. Le tiemblan los músculos. Pronto se le formarán cristales de hielo en las células y entonces ya no podrá moverse.

«Me quedaré en esta agua apestosa».

«¡No, no morirás!».

Tiene la ventaja de que Holm no habrá saltado tras ella vestido con su pesada ropa de invierno, sin duda. Primero habrá tenido que quitarse la cazadora y las botas; si no, no tendría la menor posibilidad de atraparla.

Pero ¿de qué le sirve esa ventaja? Tal vez consiga llegar a la otra orilla antes que él, pero allí se verá de nuevo a su merced. Solo existe una forma de sobrevivir: Aaron debe dejar de intentar llegar a tierra lo antes posible y, en lugar de eso, nadar a crol con todas sus fuerzas hacia la popa del barco, que va río arriba. Si hace que ambos naden a contracorriente y luchando con los remolinos de la hélice, obliga a Holm a librar una batalla de desgaste. Ella es catorce años más joven. El hecho de que él esté descansado podría compensarlo, pero aun así competirían casi en igualdad de condiciones.

Aaron sale a la superficie. El barco está a su izquierda. Nada a crol hacia él y se permite respirar cada tres brazadas. Trozos de hielo mellado le arañan los brazos. Ella los aparta, los destroza. Cuando tiene la cabeza dentro del agua, la hélice de popa ruge como un alud; por encima de las olas cree oír el martilleo de los pistones del motor. La corriente se vuelve tan fuerte que tiene la sensación de no avanzar ni un centímetro. Los músculos le arden como el fuego, se sobresaturan, se bloquean.

Sin embargo, de repente nota que se vuelve ligera como una pluma y se mueve muy deprisa hacia delante. Aliviada, por la cabeza se le pasa la idea de que ha saltado la reserva de emergencia. Después comprende que ha sucedido algo muy distinto: está tan cerca de la hélice que esta la absorbe. Aaron se hunde bajo la superficie y vuela hacia la hélice despiadada que quiere triturarla. Intenta escapar del remolino con desesperación.

Es inútil.

Ya no puede resistirse más.

«O sea que así se acaba».

Y entonces siente que algo tira de su pierna izquierda hacia atrás. Holm la arrastra hacia sí por el tobillo, lucha contra la hélice sin soltar a Aaron; lucha por los dos. Ella está demasiado débil para ayudarle. Sabe que solo quiere salvarla para matarla a su manera. Holm libra esa batalla con obstinación, sin fin. Aaron percibe su miedo a perderla, su odio, su determinación.

La hélice la suelta de pronto y Aaron consigue meter aire en su fuelle sibilante. Holm le busca el punto *kyusho* de la cara interior del muslo para paralizarla. Ella recupera un resto de tensión corporal y le da una patada en la cabeza con todas sus fuerzas. En el agua eso no lo deja fuera de combate, desde luego, pero sí basta para sacudirlo. Afloja las manos. Aaron se enrosca sobre sí misma, busca sus ojos, le clava los pulgares todo lo que puede. Los nudillos de Holm golpean contra los codos de ella. Parece una descarga eléctrica, sus pulgares aflojan. Las piernas de él la aferran y los dos realizan un ballet con las manos mientras intentan alcanzar las vías neurálgicas por las que fluye la energía del otro.

Cuando Aaron siente dos dedos de Holm en su hioides, sabe que solo un segundo la separa de la pérdida de consciencia que le provocaría la presión en ese hueso quebradizo de la garganta. Lanza el dorso de la mano abierta contra el labio inferior de Holm, no la cierra en un puño hasta que lo ha encontrado y entonces gira. Conoce a la perfección el dolor que penetra en todas las células de su cuerpo.

«Tengo que arrastrarlo al fondo. Allí no verá nada».

Cómo anhela Aaron un segundo después poder inspirar aire lenta y controladamente. Sin embargo, la lamentable bocanada que consigue reunir sería demasiado débil hasta para soplar una vela. Logra agarrar la pernera del pantalón de Holm y lo arrastra consigo hacia abajo. Él apenas opone resistencia, el dolor lo está volviendo loco. El río es profundo, los oídos se le bloquean, no tiene ninguna mano libre para igualar la presión. Le sube una náusea potente, pero entonces su rodilla encuentra el fondo lodoso. Holm se debate, desesperado; Aaron sabe que se le están colapsando los pulmones. Lo suelta y le mete los dedos índice en los oídos. Su cuerpo se queda dormido. A ella se le salen los ojos de las órbitas, quiere gritar por lo mucho que necesita tomar aire. Le falta precisión para encontrar uno de los milimétricos puntos mortales, pero localiza el espacio entre la sexta y la séptima costilla de Holm y clava un dedo en él.

Todavía consigue impulsarse hacia arriba.

Es el último movimiento del que es capaz. En los pulmones de Aaron queda tanto aire como en el espacio exterior. Empieza a sentir un calor demencial; quiere arrancarse el vestido del cuerpo. En algún lugar titila la idea de que ha entrado en la fase final de la hipotermia. Se ha congelado porque los vasos sanguíneos de sus brazos y sus piernas se han contraído para transportar toda la sangre posible a los órganos. Ahora, no obstante, ven que no tiene sentido, se expanden y la sangre vuelve a fluir. Por eso suda Aaron a cinco metros de profundidad y con el agua a una temperatura de cero grados.

«Lo mismo debió de sentir Ben».

«Yo quería sujetarte, lo siento mucho».

—Eso es fácil de decir —le oye contestar.

«Perdóname, por favor».

Ben guarda silencio.

—Aquí estás por fin —oye decir con cariño a una segunda voz. Es su padre—. Todo lo que te conté sobre la respiración son tonterías. No necesitas respirar. Solo es un estorbo.

Muchos otros lo secundan, todos los muertos que Aaron ha dejado atrás mientras estaba aplicadamente ocupada en respirar. Se levanta un coro imperioso, pero solo hay una voz que distingue de entre todas las demás. La de Niko:

—¿Vas a dejarme aquí tirado para que la palme?

Cuando se arrodilla junto a él en el almacén y quiere recostar la cabeza en su regazo, se da cuenta de que es André.

—La verdad se encuentra en la pista seis —susurra.

De pronto despierta en su apartamento de Berlín porque algo le ha pellizcado el dedo gordo del pie. Marlowe le da toquecitos mientras ronronea, como si siempre hubiera estado tumbado a su lado y no acabara de entrar esa noche por la ventana abierta para quedarse once años maravillosos. Ella se acurruca junto a él, que huele a lengua de gato, a rocío y a vagabundo. De pronto Aaron está sentada en el taburete de un bar de Clichy, bebiendo un anís y fumando un Gitane sin filtro, y siente un hormigueo en la cicatriz de la clavícula. Abre de golpe la puerta del lavabo de hombres, donde Pavlik se la queda mirando con unos ojos enormes. Rompe una patilla de sus gafas de sol y se la clava hasta el fondo de la nariz al vasco que quiere matar a Pavlik con un lazo de cable. Va a sostener a su amigo, pero se ve lanzada a los brazos de su madre, que no consigue pronunciar ni una palabra porque no deja de sollozar. Le ha dicho a su pa-

dre que lo abandona, y Aaron sabe que el motivo es ella, la hija
que él le quitó la primera vez que se la llevó a disparar a la cantera. Quiere llorar pero no puede, y cae de rodillas en un dormitorio vacío. Hunde la cara en la camisa preferida de su padre,
que ha muerto hoy. El aroma de sus cigarrillos, de su loción para después del afeitado y de algo que nunca pudo saber qué era,
pero que solo le pertenecía a él y le hacía saber que siempre la
protegería, fue lo que le dio fuerzas para, ya en mitad de la noche, soltar la camisa.

—No te resistas más —llega hasta ella la voz de su padre
desde la eternidad—. Mira qué bonito es esto.

Aaron abre los ojos. Ve a Holm inmóvil, deslizándose por
debajo y cada vez más lejos de ella. Le mira la cara mientras rueda
en la corriente. Tiene la boca algo abierta, casi burlona. La camisa
y los pantalones negros se le pegan a los músculos. Los últimos
tres botones de la camisa están arrancados. Aaron entrevé parte
de un tatuaje. Podría ser un símbolo japonés, pero no está segura.
Los dedos índice y corazón de la mano derecha de Holm todavía
siguen igual de rígidos que cuando ha querido aplastarle el hioides. Aaron ve con sorpresa que un segundo cuerpo se hunde junto a él; es el de ella. En el nacimiento del pelo tiene una cicatriz
que suele quedar tapada por sus rizos, un recuerdo de un entrenamiento en Neroberg de hace unas semanas. Le asombra ver lo
diminuta que es esa marca, que ella había creído más grande.

Le da un golpecito a Holm y el hombre vuelve a girar. Se
miran a los ojos. Los de él son azules con un iris de llamas que
parecen espadas. Aaron lo aparta de sí, se hunde más y más al
fondo, ya no está en un río, sino en un mar lejano. Debe de ser
la fosa de las Marianas. Un pez demonio escapa, un calamar gigante la mira con ojos saltones, un tiburón duende la rodea con
cansancio, un pez murciélago le dirige un guiño rápido y le da
la bienvenida. Extraños seres vivos; y la más extraña es ella.
Quiere quedarse aquí eternamente porque este es su lugar.

Sin embargo, algo la agarra y tira de ella hacia arriba con cuidado. Aaron no quiere, desea que la dejen en paz. Holm vuelve a estar bajo ella y rueda solitario hacia la oscuridad. Muy por encima, Aaron ve una luz blanca y resplandeciente, el faro de un robot subacuático de cuyo brazo móvil cuelga.

—Tómate tu tiempo, yo te espero —susurra Ben.

Vuelve en sí y vomita agua. No sabe cuánto tiempo ha estado inconsciente. Se acuerda de André y de Marlowe, del bar de Clichy, las lágrimas de su madre, la camisa de su padre, la cicatriz. Pero para ella es un misterio cómo ha llegado a la orilla. ¿A qué orilla? ¿Hasta dónde la ha arrastrado la corriente?

Una idea logra formarse en su pensamiento: tiene que ser la orilla contraria porque, si no, Ojos de Ficha ya estaría allí.

El río susurra. Un águila ratonera chilla. El corazón le palpita tan débil como el tictac de un reloj enterrado en la nieve. Algo martillea muy cerca. ¿Qué es? Aguza el oído y por fin constata que son sus dientes, que castañetean.

«Me estoy congelando. Eso es bueno».

Un coche.

Primero suena más fuerte, después se aleja. En algún lugar hay una carretera, pero ¿a qué distancia? Aaron ya se siente desbordada con tener que descubrir si está tumbada boca arriba o boca abajo. Obliga a su meñique izquierdo a moverse. Por extraño que parezca, obedece. Luego el derecho. Se hace de rogar, pero se digna estremecerse. Ahora a por los brazos. Con una lentitud inimaginable dibujan medio círculo como si hicieran un ángel en la nieve.

«Estoy boca abajo».

Las yemas de sus dedos palpan el terreno. Es como si resbalaran sobre aluminio pulido, no percibe en ellos ninguna sensación.

«¿Qué es esto?».

«¿Tierra? ¿Nieve? ¿Madera?».

Tiene que ponerse de pie, aunque luego suspire por tumbarse otra vez y dormir. Intenta incorporarse con unas contorsiones grotescas. Sus músculos están hechos de una masa gelatinosa que cede ante el menor esfuerzo y se deforma.

Pero lo consigue. Se tambalea, chasca la lengua. No hay eco. Sus pies dan un paso, luego dos, tres. Como una anciana, Aaron camina por el terreno helado a pasitos cortos y con los brazos extendidos, cae, se golpea la rodilla con una piedra, sangra y utiliza el dolor para no dejarse llevar por la desesperación. Gracias a una rama que primero le roza el hombro y luego le salta a la mejilla se da cuenta de que vuelve a moverse.

Otra vez oye un coche. Se acerca, se aleja.

«No está lejos».

Se le doblan las piernas. Esta vez ya no consigue volver a ponerse en pie. Va avanzando a gatas a cámara lenta. Por fin, por fin se arrastra sobre el asfalto cubierto de nieve. O un campo arado. O un cristal. O una montaña.

El siguiente coche. Está en la carretera. Con un alivio indescriptible extiende los brazos. El conductor frena en el último momento. El coche patina hacia ella y se detiene tan cerca que la nieve le salpica en la cara.

La puerta se abre, unos pasos se acercan.

«Estoy salvada».

Incluso pensar eso la agota.

—Hola, zorra.

Aaron cae inconsciente antes de que el puño de Ojos de Ficha la toque.

25

La funcionaria de prisiones que acompaña a Pavlik al Pabellón 6 de Tegel es joven, pero sus ojos cansados, sus profundos pliegues nasolabiales y su boca fina y agrietada revelan que por dos mil euros brutos tiene que insultar, humillar y amenazar. Pavlik le ha preguntado su nombre. «Engelschall», ha sido la respuesta mascullada con una mirada de recelo. Desde que a nadie le llamara la atención que Melanie Breuer no fichara a la salida y su cadáver se descubriera al día siguiente en la celda de Boenisch, los nervios de la plantilla están a flor de piel. Las investigaciones de la Brigada de Homicidios han hecho el resto.

Al presentar Pavlik su identificación en la compuerta de entrada sin haber anunciado su visita, allí todo el mundo se ha metido las manos en los bolsillos. Cuando aparece el Departamento hay que contar con que solo habrá problemas, así que es mejor no decir nada.

Un vehículo eléctrico pasa susurrando con dos reclusos sentados en el pescante; tras ellos, unos tubos de cobre en la superficie de carga. De la comisura de la boca del conductor cuelga con desenfado un cigarrillo de liar, la ceniza se la lleva volando la nieve.

—¿Cómo se comportaba Sascha Holm? —le pregunta Pavlik a la mujer, cuyos pasos largos y apresurados delatan que quiere acabar cuanto antes.

—Se comportaba —responde, escueta.

—¿Ningún incidente?

—No, que yo sepa.

—Pero usted estaba destinada en el Pabellón 6, ¿verdad?

—¿Y qué?

—¿Quiere volver a la sala de interrogatorios de la Cuarta de Homicidios?

El temblor de sus mejillas deja entrever que no le parece una idea atrayente.

—Antes, el jefe del pabellón era un lituano —suelta entre dientes después del tiempo de reflexión que le concede Pavlik—. Un homicida, nadie se atrevía con él. Sascha le partió la mandíbula ya el primer día. La cosa quedó clara.

—¿Lo pusieron bajo arresto?

—Hmmm.

Pavlik visualiza el cobertizo: una colchoneta de gomaespuma sin funda, un foco enrejado, ladrillos de vidrio en lugar de ventana, sin calefacción, sin nada que pueda romperse, cámara de videovigilancia. Cuando un preso hiere a otro de gravedad, la norma son cuatro semanas en ese agujero.

—¿Cuánto tiempo?

—Tendría que comprobarlo.

Pavlik se detiene y con ello obliga a Engelschall a hacer lo mismo que él.

—Dígales a sus compañeros: «A ese no le he hecho ni caso. Un capullo engreído del Departamento que conmigo ha pinchado en hueso». Todo lo que hablemos quedará entre nosotros.

La mirada de la mujer flaquea.

—Estuvo como media hora ahí dentro.

—¿Instrucciones de arriba?

Ella se limita a asentir.

—¿Cuántas veces habría tenido que estar arrestado?

—Dejé de contar.

Pavlik insiste.

—¿Y cuántas lo estuvo?

—No lo castigaron ni una sola vez, nadie lo entendía. —La rabia resuena en cada una de sus palabras—. Durante un tiempo se la tuvo jurada a un ucraniano que controlaba el tráfico de drogas. Un día lo encontraron muerto en la ducha. Todos sabíamos que había sido Sascha, pero a nadie le interesó. Estuvo una semana entera sonriendo.

—¿Pasaba mucho tiempo con Boenisch?

—No me fijé. —La mujer percibe su mirada—. Tampoco es que le prestase atención.

En la zona vallada delante del Pabellón 6 que parece una gran jaula, Pavlik ve que los reclusos ya quieren volver a la calidez del interior. Sin embargo, tendrán que esperar con las caras coloradas porque él ha ordenado que los de la segunda planta se queden encerrados en sus celdas o bien esperen fuera hasta que haya inspeccionado la de Sascha con tranquilidad. La mayoría ha escogido el frío como mal menor. Cuando Pavlik pasa por delante, uno escupe a la nieve:

—Tomaos vuestro tiempo, no tenemos nada más que hacer.

Pavlik entra en el pabellón siguiendo a Engelschall. Le suena el móvil.

—¿Sí?

Es Fricke.

—Tengo los datos del cementerio de Colonia. Pleno verano, a mediodía, sobre las once y media. Cielo azul y despejado, unos treinta grados, humedad al ochenta y seis por ciento, sin viento. La azotea en la que estaba Holm se encontraba a mil ciento noventa y un metros del objetivo, y a cincuenta y cinco metros de altura. Pero yo creo que no es tan bueno como dices.

—¿Y eso?

—Le hicieron falta dos disparos. El primero fue a parar al hombro. Con el segundo le dio en la sien.

—¿Qué hombro? ¿Por detrás o por delante?

—El derecho, por detrás.

—¿Calibre?

—.700 Nitro Express. Una locura, ¿no? Le voló la cabeza pero bien.

Pavlik se detiene en la escalera. Se le han agarrotado los músculos de la nuca.

—¿Sigues ahí? —pregunta Fricke.

—Sí. Gracias. Hasta luego.

Guarda el móvil, clava la barbilla en el pecho, oye el crujido de la vértebra cervical superior. Está tan metido en sus pensamientos que Engelschall tiene que llamarlo dos veces:

—¿Me acompaña?

La funcionaria abre. Pavlik ha visto muchas celdas en muchas cárceles; no hay dos iguales. Ha contemplado paredes forradas con fotografías de desnudos de la novia de turno, pantallas de lámpara orientales, alfombrillas de cama hechas con bufandas de clubes de fútbol, cortinas de chapas de botellas, asientos de retrete con motivos pornográficos, puestas de sol sobre la Gruta Azul. Lo que nada ha conseguido igualar es el papagayo de plástico que tenía colgado del techo el chino de Santa Fu y que gritaba «¡Madero!» sin parar. Hay expresiones más amables para llamar a un carcelero.

Una celda como la de Sascha no la había visto nunca. Paredes desnudas, ningún libro, ni tele ni radio, ni un solo objeto personal. Ni siquiera comida, un peine, un trozo de jabón. El catre está sin hacer, la manta de lana, gris y roñosa, está tirada en el suelo.

—¿Por qué la han vaciado ya? —pregunta Pavlik.

—No lo hemos hecho. Estaba así.

Abre el armario. Unos pantalones, una camisa, ropa interior. Eso es todo. Pavlik registra las prendas.

—¿Con qué pasaba el rato?

—Pregunte por ahí. Puedo darle por lo menos quince nombres de reclusos que estuvieron medio año sin atreverse a ir solos a la ducha.

Pavlik se arrodilla y empieza a dar golpecitos a lo largo del zócalo.

—¿Alguna vez han inspeccionado la celda?

—Nadie se atrevía.

Pavlik desenrosca el sifón del lavamanos. Nada. Se incorpora, palpa el colchón. Levanta el camastro y lo pone de lado, ilumina con la linterna del móvil las aberturas de los tubos de las patas. Mete el dedo en una y saca un papelito.

«Es el comienzo de tu camino», dice en él.

La nota está amarillenta, doblada infinitas veces, la letra es nítida y angulosa, cada carácter es un signo de exclamación. Pavlik sabe al instante que la escribió Holm. Debió de ser hace mucho tiempo, tal vez un mensaje pasado bajo mano que su hermano le envió ya en Barcelona. El texto de la nota es inofensivo, a ningún carcelero le habría llamado la atención. Aun así, Sascha la ocultó. ¿A qué camino se refería Holm? Pavlik sospecha que es importante.

—Pia, ¿cuánto más va a durar esto? —grazna una voz masculina por el *walkie-talkie* de Engelschall.

—Ni idea —contesta ella.

—¿A qué hora lo han encerrado esta mañana? —pregunta Pavlik.

—Poco antes de las ocho.

—Los nuestros lo han sacado de la celda dos horas después. ¿Ha estado alguien con él entre medias?

Ella se encoge de hombros y evita mirarlo.

—Piénselo bien, señora Engelschall: si usted o sus compañeros no cooperan con nosotros, hablaremos con los reclusos que han trabajado en el pabellón. Seguro que alguno de ellos ha visto a quién le han abierto la puerta.

La mujer sigue sin contestar.

—Tiene usted un apellido precioso: «sonido angelical». Lamentaría mucho tener que abrirle un procedimiento disciplinario.

—El director Maske ha entrado cinco minutos —declara la funcionaria—. Al salir estaba empapado de sudor.

En un despacho de dirección que cuenta con unos generosos treinta metros cuadrados puede faltar espacio cuando, aparte del hombre que ocupa el cargo, hay en él cuatro agentes de la policía federal inspeccionando el ordenador y revisando expedientes y correspondencia. En el vestíbulo, la secretaria aguarda asustada en un rincón mientras otros dos agentes se lo revuelven todo también a ella.

Pavlik se ha reunido con los compañeros delante de la cárcel antes de pedir que le enseñaran la celda de Sascha. Para asegurarse de que nadie avisara al director por teléfono, uno de ellos se ha quedado en la compuerta hasta que los otros han llamado a la puerta de Hans-Peter Maske.

Cuando Pavlik llega al vestíbulo se le acerca Tom Döbler. Se conocen desde siempre, desde que iban a la Academia de Policía. En algún momento Döbler se dio cuenta de que lo suyo eran los registros. Es capaz de encontrar una lente de contacto en un contenedor de reciclaje de vidrio.

—¿Cómo pinta la cosa? —pregunta Pavlik a media voz.

—En los dos ordenadores solo hay dos documentos sobre Sascha Holm —contesta Döbler en un susurro—. Hace medio año, un correo electrónico con la confirmación de que ingresaba, y, hoy, una nota sobre el traslado que habéis realizado vosotros. Nada más. Aparte de eso, podría pensarse que nunca ha estado aquí.

A Pavlik no le extraña.

—Pero tengo otra cosa. —Döbler le tiende un papelucho—. Maske ha recibido una llamada al móvil esta mañana a las ocho. En el último mes ha hablado tres veces con ese número. Ninguna conversación ha durado más de un minuto.

Pavlik mira la serie numérica de nueve cifras.

—Un teléfono satelital militar. Ya puedes olvidarte de localizarlo —añade Döbler.

—¿Cómo habéis conseguido que la compañía os dé los datos telefónicos de Maske?

—Conozco a alguien en su proveedor. Lo hemos solucionado por la vía extraoficial.

—Si alguna vez alguien se queja de la policía federal, envíamelo —comenta Pavlik. Cruzan una sonrisa—. ¿Tienes correo para mí?

—Ya te lo he imprimido.

Döbler se acerca al escritorio y le alcanza el expediente de traslado de Sascha, que, gracias a la insistencia de Helmchen, acaban de enviarles desde el Senado de Justicia. Pavlik lo hojea y lee por encima los párrafos más importantes.

En la sala contigua se oye aullar a Maske:

—¡Exijo que me dejen llamar por teléfono de una vez! No tienen ninguna orden de registro, ¡esto es indignante!

Pavlik se acerca a la puerta.

—Buenos días, señor Maske, no se levante. El fiscal general federal ya ha obtenido una orden de registro del juez. —Maske se encoge—. Existe un acta provisional, y la resolución formal llegará por fax en cualquier momento. Ahora mismo estoy con usted. —Cierra la puerta antes de que el director pueda contestar nada, alcanza una silla y se sienta a horcajadas delante de la secretaria—. Me llamo Müller. ¿Me dice usted su nombre?

—Margot Burri.

A Pavlik se le da bien identificar dialectos. El leve canturreo de la mujer lo sitúa en Renania.

—¿Desde cuándo trabaja para el señor Maske?

—Desde hace quince años.

—Caray… Entonces, ¿ya fue secretaria suya en Colonia?

La mujer asiente con miedo, pero en ella se entrevé la conciencia del poder que tiene como perro guardián de un hombre que gobierna a setecientos funcionarios y seiscientos cincuenta reclusos.

—Y, dentro de poco, cuando lo nombren director del Departamento de Prisiones del Senado, ¿también se la llevará con él?

—Sí.

—¿Dónde está el error de mi anterior pregunta?

Ella lo mira sin entender nada. El rostro de Burri podría gustarle a un hombre de mediana edad que tuviera debilidad por los labios severos y pintados con decisión, acostumbrados a transmitir órdenes sin ningún sentido del humor. Lleva la tez muy maquillada, su peinado es un casco del que no sobresale ni un solo pelo.

—El error es que el señor Maske no ocupará nunca ese cargo. Irá a la cárcel una larga temporada. Y no como director. ¿Merece la pena que ponga usted en peligro su derecho a pensión?

Una gota de sudor erosiona un cañón en los polvos de maquillaje.

—Pero si yo no he hecho nada…

—Sascha Holm aterrorizó al Pabellón 6 desde el primer día. ¿Por qué no hay ninguna nota escrita, ningún apunte en un acta, ni la menor mención a ello?

—No lo sé.

—¿Quiere decirme que nunca ha llamado aquí ningún funcionario para pedirle cita al director por algo relacionado con Holm? ¿No han enviado ningún correo? ¿No se han quejado de que no se le aplicara ninguna sanción al recluso?

—El señor Maske trataba esos asuntos exclusivamente de palabra.

—¿Y eso es habitual? ¿También con otros presos?

—No —susurra la mujer a media voz, y se frota con un pulgar las uñas esmaltadas con brillo.

Entra un fax.

—¿Estuvo usted presente en alguna de esas conversaciones?

Negación de cabeza.

Pavlik le mira el anillo.

—Está casada. ¿Tiene hijos?

—Dos.

—Entonces tiene algo que perder. Lo único que tengo que perder yo es la paciencia.

Los párpados de la mujer tiemblan.

—Una vez —reconoce.

Döbler se acerca con el fax.

—Ya tenemos la resolución.

—Pues eso pondrá muy contento al señor Maske. Ten la bondad.

Döbler entra en el despacho.

Pavlik se vuelve de nuevo hacia la secretaria.

—¿Cuándo fue y de qué trató?

Cada palabra de la mujer es una despedida de su bonito despacho recién reformado en el Senado de Justicia.

—Hace un par de meses encontraron muerto a un ucraniano en el Pabellón 6. Dos funcionarios dijeron que Sascha Holm había amenazado al hombre. Era un asunto de tráfico de drogas. El señor Maske preguntó si tenían pruebas de la autoría de Holm. Negaron tenerlas y él les ordenó que no especularan al declarar ante la Brigada de Homicidios, porque esa no era la política de la casa.

—¿Y ellos accedieron sin más?

La voz de la mujer suena cada vez a menor volumen.

—Recibieron días de permiso especial y fueron trasladados al control de entrada.

—Esta mañana hemos pedido los expedientes personales de los funcionarios que tenían contacto directo con Sascha. ¿Dónde están?

—Es que todo eso yo tenía que... —Se interrumpe al ver cómo Pavlik arruga la frente—. El señor Maske me dijo que les diera largas.

Pavlik se levanta.

—Explíqueselo ahora también al compañero de la policía federal. Ellos lo pondrán todo por escrito. Esa es la política de *nuestra* casa.

Pasa al despacho del director. Ya hay tres cajas de cartón llenas de carpetas y también están empaquetando el ordenador. Maske está solo, sentado a la mesa de reuniones con las manos en el regazo y la mirada fija en la pared, como si el fuerte bamboleo de su patín a pedales en mar abierto lo hubiera mareado y tuviera que mirar a un punto concreto para evitar vomitar.

—¿Ya os habéis aclarado por aquí? —pregunta Pavlik.

—Sí —responde Döbler—. ¿Nos necesitas para algo más?

—Hay que redactar el acta de la declaración de la secretaria, mejor que lo hagáis vosotros. Y déjame a dos agentes aquí para la detención del señor Maske.

—Timo, Karsten, encargaos vosotros —les dice Döbler a dos de sus hombres. De nuevo a Pavlik—: Supongo que primero querrás tener una charla con él a solas.

—Sí.

Da unos golpecitos con el extremo de un Lucky Strike contra el mechero, espera a que todos salgan y cierren la puerta, enciende el cigarrillo y busca algo que pueda servirle de cenicero. El jarrón con los crisantemos por el ascenso de Maske le vale. Tira las flores a la papelera, deja el jarrón en el suelo junto a la mesa y se pone cómodo.

«Eva Askamp… Eva Askamp… Eva Askamp…».

Un anuncio de megafonía choca contra la ventana. «Fin de las horas libres». La piel pálida de Maske se extiende sobre unos pómulos angulosos.

—¿Cree usted que voy a dejarme intimidar? Sin mi abogado no responderé a ninguna pregunta.

Pavlik no se digna a mirarlo. Se acerca el expediente de Sascha y lo abre. Los siguientes diez minutos se sumerge en la lectura, subraya fragmentos de texto, escribe notas, echa ceniza al jarrón, y mientras tanto Maske se va descomponiendo. Por fin Pavlik levanta la mirada.

—No quiero aburrirme con sus mentiras. Haremos lo siguiente: yo le digo lo que sabemos sobre su relación con Holm y su hermano, y luego le hago una pregunta. Una única pregunta.

Una ola gigantesca levanta el patín a pedales de Maske, que vuela sobre la cresta y se estrella contra el agua.

—Hace doce años era usted director del centro penitenciario de Ossendorf, en Colonia. Se pronunció a favor de concederle un permiso al preso Artur Bedrossian, aunque estaba bajo arresto. Fue entonces cuando…

—Había muerto su padre —lo interrumpe Maske de forma abrupta—. Darle permiso para asistir al entierro era sin duda lo que exigía la decencia.

—No debería ir lanzando por ahí palabras que le son ajenas. A Bedrossian se lo cargaron en el cementerio. Sabemos que fue Holm. Seguro que recibió usted un buen pago. —Maske quiere volver a meter baza, pero Pavlik levanta una ceja—. Ya le he explicado el procedimiento. Si lo prefiere, lo transfiero a la policía federal, donde su abogado y usted podrán sorprenderse con la situación probatoria.

Maske guarda silencio.

—Se está preguntando cómo vamos a demostrar hoy sus honorarios de entonces —prosigue Pavlik—. Muy sencillo: mientras usted y yo estamos aquí conversando, hay agentes en su casa. Si posee cuentas en el extranjero, tendremos acceso a ellas. Nos interesan los ingresos de hace doce años. En caso de que le pagaran en metálico, comprobaremos la procedencia del dinero de todos los gastos importantes que realizó usted en los años siguientes. Soy muy optimista al respecto.

Maske esboza una sonrisa.

—Ahora mismo no puedo asegurar cuántos negocios más habrá realizado usted con Holm, eso ya lo veremos. Pero hay uno del que sí tenemos constancia: estuvo usted implicado en el traslado de su hermano a Tegel. Cuando él presentó la solicitud en Barcelona, fue aceptada sin ninguna objeción. En la Modelo estaban contentísimos de librarse de él, pero el Senado de Justicia de Berlín tuvo dudas. Lo cual puedo entender muy bien, ya que los documentos de España contienen un buen compendio de la carrera carcelaria de Sascha. Aun suponiendo que los españoles dejaran de incluir la mitad y embellecieran el resto, todavía queda el retrato de un hombre a quien le halagaría que lo describieran como un asesino psicópata. ¿Qué hizo el Senado, pues? Le pidió a usted que se pronunciara, y usted se comprometió por completo con ese traslado. Un momento, este párrafo es el que más me gusta... —Pavlik pasa hojas y encuentra la cita—: «En especial a causa de la perspectiva social futura del recluso junto a su novia, considero muy adecuado el traslado a Berlín. Ya he mantenido una conversación con la joven para obtener personalmente una impresión en cuanto a la autenticidad de la relación, y estoy convencido de que ese es el caso». En fin, no comentaré nada sobre su uso excesivo de complementos preposicionales. —Cierra el expediente—. Holm ha asesinado hoy a la mujer. También a tres de nuestros hombres. Pero eso ya lo sabe. Él le ha llamado a las ocho y le ha encargado que fuera a ver a su hermano y le transmitiera la última hora. Tenemos documentada esa llamada.

Maske pone las manos sobre la mesa, pero le tiemblan.

—No estoy seguro de si ha recibido nuevos honorarios por su prestación de servicios del último medio año o si ha actuado solo por miedo a Holm. Lo que está claro es que ha ocultado todos los crímenes cometidos aquí por su hermano. A usted tenemos que agradecerle que toda una cárcel le obedeciera sin rechistar. Eso sí podemos demostrarlo. Solo por el asesinato de Melanie Breuer será usted acusado de complicidad. No sé cuánto le paga a su asesor jurídico, pero no habrá abogado en el mundo que lo saque de esta.

La cara de Maske está blanca como la pared.

Suena el móvil de Pavlik.

—¿Sí?

Es un compañero de la policía federal.

—Hemos puesto patas arriba toda la casa de Maske. Los documentos financieros tenemos que repasarlos en detalle, pero no tiene pinta de que vayamos a sacar nada. Nos retiramos.

Mientras Pavlik piensa «¡Mierda!», lanza una amplia sonrisa sobre el escritorio, cuelga y dice:

—Vaya, vaya, vaya…

El patín a pedales de Maske se hunde.

—Ahora voy a hacerle la pregunta. Piense con calma lo que vale para usted la respuesta. Para mí podría valer una conversación con la Fiscalía General. Si me esfuerzo, tal vez pueda conseguirle siete u ocho años en lugar de la perpetua. No es una promesa, solo una vaga posibilidad; en esa situación se encuentra. Y si piensa que a lo mejor su abogado le consigue un trato mejor, se equivoca. Él le aconsejaría que me besara los pies. —Le lanza una mirada que ha asustado a muchos otros antes—. ¿Sabe adónde se dirige Holm?

Pavlik puede ver que el hombre nunca había deseado tanto poder dar una respuesta.

—No —susurra Maske sin embargo.

26

Primero oye su corazón. Late tranquilo y regular y pone fin a un sueño del que ella no quiere acordarse. Su lengua se mueve despacio contra los dientes, no siente nada. Quiere morderse los labios, pero no puede abrir la boca. Algo se la mantiene cerrada. Le duelen los ojos. No tiene frío. No lleva la ropa mojada, la siente extraña contra su piel. Cuando mueve la cabeza, el cuello roza contra algo áspero. Huele a quemado. El suelo vibra. Se mueven.

Vuelve a estar en el espacio de carga de la camioneta.

Hay alguien con ella. Seguramente Bosch. Aaron intenta hablar y se le abre una cremallera de saliva.

—Cigarrillo. Por favor. —Suena como una centenaria en su lecho de muerte.

—No fumo.

Conoce esa voz, pero es imposible. Porque es la voz de un hombre que se ha ahogado ante sus ojos.

—Los dos hemos muerto. ¿Qué ha visto usted?

Si Aaron respondiera, significaría reconocer que él vive. No puede hacer eso.

—Yo me he visto morir —dice la voz—. Ha sido hermoso. Al principio me sentí decepcionado al volver en mí y encontrarme flotando en el río. Había empezado a sudar. ¿Usted también?

Aaron quiere volver a caer inconsciente.

Unos golpes y luego un roce metálico: la ventanilla de la cabina del conductor.

—Deme un cigarrillo —dice la voz.

Ella no siente los pies ni las manos, así que está maniatada. Oye una cerilla. Le colocan el cigarrillo entre los labios. No quiere dar una calada, sería una prueba más de la existencia de ese hombre al que ha visto morir. Sin embargo, nota que el filtro encoge de lo fuerte que succiona.

—La he estudiado exhaustivamente, y aun así la había subestimado. Tendría que haberlo sabido. Fue usted capaz de liberarse del sótano de Boenisch aunque también allí estaba ciega. A pesar de sus heridas, abatió a un hombre de ciento cincuenta kilos con un clavo oxidado. Y hace una hora me ha matado a mí.

De nuevo deja que le dé una calada al Chesterfield.

—Tenemos mucho en común. Los dos estuvimos en un sótano.

—¿Usted también tenía un clavo? —No puede creer que de verdad esté hablando con él. Sabe que Holm percibe su avidez, y le agradece la siguiente calada.

—Su clavo fue solo una herramienta que cumplió su cometido. Pero ¿por qué se detuvo a mitad de camino en lugar de vengarse? Tenía a Boenisch indefenso ante usted. Habría podido dejar que se desangrara.

Aaron guarda silencio.

—Yo no me detuve a mitad de camino. Por eso pude escapar de ese sótano para siempre y usted no. Más tarde volveré a preguntárselo. Ahondaremos más en el tema de la venganza.

—Tal vez me habría convertido en alguien como usted. Eso sería peor que mi sótano.

—Puedo soportar esa carga. No haber cumplido todavía mi destino representa una carga mayor. También eso nos une. Usted conoce el vacío lacerante, el miedo a que todo lo que hemos hecho, esperado y sufrido desde nuestro nacimiento haya sido en vano si morimos sin un motivo. Pero yo la redimiré. Porque usted es mi destino, y yo el suyo.

La siguiente calada tiene un sabor amargo. Aaron aparta la cabeza.

—Sabe lo que es sentir un ansia pero no satisfacerla nunca. Su repugnancia le prueba que es usted débil. Yo, por el contrario, puedo darle una calada a este cigarrillo que sabe a sus labios. Podría fumarme mil, o cien mil, y dejarlo al instante sin recordar siquiera a qué saben. A mi padre le di su merecido. Marcharme después fue mucho más sencillo que clavarle un clavo oxidado a alguien en la nuca.

—¿Por qué se llevó a su hermano? Para usted significa menos que nada.

—¿Sí? ¿Eso cree?

—¿Puedo dar otra calada?

Holm le concede que llene los pulmones de humo. Ella intenta no pensar que él ha tenido ese cigarrillo entre los labios.

—Era invierno. Recorrimos calles nevadas, dormimos en cabañas de guardabosques. No hay mayor dolor que el de recordar una época feliz cuando uno está en la miseria. Pero ¿de qué felicidad podíamos acordarnos nosotros? Al cabo de un mes, el dinero lo era todo. ¿Alguna vez ha robado?

Ella no responde, pero se ve en un frío febrero de Múnich. El Departamento quería que uno fuera capaz de moverse en cualquier ambiente sin llamar la atención. Así que Aaron tenía que aprender a sobrevivir sin un céntimo y sin techo en una ciudad desconocida, y tuvo que demostrarlo durante una semana entera. Ya dos días antes no le permitieron comer nada ni lavarse. Tenía prohibido ir a pedir un plato de sopa a la Beneficencia de la Estación; eso lo controlarían. Intentó mendigar, pero sucia y andrajosa como la habían dejado nadie le daba nada. El hambre fue tal que robó un pan en una tienda. El hijo del dueño la molió a palos y ella no pudo defenderse porque eso habría acabado con su tapadera. Pero lo peor fue la vergüenza.

—Robar es fácil cuando se tiene hambre —prosigue Holm—. Yo solo tomaba lo que necesitábamos. A Sascha lo hacía esperar delante de las tiendas, y siempre pensaba que se habría marchado cuando yo regresara. No sabía si me habría sentido aliviado. Tenía que pagar mi deuda, pero él habría podido eximirme de ella marchándose. No lo hizo. Se comía el pan que yo robaba y se acostaba a dormir a mi lado sin decir palabra. Al cabo de un tiempo vi a una mujer que salía de un restaurante. Le dije que quería su coche y que tenía que darme su bolso. Ella se puso a gritar socorro. Empecé a darle puñetazos hasta que se calló. Jamás me había sentado al volante de un coche, pero conduje como si nunca hubiera hecho otra cosa. Entonces me di cuenta de que soy capaz de hacer algo por primera vez con la misma facilidad que después de haberlo hecho mil veces. ¿Cuándo se dio cuenta usted?

—La primera vez que disparé un arma —responde ella a su pesar, y solo porque espera que le pida otro cigarrillo a Bosch si habla con él.

—Sí, me lo creo. ¿De qué modelo era?

—Una Starfire de nueve milímetros.

—La pistola perfecta para una niña. En mi caso fue una Tókarev TT, un arma de oficial del Ejército Rojo, niquelada. Su diseño imita el de la Browning High-Power, seguro que ya lo sabía. ¿No reviste cierta ironía que usted viajara a Barcelona con esa pistola?

De repente Aaron siente el tórax de hormigón.

—Ah, eso fue fácil. El día anterior los seguí a Kvist y a usted al entrenamiento con sus compañeros catalanes. Kvist es un tirador virtuoso, muy rápido, un maestro. Pero no puede compararse con usted. El que no la haya visto disparar no sabe lo que es la perfección. —Vuelve a llamar a la ventanilla—. Bosch, otro cigarrillo.

Le obsequia una primera, una segunda, una tercera calada.

—Sascha y yo llegamos a Hamburgo. En una calle del puerto vivían unos okupas. Nos dieron una cama, compartieron con nosotros su comida, no nos hicieron preguntas. Odiaban al Estado. En aquella época eso me era tan ajeno como hoy, aunque el sentimiento en sí me es familiar. En mi vida he odiado a tres personas: a mi padre, a usted y a mí mismo.

—¿Por qué a mí?

—Pero esos okupas también creían en algo, en una forma de justicia. Noche tras noche discutían sobre un mundo del que yo no sabía nada. Leí sus libros. Puedo abrir un libro voluminoso, hojearlo página a página en dos horas y recordar cada frase para siempre. Usted también sabe lo que es eso, por supuesto. Ambos disfrutamos de oír constantemente ese coro del saber en nuestra cabeza, la belleza y la claridad de frases y pensamientos, con la certeza de comprender su significado. Así conocí a Marx, Habermas, Marcuse, Adorno, Dussel y otros. Eran filósofos de la liberación, pero querían liberar a la sociedad, no a sí mismos. Por eso abandoné esos libros. Los estructuralistas me interesaron más, si bien no contestaban a la más importante de las preguntas: ¿qué le confiere estructura a su mundo y al mío?

—La violencia.

—Los dos lo supimos enseguida. ¿Ha leído a John Locke?

—Sí.

—A él es al que más desprecio de todos los filósofos. Pone en duda que el hombre sepa diferenciar entre el bien y el mal. Usted y yo somos la prueba de lo contrario. Aunque sí es cierto que la mayoría se mantiene en la incertidumbre.

—¿Afirma conocer la diferencia entre el bien y el mal? ¿Un hombre que ha cometido decenas de asesinatos?

El cigarrillo está justo delante de su boca, el humo sube en volutas por su nariz, pero Holm retira la mano.

—¿A cuántas personas ha matado usted? —pregunta.

—Todas las veces tuve un motivo.

—¿Y yo no?

—¿Por qué le ha disparado al profesor? Ese asesinato ha sido del todo gratuito.

—¿De verdad? ¿Lo ha sido?

—Usted tenía claro que Demirci no me dejaría ir aunque ejecutara a diez personas. Sabía que esa muerte era inútil para la consecución de su plan. ¿Por qué, entonces?

Durante un rato solo se oye el motor, el traqueteo del cojinete desgastado de una rueda, el golpeteo de un gancho.

—Lo maté para que usted pudiera preguntarme esto. Era inevitable, así es la dialéctica —replica Holm al fin—. Su pregunta merece una respuesta más detallada, pero todavía no. A su debido tiempo.

Aaron se odia por la gratitud con la que chupa el cigarrillo.

—Yo solo he matado para salvar mi vida o la de otros —dice—. La capacidad de sentir compasión nos diferencia de los animales. Yo eso lo sé, usted no.

—¿Alguna vez ha tenido un animal, un perro quizá? No, no soportaría tener cerca a una criatura que se le sometiera. Más bien un gato. ¿Alguna vez ha tenido un gato?

—Sí.

—¿Después del sótano de Boenisch?

—Sí.

—¿Cuántas veces la consoló ese gato cuando notaba que luchaba con sus demonios? ¿Eso no era compasión?

Quiere arrancarle los ojos, porque todas sus frases son ciertas.

—Por lo que a mí respecta, le he quitado la ropa mojada y la he vestido con un mono. La he tapado con su abrigo y he impedido que se congelara.

—Para poder matarme cuando prefiera.

Enloquece al pensar que la ha visto desnuda.

—No cuando prefiera. Eso ya lo aprenderá.

—No hay nada que pueda aprender de usted. ¿El qué? ¿Vadear tranquilamente un río de sangre? ¿Adornar un asesinato con dialéctica? ¿Desoír la súplica de una persona como si fuera el ruido de fondo de una fiesta? No hay nada.

—Ya lo creo que sí. Y lo verá. —Le deja dar otra calada—. También leí a los metafísicos y a los escolásticos. Creían que desde que nacemos tenemos una deuda que saldar; eso me gustó. Pero eran esclavos de su religión, por lo que no podía guardarles ningún respeto. No puedo arrodillarme ante un dios que me consideraba tan poca cosa que me lanzó a un sótano. ¿Cómo podría pedirle a semejante dios el perdón de mis pecados, cuando el pecado es él mismo? ¿En qué cree usted?

—En lo que veo.

—Nunca he experimentado la amistad, pero he oído decir que compartir el sentido del humor es un requisito importante. ¿Es usted amiga del señor Pavlik?

Aaron no responde.

—Lo que pensaba. ¿También de su mujer?

«Cabrón».

—Entonces me extraña que todavía no me haya preguntado si mi insinuación sobre su mujer y su hija era solo un jueguecito.

—Es que lo sé.

—¿Cómo?

—Siento que siguen vivas.

—¿Es capaz de sentir eso?

—Por si cree que puedo enseñarle a hacerlo: no puedo. Para eso tendría que saber usted lo que significa el amor.

—¿Cree que carezco de amor?

—Igual que creo que carece de moral y de la capacidad de sentir compasión.

—Paciencia. En la casa del puerto se presentaron unos hombres con porras para desalojarnos. Habían prestado el mismo juramento que usted, pero la compasión les era desconocida. Si no, no habrían lanzado contra la pared como si fuera una piedra a una chica que me gustaba porque se acostaba conmigo sin preguntarme por mi tristeza. Tampoco le habrían saltado todos los dientes a un chico que le contaba cuentos infantiles a Sascha. Esos hombres afirmaban que cumplían órdenes. ¿Cuántas de esas órdenes seguían? ¿Cuántas veces eran crueles y brutales sin pararse a pensarlo siquiera?

«Ni una sola vez».

«Pero jamás me justificaré ante ti».

—Me hubiera gustado poder ayudarlos, pero tuve que huir con Sascha porque, si no, me lo habrían quitado. Un policía nos cortaba la salida por la puerta de atrás. Era casi un niño, el corazón le palpitaba en la mirada. Le quité la porra, la utilicé como me habían enseñado los demás y, al hacerlo, pensé en la chica y en el chico. Cayó muerto a mis pies, su rostro todavía inacabado se quedó mirándome. Yo eché a correr con Sascha y me escondí un buen rato en un cobertizo mientras veía atacar a los policías. A mi padre lo había matado con razón. Aquello era otra cosa. A la mayoría los he olvidado, pero del de aquella casa sí me acuerdo. No vuelva a decirme nunca que no conozco la diferencia entre el bien y el mal.

La camioneta se detiene, se abre la ventanilla.

—¿Y ahora qué? —pregunta Ojos de Ficha.

—Esperamos. Busca un sitio adecuado, apartado de la carretera —responde Holm—. Bosch, deme el paquete. —Cierra la ventanilla, enciende un Chesterfield, se lo pone a ella entre los labios y lo deja ahí—. ¿Quién fue su primera vez?

—Un traficante de drogas.

—¿Qué sabía de él?

—Que me clavó una navaja en la tripa.

—Muy poco. Pero ¿cuánto tiempo estuvo sin poder dormir después, cuántas veces vio su cara? Seguro que ahora mismo la tiene ante los ojos. «Es como caer a través del espejo, ya no sabe uno cuándo volverá a despertar, como caer a través de todos los espejos y después, poco después, que el mundo vuelva a recomponerse como si no hubiese sucedido nada». Pero nosotros dos lo sabemos mejor que nadie, ¿verdad?

«Eso es de Gantenbein».

Holm sigue relatando:

—La casa desalojada pertenecía a un hombre rico. Decían que tenía planes para ella. A mí se me ocurrió que las villas de personas así podrían ser útiles. Era un juego de niños. Les enviaba a Sascha, que llamaba a la puerta, decía que se había perdido y preguntaba si podía llamar a su hermano mayor. En las casas donde le dejaban entrar, comprobaba con habilidad si había una persona sola y les decía el número de teléfono de la cafetería en la que yo esperaba. El nombre que les daba era un código que a mí me permitía saber si podía actuar a mi antojo. Entonces iba y me quedaba con todo el dinero que había en la casa. Si quería un coche, había uno en el garaje. A veces tenía que golpear a alguien, pero ya no significaba más que espantar una avispa. ¿Ha pegado usted a alguien y le ha hecho daño para conseguir respuestas? No me conteste. «No hay peor ciego que el que no quiere ver», decía Lenin.

Aaron sondea la voz de Holm. Según las enseñanzas de la acupuntura, existen en el cuerpo humano doce meridianos, las corrientes de la fuerza vital *qi*. El dedo índice que ella le clavó bajo el agua entre la sexta y la séptima costilla apuntaba a un punto *kyusho* especial en el meridiano del hígado.

Dianxue. La mano envenenada.

Ya se verá si le ha dado a Holm en el blanco.

Los síntomas serían dificultad para respirar, trastornos de la visión y el oído, problemas de equilibrio y, luego, colapso circulatorio.

Pero es demasiado pronto para eso.

Requiere cinco horas, necesita paciencia.

«Si todavía sigo aquí para entonces».

La voz de él es tranquila.

—Estaba muerta, y ahora vuelve a controlar su respiración. Jamás he visto a nadie que respire tan perfectamente como usted. Los yoguis creen que cada persona recibe una cantidad determinada de alientos para toda la vida. Ralentizan la respiración para retrasar la muerte. ¿Cree usted que es una posibilidad?

—¿Quiere que le dé clases de yoga?

Holm suelta una risotada dura y amarga que se precipita como una roca por un desfiladero.

—Nunca me quedé mucho tiempo con Sascha en un mismo sitio, nos íbamos trasladando. Había pasado un año desde que me limpié la sangre de nuestro padre en un riachuelo, pero mi hermano seguía sin pronunciar una palabra. Varias veces entré a robar en casas. En dos, los propietarios estaban de vacaciones. Allí vivimos una temporada. Había televisores caros y coñac del bueno y libros sin leer colocados en las estanterías. De todo ello me serví sin medida. Dejaba pasar los días sin contarlos. Me había convertido en un pequeño delincuente, uno de esos contra los que tuvo que luchar usted durante sus comienzos como agente de policía. ¿La desesperación que sentían al ver que los encerrarían no era para usted como una charla agradable en una fiesta? Si me hubiera detenido por aquel entonces, yo solo habría sido una firma garabateada en un acta aburrida. No habría sabido usted nada del vacío de mi interior, que ya era tan grande que los latidos de mi corazón me parecían apenas el goteo de un grifo de agua. Tenía una biblioteca entera en la cabeza, pero solo era un montón de palabras. Todavía no conocía mi camino.

La colilla se ha quedado húmeda y fría. Él se la retira de los labios y le quita saliva de la comisura de la boca, como a una niña.

—Una noche en que volvíamos a dormir en un coche, me estalló la cabeza. Estaba en la calle, y cuatro hombres a quienes les había apetecido dejarme inconsciente con un bate de béisbol nos rodeaban a Sascha y a mí. Estaban decidiendo si matarnos o no. En realidad solo querían el coche, que era caro, pero en esos hombres vivía un animal que les comía las entrañas. Ese animal rabia también dentro de mi hermano. Durante mucho tiempo pensé que lo vencería, pero al final tuve que reconocer que yo no poseía ese poder. A Sascha no le sirve de nada matar a uno, a dos, a tres o a diez. Ese animal es insaciable. Esa es su naturaleza.

—Dice que no podría arrodillarse ante ningún dios y, aun así, ¿no le molesta en absoluto que su hermano se arrodille ante usted? ¿Por qué? ¿Porque se cree usted Dios?

—¿Cómo define a Dios? ¿Puedo cambiar el curso de las mareas, el rumbo de los cuerpos celestes, la dirección del viento? No. ¿Puedo enviar plagas, obrar milagros? No. Pero ¿soy señor de la vida y la muerte en mi mundo? Sí. Y también en el de usted. Es cierto que mi hermano se arrodilla ante mí. Yo podría perdonarle sus pecados. Sin embargo, él no me lo pide. Sencillamente no sabe lo que es el pecado.

—¿Usted nunca se ha arrodillado?

—Lo he hecho. Aquella noche, ante los hombres de los bates de béisbol. Por mi hermano. Les supliqué. Les rogué que no lo mataran; tanto, que volví a desmayarme de desesperación. Al recuperar la consciencia se habían marchado con el coche y Sascha estaba sentado en el bordillo. Me arrastré hasta él y lo estreché y no sentí su corazón. Entonces me dijo la primera frase desde que nos habíamos marchado: «Déjame otra vez en el sótano».

Pasan los minutos.

Aaron podría creer que Holm ha desaparecido.

—Al día siguiente Sascha llamó a la puerta de una villa. Cuando agarré por el cuello a la mujer que me había telefoneado, su marido apareció detrás de mí y me clavó un cuchillo en la espalda. Me quedé tirado ante él; me miraba con unos ojos de hielo. El destino de Sascha y el mío estaba decidido, pero eso no era lo peor. Mientras aguardaba la muerte allí tendido, mi hermano parecía... —Se interrumpe. Busca las palabras.

—Él lo miró y usted comprendió que quería verlo morir —dice Aaron.

—Sí. —Holm ha logrado encontrar la fuerza para esa única palabra.

Pasa un rato.

La voz de él se tensa.

—Pero llamaron a la puerta. A través de un velo de temor vi que Ojos de Hielo sacaba una pistola de un cajón y abría. Entró un hombre. Tenía junto a él a su hijo, que era un poco más joven que yo. Ojos de Hielo cerró la puerta y apuntó con la pistola al hombre, que no hizo caso del arma. Dijo que Ojos de Hielo le había robado y que había ido allí a buscar lo que era suyo. Ojos de Hielo encañonó al hijo con la pistola en la cabeza. Su palabras fueron: «Ahora dispararé a tu hijo, después tú te vas y no te dejas ver más por aquí». Sin embargo, como por arte de magia, de repente el otro también tenía una pistola en la mano. —Holm enciende otro cigarrillo y se lo pasa—. ¿Cuál era la más alta disciplina para los samuráis?

—El autocontrol.

—Ese hombre me lo demostró. Yo creía saber lo que era un sacrificio, una pérdida, pero él me enseñó que yo era un niño y él, un hombre. Disparó a su propio hijo para hacerle ese último servicio como padre y demostrarle a Ojos de Hielo lo que es la insumisión. Este disparó también. Le dio al otro en el hombro y lo tumbó. Ojos de Hielo le apuntó con la pistola y dijo: «Ahora te reunirás con tu hijo». El hombre no tenía miedo. Es más: sonreía. De pronto reviví. Tiré a Ojos de Hielo al suelo, conseguí hacerme con el arma y le disparé entre los ojos a dos metros de distancia. El hombre que había sacrificado a su hijo se levantó. Me miró y preguntó: «¿Cómo te llamas, hijo mío?». Entonces dije mi verdadero nombre por primera vez.

Holm se arrodilla. Aaron nota que le corta la brida de las manos y sabe que no tiene fuerza suficiente para luchar contra él.

—Conservo muchos recuerdos de ese hombre. Algunos los llevo en la piel. —Le toma la mano y roza con ella su hombro derecho desnudo.

Aaron palpa una marca abultada.

«Una estrella».

En una fracción de segundo se ve a sí misma en el probador de una boutique cara de Hackescher Markt riendo con otra chica.

«Alina».

Aaron la recuerda: era la amante de un mando medio de los Nikulinskaya. La cicatriz en forma de estrella era la señal distintiva de esos hombres, y a sus mujeres les hacían la misma marca al fuego, como si fueran reses. El amante de Alina había ido con ella a Berlín para someterse a una complicada operación de corazón en el hospital de la Charité. Como a eso había que añadirle la rehabilitación, estarían en la ciudad más de un mes.

De aquello hace once años.

Aaron tenía que descubrir para la LKA si Alina, de su misma edad, sabía algo sobre los negocios de él.

Era muy guapa y estaba muy sola. Aaron se topó con la joven en la boutique como por casualidad, se probó el mismo vestido que ella y le vio la marca del hombro. Risas, unos zapatos que ella nunca se compraría, una copa en Monbijou Park, cháchara, quedaron en verse otro día.

Alina se hizo amiga suya. Aaron tenía que ir con cautela, porque dos guardaespaldas de su amante siempre estaban por allí cerca. Inspeccionaron el ático de Hackescher Markt que la LKA había alquilado para Aaron, pero no encontraron la minicámara que lo grabó todo. Hojearon un álbum familiar falso, Aaron con un padre rico que financiaba sus lujos, vieron sus joyas caras, prestadas por los grandes almacenes KaDeWe, el Porsche del garaje. Mientras estaba en el lavabo del restaurante de varias estrellas donde comía *foie gras* y bebía champán de añada con Alina, le comprobaron el móvil y creyeron que Aaron no se había dado cuenta.

Un solo error habría sido su sentencia de muerte.

Sobre los negocios de los Nikulinskaya no supo nada a través de Alina, solo que su amante era un cerdo. Aaron se alegró de que la temporada en Berlín terminara y Alina regresara con él a su casa.

Sin embargo, un mes después le sonó el teléfono.

Fue entonces cuando empezó todo.

Ahora, en el espacio de carga de la camioneta, de repente sabe quién era el hombre del que habla Holm.

Ilia Nikulin.

En aquel entonces vivía en Suiza y ya gobernaba un gran reino. Tras el fin de la Unión Soviética regresó a su patria y lo convirtió en un imperio.

«El hombre que le enseñó a Holm lo que es la verdadera fortaleza».

«El hombre cuyo asesino a sueldo me estaba esperando en Moscú».

«El hombre cuyo imperio hice caer».

Es incapaz de decir nada.

—«La vida no es más que un sueño vacío, y cuando hayas comprendido un motivo, muchos otros se desplegarán ante tus ojos» —dice Holm.

Baja y la deja sola.

27

Pavlik está en la ventana del despacho de Maske. Los dos agentes de policía sacan al director de la cárcel esposado del edificio. Tras una valla haraganean presos que aplauden y lanzan vítores.

—¡Eh, Maske, vieja ladilla, nos vemos en la ducha! —vocifera alguien.

A Pavlik le suena el móvil.

—¿Sí?

Es Helmchen.

—Querías saber quiénes trabajaron en aquello de las ucranianas.

—Dispara.

—En el comando estaban Peschel, Fricke, Butz, Ruff y Pi.

Así lo recordaba Pavlik. Pi queda descartado como topo, Butz está muerto y fuera de toda duda. Ruff era un perro duro que se jugó el cuello infinidad de veces por el Departamento. Hace dos años que murió de leucemia. Por Peschel y Fricke también pone la mano en el fuego.

—¿Quién apoyó la operación?

—Boll era el de logística, Krampe se ocupó de la técnica.

Boll aún sigue con ellos, un hombre tranquilo y prudente que vive solo, después de dos divorcios. Con treinta y pocos años ya había heredado tres edificios de pisos de alquiler en Berlín y no necesita ningún empleo, pero el trabajo es su pasión. Pavlik no sabría decir con qué podrían presionarlo. Queda Krampe. Estudió Informática y Electrotecnia, y estuvo en la BKA antes de llegar al Departamento hace ocho años. Su cuenta corriente siempre está en números rojos porque tiene que pagar la manutención de dos niños. Eso encajaría. Aun así, no pudo haber sido él. Pi y él son los mejores amigos del mundo. Cuando Pi dejó el Departamento hace años para ganar un buen dinero en una empresa de seguridad privada, quiso llevarse consigo a Krampe. Este se lo pensó muy en serio, pero se quedó, aunque su sueldo podría haber mejorado. Es el padrino de Luise, la hija de Pi.

«Olvídalo».

—Y un psicólogo —añade Helmchen.

Pavlik aguza los oídos.

—Las dos ucranianas tenían un miedo terrible por culpa del juicio y sus declaraciones. Lissek temía que pudieran echarse atrás, por eso incluyó también a un psicólogo de la LKA. Fue a Fráncfort del Óder, a la casa segura, para tranquilizar a las mujeres.

—¿Cuándo exactamente?

—Una hora antes del ataque.

—¿Pudo saber lo del Jupiter?

—Sí.

—Seguro que los de Asuntos Internos también lo examinaron, ¿verdad?

—Nada destacable.

—¿Cómo se llama el hombre?

—Rolf Jörges, pero no hay nada que investigar.

—¿Por qué?

—Se ahogó en el Mediterráneo.

—¿Cuándo?

—Un mes después de que fracasara el juicio contra el círculo de proxenetas porque la ucraniana superviviente retiró su declaración.

—¿Testigos?

—Ninguno. Según el acta de la policía de Mallorca, sobrevaloró sus fuerzas y se alejó demasiado nadando en una cala solitaria.

Pavlik no sabe qué sensación es más intensa: si la ira por no poder ya apretarle las tuercas a ese tipo, o el alivio de saber que no fue nadie del Departamento.

—¿Cómo has conseguido el acta de los españoles?

—*No me preguntes**.

—Te debo algo bueno.

—Eso dices siempre, y luego solo me llevo un beso ruidoso.

—¿Qué te habías imaginado?

—Una de las tartas belgas de Sandra. Una muy grande.

Pavlik se ríe.

—Pero nos la comemos juntos.

—Yo también te quiero. —Helmchen cuelga.

Él se sienta en el escritorio de Maske, enciende un cigarrillo y saca el papel con el número de teléfono. Hace una hora que no piensa en otra cosa. Cuando Döbler le dio el papelito, se sintió tentado de llamar enseguida. Sin embargo, antes quería sopesar los pros y los contras. Eso le desvelaría a Holm que ya han dado con Maske. ¿Y si quería volver a servirse de él? No, improbable; Maske ya le ha hecho su servicio.

Levanta el teléfono, marca el número y activa el grabador de llamada. Al tercer tono descuelgan, pero él no dice nada. Al otro lado hay silencio. Así pasa medio minuto.

—Señor Pavlik, supongo —dice entonces Holm.

---

* En español en el original. *[N. de la T.]*

—Ya, ya… Se cree usted que es más listo que nadie.

—Me pica la curiosidad.

—El primer error del que tengo constancia lo cometió hace doce años, cuando aparcó el coche en zona prohibida antes de liquidar al armenio en Colonia. El segundo fue que lavó el vehículo, sí, pero se olvidó de la tapa del depósito. Podemos acusarle del asesinato porque hoy ha vuelto a dejarnos sus huellas dactilares; ese es el tercer error. Y el cuarto fue comprar a un capullo sin personalidad como Hans-Peter Maske.

—Olvida mencionar que esperé demasiado tiempo en el autocar hasta empezar a negociar los términos. ¿No habría sido más inteligente llamar justo después de su llegada, ya que en ese punto la cadena de mando no estaba clara todavía?

Pavlik se queda sin habla un instante.

—Empecemos por ahí. No quería que nuestra conversación tuviera lugar en la fase de la desorganización. Primero tenía que concentrarse usted para poder escucharme con atención. Durante los primeros minutos de nerviosismo, el peligro de una reacción precipitada habría sido mucho mayor.

«Cabrón».

—Pensaba eso porque no lo conocía bien. Ahora sé que usted jamás actuaría con precipitación.

—¿Debo sentirme halagado?

—A usted no se le puede halagar. Bueno, vayamos a Colonia. Allí cometí dos errores, es cierto. Dejé que mi hermano aparcara el coche y luego le ordené que lo lavara a conciencia. Se olvidó de la tapa del depósito. Eso lo supe en cuanto hablé con él después; se le da fatal mentir. Ya era demasiado tarde para ponerle remedio, el coche ya lo habían descubierto.

—La familia no se escoge. Pero, aunque en Colonia la cagara, perdónelo, porque eso fue muchos años antes del «comienzo de su camino».

—O sea que ha encontrado mi nota —murmura Holm.

—Ha sido un pequeño rompecabezas. Le comunicó a su hermano en Barcelona que sus caminos se separarían definitivamente. Haberle conseguido hoy la libertad ha sido una especie de beso de despedida. En cualquier caso, dudo que Sascha lo haya entendido. Le falta la sesera necesaria para eso. ¿Ya lo ha mandado a la mierda?

—No tengo que hacerlo. Él solo se marchará y no volverá la vista atrás. Ha aprendido a responsabilizarse de sus errores. Y ya que estamos en ello: ¿cree que yo habría dejado mis huellas dactilares en el móvil de esa mujer por descuido? Eso casi me ofende. Quería ayudarlo a establecer la relación entre Colonia y Maske. Por eso tampoco he ocultado mi número al llamarle. En su valoración estamos completamente de acuerdo: es de esa clase de personas que en el Tercer Reich habría delatado a judíos. Lo respeto tanto como a una lombriz.

Pavlik no puede evitar sonreír con amargura.

—En Colonia me preguntó con gran solicitud si no estaba interesado en otros reclusos de su centro —prosigue Holm—. Que, si le hacía una lista, él podía organizar algo.

—Sin duda está familiarizado con las listas.

—Esta llamada, que por supuesto usted está grabando, no sería admitida como prueba en un juicio en su contra. ¿Cuenta con suficientes indicios para condenarlo?

«Joder, no. Lo de Colonia solo podríamos endilgárselo en caso de que consiguiéramos demostrar que cobró por ello, y no tiene pinta de que vaya a ser así. ¿Y Sascha? Que Maske intercediera a favor de su traslado e impidiera varias veces que lo castigaran no basta. Todavía queda la conversación telefónica con Holm de hoy. Pero Maske afirmará que no habló con él, que se habían equivocado de número. Como director, podía entrar en la celda de Sascha. Esta noche volverá a estar en su casa y saboreará un coñac caro».

—De su silencio deduzco que le cuesta imaginarlo. ¿Tiene un lápiz?

—Sí.

Holm le dicta una serie de cifras.

—Es el número de una cuenta en el Anguilla National Bank de San Cristóbal. En su día la abrí para Maske con el divertido nombre falso de «Joseph Clark».

Pavlik contiene el aliento.

—No le he remunerado por la regularización de los asuntos de mi hermano; eso se lo dejé claro en una conversación que tuvimos a solas y que tal vez usted hubiera disfrutado. Pero la cuenta todavía existe, lo he comprobado. Si no se ha dado la gran vida, lo cual dudo, porque las personas como él solo desean poseer, no disfrutar, encontrará en ella una considerable suma de seis cifras. ¿Le dice algo el nombre de Joseph Clark?

—No —contesta Pavlik, más sereno.

—Eso creía. No es un hombre de literatura, lo cual no hace que disminuya en modo alguno mi respeto por usted. Joseph Clark era el nombre del capitán del vapor británico *Jeddah,* que zarpó de Singapur en 1880. A bordo iban más de novecientos peregrinos en su *hajj* a La Meca. El barco naufragó en alta mar durante una tormenta. Clark huyó con sus oficiales en un bote salvavidas y abandonó a los pasajeros a su destino. Joseph Conrad lo relató en su novela *Lord Jim.* Ese capitán es uno de los cobardes más famosos de la historia de la literatura.

—No le daré las gracias.

—Con eso no tengo ningún problema.

—¿También le abrió una cuenta a Rolf Jörges?

—¿Debería conocerlo?

—El psicólogo que le sopló dónde estaba nuestra casa segura de Fráncfort del Óder y que utilizaríamos el hotel Jupiter.

—Ah, el psicólogo. Solo le utilicé una vez.

—¿Por qué esperó un mes para matarlo?

—¿Está muerto?

—Porque se fue usted a nadar con él a las costas de Mallorca.

—Perdón, pero ese mérito no es mío. No veía ningún motivo para secar esa fuente. A veces un accidente en el agua es solo un accidente en el agua.

«Pero me lo ha confirmado».

—Ya que estamos charlando: esta mañana también quería preguntarle otra cosa, pero por desgracia no he tenido ocasión. Su disparo desde dos mil doscientos ochenta y cuatro metros… fue el año pasado, en Noruega, ¿verdad?

Pavlik no responde.

—Está descrito en la bibliografía especializada. Se trataba de una operación policial cuyos pormenores se omiten por motivos de protección de secretos.

—Dígame dónde está, así iré y le explicaré todo lo que quiera saber. E incluso un poco más.

—Qué lástima que tengamos que aplazarlo. Sé que se trataba de una granja solitaria en mitad de un desierto de nieve y que no podía uno acercarse a menos de esa distancia sin ser descubierto. Tuvo que acertar a un índice doblado que en el visor era tan grande como una mota de polvo. Con un Barrett Light Fifty, un fusil cuyo alcance según el fabricante es de cuatrocientos metros menos. La bala estuvo cuatro segundos en el aire y cayó hacia su objetivo desde cinco metros de altura. Ese disparo fue una obra de arte. Le salvó la vida a una agente encubierta de los noruegos. Que lo reclamaran a usted demuestra de qué fama disfruta. Sé que tuvo que tomarlo todo en consideración, incluso la fuerza de Coriolis de la rotación terrestre. Por cierto, ¿cómo perdió la pantorrilla?

—Jugando al póquer.

—Uno siempre tiene que pagar sus deudas.

—¿Por qué se cargó a Bedrossian en aquel entonces?

—Eso solo fue un encargo profesional. En realidad es irrelevante con qué se entretenía en su tiempo libre, pero, ya que tiene usted una niña pequeña, no quiero dejar de mencionar que mostraba ciertas inclinaciones. Usted se habría alegrado de matarlo por ello.

—¿Qué condiciones había en el cementerio?

—No quiero aburrirlo.

—Es interés profesional.

—Al contrario que usted, yo tenía una visión extraordinaria y una térmica perfecta. Hacía calor, treinta grados. La desviación de la trayectoria ascendió a veinte centímetros. Es tan ridículo que casi me da vergüenza reconocerlo.

—Disparó dos veces.

—No poseo su clase.

—El calibre era desacostumbrado, .700 Nitro Express. Esa munición se utiliza para caza mayor.

—No pretendía ganar ningún concurso de belleza.

—Pero lo consiguió. Primero disparó a Bedrossian en el hombro adrede, para eliminar su marca. Un manifiesto: «Esto es lo que hacemos con los traidores». El segundo tiro, el de la sien, fue una obra maestra, ya que en una fracción de segundo tuvo que calcular cómo caería el hombre para que el disparo fuera letal.

El silencio de Holm es tan absoluto que produce eco.

—Se lo encargó Ilia Nikulin.

—No me decepciona usted.

—¿Qué clase de relación tenía con él?

—La respuesta sería demasiado compleja, para eso nos falta tiempo.

—Estoy seguro de que podría zanjarlo en dos frases.

—A algunos hombres no se les hace justicia abreviando tanto.

—Todo el rato tiene una pregunta en la punta de la lengua. Le prometo una respuesta sincera.

—Está bien. ¿Por qué no me suplica por la vida de ella? —pregunta Holm tras dudar un momento.

Pavlik oye pasos en el vestíbulo. Demirci aparece en la puerta.

—Porque mantengo que tanto usted como ese montón de mierda al que llama hermano estarán muertos antes de que amanezca. Aaron los ejecutará a ambos. Y tiene mi bendición.

Cuelga.

—¿De dónde ha sacado el número? —se limita a preguntar Demirci.

—Maske. —Rebobina la grabación.

Después de oírla, ella exhala muy despacio.

—Hay algo que debe saber —dice Pavlik.

—Se refiere a la señora Aaron. He examinado su expediente y estoy al corriente: le echó el guante a Nikulin con veinticinco años y después el Departamento la llamó.

Cruzan una larga mirada. ¿Podría el odio de Holm por ella tener algo que ver con Nikulin? Pero ¿por qué once años después?

—En 2006 me invitaron a la despedida del entonces director de la BKA, Richard Wolf —dice Demirci—. Por deseo expreso de él; me sentí muy halagada. Un hombre impresionante. Pasó su infancia en Marruecos, su padre era embajador allí. Las memorias de Wolf comienzan con un dicho del Magreb: «La constancia atraviesa el mármol».

Los dos piensan en Ilia Nikulin. Era el cabecilla de una organización mafiosa rusa con diversas ramas empresariales. Su especialidad era el comercio ilegal de materias primas. Nikulin sobornaba a directivos de refinerías de Siberia y, con su ayuda, robaba grandes cantidades de petróleo y gas que vendía preferiblemente a países en crisis, por ejemplo a Sudáfrica en los tiempos del *apartheid*. Mantenía una red global de empresas fantasma que operaban como intermediarios, también en Alemania. Más adelante se aprovechó con frialdad del programa de ayuda de la ONU «Oil for Food» para evitar las sanciones internacionales al petróleo iraquí, lo cual llenó la caja de Sadam Husein con cientos de millones de dólares. Sobre todo en el Cáucaso,

Nikulin poseía excelentes contactos. Interceptó el oleoducto Bakú-Novosibirsk y tenía a tantos políticos comprados en Rusia, Georgia y Chechenia que durante mucho tiempo nadie se atrevió a meterse en sus asuntos. Fue responsable de innumerables asesinatos por encargo, pero ni siquiera eso acabó con él.

—Era tan poderoso como los Romanov —dice Pavlik—. Solo cuando empezó a inundar el mercado estadounidense con petróleo sucio a precio basura les pareció a los americanos que se pasaba de la raya. El FBI buscó la colaboración de Wiesbaden.

Demirci asiente con la cabeza.

—Aun así, ¿cómo es que enviaron a Rusia a una agente jovencísima de la LKA de Berlín? Tenía veintipocos. Era muy capaz y ya se había distinguido, desde luego, pero, con todo, se trataba de una operación capital de la BKA. ¿Por qué ella?

—Una vez se lo pregunté, pero evitó darme una respuesta.

—Nikulin se quitó la vida durante su prisión preventiva, ¿verdad?

—Sí, en Moscú. Todos sus amigos le volvieron la espalda. Seguro que estaban esperando ese instante de debilidad. Y el imperio de Nikulin se desmoronó como todos los grandes imperios. —Pavlik alcanza el móvil—. Un momento. —Marca un número de la memoria—. Hola, Richard, soy Ulf. —Ríe—. Estaría muy bien, pero quizá la semana que viene. … Sí, a mí también me gustaría. Necesito una información que para mí vale un Barolo del 96. —Vuelve a reír—. Granuja. La pregunta: en 2005 el FBI saltó a tu regazo. La cosa iba de Ilia Nikulin. Invitasteis a Jenny Aaron a un viaje a Moscú. ¿Cómo se decidió eso?

Demirci no cree lo que está oyendo.

—Comprendo. Gracias —murmura Pavlik—. El Barolo nos los beberemos juntos. Saluda a Sophie de mi parte. —Guarda el móvil.

La jefa intenta controlarse.

—¿Ese era Richard Wolf?

—Una vez le hice un favor; él diría que fue más que eso. Ahora tiene setenta y tantos, pero todavía está en plena forma. Nos gusta quedar para compartir un tinto y un habano.

El pensamiento de Demirci se aleja de allí, Pavlik se da cuenta.

—¿Qué ocurre?

—A veces eso me irrita.

—¿El qué?

—Esa camaradería masculina, hacer tratos entre vinos, licores y puros. Usted, como hombre, no lo entenderá, y tampoco es algo que vaya contra su persona.

—Yo, en cambio, no puedo participar en las tertulias de señoras.

—Seguro que le duele mucho. ¿Qué ha dicho Wolf?

—Uno de los hombres de Nikulin había venido a Berlín. Se trajo con él a su amante. La LKA la puso a cargo de Aaron, que se ganó su confianza, incluso su amistad. Cuando regresó a Moscú, la mujer invitó a Aaron a que le hiciera una visita. En Wiesbaden se enteraron. Fue un pase largo, desde luego. Según Wolf, además de la BKA y del FBI, también los servicios secretos rusos estaban subido al carro. Quizá sea mucho decir que Aaron le echara el guante a Nikulin, pero debió de desempeñar un papel importante, porque si no el Departamento no se habría fijado en ella.

—Si de verdad eso fue todo…, ¿por qué no nos ha dicho nada del caso?

—Aaron es complicada.

—Ahora es usted el que está eludiendo responder.

—Podría llamar otra vez a Wolf. O a Lissek. O a un par de personas más. Pero ¿para qué?

¿Cree que se nos quitarán de encima?

—No se trata de la mafia, de petróleo, de dinero ni de política. Se trata única y exclusivamente de Aaron y Holm. De algo muy personal. Olvídese de los negocios de Nikulin.

A Demirci se le han acabado los cigarrillos. Pavlik le ofrece de los suyos. Ambos fuman. Es entonces cuando él pregunta:

—¿Por qué está usted aquí?

—La Oficina Federal de Aeronáutica Civil ha identificado la foto del tercer hombre. Armin Bosch, antiguo soldado profesional. Tiene licencia para helicóptero y aeroplanos monomotor, ambas sacadas con el ejército alemán. He hablado con su antiguo comandante; en la actualidad está al mando del parque aéreo del gobierno federal en el aeropuerto de Tegel. Tenía que hacer algo, para no volverme loca.

—¿Y?

—Bosch estuvo en operaciones militares en Afganistán, medalla especial al valor. Su helicóptero estaba estacionado en una fragata. Unos piratas somalíes le dispararon mientras sobrevolaba el mar. Murieron tres de sus compañeros. Bosch fue el único superviviente, con quemaduras graves en todo el cuerpo. Tenía usted razón sobre lo de la memoria a corto plazo. Desde que lo abatieron ya no es capaz de concentrarse.

Demirci y Pavlik siguen cada uno sus propios pensamientos.

—Bosch no quiso conformarse con la pequeña renta que le quedó y amenazó a sus antiguos superiores —prosigue ella—. Les dijo que conseguiría lo que era suyo. Su mujer lo abandonó. Se fue con el hijo de ambos a vivir con su hermana.

A Pavlik se le vuelven a tensar los músculos de la nuca.

—La policía federal ha enviado agentes allí hace un rato. En el piso han encontrado los cadáveres de la cuñada de Bosch, su mujer y su hijo. Llevaban muertos por lo menos una semana. Triple asesinato.

28

De las esferas satelitales cuelgan todavía restos del revestimiento con los que el viento hace lo que quiere. Niko Kvist deja atrás las ruinas de la base militar estadounidense de Teufelsberg. Por debajo de él, la ciudad yace inmersa en un torbellino de nieve y luz. En sus oídos oye las voces de la central de operaciones del Departamento. Las transmite el micrófono que ha pegado detrás de un monitor antes de que Demirci le quitara su arma de servicio. Buscan, discuten, juegan al ajedrez. No saben nada. Eso le vuelve loco.

Ha intentado aferrarse a algún pensamiento mientras conducía sin rumbo. Para nada. Ha intentado controlar la respiración mientras la nieve flotaba por encima de él. Para nada. Ha intentado llamarla «Aaron» en lugar de «Jenny», como si así pudiera alejarse de ella. Ha sentido la necesidad de subir a lo alto de una colina para poder pensar con claridad.

Sin embargo, ahora que está ahí, en la cima de ese ridículo montón de escombros, sabe que todo ha sido para nada.

En su quinto cumpleaños, su madre se fue de casa y lo dejó con su padre. Este se llevó a Niko a Finlandia, donde montó un negocio de aparatos de vídeo en una pequeña ciudad. Su padre se sentía solo, pero ninguna de las mujeres que Niko veía salir del baño por las mañanas sirvió de nada. Su padre empezó a beber y, cuando él tenía once años, encontró una nota en la cocina porque también su padre se había marchado.

Regresó a Hamburgo, a casa de una tía. Por ella supo que su madre había muerto el año anterior en Canadá. Allí había vivido con un hombre al que su hermana no había llegado a conocer. Niko estuvo siete años con la mujer. A los dieciocho, cuando hizo las maletas, su tía le seguía resultando tan desconocida como el primer día. No volvió a verla.

Se metió en la policía buscando camaradería. Al cabo de cinco años le preguntaron si quería entrar en el GSG 9. El padre de Jenny no le dio trato de favor, pero Niko sabía que esperaba más de él que de cualquier otro. Durante los cinco años siguientes no participó en ninguna operación, pues no hubo ninguna. Solo entrenamientos.

Un invierno los enviaron a él y a cuatro compañeros más a Kabul, donde tenían que proteger la embajada alemana. Aquello era una fortaleza; fuera, una vida tenía menos valor que un saco de mijo. Cuando recorrían la ciudad con sus todoterrenos acorazados, veían a hombres que habían reunido hojas y ramas en los campos para luego venderlas como leña. Veían a mujeres caminando sin zapatos por la nieve, y a burros con solo tres patas.

Una vez tuvieron un pinchazo en una zona alejada. Uno de ellos cambió la rueda, los otros cuatro se colocaron en semicírculo a su alrededor con el dedo en el gatillo de las ametralladoras. Un perro cruzó corriendo la calle con un pie humano en el hocico.

Dos compañeros no lo soportaron y pidieron que los reemplazaran. Llegaron otros dos. No hicieron preguntas, igual que Niko tampoco las había hecho, porque después de un día en Kabul ya se sabía todo. Por las noches jugaban a las cartas.

En los mercados la gente les tenía miedo y se apartaba de ellos, pero los niños les pedían el chocolate que siempre llevaban en los bolsillos porque la risa de un niño era un consuelo. Uno de los pequeños del mercado de Yahya Khail no quería chocolatinas. Hizo explosión y se llevó consigo a la muerte a tres compañeros de Niko. Todo lo que quedó de ellos fue una sombra roja en una pared. Niko solo sobrevivió porque se había quedado a ver a un titiritero que contaba un cuento de un príncipe y una hermosa princesa que estaba vigilada por un monstruo.

A dos de los muertos Niko apenas los conocía, aunque habían dormido en la misma habitación. Al tercero le encantaba el hockey sobre hielo, por eso le llamaban «Puck», y había sido su amigo.

Niko había visto al niño que llevaba el cinturón de explosivos con un hombre horas antes. Eso no se lo dijo a nadie, pero a partir de entonces fue todos los días solo al mercado. El décimo día acudió también el hombre. Niko lo siguió y lo mató en un callejón con su cuchillo. Lo vieron hacerlo. Resultó que el afgano era informador de la CIA. No había tenido nada que ver con el atentado suicida, e incluso había advertido a los americanos.

Niko fue llamado de vuelta a Alemania. El padre de Jenny lo esperaba en el aeropuerto y le puso una bolsa de plástico en la mano; habían recogido su taquilla. El padre de Jenny guardaría silencio sobre lo de Yahya Khail, pero Niko lo oyó pronunciar una palabra que jamás olvidará. Supo que para el padre de Jenny estaba muerto.

Niko enfermó. Dejó de comer y de dormir y arrancó el cable del teléfono de la pared. Una mañana, Pavlik se presentó en la puerta de su piso de Bonn. Se habían conocido en un curso del GSG 9 con el Departamento. De eso hacía años, pero Pavlik no había dejado que perdieran el contacto. Ya entonces era un horno a cuyo calor todos se reconfortaban.

Sin saber nada de lo de Yahya Khail, Pavlik había intuido que Niko lo necesitaba. Se tomó unas vacaciones, se ocupó de él y lo salvó. Nunca le preguntó qué había ocurrido en Kabul, y seguía sin hacerlo.

Una semana después Niko ya no necesitaba pastillas para dormir, se hizo el desayuno y respiró. Pavlik le comentó que había hablado con su jefe y que en el Departamento había una plaza libre para él. Se emborracharon y todo quedó decidido.

El Departamento se convirtió en su familia. Eran como hermanos, eso era lo que había echado en falta en el GSG 9. Por primera vez se sentía en casa.

Conoció a André, y también él se convirtió en un hermano.

Al que mataría.

Y allí estaba Jenny.

Había entrado un año antes que él. Cuando ella pasaba, el aire vibraba diez metros a su alrededor. Cuando luchaba, daba miedo. Aunque solo respirase, él escuchaba.

Era la hija de Jörg Aaron.

Intentó ganársela, pero ella no le daba esperanzas. Tardaron tres años en asignarles su primera operación juntos, en Nápoles. Niko le salvó la vida y ella le dio las gracias con una comida. Después se vieron algunas veces sin que ella le ofreciera más que su inteligencia, su risa, su gracia.

Un invierno después salieron de un cine. Él le compró una bolsa de castañas asadas, Jenny lo besó y se lo llevó al piso donde vivía con su extraño gato, que lo miró enfadado. Esa noche y muchas otras ella pensó que él dormía, pero estaba despierto.

En el Departamento no se lo dijeron a nadie más que a Pavlik. Él le hizo saber a Niko que le partiría todos los huesos si alguna vez le hacía daño a Jenny.

En Marrakech se amaron de la mañana a la noche. Pero Niko no era feliz. Todo en Jenny era perfecto. Y, aun así, no funcionaba. Ella le habló de Boenisch y de Runge y del sótano. Él la estrechó entre sus brazos.

Aun así, no funcionaba.

Niko no sabía a qué se debía. Tal vez su padre, a quien había decepcionado, era lo que se interponía entre ambos.

«No. Por supuesto que lo sé. No podíamos estar juntos. Uno de los dos habría tenido que ir a la tumba del otro y se habría odiado. Por eso decidí no amarla».

En Barcelona quiso ponerle fin en el pequeño restaurante junto al parque Güell donde había reservado mesa. Pero eso fue antes de que acudieran al puerto y él muriera en aquel almacén mientras ella iba a toda velocidad por el túnel donde también perdió la vida.

Durante cinco años le había dado miedo volver a verla. Durante cinco años se dijo que ella nunca había significado nada para él. Pero la mañana anterior se encontró en la terminal, mirándola una eternidad mientras ella lo esperaba. Entonces supo que la amaba, que la había amado todos esos años. Fue un dolor tal que tardó una segunda eternidad en encontrar fuerzas para hablar con ella.

Oye que Fricke llama a Pavlik.

—Tenemos el aeródromo.

—¿Dónde?

—En Finow. Allá arriba, en Brandeburgo. Bosch ha alquilado un Cessna para las 16.30 y ha pagado en efectivo. Papeles falsos, pero lo han reconocido por la fotografía.

—¿Ha salido ya el avión?

—No. A las cuatro menos cuarto ha llamado. Les ha dicho que había surgido algo y ha retrasado el vuelo para mañana. La hora está por determinar, el alquiler es de dos días.

—¿Destino?

—Por lo visto Vilna.

—¿Cuántas personas?

Fricke deja pasar unos segundos antes de decir:

—Tres.

Niko siente las costillas destrozadas. Tiene toda la cara entumecida. Los copos de nieve le ablandan la sangre reseca. Siente el sabor a cobre en la lengua.

—Que dos equipos especiales de operaciones se pongan en camino ahora mismo. —Pavlik escoge a los hombres. Fricke se encuentra entre ellos.

—Demirci quiere que me quede en la central.

—Ya hablo yo con ella. Que Mertsch le meta prisa a la policía federal. Necesitamos ahí arriba todos los drones que estén disponibles con cámaras de infrarrojos. Pero nada de helicópteros. Un segundo… —Niko oye murmullos, Pavlik se pone de acuerdo con alguien—. Diles a los de Técnica que la dirección de la operación se traslada a Finow. Mueve el culo y nos encontramos allí. Quiero el máuser y el Light Fifty.

—Vale.

—¿Dónde está Kvist?

—En la vieja estación de radar de los americanos. Disfrutando del paisaje. Tal vez se ponga a escribir un poema. No sabe nada, créeme.

—No lo pierdas.

Niko sigue en lo alto de Teufelsberg. La nieve cae sobre él y se convierte en sangre en su lengua. Ella habló con él, y él se maravilló. Ella le gritó, y él se maravilló. Ella bailó con él, y él se maravilló. Hace tiempo que está muerto.

29

La blusa de Demirci se pega húmeda a su espalda bajo el abrigo. No es porque Pavlik vaya hacia el norte por la circunvalación de Berlín pisando el gas a fondo. Tampoco por los veinte centímetros que los separan del camión al que por fin obliga a apartarse. Ni porque al mismo tiempo él esté marcando en el teléfono el número que le ha dado Fricke.

«Tres», le ha dicho.

Tras ese número se esconden el ansia de fumar un cigarrillo detrás de otro y la certeza de que no hay previsto un asiento para Jenny Aaron en ese avión.

Al otro lado de la línea descuelgan.

—Germer.

—Uno de mis compañeros le ha llamado antes por teléfono. ¿Quién se encargará mañana del papeleo para el vuelo a Vilna?

—Yo mismo.

—¿Se encuentra en el aeródromo?

—Sí.

—¿A qué hora cierra?

—Dentro de media hora, a las ocho.

—¿Hay alguien más todavía allí con usted?

—Dos compañeros que se quedan hasta más tarde, las nueve o así.

—¿Dónde vive?

El hombre le da la dirección.

—Váyase ahora a casa, pero no se apresure, con calma. Yo voy para allá. Que los otros dos acaben a su hora. Todo tiene que parecer muy normal.

—¿De qué va est...?

—Después —lo interrumpe Pavlik, y cuelga.

—¿Por qué habrá retrasado el vuelo? —pregunta Demirci mientras adelantan a toda velocidad al lameculos de su derecha. Le tocan el retrovisor y oyen un largo bocinazo que se pierde tras ellos.

—Hay miles de posibilidades.

—Pero usted se aferra a una.

—Aaron ha conseguido desbaratar sus planes de alguna forma.

—Holm no parecía intranquilo al teléfono.

—En caso de que lo estuviera, jamás lo notaríamos.

—¿Por qué ha insistido en que Fricke viniera también?

—La noche será larga, los hombres están nerviosos. Él siempre tiene una frase a punto. Fricke les sienta bien a los demás; nunca subestime eso. Y cuando la cosa se pone seria no se anda con bromas.

Ya han llegado al extremo norte de la ciudad. El carril de adelantamiento está libre, ante ellos tienen la oscura autopista. La mediana, a una velocidad de doscientos cincuenta, es un haz de proyectiles con estelas lumínicas.

—Estoy pensando en Kvist. ¿No le parece extraña su conducta?

Pavlik no responde.

—Si estuviera usted en su lugar..., ¿qué haría?

—Meterme el cañón de un 45 en la boca y apretar el gatillo.

—Lo digo en serio.

—Yo también.

—Por favor.

—¿Adónde quiere llegar?

—Tiene contactos en el ambiente, podría hablar con informadores, preguntar por Holm o sus cómplices…, todo lo que hace también nuestra gente. Llamar a alguien de TC que sea colega para descubrir lo que sabemos y todo eso.

—Puede que lo haya hecho hace rato. Solo tenemos pinchado su coche, no su móvil.

—Incorrecto.

La cabeza de Pavlik se vuelve hacia ella.

—¿Sin orden?

—¿Desde cuándo es tan remilgado?

—¿Qué ha hecho con la mujer que hasta ayer dormía en sábanas bordadas con párrafos legales?

—De vez en cuando hay que cambiar las sábanas.

Empieza a hacer frío en el coche.

Una marcha menos, gas a fondo, una marcha más.

—Conozco a Kvist desde hace cuatro semanas —comenta ella—. En la operación contra los rumanos salió a atacar mientras le estaban disparando. Considerando sus actos, podría creerse que está empeñado en morir. Para ser sincera, había pensado en trasladarlo.

Pavlik frena con brusquedad porque delante de ellos un volquete se pone a adelantar sin intermitente. Castiga la bocina como si con ello pudiera hacer callar a su jefa.

—Llamarlo «bomba de relojería» sería un eufemismo —sigue diciendo ella—. Parece que empezó hace cinco años. Después de lo de Barcelona.

—«Sería», «si», «parece que», «podría creerse» —gruñe Pavlik.

—Si ella significa tanto para él, ¿por qué no está haciendo nada para descubrir algo? Va en contra de su naturaleza.

—Y usted se está andando con rodeos, y eso va en contra de su naturaleza.

—¿Confía en él?

—Era mi amigo.

—Eso no es una respuesta.

Demirci tiene que sujetarse en el asidero porque Pavlik hace derrapar el coche para meterse en un aparcamiento. En cuanto lo detiene se apea. Ella sale con él al viento gélido por el que la luna llena cabalga sobre jirones de nubes. Pavlik se enciende un Lucky con el mechero a prueba de viento sin ofrecerle el paquete a ella.

—Lo conoce desde hace cuatro semanas. Yo, desde hace trece años. Nunca demostró miedo, tampoco antes de Barcelona. Pregúntele a mi mujer. Y ella no lo soporta.

—Solo él, Jenny Aaron y Holm estuvieron allí. Vamos, Pavlik, no me diga que usted también cree que fue una cobarde.

—Nuestro código no exige que uno se sacrifique.

—Sí, lo hace. Y lo sabe. —Su siguiente frase cae como un meteorito del cielo y abre un cráter entre ambos—: ¿Nunca ha pensado en la posibilidad de que Kvist quisiera hacer negocios con Holm?

—Antes se congelaría el infierno —le escupe Pavlik.

Pero el cigarrillo le sabe a un recuerdo que él había encerrado en una caja fuerte.

Tres meses después de Barcelona, el padre de Aaron quiso hablar con Butz y con Pavlik, pero no por teléfono. Volaron a Sankt Augustin, Jörg Aaron les sirvió un buen trago y les contó lo que había hecho Kvist en Afganistán. Que en su interior guardaba una ira que era como una bala. Que lo creía capaz de cualquier cosa. Pavlik quiso objetar algo, pero ¿qué podía aducir? Amistad, lealtad, sentido común. Jörg Aaron no pensaba en esos términos. Para él se trataba de una ecuación con tres incógnitas: el supuesto soplo había llegado del supuesto informador de Kvist; Kvist había establecido el contacto con Holm; Kvist se había visto con él en Brujas a solas.

Butz borró esa ecuación y compuso otra: ese informador existía y siempre había sido fiable; después del encuentro en Brujas, Kvist no había quedado convencido de que Holm tuviera el Chagall, ya que no le dio más prueba que una fotografía; Lissek lo consultó con la almohada y dio el OK.

«Jenny quería llevar un arma. Kvist se lo quitó de la cabeza», dijo Jörg Aaron.

«Tomamos decisiones. Algunas no son correctas», repuso Pavlik.

En la botella de whisky ya solo quedaba un dedo. El padre de Aaron lo repartió entre los vasos. «Me lo regaló el ministro del Interior cuando me retiré. He conocido a muchos hombres valientes. Ninguno ha sido tan valiente como mi hija. No descansaré hasta conocer la verdad».

Quiso levantar su vaso, pero se le cayó de la mano y antes de que se estrellara en el suelo él ya estaba muerto. Pavlik no olvidará jamás las horas que pasaron Butz y él sin ser capaces de llamar a Aaron. Cómo miraron entonces por la ventana y la vieron llegar por la acera con el bastón. Cómo bajaron corriendo para alcanzar la puerta del jardín antes que los de la funeraria con el cadáver. Cómo asió Butz la mano de Aaron y susurró: «Lo siento mucho». Cómo Pavlik vio sus lágrimas y no consiguió decir ni una palabra, no soportó el dolor de ella, y Butz comprendió que no quería decirle que estaba allí. Cómo se escabulló, como si nunca hubiera estado en esa casa, como si nunca hubiera llorado esa muerte con ella.

El viento apaga el pitillo de Pavlik. La colilla se adhiere húmeda y amarga a sus labios exangües.

—Deme un solo argumento —dice Demirci.

—La ama. Ya solo por eso, no puede ser.

—Holm le había asegurado que a ella no le sucedería nada.

—Kvist no.

—¿Solo porque es su amigo?

La luna cabalga hacia un abismo negro. En la mirada de Pavlik se reflejan más noches sin dormir de las que ella ha conocido.

—Ya le dije que en el mostrador de la pista seis hay una muesca.

—Sí.

—Es de André. Kvist, él y yo: «los tres capos», así nos llamaban los demás. André se pasó al otro bando. Kvist lo localizó y lo mató. Porque yo no fui capaz. Ningún amigo me ha hecho mayor servicio jamás.

Cuando Demirci vuelve a encontrar palabras, dice:

—Lo llama André. Y no por su apellido.

La colilla vuela de la boca de Pavlik.

—Él lo quería así. Decía: «Si me retiro, no quiero que nadie haga como si apenas me hubiera conocido». Pero fue justo así. Acabo de pronunciar su nombre por primera vez en seis años.

Bosch ya no sabe cuándo ha examinado Holm el valle con las gafas de visión nocturna y ha escogido esa granja apartada; pero sí sabe que él miró al cielo estando frente a la casa de su cuñada y que, muchos años antes, oyó a su madre decir: «El niño Dios hace galletas». Ya no sabe si todavía caía nieve cuando han bajado de la camioneta en la granja y Holm les ha ordenado a su hermano y a él que entraran en la casa con esa mujer a la que se le ha caído un cubo delante del establo, para ver si de verdad estaba sola; pero sí sabe que tenía un dolor de cabeza horrible cuando llamó a casa de su cuñada, que se había puesto el traje bueno, que llevaba en una mano un ramo de flores y en la otra un camión de bomberos para Elias. Ya no sabe en qué habitaciones han mirado Sascha y él, qué muebles había allí, a qué olía; pero sí sabe que en la escalera de su cuñada había una bombilla que parpadeaba y que él oyó el tictac de su reloj, aunque no hace tictac. Ya no sabe si la mujer del cubo ha dicho o hecho algo que lo ha puesto furioso; pero sí sabe que su cuñada enseguida quiso volver a cerrar la puerta y que él se dejó llevar por un arrebato y la apartó a un lado como si fuera una telaraña. Ya no sabe cómo ha acabado la mujer tirada en el suelo de la cocina, encogida, gimiendo, ni por qué tiene él las manos cerradas en puños y le arden, mientras Sascha está apoyado en el fregadero con un cigarrillo y una sonrisa; pero sí sabe que quería hablar con Simone, decirle que pronto todo se arreglaría, sabe que Elias ni siquiera miró el camión de bomberos, que lloraba y se apartaba de él. No sabe por qué la mujer del cubo está ahora en otro rincón ni por qué le sangra la nariz.

De repente Holm entra en la habitación y lo lanza por los aires como si fuera un avión de papel. Antes de que Bosch pierda la consciencia, ve que Aaron busca a tientas a la mujer, se arrodilla, la estrecha contra sí, y sabe que bajó la mirada hacia Simone y Elias, que estaban callados, que su cuñada gritaba y que a él eso lo estaba volviendo loco, y que se le había parado el reloj. Pero cómo llegó a ese punto, eso no lo sabe.

Aaron acaricia el pelo con olor a jabón de la mujer.

—No tenga miedo, no le harán nada más.

La mujer se tranquiliza poco a poco.

«Ahora soy responsable de ella».

Aaron respira entrecortadamente.

—¿Puede moverse?

—Creo… que… sí —oye que solloza la mujer. Después de cada palabra deja una pausa que en la anterior vida de Aaron habría sido lo bastante larga para desmontar la Browning.

Bosch se lamenta. Aaron ayuda a la mujer a incorporarse. No le han atado las manos, pero casi no tiene fuerzas para sostenerse en pie.

—Guarda el arma —le ordena Holm a su hermano.

—¿Qué vamos a hacer con ella? —replica Ojos de Ficha.

Aaron vuelve el rostro hacia él.

—Como le hagan algo, no moveré ni un dedo para las nuevas negociaciones.

—Ya lo creo que lo harás. Tengo un par de ideas pensadas.

En ese mismo instante su nariz percibe el olor.

—Qué bien —comenta Holm—. Tiene usted una camelia.

Aaron sostiene a la mujer. Es delgada, todavía no muy mayor.

—¿Dónde está su marido? —pregunta Holm.

—Cazando en Polonia. Con un amigo. —Esta vez las sílabas se le atropellan tanto que casi balbucea.

—¿Cuándo regresa?

—Pasado mañana.

Aaron imagina la mirada de Holm, su certeza de que la mujer no le miente.

—¿Tiene algún arma en la casa?

—En el cuarto de la caza.

—No es más que un lastre —suelta Ojos de Ficha.

—¿La llamará esta noche?

—No, tenían noche de hombres.

—¿Alguien más?

—No.

—¿Espera visita?

—No.

Aaron oye el golpeteo de un contador de gas. Un grifo que gotea. El quemador de un calentador que se enciende. A lo lejos, un tren.

—Quédate con la señora Aaron —dice Holm—. Como le toques un pelo, cavarás tu propia fosa detrás de la casa. —Aparta a la mujer de ella y se la lleva consigo.

Algo se estrella en el suelo.

—Haz algo de comer, zorra.

Aaron se arrodilla, reúne ollas, sartenes, cucharones y los golpea unos contra otros armando escándalo mientras Ojos de Ficha sigue tirando cosas sobre las baldosas y se divierte con lo que toma por su torpeza.

—La policía ciega jugando a la gallinita ciega. ¡Guarra!

Holm regresa.

—Hasta el último animal del establo, hasta el último gusano de un montón de estiércol es más listo que tú. Acabas de permitirle explorar la zona.

La carretera pasa volando bajo los faros. Un camión que esparce grava va dejando ante ellos una vía lenta, después lo ven por el espejo retrovisor y al final desaparece en una curva cerrada. Pavlik va a toda velocidad por esa pista de hielo que atraviesa una bóveda de árboles; el coche sigue el carril como si se moviera sobre raíles. Si fuera un día de verano disfrutaría del paisaje, que se extendería hacia las lejanas colinas difusas cada vez que se abriera el follaje; conduciría hacia un sol enorme con la visera del casco levantada, el viento en la cara, su cuerpo fundido con su Hayabusa, las nubes como un espejo en el cristal; saldría disparado hacia las curvas cerradas que hay tras el elevador de barcos, rozaría el asfalto con las rodilleras, perdería el tiempo.

Demirci y él no han cruzado ni una sola palabra desde el aparcamiento. No es un silencio que espere a ver quién es el primero en romperlo y reconozca con ello que no tenía razón. Tampoco es un silencio que pueda terminarse con una fórmula de cortesía, un comentario sobre el tiempo o alguna otra tontería para zanjar el asunto sin tener que gastar más saliva en ello. No es de esos silencios. Kvist es el motivo de ese silencio. Lo que ha dicho Demirci no puede retirarse porque era justamente lo que quería decir y cualquier disculpa sería falsa. Una frase ha caído de la nada y, mientras no pueda corroborarse o refutarse su certeza, el cráter que ha abierto seguirá ahí.

Llegan al pueblo. En las ventanas de la casa de Manfred Germer todavía parpadean las luces de Navidad. Santa Claus ríe en un trineo verde neón, un reno ha perdido la cornamenta. Germer les abre en cuanto llaman al timbre. Se sientan en la sala de estar de estilo alemán antiguo. Es un tipo gordo que irradia camaradería, uno de esos que se encuentran en las fiestas con competiciones de tiro o en los campings, y que sin duda son el confort personificado, divertidos; ahora, un manojo de nervios. Su mujer, bajita y regordeta, con unos ojos que vuelan raudos entre bolsas de grasa, les pregunta si les apetece beber algo. ¿O un bocadillo, quizá? No, gracias. La mujer cierra la puerta sin hacer ruido.

—¿Qué clase de hombres son?

—Hombres peligrosos —dice Pavlik—. Con eso debería bastarle.

—Descríbanos al piloto que ha alquilado el Cessna —pide Demirci.

—Es un piloto con experiencia, eso se nota. Examinó el avión y enseguida se dio cuenta de que había una válvula que perdía. Iba muy a lo suyo. Le hice un chiste, pero solo fingió que se reía.

—¿Qué nombre le dio?

—Martin Petzold.

—¿Presentó papeles de los demás pasajeros?

—Copias de su documentación. Hans Breuer y Uwe Askamp.

Demirci mira a Pavlik.

«Breuer y Askamp. Lo que Holm entiende por sentido del humor».

—¿Y el alquiler era para dos días? —pregunta Pavlik.

—Sí, una excursión de hombres, comentó. Sucede a menudo, me pareció muy normal.

—Seguro que le dejó algún número de teléfono.

—Nunca había visto un número así. De diecinueve cifras. Me dijo que se iba a vivir al extranjero.

—¿Le pareció estresado cuando aplazó el vuelo?

—Hmmm. Por el móvil fue bastante escueto.

—¿Cómo sabe que llamaba desde un móvil? ¿Le apareció el número? —quiere saber Demirci.

—No, pero pasó un coche patrulla con las sirenas puestas por allí cerca. Bueno, también es posible que tuviera la ventana abierta.

—¿Exactamente cuándo fue eso? —pregunta Pavlik con brusquedad.

—A las cuatro menos diecisiete minutos. Me tomé la molestia de comprobarlo después de hablar por teléfono con sus compañeros.

Pavlik llama a Majowski a la central de operaciones. Quiere saber en qué lugar de Brandeburgo hubo coches patrulla con privilegios de circulación a esa hora. Espera sin colgar.

—¿Cuál será el procedimiento de mañana? —inquiere Demirci.

—Iba a llamar temprano para decirme a qué hora despegarán. Dos horas antes del despegue realizaré las comprobaciones con él.

—Lo reemplazaremos por uno de nuestros hombres.

Germer quiere asentir, pero su barbilla se queda suspendida a medio camino y ya no vuelve a levantarse. Demirci ve que hay un pensamiento que lo importuna. Un hombre le ha alquilado un avión bajo un nombre falso, para él y para otros dos con nombres falsos. Seguro que Germer ha escuchado la radio esa tarde, en el despacho o en el trayecto de vuelta a casa. Han informado del secuestro de un autocar, de una toma de rehenes en Berlín. Tres hombres han escapado, según han dicho, decididos a cualquier cosa. Piensa en su mujer; en el vestíbulo están las botas de sus hijos. Si ahora dijera: «No hay problema», esta noche dormiría.

—Pero eso no podrá ser, ¿verdad? —señala Demirci.

Quiere asentir y negar con la cabeza a la vez, hace un segundo intento y vuelve a fracasar.

—Le he dicho que mañana estaré yo, cuenta con encontrarme allí. —Y al decirlo tuerce la mirada hacia la puerta, como si supiera que su mujer está escuchando tras ella.

—¿Tiene un plano del aeródromo? —pregunta Pavlik.

—Un momento. —Germer se levanta y sale.

—Dos horas antes —susurra Demirci—. Seguramente Bosch irá solo y los hermanos llegarán justo antes de despegar.

—Sí. Tenemos que atraparlo vivo y conseguir que nos diga dónde están escondidos. Es la única oportunidad.

Los dos piensan lo mismo: si es que Aaron todavía vive.

Majowski informa.

—A esa hora solo hubo una patrulla con privilegios de circulación. En Freienhagen.

—Poco antes de la una y media iban por Wannsee. No habrían tardado más de una hora larga en llegar hasta allí.

—Ya lo hemos comprobado. Justo pasado el término municipal ha habido un accidente grave en la autopista. Un atasco enorme, no se ha recuperado la normalidad hasta las tres. Los chicos están a punto de llegar, ¿dónde quieres encontrarte con ellos?

—Ya se lo diré. Que esperen. —Pavlik cuelga—. Estaban pasado Oranienburg, eso queda de camino hacia Finow —le transmite a Demirci.

—Podríamos enviar a agentes.

—Hace ya tiempo que no están allí. Si fuera Holm, escogería un refugio como mucho a diez kilómetros del aeródromo para mañana llegar allí lo más deprisa posible. No, están en algún sitio de por allí cerca.

A su tono no se le podría poner ningún reparo. Sin embargo, es como si nunca le hubiera ofrecido un cigarrillo bajo los globos de la fiesta, como si no hubiese existido intimidad entre ellos cuando ella le habló de su madre, ni la gratitud de Pavlik por la mano de Demirci, que aferró la suya con fervor, ni la de ella al verlo ayudar a los hombres a llorar la muerte de los compañeros porque ella no había encontrado tiempo —no, no había sido capaz—, ni los cuidados de ella ni los consejos de él, que tan valiosos le resultaban. Todo eso parece perdido de pronto, como si nunca hubiese existido, como si él volviera a ser aquel hombre que el día en que ella empezó en el servicio pasó de largo sin mirarla, sin hacer caso de su sonrisa; y ella, la mujer que ocultaba que eso la había herido. Los dos sienten la pérdida y saben que las cosas podrían quedarse así para siempre.

Germer regresa, extiende un plano y les describe el que es el último lugar del mundo donde querría estar mañana; cada pasada que hace con el dedo es una hora sin dormir.

—Solo hay dos edificios pequeños. Esto es el aparcamiento. Por aquí se entra a mi despacho, donde hay que aguantar el papeleo. Luego por este pasillo se sale a las pistas. El avión está aparcado aquí.

—¿En el despacho hay alguien más aparte de usted?

—No. Solo tenemos un escritorio. Eso también lo sabe él, porque ha estado allí. —La tensión hace que la respiración de Germer se acorte; se apresura con las palabras. Su dedo se mueve como por sí solo de vuelta al aparcamiento—. Aquí estaría bien, ¿no?

No. Sería la peor opción imaginable. Bosch estará extremadamente nervioso antes y después de bajar del coche; si espera un ataque, será ahí. Y, si se produce un tiroteo, el peligro de matarlo sería demasiado grande. Sin embargo, si ya está dentro y todo parece normal se relajará un poco. Ese es el momento.

Pavlik se levanta y se acuclilla frente a un aparador en el que ocupa un lugar prominente la maqueta de un avión antiguo con identificación japonesa.

—Qué maravilla. ¿Lo ha hecho usted?

Por unos instantes el orgullo de Germer le gana la partida al miedo.

—Ciento noventa y una horas de trabajo. Cada pieza tallada y lacada por mí. El tren de aterrizaje puede recogerse.

—¿De verdad? ¿Y cómo se hace?

Germer se lo enseña mientras Pavlik pregunta un «¿Me deja intentarlo?» y Demirci los observa: dos niños grandes juntos. Si no supiera que es imposible, podría pensar que Pavlik se ha olvidado de por qué están ahí.

—¿Qué clase de avión es?

—Un Yokosuka Ohka, se utilizaba solo para vuelos kamikazes.

—Seguro que para algo así hace falta mucha paciencia.

—Y una mano tranquila.

Pavlik sonríe.

—¿Qué cree usted, señor Germer? ¿Será alguien capaz de algo así también lo bastante templado como para saludar a nuestro hombre, hacer que firme un par de documentos y pedirle que se adelante él solo a la pista de rodaje, porque justo en ese momento suena el teléfono y tiene que solventar un asunto breve?

Germer se lo piensa. La sonrisa forzada no le llega a la comisura de los labios.

—Tal vez.

Cuando salen de la carretera para meterse por una pista, Pavlik apaga los faros. El viento ha amainado, la luna flota entre nubes tranquilas como una vejiga de cerdo inflada. Su luz tiñe la nieve de un azul pálido y centellea en las ramas de los arbustos que rozan el coche. Los hombres se han reunido allí unos minutos antes; las furgonetas Ford están aparcadas debajo de los árboles, camufladas por redes, invisibles a cincuenta metros.

Se ponen de acuerdo sin palabras; Pavlik saca las gafas de visión nocturna y se arrastra hacia Kemper, que, también equipado, se desliza hacia el aeródromo desde lo alto de la colina. Lo tienen ante sí, un bodegón verde pixelado y rodeado de paneles solares que se recuestan contra las estribaciones de la pendiente como las terrazas de un arrozal nevado. En la Guerra Fría había allí estacionado un regimiento de cazas soviético, la torre todavía se mantiene en pie. Los fornidos hangares de los aviones de combate se construyeron para sobrevivir a la eternidad. Ante ellos, aviones abandonados; un museo que Pavlik visitó una vez con los gemelos. Se apretujaron los dos en un MiG y jugaron a combates aéreos mientras él pensaba que aquello era el mundo real, su mundo, pero no el de los padres de los demás niños que veía por allí.

El aeródromo deportivo y comercial queda al norte de ese. Dos edificios planos. El hangar cerrado es lo bastante grande para un Gulfstream, pero ahora está vacío, según le ha dicho Germer a Pavlik. Ante las pistas hay tres aviones de hélices.

—¿Cuál es?

—El Cessna.

—¿Con el depósito lleno?

—Sí.

—Para Holm debe de ser muy tentador. ¿Por qué esperar a mañana? Yo pillaría el avión esta misma noche.

—Se le pasará por la cabeza.

—Los hangares militares serían un buen escondite para él.

—Los comprobaremos.

Solo ven el aparcamiento a medias.

—No es óptimo —murmura Kemper—. Desde la colina de enfrente tendríamos mejor visión.

—Lo sé —replica Pavlik sin ninguna intención de explicar su decisión.

Kemper lo deja ahí, conoce a Pavlik desde hace suficiente tiempo. En el ala de la oficina se apagan las luces. Poco después se marchan dos coches. Ellos se quitan las gafas de visión nocturna. Pavlik quiere regresar con los demás, pero Kemper le pone una mano en el brazo.

—¿Cómo es que están siguiendo a Kvist?

—Rutina.

—Tú nunca haces nada por rutina.

—¿Te supone algún problema?

—En Ámsterdam me sacó del agujero. Siempre se adelanta a todo. Es un tío legal y tú lo has dejado caer con una rapidez pasmosa, joder. No soy el único que lo piensa.

—¿Desde cuándo tenemos una democracia?

—¿Desde cuándo te dedicas a joder a un compañero?

Pavlik agarra a Kemper de la muñeca. Sabe que una palabra más lo convertirá en un hombre que nunca ha querido ser y que nunca ha sido. Lo sabe desde que ha pisado el acelerador a fondo en la autopista y ha sentido lo fino que era el suelo del coche, y que no era él quien iba a toda velocidad sobre el asfalto, sino el asfalto bajo él. Tiene los ojos negros como el ónice.

—Seguirá siendo mi amigo cuando haga tiempo que vosotros lo hayáis olvidado —susurra.

Su mano siente cómo bombea la sangre de Kemper. Entre ellos flota una nube de aliento; los dos siguen viendo las palabras cuando ya hace un rato que se han desvanecido.

Kemper asiente con la cabeza. Lo ha comprendido.

Los ojos de Pavlik cambian muy despacio de color; al principio solo es un destello sobre un abismo, el presentimiento de una luz lejana, después adoptan el gris roto de las nubes. Por fin suelta a Kemper.

La nube de aliento se dispersa.

Junto a una Ford, Pavlik se lleva a Demirci aparte.

—¿De verdad quiere quedarse aquí?

Lo que no dice es: «Sería mejor que durante las próximas horas nos quitáramos el uno del camino del otro».

—Mi decisión es firme.

Lo que no dice ella es: «Los dos tendremos que vivir con esa frase».

Todos se visten con monos blancos sucios, se cubren la cara con pintura de camuflaje. Pavlik distribuye los equipos, cada uno de dos hombres: en lo alto de la torre, en la pista, en el aparcamiento, en el ala de oficinas. Demirci va al hangar con los de Técnica.

—Krupp, Nowak, conmigo. Echaremos un vistazo.

Se ponen cascos y gafas de visión nocturna y se cargan el equipo al hombro. Se deslizan sin hacer ruido cuesta abajo, abren un agujero en la valla y se funden con los árboles. Pavlik, Krupp y Nowak se separan de los demás. Se sumergen bajo los paneles solares justo cuando el viento vuelve a levantarse y despeja el cielo.

Los técnicos montan el equipo en el hangar. Krampe comprueba las comunicaciones.

—Comando 1, alto y claro. Comando 2, alto y claro.

Fricke escupe una flema entre las matas del aparcamiento.

—Alto y claro y con un frío de cojones —informa.

—Tus desgracias nos la pelan —resuena desde el cálido interior de la torre.

Se activa la conexión de vídeo con el Departamento.

—Sin novedad —confirma Grauder.

Son automatismos, pero ayudan a Demirci a superar la primera media hora. La cámara del casco de Pavlik envía imágenes movidas y con motas verdes. Comprobar, asegurar, seguir. Demirci sabe que no espera encontrarse con Holm. Hay muchos posibles escondites en los alrededores; edificios apartados, granjas, la espesura del bosque. Cualquiera de ellos es mejor que el aeródromo. Pavlik solo inspecciona el terreno porque le concede atención hasta a una probabilidad de un uno por ciento.

La jefa mira a Krampe. Está sentado ante sus monitores con los ojos cerrados y sigue los pocos pensamientos susurrados por los demás. Ella ha aprendido a valorar su silencio y su profesionalidad. Con Krampe se puede contar, siempre encuentra una solución para todos los problemas técnicos. Los hombres lo tratan con solidaridad, pero se dirigen a él por su nombre de pila. No se presentarían de noche ante su puerta, no vomitarían con él ni se emborracharían con él después de una operación. Su camaradería se fundamenta en el segundo que decide sobre la vida y la muerte. Krampe ha sido testigo muchas veces de ese segundo, lo ha percibido como una inspiración rápida en un micrófono de garganta, el grito de una orden, el eco de un disparo, un alarido en el éter. Aun así, no sabe nada de todo eso.

Ríe en voz baja para sí, tal vez porque Fricke ha contado un chiste. Demirci le da unos golpecitos en el hombro. Krampe se levanta el auricular de la derecha.

—¿Cuánto lleva usted con nosotros?

—Ocho años.

—Entonces conoció a André.

El silencio de Krampe podría pelarse como una cebolla y debajo siempre aparecería un nuevo silencio.

—¿Cómo se apellidaba?

Krampe inspira el silencio y lo vuelve a exhalar.

—¿Qué parte de la pregunta no ha entendido?

—Neubauer.

—¿Qué clase de hombre era?

—Pregúntele a Pavlik.

—Se lo pregunto a usted.

Krampe mira a sus dos compañeros. Están sentados al fondo del hangar, uno medio dormido, el otro toqueteando el móvil; ninguno de los dos les presta atención a Demirci y a él. Se piensa la respuesta como si no fuera tan fácil como en realidad es.

Al cabo de una eternidad contesta en voz baja, ronca, triste:

—Era un cabrón de puta madre. Todos querían ser amigos suyos, pero solo Pavlik, Kvist y él eran los tres capos. André no tenía familia. Igual que Kvist. Tal vez fuera eso. Había algo en él que le hacía caer bien. Como Pavlik..., aunque él también tiene otras facetas. Y una risa que sentaba muy bien. Una vez me dijo: «Así tendríais que recordarme, como el tipo al que le gustaba reír». Fuimos todos a su entierro. Ante su tumba juré no volver a pensar en él. Es el único cuyo nombre no está en la placa.

—¿Qué ocurrió?

—Empezó a retraerse. Ya no hablaba ni reía, y se cabreaba por cualquier chorrada. Ni siquiera venía a las barbacoas de Lissek. En la galería de tiro la tomó con uno de los chicos. No sé con quién, me enteré de casualidad. —Krampe se interrumpe—. Casi nunca estoy presente cuando ellos tienen que aclarar algo. Solo me encargo de la técnica.

—Eso es igual de importante que todo lo demás —le ayuda Demirci.

—Puede. Además, da igual.

—¿Y después?

—Ni siquiera Pavlik se acercaba ya a él. Y Aaron tampoco. Se tenían cariño, Aaron y André, pero nada sexual. Los dos le habían escupido a la muerte a la cara, seguramente era por eso. —De nuevo le faltan las palabras—. André se había llevado dinero falso. Kvist lo descubrió. Pavlik no quería creerlo. Entraron en su piso mientras André estaba en una operación encubierta en Praga. Bajo los tablones del suelo encontraron cien mil euros en billetes falsificados. Lissek pensó en ordenarle que regresara con algún pretexto, solo que no había ninguno que no le hubiera hecho sospechar. Así que envió a Pavlik y a Kvist a Praga para que se ocuparan de ello. Pero Pavlik se emborrachó. Kvist subió solo al coche sin que Lissek lo supiera. André siempre quiso hacer una salida por todo lo alto. Y lo consiguió. Suspendieron a Kvist tres semanas.

—¿Hubo testigos en Praga?

Krampe se encoge de hombros.

—Los de Asuntos Internos no habrían cerrado el expediente si no hubiese estado claro como el agua.

—Tal vez solo les faltaban pruebas.

—¿De qué?

—Eso, ¿de qué? —oye Demirci tras de sí.

Se vuelve. Pavlik ha regresado con Krupp y Nowak. Con una mirada suya basta para que Claus Krampe vuelva a colocarse enseguida el auricular.

Los tres hombres están firmes como una pared.

—Señor Pavlik, es su amigo y eso lo respeto, pero no deberíamos dejarnos llevar por los sentimientos.

—Entendido —replica él con frialdad—. Aaron abandonó a Kvist en Barcelona porque sabía que, si no, morirían ambos. Esos son los hechos, y son incontestables. Que se entregara a Holm no ha sido decisión de Kvist, sino de ella misma. Es posible que sea usted de la opinión de que los ciegos no pueden decidir sobre su propia vida solo porque dependen de la ayuda de los demás. Yo lo veo de otra forma. ¿Me habla de respeto? Entonces también yo lo haré. Kvist ha respetado su voluntad. Era algo que ella podía exigirle.

—Entonces, ¿por qué lo ha destrozado usted después? ¿Y qué me dice del 45 que se habría metido en la boca?

—He tenido tiempo para pensarlo.

—¿Y lo de André?

—Juzgar sobre eso no es cosa suya. No lo conoció. No estuvo junto a su tumba. No lloró con Kvist.

De haber habido más silencio, se habría oído cómo fuera empezaba a nevar otra vez.

Demirci saca su móvil.

—Helmchen, necesito el informe de Asuntos Internos sobre André Neubauer. —Mira a Pavlik de hito en hito—. Soy consciente de la hora que es. Haga que venga alguien de su casa.

Pavlik da media vuelta. El agotamiento se arrastra como una sombra sobre su rostro. La pregunta que se hace a sí mismo constantemente, la que lo desmoraliza y lo atormenta día y noche como si estuviera tatuada sobre su piel desde hace semanas, la pregunta de por qué conoce el nombre de Eva Askamp, se ha vuelto ya tan lacerante, tan martirizante, que consigue extinguir cualquier otro pensamiento como una migraña.

30

— Ya de niños nos gustábamos. Él era un salvaje con las rodillas rasguñadas, un tirachinas y chocolate alrededor de la boca. Eso era en Kleinhüneroda, en Turingia, un par de casas sueltas que hay que rebuscar en el mapa. Yo soy del oeste, de Fürth, seguro que se me nota, porque el acento de Franconia se pega más que el chicle, que decía siempre mi padre. Teníamos parientes en Turingia y por eso todas las vacaciones de verano pasábamos tres semanas allí. Klaus me enseñó a silbar con los dedos y a cazar ranas; ya entonces llevaba la caza en la sangre. En el criadero de carpas me dio mi primer beso. Entonces teníamos ocho años, pero todavía recuerdo perfectamente que sabía a chocolate con vainilla.

Holm ha sacado todos los cacharros del diminuto cuarto trastero antes de empujar ahí dentro a Aaron y a la mujer y dejarlas encerradas. Entre las paredes desnudas queda tan poco sitio que solo caben sentadas la una pegada a la otra, con las piernas dobladas y las manos atadas en el regazo. Aaron siente el temblor de la mujer en el hombro. Solo ha contestado a una de sus preguntas: que se llama Vera. Aaron conoce dos comportamientos en las personas que miran a la muerte a la cara por primera vez. Unos no consiguen decir palabra; el miedo les cierra la boca. Otros hablan sin parar, repasan su vida, quieren explicar quiénes son mientras todavía haya alguien para escucharlos, mientras todavía tengan voz. De nada sirve interrumpirlos ni consolarlos. Tienen que hablar hasta agotarse.

Así que no le queda más que esperar, atrapada por un único pensamiento. Un único descubrimiento. Una única verdad.

«Ilia Nikulin».

«Él se convirtió en el padre que Holm buscaba».

«Y yo fui la culpable de su suicidio».

Vera suelta un hipo.

—Con diecisiete o dieciocho años me fui de vacaciones por mi cuenta. Tiendas de campaña con amigos, Interrail, París y Roma; todavía ahora me gusta viajar. No supe nada más de Klaus y tampoco pensaba en él, no éramos más que unos niños. Yo siempre quise ser actriz. No tengo demasiada autoestima, mi madre me inculcó desde muy pequeña que no soy nada del otro mundo, pero me presenté a la Escuela Superior de Arte de Berlín. Y me aceptaron. Puede que a duras penas, pero ¡qué más daba! Mis padres se quedaron boquiabiertos. Yo me coloqué delante del espejo y me dije: «Te convertirás en una Meryl Streep. ¡O por lo menos en una Cher!».

«¿Cómo sabía Holm de mi relación con Nikulin? ¿Desde cuándo?».

«¿Ya en Barcelona? Sí, ya allí».

De nuevo lo ve dándole la mano. «Por usted habría esperado todavía dos minutos más». Ya entonces estaba en su mirada. La profunda satisfacción de tenerla por fin ante él.

«No ha castigado a su hermano con cinco años de cárcel porque Rubén pudiera hacer la llamada de socorro. Yo estaba en la trampa y Sascha me dejó escapar. Solo por eso».

«Pero ¿por qué no me mató en el túnel?».

«Porque no podía huir de él. Me dejó ciega, y ese solo era el principio de mi castigo, el limbo, la antesala de los infiernos».

«¿En qué infierno me encuentro ahora?».

«En el infierno de la memoria».

En el coche ha citado a Dante: «No hay mayor dolor que el de recordar una época feliz cuando uno está en la miseria». Qué gran verdad. En la biblioteca de Aaron se va abriendo una puerta tras otra. Sin embargo, no le supone la felicidad que ella había esperado, porque lo que recupera se ha acabado para siempre. Cómo se arruga la nariz de Sandra cuando ríe, la cara de pillo con la que Pavlik pesca algo de la cazuela, la lengua de Marlowe, contemplar a Niko cuando duerme. «La le lu —oye la nana de la caja de música que le regaló su padre—. Viene el hombre de los sueños y apaga la luz. Busca un sueño en su saco para un niño como tú». En el «para un niño» se oye un pequeño salto.

«¿Cuántos infiernos hay en la *Divina comedia*? ¿Ocho, nueve, diez? Y, después, el purgatorio en el que se hace penitencia».

Es terriblemente difícil ir enlazando pensamientos. Un instructor le dijo una vez: «La llevaré hasta su límite. Y, cuando lo haya alcanzado, la llevaré a un límite del que todavía no sabe nada». Fricke y André eran a quienes mejor se les daba reprimir el sueño.

Tenían sus métodos. Ideaban, por ejemplo, equipamiento especial para coches de ensueño que se comprarían si fueran ricos. O los insultos más descabellados: «¡Ojalá te salga sarna en los cojones y se te giren todos los dedos para que no puedas rascarte!». O hacían listas de localidades a las que jamás irían: la pequeña aldea austríaca de Fucking, no muy lejos de Pölla, también en Austria y a medio camino hacia Mikulov, ya en la República Checa, o las ciudades de Bastardo y Cornuda, ambas en Italia. Aunque lo que menos les apetecía era que los mandaran a Kagar, no muy lejos de Berlín. Una vez André enumeró a todos los hombres feos con mujeres guapas de la A —de Aristóteles Onassis— a la Z —de Zorobabel, un tipo de la Biblia—; André juraba y perjuraba que Zorobabel tenía verrugas pero se llevaba a todas las mujeres. Tarde o temprano uno se despertaba de la risa.

Vera habla y habla sin parar.

—Pronto me di cuenta de que otros tenían más talento, no estoy ciega. Perdón. Era difícil conseguir que me contrataran, puede que también por mi acento. Pero aun así no me rendí, al teatro *amateur* le valía. Me ganaba la vida limpiando, nunca se me cayeron los anillos por eso. Un domingo crucé a Berlín Este con una amiga por primera vez aunque ya hacía cuatro años que vivía en la ciudad. Una locura, ¿no? Pero ahora viene lo bueno: en la isla de los Museos me doy la vuelta y me encuentro delante a Klaus. Nos reconocimos al instante y, se lo crea o no, llevaba las rodillas de los vaqueros desgarradas.

Aaron calcula que la cocina en la que ha «echado un vistazo» tendrá unos veinte metros cuadrados. Fogones de gas, nada de instalaciones modernas, ella enseguida se orientaría allí. La casa es grande. Treinta pasos desde la puerta de la cocina por un pasillo y luego veinte a la izquierda hasta el trastero en el que están sentadas. Se le han dormido las piernas. Por lo menos una parte de ella duerme. La cabeza de Aaron, en cambio, hace cosas extrañas. Una mitad la siente pesada como un yunque; la otra, tan ligera como si pudiera volar.

—Sé que parece una locura, pero nos miramos y eso fue todo —explica Vera—. Dieciséis años después del beso en el criadero de carpas. Y a él le pasó lo mismo.

Seguro que cuenta esa historia muchas veces; graciosa, despreocupada, sus palabras son como pelotas que lanza al aire para hacer malabares. Las mismas palabras de siempre, solo que esta vez suenan como si todas se le cayeran al suelo. Aun así, Vera tiene que ceñirse al texto, a cada gracia, a cada giro, nada debe cambiar si no quiere perder el equilibrio.

—Nos pusimos a charlar como locos, yo tenía que regresar al Oeste a medianoche como muy tarde. Klaus trabajaba en la empresa nacional Robotron. «¡Oye, que hemos desarrollado el microchip más grande del mundo!», me dijo riendo. Pero no era feliz. Tres solicitudes de viaje denegadas, y quería presentar una más. Yo jamás me habría atrevido a algo semejante. Me acompañó a la estación de Friedrichstrasse. Delante del Palacio de las Lágrimas, que se llamaba así porque allí se lloraba mucho en las despedidas, nos dimos un beso. Fue como saborear un bombón.

Cada dos frases se interrumpe porque siente que debería explicarlo con una voz muy diferente, como hace siempre, y no es capaz. Enseguida continúa farfullando, como si el corazón fuera a parársele igual que un reloj si deja de hablar.

—La cosa fue rapidísima. Entregamos la solicitud para casarnos y nos la autorizaron. Fue una locura, Klaus compró espumoso ucraniano en una tienda Exquisit. Así pasé medio año yendo y viniendo entre el Este y el Oeste, hasta que nos casamos en Alexanderplatz. Debajo de una imagen de Erich Honecker. ¡Solo con ver el traje de Klaus! Yo iba toda de blanco.

Aaron escucha el interior de su cabeza. La mitad izquierda susurra, la derecha calla. Tal vez André, ese perro loco, tuviera razón. Estaba convencido de que los dos hemisferios del cerebro podían dormir y despertar independientemente el uno del otro, como en los albatros. Y luego decía cosas tan maravillosas como: «En Montevideo hay un hotel en el que solo viven ángeles».

«André, tú y yo éramos la pista seis. Cuántas veces te oigo dar media inspiración. Pero cuando te llegó la espiración yo no estaba contigo. ¿Qué querías decirme la última vez, con ese beso que me diste en la frente y que fue para siempre?».

—Klaus no se adaptó al Oeste y ya está. Fue… ¿Cómo lo describiría? Fue como trasplantar una palmera al Polo Norte. Lo único que quería era ir al Oeste, y en cuanto lo consiguió no quiso más que regresar. Solo que no podía ser. No sabíamos que dos años después caería el Muro. A mí ya no me quedaban fuerzas para ser fuerte por los dos. Nos divorciamos y estuve triste mucho tiempo. Pero la vida siempre sigue su curso, y yo tampoco soy de las que se echan a llorar. Conocí a un buen hombre y me casé. No es que fuera una monada, pero a todo el mundo hay que perdonarle algo, como digo yo siempre. Nuestra hija es lo mejor que he hecho nunca. Vive en Innsbruck y está embarazada de seis meses. Voy a ser abuela, ¿quién lo diría? Lo de actuar lo dejé cuando me quedé embarazada. Al cabo de un par de años se me ocurrió la idea de buscar viejas máquinas dispensadoras de chicle; no se creería la cantidad que quedan todavía pudriéndose en almacenes y sótanos. Luego las vendía en el mercadillo de Diecisiete de Junio. No por el dinero, mi marido tenía un buen trabajo, era ingeniero, sino porque me divertía muchísimo. Puede que la culpa sea de mi padre, por lo que decía sobre el acento de Franconia.

¿Cuánto debía de hacer que Holm tampoco dormía? La noche anterior no pudo pasarla en la cama. Siguió a Aaron a la fiesta, a las cuatro fue tras el coche de Pavlik y a primera hora de la mañana estaba en el piso de Eva Askamp. Aunque quién sabe si necesita dormir siquiera. Un okapi duerme solo cinco minutos al día. No, Holm no es un okapi, es un depredador. Los leones duermen veinte horas, el mundo es injusto. Tal vez sea un tiburón. Los tiburones nunca duermen.

Vera es un okapi.

—Un domingo, alguien preguntó a mi espalda cuánto costaba una máquina de chicles que a mí me parecía una auténtica belleza. La había desempolvado del fondo de los estudios cinematográficos Babelsberger; tiene pequeños cosmonautas y cohetes pintados y hay que echarle diez peniques orientales. Me di la vuelta y ante mí estaba Klaus. Los dos nos quedamos sin habla al principio. Habían pasado diecinueve años desde nuestro divorcio y no habíamos vuelto a tener noticias el uno del otro. Él seguía viviendo en Berlín, en Friedrichshain, junto a la fuente de los Cuentos de Hadas. Tenía una pequeña empresa de taxis y también estaba casado, pero sin niños. La granja acababa de heredarla de una tía. En realidad él siempre había soñado con el campo, también por lo de la caza. Nos fuimos a tomar un café. Cuando me contó que quería montar un criadero de avestruces porque era el futuro, a mí me pareció lo más lógico del mundo. También habría podido contarme que emigraba a la isla de Tacatuca, y no me habría importado. Yo pensaba que en mi vida todo iba bien tal como estaba, en cierta forma. Sin embargo, al ir a despedirnos nos besamos en lugar de darnos la mano, y él sabía al mejor chocolate del mundo. Entonces supe que esta vez sí funcionaría. Y él también. Los dos nos divorciamos, nos trasladamos aquí y criamos avestruces desde hace ocho años. La máquina de chicles la tengo colgada en la cocina. Cualquiera diría que los cosmonautas y los cohetes no pegan en un criadero de avestruces, pero yo creo que sí. Esos bichos son muy bobalicones, ni siquiera son capaces de distinguir entre su pienso y una mano. Tendría que verme las manos, seguro que pondría unos ojos como platos; son tontos de remate, porque siempre me pican. Pero una cosa está clara: todos los días he sido feliz. Eso no puede decirlo mucha gente.

El repentino silencio despierta a Aaron de su duermevela. Se da cuenta de que algo se sacude a su lado, de que Vera llora en silencio.

—No vamos a morir —le susurra—. ¿Dónde está su móvil? ¿Se lo ha quitado?

—Sí.

—¿Y el teléfono fijo?

—En el vestíbulo. Ha cortado el cable.

—Le ha enseñado usted el armario de las armas. ¿Qué ha hecho con la munición?

—Detrás de la casa, la ha tirado al estanque —consigue decir Vera.

—¿Hay más munición en alguna otra parte?

—No. No lo sé. ¿De verdad es usted policía?

—Sí.

—¿Una ciega? —pregunta Vera dudándolo.

—Sí.

—¿Qué quieren esos hombres?

—Dos quieren dinero, el otro quiere matarme. El que ha estado con usted en el armario de las armas.

—Pero si yo no soy rica.

—Exigirán un rescate por mí. Yo soy valiosa. Vera, es evidente que esto está muy apartado. Su marido es cazador. Un tío mío también salía a cazar. Además de los fusiles, siempre guardaba un revólver cargado en la casa, por si acaso.

—Un revólver no nos sirve de nada. Usted es ciega y yo no sé dispararlo.

—¿Dónde está el revólver?

—No estoy loca, ¿sabe?

—Tenemos que encontrar una posibilidad de llegar a esa arma. Solo tiene que dármela, no disparar con ella.

—No pienso hacerlo. Yo no tendría ninguna oportunidad contra ellos.

—En su voz percibo que es usted mucho más valiente de lo que cree.

Diez cosas valientes que ha hecho Aaron:
cruzar sola una calle por primera vez estando ciega
plantarle cara al hermano de una amiga turca del colegio
ir a la cita de Tánger
comer en Camboya
volar a Moscú

adentrarse en el estanque el invierno siguiente a la muerte
    de Ben

montarse con Pavlik en la Agusta

no abrir la ventana del hospital durante tres semanas

negarle el apretón de manos a un ministro federal del In-
    terior

esperar a Niko en Schönefeld

—Pero si usted no sabe nada de mí... —Vera vuelve a llorar.

Aaron no quiere agobiarla. Se incorpora con dificultad para que la sangre pueda circular. Tiene los pies descalzos, congelados.

«Holm quiere que me mantenga despierta. Concentrada».

Pega la oreja a la puerta y escucha, oye voces tenues pero no entiende nada.

Holm observa a su hermano, que hace trizas con cuchillo y tenedor el filete de avestruz que ha encontrado en la nevera y que ha frito tan poco que solo le ha dado tiempo de ponerse un poco gris. Traga los pedazos sin haberlos masticado bien. Holm sabe que durante cinco años Sascha se ha embutido el rancho de la misma forma, igual que todas las comidas desde que lo conoce. Si le preguntara a su hermano por las cosas que ha echado de menos en la cárcel, una comida decente no habría estado en la lista. Quizá mujeres, armas, alguna casa. Pero Sascha tortura a todas las mujeres, vacía todos los cargadores, destroza todas las casas. Igual que se destroza también a sí mismo. Porque para él no es más que un trozo de carne que tiene que tragar.

Bosch se come su filete con concentración y paciencia. Lo corta en trozos de exactamente el mismo tamaño. Mastica cada bocado el tiempo que tarda el grifo en volver a gotear. Antes del siguiente, parte un trozo de pan. Mientras lo hace, reflexiona. Holm ha dicho: «Conseguiremos otros cinco millones». ¿Cómo? Bosch no se lo preguntará; apenas se atreve a mirarlo. Holm solo está ahí sentado. Sigue su propio tiempo. Cuando Bosch levanta la vista, mira a Sascha a los ojos. En ellos no encuentra nada que no supiera hace rato: que Sascha lo matará a la primera ocasión. Cómo se limpia la boca con el dorso de la mano. ¿Podría Bosch medirse con él? Seguro que no. No tendría ni la menor oportunidad. Aun así, no le tiene miedo. Es imposible estar en la misma habitación que Holm y temer a alguien que no sea él.

Sascha moja pan en la sangre de su plato.

—¿Cuánto tiempo más tendremos que estar aquí sentados? —le pregunta a su hermano.

—Eso depende de vosotros.

—¿Y eso qué quiere decir?

—Que en vuestro lugar yo estaría pensando cuáles serán las exigencias, cuáles los términos de la negociación, dónde y cuándo tendrá lugar la entrega del dinero.

—¿O sea que a ti eso ya no te interesa?

—No. El dinero es vuestro.

—Y lo dice el que ha quemado los cinco millones.

—Jenny Aaron ha salvado hoy a una clase entera sacrificándose a sí misma. «La heroína ciega»: de alguna forma parecida la llamarán los medios. Es la rehén más valiosa de toda Alemania. Tres o cinco o diez millones. Pagarán lo que sea.

Sascha se saca la Glock de la cinturilla del pantalón y la dirige hacia la frente de Bosch.

—Y no tengo por qué compartirlos.

Bosch suelta los cubiertos. Hay una cosa que no lo deja tranquilo. No debería haberle llevado a Elias un camión de bomberos. Tal vez un patinete. Entonces todo habría sido diferente.

—Bosch, pregúntele a nuestra anfitriona a qué distancia están esos trenes que se oyen.

Esa frase basta para impedir que Sascha dispare. Bosch sale. Está tan contento de seguir con vida como lo habría estado si Sascha hubiese apretado el gatillo.

—Eso no sería inteligente —dice Holm cuando se queda a solas con su hermano—. Lo necesitas para huir. Siempre puedes matarlo después. Aunque no importa cuántos millones te lleves. Tan poco sabrías qué hacer con uno como con cien.

Sascha sostiene en la mano el arma sin el seguro. Su dedo solo está a un milímetro de la presión de disparo. No, menos.

Una finísima película de sudor es todo lo que hay en medio.

Con estremecerse bastaría.

—Tal vez serías feliz durante uno o dos segundos —dice su hermano leyéndole el pensamiento—. ¿Y después? Ni siquiera podrías disfrutarlo.

—¿Por qué no puedo tener a Aaron?

—¿Por qué quieres vengarte? ¿Por esa mujer con la que te acostabas? ¿Que estaba embarazada de ti? Le habrías abierto la barriga si lo hubieras sabido. ¿Por el hecho de que Aaron te metió en la cárcel? No fue ella. Yo te envié allí. No, solo hay un motivo: porque caíste ensangrentado ante ella, porque te vio tal como eres, débil, todavía el mismo niño que me suplicaba que matara a nuestro padre. ¿A quién odias más? ¿A ella o a ti mismo? Que esté ciega te ha excitado durante cinco años, pero hoy también te ha quitado algo. Porque no está indefensa. Porque ella lucha más por su vida de lo que tú jamás has sido capaz de hacer. Eso te vuelve loco, tanto que te arrancarías los dedos con los dientes si con ello consiguieras el premio de poder matarla. Pero en tu interior seguiría existiendo el mismo vacío, el mismo odio, el mismo dolor. Porque es a ti a quien quieres matar. Solo así podrás derrotar al monstruo de tu interior. Para eso, sin embargo, te falta valor. Nada te liberará jamás, ni un millar de gritos ni un océano de dinero. Yo, por el contrario, tengo más derecho a mi venganza de lo que puedas imaginar. Puedo terminar algo, y tú no. Puedo obtener algo, y tú no. Puedo quedar liberado. No te lo voy a explicar porque no lo entenderías, pero ten algo por seguro: mi castigo para Aaron sobrepasa tu capacidad de entendimiento. —Se levanta—. O bien me disparas ahora por la espalda, o lloras hasta tu tumba.

Holm camina hacia la puerta.

Sascha apunta a su hermano con la Glock, cierra los ojos y oye el disparo. Ve cómo se desploma, ve que todavía quiere decirle algo, baja la mirada hacia él, disfruta de la sangre que le brota de la boca, sonríe, deja que se ahogue despacio en su propia sangre.

Ningún deseo es tan imperioso como ese, ningún temblor más fuerte que el suyo cuando vuelve a abrir los ojos y mira hacia la puerta que su hermano ha cerrado al salir.

El gélido viento del oeste sopla en los arbustos de enebro y los serbales tras los que el mar furioso se abalanza contra los acantilados. El hombre está en la terraza de su casa y se acurruca en la cálida cazadora de borrego mientras el faro de Svingrund gira entre las espesas nubes de la bahía y la lluvia invernal le lava la cara. Hace un momento su mujer y él se han comido el pescado que él ha capturado hoy, y luego se han sentado con una copa de vino delante del televisor para ver las noticias alemanas. No han mencionado el nombre de Aaron, como no han mencionado los nombres de quienes han tomado como rehén a una mujer ciega, pero tampoco era necesario.

Ha dejado la copa de vino, ha sacado la cazadora de borrego y ha salido a la terraza sin decir palabra. Su mujer sigue dentro de casa, él sabe que está llorando. Anteayer habló por teléfono con Pavlik, que le contó lo de Sascha y la psicóloga asesinada en la celda de Boenisch. Le dijo que Aaron había ido a Berlín. Que Demirci se mostraba intransigente. Sin decirlo, esperaba que él la llamara.

Sin embargo, se abstuvo. Cuando ocupó el cargo en su momento, habría agradecido que su predecesor metiera baza en sus asuntos. De todos los errores que ha cometido, este es el que más lamenta ahora.

Le vibra el móvil. Lo saca del bolsillo sin prisa, nunca demuestra nerviosismo ni miedo. Ni siquiera cuando está solo.

—Hola, Lissek.

—Hola, Pavlik. —Su voz es tranquila, segura. Como debe ser una voz a la que los hombres confían su vida.

Como la del propio Pavlik.

—¿Ya lo sabes?

—Sí.

Pavlik está agazapado bajo un panel solar. Esta vez ha salido solo; no quería compartir el frío y el viento con nadie.

—Todavía está viva. Holm ha conseguido la liberación de su hermano.

—¿Qué tenéis?

—Estoy en Finow. Aquí hay un Cessna. Por lo visto quieren partir mañana hacia Vilna. Para Aaron no han previsto ninguna plaza en el avión.

Lissek la ve entrar por la puerta del Ministerio del Interior. «Brilla», piensa. Y años después, cuando ella lo aparta con mano firme de un precipicio: «Brilla por dentro». Se da cuenta de que ya está empezando a recordarla. No debe hacerlo.

—Estaría contento de mear sangre para siempre si a cambio pudiera dar marcha atrás a estos dos días.

—No lo habrías evitado. Ya conoces a Aaron. Te pone un tigre a punto de atacar en el camino.

—¿Está ahí por propia voluntad?

—Sí.

—¿Cómo lo ha conseguido?

—Kvist.

La puerta de la terraza se abre. Lissek se vuelve hacia su mujer. Ella ve que está hablando por teléfono, lo mira, tiembla. Él le indica que no lo moleste. Controla su respiración.

—¿Dónde está?

—Suspendido. Lo estamos vigilando.

El viento encoleriza el mar en el estrecho de Fårösund; en Finow sacude la nieve de los pinos.

Pavlik detecta una sombra que se desliza bajo las nubes y refleja la luz de la luna.

—Espera un momento. —Interrumpe la conversación y activa el micrófono de garganta.

—Equipo 6 a Técnica.

—Técnica a la escucha —responde Krampe enseguida.

—Por aquí hay un dron deambulando. Si vuela un poco más bajo, podré abatirlo con una piedra. Que esos capullos lo eleven más.

—Entendido. Cierro.

Pavlik vuelve a hablar con Lissek.

—Tengo que preguntarte algo, ya quería hacerlo anteayer.

—¿Sí?

—Esa novia por correspondencia inventada se llamaba Eva Askamp. ¿Te dice algo el nombre?

Lissek lo piensa.

—No… ¿Cómo que «se llamaba»?

—Holm la ha matado hoy. —Su mirada sigue al dron, que gana altura y se oculta en las nubes. Su voz cae sin encontrar fondo—. Y a tres de los nuestros.

—¿Quiénes?

—Blaschke, Clausen… y Butz.

Lissek dejó de fumar hace trece años, pero sabe que después sacará el coche para bajar al pueblo y comprar un paquete de Gitanes sin filtro en el *värdshuset*. Piensa en el vuelo de las ocho desde Visby a Berlín vía Estocolmo que tomará mañana, en la mujer de Blaschke, en los niños de Clausen, en la hermana de Butz. Piensa en las palabras que tiene que encontrar para intentar transmitirles lo que le unía a esos hombres. Seguro que Pavlik y Demirci ya les han dado sus condolencias, pero fue él quien los metió en el Departamento. Esa responsabilidad sigue siendo suya. Y la de una llamada que no hizo.

Pavlik sabe todo eso. Espera con paciencia. Por fin Lissek carraspea.

—¿Por qué me preguntas por la mujer?

—Porque ese nombre me está volviendo loco.

—Nunca lo había oído. —La lluvia se desliza bajo el cuello de su camisa, le recuerda otra lluvia de hace muchos inviernos y lo hiela de frío—. ¿Cómo se está portando Demirci?

—Es de tu liga.

Lissek no pasa por alto cierto matiz.

—¿Pero?

—Ha pedido el informe de Asuntos Internos sobre André.

—También yo lo habría hecho en su lugar.

—Y una mierda —gruñe Pavlik.

—¿Cuánto hace que nos conocemos?

—Un par de días.

—¿Y cuántas veces nos hemos equivocado?

Pavlik no tiene que responder.

—O sea que no me digas que es imposible.

—Disfruta de la jubilación, viejo.

—¿Con quién estás cabreado, con Demirci o conmigo?

—Con el mundo entero.

—El cabreo no es buen consejero.

—Tengo que volver.

—Una cosa más, amigo: siempre hemos zanjado las cosas a nuestra manera. Si es verdad y te encuentras frente a él, no le des ninguna oportunidad. Es demasiado bueno.

31

Holm abre una puerta. Antes aún de palpar los escalones al bajar con las manos atadas, antes de percibir el olor a moho, antes de que sus pies descalzos toquen el suelo helado, Aaron sabe que la está llevando al sótano.

—Un lugar adecuado para los dos, ¿no le parece? Levante las manos por encima de la cabeza.

Ella lo hace y encuentra algo que cuelga por encima. Se sujeta.

—Verá que la bombilla está fría. Yo estoy tan ciego como usted. Eso nos ayudará a concentrarnos a ambos. Quiere un cigarrillo, pero eso se ha acabado. Debe comprender que no volverá a sentir ese sabor en la lengua. Ha llegado el momento de hablar sobre la pérdida.

El frío le corroe las entrañas a Aaron como un animal.

—Le he quitado el abrigo. Está descalza, helada. —Le agarra las manos y las presiona contra su propio pecho desnudo—. También eso lo compartimos. Tiene muchas preguntas. Las responderé. La primera es qué nos unía a Ilia Nikulin y a mí. —Holm le suelta las manos, pero se queda pegado a ella—. Para eso tengo que verlo con los ojos de mi joven yo de veinte años. Él vivía en una gran casa junto al lago Lemán, tenía muchos empleados, un barco bonito, coches elegantes. Una vez le vi expedir un cheque por valor de más de cien millones de dólares. Pero todas sus posesiones, las participaciones industriales que adquiría, los políticos a los que compraba, no eran producto de la codicia. Nikulin no acumulaba esas cosas para llenar un vacío. ¿Sabe por qué lo hacía?

—¿Por aburrimiento?

—Todavía sigue de broma. Qué necia.

El dorso de su mano abierta golpea tan deprisa que cuando Aaron siente la corriente de aire ya es demasiado tarde y le parte la nariz. El dolor la deja sin piernas. Cae de rodillas. El cerebro se le rasguña contra el cráneo.

—Haremos un nuevo intento: ¿cuál era su motivación?

—¿El poder? —gime ella.

—En cierto sentido. Aunque no en el que está pensando. Lo que lo impulsaba era algo que venía de su infancia. A Nikulin le quitaron a su padre cuando tenía ocho años, la misma edad que Sascha cuando yo cavé la fosa. Era cirujano en un hospital de Novgorod y fue víctima de una de las grandes purgas de Stalin. El motivo que pusieron como pretexto fue el llamado «complot de los médicos», una supuesta conspiración de profesionales de la salud a quienes se acusó de mantener contacto con servicios secretos occidentales. Las encarcelaciones en realidad apuntaban contra la *intelligentsia* judía, y el crimen que había cometido el padre de Nikulin fue el de tener amigos judíos. Desapareció en un gulag y no volvió a verlo. Tampoco a su madre, a quien pronto soterraron en alguna parte. A él se lo llevaron a un orfanato estatal. Ese niño se juró entonces que nadie tendría poder sobre él y comprendió que la única forma de conseguirlo era conquistar él mismo el poder. Así se convirtió en el hombre que era. Al que yo llamaba padre.

Aaron retrocede arrastrándose por el suelo hasta que topa con la pared. Abre los ojos. Enseguida vuelve a cerrarlos porque le duele demasiado.

—¿Se hace una idea de lo que debía implicar crecer en un orfanato de la Unión Soviética en la década de 1950? Una sola vez me habló de ello. «Teníamos piojos hasta en la nariz», dijo. Lo que le hicieron a sus padres y a él habría acabado con cualquier otro. Con él no. Cuando me encontró, yo era un don nadie de veinte años; en los ojos de mi hermano se reflejaba el sótano. Sin embargo, él nos acogió y dejó atrás el cadáver de su hijo biológico. En la casa del lago me llevó a su gigantesca biblioteca llena de primeras ediciones y me dijo: «Pasa aquí todas las horas que te apetezca. Pero has de saber que ninguno de estos libros te enseñará cómo cerrarle los ojos a un ser querido». Esa frase no la había encontrado en ningún filósofo. Ninguna de las que había oído hasta entonces era tan cierta.

Aaron palpa a su alrededor con las manos atadas, busca a tientas algo con lo que poder defenderse. No hay nada. Solo polvo y piedra.

—¿Qué le enseñó su padre? —pregunta Holm.

—A disparar, a reír, el cariño. Y que existe el mal.

—Un hombre muy listo. Mi primer padre me enseñó a anhelar el puño. Me enseñó cuántas grietas tenía el techo del sótano. Me enseñó a usar una sierra mecánica. Pero no tenía el poder de enseñarme lo que es el dolor. Mi segundo padre me enseñó todo lo demás. Podría enumerar cosas útiles: a manejar un fusil, en lo que él era un maestro porque lo había aprendido con las Spetsnaz; a hablar ruso, francés, inglés, italiano; a doblegar a la gente, a leer un balance, a llevar una negociación. Cómo tiene que sentar un traje, y que se sabe todo de un hombre con solo mirarle los zapatos. A apreciar una buena comida y no atiborrarse como un cerdo. Y mucho más. Sin embargo, las lecciones más importantes fueron estas: que la voluntad debe ser mayor que el miedo; que me lo pueden quitar todo, pero eso no; a soportar estar junto a una tumba sin dudar de por qué no es uno mismo el que yace en ella. ¿A cuántos ha visto usted marchar? No me refiero a cuántos ha matado. Me refiero a verlos morir. A mirar al otro a los ojos, a oír palabras que son demasiado tenues para que se entiendan, a sostener una mano o solo esperar con asco que alguien se calle de una vez. ¿Cuántas?

—Seis veces.

—¿Quiénes fueron esos seis?

—Un limpiabotas en Tánger, un taxista en Helsinki, una mujer en un aparcamiento subterráneo, un amigo del colegio, mi madre. —Duda antes de susurrar—: Y Niko.

—Él sobrevivió.

—Para mí fue como una muerte.

Holm respira con un ápice más de pesadez. ¿Son los primeros efectos de la mano envenenada, el índice de Aaron entre su sexta y su séptima costilla?

Ella encuentra el valor para preguntar:

—¿Ha visto usted morir a alguna persona cercana a mí?

—¿En quién está pensando?

—En el hombre que vigilaba el patio de Eva Askamp.

—Era bueno. Sintió que estaba detrás de él aunque no hice ningún ruido. Solo decidieron unos centímetros. Le partí la nuca con una patada voladora. Seguía vivo. En sus ojos no había tristeza, había tenido su tiempo. Lo liberé con un *nukite* en el corazón.

Aaron siente cómo Pavlik la lleva al patio, se arrodilla junto a Butz, palpa su mejilla fría, se tumba en la nieve y se despide de él.

—¿Cómo se llamaba?

—Butz.

—Bonito nombre. Mi padre fue testigo de cómo su joven mujer moría en un accidente de tráfico. Después vio morir a su hijo y a su hija mayor. Yo estuve ahí las dos veces. Al hijo le dio un beso en la frente y se dirigió a él por su apodo cariñoso. Su hija sufría una enfermedad rara y ningún médico fue capaz de ayudarla. En su última semana él solo salía de su habitación para lavarse. Sin embargo, cuando le cerró los ojos y yo quise consolarlo, me miró con tal indiferencia que retiré la mano. Seguro que sabe a qué me refiero.

—Para un samurái es indigno mostrar sentimientos.

—Sí. Un precepto al que le niega usted acatamiento. Igual que yo. Mi padre quiso enseñármelo, pero por una vez fui un alumno desobediente. Llegó la hora en que también su segunda hija murió. Natalia, su Natashenka, la niña de sus ojos. No pudo estar con ella para sostenerle la mano, pero el que le llevó la noticia afirmó que mi padre se golpeó la cabeza contra todos los espejos. Así que al final fue el alumno quien tuvo razón, y no el profesor. Ningún dolor puede ser tan grande como para que merezca la pena ocultarlo.

—Se convirtió usted en la mano derecha de Nikulin —dice Aaron.

—Mucho más que eso. Vi infinidad de países, me inició en los secretos de su negocio, demostró ante todos los demás que yo había ocupado el lugar de su hijo. Cuando mi aprendizaje hubo terminado, me llamó y puso una fotografía en su escritorio. En ella se veía a un hombre atractivo, puede que de unos cincuenta años. Mi padre me dio la orden de matarlo. No me explicó por qué. El hombre vivía en Londres. Allí lo estuve observando durante días. Llevaba una vida discreta en un barrio residencial, no parecía especialmente rico, tenía una mujer joven y guapa, hijos. Por la ventana vi cómo les leía cuentos. Jugaba con ellos en el jardín, era cariñoso. Yo me debatía conmigo mismo. No comprendía por qué tenía que arrebatarles el padre a esos niños, el marido a la mujer. Cuando llevaba días y noches haciéndome esas reflexiones, alguien se coló en mi habitación de hotel. Creyó que estaba dormido y quiso encañonarme con el silenciador de una Beretta en la frente. Después de destrozarle la cara, lo contemplé mientras moría y aprendí la lección. —De nuevo respira con pesadez, necesita un tiempo para la siguiente frase—. ¿Quién había enviado a ese hombre?

—Aquel al que debía matar por orden de Nikulin. Su vida discreta no era más que una fachada.

«Pasos, arriba. Ojos de Ficha. ¿Cuánto tiempo más aguantará tranquilo?».

—Sí. Era un competidor. Lo abatí de un disparo en su jardín, delante de sus hijos. Mi padre me había enseñado que la compasión y estar dispuesto a morir por ella son una misma cosa.

—¿Y qué le enseñó su padre a su hermano? ¿A escupir sobre las tumbas?

—A él lo envió a internados caros. Primero en Lausana. Cuando cayó la Unión Soviética y regresamos a Rusia, fue a uno del lago Baikal. Pero desde allí nos llegaban noticias preocupantes. Sascha torturaba a los demás niños. Cinco veces tuvo que cambiar de escuela. Al final llegó a Kaliningrado. Allí le hicieron ir a buscar algo a una bodega de provisiones. Al ver que no regresaba, mandaron a un compañero suyo a buscarlo. Encontraron al chico muerto en ese sótano. Sascha le había clavado una botella de vino rota en la carótida. Entonces comprendí que jamás podría pagar mi deuda. —Holm calla. Cuando vuelve a hablar, la melodía de sus frases es plúmbea y mate—. Mi padre se ocupó de que no encerraran a mi hermano. Todo puede arreglarse con dinero, incluso se puede aliviar el luto de algunos padres. Entregó a Sascha a la custodia de un hombre que le debía obediencia. Era un hombre que no tenía nada que temer de mi hermano, pero ya ve todo lo que le enseñó. Durante los años siguientes, Sascha recibió de mi padre encargos adecuados para él. A mí no me parecía bien; mi padre era experto en unas crueldades que yo no compartía. Aun así, todo eso no lo hizo por mi hermano, sino por mí. ¿Qué hizo su padre por usted?

—Nada que para usted resulte importante.

—Yo cuestioné a mi padre. Usted al suyo, sin embargo, jamás. He visto cómo habla con él en su tumba. Su entrega es incondicional, incluso en la muerte le muestra obediencia. Era un hombre con principios férreos, he estudiado hasta la última frase que puede leerse sobre él. Cuando le he preguntado por qué no dejó que Boenisch se desangrara, ha rehuido la respuesta. ¿No es cierto que en esa casa de Spandau habló usted con su padre? ¿No había decidido ya erigirse en juez de Boenisch? ¿Se lo prohibió su padre?

Ella se queda muda y petrificada.

—No quisiera volver a hacerle daño para conseguir una respuesta.

—Es cierto.

—¿Lo ha lamentado?

—No.

—Miente.

Sí. Desde ayer lo lamenta sin parar. Cuando tocó el reguero pringoso de la celda de Boenisch. Cuando se acordó de Runge y de la camarera. Cuando acunó en sus brazos el cadáver de Eva Askamp. Cuando Pavlik dijo: «Butz». Cuando sonó el tiro en Diecisiete de Junio. En cada uno de esos momentos, Aaron deseó no haber oído aquella noche la voz de su padre.

Y también ahora.

Entra en su sala interior. Tiene que reflexionar.

«¿Cómo es posible que conozca mis pensamientos, toda mi vida, todos mis secretos? Mi amistad con Sandra y Pavlik. Lo que es mi padre para mí. Gantenbein. Marlowe. Que encontré un clavo oxidado en el sótano de Boenisch. Que robé. Que amaba a Niko. Que sigo el bushidō».

—Ha estado en mi piso. —Aaron vomita las palabras de las náuseas que siente.

—Ha tardado en darse cuenta.

Está conmocionada. Es como una violación.

—En su dormitorio cuelga un cuadro de Eşref Armağan. Es posible que no quiera saber lo que se ve en él. Le dejaré conservar su ilusión. Tiene muchos libros. Al principio me pareció extraño, pero luego lo comprendí. Le basta saber que los libros están ahí. Igual que las lámparas, las plantas y el cuadro. Dos obras me llamaron la atención en particular: *Hagakure, el camino del samurái* y, desde luego, *Digamos que me llamo Gantenbein,* de Frisch. Su frase preferida de él podría ser: «Todas las personas se inventan tarde o temprano una historia que acaban tomando por su vida». A mí hay otro párrafo que me parece más apropiado: «Estoy ciego. No siempre lo sé, pero a veces sí. Entonces me pregunto si las historias que puedo imaginar no son realmente mi vida». Usted lo permite, solo que no es consciente de ello. Si se hubiese enfrentado a esa verdad alguna vez, una única vez, sabría que su vida desde hace once años es una mentira.

—Quiere vengar a su padre. Dígalo.

—Las respuestas fáciles se las dejo a usted.

Holm se salta consonantes, Aaron ya está segura de que la mano envenenada es la responsable de ello. Los primeros síntomas. Para poder luchar contra él, debe esperar a que sufra un fallo circulatorio; pero solo tendrá una breve ventana temporal, después volverá a recuperarse.

—Me senté en su cama —sigue contando él—. Incluso dormida controla usted la respiración, ¿lo sabía?

—Apuesto a que eso lo compartimos.

—¿Quiere hacerme un cumplido? Si yo fuera un ilusionista en un teatro de variedades y usted saltara a aplaudirme después de cada uno de mis trucos, ¿cree que eso significaría algo para mí? ¿El aplauso de una ciega? —Resopla—. Por usted aprendí braille. Leí sus anotaciones y sentí su desesperación en mi propia piel. Está perdiendo la memoria, a esa máquina perfecta se le acaba el combustible. Para mí eso sería peor que la ceguera. El miedo a haber sido cobarde en Barcelona crece como un tumor en su cabeza. Anhela saber la verdad. Pero ¿qué verdad? De mí espera la absolución, saber que actuó correctamente. Por eso se arrodilla ante mí. No obstante, ¿y si todo fue como en esa pesadilla de la que no puede librarse desde entonces? ¿Y si usted traicionó el código del Departamento y rompió los siete preceptos del bushidō y su única salida fuera el *seppuku*? Pero ni siquiera eso le sería concedido. Yo nunca le concedería una muerte honrosa.

—Dígame qué sucedió allí. Por favor.

—«¿Llegó a tocarme? ¿Y yo a él? ¿Hubo palabras? ¿Cuáles? ¿Por qué hui y dejé a Niko atrás?». Esa es la única razón por la que ha venido a Diecisiete de Junio, porque solo yo puedo decirle la verdad.

—Eso no es cierto —susurra ella—. Para mí lo importante eran esas treinta personas.

—Para el samurái, la mentira no es un pecado. Es mucho más que eso, es mucho más infame que la debilidad. Ahora le daré mi arma. Está cargada, lo notará por el peso. Le ofrezco que me mate. Es muy sencillo. Pero entonces nunca sabrá la verdad. No volverá a vivir ningún día feliz y morirá consciente de haber sido una cobarde. Todo depende de usted.

Le coloca la Remington entre las manos atadas. El corazón de Aaron va a toda velocidad por el túnel y da un vuelco. Oye cómo el acero es devorado por el hormigón. Percibe el hedor del café en la nariz.

Se oye gritar.

Él le envuelve las manos en las suyas y se lleva el cañón de la pistola a la frente sin ningún miedo.

—¿Qué es lo que desea más: matarme a mí o saberlo de una vez por todas?

Ella ordena a su dedo índice que apriete.

Lo ordena, lo ordena, lo ordena.

Pero el dedo no obedece.

Holm le quita el arma de la mano sin hacer fuerza. Aaron llora y se encoge sobre el suelo frío y sucio, igual que Niko se encogió en el almacén.

Holm le concede un rato, pero no por consideración. Quiere que sienta el mayor tiempo posible ese dolor, el dolor de saber que él todo el rato dice la verdad y ella todo el rato se miente.

No vuelve a hablar hasta que Aaron calla.

—Cuando Alina la invitó a Moscú, ¿qué ocurrió en su interior? ¿Se sintió tentada de rechazar la invitación y ocultar esa llamada a sus superiores?

Ni por un segundo.

De la noche a la mañana, Aaron estaba sentada frente a Wolf, el director de la BKA, un alto cargo del FSB, el servicio secreto ruso, y varios agentes del FBI. De repente, el éxito de una de las mayores operaciones internacionales dependía de ella. Se encontraba en la cúspide de todos sus sueños.

—No. —Tiene que esforzarse por pronunciar cada palabra—. Era una oportunidad que había estado esperando.

—A pesar de que sabía que podía significar su muerte.

Lo recuerda: al final de esa reunión, Richard Wolf le pidió que se quedara mientras los demás abandonaban la sala y se encendió un puro con parsimonia.

«Señora Aaron, todavía es usted joven y tiene una carrera profesional destacable tras de sí. Sin embargo, los tipos que acaban de irse ya están apostando por su cabeza. Me temo que las apuestas son poco halagadoras para usted. En Moscú habrá tanta gente del FBI, del FSB y de los nuestros en la sombra que a usted podría resultarle como una excursión de empresa. Solo que no lo es. Es más bien una operación suicida. Olvídese del aparato, estará allí sola. ¿Le ha quedado claro?».

«Sí».

Wolf la escrutó con la mirada y luego le alargó la mano.

—Se ha dejado algo importante —dice Holm.

Ella lo recuerda: Wolf no le soltó la mano enseguida. «Un apellido como el suyo puede destrozar a una persona. Mi hija tiene su propia opinión al respecto. Su apellido no puede ser la razón de que vaya. ¿Está segura de que no lo es?».

«No tiene nada que ver con eso», respondió Aaron, y supo que Wolf no la creía.

—Estoy esperando —insiste Holm.

—Quería demostrar de quién soy hija.

—Esa es la primera frase sincera que le he oído decir en este sótano. Como verá, ayer todo eso todavía lo había perdido; ahora, no obstante, le obsequio esos recuerdos. No serán los últimos. —Deja que esa frase penda un poco en el aire, como una sentencia—. Alina no me importaba. Era propiedad de uno de los mandos intermedios de los Nikulinskaya. Una pequeña furcia. Pero a su hermano sí lo conocía muy bien. Y usted también.

«Fiódor. Un genio de las matemáticas».

«La persona más hermosa y solitaria que jamás he conocido».

Había desarrollado un algoritmo con el que se podía calcular el beneficio máximo del negocio de las materias primas. Fiódor era irreemplazable para Nikulin. Sabía mucho de sus tratos comerciales. La mayoría le repugnaban. Alina se lo presentó a Aaron. A él le gustaron sus ojos tristes. Y a ella los de él. Cuando informó al residente del FBI en Moscú sobre Fiódor, este se quedó sin respiración. «Haga lo que sea necesario: tiene que convencerlo para que coopere con nosotros».

—Mi padre gobernaba su imperio como un zar. Era inalcanzable. Hasta que usted fue a Moscú y se prostituyó para arrebatárselo todo.

—¿Para usted soy una puta? ¿Igual que para su hermano? Sí, me acosté con Fiódor. En un momento de profunda tristeza, suya y mía también. Porque el hombre que poseía a Alina le había abierto la barriga en canal hasta el cuello la noche anterior con un cuchillo de trinchar. Por un asunto de drogas. O por una mala palabra de ella. O quizá solo porque le apeteció. Por eso Fiódor se aferró a mí, se confió a mí. Pero, claro, ella no era más que una furcia.

Durante un minuto lo oye respirar. Suena como si muy lejos estuvieran vaciando un volquete de grava.

—¿Vio a mi padre entonces? —pregunta Holm.

«También eso lo recuerdo ahora».

—Una vez. El hombre que poseía a Alina estaba invitado a una fiesta de cumpleaños en el palacio Petrovski. Ella me llevó a mí, su amiga alemana con tarjeta de crédito platino, y nadie desconfió. Las mujeres eran accesorios para los Nikulinskaya, las lucían como un coche ostentoso o un reloj con engastado de diamantes. Pero eso ya lo sabe. Nikulin recibía a la corte en una sala aparte. A su alrededor estaban sentados sus sátrapas, que lo aburrían con su fervor. Se puede reconocer la importancia de un hombre por la cantidad de aduladores que tiene. He acompañado a mi padre a recepciones de Estado en las que a los presidentes se les prestaba menos atención. Cuando volvía del baño, me encontré con Nikulin caminando en dirección a mí por el pasillo. Sus zapatos brillaban como espejos; su mirada era de interés. Si el residente del FBI hubiera sido testigo, habría babeado. Pero en los ojos de Nikulin vi esas crueldades que por lo visto a usted le son ajenas. Jamás me habría metido en esa cama fría. Esa noche Alina fue brutalmente asesinada. A Fiódor lo llevamos a una casa segura del FSB. Él quería que solo lo interrogara yo. Tuve que quedarme dos días más. Los más largos de mi vida.

—Sabía que mi padre le había puesto precio a su cabeza.

—Sí. ¿Dónde estaba usted? Le había arrebatado a Fiódor. ¿Acaso no merecía que me matara su hijo?

—Estaba en San Petersburgo.

—Seguro que lo ha lamentado muchas veces.

—No se creería cuántas.

—A mí con el del aparcamiento subterráneo me bastó. No le eché de menos.

—Sabía que la estaban esperando allí.

—Sí.

—Y, aun así, entró.

—No me gusta dar plantón.

—Continúa con su arrogancia. Le metió un tiro en el cráneo a ese hombre aunque estaba indefenso, arrodillado ante usted con una bala en el vientre. No lo niegue, está en sus anotaciones. ¿Quién fue el asesino? ¿Él o usted?

—¿Lo conocía? ¿Era amigo suyo?

—¿Qué ha dicho?

—Si era amigo suyo.

«Problemas auditivos. El siguiente síntoma».

Holm se echa a reír. De nuevo se desprende una roca de lo alto de un desfiladero.

—Él quería congraciarse con mi padre y dejarle su cadáver a sus pies como si fuera un ratón. ¿Cree que respeto a alguien así? Fue él quien murió siendo ratón, y se lo había ganado. Usted, sin embargo, en el Aralsk no demostró ser hija de su padre ni mucho menos. Solo fue cobarde.

Diez cosas cobardes que ha hecho Aaron:
Barcelona

—Me ha preguntado por qué he matado al profesor. Por una única razón: porque era algo del todo inútil. Igual que lo que hizo usted en ese aparcamiento subterráneo.

—¡Sádico de mierda! ¡Yo no me pongo por encima de usted, es usted el que se pone por encima del mundo entero! ¡Le arrancaría el corazón a una persona que simplemente hubiera chocado con usted por la calle y afirmaría que se lo tenía merecido! ¡No ha entendido ni uno solo de los libros que ha leído! ¡Ni siquiera ha entendido que no existe la menor diferencia entre su hermano y usted!

Intuye el ataque y se lanza hacia un lado, pero la empuñadura del arma le da en la oreja. Una maquinaria se pone en marcha en su cabeza y la catapulta a la velocidad de la luz por un agujero de gusano de una miríada de colores. Ve galaxias que no son más que un pestañeo, soles que se forman del polvo de estrellas que mueren y vuelven a brillar, cae en una tormenta de nebulosas en espiral, en un dolor que le hace estallar los ojos.

Primero cree que oye sus propios gimoteos. Luego se da cuenta de que proceden de otra persona. Vera. Holm la ha amordazado igual que ha hecho por la mañana con Eva Askamp. Vera está a sus pies y se retuerce de miedo a morir.

—Yo escogí el mismo camino que usted. El camino del honor. ¿Quién era mi príncipe?

—Nikulin.

—Contaré hasta diez. Si no me da la respuesta correcta, mato a la mujer. Uno.

—¡Su padre! —grita ella.

—Dos.

—¡El miedo de los demás!

—Tres.

—¡El odio a toda posesión!

—Cuatro.

—¡Por favor! ¡Quiero contestar a todas las preguntas con sinceridad!

—Cinco.

—¡Fiódor!

—Seis.

—¡Su hermano!

—Siete.

—¡Si lo hace, yo habré tenido razón en todo!

—Ocho.

—¡La violencia es su príncipe!

—Nueve.

En la cabeza de Aaron arrecia una tormenta que arrastra las frases de Holm de aquí para allá como si fueran hojas: «Ha llegado el momento de hablar sobre la pérdida... Cómo cerrarle los ojos a un ser querido... Soportar estar junto a una tumba sin dudar de por qué no es uno mismo el que yace en ella... Ningún dolor puede ser tan grande como para que merezca la pena ocultarlo».

—Estoy esperando.

—Su príncipe era una mujer.

Durante un rato los latidos de ella y la respiración de Holm y los gimoteos de Vera son lo único que se oye.

—Bien —susurra él al fin—. Haremos un descanso.

Sascha oye cómo se abre la puerta del sótano. Ve a su hermano con Aaron y con la otra en el vestíbulo. Apenas lo reconoce. Parece haber envejecido diez años. En el rostro enjuto de su hermano ve un sudor denso y gris. Los ojos acechan opacos en sus cuencas. Hasta los tatuajes de su torso desnudo han perdido el color.

Su hermano se tambalea, se apoya en la pared, quiere mirarlo pero se le van los ojos.

—Necesito a Aaron —dice Sascha.

Holm espera hasta que su hermano arrastra a las dos mujeres a la cocina, luego los sigue. Al salir medio muerto del río Havel, impulsándose a rastras, cayó en la nieve y consiguió ponerse de pie sin saber muy bien cómo. Eso le resultó más fácil que moverse ahora.

32

Póngame con el Departamento —dice Ojos de Ficha.

Vera está sentada a la mesa de la cocina junto a Aaron. No hace ningún ruido, ni siquiera tiembla. Eso preocupa a Aaron más que un llanto, una súplica, un grito. Necesita a la mujer. En algún lugar de esa casa hay un arma de la que nadie más sabe nada. Un arma de la que puede depender todo. Un arma a la que Aaron no consigue llegar. Mientras no conozca la verdad sobre Barcelona, Holm podrá sentirse a salvo. Ya se lo ha demostrado. Después, Vera será su única esperanza para sobrevivir. Pero si sigue en ese estado, Aaron no podrá llegar hasta ella.

A un lado está Bosch, de pie. Su sudor huele a leche agria. Holm se le ha sentado enfrente. Lo que suena como un suave ronquido es su respiración. Su circulación ha enloquecido. Seguramente ya sufre trastornos del equilibrio.

Ojos de Ficha ha encendido el altavoz del móvil.

Porque su hermano está en la sala.

Holm le ha cedido las negociaciones. Ojos de Ficha podría mantener la conversación sin que esté presente, solo que no se atreve. Ve en qué estado se encuentra su hermano, aunque no entiende por qué. Nunca habría sido tan fácil matarlo, disfrutar de algo que lleva soñando desde los ocho años, cuando Holm quedó tirado y ensangrentado ante él. Pero Aaron sabe que el miedo que le tiene Ojos de Ficha a su hermano no acabará hasta que este exhale su último aliento. No, ni siquiera entonces.

—Aquí Demirci.

—¿Cuánto vale esta guarra para vosotros?

—¿De quién me está hablando? —La voz de Demirci resuena.

«No está en la central de operaciones».

Podría ser un búnker, una sala, un pabellón con suelo de hormigón o piedra, techos altos, paredes peladas.

«Un hangar. Han entendido mi mensaje».

El alivio impulsa a Aaron como en un planeador por encima del precipicio de su desesperación.

—¿De quién crees? —replica Ojos de Ficha.

—Ya han recibido cinco millones.

—¿Y qué?

La voz de Demirci suena tan relajada como si estuviera pidiendo una pizza. Aaron sabe la fuerza de voluntad que se requiere para eso.

—Quiero hablar con su hermano.

—Hablas conmigo. Si no te parece bien, cuelgo y le meto una bala en la cabeza a la gallina ciega. No, mejor: primero le meto la bala y cuelgo después.

—Demuéstreme que sigue viva.

—Una palabra inconveniente de esta puta y le saco los ojos a la otra mujer. Así tendrán algo que contar.

—Estoy bien —dice Aaron—. Hay una segunda rehén.

Demirci la ha dejado perpleja varias veces hoy, pero nada comparable a esto de ahora:

—Lo siento, pero tengo una cita. Le dejo hablando con el señor Pavlik.

Hasta Holm contiene la respiración.

—Aquí estoy —dice Pavlik—. ¿Qué quiere?

¡Solo poder oír su voz! El planeador de Aaron encuentra una corriente ascendente, sube hacia el cielo infinito por encima de las nubes y deja el precipicio muy abajo.

Ojos de Ficha encuentra palabras de nuevo:

—¿Esa tía no está bien de la cabeza?

—Tendrá que contentarse conmigo. ¿Y bien?

—Cinco millones. En billetes pequeños. Usados.

—¿Ya se ha gastado el dinero? Espero que fuera en algo útil. ¿Una operación de cerebro? —pregunta Pavlik.

—O pagáis o mañana tendréis unos titulares enormes: «El Departamento sacrifica a la heroína ciega». ¿Es eso lo que queréis?

—Sabe que no vamos a darles otros cinco millones, así que estrújese un poco más el cerebro. Ánimo, que con poco se puede conseguir mucho. Le propongo algo: vuelva a llamarme cuando se le haya ocurrido algo nuevo.

Pavlik cuelga.

Ella imagina la cara de Ojos de Ficha. De nuevo lo ve como un niño furioso acuclillado junto al árbol de Navidad. Sabe lo que pretenden Demirci y Pavlik: Ojos de Ficha debe creer que su vida es mucho menos valiosa de lo que él pensaba, que los cinco millones de antes los han pagado por los niños del colegio, no por Aaron. Le han dejado claro que no negocia desde una posición de fuerza, y con ello han elevado considerablemente su barrera psicológica para hacerle algo a ella. Eso solo parece contradictorio a primera vista. Ella es todo cuanto tiene Ojos de Ficha. Cuando uno ha sido rico y empobrece de repente, aprende a valorar lo poco que le ha quedado. En su época en el Departamento, esa táctica fue utilizada varias veces con éxito en la exigencia de un rescate. La «maniobra Lissek».

«Y una vez fracasamos».

Es arriesgado. Empieza a sentir frío. Si su vida se valora tan poco, ¿cómo de insignificante es entonces la de Vera?

Visualiza a Ojos de Ficha contemplando a su hermano.

Holm se tortura para pronunciar sus siguientes palabras:

—Nunca te has interesado por la economía. Si no, sabrías que al Senado de Berlín el dinero quemado no le representa ninguna pérdida. —Los pulmones le hacen un ruido metálico. Se detiene. Empieza de nuevo—. Es como si nunca lo hubieran pagado. Era papel. Solo necesitan una prueba. —De nuevo se desmorona y se recupera—. Para eso tienes a la señora Aaron. De ti depende si vas a dejar que sigan tratándote como a un niño de... colegio...

Para la última palabra le faltan fuerzas.

Bosch todavía no ha dicho ni mu, pero huele como si hubieran puesto la leche cortada a calentar.

Ojos de Ficha da pasos de fiera de aquí para allá y se detiene detrás de Aaron.

—Entonces esta puede desaparecer —resopla.

Aaron sabe que no se refiere a ella, sino a Vera, sabe que ha sacado la Glock y quiere matarla, que necesita una pastilla para el dolor de cabeza como el que más. Se impulsa en el canto de la mesa con la rodilla y vuelca su silla hacia atrás. Al mismo tiempo estira la pierna izquierda hasta tenerla en vertical y le da a Ojos de Ficha en la cabeza. Siente un dolor punzante en el empeine. Aaron quiere incorporarse, pero no lo consigue a tiempo para esquivar la patada de Ojos de Ficha contra su mandíbula. La agarra del cuello y la ahoga. Las manos atadas de ella rodean la nuca del hombre. Baja los brazos de un tirón y siente cómo él cae. Aaron lo estrangula con la brida mientras le clava una rodilla en el cuello.

Y de pronto lo suelta. El cañón de la Glock 33 le presiona el hueco supraesternal.

—Me lo había imaginado de otra forma —masculla Ojos de Ficha bajo la rodilla de Aaron—, pero a la mierda.

Se oye un tiro.

Ha disparado Holm. Ella oye caer la Glock al suelo. Quiere buscarla a tientas, lo intenta con las puntas de los dedos, pero el arma resbala sobre las baldosas porque Bosch la ha apartado de una patada.

Ojos de Ficha ruge como un animal.

La voz de su hermano contiene un último esfuerzo.

—Tienes tres posibilidades: quejarte de ese rasguño, coger la Glock e intentar matarme, o llamar al Departamento. Cualquiera me parece bien.

Aaron se arranca del pie un diente de Ojos de Ficha. Se incorpora, se coloca delante de Vera para protegerla y adopta la posición de ataque hacia Ojos de Ficha. Sus piernas amenazan con ceder. Detrás de la casa hay una valla que golpetea al viento. Una, dos, tres veces. Aparte de eso, nada.

Ojos de Ficha se levanta. Gime. Alcanza el móvil.

—Póngame con el Departamento.

De nuevo, solo la valla. Aaron piensa en Pavlik y sabe lo mucho que debe de costarle dejar patalear a Ojos de Ficha. Por fin contesta.

—Soy todo oídos.

—Los cinco millones se han quemado.

—¿Tenían frío?

—Puedo demostrarlo.

—¿Lo han grabado en vídeo?

Aaron recibe un golpe.

—Díselo, zorra.

—Es verdad. Yo estaba allí.

—Le han puesto un arma contra la cabeza. Eso no prueba nada.

—Tiraré su cadáver del coche en algún sitio y cuando le hagan la autopsia encontrarán las cenizas que han quedado del dinero. Obligaré a esta puta a comérselas, así tendréis vuestra prueba.

—Vamos a contar un momento. Esta mañana su hermano tenía treinta rehenes por los que hemos pagado cinco millones. Ahora ya solo tienen dos. Según el matemático Adam Riese, eso hacen, un segundo…, trescientos treinta y tres mil euros. No quiero ser mala persona, así que redondearé hacia arriba. Trescientos cincuenta, ya que estamos entre amigos.

—Tienes diez segundos antes de que cuelgue.

—Soy un buen hombre —murmura Pavlik—. Un millón. Y no es negociable. O lo toma o lo deja.

Vera solloza. Aunque parezca extraño, eso tranquiliza a Aaron.

Ojos de Ficha deja pasar cuatro golpes de la valla.

—Tenéis dos horas para conseguir el dinero.

—¿Y después?

—Las dejaremos a las dos en alguna parte.

—Sí, claro. Y fuera brilla el sol.

—Dos horas. —Ojos de Ficha corta la conversación.

No es hasta entonces cuando Aaron se da cuenta de que se estaba mordiendo el labio.

En el hangar, Demirci siente las miradas de los hombres sobre ella. Se está congelando con su abrigo forrado. Sabe que todos esperan que llame al senador de Interior, Svoboda. En lugar de eso, vuelve hacia sí la pantalla en la que se ve la central de operaciones de Berlín.

—Señor Majowski, ¿cuánto dinero falso tenemos en estos momentos en el depósito de pruebas?

—Unos dos millones de euros.

—Mande meter un millón en una bolsa con un transmisor. Que la señora Delmonte y el señor Büker se preparen para la entrega.

Majowski no consigue decir palabra.

—¿Acaso tenemos problemas de sonido?

—No —se obliga a decir.

Demirci evita el contacto visual con los demás y se va a la parte de atrás con paso rápido. Abre una puerta que da a un pasillo estrecho. La cierra. Se sienta en el suelo y apoya la cabeza contra la pared. Pasan los minutos. Llega Pavlik. Se acuclilla delante de Demirci y le ofrece su paquete de tabaco. Los dos fuman en silencio hasta el filtro.

Por fin Demirci dice algo:

—Entre Jenny Aaron y Svoboda hay una cuenta pendiente y ella se lo ha recordado hoy. Ese hombre no nos concederá más dinero. Si ella muere, respirará aliviado.

—No le dé más vueltas a eso. Su vida no depende ni de un millón ni de cien mil. No es Sascha quien decide, y a su hermano el dinero le ha dado igual desde el principio. También yo le habría soltado un «Lámeme el culo».

—Se ha quemado. ¿Cómo?

—O bien ha sido Aaron, o Holm. Eso encajaría con él. Para demostrar que ha roto con todo.

—¿Cree que quiere morir? —pregunta Demirci, y presta atención a la respuesta.

—Durante treinta años ha sido invisible, pero de repente nos regala sus huellas dactilares. ¿Por qué?

—¿Y el alquiler de avión para tres?

—Para tranquilizar a Bosch. Holm nunca ha tenido intención de subir a ese Cessna.

—O bien lo de Finow no es más que una maniobra de distracción. Podrían estar fuera del país desde hace tiempo.

—No. Estuvieron en Freienhagen. Eso queda apartado de la autopista, de camino hacia aquí. El aeródromo sigue siendo una opción para Sascha y Bosch. Holm les dejará hacer. A él solo le interesa Aaron. En cuanto tenga su venganza, se matará.

—¿Por qué habría de hacer eso?

—Por sus alusiones al bushidō. Al principio pensé que solo hablaba de ella. Ahora ya no. Él vive según esas reglas igual que Aaron. Por lo menos eso cree, aunque sea enfermizo. —Pavlik pesca otro cigarrillo del paquete con destreza, lo hace rodar entre sus dedos y vuelve a guardarlo—. Creo que sé lo que hay en esa funda que llevaba encima.

Demirci lo mira con ojos interrogantes.

—Una daga de *seppuku.*

Ella siente tanto frío que tiene que meter las manos en los bolsillos del abrigo.

—¿Qué motivos llevaban a un samurái a suicidarse? ¿Está familiarizado con ello?

—Sé lo poco que me explicó Aaron. Una vulneración del código, la pérdida de imagen pública, la voluntad de rendir homenaje al príncipe. Pero seguro que hay más.

—¿Y ella sigue esas leyes?

—Nunca he intentado entenderlo de verdad.

—O sea que, para ella, ¿André merecía la muerte?

Pavlik asiente al vacío.

—¿También para usted?

—No. Solo era dinero.

—Es evidente que Kvist lo veía de otra forma.

—Le disparó en legítima defensa.

—He leído el informe de Asuntos Internos. Hubo muchas dudas. Fue una absolución de segunda clase.

—André murió por un solo motivo. —Pavlik alza la voz—. ¡Porque yo fui un cobarde y Kvist no!

—Hace un momento estaba aquí su hermano gemelo —dice Demirci—. A primera vista son ustedes dos casi indistinguibles. No tuvimos un buen comienzo, pero después se convirtió para mí en un gran apoyo y en mi asesor más importante. Él no sabía lo que es la autocompasión. Si algún día vuelve a verlo, dígale que le echo de menos.

—Que la jodan.

Se miden con la mirada.

Nowak abre la puerta de golpe.

—Tenéis que escuchar esto.

Lo siguen al hangar. La imagen y el sonido de la transmisión de vídeo no están sincronizados, la voz de Majowski sigue a sus labios con retraso. En las pausas entre frases da la sensación de que repite las últimas palabras, como si no pudiera creerlo.

—Mertsch y Stemmler se han hecho cargo de Kvist hace treinta minutos. En el paso a nivel de Buckower Chaussee estaba esperando el tren, pero ha cruzado al otro lado a toda velocidad justo delante del convoy. No han podido seguirlo. Acaban de encontrar su coche en Fritz-Erler-Allee. El móvil estaba dentro.

—¿Han perdido a Kvist?

—Sí.

Demirci mira a Pavlik. Parece que su rostro fuera de piedra y el escultor acabara de darle un golpe de maza.

Vera ha estado llorando hasta hace un momento. En ese espacio tan estrecho, Aaron no ha podido hacer más que apoyar la cabeza contra la de la mujer para sentir cómo luchaba cada vez que tenía que respirar y cómo, completamente tensa, se tragaba las lágrimas. Ahora Vera está tan vacía que ya solo se atraganta con sus flemas.

—¿Dónde está el revólver? —susurra Aaron.

No hay respuesta.

—¿En el dormitorio?

Vera quiere sacar más lágrimas, pero solo alcanza a soltar un quejido prolongado.

—Me gustaría mucho visualizar la casa. ¿Me ayuda?

Silencio.

—Haga usted una visita conmigo. Eso sí lo conseguirá.

—A lo mejor —murmura Vera.

—¿Cuántas habitaciones hay en la planta baja?

Vera lo piensa.

—La cocina… El baño de invitados… El comedor… La sala… Este trastero… El despacho… El cuarto de la caza.

Tarda tanto en enumerarlas que el Aarón bíblico habría tenido tiempo de forjar el becerro de oro.

—Ahora, por favor, imagine cuántos pasos hay de un sitio a otro. Dando un paseo normal por la casa, sin prisa. —Cada paso es medio metro—. Empecemos por la cocina, que ya la conozco. ¿Adónde salimos desde allí?

—Al pasillo.

—¿Y luego?

—Al baño de invitados…, creo que son nueve pasos. Sí, nueve.

—Siga.

—De allí se va al comedor. Es un pasillo largo. Espere… No puedo decirlo con seguridad, es difícil cuando solo se imagina. Pero, si tuviera que dar una cifra, diría que son veinte pasos. —La voz de Vera se vuelve más segura y toma impulso. La tarea que le ha puesto Aaron la ayuda a pensar en otra cosa que no sea en cómo se ha despedido de su marido esa mañana, mal, sin un beso, solo porque ella se había deshecho de sus zarrapastrosos pantalones preferidos sin decirle nada—. El pasillo hace un recodo hacia la izquierda. Ahí está este trastero. Doce pasos. Un poco más y se llega a la sala, a la derecha. Nueve… No, más bien ocho. Aunque también se llega a ella desde el comedor.

—Lo hace estupendamente. Entramos en el comedor desde el pasillo. ¿Cuántos pasos hay hasta la sala?

—Un momento… Diez, diría yo. Hacia la izquierda.

—Hay algo en medio.

—No. Bueno, está la piel de oso con cabeza. —Vera describe cada vez con más vivacidad—. Klaus está muy orgulloso de ella, abatió al oso él mismo en Canadá. Yo una vez me tropecé con ella… y zas, se le partió la mandíbula. La pegué con Pattex, Klaus ni se dio cuenta. Lo mejor es ir pegado a la pared.

—¿Un grizzly?

—No, un oso pardo.

—¿Dónde está el revólver? —Aaron siente que Vera se pone rígida al instante, así que sigue hablando como si no hubiera dicho nada—. Ahora estamos en la sala. ¿Cómo está amueblada?

Junto a ella solo hay silencio.

—Seguro que tiene muebles bonitos.

Vera se decide por fin a responder.

—Estilo Biedermeier.

—¿Un tresillo?

—Sofá y dos sillones. Un televisor. A la izquierda, el gran armario. Entrando desde el comedor se va directo a la puerta de la terraza.

—¿Es muy grande la habitación? En pasos.

Vera se abstrae en sus pensamientos.

—Es bastante grande. Doce pasos hasta la puerta de la terraza, catorce en la otra dirección.

—¿Dónde está el despacho?

—Detrás de la sala de la caza. Ah, sí, esa puerta también da al pasillo, se me había olvidado, lo siento. —Su voz se pierde por un canal de lágrimas vacío—. Y desde allí se baja al sótano.

—¿Cuántos pasos hay de la cocina al despacho?

—Un momento, tengo que volver a empezar por el principio, me estoy haciendo un lío.

Aaron no la presiona.

—Doce. Hacia la derecha. Antes está el vestíbulo con la puerta de entrada. Y la escalera. A siete pasos, calculo.

Aaron ya conoce el camino desde la entrada hasta la cocina pasando por el vestíbulo, igual que al trastero y al sótano. Vera solo se ha equivocado por un paso cada vez. Sin embargo, un paso puede suponer la diferencia entre la vida y la muerte para ella.

—Quiero volver a la sala. Allí hay un armario, me ha dicho. ¿Y los demás muebles?

—Un aparador y una cómoda.

—¿En qué pared?

—A la derecha. O sea, la cómoda no. El aparador a la derecha.

—¿Alfombras?

—De terciopelo.

—¿Dónde está el revólver?

—Les darán su dinero y nos dejarán libres. Ya lo ha oído.

—Ese hombre miente.

—¿Cómo lo sabe? Si sigue preguntándome por el revólver no le diré nada más.

—Vayamos al despacho. ¿Qué hay allí?

Vera piensa en que Klaus ni siquiera ha tocado la bocina al marcharse, como hace siempre. Y tampoco le ha dicho adiós con la mano.

—Seguro que un escritorio, ¿no?

—A la derecha, delante de la ventana —responde mecánicamente la mujer—. Un archivador. Linóleo. Cruzando en línea recta se llega a la sala de la caza. Ocho pasos. Allí cuelgan las cornamentas. Todo en verde, le gustaría. En el centro hay una gran mesa para los cazadores. Y una alfombra bonita. También hay un grifo de cerveza, y el armario de las armas.

—¿Dónde está el revólver?

33

Un animal pequeño corre a esconderse en la maleza. Un gato salvaje o un mapache. Deja en la nieve un zigzag nervioso que en la pantalla de las gafas de infrarrojos reluce de color verde. De los árboles se desprenden cristales. El viento llega a cincuenta kilómetros por hora justos y del este, como la luz de la luna. La llamada de un mochuelo sigue a la de un arrendajo, que imita a la del otro pájaro y suena casi auténtica aunque en realidad es una burla.

Mientras avanza a hurtadillas por entre la vegetación, Pavlik escucha atento ese duelo que el mochuelo perderá. Lleva puesto un *ghillie* y se ha calado tanto la capucha de ese traje de camuflaje blanco y peludo sobre la cabeza que solo ve su entorno a través de una rendija. Sus pasos son lentos pero ágiles. Primero posa la cara exterior del pie y luego lo hace rodar para evitar pisar alguna ramita y producir algún ruido. De esa forma ha recorrido un kilómetro en la última hora, ha dejado atrás los paneles solares y por fin ha subido a la colina donde las Ford aguardan bajo las redes nevadas.

Los últimos metros se arrastra, los recorre pegado al suelo y con una pierna por delante. Lleva la cabeza inclinada hacia un lado, su mejilla roza la nieve. Antes de avanzar, sus manos palpan el terreno y apartan cualquier cosa, hasta lo más mínimo, que pudiera producir algún sonido. Así se mueve centímetro a centímetro, y emplea cuatro minutos en cubrir el pequeño tramo que le falta hasta la cima. Arrastra consigo el fusil sujetando la correa entre el índice y el pulgar. La boca del cañón del Barrett Light Fifty está protegida por un preservativo para que no le entre nada de nieve.

Pavlik se quita las gafas de infrarrojos. Saca la estera aislante blanca de dentro del *ghillie* y se tumba encima. Cuando ha estado aquí con Kemper hace unas horas, ha visto la piedra que le servirá como soporte para el Light Fifty. Monta el silenciador y le coloca el preservativo para impedir que se le acumule agua de condensación dentro. Envuelve el cañón con una venda de gasa sin apretar mucho. Con la mira de visión nocturna enfoca la colina que se encuentra al otro lado de la pista de despegue y aterrizaje y sobre la que hay un claro. A causa de la vista panorámica sobre el aeródromo, en verano es un lugar muy frecuentado para hacer picnics. Un cartel exige que los perros se lleven atados con correa. Puede leer el texto con claridad, calcula que está a mil cien metros, pero quiere asegurarse. El telémetro lo corrobora: mil noventa y uno.

Las preguntas han sido sencillas. ¿Qué haría él si hubiera alquilado un avión en Finow y quisiera descartar que el Departamento lo supiese? Querría que alguien explorara el aeródromo. ¿Quién? Seguro que Holm no. Sascha sería improbable. Bosch. Es el más prescindible, y además está familiarizado con aeródromos. ¿Cuándo? No antes de la una de la madrugada. ¿Dónde? Desde el lugar que cuenta con la mejor vista.

Pavlik ha sopesado esperarlo allí al acecho, pero un intercambio de disparos sería un riesgo demasiado elevado. Tiene que conseguir capturar a Bosch con vida; solo así podrá obligarlo a que les desvele el escondite. Por eso ha trazado otro plan, y para ello necesita el Light Fifty con silenciador, porque para el máuser es una distancia demasiado grande.

Sus ojos se habían acostumbrado a las gafas de infrarrojos y primero tienen que amoldarse otra vez a la oscuridad. Sabe que pasarán treinta minutos hasta que la adaptación sea completa. Pavlik enfoca el objetivo solo de manera periférica a sabiendas; así estimula los fotorreceptores del borde de la retina, que son los responsables de la visión nocturna.

«Teme la penumbra, no la noche». Tiene ese viejo dicho de francotiradores grabado hasta los tuétanos.

Mientras subía la colina ha dejado de nevar, pero todavía hay unas nubes perezosas que cruzan el cielo y podrían volver a descargar en cualquier momento. La nieve lo cubre, la nieve lo tapa todo y es su amiga porque ilumina la noche. Pavlik se mete en la boca un poco de esa nieve buena para enfriar su aliento y no permitir que lo delate. La otra nieve, en cambio, la que cae de las nubes, es su enemiga, le roba la visión, juega a su antojo con los proyectiles. Por lo demás, el viento le preocupa bastante. Puede calcular la velocidad y la dirección a cincuenta metros como máximo, más allá no puede deducir las condiciones. Por cómo se mecen suavemente las copas de los árboles en el borde del claro se sabe muy poco; un error de solo cinco kilómetros por hora modificaría la trayectoria de una bala.

De un modo inconsciente, su mano izquierda juguetea bajo el *ghillie* con el casquillo que le ha regalado Helmchen. Dieciocho años. Siente cada hora en los huesos. Sabe que tiene que mantenerse despierto como sea.

Antes de salir ha llamado a Sandra. Cuántas veces ha agradecido que en esas llamadas ella nunca le demuestre lo preocupada que está, porque no quiere intranquilizarlo con nada más. En lugar de acribillarlo a preguntas, le ha hablado de la pequeña, que no se harta de beber leche, dormita, está hecha una monada, aprieta el pulgar querido en su manita. Lo que no han mencionado ni una sola vez es el nombre de Aaron. ¿Por qué? Porque Sandra sabe que él sería capaz de dar su vida por ella. En eso no les hace falta gastar saliva. Si llegara a suceder, ella se pasaría una noche entera gritando, pero después estrecharía a Aaron en sus brazos y lloraría la pérdida con ella.

Hay otro nombre que su mujer sí ha pronunciado. Le ha contado algo a lo que él ha estado dando vueltas unos minutos, acuclillado en el suelo de hormigón con los ojos cerrados, fumando.

—Cuando regresó de Barcelona, lo invitaste a casa. Tú habías bajado a buscar unas cervezas al sótano y yo me quedé un momento a solas con él. No pudo mirarme a los ojos ni un segundo.

Pavlik recuerda esa noche. Sandra se fue pronto a la cama. Se tomó una pastilla para poder dormir, igual que todas las noches desde hacía medio año. Él se quedó sentado con Kvist en el balancín del jardín nevado. Vaciaron una caja de Beck's y solo abrieron la boca para beber. En algún momento Kvist se puso de pie para ir al baño, o eso creyó Pavlik. Sin embargo, cuando fue a ver al cabo de diez minutos, se había marchado.

Ellos dos siempre se habían despedido con las mismas palabras.

«Hasta luego, capo Pavlik».

«Hasta luego, capo Kvist».

Esa noche no.

Aprieta el casquillo en su puño. ¿Cuántas noches contienen dieciocho años? Solo una, la última, decidirá si todo lo demás ha estado justificado o ha sido en vano. Si tiene que dar su vida o quitársela al hombre que fue su mejor amigo.

La mancha negra que empieza a danzar delante de su ojo derecho le advierte que debe cerrarlo unos segundos porque está haciendo un sobreesfuerzo. Demasiado pronto. Volver a llamar a Sandra no tendría sentido. La atención de Pavlik decaería; se pondría triste, porque en momentos como este se pregunta si será la última vez que oiga su voz. Sin proponérselo, termina siempre esas llamadas con una palabra que sirve de despedida, una frase que Sandra podrá recordar más adelante para encontrar consuelo en ella. «Dale a Jenny un beso de mi parte y susúrrale que hace muy feliz a su padre», ha sido hace un rato.

Ella lo sabe, pero de eso no han hablado nunca.

Se ata la mascarilla del *ghillie,* se coloca el auricular del móvil y llama a Demirci.

Ella descuelga al instante.

—¿Sí?

—Cuénteme algo —murmura Pavlik—. Hágame una pregunta a la que tenga que darle vueltas. Oblígueme a charlar. —Tiene cuidado de bajar dos terceras el tono de voz, de suavizar las vocales, de amortiguar todos los sonidos explosivos.

«… a *sharlar».*

—Un momento.

Se abre una puerta…, se cierra. Pavlik sabe que ella está ahora en el pasillo, donde no la molestarán.

—¿Qué pensó cuando se enteró de que iban a ponerles una jefa?

Él ríe sin emitir ningún sonido.

—Le dije a Lissek: «Muy bueno. Cuéntame otro».

—¿Me faltaba testosterona?

—Tonterías. Teníamos a Aaron con nosotros, y era la que tenía los huevos más grandes fuera de una granja de avestruces. No se ofenda.

—Entonces, ¿por qué?

—La mitad de su trabajo consiste en política, y nuestro culo puede depender de ello. Esos tipos con raya diplomática son más machitos que todos nosotros. Bueno, puede que no más, pero sí de otro modo. No estaba seguro de que fueran a tomarla en serio y consiguiera usted cubrirnos las espaldas. Pero eso ha quedado claro hoy.

—Aun así, no me tiene en demasiada estima.

—Ya sé lo que piensa, pero se equivoca. Antes de que llegara, me informé un poco sobre usted. Un compañero mío, Jan Pieper, un pez gordo de la BKA, sabía un par de cosas sobre el tiempo que estuvo en Dortmund. Abdul Öymen.

—¿Qué le contó?

—Que Öymen controlaba el negocio de la extorsión a cambio de protección en toda la cuenca del Ruhr. Usted dirigió las investigaciones en trece casos de asesinato contra él. Entre sus víctimas se contaban mujeres y niños, pero no pudo demostrar nada. Una noche entró sola en el bar habitual del hombre, donde estaba sentado a una mesa con ocho de los suyos, y le dijo delante de todos los clientes, seguro que en un turco muy elegante, que era un cerdo cobarde y que le cabía la polla en una caja de cerillas. Öymen la siguió a la calle. Quería darle una paliza. El grupo especial de operaciones que se había llevado allí con usted lo detuvo por intento de agresión. Ni siquiera llegó a interrogarlo, pero esa misma noche hizo que unos informadores filtraran en sus círculos que había delatado a su propia gente. Su abogado lo sacó por la mañana; seis horas después, el cadáver de Öymen flotaba en el Ruhr con un tiro en la nuca. Dicen que Dortmund es ahora una localidad más apacible.

—Pues le han contado algo del todo falso.

—Vaya.

—Sí. Le dije que su polla cabría en un dedal, y que todavía sobraría sitio para meter ahí dentro su cerebro.

—Creía que era usted una dama.

—Y yo no creía que fuera a recordarme eso.

—¿Se la puede contratar para fiestas?

Ahora es Demirci quien ríe en voz baja.

—Eso me gusta —murmura Pavlik.

—¿El qué?

—Que se ría. Hágalo más a menudo.

—Pues a mí me gusta que hable en sordina.

—*Abrendí* a hacerlo en una *agademia*.

El tono de voz de ella cambia:

—Siento haber dicho eso de su hermano gemelo.

—No pasa nada. Yo tampoco puedo soportar a ese calzonazos.

—Que Kvist se haya esfumado no demuestra nada.

—No se ponga cursi.

Oye una voz de fondo. Nowak.

—Un segundo —dice Demirci, y tapa el móvil.

La nieve se derrite en la boca de Pavlik. La jefa vuelve a ponerse.

—Sascha nos ha dado las instrucciones de la entrega. Regional exprés Berlín-Angermünde. Salida dentro de cincuenta y siete minutos. Más adelante nos hará saber cuándo y dónde hay que lanzar la bolsa desde el tren.

—¿Pasa ese trayecto por Finow?

—Todavía no lo sé. Voy a informarme.

Ya han recorrido mentalmente la casa cuatro veces. Todos los pasos de la planta baja y la primera, trece escalones de piedra, un giro a la derecha después del octavo. Han llegado al dormitorio y a la habitación de invitados, al cuarto de Vera, su refugio, donde le gusta sentarse a leer biografías de actores, un cuarto de la plancha. El desván no está habilitado. Aaron sabe dónde están las lámparas, de pie o de techo, conoce el mobiliario, el revestimiento del suelo, el papel pintado, el color de las cortinas. Si la puerta del trastero estuviera abierta, podría echar a correr y llegar a cualquier habitación, a cualquier mueble, sin golpearse con nada más que una o dos veces.

Sin embargo, Vera sigue sin confesarle dónde está el revólver.

Hay otra sala pequeña, la sala interior de Aaron. Allí ha estado reflexionando. Ella escondería el arma en algún lugar donde, en caso de necesidad, enseguida pudiera encontrarla. Un ladrón, de noche. Por eso hace rato que se ha decidido por el dormitorio. Solo puede estar en el lado de la cama del marido de Vera. Justo a la izquierda de la puerta. Pero ¿debajo de la cama o en la mesilla de noche? Eso supone una diferencia enorme; Aaron tendrá que decidir hacia dónde echar las manos en una fracción de segundo.

Un vehículo sale del patio. Un motor potente, no muy revolucionado.

—¿Cuántos coches tienen? —susurra.

—Tres. Mi deportivo, un Mazda, porque me gusta ir deprisa, nuestra furgoneta y el jeep de Klaus.

«Es la camioneta con la que hemos venido».

«O su furgoneta».

—Pero Klaus se ha ido con el jeep. —Vera encuentra un par de lágrimas olvidadas—. Si hubiera visto usted esa desgracia de pantalones… Perdón. Con ellos ha hecho de todo. Descuartizar presas, sacar el estiércol del establo, encargarse del cebadero. Y justo de eso tenían aspecto. Incluso se los ponía para sentarse a cenar. ¡Y cómo apestaban! Usted también se los habría tirado, ¿a que sí?

—¿Se los ponía también cuando limpiaba el revólver? ¿El del cajón de la mesilla?

Por el estremecimiento de Vera, su inútil intento de separarse de Aaron en esas estrecheces, su respiración que se acelera de pronto, sabe que ha dado en el blanco.

—Todo irá bien. No debe tener miedo.

—Por favor, no lo haga —suplica Vera.

Aaron quiere tranquilizarla, asegurarle que no le exigirá que vaya a por el arma, pero la puerta del trastero se abre sin hacer ruido. El olor de Ojos de Ficha se le mete por la nariz. Intuye un movimiento raudo. Vera lanza un suspiro. La puerta se cierra igual de silenciosamente y la cerradura gira.

—¿Vera?

Ningún sonido.

La voz de Aaron se pierde en su garganta.

—¿Vera? Vera, por favor, dígame algo.

Temblando, sus manos atadas buscan el cuerpo sin vida que tiene a su lado. El tórax de Vera está empapado.

Aaron huele sangre. Grita y grita y grita.

Ha soñado que Sascha tenía cuatro años y que por Navidad había pedido una excavadora de juguete, pero solo le traían zapatos y lápices de colores y una libreta. Ha soñado que el hombre al que una vez tuvieron que llamar padre empuja a Sascha escaleras abajo por primera vez dos días después de Navidad. Sin embargo, cuando el hombre al que una vez tuvieron que llamar padre abría la puerta, detrás estaba él, ese al que el hombre llamaba hijo, ese al que había enseñado a utilizar una sierra mecánica. Entonces cortaba al hombre al que una vez tuvieron que llamar padre por la mitad. Los dos trozos caían al suelo, a derecha y a izquierda, y aparecía allí un riachuelo que se los llevaba corriente abajo. Él estrechaba a su hermano y le oía decir: «No tenía miedo porque sabía que tú me ibas a proteger». Ha soñado que iban en coche a la ciudad con su madre y que ella le compraba a Sascha un helado de tres bolas y a él una camisa nueva. Que en casa comían algo con kétchup y que una corneja picoteaba en la ventana.

Ha soñado que su hermano lo observaba mientras dormía.

Que Aaron le clavaba un dedo entre las costillas en el río y él tenía que sentarse en el suelo a descansar, al lado del trastero, hasta que la mano envenenada lo soltara al fin.

«Ahora».

Que Aaron gritaba.

Despierta, pero todavía no abre los ojos. Se incorpora, oye los sollozos de Aaron al otro lado de la puerta, sabe lo que ha hecho su hermano.

Holm estira los músculos, siente cómo le obedecen, cómo fluyen y le llenan los tatuajes.

Entra en la cocina. Sascha está sentado a la mesa, fumando. Holm ve que su hermano disfruta de cada calada. La cosa durará cinco minutos, puede que diez. Sascha no levanta la mirada. Holm se coloca a su lado con tres pasos que son como uno solo. Golpea la cabeza de Sascha contra la mesa con tal fuerza que, cuando se la levanta tirándole del pelo y lo lanza a un rincón, en ella quedan estrías de sangre. Antes de que Sascha pueda sacar su Glock, Holm se arrodilla junto a él, tiene la Remington en la mano y le obliga a abrir la boca. Le mete el cañón del arma hasta que Sascha se atraganta.

—Habría sido mejor que nuestro padre te matara, porque así jamás habrías podido recordarme mi deuda. Ahora pagaré esa deuda permitiendo que salgas vivo de esta casa. Ve a buscar tu dinero. Como te atrevas a volver, escogeré para ti una de las muertes que he estado pensando para Aaron y he descartado.

Saca la Remington muy despacio de la boca de su hermano. Sus ojos son dos pozos sin fondo.

Sascha consigue a duras penas ponerse de pie. Recula ante la mirada de su hermano como un perro ante un bastón. La puerta de la casa se cierra. Holm aguarda inmóvil, está en otro tiempo, hasta que oye a Sascha irse con el Mazda.

Va al trastero y abre la puerta.

Aaron sale disparada hacia él.

Holm se balancea para esquivar sin esfuerzo su doble golpe con el canto de la mano, estrella los puños en los riñones de ella, la agarra y la lanza de nuevo al trastero, donde queda tirada junto a la mujer muerta. Holm ve sus lágrimas.

Se acuclilla en el pasillo. Sus pensamientos son tan claros y tranquilos como el mar tras una tormenta. Así que dice:

—La séptima virtud la sigo puesto que soy leal hasta después de la muerte. La sexta virtud la contemplo porque hasta el final actuaré con honor. La quinta me exige decir la verdad; también eso lo hago siempre. Por la cuarta virtud me dirijo a usted como «señora Aaron», y no con el nombre que querría darle. La tercera la respeté al taparla con el abrigo cuando se estaba muriendo de frío. La cantidad de esfuerzo que requiere la segunda virtud es algo que acabo de aprender; para renegar de mi hermano me ha hecho falta más coraje que para cualquier otra cosa. La primera, no obstante, es la principal. La rectitud. Esa es la virtud que la ha llevado a usted a colocarse ante el autocar con los brazos abiertos. A mí me obligó a confesar que amaba a la hija de Ilia Nikulin. Su pequeña Natashenka, que lo era todo para él. Aunque sabía que jamás me permitiría pasar ni un solo minuto de felicidad con ella. Él había sacrificado a su hijo y había visto morir a su hija mayor. Su peor miedo era que también Natalia tuviera que cerrar los ojos; por eso ocultó que era su hija. Igual que el hombre al que tuve que liquidar por él en Londres, ella llevaba una vida discreta bajo otro nombre. Nikulin le regaló una empresa legal que no tenía ninguna relación con sus negocios. Además, insistió en que allí pareciera solo una empleada; tal era su miedo. La rectitud incluye también la justicia. Usted conoció a Natalia, pues era la mujer a la que mató en el aparcamiento subterráneo del hotel Aralsk.

34

El trayecto del tren pasa a cinco kilómetros escasos del aeródromo —le hace saber Demirci—. Cruza Barnimer Heide, una enorme zona boscosa. Siete pueblos en un área de quince kilómetros, muchas granjas apartadas. La policía está alertada, pero les he ordenado que no se dejen ver. Tardaríamos días en peinar la zona, eso sin contar con que solo serviría para espantar a Holm.

Pavlik habría procedido exactamente igual. Sabe que todo se decidirá allí, en Finow, entre la colina sobre la que está apostado y la del otro lado, la del claro que vigila sin pausa. Sus pupilas se contraen con dolor. La voz de Demirci es la única razón para no ceder a la tentación de cerrar los ojos solo cinco minutos. Ella le ha hablado de cómo creció, una chiquilla turca en una pequeña ciudad de Hesse en la década de 1970, de las burlas de los demás niños —«¡Comeajos!», «¡Morita!»—, de los profesores que la sentaban siempre en la última fila, de su primera amiga de verdad con doce años, hija de un inmigrante italiano, de los padres que le enseñaron a sentirse orgullosa de sus orígenes, de la Academia de Policía —«¿Qué viene a hacer aquí una de esos?»—, de los compañeros de su primer destino en Coblenza, a quienes les resultaba gracioso colgar en su taquilla un pañuelo para la cabeza, de su obsesión por querer ser la mejor.

Pavlik piensa en Aaron, en lo parecidas que son ambas mujeres.

—Mi superior se llamaba Himmler —dice Demirci—. Nunca pensó en la posibilidad de cambiarse el apellido, él estaba por encima de eso. Una vez que yo tenía la moral por los suelos, me dijo: «¿Quién sabe algo de usted? Solo un puñado de personas. Todos los demás dan igual, y eso…».

—Chsss —la interrumpe Pavlik.

En el claro se han espantado unos mirlos. Los mirlos son unos vigilantes muy fiables. Pavlik vira hacia el camino que lleva al punto panorámico. Ningún faro, ningún ruido de motor. Cuando vuelve a tener el claro en la mira, un zorro salta de debajo de un banco de picnic y dirige la mirada directamente al visor de Pavlik, que puede ver lo decepcionado que está el animal por saberse descubierto.

«Esa sensación la conocemos los dos, amigo mío. Pero tú no te rendirás, y yo tampoco».

—Falsa alarma.

—Hay algo que hace tiempo que quiero preguntarle —se decide Demirci—. ¿Por qué fue tan arisco conmigo el día que empecé en el servicio? Le tendí la mano, pero usted pasó de largo sin saludarme. ¿Fue algo personal, o es que ese día se había levantado con el pie izquierdo?

Pavlik guarda silencio.

—Un mal chiste, lo siento.

—No, si los mejores chistes de cojos los cuento yo mismo. —Demirci solo intuye su respiración. Al cabo de una eternidad, Pavlik vuelve a hablar—: En noviembre vino a vernos el MI5. Sospechaban que una célula del IRA Auténtico financiaba su lucha contra el Úlster con comercio de armas y crearon la tapadera de que había un alemán interesado en hacer negocios con ellos. Lissek me envió a Belfast. ¿Alguna vez ha estado allí?

—No.

—Pues no vaya. En los periódicos dicen que la guerra ha terminado. No es verdad. La célula era pequeña, inteligente, desconfiada. Pero mi prótesis era el camuflaje perfecto, como tantas otras veces. Conseguí ganarme su confianza. Discutieron conmigo de política y yo no tuve que esforzarme por compartir muchos de sus puntos de vista, si no todos. ¿Tienen esos hombres derecho a luchar por su patria? ¿Usted qué dice?

—Yo soy kurda.

—Pensamos lo mismo. Los días se convirtieron en semanas. Patrick O'Byrne era su cabecilla, ocho años mayor que yo. No pasaba por ninguna puerta, un tórax como un barril de Guinness, y en sus rizos podría haber anidado un pájaro. Con él pasé largas noches en pubs. Patty quería conocerme antes de hacer negocios conmigo, asegurarse de que las armas serían utilizadas para algo bueno. Ellos no eran la mafia, sino unos patriotas, decía. Y me contó qué lo había convertido a él en el hombre que era. ¿Alguna vez ha oído hablar de Long Kesh?

—No. ¿Qué es eso?

—Una cárcel que los ingleses construyeron para presos del IRA. Patty estuvo encerrado allí cinco años. Los carceleros le quitaban el colchón, la manta, la ropa, los zapatos, le ataban las manos a la espalda. Colgaban un cubo de agua delante de la ventana de la celda y esparcían añicos de cristal por el suelo, luego le obligaban a correr descalzo sobre ellos para no morir de sed. No sé cómo tienen las cosas los kurdos en las cárceles turcas, pero no será peor.

—No se puede conquistar un imperio si no se tiene cierta propensión a la crueldad. Y, en cuanto a los kurdos…, un sobrino mío le discutiría eso.

Un copo de nieve danza en el visor de Pavlik. Enseguida le llega compañía y se pierde entre muchos otros. Sucede lo que él había temido.

—¿Qué ocurre? —pregunta Demirci.

—La enemiga de arriba.

Ella enseguida sabe a qué se refiere.

—¿Mucha?

—Todavía no, pero pronto. —Ve un temblor como de una interrupción de la imagen y corrige el visor—. También yo le hablé a Patty de mí, pero nada sobre Sandra, los gemelos y la niña, sino sobre una villa vacía de Düsseldorf, un matrimonio roto, un hijo al que ya no me dejaban ver. Cuando salimos tambaleándonos del pub, completamente borrachos, y nos despedimos, yo crucé el barrio católico, que estaba separado del este protestante por una valla de ocho metros de altura; los ingleses la llaman la Peace Line. Había perros olfateando en la basura. Carros blindados, patrullas. Todo el rato creía oír pasos detrás de mí. En el hotel dormía con la Walther debajo de la almohada, sin el seguro.

—Sé de esa operación.

—No, no sabe nada. Estábamos junto al mar. Patty me abrazó. Quería hacer el negocio. Yo le susurré la verdad al oído. Al ver su mirada, creí romperme por dentro. Se marchó, y yo regresé a Berlín y le dije a Lissek que el MI5 contaba con información errónea. Sandra me hizo las preguntas adecuadas. ¿Cuántos hermanos tiene Patty? ¿Cuánto hace que está casado? ¿Qué música le gusta?

—¿Tiene hijos?

Por eso le está más agradecido a Demirci que por todo lo demás.

—John, Séamus y Maria. Ella tiene quince años, empezaba a salir con su primer novio. —Se le ha secado la boca, la tiene áspera—. La semana después, Lissek se despedía. Nos agarramos una buena borrachera en un pub irlandés, contamos viejas historias, juramos no cambiar ni olvidarnos nunca. El último brindis me tocó a mí: «Por que los muertos nos esperen». En ese mismo momento, un equipo del SAS atacaba en Belfast. Patty murió en el tiroteo. Me enteré a la mañana siguiente. Ese fue el día que usted empezó en el servicio. Me fui a casa y me puse a hacer leña. De todas formas quería comprar un nuevo armario para el salón.

Se pasa un minuto contemplando el temblor mientras Demirci no consigue pronunciar ni una palabra.

—No me haga esto —susurra ella después.

—¿Cortar leña en horas de trabajo?

—Está pensando en dejarlo. Eso es imposible, no puedo prescindir de usted.

—Al verla allí de pie al lado de Lissek, con el ramo de flores en la mano, pensé que si me detenía… —Se interrumpe—. El ramo de flores que… El ramo.

—Lo comprendo.

En ese mismo instante, Pavlik recuerda la primera vez que Aaron fue a su casa con Kvist. Se sentaron en el jardín y él fue a la cocina a por hielo. En la mesa estaba el papel arrugado del ramo de flores que Kvist le había llevado a Sandra. Lo tiró a la papelera.

Y vio un momento la pegatina.

«Eva Askamp. Mundo floral».

—¿Pavlik? —pregunta Demirci.

El temblor ha desaparecido de repente. La luna brilla entre nubes deshilachadas. Pavlik oye un motor, vira hacia la pista forestal y ve la camioneta que se acerca sin luces a la zona de picnic. Las nubes se abren, la luna ilumina toda la colina.

—Contacto —susurra Pavlik.

Corta la comunicación, le quita el preservativo al cañón y se mete nieve fresca en la boca.

A pocos kilómetros de la granja, Bosch se ha detenido a pensar por primera vez. Holm está enfermo. Bosch no sabe qué le ha ocurrido esas últimas horas, pero duda que sobreviva a esa noche. Y entonces él estará en manos de Sascha. No verá ni un céntimo del millón, solo puede esperar una bala.

Eso si regresa a la granja.

¿Qué lo mantiene vivo? Esa pregunta que parece tan sencilla es dificilísima de responder. Ya ni siquiera puede ponerse su traje de los domingos y salir a comprar flores para Simone y un regalo para Elias, decirles que todo irá bien. Entonces, ¿de qué sirve todo esto?

Ha seguido conduciendo por el bosque nevado, que parecía salido de uno de esos cuentos que le leía a Elias, y se ha detenido por segunda vez. Debe de haber algo que lo mantiene vivo, ha reflexionado. Porque, si no, no habría seguido con Holm, no se habría atrevido a tanto. Sí, eso le suena lógico.

Ha continuado de nuevo por el único camino y ha atravesado un pueblo en el que la gente salía de un restaurante. Una fiesta familiar, seguramente; un tipo hacía payasadas de borracho. Un coche ha salido despacio de su aparcamiento, Bosch ha tenido que esperar. Un hombre ha organizado una guerra de bolas de nieve con su hijo, que era de la edad que habría tenido Elias dentro de diez años. Bosch ha visto cómo el padre se dejaba engañar, se reía y levantaba las manos como si lo hubieran vencido.

En la salida del pueblo se ha detenido una tercera vez. De repente sabe que solo quería el dinero porque no lo han tratado como a alguien que se pasó tres horas medio muerto agarrado al patín de un helicóptero abatido hasta que lo sacaron del mar, alguien junto a quien su buen compañero Matthias había muerto ahogado porque había perdido el brazo y ya no tenía fuerzas para sostenerse, alguien que tuvo que mirar a la cara de su mujer cuando le quitaron los vendajes y por su expresión supo que sentía repugnancia.

Por eso quería el dinero: porque se lo había ganado.

Y si se lo hubieran dado todo habría ido bien. Al comprender eso, el miedo ha desaparecido. Ha sabido lo que haría. Iría a por ese Cessna, se elevaría por encima de las nubes, vería las estrellas y entonces cerraría los ojos y pensaría en algo bonito. Tal vez en cuando le tocó la mano a la niñita del lazo en el pelo en el autocar y ella le sonrió y dejó de llorar.

Va dando bandazos por esa pista que ya conoce porque a las ocho ha estado allí. Ha explorado con los prismáticos la torre, el hangar y los edificios, y no ha encontrado ninguna señal de que abajo estuviera esperándolos nadie.

¿O sí?

Ya no está seguro. ¿De verdad ya ha estado allí?

La camioneta queda oculta por los arbustos. Pavlik ve que Bosch se desliza deprisa bajo la luz de la luna, se tumba en un banco y se pone gafas de visión nocturna. Lo tiene en el punto de mira. Bosch pasa un minuto así, después cambia de postura y examina la colina de Pavlik. A este no le preocupa; la piedra sobre la que descansa el fusil lo protege a él de generar una huella térmica. La nieve en la boca le corroe los dientes, pero vuelve invisible su respiración. Tiene el dedo apoyado en el gatillo, su pulso en descanso es de veintiocho. Cualquier médico estaría tentado de darlo por muerto.

Bosch se incorpora, agazapado. El dedo de Pavlik no se mueve ni un milímetro, está fundido con el disparador.

Una sombra salta hacia Bosch. Parece que apenas lo toca, pero Bosch cae desplomado. La sombra se arrodilla sobre el hombre, un buen rato. Tiene la cara vuelta de espaldas a Pavlik, pero a él no le hace falta verla. Aunque una capucha ocultara ese pelo rubio rojizo, sabría de quién se trata. Kvist mata a Bosch con un puño rápido. Cuando corre hacia la camioneta, se sube y da la vuelta, Pavlik lo sigue con el cañón del Light Fifty.

Hace horas que sabe cuál es su objetivo. Un neumático. Antes de que Kvist arranque sin luces, Pavlik contiene la respiración. Puede aguantar así durante diez segundos hasta que la falta de oxígeno provoca un temblor apenas perceptible. La irregular pista forestal queda medio oculta por la vegetación, de manera que solo dispone de un punto para disparar. Un cortafuegos que no tiene más de dos metros de anchura. Al cabo de nueve segundos, la camioneta pasa por ese punto a gran velocidad. La concentración de Pavlik estaba enfocada a ese momento y, aun así, el disparo le ha sorprendido. Lo ha soltado inconscientemente un segundo antes, para conseguir que fuera perfecto. La bala penetra en el neumático trasero de la camioneta. La mayoría de los tiradores de precisión, hombres muy capaces, jurarían que un disparo así es imposible. Kvist no se ha dado cuenta de nada; puesto que era una bala encamisada, la camioneta tardará varios minutos en acabar con el neumático deshinchado. Pavlik está eufórico. Corre hacia las Ford con el fusil y arranca el camuflaje de una con dos tirones. Se quita el *ghillie*, se pone al volante y regresa a toda velocidad.

El mundo de Aaron es pequeño. Consiste en el trastero donde está agazapada. En el cuerpo frío de Vera a su lado. En el silencio con el que Holm la contempla desde hace una eternidad, el silencio ante sus preguntas susurradas, siempre las mismas. ¿Qué clase de persona era Natalia? ¿Desde cuándo sabe que la mató Aaron? ¿Qué ocurrió en Barcelona?

Está a punto de pensar que nunca más volverá a oír su voz, que la matará sin haberle dicho la verdad, como si nada, como si fuera una carga, apenas un estorbo para su luto.

Y entonces Holm rompe el silencio:

—Su gran belleza no era la razón por la que la amaba. Tenía los ojos verdes, igual que usted. Pero no era por eso. Adoraba a los poetas rusos, igual que yo. Pero no era por eso. Podía entrar en una sala y, en ese preciso instante, uno se daba cuenta de que hasta entonces había estado a oscuras. Tampoco era por eso. Fue a su hermano mellizo, Anatoli, a quien su padre dejó atrás en la casa de Ojos de Hielo. Ella habría podido odiarme por lo ocurrido, y también por haber ocupado el lugar de Anatoli. Sin embargo, el día en que se enteró de cómo había muerto, yo estaba en el parque de la gran casa a orillas del lago y ella se acercó a mí, me puso una mano en la mejilla y dijo: «Ahora tienes una familia».

Aaron ve rebotar sus palabras como piedras sobre el agua, y cada vez que golpean es una punzada de dolor.

De él y de ella.

—Y en ese instante supe lo que sentía por ella. Lo oculté. Como nunca había experimentado amor, mi temor ante algo así era tan grande como ante un sótano. Sin embargo, una vez fui descuidado y mi padre vio cómo miraba a Natalia mientras ella se ponía en el pelo una camelia, su flor preferida. Su mano cayó pesada en mi hombro y me dijo: «No te está permitido». —Pasa un rato, después las piedras vuelven a saltar—. Natalia y yo éramos entonces muy jóvenes, pero mi padre ya había decidido mi vida. No me preguntó si lo había entendido. No tuvo que advertirme sobre el precio de la desobediencia. Los años siguientes, Natalia y yo nos vimos en muy pocas ocasiones, solo en las celebraciones familiares. Ella siempre me acariciaba la mejilla y sonreía. Nada más. Aun así, creí comprender que sentía lo mismo que yo.

Aaron oye que Holm quiere sollozar y no puede.

—¿Qué mató a Natalia? No fue su bala, no la acuso por esa bala perdida. ¿Qué la mató de verdad?

—Mi ambición —susurra ella.

Las bocas de las armas escupen destellos rojo anaranjado. Aaron vuela por el aparcamiento subterráneo del hotel Aralsk.

El asesino a sueldo la persigue entre las hileras de coches. Es rápido, un depredador inteligente. Cada vez que ella levanta la cabeza una fracción de segundo, él dispara. Una bala le ha hecho un rasguño en la sien, le corre sangre por la cara. En su cargador de reserva solo quedan cuatro cartuchos; en el de la Glock de él, doce aún, aunque la ha acribillado con una lluvia de balas. Aaron salta en plancha por encima de un capó mientras dispara contra el hombre, pero una bala la detiene a mitad del movimiento. Aaron cae al suelo. No siente nada. Ve que él sale de su escondite sin prisa. La cree muerta, o incapaz de moverse. Cuando ella levanta la Browning, se sorprende. Su disparo es pura irreflexión; ha apuntado a la mano de la pistola. La Glock golpetea contra el suelo. Aaron oye un grito, pero no de él, y está demasiado aturdida para darse cuenta de lo que ha pasado. En un acto reflejo vuelve a disparar, esta vez apuntando al vientre. El hombre la mira desconcertado y cae de rodillas. Aaron logra ponerse en pie, se toca el orificio de entrada en la cintura, luego el de la espalda, y comprende que la bala la ha atravesado limpiamente. Se acerca al hombre, se dobla, se arrastra. Se incorpora a pesar del repentino dolor ardiente y aparta la Glock de una patada. Entonces ve a la mujer. Está tirada junto a la puerta de acceso al hotel, inmóvil, y en el lado del corazón tiene un agujero que mana como si fuera una fuente.

El hombre está arrodillado delante de Aaron, se aprieta el vientre con ambas manos, respira igual que lo hará Niko en Barcelona. Le suplica con la mirada. Ella lo mira desde arriba, con menos compasión que nunca antes ni después, y le mete su última bala entre los ojos.

Ese recuerdo es como una mancha de nacimiento.

—Siempre que oía la voz de Natalia, oía también la de mi padre. «No te está permitido». No sabía si ella correspondía mis sentimientos, ni qué era lo que me daba más miedo: si tener razón o estar imaginándolo todo. Nuestro contacto más íntimo fue un beso en la mejilla. Nunca he tenido nada más profundo con ninguna otra mujer. Pasaron muchos años. No siempre pensaba en ella, no cada segundo, como en los folletines, pero a veces estaba en un ascensor, o en un coche, o tumbado en la cama, y el hecho de saber que no me estaba permitido desearla hacía que el mundo se detuviera y me enfurecía. En el invierno de hace once años tuve que encargarme de un asunto rutinario. Maté en una floristería a un hombre que se había entrometido en nuestras cosas. Cuando él cayó, arrastró consigo al suelo una maceta. Era una camelia blanca. Quedó tirada junto al hombre; la sangre que manaba de su boca manchó un pétalo. Me quedé mucho rato allí. El dueño de la floristería echó a correr, a mí me daba igual que avisara a las autoridades. De repente supe que tenía que tomar una decisión. Esperar hasta que me llevaran detenido, o confesarle mi amor a Natalia. No existía una tercera posibilidad. —Vuelve a encontrar nuevas piedras—. ¿Alguna vez le ha dicho a un hombre lo que siente por él?

«Demasiado tarde. En el túnel ya era demasiado tarde».

—No.

—¿Por qué?

Aaron no puede responder.

—Se avergüenza, ahora que es consciente de ello, de que aquel al que usted creyó incapaz de amar estuviera dispuesto a morir para demostrar sus sentimientos. Sin embargo, fui un cobarde. Los samuráis decían que quienes aman son las personas más audaces. *Bushi no nasake.* Usted sabe lo que significa.

—La ternura del guerrero.

—Yo amaba sinceramente, pero me faltó valor para demostrarlo hasta el momento de morir. Usted, sin embargo, estaba dispuesta a hacerlo. Eso lo respeto. Yo no conseguí ese dominio superior. Igual que me faltó valor para presentarme ante Natalia. —Aun en el silencio, las piedras saltan diez veces antes de hundirse—. Le escribí la única carta que he escrito en mi vida. Es difícil poner sobre un papel palabras que no has pronunciado nunca. Todas ellas las conoces, y todas te son ajenas. Si mis ilusiones no eran infundadas, le pedía que se reuniera conmigo en San Petersburgo, huyéramos juntos y lo dejáramos todo atrás. Me escabullí de mi padre como un ladrón. Tampoco me despedí de mi hermano. Le había dado ya todo lo que podía. No me llevé nada más que ropa. Tres días y tres noches esperé en San Petersburgo. Fui a la orilla del Nevá, vi cómo un puente enorme se abría para que pasara un barco con farolillos, y aguardé. Recorrí callejuelas en las que veía a desconocidos abrazándose, y aguardé. Susurré su nombre en la oscuridad de la habitación de mi hotel, y aguardé. Al final de la tercera noche supe que no vendría. De nuevo fui al Nevá. Todo en mí se había extinguido, ya no tenía ningún hogar. ¿Fue así como se sintió al despertar en Barcelona y buscar el mundo en vano?

—Sí.

—Cuatro hombres aparecieron en la orilla. Querían matarme. Cuando vi sus cadáveres flotar en el río, volví en mí. ¿Quién los había enviado?

—Nikulin.

—Mi padre. Había interceptado la carta para Natalia, que no llegó a recibirla. Todos esos años había desconfiado de mí. Nunca fui libre y no lo sabía. Esa misma noche, usted la mató. Me sonó el teléfono y yo me golpeé la cabeza contra todos los espejos, igual que hacía mi padre en ese mismo momento. Volé a Moscú para demostrarle en qué crueldades me había hecho experto, pero Fiódor, con sus ojos tristes, ya había firmado su declaración y la orden de detención contra mi padre fue ejecutada. El avión tuvo un problema técnico, por eso llegué media hora tarde. Aun así, vi cómo lo sacaban a la calle esposado. Nuestras miradas se cruzaron. Él supo leer la mía. ¿Cómo murió?

—Se quitó la vida en prisión preventiva. Desenroscó el sifón del lavamanos y golpeando con él consiguió una esquirla de porcelana con la que se abrió las venas.

—¿Nunca le pareció extraño? Tenía comiendo de su mano a la mitad del aparato judicial, le habría resultado fácil salir libre. ¿Un suicidio? ¿Encajaba algo así con él, aun teniendo en cuenta la muerte de su Natashenka? No, a ese hombre nada habría podido doblegarlo. Cuando usted regresó de Rusia le otorgaron una condecoración y la destinaron al Departamento. ¿Y por qué? Por haber matado a una mujer más amada de lo que usted será amada jamás. Por haberme roto el corazón. Aparte de eso, no consiguió nada. No fue usted quien destruyó el imperio de Ilia Nikulin. Fui yo. Pagué a dos guardianes de la prisión de Butyrka para que lo mataran. Dejaron que se desangrara y se quedaron a mirar, y yo les pedí que me contaran cómo había sido. Eso habría tenido que hacer usted con Boenisch. Créame, habría sido una satisfacción mayor que un tiro en la cabeza en un aparcamiento subterráneo. Fue la última vez que toqué dinero de mi padre. Conozco todas sus cuentas, las que nunca se encontraron. Solo en Riad sigue habiendo dos mil millones de dólares. Antes me arrancaría una mano que coger un céntimo de ahí. Alargue las suyas.

Está paralizada, presa en un capullo de miedo.

—¿De verdad piensa que ese sería su castigo?

Aaron le tiende las manos temblorosas.

Holm le corta la brida. Ella oye cómo se desabotona la camisa pero se detiene.

—Quería enseñarle algo. Dejar que sus dedos se deslizaran por la camelia blanca que tengo sobre el corazón. La camelia que planté en la tumba de Natalia. Sin embargo, ahora no quiero que su mano vuelva a tocar mi pecho. Me resultaría insoportable.

Y a ella también, pero no por repugnancia.

—Hace mucho que me tortura la pregunta de si Natalia me habría seguido de haber leído mi carta. Si estaría viva aún, porque la noche que usted fue al hotel Aralsk yo la habría estrechado entre mis brazos en San Petersburgo. Si maté con razón también a mi segundo padre o si él no tuvo ninguna culpa. —Las piedras saltan en una cadena interminable—. ¿Abrazó usted a Natalia? ¿Le dijo algo? ¿Pronunció mi nombre?

Entonces Aaron lo comprende. El ansia que siente Holm por que ella recupere la memoria es tan imperiosa como la de ella misma. Por eso le ha contado su historia en lugar de matarla hace rato. Para hacerla recordar. Y que lo libere. Porque se aferra desesperadamente a la esperanza de que la mujer a la que amaba pensara en él en el momento de morir.

Sin embargo, ella no sabe si fue así. La última imagen del aparcamiento subterráneo es el disparo entre los ojos del asesino.

—No me acuerdo —susurra.

—Déjeme ayudarla, sé qué es lo que la bloquea. —Palabras como ceniza—. Le he dado vueltas sin parar a su castigo. Podría disparar mi arma junto a su oído para que le revienten los tímpanos y se quede sorda y ciega, para siempre encerrada en un cuerpo que sería un calabozo aislado. He pensado en cortarle también la lengua. Pero ¿no sería eso demasiado poco? ¿Y si matara también a todos los que significan algo para usted? ¿Incluso a todos aquellos para quienes ha tenido una buena palabra, como la mujer que le limpia el apartamento o el acomodador de su cine preferido? Todavía sigo sin tenerlo claro. ¿Qué le parecería razonable?

Si Aaron tuviera fuerzas para gritar, lo haría.

—Su peor castigo, sin embargo, ya está decidido. Se lo prometí a Natalia la última vez que planté una camelia blanca en la tumba de Moscú: durante el tiempo que voy a concederle, tendrá que vivir con el hecho de que el único hombre al que ha amado fuera el culpable de que se quedara ciega.

No es él quien lanza las piedras sobre el agua; es ella. Está de pie en la orilla, delante de toda una escombrera de guijarros. Cada una de las piedras que sostiene en su mano pesa tanto que es imposible que salte sobre las olas. Y sin embargo, lo hace.

—¿Qué quiere decir con eso? —susurra.

—Piénselo bien.

De repente Aaron ya no está en la orilla, sino sobre la montaña con la que soñó porque allí arriba sería definitivamente libre. Bajo ella se abre un abismo, sin embargo. Las piedras empiezan a resbalar, el recuerdo la arrastra consigo como un alud. Se precipita en un único torbellino hacia la nada y grita.

Tiene a Niko en sus brazos. Él se atraganta con su propia sangre, tose para librarse de ella, tira de Aaron hacia sí con sus últimas fuerzas.

«Queríamos repartírnoslo. Me prometió que no te haría nada. Déjame ir. Tienes que hacerlo».

Mientras ella va a toda velocidad por la ronda, ni una sola vez se le pasa por la cabeza pedir ayuda para él.

—Usted huyó porque quería que yo lo matara —dice Holm.

Aaron se sumerge en las luces fluorescentes del túnel de la plaza de Drassanes. Holm coloca su Audi junto a ella sin ningún esfuerzo. Se miran. Un instante que perdura más que el tiempo mismo. Ahora que la onda de choque se estrella contra su corazón, sabe que un segundo antes del relámpago que sumió su mundo en la niebla no lamentó no haberle dicho nunca a Niko que lo amaba.

Su último pensamiento fue: «A Boenisch lo dejé vivir; a ti, no».

35

La pista nevada se pierde en el bosque. Él está frente a la puerta trasera abierta de la camioneta y tiene ante sí el neumático de repuesto pinchado. Sabe que su única oportunidad consiste en detener un coche, y también que en esa zona apartada y a esa hora no hay nadie de camino a ningún sitio. Consulta el reloj. Cuatro valiosos minutos han pasado ya. El móvil se lo ha dejado en Berlín porque habrían podido localizarlo. El todoterreno robado lo ha aparcado en el emplazamiento forestal desde el que se ha internado en la maleza para llegar al claro. Demasiado lejos, a una media hora a pie. Con eso se le acaban las opciones. No es el viento lo que le hace congelarse, ni el frío. Es la desesperación, y también la certeza de que ha tomado una decisión equivocada al llevarse la camioneta para no despertar ninguna sospecha cuando se acercara a la granja.

Faros.

Primero relucen en las copas de los árboles y enseguida abren dos agujeros en la negrura. Qué alivio siente. Se coloca en medio de la pista y levanta una mano. La otra la tiene preparada para sacar la Makárov si el coche no se detiene.

No será necesario.

Antes de que el conductor frene y baje, Kvist ya sabe quién es.

A Pavlik nada lo desconcentra. Ni la tristeza ni la ira, ningún recuerdo. También su mano derecha cuelga encima del arma, su Walther. El bosque silencioso se curva por encima de él, lo absorbe, le transmite su calma.

—No deberías haberle llevado flores a mi mujer.

—Sabía que en algún momento atarías cabos.

—¿Quieres decir algo más?

—Puedes huir eternamente de algo, pero siempre llevas contigo el único error que has cometido. —Kvist tiene la cabeza gacha, su voz apenas suena a mayor volumen que el viento.

Pavlik no se deja confundir por ello.

—Aquella vez, en Kabul, maté a un hombre inocente. Jörg Aaron me llamó criminal.

—Una palabra adecuada.

—Conseguí olvidarlo, pero aquel pastún tenía un hijo. Trabajaba en Kabul como intérprete en la embajada estadounidense y en un asalto le salvó la vida al residente de la CIA. Estaba en peligro, así que le concedieron un visado para Estados Unidos. El americano pagó su deuda haciéndole saber quién había matado a su padre y dónde podía encontrarme. El hombre quiso vengar su muerte. Yo no tendría que haberle clavado mi cuchillo en el cuello, pero en sus ojos vi al otro, al hombre de Kabul. Que su hijo siguiera respirando me habría acusado de por vida. Hice desaparecer su cadáver.

Pavlik no necesita ninguna cinta métrica para saber que se encuentra a un metro exacto a la izquierda de la Ford, junto a la puerta cerrada, un cuerpo por detrás del eje delantero. Piensa en las costillas que le ha golpeado a Kvist… ¿Se las ha roto? Tiene el viento a su espalda, que sopla la nieve hacia la pista y la lanza contra las perneras de Kvist.

—¿Por qué no te lo confesé a ti, o a André? ¿Qué habríais pensado? Que Jörg Aaron tenía razón. Habría podido afirmar que fue en defensa propia, pero aun así habría tenido que reconocer mi culpa. Ante mí mismo. Dejé de dormir por las noches, perdí todo punto de apoyo. Como si el mundo fuera de cristal. No estaba seguro de seguir vivo.

Habla despacio, podría decirse que cada palabra le resulta infinitamente difícil. Sin embargo, Pavlik sabe que Kvist quiere ganar tiempo para luchar hasta el final. Él hace lo mismo.

«Un duelo de pistolas no. No tendría ninguna oportunidad contra él».

—A través de un rumano entré en el mundo de las apuestas deportivas. La liga de segunda división china, combates de kick boxing en Malasia y cosas así. La adrenalina me ayudó durante un tiempo, pero después empecé a perder. En algún momento estaba tan ahogado por los números rojos que ya no veía ninguna salida. Empecé a pagar con dinero falso incautado.

—André te descubrió —dice Pavlik.

—Yo tenía que entregarme cuando él volviera de Praga. No te haces una idea de cómo me alegré de que te emborracharas tanto. Si no, también habría tenido que matarte a ti. Recosté su cabeza en mi regazo y le cerré los ojos. Pero no dejé de apostar. Era como si en Praga hubiera muerto otro con André. Y ese otro murió también cuando me pediste perdón por no haber estado conmigo. Murió más adelante en Barcelona, y esta mañana en un ascensor. No creerías cuántas veces puede morir uno.

—Te doy mi palabra: hoy morirás por última vez.

—Cada vez perdía más. Esos tipos me dejaron muy claro lo que implicaba tener deudas con ellos, pero conocían una solución. Me pusieron en contacto con Holm. Fue él quien tuvo la idea del Chagall. Me dio su palabra de que a Jenny no le ocurriría nada.

Pavlik casi no soporta oír el nombre de ella saliendo de la boca de Kvist. Ve cómo relaja la musculatura. Un ligero estiramiento de los hombros, del cuello. La mano izquierda parece colgar dormida mientras los dedos se desperezan con tanto disimulo que la mayoría lo habría pasado por alto.

Pero ¿cuánto hace que se conocen?

—En Barcelona respiré mi propia sangre. Le dije a Jenny quién soy. Por eso me dejó allí. Cuando desperté en el hospital, estaba convencido de que todo había acabado y fue una liberación. Sin embargo, no ocurrió nada. No lo entendía. Fui a verla a su habitación, su padre estaba allí. Nadie dijo nada. Pensé que me estaba encubriendo. Me impresionó tanto que salí al pasillo y caí de rodillas. Durante cinco años he vivido con miedo de Holm y de ti, y avergonzado.

Pavlik nunca se perdonará no haberse dado cuenta.

—En algún momento llegué a creer que estábamos en paz. Él no había conseguido el dinero en Barcelona; yo, en cambio, dos balas. No obstante, el invierno pasado me lo encontré de repente y me dijo que quería trasladar a su hermano a Tegel. Que necesitaba una novia para él, nada más. Sonaba justo. Yo había conocido al marido de Eva Askamp, otro jugador. Me acordé de su mujer y de que las cosas no le iban bien después de su muerte. Accedió por una cantidad ridícula.

—¿Y no te extrañó que alguien como Holm se pusiera en contacto contigo para encontrar una novia por correspondencia? Para algo así habría tenido a cientos más —se burla Pavlik.

—Sí, pero preferí no pensarlo. Solo cuando Boenisch entró en juego lo entendí. Ese era el castigo que Holm me tenía reservado: que le entregara a la mujer a la que amo. Ayer por la noche supe toda la verdad, que ella perdió la memoria y que desde entonces se tortura por haberme dejado en la estacada. Al salir del hotel, un hombre me preguntó la hora y yo lo tumbé de un golpe.

La voz de Kvist es cada vez más tenue, las palabras ya solo gotean. Pavlik sabe por qué. Porque así tiene que concentrarse en entenderlo, y se distrae.

—No la dejé ir al autocar porque me lo suplicara, sino porque esperaba que entonces recordase.

—Tienes una boca.

—Quería hacerlo, pero cuando me buscó con los ojos y me tocó la mano comprendí lo que le había hecho y mi boca no quiso obedecerme. —Sus dedos vibran sobre la Makárov—. Bosch me ha dicho dónde están escondidos. Ven conmigo. La salvaremos. Es todo lo que te pido.

—No volveré a darte la espalda jamás. Por ella y por André pagarás aquí y ahora, en esta nieve.

—Quiero explicárselo. Verla una vez más.

—Te envía saludos.

—Sin mí nunca sabrás dónde están.

—No puedo creer que un día te considerara mi amigo. Eres un mierda, nunca has tenido honor, no has existido.

—Jamás me venciste en los entrenamientos.

—Cierto: solo eran entrenamientos.

—Hasta luego, capo Pavlik.

—Hasta luego, cobarde.

Cuando la Makárov vuela en la mano de Kvist, Pavlik ya está rodando bajo la Ford y al mismo tiempo saca su Walther. Dispara tres balas rápidas, pero Kvist ha saltado en plancha desde la luz de los faros hacia la oscuridad. Los ojos de Pavlik examinan la pista. No. Habrá elegido el camino más corto, se habrá sumergido en la vegetación de la derecha. La Ford no le interesa para nada: Pavlik tiene el mando a distancia y Kvist sabe que es imposible reventar el dispositivo antirrobo.

Gira para ver la linde del bosque. A tres metros; en medio, una cuneta. Si sale arrastrándose de debajo del vehículo por ahí se lo pondrá en bandeja. Pavlik rueda hacia el otro lado y echa a correr agachado pista arriba. Una de las balas que lo siguen le atraviesa la manga izquierda del mono, pero solo le roza el brazo. Pavlik se lanza a la cuneta y aguza el oído.

Unas ramas que se parten. A la izquierda. Kvist se interna en el bosque, deja que vaya a por él. Pavlik avanza cuerpo a tierra por la maleza y serpentea a través del terreno helado mientras calcula sus posibilidades. Kvist tiene once años menos que él, está en mejor forma y le supera con la pistola; Pavlik, sin embargo, cuenta en su columna del haber con su visión, sus conocimientos de francotirador, que le ayudan a leer rastros y orientarse, su experiencia y las costillas de Kvist.

En la lucha cuerpo a cuerpo no tienen nada que envidiarse. Ambos prefieren los golpes de brazo del krav magá y desconfían de la elegancia del kárate.

Pavlik llega a una cuesta. Interpreta la nieve, las huellas de calzado planas y frescas. Un cauce helado se pierde entre unos pinos con una pendiente de treinta grados. Más abajo, los árboles se elevan como un muro negro. Disminuye la respiración, ya solo intuye los latidos de su corazón. Oye unos crujidos tan suaves como si fueran sus propias cervicales. A veinte metros pendiente abajo.

Se desliza por el cauce, apenas necesita ayudarse de las piernas, resbala sin hacer ruido hacia abajo y se detiene. Kvist se ha quitado la cazadora, está tirada a la izquierda. El rastro sale del cauce.

Sin embargo, una de las pisadas en la nieve es demasiado honda. Enseguida comprende que Kvist ha saltado desde ahí al otro lado, para engañarlo. Pavlik levanta el codo derecho, esquiva el golpe de Kvist, gira. Sus piernas se cierran sobre el tronco de Kvist y lo catapultan hacia el cauce con tal fuerza que los dos resbalan. Se deslizan como en una pista de bobsleigh hacia la depresión del terreno con la cabeza por delante; Pavlik de espaldas, Kvist sobre él. Los dos sueltan las armas, se traban el uno al otro a base de golpes rapidísimos. Los puños de Pavlik descargan un redoble en las costillas de Kvist. Este une tres dedos como una punta de lanza para clavarlos en el ojo de Pavlik, pero él lo intercepta con la mano izquierda y consigue estrellar el puño derecho bajo la barbilla de Kvist. Siente cómo le parte la mandíbula. Cuando quiere darle un golpe de martillo con el puño, el talón se le engancha en una raíz. La prótesis pierde presión y salta de su sitio. La tenaza con la que tiene agarrado a Kvist se suelta. Pavlik quiere impedirle que se lleve la mano a la pantorrilla porque sabe lo que tiene ahí, pero llegan a un saliente y caen tres metros en vertical.

Pavlik se da de espaldas. El dolor lo corroe como un ácido a través de las vías nerviosas y lo deja inconsciente unos segundos. Cuando vuelve en sí, ve a un Kvist borroso de pie por encima de él; en sus manos tiene el cuchillo que le ha clavado a Pavlik en el abdomen mientras caían.

—Tendrías que haberme hecho caso.

—Tengo que decirte algo más. —La voz de Pavlik lucha contra los susurros de la sangre en su cabeza.

Kvist se inclina hacia él para entender mejor sus palabras y entonces Pavlik le clava cinco dedos rígidos en el flanco, tan hondo que desaparecen hasta el último nudillo antes de hacerlos girar. A Kvist se le saltan los ojos de las órbitas.

Se hunde de rodillas a cámara lenta delante de Pavlik. Quiere gritar.

Pero esta vez sí que su boca se niega a obedecerle definitivamente.

—Le enseñé muchas cosas a mi hermana pequeña —susurra Pavlik—. Y ella a mí. Esto se llama «mano muda». Sé que ahora entiendes todas las palabras, solo que ya no puedes moverte ni hablar ni respirar. Demuéstrame ahora qué es *sisu*.

Contempla cómo Kvist se asfixia muy despacio. Cuando su rostro cae en la nieve sin emitir sonido alguno, Pavlik también quiere quedarse ahí tumbado. Le cuesta horrores buscar su móvil a tientas. No lo encuentra. Cualquier idea es una estrella que enseguida se extingue. Tarda un tiempo en darse cuenta de que debe de haberlo perdido durante la pelea, en algún lugar de ahí arriba. El micrófono de garganta no le sirve de nada, está fuera del alcance.

Pavlik se arrastra hacia la pared de roca. No sabe cómo, pero consigue ponerse de pie. Por encima de él se bambolea parte de la raíz que le ha arrancado la prótesis, es lo bastante larga para poder agarrarla con ambas manos. En su abdomen siente un fuego que le arde hasta en la punta del pelo. Se impulsa hacia arriba, cree que en la vida lo conseguirá, pero es capaz de alcanzar el saliente con la mano derecha y palpa hasta encontrar un asidero de roca. Con un último esfuerzo desesperado logra impulsarse por encima de la pared. Es como si el cuchillo se le clavara una segunda vez. Oye su respiración, que le resulta ajena. Quiere echarse a dormir.

Sus ojos ya se han cerrado a medias cuando descubre la prótesis a solo medio metro de donde está.

«¡Muévete!».

«Demasiado lejos».

«¡Venga!».

Se estira, somnoliento como un perezoso, y consigue alcanzar la prótesis. Se la coloca, abre la válvula que genera la presión, siente cómo se adhiere la caña a su muñón.

«¡Sigue!».

Escarba en la nieve, intenta avanzar. Pronto abandona toda esperanza de encontrar el móvil o alguna de las armas. No sabe cuánto tarda en ver por fin la carretera, los faros de la Ford.

Su abdomen es ahora de hielo; todo lo demás, una brasa. Ya solo tiene que superar la cuneta.

«¡Puedes hacerlo! ¡Puedes hacerlo! ¡Puedes hacerlo!».

Pavlik se levanta apoyándose en la camioneta con la que ha llegado Bosch, consigue ponerse tras el volante y, al hacerlo, grita de dolor. Ahora sabrá si él tenía razón y Bosch, a causa de sus problemas de memoria a corto plazo, ha introducido la dirección del escondite en el sistema de navegación. Si se ha equivocado, ya no encontrará fuerzas para arrastrarse hasta la Ford y marcharse de allí. En ese caso, se quedará sentado sin más, esperando a morir.

36

Aaron sabe que Holm la está mirando desde hace una eternidad, que ha leído cada uno de sus pensamientos, ha presenciado cada metro que se precipitaba hacia el fondo del abismo, ha sentido cada una de sus muertes y está seguro de que no se ha dejado ninguna.

—En su momento intenté descubrir quién me había hecho aquello. La BKA la aisló a usted, y no lo conseguí, pero nunca perdí la esperanza. Cuando hablé con Kvist por lo del Chagall, le pedí información detallada sobre la agente que operaría como falsa experta en arte. Intentaba prepararme tan a conciencia como usted, e insistí en conseguir una copia de su expediente. No soy capaz de describir lo que significó para mí leer su nombre junto al de Ilia Nikulin, saber que mi búsqueda había llegado a su fin. Para eso habría que ser un poeta.

Aaron espera el final.

—En un principio quería utilizar otro cuadro robado para mi propósito, una naturaleza muerta de Cézanne que un desconocido había sustraído un año antes del Musée d'Orsay de París. Tuve que cambiar mis planes porque el cuadro reapareció, y me decidí por el Chagall a causa de Natalia y de mí. *Los soñadores,* esos éramos nosotros, pero solo como una ilusión, ya que nunca pudimos abrazarnos, aunque estuviéramos en lo alto de una cuerda floja. En Barcelona la estuve observando y vi cómo se arrimaba usted a Kvist y lo besaba. Entonces supe que mi elección había sido perfecta.

«Es cierto. También yo estaba sola sobre la cuerda floja. Entonces perdí el equilibrio y aún sigo cayendo».

—En el túnel me detuve. En mi interior arreciaba una ira que apenas lograba contener. La ira por haber cedido a mi odio y haberle disparado en la cabeza. Esperé desde lo más hondo que siguiera usted viva para poder hacerle la única pregunta. El coche había quedado volcado. Miré en el interior. Usted gritaba: «¡Mis ojos! ¡¿Dónde están mis ojos?!». En ese instante decidí tener paciencia y abrirle el primer infierno.

—Y entré en él —susurra Aaron.

—Aun así, la amaban y usted lo sabía. Eso es más de lo que nunca me fue concedido a mí.

—No, él jamás sintió nada por mí. Si no, no me habría hecho eso.

—Ya lo creo. Kvist era un jugador y estaba desesperado, por eso se dejó meter en el negocio. En Barcelona estuvo con él en un restaurante. Cuando se levantó para ir al baño, vi la mirada de él resbalar por su nuca. La misma mirada que le dirigió ayer en el aeropuerto, mientras usted fumaba y él la deseaba. También eso debo negárselo.

En un primer momento Aaron cree sentir un nuevo abismo bajo sus pies. Sin embargo, aunque parezca extraño, por muy ajena que le resulte la idea de que Niko pueda amarla, de que siempre la haya amado, consigue tranquilizarla más de lo que la espanta.

Eso significaría que desde hace cinco años sabe que es culpable y también ha vivido en un infierno.

«¿Qué sientes en él?».

«¿Me ves todas las noches y gritas?».

—Sí tengo un consuelo para usted: estoy seguro de que Pavlik ya conoce la verdad. Es demasiado inteligente para no haberlo descubierto. Kvist puede poseer unas cualidades impresionantes, pero no es rival para él. Pavlik es un hombre para quien el juramento que hizo por las leyes de su país vale menos que el amor que siente por usted, ya que también esa es una clase de amor. Matará a Kvist, no me cabe la menor duda.

«Sí. Si es así, lo hará».

—Cuántas certezas posee usted… Y yo, tan pocas. A mí solo me queda la mano de Natalia en mi mejilla, su sonrisa, la ternura con la que pronunciaba el diminutivo cariñoso de Vania, pues así me llamaba yo en Rusia, por el padre de mi padre.

Es como si el fuego de repente se quedara sin oxígeno. Aaron recorre su biblioteca como en un sueño, ve que cada cosa está en su lugar, abre seis puertas, luego la séptima, la última, y aparece en el aparcamiento subterráneo. Acuna la cabeza de la mujer en su regazo, sabe que una bala perdida de su Browning ha sido la culpable de ese manantial rojo. Los ojos de la mujer están mates como el barniz agrietado de un cuadro antiguo. Aaron le sostiene la mano. Está caliente. La mujer quiere decir algo.

Después de varios minutos en los que solo le aferra la mano, consigue pronunciar una única palabra con esfuerzo.

—Ahora vuelvo a hacerle la pregunta —dice Holm—. Si me niega la respuesta, completaré su castigo. Tenga en cuenta que por su voz sabré si me está mintiendo.

Ella inspira la ceniza que él exhala.

—¿Dijo algo Natalia antes de morir? Contaré hasta diez.

—No hace falta —susurra ella—. Le sostuve la mano hasta que estuvo tan fría como la mía y dijo: «Vaniusha».

«¡Ahora!».

Aaron se levanta de un salto dispuesta a luchar contra Holm, pero sus puños golpean en el vacío. Corre doce pasos hacia la izquierda, después a la derecha por el pasillo. Chasca la lengua una vez, vuelve a chascar. Veintitrés pasos más hasta el vestíbulo. Aaron no sabe si Holm la sigue, sus pies descalzos golpetean en el suelo, su respiración hace tanto ruido que suena como un único grito. La escalera. Ocho peldaños hasta el descansillo, giro brusco; Vera se ha equivocado por un escalón, Aaron tropieza, cree oír un ruido tras de sí, chasca la lengua, se levanta, sigue avanzando, arrastra consigo el miedo como si fuera un lastre de una tonelada. Cinco escalones más, esta vez es correcto. Tres pasos a la derecha, chasquido, esquivar la lámpara de pie, la puerta del dormitorio está abierta. Dos pasos raudos hasta la mesilla de noche. Abre el cajón de golpe, saca el revólver, un Colt, siente que está cargado, tensa el gatillo. Con las piernas abiertas, apunta el arma hacia la puerta. Jamás ha deseado con más fervor poder controlar su pulso.

Se ve allí de pie, temblando. Para calmar su miedo necesita a otra persona: la Aaron que solo mira.

La mujer del arma se tranquiliza porque la otra le ha quitado el temblor.

Ningún ruido.

Se lanza sobre la cama, aterriza de rodillas apuntando con el arma.

Nada.

De nuevo espera.

«¡Hazlo!».

Corre hacia la puerta y se lanza al suelo para atravesar el umbral, rueda, se golpea contra la pared, va hacia la escalera, chasca la lengua.

Ni rastro de Holm.

De repente sabe dónde está.

Se levanta como una sonámbula, baja la escalera, avanza por el pasillo hasta el trastero. Sigue allí sentado.

—Igual que usted, yo busqué mi camino durante mucho tiempo. —Habla apartando la cara de ella, volviéndole la espalda—. Cuando Ilia Nikulin me preguntó aquella vez por mi nombre, creí haberlo encontrado, pero me engañé a mí mismo. —Un cierre se abre—. ¿No es extraño que ambos, la misma noche, comenzáramos el mismo camino? Usted sigue el bushidō desde que ejecutó al hombre que le había enviado mi padre. Yo, desde que todos los espejos se hicieron añicos. Mi camino ha llegado a su fin. He cumplido mi destino, no siento pesar. ¿No quiere dormir por fin usted también? Tal vez pronto le sea concedido. Hace un rato le he dicho algo a mi hermano que no podrá olvidar. Ya habrá abierto una bolsa con papeles y en cualquier momento estará aquí para hacer lo que toda la vida le ha dado miedo hacer. Para entonces yo ya estaré muerto y no podré protegerla. —El acero se desliza al salir de la vaina—. Sabe usted que me lo debe.

—Sí.

Aaron le pone el revólver en la nuca.

Sabe que él se clava la daga de *seppuku* seis centímetros por debajo del ombligo, que tira de ella hacia la izquierda, la hace subir hasta debajo del esternón y se secciona la aorta. Holm no emite un solo sonido. Aaron nota cómo tiembla. Aprieta el gatillo y oye el cuerpo de él caer a un lado.

Llega un coche.

37

Solo han sido diez kilómetros, pero Pavlik no podría conducir ni uno más. Todavía consigue detener la Ford. Cuánta sangre… Las manos se le resbalan del volante, blancas como la nieve. Quiere apearse, lo desea muchísimo, pero su cuerpo se ha rendido en ese bosque y no deja que le ordene nada más. Se le cierran los ojos. Disparos. Tres balas que atraviesan el parabrisas pero no le tocan. Intenta esforzarse en entenderlo. Holm no habría errado el tiro, no a tan poca distancia.

Le cuesta horrores abrir los ojos, igual que arrastrarse pendiente arriba hace un rato. No puede ser, pero ve a Aaron de pie en la luz de los faros. Sostiene un revólver con ambas manos y vuelve a disparar. Pavlik siente la corriente de aire en la sien. Quiere alcanzar el tirador de la puerta, no lo consigue, lo intenta una y otra vez. Un proyectil se clava en el radiador. Por fin encuentra el tirador y se deja caer contra la puerta para abrirla.

—Aaron…, soy… yo.

Su voz suena a un volumen tan ridículo que cree que ella no podrá oírlo. Pero ve cómo echa a correr, se detiene delante de la furgoneta y busca, avanza a tientas.

De pronto está con él.

Pavlik llora, y hasta eso le hace daño.

Aaron le sostiene la mano. Conoce ese sudor frío. Un miedo terrible se apodera de ella.

—Tenemos que salir de aquí. —La voz no es la de él.

—¿Qué te ha pasado?

—Abdomen. Cuchillo. Tendrás que conducir.

Está paralizada.

Él quiere arrastrarse. Fracasa.

—Espera —dice Aaron.

Rodea el vehículo hasta el lado del copiloto e intenta no pensar en lo que le está pidiendo Pavlik. Abre la puerta, busca el tronco de él con los brazos. Pavlik gime. Aaron quiere arrastrarlo hacia sí pero no lo consigue, pesa demasiado.

Ahí. Un ruido de motor, tenue. Está como mucho a un kilómetro de distancia y se acerca deprisa.

—Dicen que por lo visto antes eras del Departamento —murmura Pavlik, a años luz de distancia—. No me lo creo. Hasta disparas como una ciega.

—¡No te me pongas a llorar, nenaza!

Con un último tirón desesperado, Aaron lo arrastra al asiento del copiloto. ¿Ha gritado él o ha sido ella? Baja la ventanilla y reza por que el viento helado impida de algún modo que Pavlik se quede dormido. Tarda una barbaridad en volver al lado del conductor y sentarse al volante. Le pone a Pavlik el revólver en la mano.

—Gira todo lo que puedas a la derecha —susurra él—. A medio gas, camino estrecho, cien metros.

Ella pone la primera y pisa el pedal.

—Has tardado una eternidad. Menudo amigo estás hecho. Hacerme esperar así… —Y se echa a llorar.

—Es que tenía que darle… recuerdos a Kvist… de tu parte.

Siente el golpe de esa frase con el mismo retraso que una herida.

—Despacio… Para. A la izquierda, carretera, libre.

Pavlik habla cada vez a menor volumen, su voz se pierde bajo el rugido del motor mientras ella imagina que solo va al mínimo, y no acelerando a más de cien kilómetros por hora metida en un túnel de adrenalina.

—Todo recto… Dos… carriles.

El viento entra por la ventanilla y le lanza el pelo a la cara a Aaron. Oye caer el Colt al suelo; Pavlik ya no puede sostenerlo.

—¿Lo ves?

—Detrás… —se obliga a contestar él.

Se oyen tiros. El retrovisor izquierdo revienta.

—Quiere… ponerse… al lado… Tienes… que ocupar… el centro.

«Ahora pagaré esa deuda permitiendo que salgas vivo de esta casa». Al subir al coche, las palabras de su hermano martillean en su cabeza como un compresor. En el terraplén de las vías donde espera al tren, esas palabras le marcan las venas y ve correr su sangre por ellas mientras las palabras martillean y martillean sin parar. En qué poco valora su hermano la deuda… ¿Por haber tenido que bajar esa escalera durante cuatro años, al final solo va a poder conservar la vida? Ha soportado todas las humillaciones, todas las deshonras. Pero solo porque sabía que su hermano estaba en deuda con él. Cuando a los ocho años no escapaba mientras él robaba pan. Cuando lo vio morir y renacer en la casa de aquel hombre. Cuando lo condenó a cinco años de cárcel. Pero ese martilleo le dice lo que tiene que hacer en cuanto tenga el dinero. Entonces su hermano sí que pagará el precio de verdad. Sascha quiere contemplar su cadáver como si fuera un trozo de madera, una piedra, un animal atropellado, las algas podridas de la playa. Entrará en el laberinto y esta vez será pan comido encontrar el camino de salida. Se preguntará por qué no lo ha hecho hace tiempo. Era una puerta que tenía cerrada. Después se dirigirá al trastero y abrirá.

Imaginar cómo le demostrará a ella que hay cosas mucho peores que ser ciega lo colma de tal satisfacción que casi no oye el tren. Hace la llamada y la bolsa vuela desde una puerta. La abre y ve el dinero. Sabe en qué tiene que fijarse. Cuando Sascha sostiene un billete a contraluz en el coche, el número de la cantidad se solapa casi perfectamente con la correspondencia del otro lado. Pero solo casi.

En ese momento el martilleo se detiene. Porque las imágenes que acaba de ver en su cabeza, las imágenes de lo que sucederá en la casa, son tan poderosas, tan estremecedoras y maravillosas, que cualquier otro anhelo, incluso el del dinero, se ha desvanecido. Sascha decide volver a la granja.

Y ve la Ford dando bandazos por la carretera.

Aaron roza contra el Mazda. La furgoneta patina, ella quiere estabilizarla, pero ¿cómo se hace eso a ciegas?

—¿Dónde está?

No hay respuesta.

—¡Pavlik!

—Se queda… atrás… Intenta… A la derecha.

Ella se echa a un lado y de nuevo rechina la chapa metálica. El parabrisas delantero con los agujeros de bala no aguanta más la presión y se parte. Los añicos se precipitan al interior, le golpean en la cara como si fueran metralla.

—¿Por dónde sigue la carretera? —le grita a Pavlik—. ¿Curvas? ¿Tráfico en sentido contrario? —Ningún sonido—. ¡Por favor, dime algo! ¡Si no, tendré que parar! ¡Esto es imposible! —Su desesperación arranca las vocales de las palabras, las desguaza.

—Un autobús… Cien metros… Adelanta… Ya.

Aaron pasa al carril izquierdo y oye que roza contra el Mazda y lo deja atrás. Disparos. Pisa el pedal del acelerador a fondo y pasa de largo un autobús que no ve.

Pavlik tiene dos palabras más preparadas:

—Camión… Delante.

Los aterrados bocinazos del conductor del camión retumban en los oídos de Aaron. La mole no puede frenar y esquivarla; ella no puede volver atrás.

«De modo que este es el final. He recuperado mi vida, pero ahora la entregaré en esta carretera. Pavlik está conmigo. No muero sola. Pero, por favor, por favor, si existes, deja que él vuelva junto a Sandra, junto a sus hijos, dile al barquero que solo se lleve a uno».

Recordar por unos milisegundos cómo jugaba a indios y vaqueros con los gemelos es una felicidad indescriptible. Saber de nuevo que Pavlik le hizo una escueta señal de aprobación con la cabeza al final de su segunda semana. «Tienes unas piernas bonitas, pero lo demás también acompaña». Preparar con él la fiesta sorpresa para el maldito cuarenta cumpleaños de Sandra, verlo sonreír de oreja a oreja. «Te pondremos a ti un lazo enorme y ya está; ese será el mejor regalo para ella». Tener diecisiete años y preparar estrellas de canela en secreto para sorprender a su madre. Y qué duras le quedaron… Sostener el arma de su padre en la mano por primera vez y sentir que estaba hecha para eso. Entrar con su padre en el despacho del director del colegio porque le había dado una patada entre las piernas al hermano mayor de su amiga Hatice, que le sacaba una cabeza, porque el chico había querido pegar a su hermana. Notar cómo su padre le pasaba un brazo por los hombros. «Ya puede dar gracias: le he enseñado a mi hija que, cuando vea algo así, primero dé una patada en la entrepierna y luego otra en la cabeza».

De repente oye a Holm.

«Lo más importante que me enseñó mi padre es que la voluntad debe ser mayor que el miedo».

Siente de nuevo el viento. Por la disminución del ruido del motor y el golpe de aire que entra en la cabina desde un lado se da cuenta de que ya ha pasado al autobús. Aaron da un volantazo y se cuela en el agujero por tan poco que el espejo retrovisor queda arrancado. Tras ella se oye el acero chocando contra el acero, suena como una prensa de chatarra, sabe que el Mazda ha colisionado de frente contra el camión, que lo ha sacado de la carretera entre chirridos. Frena, no consigue hacerse con la sensación de la calzada helada, nota que la furgoneta gira, cada vez más deprisa; las piruetas de un gigante sobre cuyos hombros ella se siente muy pequeña.

El gigante se detiene.

—Pavlik —susurra, y lo busca con la mano.

La carótida envía débiles señales en morse bajo su dedo tembloroso.

Sónar

Los hombres esperan en el pasillo frente a la unidad de Cuidados Intensivos y están tan callados que oyen cómo la aguja horaria del gran reloj de pared salta a las seis. La puerta se abre.

Sale Demirci.

—Sobrevivirá.

Nadie pronuncia una palabra, ella va a entrar otra vez.

—Bien hecho —dice Fricke a su espalda.

Demirci se vuelve.

—Usted también. Todos ustedes. —Duda un momento—. Ahora podría anunciar que a partir de hoy nos llamaremos solo por el apellido y nos tutearemos, igual que hacía mi predecesor; no se lo niego a ustedes por falta de respeto. Mis abuelos vivían según las viejas tradiciones. Yo los trataba de usted, y aun así nuestra relación era íntima y significaron mucho para mí. Si algún día llegara el momento, lloraría por cada uno de ustedes como si fueran un miembro de mi familia.

Es en ese instante cuando Lissek se despide.

Aaron y Sandra están sentadas en la cama de Pavlik. Él está demasiado débil para hablar. Aaron tiene los ojos cerrados. Se ha retirado a su sala interior. Todavía oye el eco del disparo. ¿Ha recibido el castigo que Holm había pensado para ella? La dejó ciega, y para él eso no era más que el limbo. Pero ¿qué podría ser peor? ¿Niko? Si al abrir los ojos en Barcelona hubiese recordado lo del almacén, habría sido como caer a través de todos los espejos. En cambio, creyó que había abandonado al hombre al que amaba a una muerte segura. Ese fue otro limbo, y una parte de ella ardió allí. Ahora ya no siente vergüenza ni nostalgia, solo odio. Que en algún momento se extinguirá.

Tal vez.

También el odio puede ser un castigo. ¿Era eso lo que tenía en mente Holm? Pasarán muchos días y muchas noches hasta que obtenga una respuesta.

Demirci entra. Sandra le da un beso a su marido. Acerca la cabeza de Aaron hacia sí y le acaricia el pelo con tanto cariño, con tanta incondicionalidad, que ella sabe que su amiga no la habría acusado, ni en voz alta ni en su interior, si Pavlik no lo hubiera conseguido. Aaron solloza.

—Sí —dice Sandra nada más. Sale y los deja a solas.

Demirci se sienta junto a Aaron.

—¿Cómo ha podido sobrevivir a esto? —le pregunta al fin.

Aaron no abre los ojos.

—Me han ayudado.

Demirci rodea la mano de Pavlik con las suyas.

—No sabía que conociera la «maniobra Lissek».

—¿Qué es eso? —pregunta Demirci.

—Le pasó usted la negociación con Sascha a Pavlik, y con ello minimizó mi valor.

—Solo lo hice para que oyera usted su voz. Porque esperaba que le ofreciera consuelo.

Aaron siente una gratitud que escapa a cualquier palabra, no habría ninguna lo bastante enorme. Pavlik quiere hablar, pero su lengua parece demasiado grande para su boca.

—Mañana. Ahora descanse tranquilo.

Otro eco resuena en Aaron.

«¿No quiere dormir por fin usted también?».

Sí, un cansancio de plomo la llenaba por dentro como si fuera de hormigón y quisiera arrastrarla hasta el fondo de un mar negro por encima del cual velaba un cielo extraño. Ese cansancio ha desaparecido. Se desvaneció cuando el gigante se detuvo y Aaron saltó de sus hombros. Tal vez también porque en ese momento sucedió algo que todavía no quiere admitir, no quiere creerlo por miedo a estar imaginando algo.

Por eso tiene los ojos cerrados.

Sale de su sala interior.

—¿Cuál es su primer recuerdo? —pregunta.

Demirci, extrañada, se lo piensa.

—Tenía dos años y subí a gatas el respaldo de un sillón. Todavía conservo la cicatriz en la cabeza. Del dolor no me acuerdo, solo de cómo caí.

—Yo sé que mis padres hablaban conmigo y que no entendía ninguna palabra —dice Aaron—. Era muy extraño.

—Mi padre tiró mi pececito por el retrete —suelta Pavlik con la voz ronca—. Las consecuencias aún se ven hoy.

Se echan a reír.

Unos golpes breves en la puerta. Aaron oye a Helmchen.

—Perdón.

—No, pase —dice Demirci.

Helmchen se acerca a Aaron. Le toma la mano y deja algo en ella. Aaron lo palpa. Es un casquillo vacío. Mientras le da vueltas a cuál será su significado, Demirci dice:

—Señora Aaron, quiero pedirle una cosa.

—¿Sí?

—Vuelva al Departamento.

Aaron guarda silencio.

—Tiene un tiempo para pensarlo, desde luego.

Se agotan los segundos de respuesta exigidos por los buenos modales. Aaron sigue con los ojos cerrados.

—La ciega y el cojo. El *dream team* —se lamenta Pavlik.

—Piénselo por lo menos. Hace un rato me lo han pedido todos los hombres, aunque no hacía falta. Desde ayer por la mañana yo ya estaba decidida.

Aaron abre los ojos.

—¿Podría apagar la luz?

Siente el desconcierto de Demirci.

—Por favor.

La mujer se levanta y lo hace.

—Vuelva a encenderla.

El corazón invita a su respiración a bailar.

—Puedo diferenciar la claridad de la oscuridad.

Epílogo

P ara esta novela me he documentado todo lo exhaustivamente que me ha sido posible. Tal vez se note en la lectura, pero las conversaciones y las opiniones en primera persona
han resultado para mí una fuente de información imprescindible. Quiero dar las gracias al doctor Roman Schmeissner, entrenador de movilidad, cuyo compromiso con «sus» ciegos es
ejemplar. También a Christa Maria Rupp, de la Asociación de
Ciegos y Discapacitados Visuales del Sarre.

Tuve el placer de reunirme con cuatro mujeres ciegas, y
cada una de ellas me impresionó sobremanera. Kerstin Müller-
Klein vive su vida de tal forma que se acerca mucho a mi Aaron.
Ugne Metzner me enseñó que los tacones altos pueden utilizar-
se como sónar. Susanne Emmermann es la persona que está al
cargo de la Contabilidad Financiera de BVG (la Autoridad de
Transporte de Berlín), y Pamela Papst es una abogada defenso-
ra de éxito que ha contado su historia en la fabulosa biografía
Ich sehe das, was ihr nicht seht («Veo lo que vosotros no veis»,
sin traducción al español).

El catedrático Jürgen Kiwit, médico jefe de Neurocirugía
de la clínica Buch, en Berlín, fue una gran ayuda para mí, así como
el doctor Norbert Helbig, neurólogo y psiquiatra, gracias a quien

aprendí detalles muy esclarecedores sobre la memoria y la amnesia.

El doctor Peter Kleinert siempre encontró tiempo para dedicarme. A él lo acribillé con tantas preguntas médicas que muchos otros habrían perdido enseguida la paciencia. ¡Gracias, Peter!

El catedrático Peter Höflich, de la Universidad Viadrina, en Fráncfort, me iluminó acerca de los convenios europeos de ejecución de penas.

Mi asesor especializado más importante ha sido el catedrático Bernhard A. Sabel, director del Instituto de Psicología Médica de la Universidad de Magdeburgo. Hace muchos años que trabaja en la investigación práctica con ciegos. Pacientes de todo el mundo buscan su ayuda. Sus conocimientos especializados y sus comentarios críticos tuvieron un valor enorme para mí. Poder leer de antemano el manuscrito de su nuevo libro fue una gran suerte; representa una auténtica inyección de valor para los discapacitados visuales.

El señor Sabel acompañó la novela con comentarios y sugerencias, y me asesorará también en las siguientes; la historia de Aaron no ha terminado aún. Para mí, eso significa mucho.

Quien quiera saber más acerca de la ecolocalización, esa asombrosa técnica de orientación para ciegos, puede dirigirse por ejemplo a la asociación Anderes Sehen («Otra Visión»), de Berlín. Daniel Kish ha llegado a dominarla por completo, y sus vídeos en YouTube hablan por sí solos.

A quienes deseen descubrir las hazañas extremas de las que son capaces los ciegos quisiera recomendarles encarecidamente tres autobiografías que demuestran que las habilidades de Aaron no son cosa de la ficción:

Balanceakt. Blind auf die Gipfel der Welt («Un acto de equilibrio. A ciegas en la cima del mundo», sin traducción al español), de Andy Holzer.

Mi camino me lleva a Tíbet: la extraordinaria vida de una mujer invidente, de Sabriye Tenberken.

Y la luz se hizo, de Jacques Lusseyran.

De ahí he robado una frase a la que no me pude resistir: «Espera a que lo haya visto el ciego».

Además me ha enriquecido *Ver en la oscuridad,* de John M. Hull, así como *Notizbuch eines Neurologen. Was Blinde sehen* («Notas de un neurólogo. Lo que ven los ciegos», sin traducción al español), de Oliver Sacks.

Del *Hagakure* he extraído cuatro citas.

Me he tomado algunas libertades. Que nadie busque un edificio de veinte plantas en Budapester Strasse, en Berlín, como tampoco el hotel Jupiter de Leipziger Strasse o el Aralsk en Moscú. Lo mismo vale para las dos colinas que rodean el aeródromo de Finow. Esos son *mi* edificio, *mis* hoteles y *mi* aeródromo. Que los hombres que arriesgaron la vida en el asalto del *Landshut* y la liberación de los rehenes en Mogadiscio me perdonen por haberle atribuido a Jörg Aaron su valor y su resolución.

El «Departamento» solo existe en el mundo de Aaron, no en la realidad, aunque algunos ministros del Interior desearían que así fuera. El funcionamiento de esta unidad especial inventada por mí, de todas formas, se basa en varios años de investigaciones que empezaron con mi primera novela, *Operation Rubikon.*

Si se me ha escapado algún error en temas especializados, solo yo soy responsable de él, no mis fuentes.

También quisiera darles las gracias a cuatro amigos íntimos: a Murmel Clausen y a Hans-Joachim Neubauer por su talento, su lectura crítica y sus consejos; a Jürgen Haase porque fue el primero que pudo imaginarse a una agente ciega como protagonista. Hans-Ludwig Zachert, antiguo director de la BKA (la Oficina Federal de Investigación Criminal), ha sido, como siempre, mi consejero.

Vaya asimismo un enorme agradecimiento a Katrin Kroll, de la agencia Eggers, quien desde el principio creyó en la novela y me alentó muchísimo. Lo mismo puede decirse de Thomas Halupczok, mi editor literario, cuyo lema podría ser: «Lo bueno es enemigo de lo mejor»; un hombre estupendo. Es tranquilizador saber que tienes detrás un equipo como el de Suhrkamp. Si no existiera esa editorial, habría que crearla. Ahí también incluyo a Jonathan Landgrebe, cuyas palabras me ayudaron en un momento complicado.

La contribución de mi mujer a que el libro llegara a buen puerto queda clara en la dedicatoria. Siempre me apoya en todo y es mi primera lectora. Su afilada mirada ha mejorado muchas cosas. Jamás entregaría algo que a ella no le parezca bueno. Ojalá nunca llegue ese día.

Este libro se publicó
en el mes de octubre de 2016